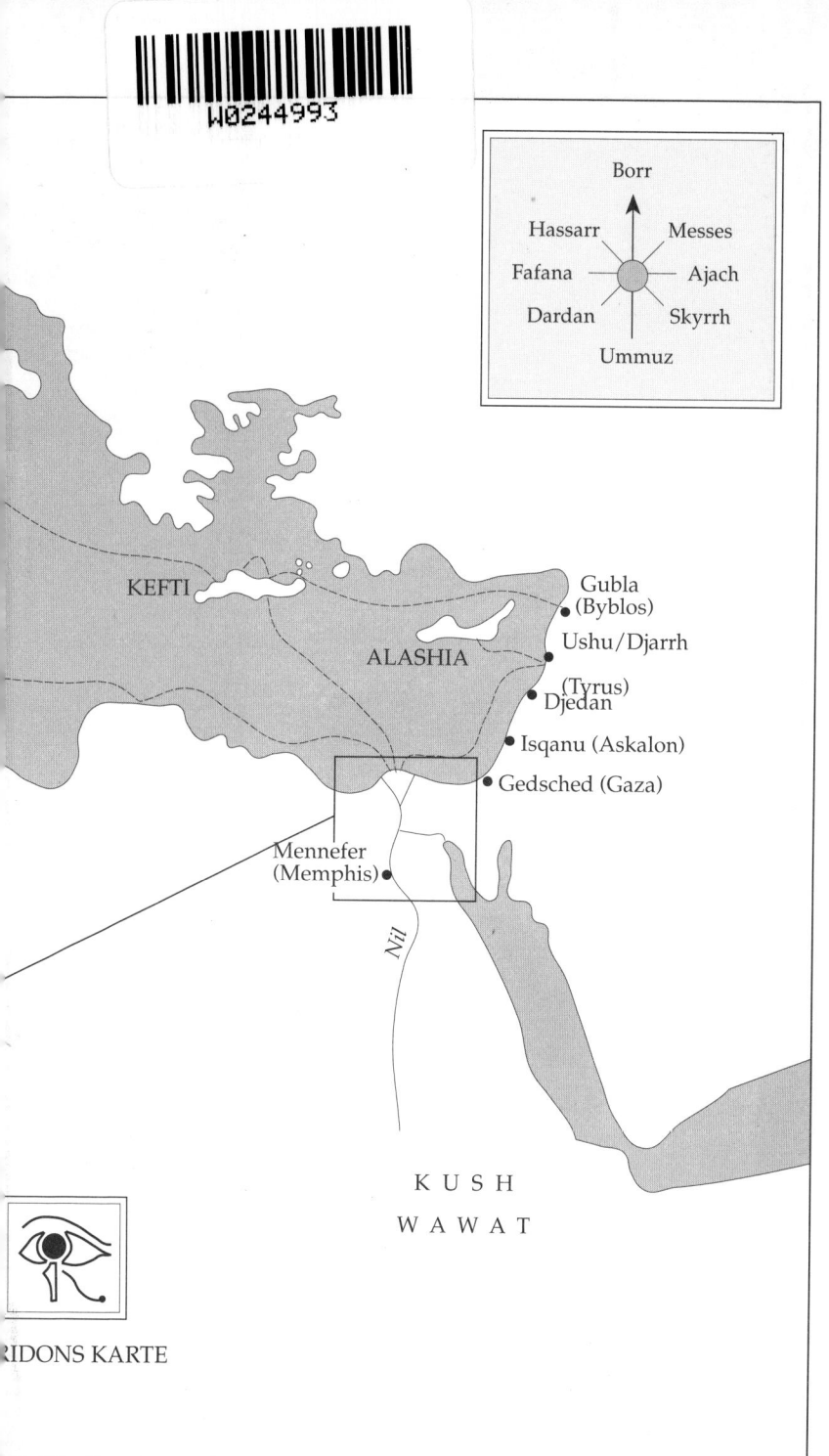

Borr

Hassarr   Messes

Fafana   Ajach

Dardan   Skyrrh

Ummuz

KEFTI

Gubla
(Byblos)

Ushu/Djarrh

(Tyrus)
Djedan

ALASHIA

Isqanu (Askalon)

Gedsched (Gaza)

Mennefer
(Memphis)

Nil

KUSH

WAWAT

RIDONS KARTE

Ägypten um 1900 vor Christus,
unter der zwölften Dynastie: Der
Bronzehändler Karidon hat sich
durch seine Spionagetätigkeit für
Pharao Chakaura, mit dem ihn eine
tragische Freundschaft verbindet,
erbitterte Feinde geschaffen. Fürst
Anatnetish, der durch Karidon
Macht und Reichtum verloren hat,
trachtet ihm und seiner Geliebten
nach dem Leben. Sorgfältig wird
der Anschlag vorbereitet.
Karidon selbst ist unterdessen auf
der Suche nach den wertvollen
Zinnhäfen. Die Reise führt den
furchtlosen Kapitän über die
Grenzen der den Ägyptern damals
bekannten Welt hinaus.
Im Palast des Pharao kommt das
Gerücht auf, der Bronzehändler
habe seinen Freund verraten.
Chakaura will nun zusammen mit
Karidon eine letzte Reise antreten,
um sich selbst von dessen
Freundschaft zu überzeugen. Die
Reise geht nach Punt, dem fernen,
legendenhaften Land des Goldes,
des Weihrauchs und der seltsamen
schwarzen Menschen.
Für Der letzte Traum des Pharao
hat Hanns Kneifel über ein Jahrzehnt Quellen und Fachliteratur
recherchiert und mit Ägyptologen
zusammengearbeitet. Auf unter-
haltsame Weise nimmt er uns mit
in eine ferne Zeit und zeigt uns
das Leben der Menschen, von
deren Welt wir heute nur noch die
steinernen Zeugen kennen.

Hanns Kneifel, geboren 1936 in
Oberschlesien, lebt in München.
Seine schriftstellerische Laufbahn
begann er mit Science-Fiction
(Raumpatrouille Orion, Atlan-Zeit-
abenteuer); später wandte er sich
mit viel Erfolg dem historischen
Roman zu. Seine Sachbücher,
Hörspiele und Romane sind in
einer Gesamtauflage von rund 2,8
Millionen Exemplaren erschienen.

Schneekluth

Hanns Kneifel

Der letzte Traum des Pharao

Roman

Schneekluth

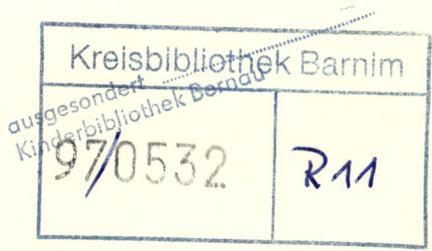

Die Deutsche Bibliothek – CIP-Einheitsaufnahme
Kneifel, Hanns:
Der letzte Traum des Pharao: Roman / Hanns Kneifel
München: Schneekluth, 1996
ISBN 3-7951-1393-8

ISBN 3-7951-1393-8

© 1996 by Schneekluth
Ein Verlagsimprint der Weltbild Verlag GmbH Augsburg
Gesetzt aus der 10/12,5 Punkt Baskerville
Satz: FIBO Lichtsatz GmbH München
Druck und Bindung: Wiener Verlag, Himberg
Printed in Austria 1996

Inhalt

»ICH SINGE aus Imhoteps und Hordedefs uralten Worten;
überall wiederholt man sie und fragt:
Wo sind die Stätten der Dahingegangenen? Denn ihre
Mauern sind zerfallen, ihre Plätze sind verschwunden,
so als ob sie nie entstanden wären.
Keiner kommt zurück aus dem Jenseits und kann beschreiben, wie sie leben. Keiner berichtet von ihrem
Wohlergehen, um unsere Herzen zu beruhigen, bis auch
wir dorthin gehen,
wohin sie längst gegangen sind.

Du aber, Mensch, vergiß dies alles mit erfreutem Herzen.
Es tut dir gut, dem Herzensruf zu folgen, solang du's
noch kannst.
Setze duftende Myrrhenkegel auf dein Haupt! Kleide
dich in feinstes Linnen! Salbe dich mit edlem Öl aus
dem Krug für die Götter! Mehre mit fröhlichem Willen
dein Wohlbefinden; zusammen mit deiner Geliebten
folge dem Herzen. Verrichte auf Erden dein Werk und
kränk nicht dein Herz, bis auch dich der Tag der Toten-
klage ereilt.

Osiris, der Toten Herr, der mit dem matten Herzen,
hört die Schreie der Dahingehenden nicht; die Klagen
retten das Herz der Rômet nicht vor der Jenseitswelt.
Imhoteps uralte Stimme sagt wieder und wieder: Feiere
unermüdlich den fröhlichen Festtag und bedenke, daß
niemand mitnehmen kann, was er an Schätzen besitzt,
und bedenk auch: Keiner, der fortging, kommt je wieder zurück!«

(Aus einem Lied des Harfners)

»HEIL EUCH, ihr vier Winde, ihr Stiere des Himmels!
Ich nenne euch eure Namen; ich gab sie euch!
Ich weiß, daß ihr geboren wurdet und entstanden seid,
als die Rômet noch nicht geboren und die Götter noch
nicht entstanden waren.
Ihr und eure Namen wurden mir gegeben durch die
Mädchen der Träume, die mit den Stimmen der Götter
Nun, Schu und Sche zu mir sprechen.

Das ist der Nordwind, der die Meeresinseln umweht,
der seine Arme öffnet zu den Grenzen der Welt; ein
Lebenshauch ist der Nordwind; er gewährt mir, daß ich
lebe durch ihn.
Das ist der Ostwind, der die Horizonte des Himmels
öffnet,
daß nach ihm der Sonne der Weg bereitet ist:
Rê nimmt mich an der Hand und setzt mich in jenes
Feld über den Binsen, daß ich mich nähre in ihm, wie
Apis und Seth.
Das ist der Westwind, des Gottes Ha Bruder, Sproß des
Ja'au, der schon leibhaftig schwebte, als noch nicht
zwei Dinge entstanden waren in dieser Welt.
Das ist der Südwind, ein Kushite des Südens; Wasser,
Wachstum und Leben bringt er von den Horizonten
Wawats. Heil euch, ihr vier Winde!«

(Lied der Vier Winde aus den sog. »Sargtexten«)

Im Zeichen der Bronzenen Kriegsaxt

Unser gerechter Herr Senwosret-Cha-
kaura, er lebe ewig und ewiglich, der beide
Lande wieder zu Macht und Größe geführt
hat und in tausend Tagen sein großes
Hebsedfest feiern wird, ist in fünffacher Besorgtheit:

Vom Westen her überfallen räuberische Tjehenu-Nomaden wie Heuschrecken die Siedlungen am Rand der
neuen Kornfelder, nördlich vom Scha-Resi-See. In
Kush und Wawat sind die elenden Nehesi trotz Chakauras Festungen aufsässig; vierzehn Bollwerke hat Chakaura errichten lassen, aber noch sind nicht alle Mauern stark und hoch genug. Pije-Ipi, der Verwalter von
Millionen Zahlen und Wörtern, ist im Körper und im
Verstand hinfällig geworden; man sucht hapiauf, hapiab nach einem »Zahlennarr«, der ihm nachfolgt; bisher hat man keinen gefunden. Aus dem Asmach, den
Ländern der Apiru und Chaosu, hören die Späher und
Lauscher am Fürstenwall wenig Gutes: In den Ländern
hinter den Hafenstädten gärt Aufruhr gegen die Rômet.
Um schreiben zu können, was es im Westen gibt, warte
ich auf Briefe des Feldherrn Sokar-Nachtmin, den Chakaura mit unzähligen goldenen Fliegen ausgezeichnet
hat – Nachtmin bekämpft mit seinem Heer, das im
Sand gen Sonnenuntergang schmachtet, kraushaarige

9

und ziegenschänderische Nomaden. Ein häßliches Gerücht geht um im Großen Haus: Was mag der beste Bronzehändler von allen getan haben, daß Chakaura an der Freundschaft Karidons zweifelt?

Ich, Merire-Hatchetef, Priester des Ptah, Month und der löwenköpfigen Sachmet zu Itch-Taui, der das Geheime im Großen Haus kennt, bester Schreiber zwischen den Festungen in Wawat und dem Großen Grünen, bin vom Herrscher Chakaura berufen worden, alles auf gebleichten Shafadurollen niederzuschreiben, was sich in den 27 Jahren zutrug, über denen der sonnenglänzende Name des Herrschers liegt.

Der kleine Priester spürte den Schweiß, der aus den Achselhöhlen rann, wischte mit dem feuchten Tuch über Kopf und Nacken und stand langsam auf. Er füllte die Schale mit kaltem Wasser und trank mit tiefen Schlucken; die mörderische Hitze, die seit einem Zehntag mit einer rätselhaften Windstille einherging, hockte tief in den ellendicken Mauern, in denen es Tag und Nacht knisterte und knackte.

Ich schreibe die Geschichte aller Siege, aller großen Taten, aller Bauwerke und der wunderbaren Jahre Chakauras:

Sie ist kurz, aber reich an wuchtigen Worten. Und ich schreibe selbst mit zwei Fingern eine andere Geschichte: den Bericht über das Leben meiner Freunde aus der Schreibschule, Karidons Schicksal, das des Heerführers Sokar-Nachtmin, des Gaufürsten Nefer-Herenptah, des keftischen Kaufmanns Jehoumilq und Ptah-Netjerimaats, der das Ruder der *Auge der Morgenröte* führt.

Merire-Hatchetef ging in den Tempelgarten, dessen ver-
trocknetes Gras unter den Sohlen raschelnd staubte.
Aus Westen, unter dem dunkelblauen Himmel, der seit
Tagen seine seltsame Farbe nicht gewechselt hatte,
schien sich unsichtbar eine Glutwolke heranzuschieben.
Kein Lufthauch kräuselte bislang das Kanalwasser, das
dumpf roch, als ob es faule. Fische schnellten in die
Höhe und schnappten nach Luft. Die Schatten hatten
feine, gelbe Ränder; das Gestirn des Rê schien das Land
verbrennen zu wollen. Merire stöhnte und zwinkerte
den Schweiß aus den Augen.

»O ihr guten Götter«, flüsterte er. Jede Bewegung trieb
Schweiß auf die Haut; sein Herz schlug hart. »Warum
straft ihr uns so im Mesore, der auch ohne euren Zorn
schon heiß und trocken ist?«

Das Land wartete sehnsuchtsvoll auf das Erscheinen
des Sepedet und die Hapiflut, die in weniger als einem
Mond in Itch-Taui und im Scha-Resi-Land anschwellen
sollte. Merire zuckte mit den Schultern und schleppte
sich in den Schatten der Mauern, tröpfelte Wasser in die
Tuschenäpfchen und achtete beim Schreiben darauf,
daß keine Schweißtropfen auf die Shafadurolle fielen.

NUN RÜHRE ICH FRISCHE TUSCHE AN, viel schwarze und
wenig rote: In diesen Tagen und Nächten, da die
Hitze ungewöhnlich groß ist, trocknet sie allzu rasch.

Merire-Hatchetef ließ den Binsengriffel sinken und
schloß die Augen. Unheil, fühlte er, kam auf das Land
zu! Ohne sagen zu können, aus welchen Gründen er
sich fürchtete – abgesehen von der sengenden Sonne,
der Dürre und den vielen todkranken und gestorbenen
Rômet –, rief er öfter als sonst die Götter an. Größeres
Unheil drohte als räuberische Nehesi, Heuschrecken

oder verderblich hohe oder niedrige Überschwemmung; anderes, unvorstellbares Verderben. Keines, von dem Chakaura wußte, über das die Priester sprachen oder solches, das die Götter offenbarten. Botschaften und Gerüchte krochen durch das heiße Land. Sie sprachen davon, daß die besten aller Bronzehändler-Kapitäne, Jehoumilq und Karidon, die Verwalter der Schatzhäuser betrogen und mehr für sich selbst als für das Große Haus Handel trieben, vielleicht die Feinde des Landes unterstützten. Tauschten sie jenes Nechoschet-Metall gegen Waren der Nomaden ein? Mit Waffen aus Bronze wären die Gegner Chakauras dessen Heer weit eher gewachsen; die Schlagkraft seiner Krieger wäre rasch dahin.

Nicht einmal die letzten Briefe Karidons, Nefer-Herenptahs oder Sokar-Nachtmins ließen eine Spur möglicher Erklärungen erkennen. Oder kündigte sich durch das Gefühl des nahenden Unheils eine neue Zeit an, in der selbst die Maat nicht mehr galt?

Merire wickelte behutsam ein Bronzedrähtchen von einer halb beschriebenen Shafadurolle ab, breitete das Blatt aus und tunkte den Riedgriffel in die Tusche. Ein Priesterschüler hatte es weichgekaut; Merires Zähne schmerzten zu sehr.

LANGE HAT DER GOLDHORUS NICHT MIT MIR GESPROCHEN. Dennoch erfahre ich vieles aus dem Großen Haus; von Schreibern, deren Briefe die Befehle der Ratgeber weiterleiten in die fernen Enden der beiden Lande. Mehr als 26 und ein halbes Jahr des Herrschens mit ihrer Last haben seine breiten Schultern niedergedrückt. Chakaura scheint das Licht Rê-Harachtes als Last zu fühlen; er zwingt sich und seine Taten zur Größe und zur Macht. Ich erkenne an ihm die kühle

Gelassenheit der ersten Bronzejahre nicht mehr; zwischen den Säulen im Gewölbe der Zeit geht er einsam, ruhelos und ohne Schlaf umher. Und nun, in diesen Tagen, in denen Furcht in alle Herzen gekrochen ist, ruht die Last der unbewegten Luft und der Verantwortung für alle Rômet allein auf Chakaura.

Ich aber weiß, daß seit den Tagen seiner Krönung oder schon, seit Karidon ihn halb ertrunken aus dem Schlamm des Kanals gerettet hat, der Bronzekapitän der einzige Freund des Herrschers ist. So wie aus Kupfer mit einem Zehntel Zinn die vielfach härtere Nechoschet-Bronze geschmolzen wird, kann eine Freundschaft zwischen Ungleichen tiefer und länger sein als andere; verlöre der Sohn der Sonne das Vertrauen zu Karidon, würde seine Einsamkeit gottgleich werden. Ich, Merire-Hatchetef, werde die Wahrheit erfahren – ich versuch's mit aller Kraft –, wenn die *Auge der Morgenröte* wieder hier in Itch-Taui anlegt.

Wir wissen, dass die Gemeinschaft aller Bewohner des Hapilandes den einzigen Schutzwall gegen die gottgeschickten Widrigkeiten der Natur bildet. Karidon ist für Chakaura der Wall gegen die Einsamkeit und die Verbindung zum Leben der einfachen Menschen. Werden die Schwingen des Goldhorus lahm, so trocknen die Mauern aus; sie brechen nieder und vergehen im ewigen Wehen des Sandes.

Der magere Priester lehnte sich zurück und schloß die Augen. Diesseits der großen Dinge, im vergänglichen Leben der Sterblichen, beschlich ihn tiefe Furcht: Sein Freund schien in Gefahr zu sein. Merire, Sokar-Nachtmin und Karidon galten fast seit drei Jahrzehnten als Vertraute des Herrschers, besonders Karidon, der Chakauras Schwester Tama-Hathor-Merit geliebt und zusammen mit Jehoumilq den Weg ins ferne Weihrauchland Punt erschlossen hatte. Die Mannschaft des Händlers Jehoumilq hatte gewaltige Mengen hartes, wertvolles und kampfentscheidendes Nechoschet ins Hapiland gebracht, jenes neue Zinn-Kupfer-Metall, war mit Chakauras Truppen hapiaufwärts in die wasserlosen Länder Kush und Wawat gesegelt und hatte die Bronzebergwerke an den nördlichen Felsküsten besucht, als verkleidete »Augen und Ohren« des Goldhorus; seit dessen Heer die selbsternannten Fürsten Abdim und Anatnetish entthront und vertrieben hatte, wurden die Bronzehändler von diesen mit unauslöschlichem Haß verfolgt.

Die Tusche war wieder eingetrocknet. Merire-Hatchetef zuckte mit den Schultern und trank Wasser. Er war ebenso erschöpft wie jeder andere in Itch-Taui; nicht einmal seine Gedanken gehorchten ihm. Karidon und Jehoumilq versteckten sich vor Anatnetishs Rache, indem sie rastlos von Hafen zu Hafen segelten, und Sokar-Nachtmin ließ den Gutshof bei Menefru-Mirê bewachen. Vor Merire-Hatchetefs innerem Auge wanderten Menschen und Geschehnisse vorbei, in langer Prozession: Steuermann Holx Amr, die alte *Horus der Brandung*, die in Gublas Hafen auseinandergebrochen war, der Betrug mit Lederbeuteln, die mit Sand statt Goldkörnern gefüllt waren – Neider und Feinde der Bronzehändler hatten sie im Schatzhaus ausgetauscht! –, das neue Schiff, die *Auge der Morgenröte*, der qualvolle Tod der Prinzessin »Tamahat«, wie Karidon sie zärtlich genannt hatte, und seine abgrundtiefe Trauer, schließlich der Überfall durch Fürst Anatnetishs Leute auf die *Morgenröte* in Tjebnutjer, einem Örtchen am östlichen Mündungsarm. Karidon war fast zu Tode verwundet worden, und sein erster Besuch nach der langwierigen Heilung hatte ihm gegolten, dem Priesterlein Merire-Hatchetef. Und nun: Häßliche Gerüchte, denen Merire kein Wort glaubte – waren sie schon an die Ohren Chakauras gedrungen, des vergöttlichten Herrschers?

Die Spitzen und Kanten des roh behauenen Felsblocks drangen in die Haut von Ti-Djehutis Oberschenkel. Er saß, den Kopf gesenkt, am Rand des Platzes, dicht an der Hafenmole Djedans. Unter ihm trieben losgerissener Tang und Abfälle um einen aufgeblähten Katzenkadaver in engen Wirbeln zwischen den Bordwänden der Schiffe. Auch die *Auge der Morgenröte* lag längsseits an der Mole. Im Heck standen ein Rômet, den sie Ptah oder Netji nannten, der alternde, bärtige Kapitän Jehoumilq, und ein schlanker Mann mit heller, aber tief sonnengebräunter Haut und langem braunem Haar, an den Schläfen grau und weiß, das er in einem Nackenzöpfchen trug. An der linken Schläfe und zwischen dem Herzen und der Schulter trug der Seefahrer Narben, eine dritte, lange, sah Djehuti auf der anderen Schulter. Als Ti-Djehuti in der Schenke neben den jüngeren der beiden Kapitäne getreten war, hatte ihn ein prüfender Blick aus leuchtenden, grünen Augen getroffen: Dies war Karidon von Keftiu, dem Fürst Anatnetishs ganzer, gewaltiger Haß galt.

Die *Morgenröte* lag tief im Wasser. Ti-Djehuti hatte vierzig Barren Kupfer gezählt, die die Ladearbeiter herbeigeschleppt und im Kielraum gestapelt hatten. Die Ruderer – die Rômet nannten sie Wajermänner – hatten bis vor einer halben Stunde am Schiff gearbeitet, jetzt waren sie im Badehaus; die *Morgenröte* wollte früh mit dem ersten Landwind ablegen. Djehuti beobachtete und belauschte die Bronzehändler, seit das Schiff hier vor zwei Tagen hereingerudert worden war.

Präge dir Namen und Aussehen ein. Lerne ihre Eigenarten kennen. Versuche herauszufinden, wo sie im Hapiland leben, in welchen Häfen sie handeln, wer ihre Freunde sind, ob der Goldhorus sie beschützen läßt. Denke nach, ob sie besser mit Gift oder Waffen zu töten sind. Fürst Anatnetish, der sich hinter verschiedenen Namen und Masken verbarg, hatte ihm, Ti-Djehuti, einen Beutel Goldkörner gegeben und ihn mit eindringlicher Stimme, fiebernd vor Wut, beschworen: *Ein Mann mit Macht und Amt im Palast zu Itch-Taui muß das Gerücht ausflüstern, daß Karidon von Keftiu das Große Haus betrügt, daß er den Nomaden verrät, an welchen Stellen die Grenzen durchlässig sind; daß die Bronzehändler den Feinden des Goldhorus bronzene Waffen überlassen und die Handelswaren, die sie dafür bekommen, selbst behalten ...*

Er hatte gefragt: »Warum haßt du den Bronzehändler Karidon, Fürst?«

»Sieh mich an: Bevor er mich an das Heer des Goldhorus verriet, war ich reich, hatte Macht, Frauen, Gold ... alles. Jetzt bin ich ein Bettler; meine Männer sind Wegelagerer. Finde sein Versteck!« Anatnetish legte die Hand auf den Dolchgriff.

Vor einem Zehntag hatten sie sich an einem Brunnen in Menefru-Mirê getroffen, zum zweitenmal. Seither hatte sich Ti-Djehuti viel umgehört, mit Handelskapitänen und Hafenverwaltern gesprochen und vielen Seefahrern volle Weinkrüge bringen lassen. Nun war er in Gedjed und schätzte die Ladung der Bronzehändler; bald würde er wissen, wo sie im Hapiland wohnten, trotz der Wachsamkeit Karidons, Ptahs, Jehoumilqs und des anderen Steuermanns, Holx-Amr.

Drei waagrechte schwarze Streifen teilten das zusammengedrückte Abendgestirn; dennoch vermochte niemand in die Sonne zu sehen. Rechts und links der verformten Scheibe erstreckten sich, drei Finger hoch über der Linie, an der sonst Himmel und Wüste einander berührten, schwarze Bänder von Nord nach Süd. Ein großer, schwarzhäutiger Bogenschütze berührte Sokar-Nachtmin an der Schulter.

»Sie sagen, Herr, das ist der Große Braune Würger. Er wartet. Noch gibt es keinen Wind. Kommt Wind, kommt der Würger über uns.«

Sokar-Nachtmin nickte langsam und drehte sich um. Er, Hekenua und Kholay standen auf dem Kamm einer riesigen Düne, die sich an einen Felsen schmiegte; ein sandiger Teil des baum- und strauchlosen Gebirgsausläufers. Die Kette der Posten, Wasserträger, Eselgehege und leinwandgedeckten Unterstände verschmolz in der Richtung zum Mu-Wer-See mit dem Horizont; sie war in Wirklichkeit Hunderte von Chen-Nub lang, und nur ihr Vorhandensein sicherte der Truppe Wasser, Bier, Proviant und das gute Gefühl, von denen an den Hapiufern nicht vergessen worden zu sein. Nachtmin deutete zum Lager, das am Fuß des Sandberges begann.

»Geh zu Anführer Userhet. Sag ihm von mir, er soll den Sturm beobachten und die Nomaden-Späher fragen. Sie kennen den Würger besser als wir.« Er nickte Hekenua zu. »Sag, er und alle Männer sollen sich vorbereiten; Tücher, Wasser, eingraben, Windwände flechten. Schick einen Boten zum Anfang der Wasserträgerkette mit der gleichen Botschaft. Im Sturm werden auch die Nomaden nicht anzugreifen wagen. Welcher Tag ist heute eigentlich?«

»Achtundzwanzigster im Mesore. Ich gehorche, Herr.« Kholay verbeugte sich, packte Bogen und Köcher fester und stolperte durch den hochstiebenden Sand den Dünenhang hinunter. Nachtmin sah schweigend zu, wie die Sonnenscheibe versank und Fackeln an den ersten Lagerfeuern angezündet wurden, wie einige Soldaten anfingen, sich gegen einen Sturm zu schützen, den noch niemand spürte. Im letzten Sonnenlicht sah er den Boten mit flackernder, rauchender Fackel nach Südost rennen. Dann trat er in Kholays Spuren, ging zum Feuer vor seiner spitzen Leinenhütte und setzte sich auf einen Flechtwerkschemel. Hekenua brachte einen Krug, der mit einem feuchten Tuch umwickelt war. Nachtmin nickte und trank das dünne, bittere Henket; er sagte bedächtig:

»In all der trockenen Trostlosigkeit ringsum, schönste Freundin, bist du wie der Anblick vieler aufbrechender Lotosblüten. Danke fürs Henket.«

»Es ist eine Auszeichnung, die einzige Frau unter fünfmal tausend Männern zu sein. Auch wenn wir bisher nur ein paar Dutzend Nomaden gefangen haben.«

»Nomaden, mit denen du nichts mehr zu tun hast, außer daß du ihre Sprache sprichst.«

Es begann nach Zwiebeln, Lauch, Salzfisch, Pökelfleisch, frischem Fladenbrot und saurem Wein zu riechen. Ein Bote näherte sich und berichtete, daß die halbkreisförmige Postenkette stand und daß die eingeborenen Späher versichert hatten, der Sandsturm, der das Heer und die Nomaden umbringen konnte, komme nicht in dieser Nacht. Nachtmin schärfte ihm ein, weiterzusagen, daß jeder Krieger sich unabhängig von der Unwahrscheinlichkeit eines Überfalls bei Tageslicht dennoch schützen solle. Dann richtete er seine Blicke auf Hekenua, die ihm von Chakaura anvertraut worden war. Hier, in der Wüstenei und unter dem lodernden Gestirn, das mit erbarmungsloser Hitze das Leben aus den Menschen sog, wirkte sie, als liefe sie durch einen taufeuchten Palastgarten.

Hekenua war die Tochter eines gefangenen Tjehenu-nomaden, eines Jematet-Fürsten aus dieser Gegend, etwas weiter gen Sonnenuntergang, und einer Kushitin des Frauenhauses. Sie war im Palast aufgewachsen, sprach drei Sprachen und konnte sie verhältnismäßig gut schreiben. Größe und schlanke Glieder hatte sie vom Vater, wohlige Rundungen, hellbraune Haut und blauschwarzes, leicht krauses Haar von der Mutter geerbt; ihr schmales Gesicht mit der fein gekrümmten Nase und den vollen Lippen strahlte Entschlossenheit und Stärke des Willens aus; Hekenua war eines der seltenen Beispiele dafür, daß selbst Töchter von Sklaven es im Hapiland weit bringen konnten, trotz ihrer höchstens siebzehn Jahre. Nachtmin hatte Zeit und Ruhe, sie im Licht des Lagerfeuers und der Fackeln genau zu betrachten. Er kannte die Wirkung seiner Blicke unter schweren, dunklen Lidern hervor; seine Soldaten fürchteten das scheinbar träge Starren seiner Augen. Er grinste kurz und sagte:

»Unser Herr im Per-Ao, Shenet Hekenua, hat viel mit dir vor.«

Sie richtete sich gerade auf und flüsterte:

»Das sagst du jetzt, Shemer Feldherr?«

»Eine der möglichen Erklärungen, Schwester, warum ich mich dir nur bis an den Rand einer bestimmten Grenze genähert habe. Klare Befehle aus dem Per-Ao.«

Sie ertrug seine lastenden Blicke mit ihm ungewohnter Selbstsicherheit. Nachtmin verbiß sein Grinsen und nahm das Kopftuch ab, schlug es über die Spannschnur der Leinenfläche und sagte leise:

»Vor Jahr und Tag waren die Halbschwester des göttlichen Herrschers und einer meiner klügsten Freunde die Zuträger wichtiger Nachrichten aus Kush, Wawat und dem Asmach zum Thron Chakauras. Tama-Hathor-

Merit starb; seither sucht der Große Chakaura – er lebe ewig und ewiglich – nach ähnlich guten Spähern. Nun ist die Bedrohung von hierher größer geworden. Du wirst, wenn wir diesen Kriegszug und den würgenden Sturm überleben, in Itch-Taui einen Freund treffen. Grünauge Karidon, den Bronzekapitän aus Kefti. Ihn liebte die Prinzessin; ein guter, kluger Mann, kein Jüngling mehr, zuverlässig. Manch einer zweifelt an seiner Ehrlichkeit – ich würde ihm mein Leben anvertrauen. Befehl aus dem Per-Ao, Schwester!«

Hekenua, deren Körper ebenso schweißbedeckt war wie jeder andere am Anbruch dieser Nacht, füllte aus dem mühsam gekühlten Krug die Schalen. Sie atmete tief und sagte nach langem Nachdenken so leise, daß es Nachtmin fast nicht verstand:

»Ich soll die Gefährtin, Geliebte, Freundin oder Frau deines Freundes werden? Hat das unser Herr schon entschieden?«

»Nein.« Nachtmin hatte sich so gesetzt, daß er beobachten konnte, was im halbmondförmigen Lager vor sich ging. Seine Blicke huschten umher wie Fledermäuse; der Nachthimmel teilte sich in ein schwarzes und zwei sternenflirrende Drittel. Ein Bogenschütze brachte Brot, Braten und Tonschalen voller dicker Suppe. »So nicht, Shenet. Chakaura braucht Helfer, Freunde, zuverlässige Vertraute. Du wirst Karidon mit den grünen Augen treffen; dann wird man weitersehen. Ich glaube, ihn besser als dich zu kennen. Er zählt zu Chakauras mächtigen Männern. Er wird dich nicht nehmen wollen wie eine Tanzsklavin.«

»Bruder Nachtmin! Ich bin keine Tanzsklavin, keine Harfenistin, keine Flötenspielerin.«

»Ich weiß es. Chakaura weiß es. Karidon, der dich nicht kennt, aber allein mit allerlei düsteren bis schwarzen Gedanken ist, wird dich prüfend ansehen. Auch wenn ihr miteinander die Nachrichten für Chakauras Tatji schreibt, ist alles andere, was du tust, dein freier Wille. Ich zwinge dich nicht, Chakaura auch nicht, und Karidon hat es nicht nötig, Zwang auszuüben.« Er zwinkerte und legte kurz die Hand auf sein Gemächt. »Unter uns, Schwester: Kari ist die wahre Freude für jedes gute Weib. Schön, nachdenklich, reich und mutig; einer unserer Besten. Ich kenn ihn seit mehr als dreißig Jahren. Wenn ich eine junge Frau wäre wie du, würde ich ...«

»Beleidige ich dich, wenn ich sage, du bist ein liebenswerter Schurke, und ich möchte mit dir befreundet bleiben, Feldherr Sokar-Nachtmin?«

Hekenua griff nach einem Tuch, wischte Schweiß vom Gesicht und aus dem Nacken und hob die runden Schultern.

»Ich bin schwer zu beleidigen.« Nachtmin wartete, bis der Soldat das Essen auf dem Tuch, das über dem Sand ausgebreitet war, abgestellt hatte. »Ich werde, was ich dir erzählt habe, nicht wiederholen. Merk dir jedes Wort und handle, wie du es für richtig hältst. Dennoch: ein keftischer Seefahrer, den Chakauras schöne und kluge Schwester liebte, ist weder dumm noch mißgestaltet.«

Sie aßen schweigend; die Hitze ließ auch in den ersten Nachtstunden nicht nach. In der Luft über dem öden Land schien sich etwas wie eine göttliche Ausstrahlung zu befinden; drohend wie der Pfeil auf einer gespannten Bogensehne.

»Ich habe gehört, Feldherr. Ich denke über deine Worte nach, bis ich den Fremden sehe. Aber: Ich weiß, daß Tjehenu-Häuptlinge mit Bronzewaffen kämpfen. Ich sah auch viele bronzene Pfeilspitzen.« Sie deutete nach Westen. »Und was soll ich jetzt und morgen tun?«

»Jetzt sollst du trinken, essen und schlafen, Shenet Hekenua.« Nachtmin tunkte ein gerolltes Fladenbrot in den Würzbrei und biß ab. »Morgen oder übermorgen befragen wir entweder gefangene Nomaden, oder du wirst nach Itch-Taui zurückgebracht. Oder der Sandsturm hat uns alle erstickt.«

Hinter den Dünen, in unbekannter Entfernung am Großen Grünen, schob sich der Mond auf den sternenlosen Teil des Himmels zu. Er war gelb wie Sand; die Narben seiner Fläche wirkten, als käme das Unheil von ihnen.

Merire-Hatchetef senkte den Kopf. Er hatte zu lange in den riesenhaften, giftiggelben Mond geblickt; jetzt kroch wieder die Furcht in sein Herz. Merire rückte einige Lämpchen, deren Flammen zusätzliche Hitze verströmten, näher zum Schreibblatt und sah, daß die Tusche schon wieder zu trocknen begann. Nach einigen Atemzügen schrieb er weiter:

NUR DIE GÖTTER WISSEN, wie viele Jahre das erste Leben unseres Herrschers dauern wird. Jeder Rômet wünscht, seine Jahre mögen Million sein. Meine Aufzeichnungen wachsen in die Länge und Breite wie die Palastmauern: Ziegel um Ziegel, und aus Zeichen, Worten und Sätzen entsteht das Bauwerk, ein Gefäß der Erinnerungen und Träume. Die rote und schwarze Tusche ist wie Hapiwasser, das Sand, Lehm und Hapischlamm tränkt, die mit geschnittenem Gras und gehacktem Schilf vermengt und mühsam zu dickem Brei geknetet werden; gebunden von den Schweißtropfen der Stirnen, Arme und Füße der Kneter und Mischer und in Kästen zu schwärzlichen Quadern geformt. Bevor der Ziegel trocknet, gärt es in seinem Inneren: der Gesang und die

Flüche der Arbeiter sind hineingemengt, die Gedanken an Gesundheit und Würde, an den Segen der Götter und die Not von Krieg und Hunger, Geburt und Tod, Gelächter und Schmerzensschreie, und alles vergoren und verklebt zur mählich härtenden Masse. Der Sand, auf dem der Ziegel trocknet, ist millionenmal aufgewühlt und wieder geglättet worden, er hat alles gesehen seit Ewigkeiten, wird vom Wind hierhin und dorthin geweht und ist unstet, aber bedeckt bald die neuen Mauern. Jene Mauern, die schon standen, ehe die Erinnerung war, werden in fernen Zeiten aus dem ewig strömenden Sand auftauchen, und man wird Shafadurollen finden, auf denen geschrieben ist, was ich weiß und woran ich mich erinnere. Mögen die Götter meinen Worten die gleiche Schönheit und Farbigkeit wie den Mauern verleihen. Ohne Hast schreibe ich, um die Stille vor dem Unheil auszufüllen, über Götter, Menschen, Geschehnisse und über Chakauras siebenundzwanzigstes bronzenes oder goldenes Jahr.

In der reglosen Stille klirrte Sat-Hathor-Iunits Schmuck, als zerschelle ein Tongefäß. Chakaura zuckte zusammen. Sein Schatten und der seiner Schwester bewegten sich nicht, ebensowenig wie die Flammen der Öllämpchen. Das Palastdach war leer, in den Mauern des Palasts, der Tempel und der Stadt herrschte ungewohnte Ruhe. Chakaura zeigte auf den Mond und sagte leise:

»Ich habe mit den ältesten Ratgebern gesprochen. An eine solch lange, verderbliche Hitze erinnern sie sich nicht. Auch nicht die Priester. Nichts steht in den Aufzeichnungen der Tempel. Aber alle sagen, daß ein gewaltiger Sturm von Sonnenuntergang kommen wird.«

»Dorther, wo Nachtmin jetzt mit deinem Heer steht.«

»Als er aufbrach, konnte niemand an diesen Sandsturm denken. Die Priester sagen, es wird ein Fünfzigtagesturm.«

»Er wird das Land heimsuchen, noch ehe Sepedet aufgeht, und viele Menschen werden sterben, Bruder«, sagte die Prinzessin. »Du hast getan, was zu tun war?«

»Mehrmals und mit allem Nachdruck.«

Zahlreiche Boten bis hinauf nach Tjeni hatten überall die gleichen Befehle ausgesprochen: die Öffnungen der Häuser verschließen, die Herden zusammentreiben, den Sand mit nassen Tüchern fernhalten, Wasser, Bier und Nahrungsmittel vorbereiten, in jeder Pause des Sturms Sand wegschaufeln und von den Eingängen kehren; und beten, daß der Braune Würger erst nach der Hapischwelle das Land verwüstet – oder sich in ein Dutzend kleiner Sandstürme auflöst, deren Dauer und Wirkung bekannt war und deren Schäden meist gering blieben. Chakaura nickte, tief in Gedanken, hob einen Krug und mischte, ehe er der Schwester eingoß, etwas Wein ins Wasser.

»Ich wiederhol's«, sagte er und senkte den Kopf. Seine Stimme war rauh. »Länger als ein Vierteljahrhundert waren die Götter gnädig. Aber im Zeichen von Sachmet und Sopdu scheinen sie mich im siebenundzwanzigsten Jahr prüfen oder strafen zu wollen. Hast du im Frauenpalast Gerüchte über Karidons Verrat gehört?«

»Kein Wort, göttlicher Bruder. Unser großes Land wird auch einen Fünfzigtagesturm überstehen.« Sat-Hathor-Iunit stellte die Schale ab und wandte sich zur Treppe. »Noch ist es zwischen den Mauern kühler. Vielleicht kann ich ein paar Stunden schlafen.«

»Niemand im Land schläft kürzer und schlechter als ich.« Chakaura setzte sich und starrte das reglose Spiegelbild des Mondes im Palasthafen an. »Und ich bezweifle, ob jemand üblere Träume hat. O Karidon – be-

24

trügst du mich mit meinem Gold? Gibst du Nechoschet an die Nomaden? Sprichst du mit ihnen über unsere Grenzen?«

Chakaura seufzte und blinzelte in den Mond. Als das Geräusch der Schritte Hathor-Iunits verklungen war, senkte sich wieder gräßliche Stille über den Palast und die Stadt. Obwohl der Schweiß über die Brust und den Rücken lief, begann Chakaura plötzlich zu frösteln.

WIE ICH ES ERLEBT HABE, SCHREIBE ICH ES: Vom vierten Tage des Thot bis zum 20. desselben Mondes, also drei mal drei und einen Siebentag lang, während von Ta-Seti und Suênet her die Überschwemmung zwölf Ellen hoch stieg, gossen Schu und Nut den Sturm mit Sand und Staub über uns aus. Er begann wie alle Stürme, aber fast gleichzeitig mit dem Jahr 27 unseres göttlichen Herrschers, weit im Westen, wie mir Sokar-Nachtmins Boten berichteten, gerade als das Heer im Zeichen der Kriegsgötter Sopdu und Sachmet den Ring um drei Nomadenvölker geschlossen hatte.

Die ersten harten Windstöße kamen, eisig kalt, aus dem Norden; gerade als kurz vor dem Morgengrauen des dritten Tages der Achet-Jahreszeit der Feldherr den Arm senkte. Rechts und links von ihm stießen Signalbläser in die Kupfertrompeten. Die Töne, die den Schreien großer, sterbender Tiere glichen, setzten sich wie Echos nach beiden Seiten fort und schienen leiser zu werden und zu verklingen, als sie in beiden Halbkreisen weitergegeben wurden. Sokar-Nachtmin setzte den Helm aus geflochtenen Lederschnüren auf und sagte zu Hekenua:

»Keine Hast. Meine Krieger stoßen als Keil in der Mitte vor.«

Im vagen Licht sahen die Soldaten Chakauras im

Norden die Gewitterwolke wachsen. Ihre klobige, brodelnde Spitze wurde von den ersten Sonnenstrahlen getroffen. Die Männer rückten von allen Punkten der kreisförmigen Umfassung auf den Standort der Nomaden zu; weit hinter Nachtmin beluden die Eseltreiber ihre Tiere und warfen angstvolle Blicke auf die beiden Wolken. Hekenua hielt mit Nachtmin mühelos Schritt.

»Du willst die Entscheidung, Feldherr? So wie voriges Jahr in Iken, als ich euch von der Mauer aus zusah.«

»Ja. Wenn wir den Sturm abwarten«, knurrte Nachtmin und rückte das Kampfbeil im Gürtel über die rechte Hüfte, »zerstreut er uns, die Herden und alle Nomaden. Ich bin Vater des Heeres, nicht Großvater ereignisloser Tage.«

Sein Plan hatte lange Vorbereitungszeit gekostet und sollte noch an diesem Tag zum Erfolg führen. Bis jetzt schien jeder Schritt so erfolgreich zu sein, wie es sich Nachtmin gewünscht hatte. Der Kreis zog sich zusammen wie eine Seilschlinge. Nachtmin und Hekenua, geschützt von zwölf Dutzend Bogenschützen und Speerträgern mit großen Schilden, verließen die Täler der schützenden Dünen; als sie den Rand des offenen Hügellandes erreichten, zuckte lautlos ein gewaltiger Blitz von der Spitze der Wolke, die sich aufblähte und näherkroch.

»Dein Siegeszeichen, Shemer Feldherr.« Hekenua war zusammengezuckt; sie hielt lächelnd den Mantel am Hals zusammen. Die Säume peitschten gegen Knie und Waden. »Es wird die Nomaden erschrecken!«

Sokar-Nachtmin zuckte mit den Schultern. Sonnenstrahlen schossen beinahe waagrecht übers Land, strahlten die von brodelnder Schwärze geschwollene Gewitterwolke an, zeichneten über der Savanne einzelne Baumkronen, ließen in weiter Entfernung einzelne

Bronzewaffen aufblitzen. Noch immer waren die Geräusche der Schritte und winselnde Windstöße die einzigen Laute des Morgens. Wieder zuckte ein vielverzweigter Blitz in der Wolke. An einigen Stellen konnten die Soldaten sehen, wie das Gewölk den Boden berührte. Unbeirrt gingen sie weiter, in Sichtweite die ersten Gräser und Büsche der Halbwüste. Vor Nachtmins Trupp senkte sich der Boden zum Geröllband eines Trockenflusses. Noch waren keine Herden, keine Nomaden zu sehen, nur dünner Rauch zweier Feuer geradeaus im Westen.

Dort trafen Sonnenstrahlen auf die Staubwolke. Sie war wie eine hellbraune, fast goldfarbene Mauer, die sich in die Gewitterwolke hineinschob. Sokar-Nachtmin ging schneller, und als er zu sprechen anfing, war ferner Donner zu hören. Nachtmin nickte, als gehöre das dumpfe Grollen zu seinen Überlegungen.

»Weißt du, daß es der Neid ist? Neid und das Nicht-Verstehen von Bewohnern der Wüste, von Bergvölkern und Nomaden; Neid auf die Städte. Unsere Städte.« Zwei lange Blitze und Donner; lauter, schärfer. »Was sie nicht verstehen, die Jematet mit ihren dürren Ziegen, verfilzten Schafen und mageren Rindern, daß wir Land in Besitz nehmen und darauf pflanzen, ackern, weiden und bauen. Als ich vor einer Ewigkeit den ersten Nehesi getötet hab, töten mußte, ahnte ich es – sie hassen schon eine Lehmhütte, einen Kanal und erst recht jeden Menschen, der sich abends unter ein Dach setzt – wie ich, Karidon, der Goldhorus ...«

Wieder knatterten Blitze, als wollten sie jedes hervorgestoßene Wort in den Boden schmelzen. Beide Wolken stießen zusammen. Die Sonne stieg höher, aber ihr Licht hatte sich geändert: Jedes Sandkorn, jeder Grashalm bekam eine Farbe, die aus einer anderen Welt zu kommen schien. Nachtmins Blicke, die bis zum jenseitigen Rand seines Umschließungskreises zu reichen schienen, zuckten hierhin und dorthin, und noch bevor der nächste Donner seine Worte übertönen konnte, rief er Hekenua zu:

»Sieh dich um! Hier fängt die neue Grenze an. Kein Nomade soll sich wieder an Mu-Wer-Siedlern vergreifen. Jede Nachricht wird hier ihren Anfang haben!« Er lachte rauh. »Und viele Leben enden heute hier; die ‚Fürstin der Einöde‘ hat der Goldhorus das Land genannt. Schneller, ihr Tapferen!«

Das Gewitter walzte heran; eine Erscheinung, die nur Bewohner des Mündungsdreiecks kannten. Aus den harten Windstößen war der Vorbote eines Sturms geworden, der nach Süden jagte und die Soldaten traf. Zwischen den Donnerschlägen war Kampflärm zu hören. Trillerndes Geschrei drang hinter den Hängen des Trockenflusses hervor, Klirren, dumpfe Laute, Bronze schlug gegen Bronze. Nachtmins Trupp lief durch staubendes Gras am Rand der zerklüfteten Geröllader. Vor der Sonne bildete sich ein Schleier, ihr Licht wurde gelbrot. Nachtmin blieb stehen, seine Lippen bewegten sich, dann nickte er und brüllte:

»Sie treiben uns die Nomaden entgegen. Ein paar hundert!«

Zweihundert Schritte später trafen sie die ersten Wassertropfen, die wie kleine Steine aus dem Himmel fielen. Das Gewitter, das sich krachend und blitzend näherte, kämpfte gegen den Sandsturm aus dem Westen. Der Kampf am Boden hatte sich, soweit es Hekenua und Nachtmin erkennen konnten, an einem Dutzend Stellen festgefressen. Eine Rinderherde preschte mit gesenktem Gehörn heran und zwang Nachtmins Bogenschützen zum Ausweichen, und als sie die Bögen spannten und auf dunkle, fast nackte Gestalten schossen, rauschte das

Wasser schräg aus der halben Dunkelheit. Das also ist Regen, dachte Nachtmin; ich hab's Karidon nie recht glauben können. Der Regen vertrieb den aufgewirbelten Staub und die gnadenlose Hitze, drang in die Mäntel ein, tränkte sie und machte sie schwer, wusch in breiten Bahnen Staub und Schweiß von Körpern und Gesichtern, hämmerte Sand und Staub von Büschen, Gräsern und Baumkronen und verwandelte sich am Rand des Trockentals in kleine Rinnsale. Durch die Flut rannte, von Hunden bekläfft, eine Herde Schafe mit triefenden Fellen. Ein schleuderschwingender Hirte wurde von einem Wurfspeer in die Brust getroffen und fiel schreiend zwischen die Tiere. Inmitten der Wasserflut, des brüllenden Donners, der die Männer und Tiere taub machte, inmitten greller Blitze im roten Sonnenlicht schien Nachtmin verwirrt zu sein; er packte Hekenua an der Hand und rannte zu einem kleinen Hügel. Rings um ihn kämpften die Soldaten der Schutzgarde. Ihr Geschrei konnte niemand hören; jeder sah nur aufgerissene Münder. Einige Zeit später, nachdem Nachtmin seinen Unterführern Befehle gegeben hatte, hatte sich der Ring in ein unregelmäßiges Oval zusammengeschnürt und verkleinert. Zwischen den Soldaten vermochte niemand mehr durchzuschlüpfen. Sie trieben die Nomaden, die sich mit ohnmächtiger Wut wehrten, Schritt um Schritt dichter zusammen und nach Südost, auf das verlassene Lager zu. Nachtmins Männer hieben die Nomaden nieder, umzingelten Frauen und Kinder und fesselten sie; wieder galoppierte eine Rinderherde durch das Flußbett, in dem bereits knöchelhoch gelbstrudelndes Wasser stand. Das Gewitter war über dem Schlachtfeld, donnerte und spie gewaltige Wassermassen aus, ein Blitz spaltete einen Baum, setzte ihn in Flammen; der Regen löschte sie wieder. Ein Hund, die eigenen Eingeweide hinter sich herschleppend, sprang geifernd neben einer Schar Ziegen her und biß einen Speerträger. Er erschlug ihn mit der Kampfkeule. Pfeile flogen unhörbar durch die Schleier des Regens. Die Sonne war hinter der Wolke verschwunden, zwei Soldaten trugen einen Verwundeten auf dem Schild zur Seite, eine kämpfende Nachhut der Nomaden watete durchs Wasser auf die andere Seite des Flusses und wurde dort umstellt. Nachtmin schien eingesehen zu haben, daß niemand sein Geschrei hörte. Hekenua, die sich gegen die Rinde eines Baumstammes preßte, an der Wasser herunterrann, schmeckte den salzigen Regen auf ihren Lippen und starrte den breitschultrigen, krummbeinigen Feldherrn an, der auf magische Weise die Blicke seiner Männer auf sich zog. Er deutete auf einen Spalt unter der Masse der Gewitterwolken. Dort zeigte sich strahlender Himmel über Dünen, an deren Flanken zäh ein seltsamer Brei aus Sand und Wasser herunterkroch.

Eine Doppelreihe Soldaten, die gefesselte Männer mit den Speerspitzen vor sich hertrieb, kam aus westlicher Richtung. Sokar-Nachtmin gestikulierte, die Männer schüttelten die Köpfe, der nächste Blitz knatterte, als bräche ein Berg, zehn Chen-Nub weit im Süden; der Donner, sieben Atemzüge später, erschütterte die Körper. Hekenua begriff: Niemand kam mehr hinter diesen Speerkämpfern, denen schwarze Rinnsale aus den Perücken liefen.

Nachtmin deutete mit der Axt zum Lager. Hekenua versuchte ihren Mantel zusammenzurollen, sah in Nachtmins Gesicht und nickte. Der stürmende Regen war kalt gewesen, nun erwärmte er sich: Die Erde schien zu dampfen, aus Süd und Nord stapften Soldaten heran und folgten den anderen, ließen sich von Nachtmin die Richtung zeigen. Undeutlich verstand Hekenua:

»Nicht mehr als drei-, vierhundert. Mehr als die Hälfte Männer.«

Als die Bogenschützen, die am Fuß des Hügels gewartet hatten, Nachtmin und Hekenua sahen, bildeten sie einen schützenden Kreis und begleiteten sie. Ein Krieger hielt erbeutete Köcher in die Höhe: An vielen Pfeilen funkelten Bronzespitzen. Die Blitze, der Donner, der leiser geworden war, und der Regen, dessen Tropfen nicht mehr schmerzten, walzten nach Süden. Man konnte wieder seine eigenen Worte verstehen.

»Ein schwerer, aber schneller Sieg«, rief Sokar-Nachtmin. »Das Schwerste kommt noch.«

Er zeigte auf den Sandsturm. Tagelang hatte die gigantische Walze scheinbar bewegungslos in der Luft gestanden und war nicht einen Schritt nähergekommen. Jetzt, als die dunklen Wolken sich auflösten und das Sonnenlicht seinen bösen Glanz verlor, sich zur Tageshitze unerträgliche Feuchtigkeit in der Luft staute, kam die Sandwolke näher, als habe sie das Gewitter aufgescheucht. Wieder brüllte der Feldherr:

»Wir gehen zum Lager. Wir nehmen mit, was wichtig ist. Dann immer weiter, mit den Gefangenen, zu unseren Eselmännern. Nicht lange stehenbleiben, ihr Tapferen.«

Die Unterführer hoben zum Zeichen, daß sie ihn verstanden hatten, die Arme. Die Truppen des Hapilandes waren in großer Überzahl gewesen, dachte Hekenua, aber dies sicherte einen Sieg ohne große eigene Verluste. Vom Lager aus waren sie etwa fünfzehn Chen-Nub weit gegangen, achttausend Schritte. Hekenua kannte Sandstürme aus Wawat und selbst aus Itch-Taui, aber was sich in ihrem Rücken zusammenbraute, war der wütende Großvater aller Stürme, der sie alle, Nomaden und Krieger, umbringen konnte. Schweigend folgten sie dem Hauptteil des Heeres und blinzelten in die Sonne; der

Wind hatte eine Hälfte des Himmels leergefegt. Den Weg markierten Zeugen der Kämpfe: tote Schafe, im Todeskampf zuckende Hunde, Rinder mit gebrochenen Läufen – die Soldaten schnitten ihnen die Kehlen durch –, alte Frauen mit Pfeilen in der Brust, ein lächelnder Säugling, dessen Körper von Speerwunden aufgerissen war, einige Greise mit zerschmetterten Schädeln, ein toter Rômet, verlorene oder weggeworfene Nomadendolche aus Bronze und Hausrat. Plötzlich hörte der Regen auf. Als die ersten Dünen vor ihnen auftauchten, sagte Hekenua:

»Es ist weit bis nach Itch-Taui, Feldherr. Oder bis zu den Schiffen im Mu-Wer.«

»Der Sturm wird uns in drei, vier Stunden erreichen, Shenet.« Nachtmins Gesicht zeigte Besorgnis und Unruhe. »Für uns ist es gleich, ob er uns in den Schiffen erstickt, in der Wüste oder in der Stadt. Wenn wir es den elenden Nomaden abschauen, glaube ich, überleben wir zwischen dem Lager und dem Rand vom Scha-Resi-Gau besser.«

»Du fürchtest dich nicht davor zu ersticken?«

»Wer Schläge austeilt, Schönste, wer tötet, ohne lang zu zögern, muß einstecken können.«

»Ich will weiterleben, Feldherr.«

»Ich auch. Wir alle. Mitunter stirbt es sich schnell, Hekenua. Im allgemeinen, wenn ein paar tausend Männer dich – auch mich – beschützen, ist es schwerer, ganz einfach zu sterben.«

Er verdoppelte das Maß seiner Schritte, um zu seinen Männern aufzuschließen. Noch immer hielt sie mühelos mit. Er lächelte ihr zu, und sie sah wieder einmal verwundert, daß trotz der vielen Narben seines Körpers seine Zähne vollständig und weiß waren. Ungeachtet ihres Zweifels an Karidons Ehrlichkeit sagte sie:

»Denk daran, Nachtmin, daß ich in Itch-Taui deinen grünäugigen Freund treffen und seine Nachrichten von den Grenzen weitergeben muß.«

»Seit hundert Schritten denke ich wieder daran.«

Die letzten des Heeres erreichten das Lager, aßen und tranken hastig, schulterten Teile der Ausrüstung, die von den Eselmännern halbwegs ordentlich zurückgelassen worden waren, und folgten deren Spuren, die Gefangenen vorwärtstreibend. Woher, dachte Hekenua, hatten die Nomaden bronzene Axtklingen, Pfeilspitzen und Dolchschneiden? Von den Bronzehändlern? Eine Stunde nach Mittag peitschten die ersten Sandkörner des Sturms in ihre Rücken und Nacken.

Bis zu den Schiffen, dem Kanal im Sumpf und der Straße nach Itch-Taui verstrich eine Ewigkeit voller Qualen.

Zwölf Stunden am Tag bestand die Luft aus einem Gemenge aus kochendem Staub und Sand. Die Männer drängten sich zusammen; Esel und Krieger, knatternde Leinwand, nasse Tücher, Krüge voll Wasser, Haufen im Sand verschwindender Schilde, Speere und Waffen bildeten Hügel in der unendlichen Flut rasender Myriaden und Abermyriaden scharfkantiger Körner, die in den Nasen bissen, zwischen den Zähnen knirschten, Ohren verstopften, die Augen blendeten, sich in die Atemluft mischten, die Männer und Tiere verschütteten und unter kleinen Dünen und langgezogenen Verwehungsdreiecken begruben. In den kalten Nächten, wenn der heulende, wimmernde, kreischende Sturm vorübergehend an Kraft verlor, begannen diese Haufen zu leben, bewegten sich, entließen unkenntliche Körper, die stöhnend und ächzend nach Luft schnappten, gierig tranken, kaltes Zeug herunterwürgten: Sand war überall. In stinkenden und verlausten Perücken, zwischen Stoff, Leder und Haut, in den Ohren, Waffengehängen, unter den Nägeln der Finger und Zehen, in den Augenwinkeln ebenso wie in den Alpträumen. Nachts, wenn nur wenige Sterne blinkten, in der Wolke aller Wolken, schleppten sich Soldaten, Unterführer, Esel und Gefangene weiter, dem Sepedet entgegen, der sich manchmal blinkend zeigte; jeder wußte, daß der Sandsturm längst im Hapiland wütete, Mauerkanten rundschliff, Farben tilgte, Bilder zerstörte, Häuser und Tempel zuwehte, Kanäle füllte, Tiere und Menschen erstickte und wandernde Dünen auftürmte und wieder abtrug.

Sokar-Nachtmin fluchte, zerrte Esel aus dem Sand, trug Nomadenkinder auf den Armen ins Freie, schleppte Wasserkrüge, half, Brunnen freizuwühlen, verteilte Fußtritte, Fausthiebe, Lob und Tadel, sammelte Kampfkolben auf und hielt seine Männer samt den Gefangenen zusammen und kam, verwahrlost, halb verhungert und verdurstet wie alle anderen, zugleich mit dem Ende des Sturms nach Itch-Taui. Den Soldaten war die Stadt fremd geworden, die Bewohner erkannten ihre eigenen Söhne nicht wieder.

Eben brachte mir ein Bote ein Shafaduröllchen, das mit einem dünnen Bronzedraht umwickelt war. Obwohl mein Tisch übersät ist von flüchtigen Niederschriften anderer Schreiber – Nachtmins, Hekenuas, etlicher Boten aus den Gauen hapiaufwärts –, wickle ich den glänzenden Faden auf, rolle das Blatt auseinander und lese:

Karidon von der Auge der Morgenröte an Merire-Hatchetef. Fünfmal abgeschrieben, durch Boten: Mit viel Nechoschet kommen wir am Beginn des Choyak, wenn wir den Hapi befahren können, nach Itch-Taui.

34

Millionen Grüße an dich, Sokar-Nachtmin, Nefer-Herenptah, an den Verwalter des Parennefer-Hauses und – an Chakaura. Wir sind gesund, wohl und reich: Vielleicht hat der Goldhorus eine neue Aufgabe für uns, bei der wir uns nicht langweilen. Zinn ist teurer geworden, der Preis für Kupfer fiel. Laß Henket-Krüge ins kalte Wasser stellen. Der Goldhorus möge für Wein und wohlgeformte Tänzerinnen sorgen.

Merire-Hatchetef legte das Blatt zur Seite, lächelte und hob die Trinkschale an die Lippen. Sie war, wie der Krug, voll mit starkem Keftiwein. Merire unterdrückte den Schmerz in den Zähnen, nahm einen zweiten Schluck und las mit halb zugekniffenen Lidern das bisher Geschriebene. Er nickte, kaute mit schmerzenden Zähnen einen Binsengriffel weich und tunkte die Spitze ins Schwarze; er schrieb:

SIEBENMAL SIEBEN TAGE des Jahres 27 sind vergangen. Es ist weit nach Mitternacht. Jeder Tag, an dem die Spuren des Braunen Würgers um ein weniges getilgt werden, ist wichtig. Viel wird zu schreiben sein aus den Gauen. Viel Arbeit ist nötig, bis Tempel, Palast und Stadt wieder im alten Glanz erstrahlen. Viele drängende Fragen werde ich Karidon stellen. Auch der Goldhorus wird die *Auge der Morgenröte* mit sorgenvollem Herzen und Argwohn willkommen heißen.

1. Nach dem Sturm: Rätsel und Aufbruch

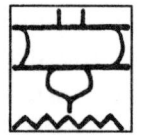 Die roh bearbeitete Säule, fünfundzwanzig Ellen lang, lag halb im Sand versunken am Hang des Dammweges. Karidon und Priester Merire-Hatchetef sahen zu, wie Fischer, deren Boote langsam in der Strömung trieben, gekrümmte Amaahölzer in Entenschwärme schleuderten; ab und zu brach der wirbelnde Holzschenkel das Genick eines Vogels im Schilf. Modergeruch zog vom Wasser heran. Der Priester deutete auf einen Strauch, der von handgroßen Blüten übersät war. Bienen summten davon, eine Blüte löste sich und fiel zu Boden.

»Am Morgen hat sich die Blüte geöffnet, einen Tag lang erfreut sie durch Schönheit und Duft. Am Abend welkt und fällt sie, nachts verdorrt sie. Ihr Dasein hat sich erfüllt, Kari.«

»Was willst du mir damit erklären, Sesh Merire?«

»Tage und Nächte unser aller Leben gleichen der Blüte: dem, was wir sind und was wir recht zu tun glauben. Die Spanne unseres Lebens ist länger als das Leben der Blüte; wenn wir am Ende des letzten Abends dahingehen, welken wir nur scheinbar; wir blühen und leben im Seelenland Amenti. Auch wenn wir es nicht erkennen können – alles, was wir getan haben, tun und tun werden, ist Teil des Großen Gefüges. Eines bedingt das andere, ist verwoben mit dem Tun aller Menschen. Von je-

dem bleibt etwas, auch wenn du es nicht sehen kannst.«
»Das sagen deine Götter, Merire?«

»An die du nicht glauben mußt. Ich will damit sagen, daß du an allem, was mit dir geschieht, nichts wirklich ändern kannst. Denk an die Worte des Priesters in Alashia.«

Karidons Blicke verfolgten eine grüne Eidechse, die sich sonnte und auf eine Fliege zukroch. »Die Lähmung, die ich spüre, hat verschiedene Gründe; du kennst sie nicht alle.«

»Deine Gründe sind Erinnerungen, Gefühle und vielleicht Selbstvorwürfe. Schwarze Träume der Einsamkeit nach dem Tod deiner schönen Prinzessin. Dein angeblicher Verrat. Sie werden vergehen: Morgen öffnen sich neue Blütenknospen. Unordnung ist nichts anderes als die unbegreifliche Ordnung der Götter; das gilt auch für Wellen und ferne Inseln. Wenn es dir gelingt, dich in den Kern deines Ka zu versenken, wirst du erkennen.«

»Was werde ich erkennen?« Karidon erinnerte sich nicht, Merire jemals so überzeugend sprechen gehört zu haben. »Meine Unfähigkeit, mein Leben so gut zu steuern wie die *Morgenröte*?«

Die Fliege summte davon, die Eidechse verschwand im raschelnden Gras, eine Katze, deren Schwanzspitze zuckte, näherte sich. Frühabendliche Ruhe senkte sich über den Tempelbezirk. Merire nickte bedächtig.

»Vielleicht erkennst du in der Unterwelt düsterer und mutloser Gedanken ein hilfreiches Licht, wie den Sepedetstern, der abermals die Flut ankündigt.«

»Wenn es ein anderer sagen würde, Merire ... dir kann ich es glauben.« Karidon sah in die riesige gelbrote Sonne, die hinter senkrechten Gattern aus Palmenstämmen und Ried sank. »Nach all dem Reden: Was soll ich tun? Ich fürchte mich vor denen, die hinter den bösartigen

Gerüchten stehen, und noch mehr fürchte ich die Rachsucht dieses Kupfergruben-Fürsten.«

Merire-Hatchetef streckte die knochige Hand aus. Durch einen schmalen Seiteneingang, dessen Tür offenstand, kamen sie hinter den Säulen zum Garten, der das Gästehaus umgab. Viele Schäden des Sandsturms waren beseitigt. »Woran denkst du, Karidon? An lebenslange Verfolgung durch Anatnetish? An Chakaura, der an deiner Freundschaft zweifelt?«

»An beide. Und an die Quader, mit denen die Höhle meiner Erinnerungen vermauert ist. An den einäugigen Priester, an die Ahnung des Sonnenaufganges an Keftis Küste.«

»Schlaf dich aus.« Merire zeigte zum Palast. »Vieles hat sich geändert seit dem letzten Besuch der *Morgenröte*, damals, nachdem du wieder steuern konntest. Ich weiß nicht, ob Sokar-Nachtmin in der Stadt ist. Aber Chakaura wird dich bitten, ihm und dem Hapiland zu helfen. Frag nach Hekenua; eine junge, schöne Frau wartet auf dich.«

»Im Gästehaus?«

»Ich weiß es nicht.«

»Und du, Sesh Merire? Glaubst wenigstens du mir?«

»Ich glaube dir. Ich geh in mein Kämmerchen; mögen weiterhin Thot und Imhotep sowie Sachmet und Sopdu mein Tun gnädig betrachten; später soll man's ohne Schwierigkeit lesen können.«

»Was wäre das Hapiland ohne dein emsiges Schreiben?« Karidon zog Merire an seine Brust. »Unwissend, ohne Erinnerungen, Träume, gelöste Rätsel und feine Erklärungen!«

Merire richtete sich auf und schüttelte den Kopf.

»Schwerlich, o keftischer Kapitän. Von der Million Fragen, die man später stellen mag, würde man ein paar

Dutzend beantworten können. Der Hapi schwemmt täglich Abermillionen Tropfen ins Große Grüne. Es gibt mehr Sandkörner, als alle Priester zählen können; mein Schreiben ist nur ein Lehmziegel zwischen unzähligen gleichartigen, bald vermauert im plumpen Irrgarten der Vernunft.«

Karidon winkte Ptah, der aus dem Eingang trat, und sagte leise:

»Eines fernen Tages werde ich deine Bescheidenheit begreifen können, Priesterlein. Noch vermag ich's nicht.«

»Keine Bescheidenheit, Kapitän. Nur Einsicht ins Maß der Dinge, ein klarer Blick auf die Waage der Maat.«

Ti-Djehuti wartete geduldig. Er lehnte in der Abenddämmerung an der Mauer außerhalb der Tore von Gubla; mit halb geschlossenen Augen beobachtete er eine Karawane trippelnder Esel mit riesigen Lasten auf den Rücken. Die Eselmänner zerrten und schoben die Lasttiere zum Brunnen. Dort, zwischen Zelten und Verschlägen, lagerten Händler aus dem Osten. Aus der sinkenden Staubwolke am Ende des Zuges löste sich eine einzelne Gestalt, sah sich um und kam langsam näher.

Djehuti hob langsam die rechte Hand, legte sie auf die Brust und verneigte sich. Er murmelte: »Es war nicht einfach, Fürst, aber – hier bin ich.«

»Ich seh's.« Der hochgewachsene Mann, dessen Haar im Nacken von einem Bronzering zusammengerafft war, ergriff Djehutis Handgelenk und schüttelte es. Im schwarzen Haarschopf leuchteten silberne Strähnen; der Wanderer, der Schild, Wurfspeer, Bogen und Köcher auf dem Rücken trug, war von der Stirn bis zu den Sandalen mit Staub bedeckt. »Was kannst du berichten?«

»In der Schänke beim Tor hab ich zwei Nachtplätze für uns. Traust du dich in die Stadt?«

»Nur in der Nacht. Sind sie hier?« Die Stimme des Wanderers war leise und schneidend. In seinem Gesicht voller Schweißspuren rührte sich kein Muskel. Die Augen blickten scharf und schnell wie die eines Falken; der Fürst schien überall mögliche Gefahren zu wittern. Er starrte Djehuti forschend an.

»Nein. Zuletzt waren sie in Djeden und Iqarat. Sie sind nach Menefru gesegelt.«

Beide Männer schwiegen ein paar Atemzüge lang. Die Esel, deren Lasten abgeschnürt wurden, schrien schauerlich. Einige Männer trieben die Tiere von den Trögen zurück. Djehuti und Anatnetish gingen zum Tor.

»Was weißt du von ihnen?«

»Sie segeln unermüdlich von Hafen zu Hafen, sie werden reicher; das Glück der Götter verfolgt sie. Im Winter ruhen sie meist in einem Gutshof nahe Menefru-Mirê. Dort werden sie von Kriegern bewacht. Ein Freund des Bronzehändlers ist Sokar-Nachtmin, der Oberste Herr aller Heere.«

Der Fürst zog langsam den Dolch aus der staubigen Scheide. »Weißt du, wo der Gutshof ist?«

»Ja, Herr. Meine Späher sind zuverlässig.«

»Kannst du dich unbemerkt heranschleichen?«

»Nur auf weiten Umwegen, durch die Wüste.«

»Also kannst du ihnen schaden. Wirst du sie töten können?«

»Vielleicht. Aber nur aus dem Hinterhalt.«

»Wir reden in der Schenke darüber.« Anatnetish ließ sich von Djehuti ins Halbdunkel der baumbestandenen Gasse ziehen. »Einmal haben meine Getreuen jenen jungen Bronzehändler fast erschlagen; man fing, befragte und tötete sie. Du brauchst viel Mut.«

»Und viel Gold für jene Männer, die ihre Augen zur rechten Zeit abwenden.« Djehuti zeigte auf das Vordach der Herberge.

»Es ist genug da. Spüre sie auf, komm zurück und berichte: Ich will, daß keine Zeit verloren wird.«

Die Männer traten ein und setzten sich an einen kleinen Tisch unter dem Gebälk. Djehuti rief nach Henket.

»Viel Zeit, Fürst, viel Gold und Geduld, viel Gefahr. Niemand bleibt lange unentdeckt an den Ufern des Stromes. Ich vermag allein viel zu tun, aber um die Bronzehändler zu töten, brauche ich ausgesuchte Krieger.«

Die Sklavin stellte große Becher auf den Tisch. Die Männer tranken, als wären sie halb verdurstet. Anatnetish stützte die Arme schwer auf die Platte, holte tief Luft und blickte sich um. Niemand beachtete die Fremden.

»Zuerst schlagen wir uns die Bäuche voll. Dann ins Badehaus.« Der Fürst leerte den Becher. »Wir werden über jeden deiner Schritte lange reden. Und wenn es das letzte ist, was ich schaffe – ich will den Bronzehändler und seine Mannschaft, alle! tot sehen.«

»Ich weiß, Fürst.« Djehuti trank den letzten Schluck Bier und winkte der Sklavin. »Dafür gebe ich dein Gold anderen Männern; es sind geübte Mörder.«

Als Karidon am nächsten Morgen vor der Götterstatue im Palastgarten stehenblieb, sah er sein Spiegelbild in der goldenen Sonnenscheibe des Rê-Harachte: scheinbar älter als Jehoumilq, weißhaarig an den Schläfen, sonnengebräunt und selbstbewußt lächelnd. Er blickte auf und atmete frische Luft, schüttelte sich und hörte eine ruhige Stimme; Ptah-Netjerimaat sagte mit bedeutungsvollen Pausen zwischen den Worten:

»Du mußt ausruhen, Krabbe. Hast du etwa die ganze Nacht geredet und Wein getrunken?«

Karidon schüttelte den Kopf und sah sich im Garten um. Ptah zog ihn zum Eingang.

»Ich muß nachdenken, ohne Henket und Wein.« Karidon starrte seine Zehen an. »Ich hab fast nichts getrunken. Es war ein langer, seltsamer Traum. Wir waren mitten im Sandsturm: Nachtmin, Ikhernofret und Cha-Osen-Ra ... wir haben unendlich viel geredet. Hat eine Frau, Hekenua, nach mir gefragt?«

Ptah-Netjerimaat schüttelte schweigend den Kopf.

Die *Auge der Morgenröte* war am einundzwanzigsten Athyr hapiaufwärts gesegelt und durch den Kanal nach Itch-Taui gerudert worden. Die Mannschaft ruhte sich in Mlaissos Häuschen aus. Ptah-Netjerimaat und Karidon, im Gästehaus des Per-Ao, warteten auf Chakauras Rückkehr aus dem Süden und auf Ladungen besonders wertvoller Beute; teure Handelsgüter, die sie gegen Zinn und Bronze tauschen wollten. Karidon konnte sich nur zögernd aus dem klebrigen Gespinst des Traumes lösen. Er forschte, während er sich badete, den Bart schabte und einölte, nach etwas Greifbarem im Schatten des Bedeutungsvollen. Er schlief im kühlen Halbdunkel des kleinen Raumes, wankte zum Eingang: später Nachmittag. Er leerte einen halben Krug abgestandenen Dünnbiers und schien nach kalten Wassergüssen wieder klar denken zu können. Vorsichtig trug er Becher, rußige Lämpchen, Schalen und Krüge in die Küche des Gästehauses und sagte zu der hochgewachsenen Kushitin: »Etwas Brot, Shenet, Brühe und kaltes Henket. Nein, nichts von dieser Suppe. Danke.«

Der mißfarbene Brei roch durchdringend nach gerösteten Palmnüssen. Karidon hockte sich auf einen Schemel und aß. Er zwinkerte, als von den Kesseln Dampfschwaden und Holzkohlenrauch in sein Gesicht schlugen; die Kushitin blinzelte zurück und lächelte mit kleinen, weißen Zähnen. Sie strich sich über die Hüften und streckte die Brüste vor.

»Du bist der Bronzehändler, Herr, nicht wahr?« sagte sie. Karidon nickte und wischte die Schale leer. Er schob das frische Brot zwischen die Zähne. »Mit den grünen Augen. Der Freund von Ptah, der so freundlich lächelt, ein Shemer-Freund im Palast. Bleibst du lange, Herr?«

»Bis Chakaura und das Heer kommen, Shenet.«

»Ich bin die Oberste Aufseherin der Vorratskammern.« Sie hielt ihm einen Korb voll süßem Flechtgebäck entgegen, dessen Rand sie gegen die Brüste preßte. Karidon nahm ein kleines Stück der braunen Dattelküchlein. »Abends sitz ich am Teich und langweile mich.«

»Wenn ich mich langweile«, brummte Karidon und biß in den Kuchen, »komm ich zum Teich. Dann langweilen wir uns zusammen.«

Sie lachte gurrend, als er die Küche verließ und langsam zum Kanalweg ging. Karidon näherte sich der Säule, auf der sie gestern gesessen hatten. Jetzt hämmerten und meißelten Künstler Bilder und Schriftzeichen in einen Teil der Rundung. Schwarze und rote Gitterlinien waren zu sehen; die Männer gebrauchten Bronzemeißel, solche mit Eisenspitzen, und doppelt faustgroße Steine, die härter waren als der Stein der Säule und die Oberfläche polierten. Karidon sah ihnen zu und grinste in sich hinein. Es schien, als gelänge es ihm, seinen Lebensbogen wieder zu spannen und den Pfeil hoch und weit zu schießen; wo er einschlagen würde, konnte Karidon nicht ahnen.

Als er auf eine der westlichen Türöffnungen zuging, sah er auf der Terrasse eine Frau auf der gemauerten Bank sitzen, die langen Beine übergeschlagen, mit schwarzem Haar, dessen dünne Zöpfchen wie eine Perücke geflochten waren. Abendwind hob und senkte das Sonnensegel. Karidon blieb stehen, als die Frau die Hand hob.

»Du bist der keftische Bronzekapitän Karidon, Neb?«

»Ich bin Karidon.« Er lehnte sich gegen die Säule und betrachtete die Frau. Sie war höchstens achtzehn, gekleidet wie eine einflußreiche Rômet; von kühler, ungewohnt selbstsicherer Schönheit. »Du wartest auf mich? Bist du Nebit Hekenua?«

»Ja. Ich zähle, wie du, zu Sokar-Nachtmins Freunden. Ich war mit ihm in Kush, Wawat und im Großen Sturm. Ich weiß vieles von dir; auch über einen Köcher voll übler Gerüchte. Wollen wir reden?«

»Worüber? Über das, was ich nicht von mir weiß?«

»Über den Willen des Goldhorus. Er will, auch für seinen Sohn Ameni, neue Gruppen Späher und Sucher bilden.«

Karidon nickte in die Richtung der Torsäulen.

»Außer uns ist wohl niemand im Gästehaus. Warum gehen wir nicht zum Hafen und reden? Bist du der Bote aus dem Palast, oder, so wie damals die Prinzessin, Ohr und Mund des Goldhorus?«

Hekenua streckte lächelnd die Hand aus. Karidon zog sie in die Höhe und roch den Duft teuren Balsams und jungen Schweißes.

»Nachtmin hat mich neugierig gemacht. Der Goldhorus oder sein Tatji werden dich bitten, wenn es soweit ist. Ich soll, sagt man, Nachrichten aus Sonnenuntergang und Sonnenaufgang sammeln und verwalten, von Tjehenu und dem Asmach. Solche Augen wie deine hab ich noch nie gesehen.«

»Sie sind selten im Hapiland.« Karidon lachte kurz. Sie gingen an Arbeitern vorbei, die im trockenen Teich

Sand in Körbe schaufelten und manche Fugen der Bodensteine mit heißem Erdpech versiegelten.

»Noch sehe ich alles Wichtige klar und deutlich, also auch, daß deine Großeltern und Eltern keine Rômet waren.«

»Die Goldkörner in Chakauras Schatz kommen auch nicht aus einer einzigen Grube.« Sie traten aus dem Mauerschatten ins warme Abendlicht. Hekenua berührte Karidons Schulter und hob den Kopf. »Das Beste aus Kush, Wawat, Itch-Taui und Tjehenu – das ist Hekenua. Ich kann drei Sprachen, kann sie auch gut schreiben, und Feldherr Sokar-Nachtmin vertraut mir.«

»Mir wahrscheinlich nicht mehr«, sagte Karidon. »Und vielleicht war der schauerliche Traum der letzten Nacht ein Zeichen. Die Bronzehändler sollen also wieder Nachrichten sammeln und Briefe senden? Seltsam.«

»So ist es wohl gemeint. Hast du auch von mir geträumt?«

»Dann wäre es ein schöner Traum gewesen.« Karidon blieb stehen; seine Blicke kletterten an den Gerüsten hinauf, auf denen Maurer die Sturmschäden ausbesserten. Die Wucht des Sandes hatte staubtrockene Mauern und Brüstungen bis auf die Schichten aus Rohrgeflecht abgeschmirgelt. »Alle haben im Traum auf mich eingeredet: Chakaura, Nachtmin, Cha-Osen-Ra, Ikhernofret, Jehoumilq und Ptah. Jeder will, daß ich bedeutende Dinge tue. Jedenfalls hab ich mir das vom Traum gemerkt.«

»Hast du oft ... üble Träume, Kapitän Karidon?«

»Nicht oft. Selten, dann aber düster, bedeutungsvoll und quälend.«

Langsam gingen sie Schulter an Schulter entlang der steinernen Umfassung des Hafenbeckens. Zwei kleine Hapischiffe hatten festgemacht und ein breitbäuchiges

Lastschiff mit Salz vom Wadji-Wer. Sklaven trugen die schweren Krüge zu den Vorratshäusern. Karidon nahm Hekenua bei der Hand und zog sie unter das Vordach von Beqis Schenke.

»Vergessen wir die Träume mit ein paar Bechern Henket.« Er winkte dem Wirt. »Bist du im Palast aufgewachsen, Hekenua?«

»Ja. Im Frauenhaus. Aber der alte Ikhernofret hat befohlen, daß ich die Sprachen meiner Eltern lerne. Er hat mich ins Per-Ankh geschickt zum Schreibenlernen.«

»Nebit Hekenua.« Karidon wartete, bis sie auf einem knarzenden Hocker aus Flechtwerk saß, »ich fange an zu glauben, daß wir am Ende eines kargen Tages einige üppige Gedanken vor uns haben. Zurück zu den festgefügten Dammstraßen der Rômetordnung! Sucher und Späher für Chakaura! Wie damals ...?«

Der Wirt stellte große Tonbecher voll dünnem Würzhenket aufs Tischchen. Rötliches Abendlicht kroch unter das Schilfdach. Karidon stützte die Ellbogen auf den Tisch, hielt den Becher mit beiden Händen und sah in Hekenuas Gesicht. Sie blickte selbstbewußt zurück, aus hellbraunen Augen inmitten silberfarbener Schminke, eingefaßt von feinen Koholstrichen.

»Damals ist lang vorbei, Bronzekapitän«, sagte sie fast flüsternd. »Man sagt, ihr bleibt am Hapi, wenn die Winterstürme auf dem Großen Grünen heulen, trotz unschöner Gerüchte. Erzähl mir von deinen einsamen Nächten im Gutshof zwischen Wüste und Hapi.«

»Wenn du noch länger in meinem Gesicht nach Träumen suchst«, sagte Karidon, streckte die Hand aus und wartete, bis Hekenua ihre Finger zwischen seine schob, »werden bestimmte Nächte nicht einsam sein. Seefahrer sind gewohnt, nachts viel zu erzählen; viel Wahres und vorzüglich Erlogenes.«

»Ich bin Chakauras Ohr.« Hekenua zog mit scharfen Nägeln vier Spuren durch Karidons Handteller. Die Härchen seiner Unterarme richteten sich auf. »Ich werde dich fragen und schweigend zuhören.«

Fünfundzwanzig Schritte von den halb steinernen, halb gemauerten Umgrenzungen des Kanals entfernt lehnte Ptah-Netjerimaat am rissigen Stamm einer Sykomorenfeige. Er streckte den Arm aus und zog Karidon zu sich heran. Etwa zwei Dutzend Sklavinnen und Diener hockten auf den Steinplatten, wuschen oder unterhielten sich. Der Mond hing wie eine reife Feige am Himmel. Schüttere Harfenklänge schwangen sich über die Palastmauern; eine warme, windarme Nacht.

»Als ob das Hapiland nach dem großen würgenden Sturm den Atem anhält, Kari, nicht wahr? Es hat sich etwas geändert; vieles werden wir erst später verstehen.«

»Was meinst du?«

»Amenirdis-Khenso, die Mondgleiche, hatte es endgültig satt, auf mich zu warten. Sie ging ins Haus eines Holzschnitzers, und man sagt, sie hat von ihm ein Kind. Auch Nefer-Ihat, schreibt Mlaisso, wartet längst nicht mehr auf dich. Das Los segelnder Seeleute; uns bedeuten die Straßen des Wassers mehr als die Mauern von Häusern und Palästen. Was hast du von Merire und Hekenua erfahren?«

»Vieles Schöne, noch mehr Übles. Später. Hekenua bleibt auch heut nacht bei mir. Einige Fragen sind in diesen Tagen unwichtig geworden. Hekenua ist wichtig; ob Gaitha, wenn Jehoumilq mein Vater ist, die Mutter wird, die ich nie hatte, jünger als ich – das ist weniger wichtig.« Er zögerte einige Augenblicke, lachte und sprach weiter, wie im Selbstgespräch. »Bedeuten die Blicke der Götter, daß ich tun soll, was sie, ausge-

47

drückt durch Maat, verlangen? Muß ich, nur weil ich vor einigen Jahren von der verdammten Totenbarke gesprungen bin, mein Leben ändern? Läßt mich Anatnetish in Ruhe? Das und anderes, an das ich mich später oder nie erinnere, träumte ich in der vorletzten Nacht.«

»Merire ist klug.« Netji lachte kehlig. »Er wollte zweierlei: dich zum Nachdenken zwingen und dir göttliche Fußtritte versetzen. Er selbst kann's nicht; du würdest nur kichern. Also rief er Träume und Götter zur Hilfe. Und vielleicht half ihm Hekenua, wer weiß?«

Ptah bückte sich, hob einen Krug auf und goß Wein in einen Becher. »Mir fällt ein – dort warten Weiber; eine schwenkt ihre Hüften nur für mich.«

»Ein gutes Wort zur richtigen Zeit.«

»Haben dein Herz, dein Ka und dein Glied wieder den Pfad der Fröhlichkeit gefunden, Kari?« Ptah lachte laut. Karidon hob die Schultern und brummte:

»Man wird sehen, Netji!«

Hekenua hatte den Kopf auf die Unterarme gelegt, ihr Körper wand sich und zuckte; sie keuchte und stöhnte ins zerwühlte Laken. Ihr langer Rücken glänzte vor Schweiß. Karidons Hände legten sich um die Brüste. Die Spitzen zwischen den Fingern waren prall, die glatten Schenkel erzitterten unter seinen harten Stößen. Er hörte sich ächzen, zuckte und richtete sich halb auf, packte Hekenua an den Hüften und ergoß sich in die heiße Tiefe ihres Körpers. Sie zitterte und streckte sich mit gespreizten Beinen langsam aus. Karidon schob den Arm unter ihren Hals und schmeckte, als er in ihre Schulter biß, den salzigen Schweiß. Seine Knie wurden schwach, ein Muskel krampfte sich in seiner Wade; er lag halb auf Hekenua, halb auf der Seite und glitt von ihrem schwitzenden Körper. Sie lag eine Weile schweigend da, drehte sich herum, legte ihre Hand um sein Gemächt.

»So war es noch ... niemals«, flüsterte sie und schob den Arm unter ihren Nacken. »Herrlich und gewaltig, o unbeschnittener Kapitän. Dreimal; und die Nacht ist nicht einmal halb vorbei.«

Karidon drehte sich auf den Rücken, schloß die Augen und spannte die Muskeln des Unterschenkels. Die große Narbe über dem Knie schmerzte. Hekenua richtete sich halb auf, ihr Mund glitt über seine Brust, er spürte ihre Zähne an seinem Hals. Sie murmelte:

»Dein Schiff soll verfaulen, Grünauge, dann mußt du länger bleiben. So lüstern und leidenschaftlich war's nie zuvor. Meine Lippen sind ganz trocken und wund.« Sie tastete nach der Trinkschale, wischte sich den Schweiß aus dem Gesicht und flüsterte stockend: »Wir müssen reden, Kari, über all das, was ich im Frauenhaus und im Palast gehört hab. Du bist kein Verräter, das weiß ich, aber ... was ist die Wahrheit?«

»Die Wahrheit ist böse«, murmelte Karidon, hielt die Augen geschlossen und holte tief Luft. »Vor vielen Jahren zerbrach unser erstes Schiff, die *Horus der Brandung*, im Hafen Gublas. Aus einer untergegangenen Truhe konnten wir ein Dutzend Beutel voll Gold bergen; das Gold Chakauras, das wir gegen Zinn und Bronze eintauschen sollten. Ein Teil davon wäre unser Lohn gewesen. In den Beuteln waren aber nur Sand, Kiesel und Bleikupfer.«

»Warum ist Zinn so wertvoll?« flüsterte Hekenua.

»Weil es selten ist, von weit hergebracht wird und weil niemand weiß, woher es wirklich kommt. Ich suche seit Jahren danach. Chakaura bestrafte einige Priester, aber niemals fand man einen Schuldigen im Palast. Seither führen Jehoumilq und ich nur solche Listen, die der Oberste beider Schatzhäuser liest und unterschreibt. Chakauras und meine Freundschaft hat – scheinbar – nicht gelitten; auch Merire, der alte Ikhernofret oder die Männer Sokar-Nachtmins fanden niemanden, der verantwortlich war für den Austausch der Goldbeutel.«

»Sokar-Nachtmin und ich haben Pfeilspitzen, Äxte und Dolche aus Bronze in der Beute der Nomaden gefunden. Auf dem Heerzug im Land der Fürstin der Einöde. Ist es Bronze, die du zu ihnen gebracht hast?«

»Es gibt Dutzende Handelskapitäne. Ich bekomme wenig Bronze und Zinn in den Häfen der Zedernküste, mehr Kupfer auf Alashia, viel gute Bronze von Fürst Pachos auf Keftiu. Jehoumilq und ich, wir kennen keinen einzigen Nomadenfürsten. Nicht einmal die Sprache kennen wir. Habt ihr die Gefangenen verhört?«

»Sokar-Nachtmin und Userhet haben das besorgt – sie haben gestanden: fremde, bärtige Kapitäne bringen Bronze zu den Tjehenuküsten.«

»Die *Auge der Morgenröte* segelt im Dreieck zwischen Itch-Taui, den Zedernhäfen und Keftius Westkap. Wenn man die Tage und Monde zählt, wird man sehen, daß wir zu den Nomaden nur im Winter hätten segeln können, und da hätte uns das Große Grüne umgebracht. Aber: uns alle kann ein Wink des Goldhorus vernichten.«

Karidons Finger wanderten durch ihr langes Haar; eine halbe Stunde lang hatte Hekenua die Zöpfchen entflochten und mit Wacholderöl gebürstet; er entsann sich des Geruchs von Tamahats Haar. Er streichelte ihren Nacken, die Schultern, und seine Hand glitt zwischen die Brüste. Er atmete tief und blinzelte ins Ölflämmchen, stützte sich auf den Ellbogen und sah zu, wie Hekenua gierig den gemischten Wein trank. Sie wischte über ihre dunklen Lippen und ließ die Schale neben dem Lager zu Boden rutschen. Im Halbdunkel bettete sie sich lächelnd auf seine Brust.

»Aber du lebst, Karidon. Du weißt alles, kannst alles, aber vielleicht kann ich dir zeigen, was du noch nicht kennst; seltsame Tjehenu-Bräuche vielleicht?«

»Wawat und Tjehenu sind weit; ich bin nur ein einfacher Seemann. Noch nicht.« Er hielt ihre Hände fest. »Laß noch etwas übrig für morgen und übermorgen nacht.«

Sie streckte sich neben ihm aus, atmete tief und schlug die feuchten Schenkel übereinander. Viele Atemzüge lang lag sie da wie eine Statue, dann nahm sie seine Hände und preßte sie auf ihre Brüste.

»Man munkelt viel im Palast. Du bist der Mann, den eine Prinzessin geliebt hat. Viele Neider hast du im Großen Haus.« Ihre weinfeuchten Lippen glitten über seine Brust, die Zungenspitze spielte in seinem Nabel, verlor sich im Haar des Gemächts, berührte naß und zuckend die Spitze des schlaffen Gliedes, ihre Lippen glitten, saugend und liebkosend, auf und nieder. »Deswegen die Gerüchte deines Verrats.«

Karidon knetete die hängenden Brüste. Er sagte leise: »Ich habe sie geliebt. Ob sie mich geliebt hat – die Götter wissen's. Vielleicht.«

Hekenua wartete, bis sich sein Glied aufgerichtet hatte, schob es zwischen die Brüste, preßte sie zusammen, bewegte sich langsam und stöhnend und setzte sich mit kreisenden Bewegungen. Karidon glitt in den heißen Schoß, legte die Hände um Hekenuas Hüften; sie beugte sich weit zu seinen Knien, hob und senkte ihr wiegendes Becken, schwankte, stöhnte und winselte, schwang sich auf und ab, riß den Kopf in den Nacken und schloß die Augen; die Muskeln unter der Haut ihrer braunen

Schenkel verkrampften sich. Ihr Mund stand weit offen, schließlich fiel sie schwer nach vorn und nahm Karidons Gesicht in beide Hände.

»Warum können wir nicht ... so bleiben, bis zum Ende, Grünäugiger?«

Ihr Schweiß tropfte ölig; Karidon hielt sie an den Oberarmen und schob die Daumen in die glatten Achselhöhlen. Die Lampenflämmchen zitterten; in den Balsamgeruch der erhitzten Luft mischte sich der Geruch der Rußfäden. Frösche und Grillen lärmten aus dem Garten. Karidon sammelte seine Gedanken und sagte erschöpft:

»Weil die seltsamen Götter es nicht zulassen.« Müdigkeit überfiel ihn wie eine langsame tiefgrüne Kreuzsee. »Weil wir sonst meinen, daß es immer so sein müßte.«

»Warum, mein kluger Geliebter?«

Hekenua nahm seine Hand und führte sie zwischen ihre Schenkel. Karidon bezwang sein Gähnen und murmelte: »Wir wären sonst wie Götter: frei, ohne Sorgen, ernährt von Priestern und Tempeln, im Himmelsblau, neben Rê-Harachtes Gestirn, ewiglich lebend, heruntersehend auf die Menschen.«

Er drehte, um dem Flackern des Ölflämmchens zu entgehen, den Kopf, atmete ruhig und schloß die Augen. Er schlief übergangslos ein und sah nicht, daß Hekenua die Lampe näherrückte, sich neben ihn kauerte und sein Gesicht durchforschte, als suche sie darauf die Wahrheit, seine Schuld oder die Spur einer Göttin.

Einige Stunden vor dem höchsten Stand der Sonne hatten sich Tausende Menschen entlang des Hapiarms und des Kanals versammelt. Den Streifen zwischen den farbigen Mauern und dem Hafen füllten die Bewohner der Stadt aus. Die Fahnen an den Masten flatterten, kupferne Bänder und vergoldete Horusköpfe warfen Blitze. Soldaten drängten die Menge an die Kanalufer zurück, während sich zwischen den Anlegestellen, den Mauern und Toren des Palastes breite Schneisen im Gewimmel der Neugierigen bildeten. Staub wirbelte auf, Schwaden von Gerüchen vermengten sich mit Rauch aus kupfernen Opferschalen. Auf den Dächern der Torbauwerke, von deren Brüstungen dicke Blütenkränze herunterhingen, stellten sich Fanfarenbläser auf; Trommelschläge und langgezogene Wirbel scheuchten Vogelschwärme hoch. Die Menschenmenge schrie begeistert, als sich hinter den Palmenwipfeln die Masten der Schiffe zeigten. Einzelne Rufe übertönten das Geschrei:

»Chakaura kehrt aus No-Amûn zurück! Er steht in seinem siegreichen Schiff! Unermeßliche Beute bringt er! Die elenden Nehesi sind besiegt!«

Priester und Palastdiener schrien Lobpreisungen, die Menschenmenge antwortete in stockenden Chören. Kreischende Trompetensignale schmetterten über den Hafen, als der Bug des ersten Schiffes, der *Lob des Month*, hinter den Säulen hervorglitt. Gleichmäßig hoben und senkten sich vierzig Riemen; die Gestalten im Deckshaus, die Ruderer und Soldaten an Bord waren geschmückt, das Sonnenlicht brach sich an Verzierungen aus poliertem Kupfer, Gold und Silber, an bronzenen Waffen; jede Blüte, jede Handbreit Farbe und das Weiß der Kleidung leuchteten und glühten. Chakaura stand im Schatten des blütenübersäten Deckshauses und hob den Arm. Ptah stieß Karidon an und sagte:

»Damals, als wir aus Kush zurückgekommen sind, war die Begeisterung sehr viel geringer. Niemand hat uns Blüten auf den Weg gestreut.«

»Damals war Itch-Taui ein kleines Kaff, und Chakaura hat noch nicht um seine Macht gezittert.« Karidon legte den Arm um Hekenuas Schultern und richtete seine Blicke auf die folgenden Schiffe, die den Kanal ausfüllten. Er zählte fast vierzig Masten. Die Schiffsrümpfe lagen tief im Wasser, zwischen den Bordwänden drängten sich Rômet und Kriegsgefangene. Ein kleines Heer Bogenschützen und Speerträger marschierte auf der Dammstraße auf die Stadt zu. »Überdies hat Chakaura nicht selbst in Kush gekämpft, sondern nur Beute und Gefangene von Nubt und No-Amûn abgeholt.«

Von den bilderstarrenden Mauern des Tempels, der Lagerhäuser und des Palastes hallten Lärm und Echos wider. Karidon, Hekenua und Ptah standen auf einem Granitblock und überblickten den Hafen und den Platz.

Die Riemen schlugen rückwärts, wurden eingezogen, das Prunkschiff legte an; vom Palast kamen in feierlicher Prozession die Mitglieder der königlichen Familie. Sklaven trugen Sänften, Priester hoben die Stäbe, die Fächer aus Palmwedeln, geflochtenen Binsen und Straußenfedern bewegten sich hektisch. Karidon schüttelte den Kopf und sagte: »In den Jahren acht, zehn, sechzehn und zwanzig hat Chakaura jenseits der Grenzen Krieg geführt und das Land Wawat halb entvölkert. Und im siebenundzwanzigsten Jahr hat er wieder zehntausend Nehesi in den Städten verteilt. Wo leben die vielen Menschen?«

»Im unbekannten Jenseits-Süden. Die jüngsten und schönsten hat er für Itch-Taui ausgesucht«, murmelte Ptah und sah zu, wie die schwerbeladenen Schiffe anlegten und die Planken zwischen dem Deck der *Month* und der breiten Treppe ausgelegt wurden. »Daran hat sich nichts geändert.«

Chakaura trug die blaue, helmähnliche Chepereschkrone und seine vergoldeten Waffen, nicht die unbrauchbare Zeremonienkeule. Er ging von Bord, stieg unter Jubelgeschrei, dröhnenden Trommeln und kreischenden Trompeten sieben Stufen hinauf und hob die Arme. Er wartete, bis alle Geräusche zu undeutlichem Murmeln abgesunken waren und rief:

»Im fernen Kush, am Westufer jenseits der Stromenge, habe ich einen Tempel errichtet. Sein Name ist: ‚Die Fesselung der Barbaren‘. Dort hat mein Heer ein Siegesfest gefeiert. Auch meiner Großen Königlichen Gemahlin wurden reiche Opfer dargebracht. Wir haben die Nehesi besiegt und zusammengetrieben. Die Alten arbeiten in den Bergwerken und Schmelzen, die jungen Sklaven und die Beute, viel Gold, Edelsteine und Kupfer, sind in den Bäuchen der Schiffe. Die Handelsstraßen habe ich vom räuberischen Nehesi-Gesindel gesäubert; Verwalter und Fürsten, die ich einsetzte, beherrschen die Länder Kush und Wawat.«

Die Soldaten schlugen die Kampfäxte gegen die Schilde, die Bewohner der Stadt jubelten laut und winkten, als die Ruderer begannen, Krüge und Truhen, Körbe und Traglasten von den Schiffen zu schleppen. Soldaten und Schreiber trieben die Schwarzhäutigen von Bord, sonderten kleine Gruppen ab und brachten sie zum Palast, zum Tempelbereich, zu den Häusern der Handwerker und zum Wohnviertel. Karidon sah, wie Chakaura das königliche Kind aus den Armen Neferet-Chenuts nahm, der Gattin, die der verstorbenen Sat-Hathor gefolgt war. Hunderte Stimmen riefen Segenssprüche, eine Gruppe Bäuerinnen stieß langgezogene, trillernde Schreie aus. Die Schreiber schienen zu wissen, wohin jeder einzelne Gefangene gebracht werden mußte; binnen kurzer Zeit waren die Sklaven nicht mehr zu sehen. In langen Reihen schleppten Schiffsmannschaften die Beute zu den Lagerhallen; die Bewohner deuteten auf edelsteingefüllte Körbe, Leopardenhäute, Straußeneier, lebende Affen in Käfigen, Kupferbarren und schwere Beutel voller Goldkörner, auf Netze voller Ochsengehörn, Schwarzholzbohlen und Bretter, Ledersäcke, aus denen es durchdringend nach Weihrauch und Myrrhe roch, und armlange Elefantenstoßzähne; Elfenbein für Schnitzereien. Karidon kletterte vom Steinblock, half Hekenua herunter und schüttelte den Kopf.

»Eure Ordnungssucht ist beängstigend, Netji. Schon jetzt wissen die Schreiber über jede Sklavin und jeden Deben Kupfer Bescheid, wie?«

»Von No-Amûn bis hierher war genügend Zeit, alles dreimal zu berechnen.« Ptah lachte kurz und zog Karidon auf den Kai zu. »Sehen wir, ob wir jemanden treffen, den wir kennen. Vielleicht Sokar-Nachtmin.«

Karidon wich Kindern aus, die sich um einen zerbrochenen Kampfkolben stritten. Der Goldhorus schritt, seinen Sohn an der Hand, inmitten der königlichen Familie und der Würdenträger durch die breite Gasse, die sich in der Menge geöffnet hatte. Wo er ging, warfen sich die Rômet zu Boden. Ptah zeigte auf ein Schiff, das neben der *Month* festgemacht hatte. Karidon erkannte Userhet und zwei dunkelhäutige Bogenschützen im Bug.

»Userhet sagt uns, wo Nachtmin ist, dieser spricht mit Osen-Ra, und vielleicht findet daraufhin der Goldhorus eine halbe Stunde Zeit für uns, die ratlosen Acht.« Ptah pfiff auf zwei Fingern; langsam drehte sich Userhet herum und winkte. »Man kennt uns noch, Kari.«

Die Mittagshitze trieb die Menschen in den Schatten. Der Platz leerte sich bis auf die schwelenden Opferfeuer und unzählige Lotosblüten. Karidon, Ptah und Hekenua setzten sich zu Userhet und Kholay unter das Sonnensegel und tranken kühles Henket; Ptah wies auf den Sand in der Bilge und meinte:

»Hoffentlich habt ihr soviel Gold wie Sand mitgebracht, Freund Userhet. Wie schwer ist es heutzutage, vor dem Antlitz des Goldhorus zu erscheinen?«

»Es waren viele Grausamkeiten, Kapitän: grausig heiß, ein grausames Rennen, Kämpfen, Schlachten und Gefangennehmen. Grausig viel Beute. Wärst du bei uns gewesen, hättest du Aufregung an jedem grauslichen Tag gehabt.«

»Ich habe Bronze für eure Waffen eingetauscht.« Karidon sah die Erschöpfung in den Gesichtern der Soldaten. »Wie geht es dem Goldhorus? Eben hat er nicht sehr fröhlich gewirkt.«

»Niemand ist fröhlich über einen Kriegszug. Ihm geht es gut, sein Sohn ist gesund, und das Land liebt Chakaura. Wie sehen eure Pläne aus, Neb Kapitän?« Userhet nahm den Helm ab, wischte ihn aus und hängte ihn an die Bordwand. »Weiterhin Handel mit Bronze für die Rômet?«

»Wenn Chakaura uns verspricht, weiterhin soviel Bronze oder Zinn einzutauschen wie bisher – denn eure Kupfergruben bringen viele gute Barren –, schlepp ich jedes Deben Nechoschet zum Hapi. Sag Sokar-Nachtmin, der Goldhorus muß mit mir sprechen; noch wissen wir nicht, wie es mit dem Spähen und mit zuverlässigen Boten weitergeht.«

»Übermorgen werden die Säulen des Palasts wanken.« Userhet rieb sich die Augen. »Der Goldhorus hat ein großes Fest angeordnet, zu Ehren des Sieges. Ihr wohnt im Gästehaus? Und die anderen im Königslehen flußauf?«

»So wie immer, Userhet.«

»Ich spreche mit Cha-Osen-Ra. Undenkbar, daß ihr nicht zum Fest eingeladen werdet. Der Goldhorus weiß nicht, daß euer Schiff hier ist. Nachtmin sorgt dafür, daß er es erfährt.«

»Danke, Userhet.« Karidon nickte Ptah zu. »Schick einen Boten. Wir genießen die Gastfreundschaft des Per-Ao. Aber wenn wir zu lange warten, holt uns die Überschwemmung des neuen Jahres ein.«

Karidon glaubte fest, er habe schon mehrere Male an dieser Säule gelehnt, an derselben Stelle des Palasts, umgeben von denselben Lauten und Gerüchen; er vermißte Jehoumilq und die anderen, die sich vor zwei Jahrzehnten lachend und trunken in der Menge wohl gefühlt hatten. Aber er stand im neuen Teil des Palasts, der in den alten Teil überging, dort, wo alles größer und prächtiger war. Auch die Musiker waren zahlreicher, ihre Doppelflöten und zweifachen Langrohre, Lauten und Harfen klangen lauter, die Tänzerinnen schienen jünger, schöner, schamloser und gelenkiger. Der Saal war an zwei Seiten offen, und aus Höfen und Gärten kamen die Bewohner der Stadt herein, klatschten zum Takt der Trommeln und der fellbespannten Schlagreifen in die Hände und tranken, bewunderten die Pracht und gingen wieder hinaus: Halb Itch-Taui feierte den Sieg Chakauras und des Heeres über die Nehesi von Kush. Hunderte Ölflammen und Fackeln leuchteten und stanken, das Gelächter und die Klänge schallten bis zum Kanal und zum Hafen.

Auf dem Podium, über die volle Breite der Säulenhalle, glitten Dienerinnen zwischen den Mitgliedern der königlichen Familie umher, boten Leckerbissen, Wein und Bier an; Chakaura und seine Gattin, deren Schwangerschaft deutlich zu sehen war, saßen auf vergoldeten Faltsesseln und betrachteten das Meer aus weißen und blauen Lotosblüten, Sklavinnen, Musikern und schmelzenden Salbkegeln, Tanzzwergen und gezähmten Affen,

58

Würdenträgern und Kindern im Schmuck der Seitenzöpfe, Priestern und Handwerkern, die verlegen an den Wänden standen und tranken, klirrenden Zesheshut-Rasseln und Dienerinnen, die Früchtekörbe durchs Gewimmel trugen.

Karidon hatte Chakaura eine halbe Stunde lang beobachtet und wandte den Kopf; er sah Sokar-Nachtmin, Ptah, Userhet und einige Unbekannte bei einer Gruppe schwitzender Tänzerinnen stehen, am oberen Ende der Rampe zum Garten. Er gab einem Diener den leeren Becher und schob sich zwischen den Gruppen tanzender und plaudernder Gäste hindurch.

»Hierher, Kari!« Ptah hob den Arm. »Alte Freunde, neue Gerüchte! Begrüße den jungen Ikhernofret, der Cha-Osen-Ra hilft.«

Karidon verbeugte sich knapp vor dem fünfundzwanzigjährigen Rômet, der ihn aufgeregt mit flackernden Augen anstarrte. Sokar-Nachtmin und Karidon begrüßten sich wortlos, sahen einander an; in ihren Gesichtern lasen sie Beunruhigung und leichtes Erschrecken. Nachtmins Züge waren eckig geworden und voll scharfer Falten inmitten der Narben. Seine Zähne waren weiß geblieben und vollzählig, das Kopftuch, verrutscht, zeigte wenig weißes Haar. Eine gezackte Narbe lief quer über die Brust. Leise sagte der Heerführer:

»Fast fünfzig Jahre voller Anstrengung, Kari! Man sieht's uns an, wie?«

»Voll Narben, aber noch immer gesund und stark.« Karidon hielt Nachtmins Handgelenke. »Du hastest von einem Sieg zum anderen, trotz der Bronzewaffen der Feinde, die von der *Morgenröte* kommen?«

»Im zwanzigsten und siebenundzwanzigsten Jahr des Chakaura!« Nachtmin winkte ab und lachte. »Man hat mir gesagt, du trägst das Haar lang wie eine Frau?«

»Hekenua hat's mit einem Küchenmesser ganz kurz geschnitten.« Ptah-Netjerimaat grinste. »Sag, Nehesi-Zermalmer, was sich Cha-Osen-Ra ausgedacht hat. Und du, Schönste, sorgst bitte für Bier; für uns alle.«

Die Tänzerin verbeugte sich und huschte davon. Userhet deutete zum Podium und runzelte die Stirn. »Deine Botschaft, Karidon, hat den Goldhorus erreicht. Er wird dich noch heute rufen lassen; während des Festes blicken weniger Augen auf unseren Herrscher. Ihr werdet allein sein.«

»Ich hör es gern.« Karidon holte tief Luft und straffte seine Schultern. Seine Augen schienen zu glühen. »Ich bedanke mich bei euch. Und, was gibt's noch?«

»Wir wollen ein paar Tage lang im Schilf jagen; jeder, der paddeln, sich von Mücken zerstechen lassen oder Enten schießen und fischen will. Genügend Boote sind da. Das haben meine Truppe und ich vorbereitet.« Nachtmin schlug Karidon gegen den Arm. »Cha-Osen-Ra hat gelacht und gesagt: In der Palastküche hat's schon lange keine gebratenen Gänse und Enten gegeben.«

»Das ist die Belohnung Chakauras fürs siegreiche Heer, bei Month, wie?« Ptah strahlte die Tänzerinnen an und deutete auf Karidon. »Wenn ihr mitkommen wollt? Es wird eine lustige Jagd, und der Käpten bringt Zedernöl gegen die Mücken mit.«

»Und ich die Nehesibogen«, sagte Userhet lachend. »Also! Morgen früh im Norden der Stadt am kleinen Kanal. Alle!«

»Wir sind geehrt, wenn ihr uns mitnehmt«, rief eine junge Tänzerin. Ein breitschultriger Kushite kam auf die Gruppe zu und verneigte sich. »Bronzekapitän Neb Karidon von Kefti?«

Karidon hob die Hand. »Ich.«

»Der Goldhorus, er lebe ewiglich, befahl, daß ich dich zum Saal der Millionen Geheimnisse führen soll.« Karidon drehte sich zu Userhet und Ptah herum. »Geht nicht weg. Ich glaube nicht, daß der Goldhorus viel Zeit hat.«

»Wir warten.« Ptah-Netjerimaat legte den Arm um die Schulter einer hellhäutigen Nehesitänzerin.

Alle drei Schritte in den Korridoren brannten in Nischen und auf Sockeln die Flammen großer Öllampen. Die Wände waren von farbigen Bildern bedeckt. An vielen Stellen strahlte Gold anstelle gelber Farbe. Karidon sah hundertmal Chakaura, der alle anderen Gestalten zwischen den Medu-neter-Zeichenreihen mehrfach überragte; in triumphierender und, gegenüber den Göttern, demutsvoller Haltung, mit sämtlichen Zeichen seiner Macht und aller gottköniglichen Würden. Der Sklave ging schweigend vor ihm her; im rötlich polierten Boden wanderten verzerrte Spiegelbilder mit. Karidon sah nach oben: zwischen Balken aus Zedernholz glänzten in den gemalten Himmelsbildern unzählige fünfstrahlige goldene Sterne. Eine Rampe führte zwischen Lotossäulen, dicker, als ein Mann sie hätte umspannen können, auf eine höhere Ebene. Eine zweite Säulenreihe schloß sich an. Die Decke verschwand im Dunkel. Der Kushite blieb vor einer Steinplatte stehen, blickte in Karidons Augen und drückte auf den linken Rand des Reliefs. Fast unhörbar schwang die Platte nach innen. »Der Goldhorus erwartet dich, Neb Kapitän.«

Durch das Tor der dicken Mauer ging Karidon geradeaus in einen Saal, den Dutzende Ölflammen halb ausleuchteten. Jeweils sieben Säulen in Abständen von fünf Ellen stützten die Decke, in deren Mitte, im viereckigen Ausschnitt, der Nachthimmel zu sehen war. Auf dicken

Binsenmatten standen vergoldete Holzsessel, niedrige Tische und Kruggestelle. Die Steintür berührte den gemeißelten Rahmen; es wurde totenstill. Chakaura stand neben einer Platte aus dunkelgrauem Granit, die über einem gemauerten Fuß zu schweben schien, und füllte zwei goldene Trinkschalen. Lampen aus weißglasiertem Ton brannten entlang den Tischkanten, auf Sockeln und in Nischen hinter den Säulen.

»Willkommen im Neuen Palast, im Saal der Geheimnisse. Es sind keine Millionen, aber genügend viele.«

»Daß dein Sieg von allen Rômet bejubelt wurde, Goldhorus Chakaura, ist kein Geheimnis.« Karidon ging näher. Chakaura hatte Krone und Kopftuch abgelegt. Er war fast kahl, die Lider hingen schwerer über die Augen, als Karidon in Erinnerung hatte; von der Nase zu den Mundwinkeln zogen sich tiefe Kerben. Als er lächelte, sah Karidon bräunliche Zähne. »Oft werden Glück und Jubel erst vollkommen durch das Unglück anderer.«

Chakauras Hände legten sich auf seine Schultern. Er blickte ihn an, als sähe er ihn zum erstenmal. Leise sagte er: »Niemand sieht dir an, daß du auf den Tod dagelegen bist, Kari. Zwei, drei Jahre älter als ich! Und ich weiß nicht, wie viele Jahre mir die Götter noch lassen; alles ist zu groß, so riesig geworden – jetzt bin ich mächtig, was ich wollte; die Macht nagt an mir wie der Sandsturm an den Mauern. Trink, mein Freund.«

»Du bist stark und gesund«, sagte Karidon und blickte sich um. Er lauschte dem Echo des letzten Wortes nach und nahm die Schale. »Dein Sohn ist gesund wie deine zahlreichen Töchter, deine Gemahlin schwanger, dein Palast könnte nicht prächtiger sein und wimmelt von schönen Menschen; glaubst du wirklich, daß dein Freund Karidon zum Verräter geworden ist?«

Chakaura erstarrte mitten in der Bewegung. Schweigend starrte er Karidon an, dann legte er das Gesicht in die Hände und stützte sich schwer auf den Tisch. »Einst hatte ich einen Bruder, Senwosret-Seneb. Er starb, bevor ich ihn richtig kannte. Tama-Hathor-Merit, Neferit und It-Kayt, die Schwestern, Sat-Hathor, die Gattin – alle sind tot, im Amenti.« Er zuckte mit den Schultern. »Bevor ich wirklich wußte, ob sie Freunde oder Verräter waren, bevor ich ihre Gedanken kenenlernen konnte – sie starben. Diese Gerüchte, Karidon, wir kennen sie. Ist etwas Wahres daran?«

»Ich frage zurück: Traust du mir und Jehoumilq zu, deine Feinde zu unterstützen, gleich, auf welche Weise?«

»Nein. Die Götter haben mir aber auferlegt, wachsam zu bleiben. Woher haben die Tjehenu, die ich mit der üblichen Grausamkeit strafen werde, die Bronzewaffen?«

»Nicht von den ehrlichen Acht der *Morgenröte*. Ich habe in den Häfen Itch-Tauis und des Zederngebirges drei Dutzend Händlerschiffe gezählt, und ich bin sicher, daß uns hundert Augen beobachten – man wird dir, Goldhorus, weiterhin viel Wahres und Unwahres berichten.«

»Das ist sicher. Jedes Wort aber wird man prüfen.«

»Brauchst du noch meine Bronze und Zinn, Goldhorus?«

»Mehr denn je, Bronzehändler.«

Sie hoben die Schalen; Karidon begriff, daß Chakaura ebensowenig wie er über diese Gerüchte reden wollte. Der Goldhorus schien zu fürchten, daß seine Alpträume wahr sein könnten. Er, Karidon, konnte seine Unschuld beteuern und beschwören; gegen das Gewisper der Mißgunst verlor er stets. Er sah sich um: In der Riesenhaftigkeit des Saales wirkten er und Chakaura winzig, trotz der vielen Flämmchen. Die Bilder an Säulen und Wänden glommen dämonisch und abgründig.

»Das war eine meiner Fragen.« Karidon lehnte sich an die Tischkante. »Mannschaft und Kapitän der *Morgenröte* sollen also weiterhin Anna-Metall und Nechoschet bringen, und wenn wir es finden, auch Baâ-Enepe-Erz, ja? Und wie in alten Zeiten sollen wir Neuigkeiten, Gerüchte und fremdes Wissen sammeln. Bevor du's von anderen erfährst: Die kluge, schöne Hekenua, dein Ohr und Mund, meine Geliebte, wird nicht mit mir segeln.«

Chakauras Arm wischte durch die Luft. »Gut so. Die beste Lösung. Jede Menge Erz, die ihr tauschen könnt! Ruht euch in der Stadt aus; nehmt euch Frauen – Hunderte sind aus Kush gekommen. Träumst du noch von Zinnhäfen?«

»Ja. Noch immer.«

»Sprich mit mir, bevor du sie suchst. Das Große Haus wird dir helfen. Ich habe die Macht; ich muß sie erhalten, für meinen Sohn Ameni. Vor zwanzig Jahren kannte ich noch jeden ehrlichen Verwalter. Bis mein Befehl die vielen Stufen – Vertraute, Verwalter, Unterführer, Baumeister – hinuntergekrochen ist, vergeht heute viel mehr von der kostbaren Zeit. Aber von Punt träume ich noch immer.«

»Ich sehe, die Jahre der Macht haben dich nicht jünger und schöner gemacht, o Goldhorus«, sagte Karidon. Die leere Schale klirrte auf der Platte. »Wir haben viele Narben; meine stammen nicht vom Kampf um Macht. Deine Feinde gibt es nicht mehr; von meinen träume ich bisweilen mehr als schlecht. Vielleicht denken einige zwischen den Mauern deines Palasts an den Mord am ersten Amenemhet. Vielleicht die gleichen, die Übles über mich in deine Ohren blasen?«

»Auch das plagt mich in den Nächten. Wenn ich alt

genug werde, wenn mich niemand umbringt wie ihn –
wirst du mit mir Schiffe nach Punt führen, als letzten
Freundschaftsdienst?«

»Wenn es an der Zeit ist.« Karidon nickte langsam.
»Nachdem ich die Zinnhäfen gefunden habe. Willst du
mitsegeln und die Macht in die Hände von Verwaltern
legen?«

»In siebenundzwanzig Jahren habe ich das Leben Unzähliger genommen, habe viele unter meinen Sandalen
zermalmt. Wenn ich meine Blicke jetzt auf Punt richtete,
gäbe ich die Macht leichtfertig in fremde Hände. Sie
würden sie anwenden wie die Sepatfürsten; um die
Einigkeit des Reiches zu zerstören. Ja, mißtrauisch bin
ich geworden! Höre ich, daß Karidon mit meinem Gold
für sich Handel treibt, glaub ich's nicht. Aber, flüstern
die Ohrenmurmler, wo man Rauch sieht, brennt Feuer,
der Wurm nagt an der Wurzel der Wahrheit. Ich bin an
den Thron gefesselt, bis Ameni mitregiert. Vergiß das
Geschwätz! Komm, ich zeig dir etwas.«

Er zog Karidon zwischen den Säulen zur Wand und
öffnete eine der vielen, drei Hände großen Kacheln.
Kühle, feuchte Luft fuhr in ihre Gesichter. Durch die leisen Klänge der Musik und das Murmeln vieler Unter-
haltungen hörte Karidon deutliche Stimmen; sie sprachen von Wein, über einen dunklen Winkel im Garten,
eine Frau kicherte, und eine Männerstimme sagte:

»Es ist ungerecht, daß es so viele schöne Frauen gibt
und so wenig Zeit.«

»Und so viele Arbeiten und Pflichten und noch mehr
Verwalter, die alles mit scharfem Auge betrachten.« Der
Unbekannte lachte und sog gurgelnd Bier durch Schilfhalme. »Der alte Goldhorus kennt alles, nur keine Ruhe.«

Chakaura schloß die Klappe und lachte. »So erfahre

ich vieles, was zwischen den Mauern geredet wird, aus vielen Räumen. Meist unbedeutendes Geschwätz, das den Lauf des Hapi nicht verändert. Aber mitunter gehen Frauen oder Männer, die allzu kühn reden, plötzlich verloren – Nachtmin schafft sie in die Bergwerke, sehr weit fort.«

»Die Wahrheit ist rauh und stachelig«, murmelte Karidon. An einer Wand zählte er sieben glasierte Tonplatten. »Besonders wenn man sie aus fremdem Mund hört und wenn es nicht die Wahrheit des Goldhorus ist.«

»Wahrheit ist wie eine junge Kushitin. Am schönsten ist sie nackt, ohne Schminke und Schmuck.«

Karidon lachte kurz. »Du und ich, Chakaura, bevorzugen Kushitinnen und Wahrheiten, glaub ich, in der Kleidung und im Benehmen der Rômet. Kushitinnen und die Wahrheit: beides.«

»Ja. Was wirklich ist, ist vernünftig. Die Maat muß gewahrt bleiben; deshalb gehen wir zurück zum Fest.«

»Herr«, sagte Karidon. »Du hast Jehoumilq und mir das Djatt-Königslehen gegeben ... «

»Dein kushitischer Freund verwaltet und vergrößert es.«

»Richtig. Das meine ich nicht. Laß ein zweites Haus auf dem Land bauen, mit einer Anlegestelle.« Karidon war von seinen eigenen Worten überrascht. »Ich habe mich endgültig entschlossen, nach langem Nachdenken in den vier Winden: Ich werde das Hapiland zu meiner Heimat machen, zusammen mit Hekenua, wenn du es in deiner Güte gestattest.« Er grinste. »Dann können deine Späher zusehen, wie ich dich betrüge!«

»Schweige von solcher Narrheit, Kari! So soll ... wird es geschehen!« Chakaura schien verwundert, seine Worte verloren an Deutlichkeit; er goß schweren Keftiwein in die Schalen. »Bronze, Zinn, deine Zinn-Suche,

Weihrauch aus Punt, die Frau, dein Haus und dein gold-
schweres Schiff – an alles wird gedacht werden. Denkst
du auch an meinen letzten Traum?«

»Ich denke daran und sonne mich in deinem Glanz.
Und – man wartet sicherlich auf dich. Auf mich wartet
eine schöne, glatthäutige Tjehenuhet.«

»Noch ein Schluck, dann gehen wir.«

Die Ränder der Schalen berührten sich mit weichem
Klirren. Chakaura setzte die Schale ab und gähnte. Er
bohrte seinen Blick in Karidons Augen; lange, ohne
zu blinzeln. Er schien unsicherer zu sein als Karidon.
Dann nahm er Karidons Arm und führte ihn zu einer
anderen Stelle des Saales, öffnete eine Holztür und
schob ihn durch die Aussparung der Mauer zu einer
zweiten Tür. Sie öffnete sich nach innen; heiße Luft, Geschrei, Gelächter und Musik schlugen an Karidons Ohren. Als sich die Tür schloß, standen Chakaura und er
am Rand des Podiums hinter einem Wandschirm in der
Halle des Festes. Chakaura nickte Karidon zu und war
nach wenigen Schritten verschwunden. Im Schatten
kletterte Karidon hinunter und begann Hekenua, Ptah,
Nachtmin und Userhet zu suchen; Hekenua fand er im
Garten vor der Palastterrasse.

2. Hekenua, Schilf und Wurfholz

Schlammwasser, Schaum und Bläschen wirbelten an den Schäften des dichten Schilfs, als Karidon das Boot durch eine Lücke paddelte, nicht breiter als eine Elle. Hitze lastete in den ausgedehnten Riedstreifen; Fliegen, Libellen und kleine Vögel summten und schwirrten um die Spitzen gilbender Pflanzen, die nach faulenden Schlinggewächsen rochen, nach dem Kot vieler Vogelnester und warmem Morast. Mit lautem Geschnatter flog, unsichtbar für Karidon und Hekenua, ein Schwarm Enten auf. Hekenua murmelte träge:

»In Wawat und im Westen, wo meine Eltern herkamen, ist das Land viel ärmer. Auch die Sümpfe – so viele Tiere hab ich noch nirgendwo gesehen, Karidon.« Sie zeigte auf eine olivgrüne Sumpfschleichkatze. »Kennst du das Tier?«

Er nickte und setzte das Paddel auf der anderen Seite ein. Mit kräftigen Schlägen schob er das schilfgeflochtene Boot, im Heck kniend, auf die Wasserfläche jenseits der Schilfmauer zu. Stechmücken sirrten, Frösche sprangen in weiten Sätzen davon, eine Schlange flüchtete schwimmend vor einem katzenähnlichen Tier mit graugoldenem Fell. Hekenuas verwunderte Blicke verfolgten die jagende Schwimmkatze.

»Eine Schleichkatze, ein Schlangenjäger. Beim Gutshof haben wir ein Pärchen solcher Katzen, die Weiden und Häuser frei von Schlangen halten. Tameri ist ein reiches Land.« Er ließ sich zurücksinken. »Wenn Chakaura weiter gut regiert, wird's noch viel reicher. Auch dein Leben wird besser sein als in Itch-Taui.«

Hekenua lag auf Karidons gefaltetem Mantel im Bug. Neben ihren hellroten Fußsohlen bündelten sich Pfeile, der Bogen, der Stakstab, eckige Amaa-Wurfhölzer und einige Netze, dazu der Korb mit dem Essen und die Bierkrüge, in nasses Tuch eingeschlagen. Hekenua trug einen weißen Schurz, breite Leinenbänder über den Brüsten und ein Kopftuch, von einem vergoldeten Kupferband gehalten. Karidon schien die Tropfen zu zählen, die vom Blatt des Paddels fielen; er hob den Kopf und lauschte auf den Lärm, den die Insassen der anderen Boote machten. Jedes Wort, jede Geste des Gesprächs im Palast wägte er, tastete er ab, suchte nach versteckter Bedeutung; er war sicher, daß der Giftstachel des Mißtrauens in Chakauras Herz stak.

»Seit ich dich kenn, Neb Kapitän, leb ich schon viel besser. Ein prächtiges Geschenk!« Sie schob die langen Finger unter den Halsschmuck aus Holzperlen, Elfenbein, Steinperlen und Golddraht und lachte hell. »Wir werden eure Enten und Gänse rupfen, fein würzen und braten – falls ihr sie fangt.«

Das Röhricht, fast sieben Ellen hoch, wucherte im kaum erschlossenen Streifen nordwestlich Itch-Tauis, zum See hin. Die Jäger waren vor Krokodilen gewarnt worden, und Sokar-Nachtmin mußte seinen Soldaten versprechen, alle Schilfjäger spätestens am nächsten Abend zu den wartenden Schiffen zurückzubringen. Drei Fischer fuhren mit und sorgten dafür, daß sich niemand verirrte.

»Vielleicht bin ich kein großer Fischer«, sagte Karidon, »aber mit manchen Worten und dem Bogen kann ich gut umgehen.«

»Aber ich kann den Bierkrug besser aufmachen als du.«

Karidon lachte. Das Boot schob sich an knackenden Halmen vorbei. Reiher flogen von einem abgestorbenen Baum auf, der weiße Kotspuren trug. Über dem See entstanden federförmige Wolken. Unsichtbare Deshera-Watvögel stießen in großer Entfernung ihre knarrenden Rufe aus. Eine kaum wahrnehmbare Strömung hatte das Boot erfaßt, und Karidon legte das Paddel über seine Knie. Es war, als trieben sie durch ein anderes Land, losgelöst aus der Gegenwart und weit weg von Wüstenei, Mauern, verhüllten Gefahren und steingefaßten Kanälen. Hekenua goß Bier in kugelförmige Trinkgefäße und sagte:

»Du bist so still. An was denkst du, Fürst der Nacht?«

»An einen plötzlichen Entschluß, der wohl schon lang unausgesprochen und halb bedacht in mir war.« Er trank das kühle Dünnbier. »Ich hab dir von mir erzählt. Du weißt, daß ich meine Heimat nicht kenne – jetzt werde ich bald eine Heimat haben. Ich hab sie selbst gewählt, für mich und dich.«

»Das Haus, das sie dort bauen, wo dein Freund Verwalter ist und deine Mannschaft sich erholt?«

»Ja. Ich bin froh, daß ich mich entschieden habe.«

»Mich hat man nicht gefragt. Aber hier ist es gut, und ich bin hier.« Hekenua zog das Tuch in die Stirn. »Brauchst du dort Hekenua, die Gänsekeulen brät und nachts zu dir kommt?«

»Auch für dich wird das zweite Haus gebaut; ich habe mit dem Goldhorus unseretwegen gesprochen. Komm mit, wenn du es willst. Ich will mit dir dort wohnen, Hekenua. Der Tatji Osen-Ra wird's Haus bauen lassen.

Es gibt genug Aufseherinnen im Palast, und ein Bote bringt deine Berichte in einem Tag zum Großen Haus.«

»Wirklich? Nichts tu ich lieber! Du und dein Freund, der Rômet mit den Grübchen in den Wangen, ihr seid Männer mit Macht, und der Goldhorus liebt euch, nicht wahr?«

»Liebt er uns wirklich?« Karidon verfolgte, wie sich ein Wölkchen auflöste. »Er braucht und belohnt uns, wenn wir ihm bringen, was er wünscht. Wenn er sicher sein kann, daß ich ihn betrüge, läßt er mich fallen wie ein Stück glühende Kohle. *Cabul*!«

Karidon lehnte sich ins hochgekrümmte Heck; die Muskeln und die Narbe auf dem Oberschenkel stachen. Er blickte in den strahlendblauen Himmel, schloß die Augen und überließ sich dem Wiegen des zehn Ellen langen Bootes. Er sah bräunliche, plattgedrückte Bläschen, wie Quallen oder Wassertröpfchen, die paarweise schräg aufwärts trieben und sich auflösten: Sie schienen andere Horizonte zu betreten oder zwischen den Gedanken zu verschwinden.

»Die Feinde meines Ziehvaters Jehoumilq«, sagte er leise, »gleichermaßen meine Feinde und die des Schiffes, haben auf dem Land des Gutshofes keine Macht. Nachtmins Soldaten wachen über uns. Ich brauche heute dich, und wenn wir alt sind, brauch ich einen Platz, an dem ich ruhig schlafen kann; es wird das Häuschen im Palmenschatten sein. Weil ich mich endlich entschieden habe, Hekenua, bin ich froh.«

Er blickte sie an, sie hatte schweigend zugehört; ihm fiel ein, daß er sie zum erstenmal im grellen Licht betrachtete und schon zum zweitenmal über Dinge mit ihr sprach, die ihn bewegten. Trotz ihrer Kenntnisse strebte sie nicht nach Macht; sie träumte davon, sich satt essen zu können und so zu leben wie die Menschen hinter den

71

Mauern, im Kühlen zu schlafen, viel Wasser um sich zu haben und sich zu kleiden wie die hellerhäutigen Rômetfrauen. Karidon schätzte sie auf weniger als achtzehn. Noch kannte er sie nicht gut genug, aber er wußte, daß sie anmutig, einfallsreich und leidenschaftlich war. Er paddelte langsam weiter und versuchte herauszufinden, aus welcher Richtung das Schnattern der Gänse kam, dann sagte er: »Wir fahren in Nachtmins Boot zum Häuschen. Die Mannschaft wartet dort. Du wirst auch auf mich warten müssen; oft. Ti-Senbi wird dir helfen. Du wirst den Arbeitern sagen, wie sie die Mauern setzen sollen.«

Hekenua beugte sich mit eigenartigem Lächeln vor und verschloß den Krug. Ein Pfeil zischte schräg über die Spitzen der Halme, eine Gans schrie und klatschte flügelschlagend und zuckend ins Schilf. Ein Schwarm Schmetterlinge mit sonnendurchglühten Farbtupfern auf den Flügeln stob lautlos zwischen den Rispen hervor; Karidon duckte sich lachend.

»Sie sorgen schon für unseren Braten«, rief er. »Das Schilf ist voller Gänse und Enten.«

Er setzte das Paddel ein und trieb das Boot durch den Kanal in einen Trichter hinaus, der sich in den Schilfwänden öffnete, zog das Paddel ein und legte kniend einen Pfeil auf die Sehne. Sie verhakte sich im Brustschmuck, er schüttelte sich und suchte ein Ziel. Einen Bogenschuß entfernt bog ein Boot um die Ecke der Schilfbarriere; eine Reihe buntgefiederter Gänse bewegte sich, die Köpfe unter Wasser oder in der Luft, auf eine schwimmende Insel weißer Wasserrosen zu. Karidon zielte und löste die Sehne. Sein Pfeil traf; zuckend starb das Tier. Karidon erkannte Ptah, der im Heck stand, das Stakholz zwischen den Knien, und den Bogen spannte. Mit fünf Pfeilen schossen sie drei Gänse, die nicht schnell genug aus dem Wasser flatterten, paddelten näher und zogen die schweren Vögel ins Boot. Ptahs Gefährtin begann an den Federn zu zupfen.

»Die anderen sind dort drüben, rechts«, rief Ptah. »Wir wollen auf einer Sandinsel übernachten und Feuer machen.«

»Wir finden euch schon.« Karidon paddelte zurück ins Schilf. Eine Kette Pfeifenten surrte über die Wasserfläche. Dicke Fische schnappten nach Luft und erzeugten auseinanderfließende Ringe. Ptah winkte und trieb sein Boot nach rechts, während Karidon vorsichtig die Pfeile aus den Vogelkörpern zog und die Wurfhölzer neben sich ins Heck legte. »Bis zum Abend, Ptah.«

Wieder nahm sie der stille Schilfwald auf. Sonnenstrahlen und Schatten bildeten dünne Streifenmuster. Karidons Gedanken wurden abgelenkt, er gestand sich ein, daß seit der Nacht mit Freund Merire im Tempel die Stunden schneller vergingen oder er die Last der Vergangenheit leichter vergaß und die Zukunft in größerer Klarheit sah. Er spannte die Muskeln, paddelte rechts und links, jagte das Boot über eine Wasserlichtung in einen breiten Kanal, bis seine Armmuskeln zu schmerzen begannen, und hörte von irgendwo Gelächter und kreischende Frauenstimmen; hinter dem Heck schlossen sich raschelnd und knisternd die Halmbündel. Er zog das Tuch vom Kopf, wischte Schweiß, Mücken und zerbrochene Schilfteilchen aus dem Gesicht und lachte.

»So bin ich aufgewachsen, Hekenua. Weiter südlich von der Stadt. Viele Tage haben wir gejagt, ich und ein Junge, der namenlos bleiben wollte. Er hat mir gezeigt, wie man schießt und das Holz wirft; er schwimmt heute noch nicht gut.«

»Ein Freund von dir?«

Der stumpfe, in starren Schilfzöpfen hochgebundene

Bug zerteilte grünblättrige Lotospflanzen. Karidon zog die Beine unter sich und grinste. »Damals ein Freund. Heute wünscht er sich, mit mir oder Nachtmin einen solchen Tag verbringen zu können. Er ist ein Mächtiger geworden in beiden Landen.«

Hekenua starrte ihn schweigend an und zog einen Fuß auf ihr Knie. Schweiß glitzerte zwischen ihren Brüsten. Er schob die Beute zur Seite und glitt auf Knien zum Bug, beugte sich über sie und nahm ihr Gesicht in beide Hände. Mit den Daumen strich er die Reste der hellen Schminke aus ihren Augenwinkeln, berührte ihre Lippen und murmelte:

»Man hatte mich halb totgeschlagen. Ich lebe, und mir geht's gut. Die sittsamen Acht von der *Morgenröte* warten. Wir sind reich und werden bald noch reicher. Chakaura mißtraut uns, und Fürst Anatnetish läßt Dolchschneiden schleifen. Sonne, Schilf, Jagd – wir legen vor der Überschwemmung ab und kommen, das Schiff voll Bronze, zurück: Ich glaube, ich bin in den letzten Jahren am Leben vorbeigesteuert. Wollen wir zusammenbleiben?«

Er legte die Stirn an ihre Schläfe. Hekenua nickte schweigend; ihre Zunge glitt über seine Wangen, schob sich tief zwischen seine Lippen, und ihre Hände tasteten über Karidons heißen Rücken. Er küßte die Spitzen ihrer Brüste, seine Zähne ritzten ihren Hals; sie legte die Hände auf seine Oberschenkel und flüsterte:

»Ich will's, Kapitän. Wenn du wiederkommst von deinen Häfen und Inseln, Grünauge, wenn du einen Sohn willst: sag's mir. Im Palast hab ich gelernt, wie man Lust haben kann, ohne schwanger zu werden.«

»Ich denke gerade an alles andere, Heka, nur nicht an Inseln, Söhne oder Töchter.«

Er schob die Leinenbänder von ihren Brüsten, nahm

die prallen schwarzen Spitzen zwischen die Zähne und bewegte die Fingerspitzen über die glatte Haut ihrer Schenkel. Hekenua legte den Kopf in den Nacken und summte tief in der Kehle. Das Boot begann langsam zu schaukeln; keiner achtete auf das Glucksen winziger Wellen zwischen dem Riedgeflecht. Sie schlug seinen Schurz zur Seite und lächelte mit halb geschlossenen Augen. Über das Heck schwirrte ein Eisvogel zur Nisthöhle, ein zuckendes silbriges Fischlein im Schnabel.

Die Sandbank war gerade groß genug für drei Dutzend Jäger, ein Feuer und ausgebreitete Decken; Fischer und Unterführer hatten die Fische abgeschuppt und ausgenommen und träufelten Öl zwischen die schmorenden Salzkräuter. Karidon hatte beide Fischspeere, die Stange und sein Doppelbeil in den Sand gerammt, lehnte mit dem Rücken dagegen, die Beine ausgestreckt; Hekenua lehnte schwer an seiner Brust und unterhielt sich mit der langhaarigen Tänzerin. Ptah zog den Bierkrug aus dem Sand und musterte Karidon von der Seite. Die zuckenden Flammen unter dem schwarzen Himmel machten aus den Jägern fremde, seltsame Traumgestalten. Ptah meinte grinsend:

»Sieben Gänse, drei Enten, eine schöne Nehesi, tausend Mückenstiche – Käpten Karidon ist auch ein großer Jäger?«

»Mit drei verlorenen Wurfhölzern. Ich hab zahlreiche Schilfhalme enthauptet.« Karidon legte den Arm um Hekenuas Brust und lachte schallend. »Mit dem Bogen war ich viel besser. Morgen erwürg ich zwei oder drei Krokodile.«

Die Schilfjäger hockten um das Feuer. Im Sand steckten Krüge voll Bier und Wein. In den Flammen verbrannten Mücken, fliegende Käfer und Falter. Der Vollmond, dem Sepedet am Horizont folgen würde, hob sich über das Schilfmeer. Es stank nach Holzkohle, verbrannter Fischhaut, modrigem Schilf und Knoblauch. Salzkristalle funkelten in den Flammen, Fett und Öl tropften am Rand des Feuerkreises in die Glut. Gelächter kam auf, ein Gardist schleuderte ein verbranntes Fladenbrot wie eine flache Tonschale fluchend in die Finsternis. Jemand blies schauerliche Töne auf der Rohrflöte. Ptah packte Karidons Schulter.

»Zufrieden, Kapitän? Die Waage der Maat ausgewogen? In ein paar Tagen wieder auf Bronzekurs?«

»Ich habe den Goldhorus gebeten, mir ein Haus auf dem Lehen zu bauen. Ein Entschluß, der euch Rômet schmeicheln sollte, weil ich dein schäbiges Land am eingetrockneten Strom als Heimat betrachte. Zufrieden, o nichtswürdiger Sohn mächtiger Verwalter?«

Ptah starrte ihn an, sein Blick irrte ab, als er sah, wie Karidons Hände über Hekenuas Brüste glitten; er schwieg lange und brummte nach ein paar tiefen Atemzügen:

»Überaus seltsam, mein Freund. Unendlich bemerkenswert, Sorgenkapitän. Ich meinte, daß dich nach dem Überfall oder als du wieder geheilt warst, der Lebensmut verlassen habe. Merire und Nachtmin waren sicher, du würdest dich bei Jossel Ju verkriechen. Du hast länger als sechs Jahre gesteuert und gehandelt wie einer mit halbem Hirn. Na ja, gehandelt hast du besser; aber nicht ganz so gut wie der Alte.« Er senkte den Kopf, schien zu grübeln und griff nach dem hölzernen Weinbecher. Seine Linke lag im Schoß seiner Gefährtin. Fünf Atemzüge später sagte er so leise, daß es außer Karidon nur Userhet, Kholay und Nachtmin verstehen konnten: »Rê-Harachtes glühende Strahlen scheinen dich kuriert zu haben. Du bist wieder bei Sinnen, dünkt mir«. Er lächelte Hekenua an. »Dein Häuschen hier, Jehous Haus dort, viel Zinn und Nechoschet ... und dann die Zinnhäfen? Mit dem fetten schwarzen Kindsvater und mit mir, Neb Kapitän?«

»Ja, mein Freund«, murmelte Karidon. »Mit Chakauras mißmutigem Segen. Genauso, wie du es sagst. Tenbi und Hekenua und, so deine Götter wollen, deine unbekannte Gefährtin warten auf uns.«

»Ich bin Chnumit-Iji«, sagte die Frau in Ptahs Arm. Er beugte sich zu Karidon herüber und flüsterte in dessen Ohr: »Und auf mich, in Kefti, wartete einst ungeduldig die feurige Tarben mit dem geringen Wortschatz.«

Karidon hob den rechten Arm und sagte in bewunderndem Tonfall: »Ich hab's geahnt. Jetzt endlich weiß ich's. Du kannst zwar Ost kaum von Nord unterscheiden, aber bei der Anwohnerschaft der Häfen und Buchten – du bist der einzige schwimmende Apisstier im Großen Grünen und entlang aller Küsten.«

»Die hundert Götter Tameris wissen es.« Ptah verneigte sich würdevoll und grinste. Vom Feuer rief ein Fischer: »Soll der feine Fisch verbrennen, oder wollt ihr endlich zu saufen aufhören und zu essen anfangen? Hier, die Brote ... «

Als sich Karidon und Hekenua, Ptah-Netjerimaat und Chnumit-Iji umdrehten, nachdem sie Userhet und Nachtmin im Heck des Schnellruderers lange nachgewinkt hatten, hob Karidon verwirrt die Schultern: einige Monde nach der Überschwemmung breitete sich, soweit er sehen konnte, frisches Grün aus. Jeder Baum schien höher und breiter gewachsen zu sein. Mlaisso, an die sengende Dürre Wawats gewöhnt, schien nicht einen Tropfen Wasser zu verschenken. Das gesamte Gebiet zwischen Uferkai und jäh abfallendem Wüstenrand grünte, blühte, stand voll im prallen Halm; ein breiter Weg weißen Sandes zwischen gelben Steinschwellen führte zum Haus, aus dem Mlaisso herausrannte, die Arme weit ausgebreitet.

»Endlich! Wir warten! Kommt in den Schatten. Ptah! Kari! Wie geht es Jossel? Erzählt! Was habt ihr erlebt – ich hab soviel gelesen und gehört, was ist Wahrheit, was ist Gerücht?«

Karidon ließ sich von Mlaisso in die Höhe heben, schlug auf die Schultern des Hünen und schrie: »Ein Schritt nach dem anderen, dämlicher Nehesi. Laß mich runter!«

Bewaffnete Wachen, Diener, Sklaven, Bauern, Handwerker, hellhäutige und dunkelhäutige Kinder mit strenggeflochtenen Lockenzöpfchen über den Ohren, Hunde, aufflatternde Tauben, aufgeregte Gazellen im Gehege, Schafe, Ziegen und zwei würdevolle Störche; alles tänzelte, quirlte und sprang durcheinander. Ti-Senbi, den kleinen Pi-Ika an der Hand, schritt aus dem Haus und fiel Ptah um den Hals; Karidon sah sich um, blickte nur in gesunde, freudige Gesichter und erkannte Teile der Umgebung nicht wieder. Die *Auge der Morgenröte*, als einziger Festpunkt für die Augen, schwankte offensichtlich voll ausgerüstet im Niedrigstwasser.

»Ich sehe«, sagte Karidon und grinste in Mlaissos rundes Gesicht, »daß hier Not, Armut und Seuchen ausgebrochen sind. Ein Ort von Reichtum und grüner Schönheit, Mlaisso!«

»Jetzt kann ich weggehen und wieder mit euch segeln!« Mlaissos Stimme überdröhnte den Lärm der Begrüßung. »Und wer sind diese Schönen? Ich bin ganz durcheinander.«

Karidon hob die Hand, deutete aufs Haus und rief: »In den Schatten!«

Diener trugen Watsäcke, Decken, Mäntel und Flechtwerktruhen ins Haus. »Hast ist ein Geschenk der Dämonen, würde Chakaura sagen. Wir bereden alles. Das ist Hekenua, Mlaisso; zur Hälfte aus deinem heißen Land. Alles andere im Haus. Bier! Wein! Reiche Kost nach Art des Hauses.«

Karidon begrüßte Holx-Amr, Hesqemari, Selkara, Kadran und Larreto, stolperte über aufjaulende kleine Slughihunde und umherkrabbelnde Kinder. Aus der Küche wehte der Dampf des Brotofens quer durch die Halle. Hekenua hielt Karidons Hand, lächelte verwirrt und hängte sich an seine Schulter. »Ich glaube, hier wart ich gern auf dich, Neb Kapitän.«

Nachts lag Karidon wach, betrachtete Hekenuas langgliedrigen Körper im zitternden Licht des Fischölflämmchens und versuchte seine Gedanken festzuhalten und zu einem straffen Tau zu flechten: Er war sicher, daß zumindest Fürst Anatnetish vom Land Sekmem ihn töten wollte; der Heerführer Cha-Sobek, »der Kahle«, hatte für Chakaura die Herrschaft über die Kupferbergwerke erneuert und die Fremden vertrieben. Nur wenn die *Auge der Morgenröte* ständig in Fahrt blieb, nie zu lange in einem Hafen verweilte, wenn die Mannschaft argwöhnisch war, blieben die Bronzehändler vor gedungenen Mördern sicher – aber die *Morgenröte* legte stets in denselben Häfen an, auf den Inseln, am Strand des Zederngebirges und im Hapiland.

Karidon seufzte und blinzelte ins Licht: Chakaura, der Goldhorus, glaubte er den Gerüchten? Mit großer Geste hatte er Karidons Fragen beiseite gewischt. Wessen ihn die unbekannten Feinde bei Chakaura beschuldigten – dies würden Merire-Hatchetef, Hekenua und Ptah-Nachtmin herausfinden müssen. Karidon litt darunter, daß er den Freunden gegenüber nicht offen sein konnte; die Zeit war noch nicht reif.

Nur über die Abrechnungen bestimmter Mengen und Werte an Gold, Metall, Schmuck, Salben und anderen wertvollen Handelswaren konnten die Bronzehändler den Goldhorus betrügen. Aber weder Jehoumilq noch Karidon hatten je mehr für sich behalten, als mit den Obersten Verwaltern, dem Tatji und selbst Chakaura abgesprochen und besiegelt worden war. Rechnete jemand im Großen Haus anders? Fälschte er die umfangreichen Listen? Der wenig aufregende Reichtum der Bronzehändler bestand zu Recht: fast drei Jahrzehnte lang waren sie ehrliche Treuhänder des Großen Hauses gewesen. Daß er dem Göttlichen auf dem Thron das Leben gerettet, ihn aus dem Kanalschlamm gezogen hatte, galt heute wenig für Chakaura und Karidon; dies war einstmals, in ferner Jugend geschehen. Karidon schlang einen vorläufigen Knoten in das Gedankenseil, küßte Hekenuas Stirn und drehte das Gesicht zur Wand.

Zwei Tage lang ruderten sie bis Itch-Taui, luden das Schiff voll ausgesucht schöner und teurer Handelswaren, ließen sich jeden Eintrag der Listen zweimal beglaubigen, wurden durch den Kanal nach Menefru-Mirê gezogen und gingen chedi-stromab; mitunter mußten sie rudern, und der Lotse schrie alle zwanzig Atemzüge seine Warnungen vor Untiefen und Sandbänken. Die *Morgenröte* verließ den Nebel, der bis zur Einmündung des östlichsten Hapiarmes über dem fruchtbaren Dreieck lag und segelte mit stetiger Fafana nach Osten, nach Uschu-Djarh. Etliche Zehntage hinter ihnen schwemmte die graubraunsilberne Woge der jährlichen Überflutung, neun Ellen hoch von der ersten Stromschnelle auf Menefru-Mirê zu.

Auf den flachen Felsplatteninseln hatte die Anzahl und die Größe der Häuser zugenommen, niedrige Mauern wuchsen über dem Wasser, und dahinter reckten sich Baumschößlinge in die Höhe: auch am Hafen Uschus arbeiteten die Sklaven des Rômet-Verwalters. Jenseits der Gebäude des Dörfchens Djarh stand zwischen den hohen Zypressen ein halbfertiger Tempel. Die *Auge der Morgenröte* näherte sich langsam hinter dem verlängerten Wellenbrecherdamm den beiden Rômetschiffen und den drei Handelsbooten. Schmutz und Abfälle trieben in der Hafenströmung. Karidon bewegte beide Pinnen bis zum Anschlag. Die *Morgenröte* berührte mit dem Heck sanft die Kaimauer. Mlaisso, der die Tauschlinge an Land warf, rief verwundert:

»Ich erkenn den Hafen nicht wieder, Kari. Woher kommen plötzlich die vielen Menschen?«

»Weiß ich nicht.« Karidon knotete die Steuerruder fest und sah sich um. »In Uschu gibt's nicht so viele Einwohner.«

Die Trossen und das Tau des Ankersteins strafften sich, die Planke fiel in den Sand der Hafenstraße. Eine lärmende Menschenmenge füllte den Hafen und die Unterstadt: beladene Esel, fremdartig gekleidete Leute aus Sekmem, Tragesessel und unzählige Krüge, Ballen, Packen und Lasten standen und lagen bei den Rômetschiffen. Karidon ging über die Planke, als ihn aus dem Bug eines Hapischiffes der Steuermann anrief.

»Ihr seid vom schielenden Schiff, das ich oft im Menefru gesehen hab. Fahrt ihr zum Hapi?«

»Wir kommen vom Hapi«, sagte Ptah. »Als Steuermann mußt du eigentlich wissen, daß bald die Hapiüberschwemmung über dem Land sein wird.«

»Weiß ich, Kapitän. Aber die Leute hier müssen alle nach Menefru oder Itch-Taui. Eine Prinzessin aus Sekmem. Geschenk für den Goldhorus; mit tausend Lasten und noch mehr Gefolge.«

»Jetzt wissen wir's«, brummte Karidon, winkte Mlaisso und ging hinter Ptah zu den dickbäuchigen Händlerschiffen. Niemand war an Bord zu sehen. Karidon deutete auf das Haus aus gelbgeschlämmten Lehmziegeln und Zedernbalken, an dessen Front die Zeichen der königlichen Verwaltung leuchteten.

»Wir fragen, was die Aufregung bedeutet«, sagte er. »Wie soll die Karawane hapiaufwärts geschafft werden, wenn nicht über Land? Oder wollen sie drei Monde lang hier lagern?«

»Wahrscheinlich sind die Boten irgendwo verdurstet.«

Djadjad Ti-Aperaper blickte vom Eingang des Hauses auf das Durcheinander. In seinem Gesicht standen Ärger und Verzweiflung, er spielte mit den raschelnden Teilen des Wesech. Ptah ging vier Stufen hinauf und sagte:

»Hast du Ärger, Neb Djadjad? Brauchst du Hilfe?«

Ti-Aperaper zuckte mit den Schultern.

»Großen Ärger, den hab ich schon. Die Boten sind verspätet, die Truppe, die jene dort schützen sollte, hat sich nach dem Überfall auf die Karawane vielleicht verirrt, es gibt keine gute Straße aus dem Süden – also warten Dienerinnen, Esel und Trägersklaven, Begleiter und die Prinzessin. Ausgerechnet bei mir! Man schickt sie – der Goldhorus erwartet sie! – mit kostbaren Geschenken nach Itch-Taui. Wenn es der Herrscher erfährt, wird er mich tadeln! Götterverdammtes Djarh!«

»Da warten zwei Schiffe vom Hapi.« Karidon runzelte die Stirn. »Warum rudern sie nicht zum Mündungsland?«

»Sie sind schon voll Ladung und überfüllt von Leuten. Auf der *Pfeile der Neith* wohnt die arme Prinzessin im Deckshaus. Es ist furchtbar! Und gerade kurz vor der Überschwemmung!« Aperaper unterbrach sich, starrte erst Karidon, dann Ptah an und faßte an sein Kinn. »Zwei Schiffe brauch ich noch. Die Händler dort drüben wollen nicht. Euer Schiff, das mit den Udjataugen, ist groß genug.«

»Es ist voll Ladung für euch, Gubla, Alashia und Kefti«, sagte Karidon. »Wir kommen nicht gegen die Überschwemmung hapiaufwärts.«

»Auch nicht für viel Gold?«

»Djadjad!« Ptah schüttelte den Kopf. »Selbst wenn wir wollten ... niemand kann segeln oder rudern, wenn der Hapi zehn Ellen oder mehr gestiegen ist, nicht daran zu denken, wenn der Laderaum voll ist.«

»Ihr seid Seeleute, ihr müßt es wissen.«

»Ich denk darüber nach.« Karidon grinste Ptah an. Ptah schüttelte den Kopf, er blickte ratlos. »Zuerst reden wir mit den Handelskapitänen.«

»Sie hocken in der Schenke, Kapitän.«

»Ganz im Osten, zwischen tückischen Sandbänken und Schwemmsandinseln, gibt's ein paar Nebenärmchen. Wir könnten bis nach Tjebnutjer, knapp fünfzig Chen-Nub weit, rudern und segeln. Aber dazu brauchen wir scharfen Ostwind, und wir müßten sofort ablegen.« Ptah stemmte die Fäuste in die Seiten; seine Blicke verweilten auf jedem Gesicht der Mannschaft. Karidon sprach weiter. »In sieben Tagen ist auch das fruchtbare Dreieck ein einziger überfluteter Sumpf.«

»Wir haben nicht mehr als sechs Bronzebarren getauscht«, murmelte Holx-Amr. »Wenn Aperaper auf unsere Ladung aufpaßt?«

»Bei gutem Wind sind wir in zwei Tagen dort«, sagte Hesqemari. »Wen und was sollen wir eigentlich laden?«

»Ich muß erst mit Ti-Aperaper und den Hapikapitänen sprechen.« Karidon musterte die Lastenstapel und die Träger aus Sekmem am Kai. »Wollen wir den Umweg machen, Selkara, Kadran? Fünf Hundertstel vom Gold für jeden?«

»Und nachher? Hier wieder einladen und gleich nach Gubla?« sagte Larreto. Karidon nickte. »Und zuletzt zu Jehoumilq.«

»Einverstanden. Hundertfünfzig Rômet-Meilen! Mit Messes vierzig Stunden nach Südwest!«

»Bloß kein Messes. Mir reicht der Ajach.« Holx-Amr spuckte ins Hafenwasser.

Mast und Bordwände warfen kurze Schatten. Karidon lief zu Ti-Aperaper; der Djadjad schickte Schreiber zu den Kapitänen, rief nach Trägern und Sklaven und stützte die Hände schwer auf die Knie.

»Ich laß eure Ladung bewachen, bis ihr sie holt. Mehr als sieben Deben Gold darf ich nicht verschwenden, aber ihr bekommt Bier und Proviant. Vier Retenu-Wächter und neun Dienerinnen haben keinen Platz mehr. Führt ihr unsere Schiffe an?«

»Meinetwegen«, sagte Karidon. Siebzig leicht verdiente Kite Gold waren ein hervorragender Lohn für die Fahrt; dreizehn Gäste an Bord bedeuteten zwei, drei Tage und Nächte lang Unbequemlichkeit. »Jetzt sollen alle Rômet in Uschu und Djarh die Götter um guten Ostwind bitten. So viele Katzen, wie wir zum Ersäufen brauchen, finden wir hier nicht.«

Ti-Aperaper lächelte gequält. »Nehmt ein paar Hunde dazu.«

Er rannte zum Podest über den Stufen, winkte und schrie Befehle. Von den Hapischiffen kamen im Laufschritt die Kapitäne; Sklaven und Arbeiter liefen zur *Morgenröte* und begannen Kupferbarren, Bronze und schwere Krüge ins Lagerhaus zu schleppen. Karidon blickte zum Himmel. Die Wolken über dem Land bewegten sich nach Osten, dem Zederngebirge zu.

Ein schwarzbärtiger Mann von fünfundzwanzig Sommern, mit auffallend vielen gekräuselten Haaren auf den Unterarmen, blieb neben dem Ende der Planke stehen. In seinem breiten Gürtel sah Karidon sechs Dolche in Scheiden; der kleinste war nur einen Finger lang. Der Bärtige hob die Hand.

»Ich Sannabal aus Yaa. Ich Karawanenführer.« Sein Rômet war schwer zu verstehen. »Hoher Roomet sagt: ich soll auf Schiff. Dein Schiff? Du Schifführer Karriton?«

»Ich Karidon, Kapitän.« Karidon schüttelte Sannabals Unterarm. »Wieviel Leute bringst du auf die *Morgenröte?*«

»Ich, drei Männer. Neun Weiber. Sklavinnen und Dienerinnen.« Er spuckte durch eine Zahnlücke. »Junge Gänse und Ziegen; man sollte sie peitschen. Wie lange segeln?«

Karidon hob zwei Finger und sagte: »Mehr als zwei Tage und Nächte. Hol die Leute an Bord. Sie können auf der Ladung schlafen und nach dem Ablegen vor dem Mast. Sprechen sie die Sprache von Gubla oder vom Hapiland?«

»Gubla wenig. Chaapiland mehr; war Lehrer von Herrscher bei uns. Sharba, junge Tochter von Fürst drüben, auf *Schwung von Nachtbeck.*«

»Die Prinzessin segelt also auf der *Schwinge der Nechbet.*« Karidon grinste. »Los, an Bord. Hör zu: Wir bringen euch so weit den Hapi aufwärts, wie wir es schaffen. Verstanden?«

»Ihr gute Meerleute. Verstanden. Die Weiber bald seekrank und übelkotzen. Ich dir vom Überfall erzähl.«

»Nachher! Unser Steuermann Holx, Meister aller Übelkeiten, wird sie trösten.« Ptah machte eine einladende Bewegung und kicherte schrill. Sannabal stapfte davon, klatschte in die Hände und schrie Befehle in einer rauhen Sprache. Karidon überwachte das Beladen, sonderte Decken, Felle und Mäntel aus und beobachtete zusammen mit den Rômetkapitänen und Sannabal die Dienerinnen, die unbeholfen über die Planke stolperten; Larreto half, indem er und Ptah einen Riemen als Handlauf zwischen Heck und Kai hochhielten.

»Wir suchen die Durchfahrt des östlichsten Armes«, sagte Karidon zum Kapitän der *Nechbet.* »Vielleicht schaffen wir es bis Tjebnutjer. Weiter segle ich nicht. Ihr werdet auch nicht höher hinaufkommen. Wer zuerst im Mündungsarm ist, wartet auf die anderen. Wahrscheinlich ist es deine *Nechbet,* Kapitän Nebsemenu.«

Der Kapitän kratzte an einem entzündeten Flohbiß und hob die rechte Schulter. »Schon möglich. Du willst gleich ablegen?«

»Sofort, nachdem Ti-Aperaper Bier an Bord gebracht hat.«

»Bei Schu und Nun, Bronzehändler ... « Nebsemenu sah zum Himmel und kratzte sich im Nacken. »Wir legen ab und rudern. Die Nacht wird klar; wann es Wind gibt, hängt wieder einmal vom Willen Schus ab. Gute Fahrt.«

»Wir werden uns nicht aus den Augen verlieren, wenn auch ihr ein Hecklicht ausbringt. Gute Fahrt.«

Das Durcheinander auf dem Kai hatte sich aufgelöst, als die *Morgenröte* abstieß. Ti-Aperaper winkte erleichtert; Sannabal und seine Männer halfen den Ruderern, bis weit vor Mittnacht ablandiger Wind das Segel füllte und die Rahen knarren ließ. Am späten Morgen wühlte starker Ajach die Wellen auf und trieb die Schiffe nach Südwest. Mitunter tauchten am Horizont die Segel der beiden Rômetschiffe auf, weit voneinander entfernt. Karidon und Mlaisso standen an den Rudern und betrachteten das Elend auf und unter den Planken: Holx-Amr hing an Backbord und spie sich das Herz aus dem Leibe, neben ihm taumelten zwei Frauen mit bleichen, verschwitzten Gesichtern, das Haar voller Salzwasser. Jedes zweitemal, wenn der Bug schwer einsetzte und Gischt hochspritzte, kreischten die Dienerinnen; Sannabal und seine Begleiter hockten schweigend mit verkniffenen Gesichtern auf den Mänteln im Heck und murmelten lange Flüche, die sonst keiner verstand. Hesqemari und Nurit hielten sich an einem Tau fest und brachten heißen Sud ins Heck. Mlaisso knurrte: »*Cabul*! Sandziegen! Was tun sie, wenn der Ajach auffrischt?« Er deutete nach Backbord voraus, wo sich schwach die Küste abzeichnete. Nurit, eine der älteren Dienerinnen, nahm Karidon den Krug ab und lächelte.

»Keine Reise ohne lehrreiche Beschwernis, Kapitän. Sie werden das feste Land im Palmenschatten um so mehr schätzen.«

»Recht so, Schwester.« Mlaisso lachte aus vollem Hals. »Der Hapi wirft keine hohen Wellen.«

Um Mittag frischte der Wind auf. Fluchen, Geschrei und Jammern gingen im klatschenden Krachen der Wellen und im Chor der Schiffsgeräusche unter: Knarren, Knacken, dumpfe Schläge gegen die Planken, das Rauschen der Bugwelle und das Zischen, mit dem Gischt über Deck und Planken spülte. Einige Zeit später segelte die *Morgenröte* in einem riesigen Schwarm übermütig springender und tauchender Schweinsfische, die stundenlang mit dem Schiff schwammen und die verzweifelten Frauen ablenkten; als der Wind nachließ und am frühen Abend in einer Flaute erstarb, verschwanden die glänzenden Tiere plötzlich. Karidon wartete nicht, sondern ließ die Riemen ausbringen und zum Land rudern.

Am Tau des Ankersteins und einer langen Landtrosse schwankte das Schiff in der ausrauschenden Dünung. Karidon zerhackte Treibholz für Hesqemaris und Nurits Feuer; Mlaisso und Selkara schöpften Wasser und reinigten die Planken. Im Licht der Abendsonne mußte die Rauchfahne weithin sichtbar sein, aber sowohl die *Nechbet* als auch die *Neith* blieben verschwunden. Sannabal und seine Begleiter hockten im Sand, wuschen sich oder halfen, erschöpft stolpernd, den Ruderern. Holx-Amr stapfte heran, Tücher über der Schulter, zwei Wasserkrüge in den Händen, und setzte sich auf einen salzverkrusteten Baumstamm. Sein Gesicht hatte die teigige Blässe verloren, er sprach zusammenhängend.

»Willst du nachts wieder losfahren? Ich würde es dir raten, Kari.«

»Ich denk' gerade darüber nach, Holx. Der Magen ist wieder an seinem Platz? Zufrieden mit unseren Gästen?«

»Kannst du dir vorstellen, wie Jehou getobt hätte? ‚*Cabul*!' hätte er ein ums andere Mal gebrüllt. Mit Tritten hätt er sie von Bord gejagt.«

Karidon lachte und ließ sich Treibholzäste auf die Arme schichten. »Aber das Gold hätt' Jossel auch genommen, Holx!«

Das Erschrecken darüber, daß der Boden nach dem Landgang scheinbar schwankte, hatte sich gelegt. Nacheinander wagten sich Kalo und Badet an Bord, um ihre Bündel aus dem Laderaum zu holen. Zögernd halfen die Frauen den Ruderern; Worte, halbe Sätze und leises Gelächter waren zu hören. Kadran schüttete langsam aus einem Krug Süßwasser über Akanis Kopf und

Schultern. Karidon hängte die Doppelaxt um und ging, während die Sonne den tiefblauen Horizont berührte, langsam ans andere Ende des Strandes und blickte sich wachsam um. Ptah, Sannabal und Mlaisso erwarteten ihn am Heck, das im Sand zur Ruhe gekommen war.

»Morgen abend rudern wir durchs Schlammwasser, Kari – so schnell sind wir noch nie zurückgesegelt, wie?« Mlaissos Nasenperle steckte im Hemdsaum. Der Nasenflügel schien geschwollen zu sein. »Und viel Bronze haben wir auch nicht gerade eingehandelt.«

»Der Goldhorus wird uns trotzdem mit Lobpreisungen übergießen«, sagte Ptah-Netjerimaat. »Habt ihr diese Sharba gesehen? Jung, schmuckbehängt und schön, sag ich.«

»Chibben!« sagte Karidon leise. »Der Fürst von Yaa wird nicht wagen, dem Goldhorus eine häßliche Alte fürs Frauenhaus zu schicken. Geht mich nichts an. Ich hab' alles vergessen, wenn wir Tjebnutjer verlassen. Meine Sorge ist: Wie kommen wir durchs Schlammwasser, ohne daß wir aufsitzen?«

»In den Häfen man nennt euch: Nechoschethändler. Die besten.« Sannabal schüttete schwarzes Henket in sich hinein. »Ist richtig? Nicht alle euch lieben, Karritonn. Du kennen Anatnetish?«

»Wir sind die besten Bronzehändler.« Karidon nickte, nahm einen vollen Becher und wischte den Schaum vom Rand. »Einige neiden uns den Erfolg. Was weißt du von Anatnetish?«

»Gehört von ihm. Wandernder Mann, mächtig Fürst gewesen?«

Karidon nickte und trank. »Wo hast du von ihm gehört?«

»Bei Wanderung durch Assmakk. Gedjet, Sharhan, Isqanu. Dort. Er Karawane überfallen; böser Mann. Unsere Krieger besser. Viel tot Räuber. Ich wissen: er Freunde in Rômetland.«

»Ihr hört es«, sagte Karidon leise. »Fürst Anatnetish, seiner kupfernen Herrschaft beraubt, verfolgt uns noch immer, ernährt sich vom Wegelagern, hat Sucher und Späher am Hapi. Wir haben es gewußt.«

»Wir wissen es längst«, brummte Mlaisso. »Hier wird uns kein Mörder finden. Und in Tjebnutjer oder Hut-Waret haben wir die Hände stets an den Waffen.«

Drei Stunden nach Mitternacht hebelten Kadran, Larreto und Selkara das Heck aus dem Sand. Die Frauen schliefen im Laderaum, Sannabals Männer halfen, den Ankerstein an Deck zu heben. Ablandiger Wind schob die *Morgenröte* sacht nach Nord, dann nach Nordwest, schließlich kamen sie in den Bereich des Borr aus Kefti und näherten sich, die Sonne vor dem Bug, dem Mündungsland des Hapi. Das Wasser war klar und roch nicht nach Sumpf und fauligen Pflanzen; auch die Durchlässe zwischen den Sandbänken, die Ptah und Mlaisso in kurzen Abständen ausriefen, waren nur vom Wasser des Großen Grünen umspült. Holx-Amr deutete in die Heckspur.

»Wir kommen noch zur richtigen Zeit, früh genug. Das Wasser steigt jetzt vielleicht erst in Menefru.«

»Vielleicht«, sagte Karidon. »Gut für uns... «

Ptahs Stimme klang aufgeregt. Er rief vom Bug her, beide Hände am Mund: »Die *Nechbet* wartet auf uns. Fünf Chen-Nub, Kari.«

»Ich hab's verstanden. Wir segeln weiter.«

Die flache Landschaft lag als breiter dunkler Streifen vor den Schiffen, umgeben und gesäumt von Sandzungen und langen, mit verfilztem Ried und Büschen überwucherten Schlickinseln, die ihre Größe und ihr

Aussehen alle Jahre änderten. Das Wasser wechselte die Farbe; die *Morgenröte* schwenkte den Bug ins dunklere Hapiwasser und steuerte auf das wartende Schiff zu. Mitunter gab es hier im Mündungsgebiet, abgesehen vom Nebel und sehr seltenen Regenfällen, fauchende, sturmartige Böen aus Nord im Schwarzen Dreieck; heute strich heißer Wind stromaufwärts und schob die Schiffe vor sich her. Der Steuermann der *Nechbet* brüllte:

»Wir haben einen guten Lotsen. Bleibt hinter uns, *Morgenröte!*«

»Sehr gut, bei Bastet und Osiri! Bringt uns sicher nach Tjebnutjer!«

Noch während Karidon nach Ptahs Anweisungen steuerte, tauchte weit hinter ihnen die *Neith* mit geblähtem Segel auf, dennoch ruderten die Seeleute. Als sie zu Karidons Schiff aufgeschlossen hatten, wurden die Riemen eingezogen. Zwei Tage, nachdem sie in den breiten mittleren Mündungsarm eingebogen waren, machten sie in Tjebnutjer fest; noch immer war die Überschwemmung weder zu sehen noch zu riechen. Als die Kapitäne an Land gingen und die Ruderer die *Morgenröte* entluden, kam der Anführer der Soldaten auf sie zu: »Ein furchtbares Jahr!« Er machte ratlose Gebärden. »Seit drei, vier Tagen warten wir auf das Wasser. Längst strahlt Sepedet am Morgenhimmel. Boten sind unterwegs. Die Götter strafen uns! Großer Sandsturm, Hunger, Seuchen, Gewalt! Kannst du's erklären, Kapitän?«

Karidon, Netjerimaat und Mlaisso wechselten schweigende Blicke. Karidon schüttelte den Kopf und sagte:

»Ich bin seit meiner Jugend im Hapiland. Es gab jedes Jahr eine Überschwemmung. Viele waren nicht hoch genug. Aber seit Chakaura regiert, ist deswegen keiner verhungert. Wart's ab – wenn wir weg sind, wälzt sich die Schlammwoge über eure prunkvolle Stadt.«

Viele Boote und zwei Schnellruderer warteten im Niedrigwasser auf die Prinzessin und ihre Begleitung; es wimmelte von Sklaven und Truppenangehörigen. Karidon verabschiedete sich von Sannabal, ließ den hölzernen Wasserbehälter füllen, kaufte schwarzes Dünnbier und sah in den Gesichtern der Mannschaft, daß sie froh waren, schnell wieder ablegen zu können; selbst wenn sie zu rudern gezwungen waren. Die Prinzessin überraschte sie alle: Sannabal brachte grinsend einen doppelt faustgroßen, kostbar bestickten Beutel voll großer Goldkörner – als Dank Sharbas für die Mühen. An Bord wog Karidon das Geschenk: Es hätte nicht ganz für den Bau eines neuen Schiffes gereicht. In der Morgendämmerung schwenkte die *Morgenröte* den Bug in die schwache Strömung.

Vom Rand der winzigen Oase hörte man durch den Lärm der Grillen das Wiehern eines Pferdes. Über den Klippen jagte ein Falkenpärchen. Es roch nach Rauch, siedendem Kräuteraufguß und verschwitztem, trocknendem Stoff. Auf dem Pfad, der zu den Lederzelten und der Höhle hinaufführte, ertönte das Geräusch von Schritten; ein Bote kam den Hang des Nebentales zu Anatnetishs Wohnhöhle herauf. Anatnetish stand auf, näherte sich der Höhlenöffnung und blinzelte in die Sonne. Zwischen dem Gestirn und den Bergen breiteten sich die Hügel und die Ebene bis zum Meeressaum aus; die Häfen Gubla und Djeden konnte der Fürst nur erahnen.

»Herr«, sagte der schweißüberströmte Bote und stellte einen Wasserkrug ab. »Manche Nachrichten haben mühselige Pfade.«

»Das Gold, das ich euch gebe, hab ich mühsam aus dem Sand scharren lassen. Rede, Mann!«

Er winkte den Boten in die Höhle. Die Sklavin kauerte vor dem Feuer und hob den Kopf. Anatnetish mischte Wein und Wasser und füllte zwei Becher.

»Zwei unserer Männer sind an ihren Wunden gestorben nach dem Kampf mit den Karawanenwächtern. Ich habe Ti-Djehuti getroffen: Da ist ein junger Mann im Palast zu Itch-Taui, dessen Ehrgeiz nach mehr Gold schreit. Bald wirst du den Namen wissen. Das Djatt-Hofgut, in dem sich Karidon und seine Bronzehändler erholen, ist nunmehr bekannt. Der Große Herrscher ist noch immer der Freund des Mannes aus Keftiu; er glaubt nicht an Karidons Verrat. Der Alte, Jehoumilq, hat sich zurückgezogen – vergiß ihn, Herr.«

»Ich vergesse nichts. Niemals. Aber der Dolch meiner Rache zielt auf Karidon.«

»Er hat die Karawane der Prinzessin an den Hapi geschafft. Er fragt in allen Häfen jeden, der es wissen könnte, nach zweierlei.«

»Nach mir und nach den Zinnhäfen.« Anatnetish lachte hart; seine Augen blieben dunkel. »Was wird er erfahren? Daß ich mich in den Schluchten des Zederngebirges verstecke und auf den Tag der Rache warte.«

»Nichts anderes erfährt er. Niemand spricht über die Zinnhäfen zu ihm.«

Die Sonne kam hinter den Felsen des Einganges hervor und strahlte bis in die hintersten Winkel der Höhle. Staubkörner tanzten in den Strahlen, die Gestalt der Schwarzhaarigen war deutlicher zu sehen; sie kniete vor dem Wasserkessel. Leise sagte Anatnetish, grollend wie ein lauerndes Raubtier:

»Morgen komm ich zu euch, zum Wasser. Morgen werde ich wissen, an welchem Ort meine Rache trifft und wen sie tötet.« Er nickte und winkte der jungen Frau. »Geh zu den anderen.«

Der Bote leerte den Becher, verbeugte sich und tastete, mit dem Unterarm die Sonnengrelle abschirmend, nach dem Höhlenausgang. Schweigend deutete Anatnetish vor sich auf die grasgeflochtene Matte, die Sklavin ließ sich auf die Knie nieder und hielt den Kopf gesenkt. Mit der linken Hand faßte Anatnetish ihr Kinn und zwang sie, ihn anzusehen, mit der Rechten betastete er sie; prüfend und kundig, als sei sie ein Tier, das zur Schlachtung bestimmt war.

3. ZWISCHEN INSELN UND LÄNDERN

Jeden Ziegel des silbrigen Anna-Metalls, den Karidon in die Hand nahm, befühlte, beroch und beschaute er, als könne er auf der stumpfen Fläche die Herkunft ersehen; zwischen dem fünfzehnten Tag im Thot und den ersten Tagen des neunten Mondes in Kefti, des vierten Mondes im Achet, siebenhundert Tage lang, stellte er in jedem Hafen hundert Fragen: nach fremden Wegelagerern, Fürst Anatnetish, Überfällen oder Männern, die nach der *Morgenröte* fragten. Mlaisso, Netji und Holx tranken mit den Steuermännern und versuchten ebenso ratlos und hartnäckig herauszufinden, wo die Zinnhäfen lagen. Die *Auge der Morgenröte* segelte zwischen Uschu-Djarh, Gubla, Kit auf Alashia, Arni und Mnis auf Kefti, Menefru-Mirê und im neuen Kanal nach Itch-Taui, Karidon umarmte Hekenua im Parenneferhäuschen, tröstete sie und legte ab; sie waren auf Bronzekurs. Umladen und Abrechnen erfolgten in großer Hast. Keine Spur von Anatnetish und seinen mörderischen Vertrauten. Karidon und Ptah erfuhren nur unbrauchbare Gerüchte durch keuchende Boten, Zeilen auf Tonscherben oder Shafaduröllchen mit eingerissenen Rändern. Das Haus wuchs und wurde fertig, Hekenua wartete auf Karidon, Chnumit-Iji auf Netji; Jehoumilq sah ihren Reichtum wachsen und murmelte von ‚goldenen Schiffen'.

95

Alle Schenken in der Hafengegend waren überfüllt; Mlaisso, Karidon, Ptah, Holx-Amr und Hesqemari fanden einen Tisch in Flaids Weinhaus ganz am Ende des Kais. Auch zwischen den Mauern und unter dem riedgedeckten Vordach gab es wenig Platz. Ungefähr fünf Dutzend Seeleute hetzten die Mägde zwischen den Tischen und der Küche hin und her, aßen und tranken und redeten laut. An drei Tischen waren die Männer fast betrunken.

»Wir tun alles, Hesqe, damit wir deiner Bordsuppe entkommen können«, sagte Holx und hob den Arm. Der Wirt nickte ihm zu und machte eine verlegene Geste. »Die wahre Gemütlichkeit finden wir hier nicht, sage ich.«

Ptah bestellte Dünnbier, Wein, Brot und in Honig und gerösteten Nüssen eingelegte Melonenwürfel. Flaid rang die Hände und sagte: »Bald ist der zweite Braten fertig, Kapitän. Den ersten haben sie bis auf die Knochen gegessen. Ich hab so viele Gäste nicht erwartet. Es ist noch fette Suppe da. Wollt ihr?«

»Keine Suppe«, sagte Hesqemari laut. »Was für Braten?«

»Wildes Schwein, Kapitän. Ungemein gut, ich versprech's.«

Der Wirt schlängelte sich zwischen Tischkanten und leeren Krügen, die ihm die Gäste entgegenhielten, zur Küche. Es roch nach kaltem und frischem Schweiß, nach Bier, verdorbenem Wein, Kräutern, heißem Öl und Fisch, nach dem schlechten Öl der Lampen und schwach nach Balsam und Duftwasser von Frauen.

Ptah hatte sich an einen Platz gesetzt, von dem aus er die *Morgenröte* im Auge behalten konnte. Zwei Mägde hasteten heran, stellten Krüge und Becher auf den Tisch; eine dritte Frau reinigte die Platte. Dröhnendes

Gelächter kam aus dem Inneren des Hauses, eine Frau lachte schrill, eine andere stieß einen unterdrückten Schrei aus. Holx teilte gefüllte Becher aus und sagte:

»Von Zinnschiffen werden wir heute ebensowenig erfahren wie von Unruhen im Asmach oder dem flüchtigen Anatnetish. Die uns etwas sagen könnten, sind schon besoffen.«

»Und einigen ist schon speiübel.« Hesqemari stieß Karidon an und deutete auf drei Seemänner, die, sich gegenseitig helfend, zu den Schiffen schwankten. Einer stützte sich auf das Bugholz eines Schiffes und spie seinem Nachbarn auf die Knie; fluchend sprang der zurück, holte mit dem Arm weit aus und verlor das Gleichgewicht. Der dritte Seemann packte ihn und wäre beinahe umgerissen worden und ins Hafenwasser gefallen. »Das Fest ist für die drei zu Ende, und morgen wissen sie nichts mehr davon.«

»In diesem Bier«, sagte Ptah ein wenig gereizt und hob den Becher, »könnten wir baden, und wir würden nicht betrunken. Aber die jungen Leute vertragen heutzutage nichts mehr.«

Das dünne Brot war gut und frisch, die Melonen schmeckten nach Honig und feinem Gewürz. In der Küche schimpfte Flaid mit den Mägden und schwankte, eine beladene Platte vor dem Bauch, zu einem Tisch in der Ecke des Hauses. Einige Atemzüge später kamen sieben Männer, offensichtlich die ganze Schiffsbesatzung, nur wenig betrunken. Eine Frau lief ihnen hinterher und packte den Arm eines schwarzbärtigen Mannes. Plötzlich bückte sich Ptah; irgend etwas schien ihn gewarnt zu haben, er beugte den Oberkörper zur Seite und sprang auf. Niemand verstand, was die Frau rief. Der Kapitän drehte sich herum und schlug ihr mit der flachen Hand mit aller Kraft ins Gesicht. Die Frau flog zur

Seite und gegen Ptah, der sie auffing. Karidon rief scharf:

»Prügelt euch nicht zwischen unserem Essen, Kapitän! Mitten im Hafen ist mehr Platz.«

Einige Männer an den Nebentischen lachten und grölten. Ptah hielt die weinende Frau fest. Sie blutete aus der Nase und aus dem Mundwinkel. Der fremde Kapitän drehte sich ganz herum, musterte Karidon und Holx und legte die Hand auf den Dolchgriff.

»Kümmert euch nicht um die Dirne. Sie ist häßlich, ihre Kunst taugt nichts, und dafür verlangt sie Silber.«

Karidon sah, daß sich die Mannschaft hinter ihren Kapitän stellte und Streit suchte. Er schob Krug und Becher zur Tischmitte, packte unter dem Tisch den Griff der Axt und sagte:

»Gib ihr Kupfer, Kapitän. Auch schlechte Arbeit ist ihren Preis wert.«

Die Mannschaft kam näher heran. Aus der Schenke rannte eine andere Frau. Der Kapitän rempelte mit der Schulter die Frau, die er geschlagen hatte, und mit ihr Ptah zur Seite und zog den Dolch. Ptah prallte mit den Schultern gegen den Türrahmen, schob die blutende, wimmernde Frau einer anderen in die Arme und zuckte ein zweitesmal zusammen.

»Du willst Streit, Steuermann«, brüllte der Kapitän und beugte sich Karidon entgegen. »Kannst du haben!«

»Beim Horus! Tarben!« brüllte Ptah.

Karidon rutschte auf der Bank zur Seite, lachte und holte, als er um die Tischkante herumglitt, mit der Axt aus. Er hieb die Breitseite der Doppelklinge gegen die Schienbeine des Kapitäns, fast gleichzeitig waren Holx und Hesqe aufgesprungen und dem Angriff der Steuermänner oder Ruderer ausgewichen. Der Kapitän krümmte sich und fluchte laut. Vom übernächsten Tisch flog ein Tonkrug sich überschlagend und Wein verspritzend durch die Luft und traf einen der fremden Seemänner am Hinterkopf. Der Seemann brüllte auf, schwankte und brach zusammen. Hesqe und Holx hatten abgewartet, bis die Dolchspitzen ins Holz des Tisches fuhren, dann schlugen sie blitzschnell zu; die dicken Knäufe ihrer Dolchgriffe krachten auf die Handgelenke, gegen die Ellenbogen und hart in die Rippen unter dem Herzen ihrer Gegner. Das Zetern des Wirts verstand niemand mehr. Die meisten Gäste waren aufgesprungen und zurückgewichen, um nicht in die Schlägerei verwickelt zu werden; sie lachten, feuerten die Streitenden an oder klatschten in die Hände. Einige Messer blitzten, aus dem Hausinneren flogen Trinkschalen und Krüge. Ptah schob Tarben und die andere Frau zur Seite, wartete einige Atemzüge lang und senkte den Kopf. Er sprang auf den Kapitän zu, traf ihn im Magen und griff gleichzeitig nach dem Gelenk der Messerhand. Ptahs Anprall warf den Kapitän vier Schritte weit zurück, dann stolperte er, fiel auf den Rücken, und Ptah kam, nachdem er sich auf dem massigen Körper abgestützt und zur Seite überschlagen hatte, wieder auf die Füße. Er blieb neben dem Kapitän stehen und hob den Dolch in Angriffshaltung.

»Sieben gegen fünf!« Mlaisso brüllte und packte zwei Ruderer, schmetterte ihre Hände mit den Dolchen gegen die Hausmauer und einen Dachpfosten und schlug grinsend ihre Köpfe gegeneinander. Er nahm den Schmächtigeren am Gürtel und zwischen den Beinen und warf ihn wie einen Sack Korn auf den Kapitän, der sich aufzurichten versuchte. Als er sich nach dem zweiten Ruderer bückte, schrie der Junge und krabbelte hastig auf allen vieren davon.

Ptah trieb einen schwankenden Ruderer mit wohlgezielten Fußtritten auf die Schiffe zu. Mlaisso zog den

Kopf zwischen die Schultern und sah sich herausfordernd um. Holx und Hesqemari schlugen mit den Fäusten und den Dolchknäufen auf ihre Gegner ein, die zwischen Speiseresten, schäumenden Bierlachen und Tonscherben, vorbei an Hockern und leeren Tischen, Schritt um Schritt zurückwichen.

Karidon blieb, die Waffe in beiden Händen, zwischen den Stützbalken des Daches stehen und starrte den fremden Kapitän an; war er etwa ein Werkzeug Anatnetishs?

»Bis jetzt war es ein Austausch von Freundlichkeiten. Hört auf!« sagte er in unüberhörbarer Schärfe. »Die Frau ist eine Freundin der *Morgenröte*-Mannschaft. Unsere Waffen sind geschliffen. Schlaft euren Rausch im Schiff aus.«

Mlaisso schleifte einen Bewußtlosen hinter sich her und ließ ihn neben dem Kapitän fallen. Der Kushite blieb neben Karidon stehen und hakte die Daumen in den Gurt.

»Wenn ihr uns noch mal beim Essen stört, schlag ich euch allen die Zähne in den Hals«, grollte er. »Laßt uns in Ruhe.«

Der Kapitän starrte schweigend in die Gesichter der *Morgenröte*-Fünf, zuckte mit den Schultern und drehte sich um. Seine Leute hoben den reglosen Wajermann auf und schleppten ihn mit sich zum Schiff. Karidon schob mit dem Fuß Krugscherben zur Seite und setzte sich. Krüge und Becher auf dem eigenen Tisch waren unversehrt geblieben.

Ptah schob beide Frauen zum Tisch und sagte:

»Setzt euch zu uns. Tarben! Vielzöpfiger Traum mancher Nächte. Du bist nach Gubla zurückgegangen.«

»Bei eurem Jehoumilq war's zum Sterben langweilig.«

»Hier ist wahrlich mehr Abwechslung«, murmelte

Holx-Amr. »Hier prügeln sie euch sogar am späten Abend.«

»Das Leben ist nicht einfach«, sagte Tarben. Sie war auffällig geschminkt und trug zuviel billigen Schmuck. Sie deutete auf die andere Frau. Ihr Gesicht schien nicht nur vom Wein aufgeschwemmt zu sein. »Das ist Askata, meine Freundin. Bevor du fragst, Ptah: Wir verkaufen uns für Essen und Kupfer. Manchmal gibt's sogar Silber. Deinem alten Kapitän, Karidon, ist nichts entgangen; der Preis ist bezahlt.«

Karidon nickte und betrachtete sie genauer. Seit er Tarben zum letztenmal in Jehous Haus auf Keftiu gesehen hatte, schien die ehemalige Sklavin um die doppelte Anzahl Jahre älter geworden zu sein. Er legte das Beil neben sich, nickte einigen Männern an den Nebentischen zu und verlangte einen Krug und ein Paar Becher.

»Ich hätte nicht gefragt«, sagte er. »Es ist nicht zu übersehen, daß die gute Zeit auf Keftiu lang vorbei ist. Ist es dir sehr übel ergangen?«

»Nicht übler als vorher. Bevor ich zum Alten kam.«

»Vielleicht hättest du auf Kefti einen guten Mann gefunden.« Er hob unschlüssig die Hände. Zwei Mägde brachten die Getränke und eine Holzschale voller Bratenstücke. »Die Pfade der Menschen sind so ungewiß wie die des Meeres. Eßt und trinkt mit uns.«

»Gern. Danke, Kapitän Karidon.«

Die Scherben wurden zusammengefegt, ein paar Wassergüsse schwemmten die Reste von Bier und Wein in die Gosse. Nach der schnellen Gegenwehr der *Morgenröte*-Männer war es stiller in der Schenke geworden. Karidon beobachtete Ptah, dessen Blicke Tarben nicht losließen; es war, als versuche er vergeblich, jene Frau wiederzuerkennen, mit der er nächtelang auf einer von Jehoumilqs vier Terrassen gesessen hatte.

Tarben und Askata erzählten von Schiffen und Häfen, von geizigen und freigebigen Kapitänen und verschwitzten Ruderern. Hesqemari bestellte eine Schale Wein, trank sie leer und verabschiedete sich; er war anscheinend um die Sicherheit des Schiffes besorgt, ebenso wie Holx, der zu gähnen anfing. Karidon trank weiter Dünnbier und sah zu, wie sich andere Tische leerten und wie Tarben sich an Ptah-Netjerimaat lehnte und in sein Ohr flüsterte. Ptah hörte aufmerksam zu und schüttelte fast unmerklich den Kopf.

Mlaisso stellte den Becher in die Schale, kaute auf dem letzten Stück Brot und strich über seinen Bauch.

»War gut«, brummte er. »Wir sollten schlafen, Kapitän. Die Herbststürme warten nicht.«

»In einer halben Stunde sind wir an Bord«, sagte Ptah und nahm Tarbens Hand von seinem Knie. Karidon winkte dem Wirt, zahlte und schob Tarben und Askata, deren Zunge mit einem wackelnden Zahn spielte, zwei Silberplättchen über den Tisch zu.

»Ihr sollt keinen Ärger mit Wirten und fremden Kapitänen haben«, sagte er leise. »Dank für eure Gesellschaft.«

»Mit den meisten haben wir keinen Ärger.« Blitzschnell verschwanden die Metallplättchen. »Danke, Karidon.«

Als er aufstand, stützte sich Karidon auf den Griff der langen Waffe. Er glaubte, etwas sagen zu müssen, schluckte es herunter und wartete auf Mlaisso und Ptah, der Tarben unsicher auf die Wange küßte und dann zur *Morgenröte* folgte. Erst als sie im Heck Decken und Mäntel ausrollten, sagte er leise:

»Tarben als Hafendirne! Ich habe sie für klüger gehalten.«

»Niemand hat sie gezwungen«, meinte Mlaisso. »Hast

du etwa Lust auf sie gehabt? Sie ist eine alte Frau geworden, weit vor der Zeit.«

Wieder schüttelte Ptah schweigend den Kopf.

Auf der letzten Fahrt vor den Winterstürmen in einer namenlosen Bucht Keftis, zwischen Kap Thirr und Mnis, versuchte Ptah-Netjerimaat, Fragen, Gerüchte, Unwägbarkeiten, alle Verletzungen und Prellungen des Körpers und des Verstandes zusammenzufassen: Er stockte, rang nach Worten. Karidon lehnte im Heck an der Bordwand, trank schweren Alashiawein, blinzelte in die Öllichtflamme und hörte Ptah schweigend zu, mit steigender Aufmerksamkeit und Verwunderung.

»Ich, ein Rômet aus Menefru, Sohn eines Djadjad, immerhin nicht gerade ein Gerber oder Hyänenmäster, fahre nun über fünfundzwanzig Jahre mit euch. Hast du dich nie gefragt, warum?«

»Ich hab mich oft gefragt, aber ich kenne die Antwort.«

»Ja? Also – ?«

»Euer Land ist von sichtbaren und unsichtbaren Grenzen umgeben, die kein Rômet gern verläßt. Es ist wie im Spiegel: Stößt man dagegen, ist man zu weit gegangen. Grenzen im Süden: Gut – dorther kommt Gold. Im Osten: Auch gut – Kupfer und Türkise, aber diese Grenze ist verletzlich. Dahinter hockt Anatnetish ... das ist etwas anderes. Soldaten und Verwalter in Gubla und Uschu: Noch besser – dorther kommen Hölzer und viel nützliche Dinge, die ihr, ein Volk von Bauern und Steinarbeitern, tagtäglich braucht. Weil du wissen wolltest, wo das Zeug herkommt, hast du Jehoumilqs Schiff betreten. Deine Familie und das Volk brauchen Helden und Götter, du Held: Sachmet sei Lob!«

Schweigen. Der hohle Körper des Schiffes verstärkte

alle Geräusche, auch das geisterhafte Rascheln und Knistern, mit dem die Strömung unter dem Kiel die Sandkörner bewegte, die jenes leise Zischeln durchs Wasser weitergaben, als fräßen unzählige Winzlinge den Bewuchs von den Planken.

»Mir war es schon damals in diesen Grenzen zu eng, Kari.« Netji zwirbelte die bronzene Schale über die Planken. Karidon schenkte nach. »Bis heute hab ich's nicht bereut.«

»In jedem Hafen andere Gesichter und andere Gespielinnen.«

»Auch an den waldreichen, schmetterlingsumsäumten Hängen von Gnos, hoch über Mnis.«

Karidon setzte sich aufrecht hin. »Du denkst noch an Tarben, in Gubla vom Schinder Nehib gekauft?«

»Jetzt denk ich nicht mehr an sie.«

»Hmm.« Karidon sah in die Sterne. Im Schiffsrumpf knackte es, der Sand knisterte. »Und deswegen auch die Suche nach den Zinnhäfen? Unser aller Traum, Netji!«

»Und vieles andere.«

»Wir sind nicht mehr jung – wo, wie soll das enden?«

»Wie bei Jossel und dir: Im Parenneferhäuschen oder einem ähnlichen Lehen. Wenn Chakaura morgen in den endlosen Horizont eingeht, wird auch sein Nachfolger Bronze brauchen und Baâ-Enepe-Erz. Aber vielleicht sind wir bei seinem Nachfolger längst in Ungnade gefallen, wer weiß?«

»Der sieben- oder achtjährige Ameni?« Karidon zuckte mit den Schultern. »Mit wem willst du dein Häuschen hinter dem Schilf bewohnen? Mit Chnumit-Ijis Kindern, so wie Mlaisso mit Ti-Senbi?«

»Das werden die Götter in ihrer trefflichen Weisheit entscheiden. Ich bin noch lange nicht fünfzig Sommer alt; wer denkt da an den Herbst?«

»Ich.« Karidon holte tief Luft. »Ich denk' an den Herbst, weil ... Jossel hat's mir gezeigt. Ich versuche, mein Leben zu begreifen. Ich sehne mich – das sag ich nur dir – nach der großen, dritten Liebe; für meinen späten Sommer. Und nach einem deutlichen Wort Chakauras über unsere Freundschaft.«

»Tamahat hat dein ganzes Herz besessen?«

»Mehr als das.« Karidon ließ einen dünnen Strahl Wein in die Schalen rinnen und fuhr mit dem Finger den Nasenrücken hinauf und herunter. »Sie war ... einzigartig. Liege ich bei Hekenua, denk ich mitunter an sie.«

»Gewöhn's dir gründlich ab, Krabbe. Hekenua ist eine gute, kluge Frau von beträchtlicher Schönheit.«

»Ja. Gern. Aber wie? Ist schwer.« Karidon rülpste; Wein tropfte auf die Planken. »Und was tun wir, wenn wir die Zinnhäfen gefunden haben und reicher sind als das Per-Ao?«

Ptah richtete sich auf und brummte: »Dann legen wir unseren Arsch in die Hapilandsonne, erfreuen uns an kushitischen Sklavinnen, fahren für Chakauras Nachfolger meinetwegen auch nach Punt, lassen uns jedes Neujahrsfest dickere Goldketten um die Hälse hängen und warten auf die letzte Dämmerung. Wenn ich's recht besehe, ist's ein gemütliches Ende, wie es sich jeder wünscht.«

»In dir ist heute ein Gott tätig, Netji. So klar hab ich's noch nie gehört. Chakauras Wohlwollen oder der unbekannte Feind im Palast, die Winde, Strömungen und das Meer bestimmen, wie schnell unsere Jahre vergehen.«

»Das sollten wir verstanden haben, seit wir auf Planken stehen. Wir sind kräftiger und gesünder als viele, die wir kennen; den Göttern sei Dank! So soll es enden, Kapitän.« Ptah tappte zur Bordwand und schlug sein

Wasser ab, setzte sich und hielt Karidon die Schale hin. »Oder fällt dir etwas Besseres ein? Jossel hat's uns gezeigt. Wir leben und bestimmen nicht wie Chakaura im Auftrag jener Götter, an die ich glaube.«

»Ich glaube nicht – wie unser Schreiber-Priesterlein –, daß bestimmte Berührungen, die wir in Träumen ausführen, töten, vernichten oder verändern können. Mitunter bringen sie uns dazu, innezuhalten und zu denken; gerade jetzt, wenn irgendein Schurke im Großen Haus uns verräterischer Absichten beschuldigt.«

»Was hast du darüber erfahren können, Kari?«

Karidon nahm einen Schluck, holte tief Luft und berichtete Wort für Wort, was er ahnte, wußte und wovor er sich fürchtete; daß Anatnetishs Arm bis ins Große Haus reichte, schloß er aus. Ptah-Netjerimaat hörte schweigend zu, blinzelte in den kalkweißen Mond und nickte bisweilen. Schließlich gähnte er und murmelte: »Gesundheit und klaren Verstand müssen wir bewahren. Denk immer: Zinnhäfen, Reichtum, Lehenhäuschen am Hapi, Punt und zurück in den Goldschiffen, gute Weiber und nach all dem: die spätherbstliche Geliebte, die deine Söhne gebärt, auf daß du fortlebest in deinem Samen, und daß deine Söhne alles, was du geschaffen hast, rasch im Bierhaus mit Tänzerinnen vertun. Alles andere werden wir besiegen – wie die großen Wellen im Großen Grünen.«

Karidon ging zum Bug, entledigte sich eines lauten Darmwindes und setzte sich neben Netji. Der Krug war mehr als halbleer. Am Strand lachten die Ruderer; ein großer Fisch sprang aus dem Wasser und tauchte geräuschvoll ein. Karidon sah traurig zu, wie die letzten Tropfen in die Schalen fielen, und sagte:

»Unser Leben klarsichtig zu begreifen. Hmm. Werden wir es begreifen und am Ende zufrieden sein?«

Ptah tupfte mit drei Fingern Wein hinter seine Ohren und kratzte sich am Oberschenkel.

»Vielleicht, Krabbe, begreifen wir's nicht ganz. Wir sind kein weicher Ton auf der Scheibe des Töpfers. Wenn die Stunde kommt, in der wir von der schielenden *Morgenröte* auf die Jenseitsbarke umsteigen, will ich ins Kielwasser blicken und sagen können: Es war gut so.«

»Bisher war's gut.« Karidon schüttelte den Krug am Ohr; er vernahm nur dumpfes Rauschen. Er blickte in die Augen des Freundes, der an der Heckskiste lehnte und die Zehen anstarrte, die er in unhörbarem Takt bewegte. »Mitunter treiben sich häßliche Gedanken der Mutlosigkeit in meinem Herzen herum, o Beischläfer zu vieler Frauen. Mögen die Götter – zwei von Kefti und Alashia und eure tausend – machen, daß unser Ende in Würde stattfindet. Der Dämon des Weines führt in meinem Kopf seltsame Tänze auf; morgen werde ich mit Widerwillen am Ruder stehen.«

»Sieh nach den Sternen, Fürst der Trunkenheit.« Ptah hob den Finger und deutete auf den Angelstern. »Sie bestimmen unseren Schiffskurs, aber nicht deinen Lebenskurs. In einer Handvoll Stunden erfreue ich Daraka, eine andere vielzopfige Sklavin, und du besäufst dich mit deinem greisen Ziehvater.«

Der Wind schwellte Keftis warmen Geruch den Felshang hinunter und in Karidons Nüstern; er leerte die Schale und dachte an Hekenua. Er steuerte mit Mlaisso, fünf Stunden nach Mittnacht, das Schiff im weiten Bogen nach Westen, nach Mnis, wo ihm Gaitha eine Shafadurolle gab; erst vierundzwanzig Stunden später, auf Jehoumilqs Terrasse, war er in der Lage, den Brief zu lesen.

DIESEN BRIEF SENDET MERIRE-HATCHETEF, in vierfacher
Ausfertigung – mit Tempelboten über Menefru-Mire,
Tjebnutjet, Gubla, Alashia nach Mnis und Gnos auf
Kefti – zu Kapitän Jehoumilq, der ihn Karidon aushändigen möge: Mehrfach gehen Schreiben verloren und
werden schmerzlich vermißt von denen, die begierig
darauf warten. Mögest du, Karidon, ersehen, wie es um
das Hapiland, dessen wichtigste Städte und Deine
Freunde steht. Sehs Pa-Em-Nechech hat die Kopien
feinfingrig geschrieben; ich habe sie gesiegelt am
15. Pachons des Jahres 28 des Goldhorus.

So wie du es geahnt hast, Karidon, war die Hapiüberschwemmung des vergangenen Jahres für beide Länder,
den Goldhorus und uns etwas Schlimmes, das die Götter über uns kommen ließen: zwölf Tage zu spät und
nur halb so hoch wie in mittleren Jahren. Dennoch be-
schenkte uns Chakaura reichlich. Ich erhielt eine drei-
fache Kette aus schierem Gold. Sokar-Nachtmin, der dir
Grüße, Preisungen und starke Abendgedanken sendet,
bekam einen Rock aus bronzenen Schuppen mit zehn
goldenen Fliegen darin, das Gold-Tier der Auszeichnung; Fliegen verfolgen ihre Opfer bis zum Rand des
Horizonts. Vieles ist nach der guten Überschwemmung
dieses Jahres trefflich geraten; auch Mereret, Chakauras
Tochter und Amenis Schwester, vor drei Monden geboren. Viel kann ich dir berichten: Das Sehedhu-Bauwerk
des Goldhorus ist fertig, einhunderteinundfünfzig Ellen
hoch, zweihundertzwei Ellen an den Kanten lang. Der
alte Peser, nachdem er mit Millionen Pfeilen traf, hat
seinen Bogen weggelegt; man machte ihm ein großes
Begräbnis, und wenn du nachts Blitze auf dem Großen
Grünen siehst, denk an ihn: Es sind seine Pfeile. Da alle
Speicher im letzten Jahr überquollen, leidet niemand

Not. Von den Masten der Tempeleingänge wehen rote, blaue, grüne und weiße Bänder, und auch schwarze als Anrufung, daß große Fruchtbarkeit auch im nächsten Jahr über das Land kommen soll.

Der Goldhorus hat, um nicht erdrosselt und erstickt zu werden von tagtäglicher Arbeit, das Land Tameri in vier große Bezirke eingeteilt: je eine Hälfte des fruchtbaren Dreiecks und der Länge des Hapi bis hinauf über die zweiten Hapischnellen. Trotz der ungenügenden Überschwemmung hat Chakaura acht Sonnenboote in schönen Gräbern bei seinem Sehedhu-Bauwerk in Steingräbern versenken lassen; das Holz, aus dem sie erbaut sind, brachtet ihr von Gubla. Von Gerüchten, die euch schaden, habe ich wenig gehört; mitunter, sagt man, empfängt nachts der gleichnamige Sohn des mächtigen Vaters, Ikhernofret, flinke Boten aus dem Asmach und aus Ländern jenseits der Ostgrenze; mit Sokar-Nachtmin spricht er über den Fürstenwall. Die wortkargen Baumeister, die ihren Schreibern verbieten zu berichten, wie die hochragenden Sehedhu-Grabmäler errichtet werden, sind weitergezogen; du solltest sehen, wie herrlich das Land um die Totenbauwerke ist, umgeben von Hainen aus Tamarisken, jungen Sykomoren und vielen Reihen Dattelpalmen.
Der Nachfolger des hinfälligen Pije-Ipis wird noch immer gesucht; es gibt keinen vergleichbaren Verwalter von Millionen Zahlen. Jenseits der dritten Stromschnelle, berichten Späher und Lauscher, sammeln die Fürsten des Südens Macht um sich – es mag sein, daß Chakaura mit seinen Truppen, von Nachtmin geführt, abermals nach Kush ziehen muß. Auch wirst du, wenn du Itch-Taui noch vor der Überschwemmung erreichst, den Kanal zwischen Menefru-Mirê und dem Itch-Taui-

Nebenarm befahren können: Er ist, von Ziehpfaden und Palmen gesäumt, breit und prächtig gediehen, ebenso wie Palast, Tempel und Stadt. Es herrschen Ordnung, Gerechtigkeit und Wohlstand im Hapiland; was immer ich über die Zeit des Sonnensohnes schreibe – es sind schöne Lobesworte und die Wahrheit der Maat. Alle Dinge zeigen sich, wie sie sein sollen, denn wenig Vollkommenheit war in ihnen, als man sie zu schaffen begann. Parennefers Gut ist voll Frieden und Fruchtbarkeit. Hekenua wartet auf dich.

DAS SCHRIEB MERIRE-HATCHETEF selbst mit zwei Fingern an Karidon. Besuche mich, wenn dir im Hasten nach Bronze und dem Kurs zu den Zinnhäfen Zeit bleibt. Unzählige Grüße auch an Ptah-Netjerimaat und Mlaisso, dessen Sohn Piika trefflich gedeiht.

Jehoumilq hatte den Tisch und viele Stühle und Hocker auf die Terrasse zwischen dem Haus und dem Nebengebäude, in dem Karidon und Ptah schliefen, hinausschaffen lassen. Zwei gemietete Knechte bewachten die *Morgenröte*; der Tisch war übersät von Listen, Schreibgerät, dem Inhalt der Bordtruhe, Bechern, Schalen und Krügen. Karidon rollte ein Schreibblatt auseinander, nickte Jehoumilq zu und sagte:

»Wenn wir weiterhin unseren Verdienst mit uns herumschleppen, sind wir beim ersten Schiffbruch arm; ihr wißt, wie schnell dies gehen kann. Die Hälfte gehört dem Eigner, der das Schiff bauen, ausstatten und unterhalten muß, ist zugleich die Rücklage für neue Planken, ein neues Segel oder größeren Schaden.« Er schob vier Beutel zu Ptah, der sie in die Kiste versenkte. »Je ein Zehntel vom Rest für die Steuermänner.«

Holx und Ptah blickten auf die Linie und die Ziffern,

auf die Karidons Fingerspitze deutete. Mlaisso drehte den schweren Gold-Cheperkäfer im Nasenflügel.

»Für Mlaisso habe ich die Zeit abgezogen, in der er nicht mit uns gefahren ist. Also bleiben je fünf, zusammen zwanzig Hundertteile für Selkara, Hesqe, Kadran und Larreto. Hier. Zählt nach und sagt mir, was ihr damit tun wollt.«

»Das meiste lassen wir bei Jehoumilq.« Selkara schob die Schalen, die mit Goldkörnern und -fingerchen, mit Silber- und Kupferplättchen gefüllt waren, hin und her. »Wir haben dir beim Wiegen und Rechnen zugesehen, Kari.«

»Ich vergrab nicht alles«, sagte Jehoumilq. »Wenn ich günstig Bronze oder Eisen bekomme, leg ich Gold für euch an.«

»So soll's sein«, sagte Ptah. »Im Alter brauchen wir auch noch ein paar Körnchen.«

Karidon ließ seine Auflistung von allen siegeln und verstaute die Rolle in der Bordtruhe. Gaitha zählte die Lederbeutel zweimal ab und trug den kleinen Schatz ins Haus. Keiron hob den Becher und nahm Kalians Hand.

»Ihr seid wirklich tüchtige Händler, Karidon. Der Bronzehandel lohnt sich, wie ich sehe.«

»Du siehst die Ergebnisse von sieben Jahren«, sagte Karidon. Er deutete auf die Köpfe der Ruderer. »Keiner kann ahnen, was wir für die Suche nach Zinn ausgeben müssen. Noch etwas: Wir sind drei Mann weniger an Bord. Das ist bisweilen beschwerlich beim Rudern, aber ich meine, wir bleiben dabei. Einverstanden?«

Selkara zupfte an den Bartspitzen. »Selbstverständlich.«

»Auf jedem anderen Schiff hätten wir's viel schlechter getroffen.« Kadran hatte den Zopf aufgelöst und bürstete das eingeölte Haar. Er stieß Selkara an. »Wenn Karidon seine große Fahrt anfängt, fahren wir mit – ich schwör's.«

»Was sollten wir sonst tun? Zwei oder drei Monde lang ausruhen am Hapi – uns nimmt kein anderer, weil wir viel zu alt sind«, sagte Hesqemari. Doreare lachte und rief:

»Nein, es ist wegen deiner Suppe. Die fürchtet man an allen Küsten.«

Karidon verschloß den Kupferzylinder und lehnte sich zurück. Seine Finger spielten mit dem Krüglein, aus dessen Öffnung der Geruch hellbraunen Zedernbalsams strömte. »Ausruhen am Hapi. Wir bringen Waren nach Gubla und segeln nach Itch-Taui. Mein Haus ist fertig zum Einrichten; Hekenua und Ti-Senbi warten.«

»Wir müßten es leicht schaffen vor der Überschwemmung.« Ptah knotete die Gürteltasche fest. Daraka, eine kleine Hellhäutige vom nördlichen Festland, biß auf das Haarbüschel am Ende eines ihrer vielen Zöpfe und schlug die Beine übereinander. »Die *Morgenröte* ist fertig zum Ablegen. Wir brauchen nur Wasser und Fladenbrot.«

»Und denkt an die Waren, die der Fürst von Gnos bestellt hat. Nur das Beste!« sagte Jehoumilq. »Ich segle mit euch nach Arni. Keiron will einen Mond lang für Pachos arbeiten. Hier im Haus ist er mit allem längst fertig.«

»Bei Sonnenaufgang, Jossel«, sagte Karidon.

Gaithas Hand beschrieb einen Kreis, der alle Versammelten einschloß. »Daraka und Doreare haben zwei Tage lang vorbereitet und gekocht. Ihr bleibt; nach dem Essen schlaft ihr hier. Alle.«

»Ich hab' nichts anderes vorgehabt«, murmelte Ptah und wedelte einen Schmetterling vom Rand des Bechers.

Jehoumilqs Haus, Keirons' winzige Werkstatt, die Terrassen und das Nebengebäude im Grün des frühsommerlichen Gartens strahlten Ordnung, Reichtum und liebevolle Pflege aus; noch glänzten die vielen bronzenen Riegel, Zapfen und Haken der Türen und Läden. In die Ecken der Terrassenbrüstung waren mannshohe Tonkrüge eingemauert, Leineneinsätze leuchteten in den Fenstern, und Sitze, Truhen, Tische und Geschirr waren aus vielen Häfen zusammengetragen und von den Frauen gefärbt, gewachst und poliert worden, auch die helle Platte des riesigen Tisches aus Eichenbohlen, an dem mühelos vierzehn Gäste Platz hatten. Daraka, einen Krug auf der Schulter, ging hüftschwenkend zum Anbau und leitete das Quellwasser um; am Ende einer Kupferröhre rann es in Tröge, über Steine und entlang den Pflanzenreihen. Ptah grinste Karidon zu, blinzelte mit dem rechten Auge und gähnte.

»Weck mich rechtzeitig vor dem Essen, Kari«, sagte er leise. »Ein Mittagsschlaf im kühlen Schatten – solltet ihr auch mal versuchen.«

Mlaisso und Holx standen auf. Karidon blickte über den Hanggarten zum Meer und sagte: »Doreare will uns den Garten und die Grenzen von Jehous Besitz zeigen; ich werde über Wurzeln und Felsen klettern. Später, Ptah.«

Jehoumilq schien von Anfang an die größtmögliche Unabhängigkeit von Mnis und dessen Hafen angestrebt zu haben: Würzkräuter, Arzneipflanzen, Fruchtbäume, Beeren und selbst drei Dattelpalmschößlinge wuchsen im Schutz des Hangwaldes. Keiron hatte offenbar sein Wohnrecht um ein Vielfaches abgearbeitet, denn überall waren Steinwälle geschichtet und große Trittsteine gelegt, zwischen denen aus bronzenen Tiermäulern Wasser rieselte. Bienen summten um die Körbe und die Blüten, feuchte Erde und der Wald breiteten eine Wolke wohliger Gerüche über Hang und Haus. Doreare scheuchte eine Ziege aus den Büschen; das gescheckte Tier sprang auf das Mäuerchen und zurück zu den grasenden Schafen.

»Warum bist du unruhig, Kari? Alles ist friedlich, jeder lacht und ist gesund.«

Karidon zog die Schultern hoch und pflückte ein paar unreife Trauben; er biß darauf und verzog das Gesicht. »Ich weiß es nicht. Wahrscheinlich, weil's uns so gut geht. Das viele Gold und die Silberplättchen, Ruhe, gutes Essen, viel Schlaf – der Brief Merires ... zuviel Gutes zieht Unglück an.«

»Abergläubischer als ein Nehesi aus Kush!« sagte Mlaisso. »Freu dich darüber, Neb Käpten.«

»Tu ich ja.« Karidon blieb unter einer Eiche stehen und blickte zu den Zinnen des Gnos-Palasts hinüber, die wie seltsames Stiergehörn aufragten. »Was kann ich für meine Gedanken? Der Wind wird sie wegblasen, wenn wir am Ruder stehen, Holx.«

»Hoffentlich bläst er mild und stetig. Ich hasse starken Wellengang.«

»Wir wissen es.« Mlaissos Blicke verfolgten den lautlosen Flug eines Geierpärchens. Er lachte laut. »Da. Gute Vogelzeichen, o würgender Wellenhasser.«

Um Mitternacht hatten die Mauern die Tageswärme noch immer nicht ganz ausgedünstet. Karidon hatte die Hände im Nacken verschränkt und blickte aus halb geschlossenen Augen auf den Vollmond, ein Lichtnest hinter der Mückenleinwand. Durch die Nacht, in der nur Grillen und Frösche lärmten, rieselte das Plätschern der steingefaßten Quelle. Das Steinkäuzchen schrie. Vor Karidons innerem Auge glitten weiße Mauern vorbei, Lufteinlässe und Fenster; Handwerker brachten Truhen, versiegelten die farbigen Bilder des Bodens, stellten Sitze und Betten aus lederbespanntem Holz auf und malten Sternbilder in die Deckenfelder zwischen Eichenbalken aus Kefti. Er hörte nicht, daß sich die Tür in gefetteten Bronzezapfen öffnete; Doreare glitt über den Fellteppich und blieb vor dem Bett stehen.

»Erschrick nicht, Kapitän«, flüsterte sie, hob die braunen Arme und zog die Kämme aus dem Haar. »Nur diese Nacht. Ich habe so lange nicht mehr neben einem Mann gelegen.«

Karidon richtete sich halb auf. Sie ließ den dünnen Kittel über die Schultern gleiten und hob den Fuß aus dem hellen Bündel. Das weiße Licht spielte über Doreares Körper, der nach Rômetbalsam duftete, als sie sich über Karidon beugte und sich in seinem Arm ausstreckte. Sie zog das Laken über die Brüste und sagte:

»Gaitha ist glücklich mit Jehou, und vorhin hab ich Darakas Lustschreie gehört. Für eine lange, süße Nacht, in der ich wieder spüren kann, daß ich eine Frau bin, daß mich ein Mann begehrt – ich will dich ...«

»Wir werden zärtlich und leise sein.« Karidon lächelte. Doreare schaute unverwandt in seine Augen und küßte ihn.

»Heute kann ich nicht empfangen, Kari. Ich will unserem Jossel nicht mit Kindergeschrei die Nächte verderben.«

Er nickte und ließ die Fingerspitzen über die Knöchelchen des Rückens gleiten. Die Spitzen der Brüste richteten sich auf. Doreare starrte in Karidons Augen, umarmte ihn, stöhnte und biß in seine Schulter.

Einige Bogenschüsse vor der *Morgenröte* segelten Jehoumilq, Keiron und Kalian im Landwind, der seit Mitternacht über die bewaldeten Hänge strich, nach Nordosten. Neben Karidon, an dessen Haut noch Doreares Geruch haftete, stand Holx-Amr an der Pinne. Sie steuerten in Jehoumilqs dünnem Kielwasser. Im rechten Handgelenk spürte Karidon den Zug des Ruders, im Fuß den Druck; langsam erwärmte sich der Holzbecher. Ptah lehnte an der Bordwand und betrachtete schweigend die schwindende Küste. Karidons Gedanken kehrten zu den Bildern am Hapi zurück: Felder blühenden Flachses, Maurer und Handwerker, Hekenua, die ihnen sagte, welche Bilder sie malen und welche Lampen in den Nischen stehen mußten. Und über dem flachen Dach spreizten sich schattende Palmwedel und Sykomorenäste, zwischen denen man Weidenbäume und blühendes Röhricht am Rand des Kanals sah. Die wenigen Nachrichten, die er in den Schenken gehört hatte und die für das Hapiland wichtig waren, hatte Karidon aufgeschrieben und die Shafadublätter sicher in seiner Kupferrolle verwahrt.

Eineinhalb Tage, nachdem Jehoumilqs Segel an Steuerbord längst mit anderen hellen Punkten der Küste verschmolzen war, packte sie südlich von Kap Thirr ein kühler Hassarr und trieb die *Morgenröte* trotz des verkleinerten Segels einige Stunden lang nach Südost; Holx-Amr spie, Keftis Große Mutter, den Urozean Nun und Windgott Schu verfluchend, Gaithas gutes Essen aus; die Erholung war dahin. Eine Stunde lang beruhigte Fafana das Meer, dann setzte heißer Dardan ein und schob das Schiff auf einen Kurs, der sie nördlich von Alashia dem unbekannten Festland entgegenpeitschte. Nachts kamen sie an kleinen und großen Inseln vorbei, hörten und sahen weißgischtende Brandung und befanden sich, als der Sturm abflaute und der Tag grau und rötlich dämmerte, vor einer Bucht, in der ein Feuer rauchte. Die Inselküste verlief von Nord nach Süd; keiner kannte sie. Karidon ließ das Segel lockern und steuerte in die Bucht, drehte die *Morgenröte* in den Wind und wartete fast zu lange, ehe der Ankerstein fiel; mit dem Heck näherten sie sich dem sandigen Strand, an dem ein wrackes Schiff lag. Sechs Männer winkten, schrien und rannten durch seichtes Wasser auf das Schiff zu.

Holx taumelte aufs Heck, stierte zum Land, das im tiefen Schatten lag, hob den Kopf zu der gezackten Linie vor dem gleißenden Morgenhimmel und grunzte.

»Ich kenn das Land nicht. Aber ich bin sicher, es ist eine Insel. Namenlos.«

Eine Reihe scharfer Rucke ging durch das Schiff. Wind und Wellen schoben die *Morgenröte*, deren Ankerstein durch den Sand schürfte, dreißig Schritt weiter dem Strand entgegen. Karidon wartete, bis das Schiff wieder ruhig lag, hob die Hände ans Kinn und brüllte:

»*Auge der Morgenröte* aus Kefti. Kapitän Karidon. Euch hat's schlimm erwischt, wie? Wir helfen. Was braucht ihr?«

»Wasser und Essen.« Der Seemann sprach in Gublas Dialekt. »Wir sind von der *Kupferfisch*. Seit drei Tagen haben wir nichts zum Kauen.«

»Gleich könnt ihr prassen und schlürfen«, schrie Mlaisso. »Hesqe! Wasser, Bier und Fraß für sechs. Holx. Die Leiter.«

Hundert Atemzüge lang wateten sie zum Strand und trugen Krüge, Ledersäcke und zusammengeknotete Tücher. Nachdem die *Kupferfisch*-Mannschaft ihren Durst gelöscht hatte, stapfte ein kleiner, magerer Mann zwischen den Scherben von Tonkrügen näher und hob vor Ptah und Karidon die Arme.

»Mir gehört das Schiff. Ich bin Assama. Wir haben Erdpech und viele Säcke und Truhen voll schönem Lazulstein für Gubla. Und nun kommen wir niemals mehr weg – seht selbst.«

Karidon legte die flache Hand auf Assamas Schulter.

»Du und deine Männer sind sicher. Die Ladung bringen wir in unserem Schiff unter. Aber von der *Kupferfisch* werden wir nicht viel mitnehmen können. Das Segel, Tauwerk, ein paar andere Kleinigkeiten.«

»Unser nächster Hafen ist auf Alashia«, sagte Mlaisso und betrachtete die fremde Mannschaft, die gierig aß und trank. »Dann Gubla. Nur dort bekommt ihr ein neues Schiff.«

Assama senkte den Kopf. »Alles ist besser als der Tod.«

»Abgesehen davon, daß wir einige deiner Steine eintauschen würden«, sagte Karidon, »müssen wir auf guten Wind warten. Du kennst den Kurs nach Alashia? Und unsere Hilfe wird, wie auch immer, wenig wohlfeil sein.«

»Mir ist alles recht. Bloß weg hier, in einen Hafen.«

»Dorthin«, sagten Karidon und Mlaisso laut, »bringen wir euch, ohne Zweifel. Fangt schon an, das Schiff auszuräumen.«

Er wartete, bis Assama zu seinen Leuten zurückgegangen war, und murmelte: »Blaue Lapissteine, Kari. In Itch-Taui gibt es seit langem kaum Lapisstein! Ein Vermögen wert, wenn wir's richtig anstellen. Seit zwei Jahren waren in Kit, Gubla und Uschu keine Lapissteine zu haben. Kauf die ganze Ladung, Kapitän.«

Karidon blickte schweigend in Ptahs, Holx' und Mlaissos Augen, zupfte mit Daumen und Zeigefinger an seinem Kinn und flüsterte: »Ich bin Jossels Ziehsohn, Freunde. Wir kaufen höchstens ein Drittel oder die

Hälfte der Ladung, und dies zu einem schauerlich niedrigen Preis. Willst du mich lehren, Geschäfte zu machen mit hilflosen Fremden, elender Nehesi?«

Mlaisso schlug die Faust gegen Karidons Schulter und lachte dröhnend. »*Cabul!* Ich geb's auf. Mach nur so weiter, Neb Karidon.«

»Darauf könnt ihr euch verlassen!«

Die *Morgenröte* wurde zuerst mit den schweren Truhen und Säcken beladen. Die Steine kamen über unbekannte Wege aus dem Osten der Länder jenseits von Sumer und waren, weil selten, wertvoll. Assama kannte den wahren Wert nicht. Die Mannschaft watete, ihre eigene Habe auf den Schultern, zum Heck; die Ruderer stapelten die Sachen an Deck. Das Segel wurde abgenommen, das Tauwerk eng zusammengerollt, der Mast aus den Lagern gehebelt, das Ruder aus den Tauschlingen befreit und zusammen mit Mast und Riemen längs an Deck festgezurrt. Hesqe kochte einen dritten Kupferkessel starken, süßen Sud. Ptah und Karidon wateten zum Wrack und spähten durch die Löcher der geborstenen Planken.

»Gutes Holz«, sagte Ptah zum Kapitän der *Kupferfisch*. »Überall selten und teuer. Einen Teil können wir bis Gubla an Deck stapeln und festbinden. Was denkst du, Assama?«

Der Kapitän lief dreimal um sein Schiff, klopfte mit Karidons Doppelaxt gegen viele Planken unter der Wasserlinie und an Deck und sagte schließlich halb ratlos: »Die Hälfte?«

»Eher weniger. Also – zerhack dein Schiff!« Karidon nahm ihm die Waffe ab. »Aber nicht mit meiner Axt!«

Es dauerte den ganzen Tag und die halbe Nacht, bis jene Reste der *Kupferfisch*, das meiste über Deck, zu kantigen Packen zusammengezurrt und sturmsicher verstaut waren. Beide Mannschaften arbeiteten zusammen;

am Schluß glich das Wrack mehr den zerbrochenen Gräten eines großen Fisches als einem zerborstenen Handelsschiff. Während Kadran und Larreto sich helfen ließen, das Ankersteintau zehn Ellen weit einzuholen, winkte Karidon den Kapitän heran und sagte:

»Wir müssen auf guten Borr oder, was ich noch nie erlebt habe, einen nichtstürmenden Messes warten. Proviant haben wir genug; heute nacht ein Feuer aus den Resten deines Schiffes und dann – einen halben Tag, vielleicht – rudern?«

»Vorher ausschlafen, am Strand.« Assama kratzte sich im schütteren Haarkranz über den Ohren. »Dann rudern. Ihr habt uns viel geholfen, *Morgenröte*, so schaffen wir es bis Gubla.«

»Mit dem wenigen Gold«, sagte Mlaisso, »das wir euch für die minderwertigen Steinbrocken geben, zusammen mit dem Holz und so weiter, bekommt ihr bei Sibon, dem Eineinhalbbeinigen, nach gebührender Wartezeit ein gutes Schiff. Sag's deinen Leuten, sie sollen die schäbigen Reste zum Feuer tragen.«

Sie brieten Fleisch und rösteten Brot an einem mächtigen Feuer. Niemand schlief. Karidon und Assama kletterten auf die Felsen und prüften den Wind; gerade zu der Zeit, als der ablandige Wind einsetzte, winselte abnehmender Messes aus Nordost und zwang die Männer, die *Morgenröte* in die Wellen zu schieben, an Deck zu klettern und das Segel auszufalten. Sie brauchten, abwechselnd nach Süden, Südosten und Südwesten steuernd und zwei Handbreit tiefer als sonst im Wasser liegend, sechs Tage bis Kit und weitere zwei Tage und Nächte bis Gubla. Die *Schwinge des Falken* von Kapitän Kirf Darka lag als einziges Schiff am Kai; Karidon ging an Bord der *Schwinge* und überredete den Händler, die andere Hälfte der Edelsteinladung zu übernehmen und mit der gleichen Menge Gold zu verrechnen wie er. Wachsblöcke und Honigkrüge aus Kefti kaufte ein Händler in der Stadt, Kupfer und Zinn waren geringfügig teurer geworden. Kapitän Kirf rief dem Schiffbrüchigen den Preis zu; Assama stellte die Truhe ab, stemmte die Hände in die Hüften und starrte abwechselnd Karidon und Kirf an.

»Ehrenwerte Handelskapitäne.« Er sprach voller Ergriffenheit. »Vielleicht hätte ich anderswo einen besseren Preis bekommen. Aber ... so ist es gut. Kommt in die Schenke, zum Rechnen und Siegeln. Meine Leute bringen die Steine auf eure Schiffe. Ihr habt uns mehrfach gerettet.«

Später sah Karidon Kapitän Assama zum Anbau der Schenke gehen. Er hatte den rechten Arm um eine Frau gelegt und die Hand auf ihre Brust gepreßt; als Karidon die vielen perlengeschmückten Zöpfe sah und das Lachen hörte, war er sicher, daß Tarben mit Kapitän Assama ging.

4. Gezeiten der Leidenschaft

 Die letzte Nacht des Mesore endete, der erste Morgen des Thot löschte nacheinander die großen Sterne. Der breite Palastgang, von steinernen Binsenstengelsäulen gesäumt, schien schmaler zu werden und zeigte jenseits des Vierecks des Tores, über Gärten, Felder und Hapi hinweg auf den Rand der Wüste. Der Nachthimmel färbte sich im ersten dunkelgrauen Schimmer. Chakaura hatte auf die Hilfe seiner Diener verzichtet und band das Kopftuch über der Stirn fest. Er sah sich um und blieb stehen, an eine Säule gestützt. Bis zum Ende der Säulenreihe waren es dreihundertsechzig Ellen; hinter den Dünen erschien ein winziger Streifen Helligkeit.

Langsam ging Chakaura in der Mitte des Korridors, ohne auf die Bilder zu achten, auf das Portal zu, zum Garten, nach Osten. Die Dünenkante schien einige Herzschläge lang zu brennen, obwohl der Himmel dahinter seine Färbung kaum geändert hatte; dann löste sich ein Lichtfunke, stieg quälend langsam höher und ballte sich zu einem Stern. Sepedet zuckte und flimmerte einige Augenblicke lang, aber als Chakaura das letzte Drittel des Korridors erreicht hatte, strahlte der Stern, der Achet und die Hapiüberschwemmung ankündigte, in Chakauras Gesicht; er glaubte, das kalte Leuchten auf der Haut zu spüren.

Chakaura hakte die Finger unter den weißgoldenen Horus des Halsschmucks, zerrte an den Steinen und Goldvierecken und wartete schweigend, bis ihn die ersten Sonnenstrahlen blendeten. Lähmung schien die Bewohner des Palasts befallen zu haben. Der lichtflirrende Gang mit Tausenden Bildern und Reliefs hatte sich in eine leuchtende Schlucht verwandelt, selbst die Pflanzen, Tiere und Blüten des Bodens strahlten. Die dünne Schicht Öl und Wachs, die sie vor seinen Sohlen schützte, begann zu spiegeln. Er drehte sich um. Sein zweihundert Ellen langer Schatten berührte die mittlere der drei ineinander verschränkten Steingestalten: Zwischen Sachmet und Ptah, von ihnen gestützt und bewacht, schritt Chakaura, strahlend im zeremoniellen Schmuck von Farben, Gold und edlen Steinen, der Sonne entgegen – und sich selbst.

»Auch dieses kleine Sonnenwunder haben Götter, Baumeister und ich klug ersonnen«, murmelte Chakaura und ging langsam zum Saal der Geheimnisse, »um Dummköpfen die Annäherung schwer zu machen und Herzen von Neiderfüllten zu verwirren.«

Er schloß die Tür, verweilte unschlüssig und öffnete bedächtig einige Klappen in der Wand; als er aus dem sechsten Schacht leise Stimmen, Stöhnen und leidenschaftliches Wimmern hörte, drehte er den Kopf und lauschte. Er erkannte Sat-Hathor-Iunits scharfe Stimme, dann sprach der junge Ikhernofret. Chakaura versuchte zu verstehen, worüber sie redeten; nachdem er eine Zeitlang zugehört hatte, setzte er die Kachel wieder ein und lächelte: Ikhernofret wuchs zum vollkommenen Abbild seines Vaters heran: Stolz, klug und voll brennendem Ehrgeiz und beispielhafter Maat und begierig, alles besser zu machen; von solchen Vertrauten war der Erste Amenemhet entthront worden. Er, Chakaura, war voll kühlem Mißtrauen und wußte sich vor einem solchen Ende sicher. Obgleich im späten Schemu-Herbst ihrer Schönheit, tat Sat-Hathor-Iunet wohl daran, Ikhernofret zu lehren und seine Jugend zu genießen.

Die Tür des Heiligsten Schreines stand offen, Gott und Göttin hatten die Opfergaben erhalten. Die Mauern der Innersten Tempelkammer schluckten selbst das Knistern der Öldochte, mit dem grauen Rauch zogen der Duft von Lotosblüten und der strenge Ruch schmorenden Harzes zur dunklen Decke. Chakaura kniete vor Ptah und Sachmet und streckte die Hand aus, hob den anderen Arm in der Geste tiefster Verehrung. Das Maat-Figürchen ruhte bewegungslos in der Handfläche, nur die Feder auf dem Kopf der Göttin zitterte in Chakauras Atem.

»Sachmet, deine sechsunddreißig Pfeildämonen hast du in den fünf Tagen vor dem Neuen Jahr in deinem Zorn nicht ausgeschickt. O Sachmet, du liebst die Maat und jubelst über sie.«

Der Zorn der allgewaltigen Sachmet war von gestern; heute war die Herrin der giftigen Dünste im trockenen Land mild wie eine schlafende Löwin. Leise sprach Chakaura weiter.

»Ich bin zu dir gekommen und bringe dir die Maat. Du schmückst dich mit Maat, nährst dich und leuchtest mit ihr, bist stark durch sie, und sie vereinigt sich mit deiner Stirn, wirft deine Feinde zu Boden und ist an allen deinen Wohnstätten. Wenn Maat in deinem Gefolge ist, jubeln alle Götter; froh ist dein Herz.«

Chakaura stellte das Maat-Bildnis zwischen die Götter, richtete seinen Blick auf Horus in der Gestalt des Falken mit der Sonnenscheibe und atmete schwer.

»Horus, Sachmets Sohn, umfasse meinen Thron mit

der Fülle des Lebens; bitte deine Mutter, sie möge uns alle vor den Plagen des Jahres verschonen. Wenn ich, Unwissender, gegen Gerechtigkeit und Würde, gegen Ausgewogenheit und Gesetz verstoßen habe, wenn ich Maat nicht durch strahlendes Beispiel vorlebe, so komme Sachmets Zorn über mich. O Maat, ich zweifle, woran ich nicht zweifeln sollte: an der Treue und Ehrlichkeit meines einzigen Freundes. Mit ihm will ich meinen Punt-Traum wahr machen. Gib mir ein Zeichen, Göttin – hat er einen Grund, mich zu betrügen? Betrügt er mich? Hat er mir das Leben gerettet und bereut es nun?«

Chakaura wartete, ließ die Anwesenheit der Götter wirken, sog ihren göttlichen Atem wie Weihrauch und Blütenduft ein und schloß den Schrein. Die Götter schwiegen. Kein Gerücht hatte einen Kern, den er greifen konnte; er straffte die Schultern und spürte in seinen Körper hinein; die Schmerzen, die in seinen großen Zehen gewütet und ihn geweckt hatten, waren vergangen, obwohl die Gelenke geschwollen waren, die Haut blieb heiß und rot. Die Torflügel öffneten sich, in Doppelreihen warteten die Priester. Chakaura blieb am unteren Ende der Rampe im waagrechten Licht des Rê-Harachte stehen und atmete kühle Luft, dann sagte er:

»Sepedet steht über dem Sonnenhorizont. Sachmets Zorn hat uns verschont.« Seine Stimme verhallte im Säulenwald. »Ich habe die Opferung vollzogen. Es soll ein Fest sein in Itch-Taui und Menefru-Mirê. Man soll schreiben, daß in meinem achtundzwanzigsten Jahr beide Lande reich sind und gedeihen.«

»Ewig und ewiglich«, murmelte der Chor. Die Obersten Priester führten Chakaura durch den überdachten Gang und warfen sich vor dem Tor der Palastmauer ins staubige Gras. Als Chakaura durch den Garten ging, vorbei am Teich, hörte er Stimmen und Geräusche unzähliger Sklaven, Kinder, Diener und Beamter. Der Palast war erwacht; die Löwen brüllten markerschütternd, andere Tiere wurden laut, ein langer Tag begann für ihn, bunt, anstrengend und verwirrend wie die Schriftzeichen auf den Wänden, beschwerlich und voll von Zweifeln.

In drei Gruppen, im Halbkreis mit breiten Abständen, saßen bewegungslos die Schreiber. Die Obersten Tatji, die Adji-Mer-Verwalter der vier Teile des Landes, die Engsten Vertrauten des Herrschers, die Obersten Leiter aller Arbeiten, Tatji Cha-Osen-Ra und Vater und Sohn Ikhernofret warteten darauf, daß Chakaura das Wort an sie richtete. Acht Kushiten trugen Pije-Ipi, den kranken Obersten Verwalter von Millionen Wörtern und Zahlen, in seinem Sessel herein. Seine Betreuerin, eine füllige Sklavin aus Wawat, schob den Ledereimer unter den Spalt des Sitzes und kniete sich neben dem greisenhaften Buckligen auf die Matte. Chakaura bewegte prüfend die Zehen im Schutz des Tisches, roch die Salbe der Binden, ließ seine Blicke über die Versammelten gleiten und strich über den Weseschmuck.

»Bevor Pije-Ipi unsere Köpfe von tausend Zahlen summen läßt, frage ich den Obersten Tatji. Was sagt das Volk über die vier Waret-Häuser des Landes Tameri? Haben die Obersten Verwalter und Schreiber Zugang zu den Zahlen der Veränderung erhalten? Ist es leichter oder schwieriger geworden?«

»Sohn der Sonne.« Osen-Ra kreuzte die Unterarme über der Brust, dann deutete er auf die Männer seiner Umgebung. »Man hat mir aufgetragen, so zu antworten: Nach der Entmachtung verschiedener Gaufürsten sind die Landesteile ohne Zögern in vier Waret-Häusern zusammengefaßt worden. Das Schwierigste war das Lesen und das Hin- und Herschleppen unzähliger Schriften. Nun sind sie zu vier prächtigen Haufen geordnet und dort, wo sie sein sollen. Den Verwaltern habe ich Auszeichnungen zukommen lassen, und sie sagten zu mir und Vater Ikhernofret:

Sprich vor dem Angesicht des Goldhorus, er lebe wohl und ewiglich, daß besonders einer seiner Befehle viel Wohlstand und Freude über das Volk gebracht hat. Alle Handwerker, die mit jenen Waren handeln dürfen, die sie nicht für den Palast und die Tempel herstellen, werden reich. Alle sind fleißig. Das Volk tauscht Lebensmittel und alles Übrige gegen Handwerkswaren, und so wird auch die Verpflichtung, die Handwerker zu ernähren, geringer; für die Verwalter des Per-Ao, der Tempel und die Gaufürsten. Es war wohlgetan, Herr.«

Cha-Osen-Ra setzte sich. Chakaura nickte schwer. Seine Finger drehten einen dicken Saughalm. »So soll es bleiben.«

Er starrte Pije-Ipi an, der weißhäutig, haarlos und mit dem Gesicht eines vergreisten Kindes zahnlos und schiefmäulig zwischen wärmenden Fellen hockte und mit Spinnenfingern an den Knien zupfte. Er wachte auf und grinste, als er Chakauras Blick fühlte.

»Nenne uns die Menge der Lieferungen aus Kush, Wawat und Irtjet, die ausgefallen sind. Beginn im Thot des vergangenen Jahres und sag's uns für jeden Mond: Gold, Golderz mit Silber, Kupfer, Steine, Felle, Sklaven, Straußenfedern, Myrrhe, Weihrauch – alles. Sage uns, ob die Vorräte von den Listen abweichen; gibt es Betrug und Betrügende? Haben die Händler, die Bronze bringen, das Große Haus betrogen? Shemer Ikhernofret – laß deine Schreiber die Listen vergleichen.«

»Es ist alles geschrieben worden, Goldhorus.«

»Wir hören ... «

Pije-Ipis Stimme glich mehr denn je der eines greinenden Kindes. Zwischen den Worten atmete er keuchend, lachte tonlos, furzte und sprudelte Begriffe und Zahlen, Mengen, Tage, Monde und die Namen jener Schreiber hervor, die ihm die Zahl genannt hatten. Sein Körper hatte sich weiß gefärbt, nur die Knöchel der Hand, Ellbogen und Knie waren schwarzrot. Die Zehen, deren Gelenke große Knoten zeigten, zitterten. Die schwangere Frau fütterte ihn mit Brei; er schob den Holzlöffel zur Seite. Der Saal war erfüllt vom Rascheln der Schreibgriffel auf den Binsenblättern; selbst der junge Ikhernofret hatte Mühe, auf den Shafadurollen die Namen und Zahlenreihen zu vergleichen.

Als Pije-Ipi über die Lieferung von Hebony-Holz, Straußeneiern und Kupfer im Mond Pharmuti berichtet hatte, keuchte er und schnappte nach Luft; er zitterte am ganzen Leib und schlug sein Wasser ab. Die Sklavin wischte sein Gesicht mit nassen Tüchern, flößte ihm kalten Kräutersud ein; er hustete und begann stockend mit den Lieferungen des Pachons. Chakaura stützte die Ellbogen auf den Tisch, sein Gesicht war starr, er erkannte aus dem Gestammel und dem Nicken Ikhernofrets, daß die Mengen aller Lieferungen in demselben Maß gestiegen waren, wie es Ikhernofrets Vater, Sokar-Nachtmin und Gaufürst Nefer-Herenptah vorhergesagt hatten. Mit letzter Kraft, stockend, einzelne Zahlen mehrmals wiederholend, beendete Pije-Ipi die Aufzählung, die er gestern gehört hatte.

Chakaura hob drei Finger, ein Diener rannte hinaus; die Kushiten schleppten den Verwachsenen aus dem Saal. Die Rolle aus Binsenrohr sank langsam vor die Türöffnung. Chakaura hob die Schale und trank. Der Alashiawein schmeckte bitter und jagte stechenden

Schmerz in die Backenzähne. Es schien, als habe es nur Chakaura gemerkt: Aus den Schatzhäusern beider Lande war eine kleine Menge Nechoschet entnommen worden, ohne daß über deren Verwendung geschrieben worden war; angesichts der großen Vorräte waren vier Char Bronze unbedeutend – Chakaura fügte dieses Wissen einer Anzahl anderer Seltsamkeiten hinzu und nickte.

»Es ist gut. Wer berichtet für die Baumeister?«

»Ich, Sohn der Sonne.« Der Oberste Medech verneigte sich. Er brauchte keine geschriebene Aufzählung. »Uns sind zweiundvierzig Bauwerke aufgetragen worden, zwischen dem zweiten Hapiwasserfall und dem Rand des Schwarzen Dreiecks. Jedes ist angefangen worden, auch das Totenmal deines Sohnes Amenemhet, Herr. Daß dein Totenmal, der Aufweg und der Taltempel samt aller Nebenbauwerke längst fertig sind, weißt du; du hast die prächtigen Gärten selbst besucht. Jetzt, wenn sich der Hapi hebt, werden sich an vierzig Baustellen, in den Steinbrüchen und an den Orten, wo man Säulen, halbfertige Statuen und Quader aus den Steinbrüchen schlägt, die Arbeiter versammeln; jeder kennt seine Stelle. Jeder Befehl ist befolgt worden, und schon in einem Jahr werden auch die letzten Kornspeicher im Norden Itch-Tauis fertig gemauert und getrocknet sein. Soll ich die Bauwerke aufzählen, Goldhorus?«

»Ich kenne sie; jedes einzelne. Es genügt mir, was du berichtest; der junge Ikhernofret wird jeden Ort besuchen und alles mit scharfem Auge ansehen; vielleicht findet er dort Wissen über die Vergeudung kostbaren Nechoschets.«

»So wird es geschehn!« Ikhernofret sank auf die Knie; er blieb reglos liegen. Das Oval des Sonnenlichts kroch, sich zum Kreis rundend, zur Saalmitte. Chakaura hob die Hand und sagte:

»In zwei Tagen sollen die Priester berichten, wie ihre Tempel wirtschaften. Alle Tempel zwischen Menefru-Mirê und dem Rand des Großen Grünen.« Er gähnte. »Wie sehen die Vorräte von Kupfer und Zinn aus? Wieviel Bronze ist bei uns geschmolzen worden? Wieviel Karneol aus Kush kam, wissen wir; wie steht es mit Natron, Amethyst und Lapisstein? Haben die Handwerker, besonders die des Palastes und der Tempel, geschrieben, wieviel sie brauchen? Muß ich weiterhin viel Gold für fremde Bronze hergeben?«

Die Verwalter rollten Listen aus, lasen ab, verglichen und antworteten; ein Sandmeer aus Zahlen. Chakaura entschied, lobte oder tadelte, ließ sich von Cha-Osen-Ra erinnern, stellte bohrende Fragen und trug den Verwaltern auf, rasch für Klarheit zu sorgen. Nach vier weiteren Stunden gähnte Chakaura nicht mehr, aber die Müdigkeit dämpfte seine Zufriedenheit darüber, daß neun von zehn Befehlen buchstabengetreu ausgeführt worden waren. Er hob beide Hände bis zur Schulter und sagte:

»Der Goldhorus ist zufrieden. Morgen, nach der Mittagshitze, wird entschieden werden, wieviel gutes Land wir in diesem Jahr im Nordwesten der Stadt den Sümpfen und Morasten abringen können. Bereitet euch vor; ich wünsche, daß weniger Verwalter und Schreiber vor meinen Augen erscheinen.«

Er stand auf, nickte den Würdenträgern zu und verließ den Saal mit schnellen, kurzen Schritten. Sandalenträger, Perückenwickler und ratlose Diener umschwirrten ihn. Er bedeutete ihnen, daß er allein sein wollte, und warf sich im kühlen Halbdunkel seines Schlafraums auf die Liege. Wie das erstickende Dunkel eines Fünfzigtagesturms kam Müdigkeit über ihn und löschte Unruhe und Mißtrauen aus, deren Quelle er nun ein wenig besser zu kennen glaubte.

Ameni rannte und stolperte hinaus, die Amme lief ihm nach und hielt ihn auf, ehe er den kläffenden Slughihund umrennen konnte. Sat-Hathor fütterte Prinzessin Mereret mit Dattelbrei und dicker Milch. Dienerinnen huschten umher, eine eben angezündete Öllampe zerschellte zwischen den Säulen. Kreischend rannten Sklavinnen zusammen und schütteten Wasser und Bier in die Flammen. Die kleine Mereret schrie und spuckte Dattelbrei, und die Kinder der Nebenfrauen jagten einander zwischen Terrasse und Garten. Im Lärm ging die Musik der flötenblasenden Tanzmädchen und der beiden blinden Harfenspieler unter. Ameni warf, kreischend vor Vergnügen, einen Stapel Trinkschalen um und fiel in die Scherben; sein Geschrei ließ die rauchige Luft zittern. Die Töchter Achenty-Chuty und Sat-Hathor spielten still miteinander. Chakaura wischte kalten Schweiß aus dem Nacken, stand auf und ließ sich den Becher mit dünnem, ungesüßtem Bier füllen. Auf der obersten Treppenstufe, am Rand der Terrasse, blieb er stehen und betrachtete schweigend das qualmdurchzogene Bild.

Unvermittelt juckte seine Haut über den Ellbogen, im Rücken und zwischen den Schenkeln; eine Mücke stach ihn in den Nacken, und trotz der Massage mit heißem, stinkenden Öl schienen zwei seiner Zehen abzusterben. Ein Äffchen kletterte an einer Säule hinunter, schnatterte und biß eine aufkreischende Sklavin. Chakaura schluckte trocken, sah in den dunkelblauen Himmel und leerte den Becher. Er hörte sich mit flacher Stimme sagen:

»Wahre Macht, Chakaura, ist, Schläge ertragen zu können.«

Er kratzte sich über dem Knie. Seine Müdigkeit war dumpfer Ziellosigkeit gewichen. Er stellte den leeren Becher ab und ging durch die Doppelreihe steinerner Bildnisse, zwischen deren Löwenpranken winzige Flämmchen brannten, auf das Tor der Schatzkammer zu. Ein alter Gepard folgte ihm mit hängendem Kopf durch die Abendschatten und sprang zur Seite, als ein Löwe rasselnd brüllte. Die Wachen warfen sich, als sie ihn erkannten, zu Boden; leise sagte er:

»Öffnet das Tor, bringt Lampen, dann laßt mich allein.«

Das Lagerhaus, ein kantiger Bau, dessen Dach von Holzsäulen gestützt wurde, erstreckte sich zwischen den roten Umfassungsmauern des Palasts und des Tempels. Ein warmer Brodem unterschiedlicher Gerüche schlug Chakaura entgegen; die ersten Schritte wirbelten Staub auf, der vor den Flammen der Fackeln und Lampen wolkte. Diener steckten Binsenfackeln in wassergefüllte Krüge und verließen das Schatzhaus. Noch mehr Staub brodelte auf und zog davon, als ein zweites Tor geöffnet wurde. Chakaura nieste viermal; jedesmal murmelte ein aufgeregter Chor Segenswünsche und Beschwörungen. Chakaura ging entlang großer Truhen voller Edelsteinbrocken; vermischt mit halb eingeschlossenem Gestein in vielen Farben glühten sie blau, grün und rötlich. Unzählige Beutel, Krüge und Tonschalen voller Goldstaub standen entlang der Wände, im Nischenwerk der Mauern und auf riedgeflochtenen Tischen, dazwischen Behälter voller Shafadulisten. Das Licht spiegelte sich in Gold- und Silberfingerchen, Platten und Bechern, Schalen, Krügen und Statuetten. Vor einem Steintisch blieb Chakaura stehen.

»Apiru-Geschenke aus dem Osten.« Er hob eine Schale voller Türkise auf, betrachtete eine Goldstatue, wohl ein Nomadengott, hielt Schmuckstücke ins Licht; auf gegerbten Löwenfellen und weißer Eselshaut lagen

Spielbretter und Figuren aus Gold, Silber und Edelsteinen. »Die Geschenke, die mit der Prinzessin gekommen sind ... Sherda? Sharba? Die Blauhaarige.«

Schnitzereien aus Horn und großen Zähnen; ein vergoldeter Tisch, der auf Füßen aus dem Gehörn von Gebirgsziegen stand, trug Trinkgefäße, Stirn- und Armreife, aus Golddraht geflochtene Körbe; dazwischen lehnte eine Kupfertafel mit dem Bild Sharbas aus Gold, Glasfluß und geschliffenen Steinen. Chakaura ging eine Weile im Staub zwischen den angehäuften, gewogenen und aufgelisteten Schätzen hin und her und langsam durch die kühle Nacht zum Palast. Aus dem Wohnbereich drangen Gelächter, Geschrei und Musik, Frauen stritten sich; Chakaura dachte an Sat-Hathor, an den Geruch von Knoblauch, saurem Wein und Hitze aus ihrem Mund, an den schweren Körper, den zwei Geburten und drei Fehlgeburten gezeichnet hatten; er senkte den Kopf, trat aus dem Licht der Terrasse, winkte einer Gruppe wartender Diener.

»Sag meinen Wedelträgern und dem Obersten der Gemächer: Es soll mein Schlafgemach bereitet werden.« Zwei Diener rannten davon. »Ich wünsche, daß Prinzessin Sharba aus dem Haus der Königlichen Frauen zu mir gebracht wird.« Zwei rundgesichtige Kushiten verneigten sich. Chakauras Finger wies zum Baderaum. »Man soll mich baden und frische Kleider bringen; Wein, Essen und Bier zu meinem Lager.«

»Es wird geschehen, Goldhorus.«

Im Badehaus, im wohlriechenden Dampf heißen Wassers, ausgestreckt, gewaschen und mit Öl massiert, rasiert und abermals warm und kalt gewaschen, verlor sein Körper die Anspannung; der Schmerz im Nacken hörte auf, die Zehen spürten wieder die Finger und den Elfenbeinstriegel des Badesklaven. Der Pinsel der Mesdemetpaste glitt kühl über die Lider, die Schminke unter den Brauen linderte das Brennen in den Augenwinkeln. Zedernölbalsam machte die Haut weich, und als Chakaura sich den Schurz knüpfen und das Kopftuch umlegen ließ, glaubte er, elf von zwölf Stunden dieses Tages vergessen zu können. Das Geschmeide ließ er in der Obhut des Obersten über die Goldketten zurück und setzte sich unter die wehenden Schleier des Mückenzeltes: Lichter züngelten im Schlafgemach und in windgeschützten Winkeln.

»Im Frauenhaus, Herr, ist große Unruhe, weil du mich zu dir geholt hast.«

Prinzessin Sharba stand zwischen Holzsäulen, ihre Augen glänzten wie die Kupferbänder der Pfeiler. Chakaura schlug mit der Hand neben sich auf die Liege und sagte:

»Im Frauenhaus ist stets Unruhe, Fürstentochter von Yaa. Mir ist nach einer besonderen Art Ruhe zumute.«

Sie kam näher; Chakaura sah, daß sie ihre Füße ein wenig einwärts setzte. Ihre Hüften waren schmal, die Schenkel schlank, ihr gewelltes Haar, aus dem dünne Zöpfe über Schultern und Brüste hingen, glänzte bläulich. Ihr Lächeln zeigte weiße, auffallend kleine Zähne. Obwohl sie wie eine Rômet gekleidet und geschminkt war und zwei Lotosblüten im goldenen Stirnband trug, bewegte sie sich wie eine fremde Nomadin, als sie durch das weiße Gewebe glitt, sich neben Chakaura setzte und seine Trinkschale aufhob.

»Ein Schluck Wein, Herr? Für uns in der Wüste war alles kostbar, das wie Wasser ist. In Tameri gibt's alles im Überfluß. Was hat dich bewogen, mich hochmögend auszuwählen?«

Ihre Stimme war hell; im Alter würde sie wie eine stumpfe Bronzesäge sein. Chakaura nickte. Sie goß

Wein mit dünnem Strahl in die Schalen und reichte Chakaura das größere Gefäß. Er betrachtete sie ruhig. Ihre Knie waren rund, die Brüste, deren helle Spitzen sich in der Kühle aufgerichtet hatten, hoben den schweren Halsschmuck.

»Mit den Retenu im Asmach – den Völkern deines Landes im Osten – habe ich seit vielen Jahren meinen schwierigen Frieden. Es soll so bleiben. Das Band zwischen dem Land meiner Kupfergruben und Tameri soll stark sein; die Geschenke deines fürstlichen Vaters und die Frucht meiner königlichen Nächte verhindern, daß es Streit und Krieg gibt zwischen uns.«

Er hob die Schale. Sharba trank und verschüttete einige Tropfen, die zwischen ihren Brüsten über die hellbraune Haut liefen. Chakaura lächelte und strich mit den Fingerspitzen das Rinnsal über den Rippen auseinander. Sharba setzte die Schale ab, sah forschend in Chakauras Augen und sagte leise:

»Zwischen uns, Gottherrscher, wird es keinen Streit geben. Ich bin zu armselig im fremden Land, in deinem Frauenhaus. In deinen Augen aber sehe ich Dinge, die dich bedrücken.«

»Was siehst du?« Ihre rechte Brust lag in seiner Hand; er wölbte sie und berührte zwischen Daumen und Zeigefinger die rauhe Spitze. »Du, eine junge Nomadentochter?«

»Schon als Kinder erfahren wir alles, Herr: Leben und Tod, Durst und Armut, Verrat, grausame Gewalt und das Wirken der Götter. In deinen Augen, die halb geschlossen ins Draußen blicken, sehe ich Todesfurcht und die Sehnsucht, von allen geliebt zu werden, und Ehrfurcht vor den unerforschlichen Göttern.«

Zwei Nachtfalter verfingen sich in den Falten des Stoffes und schnurrten mit schwarzen Flügeln. Chakaura näherte sein Gesicht ihrer Wange. Im Augenwinkel schmolz der Mesdemetstrich; Chakaura wurde sich plötzlich bewußt, daß ihn und Sharba mehr als zweieinhalb Jahrzehnte trennten. Seine tastenden Finger erstarrten.

»Kann es sein, daß du in deiner Jugend sagst, was Ältere nicht auszusprechen wagen?«

»Warum nicht?« Sie flüsterte. »So sehe ich es, Herr.«

Chakaura faßte nach der Schale; seine Gedanken legten binnen weniger Herzschläge weltenweite Strecken zurück. Ähnliches hatte er dreimal von Karidon gehört, so klar hatten es jemals weder der alte Tatji Ikhernofret noch Nofret, seine Mutter, ausgesprochen. Berührte er in dieser Nacht den Horizont seines Seins? Verstand er, daß er, Sohn der Sonne, von den Göttern zu deren edelstem Werkzeug ausgesucht worden war? Seine Hand glitt an Sharbas Schenkel hinauf; die Fürstentochter erhob sich langsam, berührte seine Schulter mit der Hüfte und legte die Finger auf seine Arme. Chakaura griff mit gespreizten Fingern nach dem Goldfalken seines Wesech und ertastete Kehlkopf und Schlüsselbein; er folgte Sharba in die duftgeschwängerte Kammer der vielen Spiegel und sah zu, wie sie ihre Haarflut mit beiden Händen in den Nacken strich, die Leinenbänder löste, aus den Sandalen schlüpfte und den Schurz fallenließ. Er streckte die Arme aus, bevor er sich auf den Rand des Lagers setzte, und sagte leise:

»Trotz deiner klugen Worte, über die ich morgen nachdenken werde, bist du begehrenswert und schön, Prinzessin. Meine Todesfurcht ist, wenigstens für diese Stunde, vergangen.«

»Ich hab viel gelernt, Herr«, flüsterte sie und legte die Hände unter ihre Brüste, hob sie an, streichelte die Spitzen. »Sharba ist jung, Goldhorus, aber sie versucht, in der Fremde zu überleben. Wenn dein Wohlwollen auf mich fällt, werde ich nicht in Bedeutungslosigkeit sterben.«

»Schon jetzt hast du, Shenet, einen feinen Platz in Itch-Taui – und in meinen Nächten.«

Sie setzte sich auf seine Schenkel, preßte ihre Brüste an seine Haut und küßte ihn; ihre schlängelnde Zunge glitt tief zwischen seine Lippen, sie strich schwer atmend mit den Brustspitzen über seine Wangen, schob sich ihm entgegen und rieb den Bauch an seinem Glied. Er ließ sich nach rückwärts fallen, kniete gleich darauf über ihr und tastete nach ihrer Scham. Ihre Fingerspitzen glitten schmetterlingsgleich über seine Ohren und Wangen, ihr Bein legte sich weich über seine Schulter, ihre Finger fanden jene Punkte seines Körpers, die seine Begierde entflammten; er keuchte, forschte in ihrem Körper und drang, von ihren Fingern geführt, in sie ein; nach den ersten Stößen erschlaffte er, riß den Kopf in den Nacken und sank schwer auf ihren Körper. Sharba spreizte die Schenkel, legte die Hände um seine Schultern und flüsterte stockend:

»Denk nicht an Götter und Tod, Herrscher. Dein Amt legt sich übel auf deine Gedanken. Ich zeig dir, wie die Leidenschaft die Stunden besiegt.«

Sie küßte seine Stirn, die vollen Brüste glitten über seine Brust, ihre Finger fanden Wölbungen und Höhlungen, die Lippen schlossen sich um das schlaffe Glied, das sie mit der Zunge, naß und saugend, mit schmatzender Mühe wieder aufrichtete, während seine Hände die Brüste kneteten und über ihre Flanken strichen; Sharba senkte sich langsam über ihn, beugte sich vor, nahm ihn auf in ihren nassen Schoß, zitterte und ließ das Becken kreisen; sein Stöhnen und ihr leidenschaftliches Schluchzen trafen fast im gleichen Atemzug zusammen.

137

Als Chakaura aufwachte, war das Lager neben ihm leer; die Laken waren zerknüllt und befleckt, er sah die roten Tropfen des Weines auf dem Leinen zwischen seinen Knien. Er schleppte sich mit schwachen Knien und wohligem Stechen in den Leisten ins Badehaus. Als er zwischen den Säulen auf den Saal der Geheimnisse zuging, näherte sich ihm ein Sklave; ein vielleicht elfjähriger Kushite. Er warf sich auf die Knie und zwang sich, nachdem er zuerst geflüstert hatte, lauter zu sprechen.

»Vater Ikhernofret schickt mich, Herr. Ich soll es dir sagen, mächtiger Goldhorus. Der Verwalter von Millionen Zahlen, Pije-Ipi, ist in der Nacht auf einer seiner Frauen gestorben. Er schrie, zuckte, hatte weißen Schaum vor dem Mund und stotterte unzählige Zahlen und unverständliche Worte.«

Chakaura bückte sich mit schmerzenden Rückenmuskeln und zog den Jungen an der Schulter hoch. Halblaut sagte er:

»Ich hab's verstanden. Man bereite ihm ein würdevolles Grab. Er hat, obwohl ein wenig erfreulicher Anblick, den Auftrag der Götter bis zum letzten Stammeln erfüllt. Geh zum Verwalter und sag ihm, was ich befohlen hab – und man soll weitersuchen am Hapi nach einem Nachfolger!«

Er drehte sich um, ging zum Saal der Geheimnisse und setzte sich an den Tisch; er wartete schweigend auf die Boten, die ihm hier in Itch-Taui sagen würden, wie viele Ellen der Hapi in Ta-Seti gestiegen war.

5. Der Biss der Jaret-Natter

Als der letzte Balken der Absperrung ins aufklatschende Wasser schlug, jenseits der Schleuse, zog der Lotse den Peilstab aus dem Wasser und deutete zur Stadt.

»Die herrliche Stadt! Das alte Anch-Taui«, sagte er und starrte die Mauern und Säulen an, deren Farben in der Sonne glühten. »Die beide Länder zusammenbindet, wie's heißt, durch die einzigartige Weiße Mauer Inebhedj; hast du jemals etwas so Prächtiges gesehen wie Mennefer, die man auch Menefru-Mirê nennt?«

»Nur das Meer ist größer«, sagte Karidon, »und die Wolken sind manchmal prächtiger.«

Die *Auge der Morgenröte* hatte den Hapi verlassen, der ungewöhnlich wenig Wasser führte. Karidon fragte sich, warum Feldherr Sokar-Nachtmin oder Chakaura Hekenua nicht ins Große Haus geholt hatten; man schien sich dagegen entschieden zu haben, daß sie wie damals Tama-Hathor-Merit dem Goldhorus von seinen Spähern berichtete. Der kurze Kanal zwischen Menefru und dem Nebenarm war tief genug; das halb entladene Schiff, gerudert und von zwei Dutzend Kushiten gezogen, kam gut voran. Karidon wollte Itch-Taui und das Parenneferhaus noch vor der Überschwemmung erreichen. Mlaisso kam vom Mast und wartete, bis die Ziehmannschaft abgelöst war, winkte ihnen und sagte:

»Sieben Zehntage, Kari, mit unseren Frauen in unseren Häusern. Und wenn wir für die Steine von Assama genug Gold bekommen ... ?«

»Dann wagen wir die Fahrt zu den Zinnhäfen.« Karidon sah die Spitzen der Totenmäler hinter Dämmen, trockenen Kanälen und braunen Palmwedeln auftauchen; eine lange Reihe verschieden großer Dreiecke, die nördlich von Menefru begann und erst beim geknickten ‚Südlichen Glänzenden Totenmal‘ des Snofru endete. »Ich hab’s versprochen. Aber wir fangen diese Fahrt nicht im Hapiland an.«

»Wo sonst?«

»In Kefti. Bei Jehoumilq. Nachdem die *Morgenröte* wieder so gut wie neu ist.«

Der Kanal folgte einer natürlichen Senke und führte in weiten Windungen nach Westen, entlang an abgeernteten Feldern, an deren Rändern der Mohn rot blühte, bis zum schmalen Hapiarm. Nachdem das Schiff durch die Schleuse gerudert worden war, ließ Karidon das Segel aufziehen; der Lotse betrachtete die Sandbänke mit grimmiger Miene.

»Jede Stunde kann die braune Flutwelle kommen«, sagte er. Das Segel blähte sich im Nordwind. »Bleibt nicht zu lange in der Stadt des Goldhorus.«

»Wir laden die Truhen und Körbe mit den Lapissteinen aus, holen ein paar Krüge Bier, und dann geht’s hapiaufwärts.«

»Ich bring euch sicher zum Djatt-Hofgut – wenn uns nicht die Überschwemmung entgegenkommt.«

Zwischen Feldern, an deren Ecken Markierungsstangen aus Schilf in den dürstenden Boden gerammt waren, braunen und gelben Bauernhäusern, Kornspeichern und Taubentürmen glitt die *Morgenröte* flußaufwärts. Der Aufenthalt in Itch-Taui dauerte nur Stunden; die Nacht verbrachten Lotse und Mannschaft am Steg eines ansteigenden Wüstenstreifens, auf dem lange Reihen Lehmziegel trockneten. Erst nach Mittag trat die lange Nordmauer aus dem gelbroten Vielerlei der Felder und brachliegenden Äcker heraus; dahinter schienen alle Gewächse zu grünen und zu blühen.

»Endlich seid ihr da!« Ti-Senbi rannte aus dem Haus. Hesqe und Holx-Amr zogen das Hecktau straff, Karidon hängte die Seile der Planke ein, hob den Kopf und starrte den dunkelhäutigen jungen Mann hinter Ti-Senbi an: Pi-Ika war zu stattlicher Größe gewachsen. Karidon murmelte: »Die Zeit jagt dahin – vierzehn Jahre ist dein Sohn alt, Mlaisso.«

»Uns sieht keiner an, daß wir Greise sind«, rief Mlaisso. Karidon sprang ins feuchte Gras. Ti-Senbi löste sich aus Mlaissos Armen und kam auf Karidon zu. Die Arbeiter schienen zu erstarren, sahen zu Boden. Sie legte die Hände auf Karidons Schultern und sagte leise:

»Hekenua: Sie ist tot, Kari. Wir ... haben ihr ein schönes Grab an der Wüstenmauer gemacht.«

Karidon drehte den Kopf weg und hielt den Atem an. Senbi zeigte auf das Haus in der südlichen Flutmauer. Dann fragte er: »Was ist passiert? Wann? Ist sie umgebracht worden?«

»Sie hat für euer Haus Holz und Binsen geholt. Eine Jaret-Schlange; Heka hat sie noch vom Arm wegreißen können, aber es war zu spät. Es gab so viele Nattern plötzlich. Trotz der Chateri-Schlangenjägerkatzen. Sie hat einen schnellen Tod gehabt.«

»Schneller Tod. Ihr Götter!« Karidon starrte in ihre großen Augen und preßte die zuckenden Lippen aufeinander. Ti-Senbi zog ihn an sich, legte den Kopf auf seine Schulter und flüsterte Worte in kushitischer Sprache.

Karidon hob die Schultern und ging zweihundert Schritte weit zum neuen Haus, sah an den fernen Mauern Speerspitzen und Schilde, roch feuchte Erde und herbstliche Pflanzen und setzte sich auf die Treppe zum Dach. Vor seinen Zehen rollten Cheperkäfer eine Dungkugel. Karidon fand sich vor der vermauerten Höhle seiner Erinnerungen und blickte geradeaus: Er sah, ohne zu begreifen, was vor seinen Augen geschah, wie die Mannschaft, Sklaven und Diener die *Morgenröte* entluden. Zwischen raschelnden Sykomoren ging er zum Ziegelwall, der den Sand der Wüste zurückdämmte, und blieb neben dem Grab aus Lehmziegeln stehen.

»In unserem Häuschen, Hekenua, werd' ich allein leben müssen, nicht so wie Ti-Senbi und Mlaisso«, murmelte er. »Eine Natter ... «

Er senkte den Kopf und sah zu, wie Bienen um die welken Lotosblüten summten. Lärm und Stimmen schlugen an sein Ohr. Er ging entlang der Nordmauer zum Schiff zurück, unter raschelndem Weinlaub, entlang gewässerten Furchen, in denen Gurken und Kürbisse lagen, neben den Ästen der früchtetragenden Behenbäume. Diener trugen seinen Watsack und Teile der Schiffsausrüstung vorbei; vier Sklaven schleppten die geschnitzte Haustür, von Sibon in Gubla hergestellt, mit Keirons Bronzebeschlägen. Er blickte ihnen nach, rieb sich mit den Fingerspitzen den Nasenrücken; sie gingen ins richtige Haus. Ptah-Netjerimaat und Mlaisso führten ihn ins Parenneferhäuschen.

»Komm und trink einen Becher Bier. Sie haben es nur für uns Seefahrer zubereitet.«

»Ja«, sagte er und fuhr sich über den Nasenrücken. »Bier für einen alten Mann, der wieder zum Alleinsein zurückkehrt. Ich will weg – aufs Große Grüne, gleich, zu den Zinnhäfen.«

»Warte wenigstens, bis wir das Schiff in Ordnung haben, Kapitän.« Mlaisso brummte Unverständliches, schob Karidon in die Halle und goß Bier in die Becher. »Bei der Arbeit wirst du deine schwarzen Gedanken vergessen. Hier. Trink.«

Mlaissos Stimme beruhigte wie warmes Öl. Karidon lehnte die Schultern an die Lederkissen, trank und schloß die Augen. Das starke, bittere Bier rann seine Kehle hinab; er stützte die Arme auf und versuchte, als er in die besorgten Gesichter der Freunde blickte, zu lächeln.

»Tamahat wollte ich auch beim Arbeiten vergessen. Ich hab's noch nicht geschafft. Ihr braucht nicht besorgt zu sein ums Schiff, und das Haus behalte ich für die nächsten Jahre.«

»Morgen ziehen wir die *Morgenröte* in den Werftgraben.«

»Morgen werde ich lange schlafen«, murmelte Karidon und wartete, bis Ptah den Becher gefüllt hatte. »Und nachdenken. Über Hekenua. Und zuletzt darüber, wieviel Gold wir für die Steine bekommen.«

Er trank mit großen Schlucken, rülpste und brummte: »Das Haus ... es ist zu groß für mich. Zu leer.« Er schob den Becher über den Tisch. »Bier.« Er nahm nicht mehr wahr, worüber sie sprachen, was er sagte, und er spürte, irgendwann in der Nacht, daß Ptah und Mlaisso ihn durch den Garten trugen und auf einer Liege ausstreckten. Im Morgengrauen taumelte er ins Freie und schlug sein Wasser ab; plötzlich wurde ihm übel, und er spie würgend eine braune Flüssigkeit zwischen die Sykomorenwurzeln. Er verschlief den Tag, die Abendsonne blendete ihn; in der Nacht suchten ihn Alpträume heim, in denen er Tefnacht, Tamahat, Nefer-Ihat und immer wieder Hekenua zu sehen glaubte.

Zwei Tage, nachdem der Kiel des Schiffes auf Palmholz-
balken gesackt und die Bordwände abgestützt waren,
nachdem paddelnde Boten Hekenuas und Karidons Berichte und die Nachricht von Hekenuas Tod hapiabwärts gebracht hatten, bedeckte Schlammwasser das
Land südlich von Menefru-Mirê und Itch-Taui, einen
Tag danach erreichte es das Schwarze Dreieck. Die Luft
sog sich voll Feuchtigkeit, die Erde und der Sand
schluckten, manchmal gurgelnd und Blasen abson-
dernd, das Wasser; alle Kanäle und Speicherteiche
hatten sich gefüllt. Karidon arbeitete mit der Mannschaft und vier Handwerkern an den muschelbewachse-
nen Planken und half, Hände und Arme voller Risse,
Brandblasen und Schnitte, Kupferblech um den Kiel zu
hämmern und zu nageln. Sibons Tür war längst einge-
hängt und wurde bemalt. Abends schrieb er für die königlichen Verwalter auf, was der Fürst von Gnos bestellt
hatte. Die Shafadurollen lagen auf der breiten, einge-
mauerten Steinplatte, Kupferplatten mit hauchdünner
Silberoberfläche spiegelten die Lampenflämmchen. In
manchen Nächten saßen Mlaisso, Holx und Ptah in Karidons leerem Haus. Sie sprachen leise über den Kurs zu
den Zinnhäfen und darüber, daß es sinnlos und selbst-
mörderisch für eine Schiffsbesatzung war, irgendwo im
Zederngebirge nach Anatnetish suchen zu wollen.

Das heiße, stinkende Wachs zog tief ins Plankenholz
ein; Karidon bewegte den Reibestein über die Fuge und
verschmierte das Erdpech. Das frisch gemalte Udjat-
auge am Steuerbordbug glänzte und schielte. Idris ließ
die Klinge sinken, stieß Karidon an und brummte: »Ich
muß ein paar Worte mit dir reden, Käpten.«
    »Nur zu«, sagte Karidon. »Was plagt dich?«
    »Also, Karidon, ihr wollt wirklich lossegeln nach

Westen, ins Unbekannte, und die Zinnhäfen suchen? Im fünften Mond von Kefti, nach den Winterstürmen? Ihr alle?«

»Es ist so gut wie abgesprochen.« Karidon warf den Stein in den Sand und setzte sich auf die zusammengerollte Ankertrosse. »Unser letzter Hafen wird Mnis sein.«

»Ich ... will nicht mit, Karidon. Setzt mich in Gubla oder Alashia ab. Mit meiner Erfahrung find ich etwas anderes – ich bin zu alt für ein solches Wagnis. Vielleicht such ich mir eine Arbeit an Land. Oder ich geh auf ein anderes Schiff. Oder hol mein Gold von Jehou.«

»Du bist reich wie ein Fürst, Idris. Du kannst drei Frauen und ein Haus kaufen oder bauen, wo du willst.«

»Hab ich auch schon drüber nachgedacht. Vielleicht tu ich's. Du zahlst mich in Kefti aus?«

»Bis zum letzten Goldkörnchen.« Karidon brauchte nicht nachzudenken. Idris schreckte vor den Gefahren an Karidons Seite zurück; Angst vor Chakauras Ungnade, Fürst Anatnetishs Rache, Mißtrauen gegenüber dem Kapitän und vielleicht auch die Ahnung, daß Hekenuas Tod etwas mit Anatnetish zu tun haben könnte. Karidon unterdrückte einige bittere Gedanken. Idris murmelte:

»Es macht euch nichts aus, einen Mann weniger an Bord zu haben?«

»Die Antwort ist schwer, Idris.« Karidon zuckte mit den Schultern und verscheuchte Fliegen von seinem Gesicht. »Für weniger Männer brauchen wir weniger Proviant. Wenn wir rudern oder uns wehren müssen, fehlt uns jeder Mann.«

»Der wildeste Kämpfer bin ich nicht, wie du weißt.«

»Aber ein tüchtiger Ruderer«, sagte Karidon. »Machen wir weiter: bis nach Mnis ist noch viel, viel Zeit.«

Die Handwerker und die Schiffsmannschaft arbeite-

ten besonders aufmerksam und zuverlässig, die Frauen
besserten alle Nähte der Segel aus, die sie in Süßwasser
gewaschen hatten: Karidon wollte sicher sein, daß auch
die *Morgenröte* im bestmöglichen Zustand auf die lange
Fahrt ging.

FELDHERR SOKAR-NACHTMIN AN KARIDON im Lehenhaus.
Ich schreibe selbst mit zwei Fingern, darum wird es ein
kurzer Brief. In diesem Mond fahre ich zwischen beiden Hapischnellen aufwärts und abwärts – noch nie,
seit ihr Späher für Prinzessin Tamahat in Kush und
Wawat wart, ist das Land an den Ufern so ruhig und
friedlich gewesen und so voller Erinnerungen an Nefer-
Herenptah, den Zähnesammler, und Chertihotep, ebenso an Cha-Sobek, den Kahlen. Mitunter begleitet mich
die schöne Sennu-Nurit, in deren Haus in der Festung
Iken es mir wohl ergeht. Ihre Tochter – den Vater Singbes töteten Nehesi – ist ein wohlgeratener achtjähriger
Halberling mit naseweisen Fragen und altklugen Antworten und wird so schön wie ihre Mutter. Ich habe
viel Zeit und erfahre auch von Sennu-Nurit und Singbe
viele Dinge über die Nehesi, die ich nicht wusste, und
darüber, warum viele von ihnen mit bronzenen Waffen
gegen die Grenzen des Reiches anrennen – ich werde es
zuerst Chakaura und dann dir berichten, wenn du nicht
gerade auf der Fahrt zum Hafen deiner Zinnträume
bist. In einem Mond bin ich in Itch-Taui und werde
dich besuchen, vielleicht begleiten mich Mutter und
Tochter. Auch an Merire schreibe ich. Tausendfach
Glück, Leben und Erfolg, Goldkapitän der Zinnküste.
Das schrieb Sokar-Nachtmin aus Wawat, von den friedlichen Ufern und aus den kühlen Mauern von Iken.

Als das Wasser gesunken und die Fahrrinnen wieder zu erkennen waren, fuhr Karidon im Binsenboot hapiabwärts, an Itch-Taui vorbei, bis er den Taltempel und den Aufweg zu Chakauras Totenmal aus dem zurückweichenden dunklen Wasser auftauchen sah. Alle Dinge standen auf dem Kopf im dunklen Spiegel das Athyrwassers, kein Mensch war zu sehen; Grabmäler und Gärten bildeten eine ausgestorbene Landschaft aus Stein und Bäumen. Karidon trieb das Boot mit kräftigen Paddelschlägen auf die Stufen zu, die aus dem Hapi ragten, schlang die Bugleine um die unterste Säule und rutschte auf den Stufen aus. Langsam ging er durch den offenen Ufertempel, dessen Mauern und Pfeiler ätzend Feuchtigkeit ausdünsteten.

Zwischen den Brüstungen der geraden Rampe waren Sand und dürres Laub angeweht worden. Karidons Sandalen knirschten, als er zu Chakauras Totenmal hinaufging und zwischen den kleineren Steinzelten Tama-Hathor-Merits Grab suchte; es war das vierte in der Reihe vor dem Steindreieck, das bis zur Spitze das Sonnenlicht spiegelte. Am höchsten Punkt der Rampe blieb Karidon stehen; es war eine Landschaft der Einsamkeit, trotz vieler alter Bäume, hellgrüner Schößlinge und der Grasfläche zwischen den Sockeln unzähliger Statuen.

Vor der steinernen Scheintür, die von oben bis unten voller Medu-neter-Zeichen war, hockte sich Karidon ins Gras und lauschte dem Windsäuseln, summenden Fliegen und Bienen, dem Ruf eines einsamen Falken und dem leisen Knistern der mächtigen Steinmassen. Karidons Nacken lag am kalten Granit des Quaders. Seine Gedanken irrten zwischen Suênet und Kefti, Gubla und den Inseln seltsamer Träume umher, hefteten sich an die Bilder in seinem Herzen, tasteten nach den reglosen Körpern der Toten – Nefer-Tefnacht, Tamahat und Hekenua –, schweiften zu Jehoumilq und hielten jäh inne. Er war zweiundvierzig oder vierundvierzig Jahre alt, doppelt so alt wie die meisten Menschen dieses Landes; Hekenua war keine zwanzig gewesen. Selbst Chakauras Söhne starben im Kindbett. Jehoumilq und er, ebenso Chakaura, Sokar-Nachtmin oder Ptah-Netjerimaat, Merire-Hatchetef und Nefer-Herenptah ... sie gehörten einem seltsam fremden Volk an, einer Rasse, die älter war, weiter reiste, mehr erfuhr, aber ebenso dem Willen der Götter unterworfen war wie die früh Gestorbenen.

Karidon hielt Zwiesprache mit seiner Vergangenheit, mit den Gestorbenen, stand vor der Höhle seiner Erinnerungen und stellte sich Fragen, die er nicht beantworten konnte. Nach einigen Stunden setzte er sich ins Heck des Bootes, brachte das Segel aus geflochtenen Binsenhalmen in den Wind und segelte zurück zu den Häusern des Königslehens; Tage danach gab ein Bote ein Schreiben aus Itch-Taui ab.

DER GOLDHORUS, ER LEBE EWIG UND EWIGLICH, befahl mir, Sesh Dua-Em-Ipet, dem obersten aller geheimen Schreiber, am 2. Tag des Mondes Choyak, an Kapitän Karidon zu schreiben und Sorge zu tragen, daß der Bote eile. Das sind die Worte des mächtigen Stieres im Großen Haus:

Von Soldaten, die über euer Leben wachen, hat Feldherr Userhet erfahren, daß die Männer der *Auge der Morgenröte* die Winterstürme in meinem Land abwarten werden. Das Gold, das der Bote bringt, ist für die schönen Lapis-Steine und, nach viel zu langer Zeit, Lohn dafür, daß ihr geholfen habt, Prinzessin Sharba in die Nähe von Itch-Taui zu bringen. Mit dem Geschenk von ein paar Beuteln Nub aus Kush will ich helfen, die unbekannten Häfen unzähliger Zinnbarren zu finden, denn meine beiden Lande brauchen jedes Kite dieses seltenen Erzes. Ich schicke meinen Schnellruderer, der dich in den Palast bringt. Dort werden wir reden. Die Große Königliche Gemahlin ist abermals schwanger, tausend Menschen überfüllen den Palast; es gibt keine Ruhe mehr. Sage dem Boten, wann du kommst, und meine Ruderer bringen dich nach Itch-Taui.

Das schrieb ich auf Befehl des Goldhorus, der dem Boten Nachttit und einem Lotsen, der die Häuser des Lehens kennt, befahl, sofort stromauf zu rudern.

Als die *Sachmets Zorn* anlegte, wurde eines der sieben großen Schiffe entladen, offensichtlich die ersten, die nach der Überschwemmung aus dem Süden gekommen waren. Karidon bedankte sich beim Steuermann; sein prall gefüllter Watsack würde ins Gästehaus gebracht werden. Niemand erwartete die Barke und dessen einzelnen Gast. Karidon ging über die Steinplatten, die von Sklaven gegen die Hitze besprengt worden waren, am Wasser entlang, am Bug des Hapischiffes vorbei. Kushitische Sklaven trugen Truhen und Packen von Bord, kichernde Kinder tappten über die Planke, eine große, schlanke Frau folgte. Karidon zuckte zusammen, drehte sich halb herum und starrte sie an: eine hellhäutige Nehesi mit schmaler, gerader Nase, wie eine Rômet gekleidet, siebzehn oder achtzehn Jahre alt, mit schmalen Hüften und langen Beinen. Es traf ihn wie ein Wespenstich in die Schläfe. Sein Herzschlag schien zu stocken; er ging näher und hob die Hand.

»Du bringst Neuigkeiten und Nachrichten aus dem Süden, Schönste?« Er erkannte seine Stimme nicht wieder. Seine Lippen waren ausgetrocknet.

»Ich bringe mich selbst zum Palast; der Tatji hat mich eingeladen. Wer bist du, der nach Neuigkeiten fragt?«

»Ich habe in Kush für Nachrichten gesorgt, als du noch nicht geboren warst. Karidon aus Kefti. Bekannter und Vertrauter des Goldhorus.«

Sie trat zur Seite, um Diener mit Lasten vorbeizulassen, und blickte ihn aus großen Augen an. Antilopenaugen, durchzuckte es ihn. Ein unbestimmter Schmerz schien hinter seinen Augen anzuwachsen; schneidend scharf, ein längst vergessenes Brennen und Stechen. Ihre Stimme war dunkel und rauh, ein wenig heller als die Ti-Senbis.

»Mein Vater starb, und der Fürst des Bogengaues, er heißt Chertihotep, meinte, man solle mir alle Schönheiten von Itch-Taui zeigen.« Sie runzelte die Stirn. »Ibentina-Asherit heiß ich. Solche Augen wie deine hab ich noch nie gesehen.«

»Auf Kefti blickt man mitunter in grüne Augen«, sagte er. Er faßte sich mühsam. Der Lotse, die Hälften des Peilstabes über der Schulter, blieb stehen, starrte Karidon an, dann Ibentina, hob die Hand und pfiff. Karidon holte Luft und lächelte. »Wohin gehst du?«

»In den Palast, denke ich.«

»Wirst du morgen abend im Gästehaus, das kaum prächtiger ist als das Per-Ao, auf meiner Terrasse mit mir Wein trinken? Der Goldhorus wird dich hingeleiten lassen.«

»Du redest, Karidon aus Kefti, als müßte man deinen Namen kennen.« Ibentinas Blicke schienen in jeder Falte seines Gesichts zu forschen. »Ich kenn ihn noch nicht.«

»Sepatfürst Chertihotep kennt mich so gut wie seinen Freund Nefer-Herenptah, schönste Ibentina. Ich aber kenne hundert Schiffe, tausend Buchten, fünftausend

Geschichten aus fremden Königreichen und ebenso viele Lügen weitgereister Kapitäne.«

Sie strich mit schmalen Fingern über ihren Kopf; ihre Blicke ließen Karidon nicht los. Sie trug kein Kopftuch; ihr ebenholzschwarzes, glattes Haar war zwei Fingerbreit kurz. Auf den Schultern, unter den Leinenbändern, verliefen zwei Reihen winziger Ziernarben. Ein handbreiter, wenig wertvoller Wesechkragen bedeckte den Ansatz der Brüste. Ibentina holte seufzend Luft und sagte lächelnd:

»Vielleicht will ich ein paar deiner Lügen hören.« Sie zuckte mit den Schultern und sah an ihm vorbei ins Leere. »Man kennt dich im Palast?«

»Frag Tatji Cha-Osen-Ra oder Ikhernofret. Oder Chakaura selbst, wenn es dir vergönnt ist, ihn von fern zu sehen.«

Sie legte die Hand leicht auf Karidons Schulter, dicht neben die Doppelschneide der Waffe. Er fühlte Schwäche in den Knien, die Handflächen wurden feucht.

»Ich bin kaum in der prächtigsten Stadt beider Länder, schon treffe ich mächtige Männer von den Trauminseln. Wenn ich mit dir Wein trinken will, werde ich dich finden.«

»So soll es sein.« Karidon legte die Hand auf sein Herz. »Du brauchst nur nach dem Bronzekapitän zu fragen.«

Sie lächelte in seine Augen, ihre Zunge zuckte zwischen den Lippen. Er blickte ihr bewegungslos nach, sein Herz hämmerte bis in die Schläfen, und er spürte sein Gemächt. Diener und Sklavinnen begleiteten sie zu einem Palasttor; einmal drehte sie sich um und hob die Hand. Karidon hörte über zwanzig Schritte hinweg das Klirren der Armreifen.

Vom Gästehaus, wo er nach Merire-Hatchetef fragte, ging Karidon zu Cha-Efes, dem neuen Verwalter des Königlichen Schatzhauses und aller Lagerhäuser, fünfhundert Schritte weit vom Tor in der Gartenmauer. Alle Bezirke der Stadt, als offenes Viereck um den Kanalhafen erbaut, schienen fertig zu sein; manche der braunen, gelben oder roten Mauern waren bis zur halben Höhe voller Weinranken; seit Karidons letztem Besuch schienen Weiden, Sykomoren und Palmen vier, fünf Ellen gewachsen zu sein. Nördlicher Wind strich durch Straßen und Gassen und drückte die Gerüche der Schilfsümpfe zurück. Der Verwalter, ein fröhlicher Mann mittleren Alters mit rundem Gesicht und Bartstoppeln, dessen viel zu lebhafte Kinder plappernd und lachend durchs Haus rannten, hörte Karidon lange zu, las schweigend die Warenliste und kratzte sich unter der Perücke.

»Natürlich weiß ich von euch Bronzehändlern, Kapitän; jeder kennt euch und weiß, woher die Handwerker Nechoschet und – viel zu wenig – Baâ-Enepe-Erz haben. Jene Stoffe und all das, was die Fürsten von Alashia und Gnos brauchen, werde ich bereitstellen, auch doppelte Listen. Wie aber – und wann – willst du Wein, Bronze und das feine Geschirr hierherbringen?«

»Noch vor Beginn der Jahreszeit Schemu segeln wir ab. Bis zu den Winterstürmen ändert sich nichts. Die vier Monde des nächsten Peret – ich glaube, wir verbringen sie auf Kefti. Ich suche in den Häfen um Gubla nach meinem Feind.«

»Du holst die Waren hier ab?«

»Am ersten Pachons, wenn drei Zeugen zusehen.«

»Ich laß die Listen abschreiben und schicke sie dir, Kapitän.« Cha-Efes spielte mit einer versteinerten Schnecke, wie man sie in der Wüste bei Nubet fand. »Ins Gästehaus des Goldhorus?«

»Dorthin schicke sie. Ohne Eile.«

Karidon verbeugte sich vor Cha-Efes, in dessen Haus der Schreibrollen, Waagen und Siegel ein bemerkenswertes Durcheinander hastender Schreiber, alter und blutjunger Sklavinnen oder Dienerinnen, spielender Kinder und zahlloser verstreuter Shafadurollen herrschte, und ging auf einem gewundenen Sandweg zwischen der Stadtgrenze und den Feldern zurück. Dabei bewunderte er die Ausdehnung von Kanälen und schwarzbraunen Landvierecken; Chakaura hatte nicht nur viel Krieg mit Bronzewaffen geführt, sondern auch mit unzählbar vielen Pflügen und Hacken das Land zwischen dem See und der Stadt und in weitem Umkreis fruchtbar gemacht.

Die Dachbrüstung der Ostwand war von glatten Steinsäulen unterbrochen, die auf Palmwedelköpfen eine Kalksteintraverse trugen. Im zugemauerten Teil zwischen den Säulen war eine große, kreisförmige Öffnung; eine ebensolche gab es in der Westmauer, an der Chakaura, Prinzessin Sharba und Karidon unter gespannten Leinenwänden saßen, umschwirrt von Dienerinnen. Karidon musterte den Herrscher, der mit Sorgfalt geschminkt und zurechtgemacht war. Nicht alle Altersspuren verbargen sich im Schein der Ölflämmchen.

»Deinen Brief und das Gold haben wir erhalten, erhabener Goldhorus«, sagte Karidon. »Abermals genieße ich's, daß du ein wenig deiner kostbaren Zeit übrig hast.«

»Du redest so schaumig daher wie manchmal Cha-Osen-Ra.« Chakaura lachte leise. »Ich freue mich, daß ich ein wenig Zeit habe. Trink, Grünauge!«

»Heut habe ich es wieder gesehen, Chakaura: Unter deiner Herrschaft ist vieles erreicht worden im Land.

Du und ich, wir kommen ohne Schmeicheleien aus. Erinnere dich an die Mühsal deines Jahres eins. Itch-Taui war nicht viel mehr als ein mückenverseuchtes Dörfchen von Fischern und Riedschneidern.«

»In trüben Tagen und guten Nächten erinnere ich mich an manches, Herr des Goldschiffes. Meine Macht und Herrschaft gilt nicht so sehr dem Erreichen großer Ziele, sondern der Öffnung von guten Wegen zum Ziel, von Pfaden, die jeder gehen kann.« Er bewegte die Hände und sagte zu den Dienern: »Laßt uns jetzt allein.«

»Das gute Jahr achtundzwanzig.« Karidon sah, daß einige Fingergelenke Chakauras rund und knotig geworden waren; der Hals unter dem Kinn zitterte faltig.

»Was ich damals wollte, habe ich mit der Hilfe der Götter durchgesetzt.« Chakaura starrte auf die Silberbahn des Mondlichts auf dem stillen Hapi. »Um welchen Preis, Kapitän!«

»Jeder zahlt. Mit Mißtrauen, Zweifeln und Selbstzweifeln, Krankheit und Altern; unsterblich sind nur Götter. Von dir, Chakaura, wird jeder sprechen und sagen: Er hat Großes vollbracht.«

»Indem ich wie eine fette Spinne in Itch-Taui hocke, an meinen Fäden ziehe, nach Fehlern bei den Tatji suche, die ihrerseits forschen nach Verfehlungen der Djadjad; es kommt mir vor, als müsse ich jeden Flachshalm und jedes Getreidekorn selbst zählen. Wann fährst du mit mir nach Punt, Karidon?«

»Wägst du das Gold ebenso wie das Geflüstere im Großen Haus? Nachdem ich die Zinnhäfen gefunden habe, fahren wir. Man hört, Osen-Ra und Jung-Ikhernofret wären ausnehmend tüchtig?«

»Kein Vergleich mit Vater Ikhernofret. Sie sind gute Verwalter und auch sonst von mäßigem Verstand. Aber mein göttliches Wort läßt sie rennen und hasten.« Chakaura lachte dröhnend und legte seine dunkle Pranke auf die Finger der Prinzessin. »Mitunter mißtraue ich dem jungen Ikhernofret; zu ehrgeizig. Nächstes Jahr beginnst du die Fahrt ins Unbekannte? Wie ich dich beneide, Kapitän, weil du deinen Traum noch erlebst!«

»Im ersten Sturm, Goldhorus, schlüge dein Neid in Todesfurcht um. Ja. Von Kefti aus nach Nordwest.«

»Aber bis dahin« – Chakaura lachte rauh – »viel Bronze, Karidon?«

»Viel Nechoschet, noch mehr Nechoschet ... jedes Chat, das ich eintauschen kann.« Karidon ging zum Loch der Westmauer und spähte hindurch. Am Ende eines Tunnels aus Finsternis sah er, von Dutzenden kleiner Flämmchen beleuchtet, ein Standbild zweier Götter, die Chakaura zwischen sich hielten und der Öffnung entgegenschritten. Als er Chakaura wieder lachen hörte, grinste er und drehte sich herum. Er sagte leise, fast bewundernd: »O Sohn der Sonne. Der Sonnenuntergang an bestimmten Tagen zeigt jedem, der es erschauernd sehen darf, daß Ptah und Sachmet dich lieben.«

»Die Abendsonne am ersten Tybi im Peret leuchtet den Göttern, bald ist das Wunder zu erleben.«

Manchmal schien es, als schlafe Chakaura ein, aber seine Augen verfolgten jede Bewegung Sharbas, die Wasser in den Dattelwein mischte und die Schalen füllte. Chakaura hustete und versenkte seinen Blick in den Spiegel der Weinschale. Für einen Augenblick sah er aus wie ein schläfriges Hapikrokodil. Er hob den Kopf und sagte:

»Dir starb Hekenua. Glaubst du, daß dieser entthronte Fürst die Schlangen geschickt hat? Im Großen Haus sterben viele, auch meine Söhne und Töchter; selbst Pije-Ipi, das unersetzliche Behältnis von Millionen Zahlen.«

Chakaura senkte den Kopf. Als wisse sie, daß Chakaura mit Karidon allein reden wollte, füllte Sharba erneut die Schalen und verließ schweigend den Raum. Der Blick des Herrschers glitt über Karidon hinweg ins Leere und heftete sich dann auf den Bildschmuck der Wand. Karidon wartete; es war, als suche Chakaura zwischen den Figuren und Schriftzeichen nach einer bestimmten Erinnerung. Plötzlich hob er die Schultern, umfaßte die Knie und sagte leise mit einer Stimme, die nicht mehr ihm zu gehören schien:

»Es war auf dem zweiten Kriegszug in Kush und Wawat. Beim ersten war ich abgelenkt vom Kampf. Ich hab nicht viel vom Land begriffen. Beim zweiten war's anders. Sokar-Nachtmin und ich waren weit ins Land eingedrungen. Unsere Leute blieben hinter uns zurück. In der Stunde der größten Hitze waren wir plötzlich allein. Hör zu: – «

Vielleicht drei Stunden nach dem höchsten Stand des Rê-Harachte-Gestirns schien es, als ob sich für Chakaura von einem Augenblick zum anderen viel mehr als nur die Umgebung und die Erschöpfung seines Körpers verändern würde; eine Flut seltsamer und erschreckender Eindrücke und Empfindungen traf ihn gleichzeitig von überall her. Er zwang sich, die Augen zu öffnen, obwohl der Schweiß durch die Brauen sickerte.

Chakaura war völlig allein im Mittelpunkt einer unermeßlich großen, leeren Ebene. Ringsherum waren Horizonte, die grell ineinander übergingen: kein Vogel, keine Wolke am Himmel, kein Wort, kein Laut, selbst der eigene Atem wurde unhörbar. Sonnenstrahlen und Hitze schienen jedes einzelne Sandkorn am Boden festzuspießen. Dumpf wie eine Trommel schlug das Herz, bis hinauf unter die Schädeldecke. In den überforderten

Augen Chakauras blitzten winzige Silbersplitter. Der Himmel schien sich langsam herabzusenken; ihm war, als sei er völlig allein auf der Welt. Seine Knie begannen zu zittern, er streckte die Arme aus und ließ sich in den Sand sinken. Er merkte nicht, wie die heißen Körner in seine Haut stachen und sie verbrannten.

Allein, dachte er. Die Geräusche hinter ihm bedeuteten nichts, er nahm sie nicht wahr. Allein ... mit wem? Mit den Göttern? Mit sich selbst? Die Götter zeigten sich nicht, schwiegen, gaben keine Zeichen. Endlos weit weg von festen Mauern, von Kühle, Schatten, Wasser und Schlaf. Der Herzschlag pochte in seinen Ohren. Wenn er jetzt die Finger ausstreckte, würde er nichts fassen als schmelzenden Sand; weder die Hand seines Vaters noch die eines Freundes. Er drehte den Kopf, sah nach rechts, geradeaus, nach links: nicht einmal die Stelle, an der Himmel und Erde sich trafen, war zu erkennen. Ohne daß er es merkte, löste sich aus seiner Kehle ein Laut der Verlassenheit, ein krächzender Ruf nach Hilfe. Das Gefühl zu verbrennen, zu ersticken, ausgesogen zu werden, steigerte sich. Der Zustand der vollkommenen Einsamkeit war erreicht und brannte sich tief in sein Herz ein.

»Kann ich glauben, wenn ich kein Zeichen bekomme? Wenn ich nichts sehe und nichts erkennen kann?«

Er wußte nicht, ob sich seine Lippen bewegten oder ob seine Fragen lediglich für ihn hörbar waren.

»Ihr Götter, mein Vater, all die anderen – sie haben mich auf den Thron im Großen Haus gesetzt und gezwungen, mehr zu sein, als ich bin. Zur Macht und Gewalt, zur Größe und zum Alleinsein haben sie mich gebracht, ohne daß ich es wollte. Nun liebe ich meinen Thron – auch dort bin ich allein, ohne Freunde, wie hier und jetzt.«

Er kippte nach vorn auf die Knie, seine Ellbogen bohrten sich in den Sand, dann die Finger; er stemmte sich keuchend in die Höhe, als trüge er einen Granitblock auf den Schultern. Er stand da und fühlte, wie er schwankte. Jeder Gedanke schien eine Wunde zu schlagen, ein Stück Haut zu versengen. Der Horizont begann zu flimmern wie ein Vorhang; im Westen entstand ein Bild: dunkelgrüne Weiden, darüber Palmen und große Bäume, deren Namen Chakaura nicht kannte, zwischen ihnen weiße Türme, Mauern und Würfel. Zwischen den Gebäuden bewegten sich rote, gelbe und blaue Gestalten. Metall blitzte auf, und ein ferner Wind bewegte die Gewächse. Chakaura rührte sich eine Ewigkeit lang nicht und hörte sich denken. Die Götter zeichneten ihn aus, verweigerten und verliehen ihm zugleich die Einsicht in seine Verlassenheit. Irgend jemand fragte:

»Was ist das?«

»Ein Trugbild, Herrscher«, antwortete eine fremde Stimme.

»Es sieht aus wie mein Traum vom Hapiland.«

»Die Trugbilder kommen und vergehen; man stirbt im Sand, wenn man sich ihnen nähert.«

»Dann ist es kein – Zeichen der Götter?«

»Nicht einmal die Nehesi im Schattenschlingerland glauben daran.«

»Ist es ein Zeichen ihrer Götter? Wie machen sie's?«

»Eine Schrecklichkeit ihrer Wüsten, Goldhorus. Sie wissen es selbst nicht.«

Während Chakaura versuchte, alle Einzelheiten des Bildes mit den Blicken festzuhalten und sein Herz damit zu durchtränken, bewegte ein Sturm, der aufwärts wehte, das leuchtende Bild. Es wurde an den Rändern undeutlich, löste sich auf und schrumpfte zu einem Punkt zusammen. Einige Atemzüge später wirbelte aus der

Richtung des westlichen Horizonts eine schräge Staub-
säule heran und verwehte wieder. Chakaura flüsterte:

»Ich bin der Erste, der Einzige, und ich weiß es auch
nicht. Eine Oase, die erscheint und verschwindet.« Er
ließ die Schultern sinken und atmete keuchend ein und
aus. »Man spricht und schreibt über mich, über den
Vortrefflichen, gegen den sich alle Mittelmäßigen ver-
bünden. Ich habe – und ich werde – über mich schreiben lassen: nur über meine großen Taten.«

Die Ewigkeit der Hellsichtigkeit dauerte an. Es war
nicht die Einbildung, fühlte er, die kleine Gedanken
schwellen ließ, sondern die eisige Kälte göttlicher Einsicht. Nichts blieb für die Nachkommen übrig von den
unzähligen Millionen derer, die gegangen waren; auch
er würde ihr Schicksal teilen und nicht auf der Sonnenbarke erscheinen, um seinem Nachfolger zu helfen und
zu berichten, wie es im zweiten Leben sei. Er stöhnte,
ausgefüllt mit dem Grauen unrettbarer Einsamkeit.

»Es sollen nur Schriften bleiben, die ihnen sagen, daß
zwischen Wawat und den Mündungen nur mein Wort
gilt. Ich bin es, der die Heuschrecken besiegt und den
Braunen Würger überlebt, der Festungen baut und
Kanäle ...«

»Herr!« Ein fremdes Wesen war bei ihm in der Einsamkeit und berührte seine Schulter. »Goldhorus! Du
mußt trinken.«

Chakaura drehte sich nach links und rechts, bis ihn
eine Hand an der Schulter festhielt. Das Mundstück eines Wasserschlauchs schlug gegen seine Lippen. Wasser
lief über die Lippen, die Zunge, würgte ihn schmerzend;
durch die Schleier vor seinen Augen erkannte er mühsam Sokar-Nachtmin.

»Goldhorus! Hat dich der Träumefresser vom Schattenschlingerland überfallen? Du mußt trinken. Trink!«

Nachtmin knotete sein Halstuch auf, tränkte es mit Wasser und wischte über Chakauras Gesicht. Chakaura holte tief Luft, keuchte, trank wieder und murmelte:

»Warum stehen wir tagelang hier in der Sonne?«

»Es waren nur zwei Dutzend Atemzüge.«

»Es war das Grauen.« Chakaura fühlte, wie zugleich mit der feuchten Kühle auf seiner Haut die Schrecken der Erkenntnis wichen. Er griff nach dem Ledersack, dessen Inhalt gluckerte und sagte, ehe er trank:

»Ich habe verstanden ... Da ist niemand, der den Starken hilft.«

Sokar-Nachtmin stützte ihn, als sie zu den Soldaten zurückgingen. Die Männer hatten Schattensegel aufgespannt und Kessel über Feuer gehängt. Nachtmin sagte:

»Manchmal verwirrt sich der Sinn, Goldhorus, hier, im Verdursten und in der Hitze.«

»Mein Sinn ist nicht verwirrt, junger Heerführer.« Chakauras Schritte wurden fester. »Das Grauen hat mir gezeigt, was zu tun ist. Wie ich denken und handeln muß.«

»Du wirst nach der Maat denken und handeln, wie es das Land braucht, wie es die Götter wollen.«

Chakaura murmelte etwas Unverständliches, griff nach dem Wassersack und spülte seinen Mund aus. Er spie einen Strahl in den Sand.

»Mit aller Kraft, die vielleicht Ersatz für mein Glück ist. Und lange. Nach meiner Art, auf meine Weise, Nachtmin. Für Tameri, die beiden Lande.«

Sie erreichten, langsam und stolpernd, den Rand des Lagers. Chakaura blieb im Schatten stehen, nahm die Perücke ab und ließ sich ein Dutzend Krüge Wasser über Kopf und Schultern schütten. Nachtmin beobachtete ihn sichtlich beunruhigt; Chakaura sah die prüfenden Blicke und lächelte. Als Nachtmin die Bedeutung des Lächelns erkannte, schob er die Hände in die Achselhöhlen, als fröstle ihn; schweigend starrte er auf die lange, fast gerade Doppelspur ihrer Schritte.

Chakauras Blick kam gleichzeitig mit seiner Erinnerung aus der Vergangenheit zurück. Er schlürfte den Keftiwein aus der Schale und zuckte mit den Schultern.

»Es war das erstemal, daß ich das Grauen spürte. Später habe ich es wieder erlebt; tiefer und anders. Im Wawat und im Palast, in der Nacht der Welse, in den Heuschreckenschwärmen und im Sand des Braunen Würgers, oder wenn ich bei den Frauen versagte. Nun bin ich ein Mann aus Bronze und Hochmut geworden. Anders vermag ich nicht zu überleben. Das mag die Erklärung sein für manche Fragen, die man sich stellt. Gegen das Wort der Götter und die Gesetzmäßigkeit der Maat werde ich nicht verstoßen. Aber wenn unser Leben eine Kette aus Enttäuschungen und Schmerzen ist, mit wenigen Gliedern, die Zufriedenheit und Fröhlichkeit bedeuten, dann gilt es nicht nur für den Horus im Großen Haus.«

Er zögerte, sprach weiter, ohne Karidon anzusehen.

»Seit Jahren höre ich Gerüchte. Sie sagen, daß Bronzehändler, auch ihr von der *Morgenröte,* das Große Haus betrügen. Ich glaube dem Flüstern nicht, ich weiß nicht, woher es kommt. Meine Verwalter haben gerechnet: Nechoschet fehlt in den Schatzhäusern. Die Gerüchte schweigen nicht. Ich kann nicht jeden Schreiber martern lassen. Jehoumilq hat nie betrogen. Du bist der Freund, der es wagt, mir zu widersprechen. Kannst du mein Mißtrauen, das ich hasse, erklären, Kari?«

»Nächtelang hab' ich's begrübelt, Chakaura«, murmelte Karidon. »Ich kann es nicht. Warum sollte ich dich betrügen? Frag deine Götter! Im Großen Haus ist einer, der uns haßt. Finde ihn, Goldhorus! Ich trage weniger Verantwortung, für nur wenige Menschen. Deine Zweifel an Göttern, die uns Menschen nicht an die Hand nehmen, um ihnen den Weg zu zeigen, empfinde ich ebenso wie du. Aber – dennoch ...«

»Aber dennoch will ich in all dem Elend weder meine Freunde vergessen noch den Wein, weder die Lust bei einer Frau noch den Stolz, wenn eine Arbeit gut beendet ist.«

Er winkte Sharba. Karidon war nicht sicher, ob er alles richtig verstanden hatte. Die karge Trostlosigkeit, die aus Chakauras Worten sprach, glaubte er ihm nicht. Nicht ganz, sagte er sich, und als Chakaura leise weitersprach und lächelte, schwand ein Teil des Bedauerns, das Chakauras Erzählung hatte aufkommen lassen, und auch ein Teil der Zweifel.

»Jene schöne Halbnehesi, die du vorgestern gesehen hast; Ibentina-Asherit ... Chertihotep bat mich, sie im Palast zu erziehen und sie einem Würdenträger zur Frau zu geben. Denk dir: Sie kann beide Schriften schreiben und lesen.«

»Denk dir: Ich bin ein Bronzekapitän, kann selbst schreiben und rechnen und suche einen seefesten Schreiber.«

Chakaura deutete grinsend auf die Schalen.

»Das ist in der Tat ein glückliches Zusammentreffen.«

Sharba kicherte und füllte Chakauras Schale. Er musterte Karidon unter den dick hängenden Lidern hervor und sagte:

»Wir sind fast gleich alt. Die Gezeiten der Leidenschaft, Karidon? Wieder einmal Brandung und Flut?«

»Im Großen Grünen ist die Flut nur eine Handbreit

hoch, Goldhorus«, sagte Karidon. »Meist ist auch die Brandung nicht der Rede wert. Trotzdem, du befiehlst, du verfügst – mir ist viel an Ibentina gelegen.«

»Wenn da nicht Sharba wäre, verstünde ich es kaum.«

»Das habe ich geahnt; deswegen haben wir die *Morgenröte* damals mit Sharbas Schätzen und ihrem Troß beladen.« Karidon grinste; seine Finger kniffen und massierten seine alte Narbe im Oberschenkel. »Wo ich den Priester finde, weiß ich. Wohin hast du Nachtmin geschickt?«

»Nach Kush und Wawat – zu anderen Grenzen. In den Jahren des Friedens ist es wichtig, Fremde ins Land zu lassen, die arbeiten wollen und die Rômetordnung anerkennen. Willst du die Halbnehesi noch heute, oder schwelt die Trauer um Hekenua noch in deinem Herzen?«

Karidon hob den Kopf. Chakaura führte seit einer Stunde das Gespräch, als unterhielte sich Karidon mit Sokar-Nachtmin oder Nefer-Herenptah. Hatten ihn jenes Erlebnis in der Wüste oder die Gezeiten des gottartigen Lebens dafür reifen lassen? Wollte er ihre Freundschaft erhalten? Oder spielte er mit seiner Macht wie mit der Sehne des Nehesibogens? Er zwinkerte Karidon zu; Karidon sagte leise:

»Ich habe Hekenua, eine liebenswerte, kluge und schöne Frau, nicht so geliebt wie deine Schwester. Tamahat war einzigartig. Laß Ibentina im Palast. Noch heute. Muß ich mit einem königlichen Wutausbruch rechnen, wenn ich dich bitte, mir morgen die *Sachmets Zorn* mit Ruderern, Steuermann und Pilot zu leihen für eine Fahrt durch deine neuen Kanäle zum Mu-Wer-See?«

Chakaura klatschte mit beiden Händen auf seine Schenkel und rief: »Zwischen Sonnenaufgang und Mittag. Ich fahre, du ... ihr fahrt mit! Man holt euch ab. Es wird Zeit, daß der Sohn der Sonne sich von den Arbeiten im Sumpf, im Schilf und auf dem neuen Land überzeugt.«

Er wurde plötzlich ernst, sprang auf und ging mit langen Schritten zur Treppe. Karidon versuchte, während er scharfe Worte hörte und kaum verstand, das Lächeln der Apiru-Prinzessin zu deuten. Sie langte nach der Schale und sagte leise: »Er wird alt, Kapitän. Die Kraft und das Feuer sind unter schlammigen Dünen von Enttäuschungen begraben. Mitunter kann ich die Glut zu Flammen blasen; morgen ist er, vielleicht, ganz anders. Nachts spricht er vom Binsenboot seiner Jugend. Heute kannst du von ihm verlangen, was du willst. Dein Verrat? In Wirklichkeit zittert er um deine Freundschaft.«

»Ich will nur, daß der Horusglanz auf mich strahlt, denn ich bin älter als er, und ich will diese Frau. Nicht für ein paar Nächte; für immer, für mein ganzes Leben.«

Sie legte drei Finger auf die linke Brust, sah zur Treppe und zog die Mundwinkel hoch.

»Ich hab dich verstanden, Goldkapitän. Vertrau mir. Gegenwärtig bin ich die Freude seiner Nächte; ich hauche, was wichtig ist, in sein großes, dunkles Ohr.«

Karidon hob mit vier Fingern die dünne Goldschale und senkte den Kopf. »Ich danke dir, Fürstentochter. Denk dran: Wenn du Hilfe brauchst, laß einen Brief an mich schreiben – mitunter braucht man Freunde.«

»Ich und du, wir sind fremd in diesem seltsamen, schönen Land, Karidon. Wer kennt sein Schicksal? Wer mißt die Gezeiten des Lebens?« Sie hob den Kopf und lächelte Chakaura an, der über die weißen Kacheln des Palastdachs näherkam. »Es lohnt sich, aus der Vergangenheit für die Zukunft zu lernen und heiter und lustvoll in der Gegenwart zu leben.«

»Woher, Frau ...«, begann Chakaura gleichzeitig mit

Karidon, »nimmst du diese Klugheit?« Karidon zögerte und fuhr fort: »In solch jungen Jahren?«

»Von der Wüste, von kargen Oasen, von Tagen und Nächten, leidenschaftlicher Halbgott Chakaura, in denen wir als Kinder Gewalt und Schönheit, bitteren Hunger, würgenden Durst, seltsame Bräuche, Riten und Vorzeichen grausamer Sterne erfahren mußten.« Sie hob die Hand und wagte, Chakaura, der etwas sagen wollte, zurückzuhalten. »Das Leben der Menschen ist schillernd und kurz wie der Libellenflug. Um so mehr sollst du, Karidon, und auch du, Horus meines Schoßes, den Göttern auf Knien danken, daß ihr viele Tausende allzufrüh Gestorbener überlebt habt.«

Sie hob die Schale an Chakauras Lippen; Karidon ächzte und murmelte: »Welch eine Nacht! Aus ihr sprechen Bastet, Sachmet und Keftis Große Mutter. Es wird Zeit, Freund Chak, daß ich dich allein lasse. Wenn ich je diesen Abend vergessen sollte, werden mich die Götter schaurig strafen.«

Chakaura stand auf, er schwankte ein wenig. Er machte vier Schritte und legte die Hände schwer auf Karidons Schultern. Leise und stockend sagte er:

»Morgen. Das Schiff. Wir vier, ja? Noch immer schwelt Weihrauch im Tempel meines Herzens, Kari. Fordere viel, mein Freund; du bekommst es – unter einer Bedingung: mein Traum!«

Karidon packte die Oberarme Chakauras. Dort, wo sich bei ihm glatte, sonnengebräunte Haut über harten Muskeln spannte, war Chakauras Haut schlaff und faltig. Er schüttelte den schweren Körper und murmelte:

»Du und ich, Chak, wir fahren ins Weihrauchland. Auch als Greise; ich erinnere mich an jedes Riff, jeden Felsen und an viele andere Dinge; an Gold, Leoparden, Durst, Strände und schwarze Weiber, die über jeden Ruderer hergefallen sind wie Bienen über die Blüte. Ich versprech's, Chak. Zuerst die Zinnhäfen für Ameni. Dann: Punt. Wenn wir den Tag erleben.«

Er zog Chakaura näher zu sich heran und flüsterte in dessen Ohr: »Zeig's der Kleinen mit den großen Brüsten. Glaub's oder glaub's nicht; besser, du glaubst es: Sie begehrt dich.« Er löste seine Griffe, trat mehrere Schritte zurück, grinste und sagte laut: »Was ich wirklich nicht verstehen kann. Morgen, im Hafen?«

»Morgen früh im Hafen, morgen abend – eine Schale Wein im Per-Ao.« Chakaura grinste mit schwärzlichen Zahnstummeln. »Übermorgen bin ich wieder der Sohn aller Götter, ein Wesen zwischen Rômet und den Göttlichkeiten des Horizonts.«

»Übermorgen, o Horus mit fünf Namen, bin ich wieder der goldgeile Bronzehändler, dessen Schiff hapiabwärts zu unbekannten Inseln und bekannten Buchten segelt.«

Karidon schüttelte Chakauras Unterarm, leerte die Schale und verneigte sich vor Sharba. Als er durchs Halbdunkel der Gärten ging, mutmaßte er, daß zwischen den Horizonten vieler Jahre sich ein Kreis zu vollenden begann.

Schleusen, Sperren, Dämme und große Teiche hielten die Wasser der Überschwemmung in berechenbarer Menge und Höhe, und einer der breiten Kanäle führte, je nach Sichtweise, vom See zur Stadt oder umgekehrt; das Wasser begann sich zu klären, fruchtbarer Schlamm sank zu Boden. Dreißig Wajermänner schoben die *Sachmets Zorn* mit gelassenen Riemenschlägen an Reihen von Dattelpalmen vorbei, entlang grüner Dämme, auf denen Ziegen und Schafe weideten, im Halbschatten von Sykomoren, Weiden und Tamarisken nach Südwesten.

Fast nackte Sklavenmädchen bedienten, im Deckshaus saßen Chakaura und Karidon auf vergoldeten Faltsesseln; Sharba und Ibentina-Asherit kauerten auf bestickten Kissen.

Karidons Blicke tasteten Ibentina-Asherits Körper und ihr Gesicht ab; sie blickte nach links und rechts und sah Hunderte Bauern mit Hacken, Ochsengespannen, kleinen Herden und Kindern arbeiten; an vielen Stellen wucherte Hellgrün über dunkelbraun verschlammtem Sand. Noch nie, sagte er sich, hatte er versucht, einen schönen Körper mit dem Wesen einer Frau gleichzusetzen; für ihn schien Ibentinas Herz so vollkommen wie ihr Körper. Sie stand auf, kniete vor ihm und blickte ihn aus Tamahats Gepardenaugen an. Leise sagte sie:

»Ich hab's nie zu träumen gewagt, Bronzekapitän. Ich mit dir in der Prunkbarke. Geehrt wie nie zuvor. Du, Freund des Goldhorus, kannst mich nehmen, weil ich gehorchen muß, als Halbnehesi im Per-Ao. Ist es das, was du willst?«

»Nein. Nicht so, Ibentina.« Karidon vermied, in ihre herrlichen Augen zu blicken; seltsame Erinnerungen suchten ihn heim. »Was du willst, weiß ich nicht. Bleib oder geh. Wenn du bleibst, tu es ganz. Ich hab dich gesehen und wußte, daß du die Frau bist, bei der ich bleiben will. Nimm es oder laß es. Wenn du es nimmst – was mich glücklich machen würde –, sag's mir bald; sonst segle ich ohne dich ins Unbekannte.«

Er stützte das Kinn in den Handballen und forschte, als trenne er Sand von Gold, in ihrem Gesicht. Sie wich nicht einmal, wenn sie blinzelte, seinem Blick aus.

»Der Goldhorus«, sie deutete mit dem kleinen Finger in Chakauras Richtung, »hat mir gesagt, daß mir nichts besseres geschehen kann. Dies mag sein; wie erfahre ich's? – Ich habe nur eine Liebe zu geben, Kapitän.«

»Frag jeden, Schönste, aber zuerst mich.« Karidons Blicke gingen an ihren runden Schultern vorbei, schweiften über Felder, Weiden, Kanäle, Baumschößlinge und geschäftige Bauern und kehrten zurück zu den winzigen Schmucknarben. »Ich bin alt wie wenige in diesem Land, du könntest meine Tochter sein. Nur – du würdest nicht soviel fragen, wenn ich in deinen Augen einer von vielen alten Männern wäre.«

»Herr!« Sie flüsterte und streichelte sein narbiges Knie. »Grünäugiger! Als ich dich sah, zitterte mein Herz und schlug wie rasend; mein Schoß wurde feucht. Ich will mit dir auf deinem Schiff segeln. Aber wird ein Mann wie du mich immer lieben? Oder kauft er heißblütige Sklavinnen?«

»Das tut er, wenn jene, die er liebt, ihn verrät.«

»Wie kann eine Frau, die liebt, Verrat üben?«

»Auf vielfältige Weise, Ibentina. Frag Prinzessin Sharba. Die Anzahl meiner Lebensjahre ist Million.« Karidons Hand legte sich auf ihre Finger. Er preßte sie, bis sie schmerzten. »Du bist schön und jung; wenn ich liebe, ist es das letztemal.«

»Wenn ich dich liebe, Kapitän, ist es das erstemal.« Ibentinas Augen schienen zu wachsen und sein Blickfeld auszufüllen. »Ich liebe dich schon jetzt. Soll ich mich dagegen wehren? Wenn ich dich anfasse, laß ich dich nicht mehr los. Wenn ich weiß, daß du mich nicht mehr liebst, nehm ich mein Bündel und geh von Bord.«

Karidon starrte den faltigen Nacken Chakauras an und sagte leise: »Faß mich an, Schönste. Bleib bei mir. Triff meine Freunde und sprich mit ihnen, segle mit uns zu den Zinnhäfen. Oder – geh von Bord, wenn wir in Itch-Taui anlegen.«

»Was mir in der Tat« – sie blinzelte und legte die Hände auf seine Knie – »schwerfallen würde.«

»Das höre ich gern.« Karidon nahm die Becher entgegen, die mit dünnem Gerstenbier gefüllt waren. »An Bord der *Morgenröte* bist du die Schönste, die je über die Planken gestolpert ist.«

»Die Schönste? Wirklich? Was wird dein Ziehvater sagen, wenn er mich sieht?«

Karidon breitete grinsend die Arme aus und wartete, bis Ibentina zwischen seinen Knien saß. »Sein Antlitz wird leuchten. Er wird mir Fußtritte versetzen und brüllen: *Cabul*! Endlich, nach vielen Jahren, hast du gefunden, was du gesucht hast, dämliche Krabbe! Ich werde mich hinter deinem Rücken verstecken.«

»Meine Schultern sind schmäler als dein Rücken, Karidon.« Langsam drehte sie sich herum, legte die Hände an sein Gesicht und näherte ihre Augen so weit, bis ihre Nasen zusammenstießen. Sie murmelte:

»Ich will mit dir segeln, Kapitän. Heute und morgen und alle Jahre, auch wenn mir übel wird wie Holx-Amr. Du hörst, ich habe viele Fragen gestellt und viele Antworten bekommen.«

Karidons Fingerspitzen fuhren die dünnen Bogen ihrer Brauen nach; er murmelte: »Ich hab genügend Binsenblätter. Du kannst alles aufschreiben.«

»In ein paar Tagen und Nächten, grünäugiger Kapitän, werden die Schreibblätter versengt sein, denn meine junge und deine alte Leidenschaft – sie brauchen keine Schrift.«

Sie nahm Karidons Hände, legte sie sanft auf ihre Brüste und lehnte sich gegen ihn, bettete ihren Nakken auf seine Schulter und drehte den Kopf. Sie biß in sein Ohrläppchen und wartete, bis seine Lippen ihren Mundwinkel berührten. An Steuerbord hoben die Bauern die Hacken und winkten jubelnd der vorbeigleitenden Prunkbarke.

6. Die Skorpione

Das erste scharfe Rascheln weckte Neferrompe. Er blieb regungslos liegen, öffnete die Augen und sah unterhalb des gestirnten Vollmondhimmels Lichter, die sich bewegten; jenseits der kleinen Düne, vielleicht zweitausend Schritte vom Turm und vom Treibholzwall entfernt, der vom Ufersand bis nahe ans trockene Gras geschwemmt worden war. Eine Fackelflamme glitt am Bug eines Schiffes entlang. Neferrompe hörte leise Männerstimmen, zog die Knie an und richtete sich langsam auf. Wieder drang das Rascheln an sein Ohr. Er sah die winzigen Spuren eines Skorpions im Sand. Das Tier, dessen Stachelschwanz über den bleichen Körper gekrümmt war, rannte am Bogen und dem Kampfbeil vorbei auf flache Steine zu.

»Da ist etwas, bei Selkis, das ich ansehen sollte«, flüsterte der Späher und faltete die Decke zusammen. Die Türme des Fürstenwalls schützten nur gegen Nomaden aus dem Osten der Wüstenei; nun sah er ein Schiff am nördlichsten Punkt des flachen Strandes. Er warf eine Handvoll Sand nach dem Skorpion, nahm das Beil und schlich geduckt durch den Graben bis zur Hangkante.

Wo das Mündungsdreieck in die Wüste überging und die Küste zum Wadj-Wer bildete, gab es nur flüchtige Sandbänke, Schlammtümpel voller Brackwasser und

Krabben, langgezogene Inseln voll Schwemmgut, die sich ständig veränderten. Weder ein Wanderer noch ein Boot kamen ungesehen zum östlichsten Hapiarm durch; vielleicht, manchmal, in Neumondnächten. Neferrompe schob die Schultern zwischen Strandhaferbüscheln hervor; schräg unter ihm brannten Fackeln, die ein Schiff und eine Gruppe Männer zeigten.

Ein zweites, kleineres Boot schaukelte in den winzigen Flutwellen. Die Männer sprachen leise miteinander und versuchten, ein Feuer anzuzünden. Neferrompe erkannte vier Rômet zwischen einem knappen Dutzend Apiru; ein Treffen also, das geheim bleiben sollte. Er kroch zurück, schob die Axt im Rücken durch den Gürtel und watete ins Brackwasser zwischen den Schwemmsandinseln, tauchte unter und schob sich bis zu der Stelle, an der sich Brackwasser mit Seewasser mischte. Er verstand nur die Worte der Rômetsprache.

»... unmöglich. Jeder, der fremd ist jenseits der Grenzen, der nicht alle Bräuche und die Sprache kennt, fällt auf. Überall sind Späher und Lauscher – und Soldaten.«

»Deswegen treffen wir uns hier, weit vor der Grenze.«

»Wo ist euer Fürst?«

»Er hat es vorgezogen, nicht in die Nähe der Türme zu kommen. Noch immer ist sein Zorn unermeßlich. Ich würde mich entleiben, wenn ich ihn als Feind hätte.«

»Nur ein entschlossener Mann vom Hapiland kann sich das Gold und das gute Leben im Fürstentum verdienen. Anatnetish hat Rache geschworen und bleibt dabei. Er fühlt sich durch die Vertreibung von den Kupfergruben geschädigt; man munkelt, daß er Handelsschiffer nach den Zinngruben suchen läßt.«

»Was soll geschehen? Wie und wann? Und wer?«

»Setzt euch ans Feuer. Wir haben die halbe Nacht Zeit, alles zu besprechen.«

Neferrompe hob die Schultern aus dem Wasser. Sein Schurz klebte, halb zerrissen, an den Schenkeln, die Füße im Schlammboden froren. Ein Fisch sprang aus dem Wasser und klatschte zurück. Die Männer am Feuer hörten zu sprechen auf, einer rannte mit der Fackel den Hang hinauf; der Bogenschütze ließ sich bis zum Kinn ins stinkende Wasser zurückgleiten. Ein Barbar, der die Fackel hochhielt und ein Kampfbeil schwenkte, kam auf das Versteck zu. Neferrompe holte lautlos Luft und tauchte unter. Nachdem er hörte, daß sich die Schritte entfernten, versuchte er sich das Aussehen der Rômet zu merken. Die Apiru sahen für ihn alle gleich aus; langhaarige Barbaren. Der kreideweiße Mond wanderte hinter den Bug des Schiffes, der Wächter kam kopfschüttelnd zurück und rammte die Fackel in den Sand.

»Er will Rache nehmen an allen, die ihn von den Kupfergruben vertrieben haben.«

»Etwa auch am göttlichen Horus und seinem Heer?«

Neferrompe konnte nicht erkennen, wer gerade sprach. Die Stimmen hallten über den Strand und das Wasser, ebenso wie das Gelächter.

»Am liebsten würde er es tun, aber er kennt die Grenzen des Möglichen.«

Der Bogenschütze versuchte, sich nicht durch hastige Bewegungen zu verraten. Er spürte, wie er tiefer in den Morast versank und stellte sich auf die Zehenspitzen. Er verstand nicht, wem die Verschwörung galt, war sich aber völlig sicher, daß er die Worte richtig deutete. Er bewegte Hände und Unterarme unter Wasser und schob sich rückwärts auf flacheren Boden.

»Es sind die Freunde eures Herrschers. Sie führten die Truppen ins Fürstentum und vertrieben ihn.«

»Sie sollen sterben? Ich erinnere mich – einer ist drüben im Dreieck fast getötet worden.«

»Er hat es überlebt. Sein Schiff ist oft wieder in Uschu, Gubla, in Menefru und Itch-Taui und weiter oben am Strom gesehen worden; auf Alashia und Kefti. Es gibt nur ein Schiff mit schielenden Udjat-Augen.«

»Und was will der Fürst von uns?«

»Sie sollen alle sterben. Die Händler und ihre Frauen und Kinder. Mit Dolch, Pfeil, Gift oder Feuer. Dem Fürst ist es gleich.« Ein Krug wurde umhergereicht, die Fremden tranken ebensoviel wie die Rômet. »Zwei Dinge sind wichtig: Er will, daß seine Rache vollzogen wird und daß er genau erfährt, wie es geschehen ist.«

»Der Mond geht hinter die Dünen. Wir müssen weg ins Schilf und uns tagsüber verstecken.«

»Wo treffen wir uns wieder? Und wann?«

»Hier, weiter östlich. In drei Monden, auch bei Vollmond.«

Die Rômet rückten vom Feuer ab und strichen Sand von der Haut, sie gingen zögernd zum Strand und wateten in die zischenden Wellen. Neferrompe, dessen Zähne aufeinanderschlugen, fror und zitterte; er schob sich, Handbreit um Handbreit, seitlich in den Binsenstreifen hinein. Der Späher war wütend und enttäuscht, denn er hatte nur einen Namen verstanden.

Die Barbaren schoben das Schiff in die Wellen, die vier Verschwörer aus dem Hapiland packten die Paddel und entfernten sich schnell. Der Mond war versunken; die Wellen funkelten im Widerschein der Sterne. Neferrompe stand langsam auf und schüttelte Schlamm und klebrige Blätter ab. Er zog die Waffe aus dem Gürtel und blickte hinter den Booten her. Eines suchte seinen Weg nach links, zum Mündungsarm, die Barbaren ruderten in östliche Richtung.

»Das muß der Anführer erfahren. Sofort«, brummte der Bogenschütze und rannte, um die Kälte aus seinen

Gliedern zu vertreiben, zu seinem Schlafplatz. Er riß die Waffen und die Decke hoch, schlug mit dem Beil den Skorpion aus den Stoffalten, warf sich den Köcher und die Decke um die Schultern und lief zum Turm, der zweitausend Schritt entfernt als kantiger Schatten aufragte. »Und der sagt es vielleicht dem Obersten Herrn der Heere. Und der wird mich auszeichnen.«

Er schlüpfte durch die Lücke im Treibholzwall und blieb keuchend vor der Treppe zum Dach stehen.

»Zum Unterführer«, stieß er hervor. »Zu Inherchau. Schnell. Ich hab eine Verschwörung belauscht!«

»Mann! Gönn ihm den Schlaf. Sag's mir. Und trink zuerst einen Schluck; du schwitzt und stinkst wie ein Bock.«

Neferrompe setzte sich schwer neben den Wächter auf die Stufe, trank bitteres Bier und versuchte, ruhiger zu atmen; er berichtete stockend, was er gesehen und gehört hatte.

Die sandfarbenen Türme aus Lehmziegeln, Flechtmatten und Balkenwerk standen in einer geschwungenen Linie von Nord nach Süd; mit scharfen Augen konnten die Posten einander auf den schilfgedeckten Plattformen erkennen. Neferrompe näherte sich, drei Tage nach seinem Bericht, dem fünften Turm. Auf den Pfaden vom Rand des Mündungslandes brachten Bauern und Hirten Proviant und Wasser für die Soldaten. Neben dem Pfad, der die Bauwerke verband, konnte Neferrompe keine Spuren von nomadischen Eindringlingen erkennen; der Sand war glatt. Ein Wächter rief Neferrompe an.

»Wenn du der nächtliche Held bist, komm herauf. Der Oberste wartet auf dich.«

»Ich bin Neferrompe.« Er schwenkte den Bogen über den Kopf. »Ich weiß, was ich gesehen und gehört habe.«

Sein Atem ging nicht schneller, als er den Schatten der Plattform erreichte. Der Wächter verbeugte sich, zeigte auf Neferrompe und sagte:

»Neb Sokar-Nachtmin: das ist der Mann.«

Der breitschultrige Oberste Heerführer nickte. Er wirkte unausgeschlafen; der Haarflaum seines Schädels und der Fünftagebart glänzten silbern. Er spielte mit einer kleinen Sandrose aus Kush; leise sagte er:

»Gebt ihm Bier. Erzähl mir, Späher, was du gehört hast.«

»Herr. Ich, Neferrompe, Späher und Lauscher, schlief vielleicht dreitausend Schritt östlich vom ersten Turm, ohne Feuer, und bei mir war nur ein Skorpion ...«

»Wann soll man dich hier ablösen, Neferrompe?« Der Mächtige Sokar-Nachtmin hatte meist schweigend zugehört und nur drei Fragen gestellt. »Woher bist du?«

»In sechseinhalb Monden, Herr. Aus dem Handwerkerdorf bei Itch-Taui bin ich, Neb.«

»Willst du das nächste Jahr in Ruhe und Bequemlichkeit südlich der Stadt verbringen? Ist ein Brief an den Heerführer von Itch-Taui bei dir sicher? Vielleicht weißt du es nicht, aber von jenen Bronzehändlern, die sterben sollen, kennen wir auch den Treffpunkt, an dem du nachts gelauscht hast. Eine Stelle, an die sich Händlerschiffe in Sturmnot retten.«

»Auch dafür eignet sich der kleine Strand. Ja, Mächtiger Herr. Wenn ich Platz auf einem Schiff finde, das hapiauf geht; wenn du mir genau sagst, was ich tun muß.«

»Hör genau zu, was ich dem Schreiber sage.«

»Ich warte, Feldherr.«

Neferrompe hob den Kopf und blickte in die Wüste hinaus. Vor dem Turm waren alle Sandflächen zwischen den Felsen und wenigen Streifen ausgedörrten Buschwerks geglättet; jetzt führten nur einige Gazellenspuren hindurch. Ein Schreiber rührte Tusche an und hockte sich in den Schatten.

»Schreibe«, sagte Sokar-Nachtmin. »Ein kurzer Brief an Userhet, den Befehlshaber aller Truppen in Itch-Taui. Bogenschütze Neferrompe, der dir diesen Brief übergibt, soll belohnt werden.«

Neferrompe starrte Sokar-Nachtmin überrascht an; der Feldherr senkte den Kopf, lächelte und sprach weiter. Mit jedem Wort wuchs Neferrompes Staunen. Als ihm Sokar-Nachtmin das gesiegelte und gerollte Blatt übergab, verbeugte der Späher sich stolz und sagte:

»Ich geh mit den Leuten von Herrn Cha-Sobek, die uns das Essen bringen, zum Fluß. Und mit dem nächsten Schiff fahr ich zum Herrn Userhet. Ich seh dunkle Sorge in deinem Gesicht, Neb; deine Freunde sind in Gefahr?«

»Nicht mehr, wenn du tust, was ich befohlen hab.« Sokar-Nachtmin legte die Hand auf das goldverzierte Kampfbeil. »Es eilt, Neferrompe.«

»Ich weiß, Herr.«

Der Bogenschütze warf die Waffe über die Schulter und stolperte die Außentreppe hinunter. Ein paar Atemzüge später sah ihn Sokar-Nachtmin nach Westen traben, in dem kochenden Sonnenglast des Mittags.

Um Mitternacht herrschten Ruhe und völlige Windstille. Das Sonnensegel hing schlaff durch, als habe es heftig geregnet, auch die Mückenschleier bewegten sich kaum. Karidon lag auf dem Rücken, spürte in der Armbeuge den Nacken Ibentinas und tastete nach dem Becher. Fast unhörbar im leisen Quaken der Frösche und Zirpen der Grillen waren die Schritte von Userhets Wachen. Karidons Zeigefinger strich über Ibentinas Brauen, sie wandte den Kopf und flüsterte:

»Endlich ein wenig Ruhe, Kari. Im Palast hab ich

gehört, du bist in Wirklichkeit einer der wichtigen Männer. Aber hier und am Schiff – fast alles machst du selbst.«

»Du scheinst in Itch-Taui tausend Fragen gestellt zu haben?«

»Ich hab jeden gefragt.« Sie lachte leise in sich hinein. »Sogar den kleinen Priester, der meinen Namen aufgeschrieben hat. Es wird nicht leicht mit dir werden, hat er gesagt.«

»Trotz allem«, murmelte Karidon, »es wird gut werden.«

»Ich glaub ganz fest daran.«

Sie lagen ruhig nebeneinander und unterhielten sich leise. Das Flämmchen sonderte einen Rußfaden ab, gerade wie ein Pfeil. Karidon schüttete Keftiwein in den Wasserkrug und sagte:

»Ich bin gewohnt, so viel selbst zu machen, wie mir möglich ist. So hat mich Jehoumilq erzogen. Und auf See, du wirst es erleben, gibt's wenige hilfreiche Handwerker.«

»Was werden wir tun in den nächsten Monden, Kari?«

»Das ist mit ein paar Worten erklärt: Bis zu den ersten Winterstürmen bringen wir viel Bronze und Zinn nach Menefru und Itch-Taui, dabei sammeln wir Nachrichten. Das Schiff bleibt in Mnis, wir wohnen bei Jehoumilq, und im vierten oder fünfen Kefti-Mond segeln wir los ins Unbekannte, Ibis.«

»In fünf Monden.«

»Spätestens, Ibi-Ash.« Karidons Fingerspitzen strichen über die Ziernarben. »Erzähl mir von dir. Nicht, wie du bist – das find ich selbst heraus. Was dich hierhergebracht hat, Liebste.«

Ibentina-Asherit war die Tochter von Chertihoteps

Sohn und einer Halberling-Kushitin, angeblich einer Fürstentochter, die in Suênet als Geisel genommen worden war und einen halben Mond nach Ibentinas Geburt starb. Der Sohn des Gaufürsten hatte Ibentina zusammen mit seinen Söhnen und Töchtern erziehen lassen; selbst in die Schreibschule hatte er sie geschickt, und da sie den Unterricht für wenig ersprießlich gehalten hatte, wurde sie ebenso geprügelt wie seine ungebärdigen Söhne, von denen sie schwimmen, paddeln und Bogen schießen lernte, den Umgang mit Amaa-Wurfholz und Fischspeer. Sie lernte schließlich freiwillig und begeistert beide Schriften und selbst die Sprache der Nehesi. Sie war Chertihoteps Lieblingsenkelin, und als er sah, daß sie zu einer schönen Frau heranwuchs, schickte er sie an Chakauras Hof.

Ein Nomadenhäuptling, von dem sie die Sprache gelernt hatte, nahm ihr die Unberührtheit und lehrte sie, wie er meinte, alles, was Männer an Frauen liebten. Sie kannte unzählige Götter ebenso wie deren Tempel, verachtete die meisten Männer und war entschlossen gewesen, in Itch-Taui die Gefährtin eines mächtigen Mannes zu werden, der ihr ein Leben in Reichtum und Glanz sicherte.

»Und nun liegst du neben einem armen Händler, der dir nur Häfen und Länder jenseits der Grenzen zeigen kann.« Karidon küßte ihre Fingerspitzen. »Das allerdings kann ich mit der Erfahrung eines Mannes, der mit etwas voreiligem Glück fast dein Großvater sein könnte. Vieles dort draußen, außerhalb eurer behüteten Rômetgrenzen, wird wunderbar sein. Anderes ist schrecklich und bringt Furcht und Ängste. Wenn wir zusammenbleiben, Ibis-Herit, bist du wie ein Küken im Nest: Jeder ist dein Freund. Auch der junge Pi-Ika. Sogar der Goldhorus, auf seine Art. Wenn du stolperst, finden sich

Hände, die dich stützen, und fällst du, heben dich die Freunde auf.«

»Das hast du schön gesagt, Kapitän. Ich hab euch lange zugesehen – es ist die Wahrheit.« Sie preßte ihre Lippen auf seine Stirn. »Weil ich deine Freunde kenne, fällt es mir noch leichter, dich zu lieben.«

»Nur eines, Ibasher. Mehr als eine Bitte.«

»Du willst einen Sohn von mir?« Sie zupfte an seinem Schurz. Karidon schüttelte heftig den Kopf.

»Nein. Noch nicht. Wir suchen vielleicht zwei Jahre lang die Zinnhäfen. Nachher, wenn wir sie gefunden haben. Das Kind soll so wie Pi-Ika aufwachsen. Hier, auf dem Gutshof. Nicht auf den Planken der *Morgenröte*, irgendwo auf dem Meer, wo uns jede Bucht, jede zweite Riesenwelle umbringen kann.«

»In Suênet hab ich gelernt, was eine Frau tun muß, um nicht schwanger zu werden.«

»Wir haben viel Zeit. Noch bin ich nicht zu alt.«

»Und ich bin jung genug. Von allen im Königslehen bist du trotz deiner unzählbaren Jahre der jüngste.« Ibentina kicherte und beugte sich über ihn. »Und der schönste, der leidenschaftliche Mann meiner Träume.«

Karidon nahm ihr Gesicht in die Hände, strich mit den Daumen die haarfeinen Falten der Augenwinkel glatt und versenkte seinen Blick in ihre dunklen Augen, bevor er Ibentina küßte; er glaubte sicher sein zu können, mit dem Lebenspfeil das Ziel getroffen zu haben – vor der Höhle seiner Erinnerungen.

Ptah-Netjerimaat klopfte an den runden Wasserbehälter unter den heißen Heckplanken und brummte: »Wenn wir zu lange und zu wenig Wasser aufbewahren, Kari, stinkt's und macht krank. Aber wir brauchen längst nicht mehr so viele Krüge und Ziegenbälge.«

»Es bedeutet mehr Arbeit«, sagte Karidon. Das Innere des Schiffes war nicht völlig trocken; feuchtheiße Luft strömte durch die Lukenöffnungen. Das Schiff, das im Meer eine Handbreit höher aus dem Wasser ragte als im Hapi, schwankte kaum spürbar. »Wenn wir Quellwasser finden, leeren wir den Tank, waschen uns mit dem alten Wasser, putzen die Planken und füllen mit Frischwasser auf.«

»Einverstanden. So machen wir's.«

Pi-Ika beugte sich über den Lukenrand und rief: »Karidon. Ein Soldat will mit dir sprechen.«

Karidon rutschte die Planke hinunter und wischte den Schweiß aus dem Gesicht und von der Brust. Ein Bogenschütze wartete im Schatten und biß in eine Maulbeerfeige. Neben dem Tor saßen einige Speerträger und dösten. Der Anführer hob die Hand und sagte:

»Man hat mir gesagt, du bist der Bronzehändler Karidon. Grüße von Sokar-Nachtmin und Userhet. Ich bin Neferrompe, das sind meine Männer aus Itch-Taui. Wir sollen euch alle bewachen und beschützen.«

»Es wachen schon acht zuverlässige Männer Userhets an den Grenzen des Gutshofes«, sagte Ptah verwundert. »Was soll diese Verstärkung? Warum? Wozu?«

Karidon zog Neferrompe ins Haus. Der Bogenschütze berichtete, was er gehört und wie Sokar-Nachtmin entschieden hatte. Er setzte den Becher ab, holte Luft und sagte:

»Ich habe nur einen einzigen Namen verstanden, Kapitän.«

»Anatnetish?« fragte Karidon hart. »Dieser Bastard!«

»Der Fürst des Kupfers.« Neferrompe stellte Bogen und Pfeilbündel in die Ecke. »Ich bin so schnell gerannt, wie ich konnte, Kapitän, von der Fürstenmauer aus, aber das Boot mit den vier Rômet blieb verschwunden. Nun werden sich achtzehn zuverlässige Soldaten ablösen, um euch vor der Rache des Halberlings zu bewachen. So hat Sokar-Nachtmin entschieden.«

»Die anderen Männer haben sich einen Unterschlupf gebaut.« Mlaisso nickte in die Richtung der Wüstenmauer. »Ihr eßt und badet hier im Haus. Wir schicken dir Arbeiter und Handwerker, Neferrompe. Ungefähr acht Leute sind weniger zu bewachen, wenn wir mit dem Schiff abgelegt haben.«

»Wir sind in Rufweite, Neb Verwalter. Der Bogenschütze verneigte sich. »Ein lauter Schrei, und wir rennen. Ich sage euch heut abend, wo wir stehen, und wie wir uns ablösen.«

»Dank und Lob«, brummte Karidon. »Und ich hab gehofft, Anatnetish gäbe sich zufrieden, mich fast totgeschlagen und Hekenua umgebracht zu haben.«

Er starrte zwischen die Schulterblätter des Soldaten, wandte den Kopf und sah Ibentina-Asherit aus dem Halbdunkel des Hausinneren kommen; er lächelte ihr zu und hörte, wie Ptah schroff sagte:

»Nun wissen wir wieder einmal, woran wir sind. Da trifft es sich gut, daß wir bald nirgendwo mehr zu finden sein werden.«

»Anatnetish und seine versteckten Mörder sind vielleicht geduldig und warten sehr lange auf den richtigen Augenblick.« Karidon legte den Arm um Ibentina. »Sie werden unter den feuchten Steinen hervorkriechen, wenn es niemand erwartet. Denk an den Überfall in Pa-Beseth.«

»Daran denke ich!« Ptah nickte und hob die Faust.

»Was wir dagegen tun können«, brummte Karidon, »haben wir längst getan. Es bleibt dabei: uns richtig bewaffnen, uns umsehen, uns nicht einzeln an gefährlichen Orten herumtreiben. Hier sind wir sicher.«

Karidon rüstete die Mannschaft und das Schiff aus, als
ginge es in einen Krieg in weiter Ferne. Ibentina-Asherit
und Pi-Ika, der seinen Vater unbedingt begleiten wollte,
richteten sich mit ihrer wenigen Ausrüstung an Bord
ein; an einem der ersten Morgen im Payni legte die
Auge der Morgenröte ab. Die Fracht für Ushu, Djeden und
Gubal, die sie in Itch-Taui an Bord nahmen, war von
ungewöhnlich hohem Wert: Dutzende Ballen feiner, ge-
bleichter Leinenstoff, schwerer Schmuck aus Gold,
Edelsteinen und Glasfluß, eine große Menge Holzdosen
und kleine Krüge voll Balsam, Schminke und Salben,
schwarzes, süßes und bitteres Henket, das sich ein Jahr
lang hielt, zweihundert kleine Truhen aus Elfenbein und
Ebenholz, voll mit wohlfeilem Schmuck. Karidon versuchte Pi-Ika und Ibentina zu erklären, daß nur Handel
mit wertvollen Waren lohnte. Für die kostbaren Waren
mußte Zinn oder Bronze ins Hapiland geschafft werden.

Die Häuschen und die Mauern, Neferrompes grüßen-
de Soldaten und Ti-Senbi verschwanden hinter dem
Schilf im Kielwasser; Mlaisso versuchte seinen Sohn ins
richtige Verhalten auf und unter den Planken und die
Geheimnisse der *Auge der Morgenröte* einzuweisen. Karidon und Ibentina bezogen das Kämmerchen unter dem
Heck und verstauten ihre Habe in Flechtwerk-Nestern
und zu Füßen ihres Lagers. Holx-Amr und Ptah steuerten durch den östlichsten Mündungsarm und hinter den
Sandbänken mit guter Fafana im Rücken Uschu-Djarh
entgegen.

Weder Ibentina noch Pi-Ika wurden seekrank; auch für
Holx-Amr blieb das Große Grüne ertragbar. Die Bauwerke auf den Felsplatten am Hafen Uschus waren ein
wenig höher als die Zedern und Palmen gewachsen,
aber Hafendamm und Kai schienen fertiggestellt zu

sein. Drei Schiffe lagen an den Festmacherbohlen, die *Morgenröte* wendete und legte mit dem Heck an, zwanzig Schritt abseits der *Silbermöwe.* An den Bordwänden und am Mast der *Morgenröte* hingen und standen Waffen; Nehesibogen, volle Pfeilköcher, Äxte und Wurfspeere mit Kupferblättern; zwei Schilde hatte Holx an die Ruderköpfe gehängt. Karidon half Ibentina an Land und deutete auf das Haus des Rômet-Verwalters.

»Djarh und Uschu sind Besitztümer des Goldhorus, aber der Handel ist frei.«

»Bis auf die Abgaben, die der kleine, dicke Ti-Aperaper verlangt«, rief Mlaisso und sah sich aufmerksam um. Ptah lachte und sagte:

»Leider auch bekommt. Der Tag sieht nicht nach viel Zinn und Bronze aus, Karidon.« Hesqemari spannte das Hecktau mit dem Fuß. »Vielleicht wird's morgen ein guter Handel.«

Karidon rückte die Doppelaxt auf der Schulter zurecht und nahm Ibentinas Hand. Pi-Ika und Kadran folgten, drei Ballen Shafadublätter schaukelten an der Tragestange zwischen ihren Schultern. »Fragen wir den Verwalter.«

Karidons Blicke glitten über die Hausfronten, musterten die Händlerschiffe und jeden, der sich zwischen den Gassenausgängen und dem Kai bewegte. Er war sicher, daß Anatnetishs Späher in jedem Hafen nach der *Morgenröte* suchten. Leise sagte er zu Ibentina:

»So wird es immer sein, diesen Sommer.« Seine Stimme wurde rauh. »Wachsam, mißtrauisch und bereit zur Verteidigung. Ein Brandpfeil ins Segel ... Wir können uns nicht gegen alle Gefahren schützen.« Er deutete auf den Zedernholzmast, an dem das königliche Zeichen funkelte. »Ti-Aperaper ist ein alter Bekannter.«

Während der Fahrt hatten die zehn lange über die

Pläne dieses Sommers gesprochen. Sie wollten die Auf-
enthalte in allen Häfen, auch in Mnis, möglichst kurz
halten: So blieben die Gefährdungen überschaubar, und
trotzdem würden die Handelsgüter sich schnell tauschen lassen. Karidon lieferte die Waren aus Itch-Taui
ab, erkundigte sich über die Preise, siegelte die kurze
Niederschrift und berichtete dem Heri-Udjeb vom rachsüchtigen Fürsten Anatnetish und seiner Verschwörung;
Ti-Aperaper wußte davon und versicherte, seine Augen
offenzuhalten und seine Soldaten und Schreiber zu war-
nen. Das Handelsjahr hatte eben erst begonnen. Die
anderen Schiffe warteten auf Metalle und Werkzeuge aus
Kupfer und Bronze.

Selkara und Hesqemari bewachten das Schiff bis
Mittnacht. Drei Stunden vor der Morgendämmerung
spreizte Landwind die Falten des Segels, als die *Morgenröte* die Felseninseln Uschus an Steuerbord hinter sich
ließ.

Karidon federte die Bewegungen des Schiffes auf der
Schulter der Dünung mit den Knien ab, hielt sich am
Handlauf der Bugwand fest; Ibentina lehnte an seiner
Brust. Er deutete auf die Gestirne des mondlosen Him-
mels. Seine Stimme war kaum lauter als das Geräusch
der zischenden, plätschernden Bugwelle.

»Es sind dieselben Sterne, Ibis-Herit, die wir auch
vom Lehenhäuschen sehen. Sterne des Wassers, Sar-
stern, Tausendstern, der Kopf des Löwen. Siehst du das
Sternbild, das einem Schiff mit überlangem Bug
gleicht?« Er deutete darauf. »Und das kleinere, das in
die andere Richtung segelt? Du mußt sie mit Linien verbinden.«

Nach einer Weile nickte Ibentina. Karidon sagte:
»Jeder Seemann weiß es: Wenn man eine Linie vom

Heck des Schiffes, das nach links segelt, zur Bugspitze des nach rechts segelnden zieht, triffst du einen Angelstern. Um ihn scheint sich alles zu drehen. Am Hapi nennt man diese Sterne Jechamusek, ,die den Untergang nicht kennen'. Wo der Heckstern des kleinen Schiffes steht, ist immer Norden, die Richtung, aus der kalter Borr kommt.«

»Wir segeln nach ... Nordwesten?«

»Später nach Norden, dann zurück nach Ost.« Karidon streichelte ihre Schultern. »Eine Freude, dir etwas zu erklären. Guter Wind. Die Strömung zieht uns.«

»Heute abend sind wir in Gubla?«

»Wenn nicht der Wind umschlägt. Aber – der Himmel ist klar, wie oft im späten Frühjahr. Wir werden nach Sonnenaufgang, spätestens um Mittag Westwind bekommen; gute Fafana.«

»Auch das werd' ich lernen, Liebster.« Ibentina drehte sich um und schlang die Arme um seinen Hals. »Daß euer Leben vom Wind abhängt, von Wellen und Sternen ... mein Leben auch! Und mir ist nicht ein einzigesmal schlecht geworden, Kari!«

»Die Götter müssen gelächelt haben, als sie dich geschaffen haben. Es ist gut, daß du hier bist.« Nach einigen Atemzügen murmelte er: »Alle lieben dich, Ibis-Herit. Und am meisten liebt dich Karidon.«

In Gubla tauschte ein schweigsamer Handelskapitän, dessen düstere Blicke Ibentina nicht losließen, einen Schatz von zwölf Dutzend Barren reinen Zinns. Karidon feilschte, führte Kapitän Kebiar auf die *Morgenröte* und bot die besten Waren an: Stoffballen, Schmuck, Balsam und Salben, Schreibblätter und schweres Bier, mit Honig haltbar gemacht und mit gerösteten Maulbeerfeigen gebittert. Erst als er dazu drei Deben

Goldsand auswog, war der Handel beendet. Die Sklaven schleppten sechs Dutzend Anna-Metallbarren und gelbes Pistazienharz an Bord. Ptah-Netjerimaat pfiff leise durch die Zähne, als er sicher war, daß keiner außer Ibentina zuhörte:

»Glück und Gewinn in Gubla, Grünauge! Kebiar hat's eilig oder kennt die Preise noch nicht.«

»Beides, Netji. Er ist nicht betrogen worden.«

»Zedernholz für Kit laden? Erdpech für die Alashia-Schiffbauer? Einen Tag bleiben wir?« Mlaisso starrte die Barren an, wog einen lange in seiner Pranke und brummte: »Jossels versengter Rußgeselle hat gesagt, er sei sicher, daß er für Kupfer viermal soviel Hitze braucht wie für Zinn. Wie dem auch sei – laden wir ein?«

Karidon nickte. »Helft mir, vorher die Lasten zum Verwalter zu schaffen. Wir essen am frühen Abend in der Schenke; drei Mann haben Schiffswache.«

»Wir gehorchen, Neb Kapitän«, sagte Pi-Ika und kletterte in den Laderaum. Karidon schöpfte Kräuteraufguß in zwei Becher, füllte mit Rômet-Sandwein auf und stützte sich auf die Heckbordwand. Ibentina rieb ihre Schulter an seinem Arm und sagte:

»Das also ist das Erz, nach dem Chakaura giert?«

»Nicht nur er, aber er am meisten.«

»Das Zinn suchen wir, wenn Sommer und Winter vorbei sind?« Sie trank und spuckte Kräuterfetzchen ins trübe Hafenwasser. Ein Fisch schnappte nach dem braunen Blatt. »Die untadelige Zehn mit der *Morgenröte*?«

»Neun. Oder vielleicht nur acht. Der Junge bleibt im Hapiland und hilft Ti-Senbi beim Verwalten. Ich bin froh, daß Mlaisso mit uns segelt.«

»Also nur die liebenswerte Neun. Dreimal drei.« Ibentinas Finger strichen über eine Bogensehne. »Wer übt mit mir, wie man damit Fische und Verschwörer trifft?«

»Ich.« Karidon lachte. »Ich kann's ganz gut. Chakaura, als er noch keinen Namen hatte, hat es mir beigebracht.«

»Meine Ehrfurcht, Grünauge, wird stärker als meine Leidenschaft. Erzähl mir mehr aus deiner Jugend.«

Karidon winkte dem Wirt, der einen Korb zuckender Fische zu seinem Haus trug. »Später, auf See, in salzigen Sommernächten.«

»Kits schrundiger Hafen, viel Salz und keine finsteren Apiru mit Mordgedanken!« Kadran hielt das abgeschnittene Drittel seines Zopfes in der Faust, überlegte einige Atemzüge lang und band den grauen, weißen und dunkelbraunen Haarrest mit dünnem Leder zusammen. »Für Bogensehnen zu kurz, aber für anderes recht nützlich. Wie lange bleiben wir, Karidon?«

»Drei Tage?« Karidons Daumen deutete über die Schulter. Drei kleine Küstensegler hatten festgemacht; er kannte die Schiffe vom Sehen und hielt es für ausgeschlossen, daß Anatnetish ihn auch über das Meer hinweg verfolgte. An Land konnte der Fürst mit größerer Sicherheit handeln. »Wenn am vierten Morgen noch kein Händler mit guter Ware anlegt, geht's nach Kefti, zu Pachos.«

»Die Freundin der Magd vom Wirt tut alles für schönen Rômetschmuck. Sie will mit mir Asphodelen pflücken.«

»Daher die Pflege des schimmernden Haupthaars, Kadran!«

Karidon grinste und sah nach den Trossen. Die glutrote Sonne taumelte zum Horizont und verwandelte Wolken in schreckliche Bilder von Bränden und Sandstürmen. »Du hast genug Schmuck für drei Nächte? Nimm Waffen mit, ja? Die Langhaarige mit dem roten Kleid?«

»Jawohl, Kapitän. Du hast Augen wie ein Falke. Ich werde sie auch nach Anatnetish fragen.«

»Scharfe Augen machen mich fähig, vieles nicht zu sehen«, sagte Karidon leise. »Gut so. Hör dich um. Versprich Belohnung, wenn wir gewarnt werden.«

Die *Morgenröte* lud Krüge mit feinem und grobem Salz aus Kits Salzgärten, Schinken und luftgetrocknetes Rinderfleisch, Alaun, Pottasche, Pistazienharz, Nüsse, Nußöl, Honig und schweren Wein. Sie warteten vergeblich auf Händler, die wichtige Waren an Bord hatten. Als Ibentina, Karidon und Holx-Amr Wasserkrüge an Bord schleppten, am letzten Abend, legte ein heruntergekommener Segler an. Scharfgesichtige, bärtige Männer trieben zwei Dutzend Kinder über den Steg, die meisten waren halb verhungert aussehende Knaben, vielleicht sieben, acht Jahre alt: Sklaven für die Bergwerke. Karidon erstarrte, setzte den Krug ab und blickte ihnen schweigend hinterher. In seiner Kehle würgte saure Übelkeit. Jede Einzelheit des Schiffes, das graue Segel und die Gestalten von Kapitän und Steuermann brannten sich in sein Gedächtnis ein.

Nach sieben Tagen guten Segelns und einer Sturmnacht schälten sich aus der Reihe ständig wechselnder Bilder von Stränden, Felsen, Wellen und Hängen der Turm und die Vorderseiten der Häuser von Arni heraus. Netji tippte auf Ibentinas Schulter. Der dünne Stoff klebte im glänzenden Zedernöl auf der Haut.

»Gleich wird Karidon erzählen, daß wir in seinen Lieblingshafen einlaufen. Es gibt Erinnerungen an heitere Tage unbeschwerter Gastfreundschaft.«

Er saß auf der Heckskiste und hielt die Pinne mit den nackten Zehen; seit Kap Thirr und dem Schwarm spielender Schweinsfische hockte und lag die Mannschaft auf den Planken, döste oder schlief. Die milden Schwestern eines kalten Messes schoben das Schiff durch die weite Bucht. Karidon lehnte schwer über der Pinne, gähnte und zwinkerte.

»Hab ich schon erzählt, Ibis-Herit, daß wir uns meinem Lieblingshafen nähern? Hier werden Schiffe aus dem Wasser gezogen; in seiner Jugend hat Netji der weiblichen Bevölkerung Rômetsitten beigebracht.«

Ibentina blickte ratlos zwischen den beiden unrasierten, gebräunten Gesichtern hin und her, sah einer kreischenden Möwe zu und packte Mlaissos Arm.

»Seit die beiden am Ruder stehen, trinken sie nur dieses Gebräu aus Hesqes Kessel.« Sie kräuselte die Nase. »Sie sind also nüchtern. Was wollen die beiden eigentlich sagen?«

»Daß wir schöne Tage vor uns haben, Ibis.« Mlaisso hatte Pi-Ika die Namen und Bedeutungen der Inseln und Buchten erklärt, die Zeichen der Strömung und die unverwechselbaren Gerüche. »Bei Fürst Pachos, der unser Eisen geschmolzen und geschmiedet hat. Du kannst nicht nach einer Fahrt alles wissen, was wir auf hundert Fahrten erlebt haben.«

»Wie wahr!« Ihre Finger fuhren durch Karidons nasses Haar. »Nach einem Dutzend Fahrten weiß ich mehr.«

Ptah murmelte fast unhörbar: »Hoffentlich nicht alles.«

In der Werft, in der Jehoumilqs Boot gebaut worden war, standen die Gerippe dreier großer Handelsschiffe unter den Dächern neuer Hallen. Neben der Straße waren Eichenstämme, Bohlen und Bretter gelagert. Karidon erfuhr, daß reiche Familien aus dem Hinterland die Schiffe bestellt hatten; an einem war Fürst Pachos zur Hälfte beteiligt.

Karidon kannte alle Geräusche des prächtigen Gutshofes und der ausgedehnten Weinberge und Ländereien, aber erst am Tor wußte er, was ihm bei diesem Besuch fehlte: Es rannten keine kläffenden Köter auf die Besucher zu. Er zuckte mit den Schultern und zog Ibentina-Asherit in den Garten. Ptah rief: »Fürst Pachos! Lieber Besuch aus dem Hapiland ist da!«

Als sie und der Troß der Träger samt den Eselmännern die Mitte des baumbestandenen Vierecks erreicht hatten, kamen Pachos und Malis, gefolgt von aufgeregten Dienerinnen, die Stufen herunter. Pachos breitete die Arme aus. »Der Bronzehändler und seine Mannschaft!« Seine Stimme dröhnte, er war in fürstliches Weiß gekleidet. »Ins Haus, in den Schatten ... Willkommen! Ich sehe, ihr habt die halbe Ladung mitgebracht.«

»So ist es – fast, mein Fürst.« Karidon umarmte Pachos, verbeugte sich vor Malis, stellte Ibentina und Pi-Ika vor und ließ sich in die Halle ziehen. In der Luft hing ein seltsamer, wohliger Geruch; wie heißes Beerenmus und erhitzter Wein. Pachos brüllte Befehle. Diener halfen, die Lasten abzuladen und ins Haus zu tragen. Karidon stellte den Kupferzylinder auf den Tisch:

»Es gibt viel zu erzählen, Fürst, aber zuerst: Jehoumilq, Gaitha, Keidon und Kalian – wie geht es ihnen?«

»Nicht zu vergessen Daraka und Doreare«, murmelte Netji; Karidon traf mit der Ledersandale sein Schienbein. Der Fürst winkte den Dienerinnen.

»Gaitha und Jossel haben mich immer wieder besucht. Sie sind glücklich miteinander. Jehoumilq war krank; jetzt ist er mager und ganz weißhaarig, aber gesund. Mein Bronzeschmied fühlt sich wieder jung: Kalian tut ihm wohl, und seine Arme sind glatt wie die eines Knäbleins. Plagt ihn Langeweile, kommt er über Land oder mit Jehous Boot zu mir und schmilzt, gießt und hämmert; jetzt ist er wohl in Kunusa oder Gnos und arbeitet für den Fürsten. Von Doreare und den anderen weiß ich nichts. Unbesorgt – deinem Ziehvater geht es gut, Kapitän. Ihr seid auf dem Weg zu ihm?«

»Und nach Gnos. Die andere Hälfte der Ladung ist für ihn. Brauchst du Zinn? Wir haben günstig einige Barren eingehandelt. Fünfundsechzig haben wir noch.«

»Wieviel bekommt dein königlicher Freund?«

»Alles, wenn du nichts brauchst.«

»Kannst du mir vierundzwanzig Barren geben?«

»Aber keinen mehr. Willst du hier alle Wälder abholzen für die Bronzeschmelzen?«

»Ich habe viel Kupfer preiswert bekommen. Und einen neuen Meister der Schmelze und Güsse. Nicht zu vergleichen mit dem alten Keiron. Aber ein guter, erfahrener Mann. Später, Kapitän: eine seltsame Geschichte. Schickt die Leute zurück, setzt euch, trinkt, streckt die Seebeine aus ... Zuerst mußt du mir sagen: Wer ist diese junge Schönheit, die dich anblickt wie einen Gott?«

Karidon nahm Ibentinas Hand, berührte die Finger mit den Lippen und sagte weich: »Ihren Namen kennt ihr: Ibentina-Asherit. Wir nennen sie Ibis-Herit. Heiliger Vogel im Hapiland und so weiter. Ein glückliches Schicksal hat's gefügt, daß wir übereinander stolperten, und nun ist sie die Fürstin meines Herzens.«

Malis und Pachos wechselten bedeutungsvolle Blicke, dann lachten sie; Ibentina legte die Hand auf Karidons Unterarm und sagte leise: »Er übertreibt nie, wie ihr wißt. Karidon, Horus meines Herzens, bleibt der Kapitän meiner Tage und Jahre.«

»Dieses Wort könnte von Merire stammen, dem Priesterlein.« Netji klatschte in die Hände. »Und welcher
Geruch, Fürst, kriecht um die prunkvollen Säulen und
berührt unsere Nasen so seltsam?«

»Dieser da.« Eine lächelnde Dienerin mit viel Flaum
über der Oberlippe hatte einen schlanken Krug und ein
Dutzend Tonschalen auf das Leinen des Tisches gestellt.
Pachos zog einen Holzkorken aus dem Hals. Der Geruch wurde durchdringend. Der Fürst goß vorsichtig in
jede Schale einen Finger hoch von einer wässrigen, rötlichen Flüssigkeit; der Geruch nahm betäubende Stärke
an. Pachos sagte, während er die Schalen verteilte:

»Die Reste der gekelterten Trauben, nach einigen
heißen Tagen, haben seltsam gerochen, man könnte sagen: gestunken. Eine Küchensklavin hat ein paar Handvoll im Kupferkessel erhitzt und zufällig die Tropfen
von der Innenseite des schweren tönernen Deckels ge-
leckt. Wir haben sie dann sturzbetrunken aus der
Herdasche gezogen. Dann hab ich's noch einmal pro-
biert, mit mehr Traubenresten, Tonschalen und Krügen;
etwas, das schneller trunken macht als jeder Wein, ist im
Dampf der Traubenmampfe. Versucht es!«

Sie hoben die Schalen an die Lippen. Die Flüssigkeit,
stärker als jeder Wein, biß auf der Zunge, rann die Kehlen hinunter wie flüssiges Feuer und füllte den Rachen
mit fruchtigem Geruch; Pachos lachte.

»Wenn man die Mampfe erwärmt, dampft sie; der
Dampf, wie Nebel, schlägt sich an kühlen Flächen nieder, und wir haben viel davon aufgefangen, weil wir ja
viel Wein keltern. Zuerst riecht das gelbe Zeug bitter
und gallig. Wir haben Brot darin eingeweicht und es an
Tiere verfüttert. Sie torkelten und sprangen wie Betrun-
kene; überaus seltsam und lächerlich. Einige sind veren-
det. Dann packte mich, wie Kairos mit eurem Sternen-

erz, der Ehrgeiz. Ich hab Früchte und Beeren im kalten Nebel des Traubendampfes eingelegt. Wenn man alles behutsam macht und kupferne Röhren im Wasser kühlt, wenn die Tropfen gesammelt werden und den Geschmack der Beeren oder Früchte annehmen – dann wird es so, wie ihr es gerade kostet.«

Holx-Amr leckte seinen Finger ab und knurrte: »Damit kann man auch Muscheln und Bewuchs von den Planken abätzen.«

»Oder jäh erblinden«, sagte Pachos und füllte die Schalen. »Eines ist sicher: Fünf solche Schälchen, und auch Mlaisso lallt tagelang halb ohne Besinnung.«

»Ich werd mich hüten!« Mlaisso drehte den funkelnden Cheperkäfer an seinem Nasenflügel. »Und du, Pi-Ika, rührst das Zeug nicht an.«

»Nein, ehrwürdiger Vater.«

Karidon steckte die Zungenspitze in die scharfe Flüssigkeit. »Und was haben Hunde damit zu tun?«

»Hunde sind oft wie Menschen«, sagte Pachos mit undurchdringlicher Miene. Seine Frau lächelte. »Besonders die kleinen, bissigen. Sie fraßen überaus gierig das Brot mit den ersten Absuden, wurden närrisch, schissen wild umher, bissen einander, und die meisten sind langwierig, aber elend krepiert. Daher: heute keine Hunde bei Fürst Pachos.«

Karidon schlug die Hände vors Gesicht und nahm sich zusammen; seine Schultern zuckten, er gab prustende und halbverschluckte Geräusche von sich; als er den Kopf hob, liefen Lachtränen über seine Wangen. Ibentina musterte ihn, als sähe sie ihn zum erstenmal. Ptah-Netjerimaat leerte das Schälchen und hielt es Pachos hin. »Bitte, Fürst, noch einen Schluck Hundewein.

7. Der kurze Sommer

Vierzehn Esel waren nötig, um sämtliche Waren aus Itch-Taui und Menefru-Mirê in drei Stunden über breite und schmale Pfade zum Palast von Gnos hinaufzuschaffen, das Ptah ‚Kunusa' nannte. Als sich das Tal weitete, setzte sich Karidon und betrachtete den Berg, der sich im Norden erhob: Seine Umrisse zeichneten das Gesicht eines bärtigen, liegenden Mannes vor dem tiefblauen Himmel. Diesmal bewachten nicht nur sechs Knechte, sondern auch Selkara, Larreto und Kadran das Schiff am Ende des Wellenbrecherdammes; fast undenkbar, daß Anatnetishs Arm bis hierher reichte.

Karidon und Ptah verhandelten kühl und ruhig mit einem Verwalter des Palastes. Für die wertvollen Waren vom Hapi erhielt Karidon Bronzebarren, die in drei Tagen von Lasteseln zum Hafen geschafft werden sollten. Die Listen wurden gesiegelt.

Der Palast wirkte wie ein protziges Kunstwerk, kaum bewohnt, lebensfern, aber wunderschön, an drei Seiten von alten Wäldern umstanden: eine hangwärts errichtete, dreistöckige Oase schierer Schönheit. Karidon versuchte, vom Pfad aus das Meer zu sehen: Er wußte, daß es sich hinter Stämmen und Unterholz verbarg, als blaue Linie vor dem Horizont – der Blick von Jehoumilqs Terrasse war unvergleichlich reicher und schöner.

Am frühen Abend stieß Karidon das Tor aus Holz, Kupfer und Bronze auf und rief:

»Jossel-Ju! Gaitha! Wir sind hier!«

Jehoumilq, von Gaitha gestützt, kam die Treppe herunter; sein Blick berührte Karidon, flackerte, heftete sich auf Ibentina, glitt über die Gesichter der anderen. Ibentina gab den Blick mit einem herausfordernden Lächeln zurück. Karidon umarmte den alten Kapitän und nahm Gaithas Hände. Jehoumilqs Umarmung, die Karidon früher fast erdrückt hatte, war herzlich, aber behutsam, fast scheu. Karidon schob Ibentina auf Jehoumilq zu und hielt ihre Schultern fest.

»Mein Ziehvater«, sagte Karidon leise. »Alles, was ich kenne und weiß, hat er mich gelehrt. Das Beste, das ich habe, Jehoumilq, ist Ibentina-Asherit. Leg deinen Arm um sie und denk, daß es deine Tochter ist.«

Jehoumilqs Gesicht war schmal geworden. Der schlohweiße Bart, stark ausrasiert, ließ tiefe Falten und Narben im sonnengebräunten Gesicht durchscheinen. Karidon betete, daß Anatnetishs Hand nicht bis hierher reichte. Jehoumilq blickte Ibentina an, als prüfe er Spanten und Planken eines Schiffes. Er nickte lächelnd und streckte den Arm aus; es schien, als ginge er in Gedanken über eine Niederlage hinweg.

»In meinem Alter werden Frauen und Töchter immer jünger, scheint's. Willkommen, Ibentina. Du sollst dich wohl fühlen bei uns, wie Karidon.«

»Ich danke dir, Vater Jehoumilq«, sagte Ibentina leise, »und dir, Herrin. Seit Tagen erzählt er nur von euch; endlich weiß ich, warum.«

Die Spannung löste sich, als Gaitha Ibentina lächelnd umarmte. Karidon zog Jehoumilq die Stufen hinauf. Mlaisso, Ptah und die Mannschaft folgten lärmend und lachend. Doreare und eine junge Sklavin brachten perlenden Traubensaft. Watsäcke und Gepäckstücke stapelten sich auf der Terrasse. Gaitha führte Ibentina und Ptah ins Haus, Pi-Ika sah sich neugierig um, und Doreare blickte forschend in Karidons Augen.

»Deine Frau, Kapitän? Nicht deine Tochter?«

»Jung wie eine Tochter, schön und klug wie eine Frau«, murmelte er und hob die Brauen. »Es hat sich überaus glücklich gefügt. Es sind nicht nur die Nächte, die uns gefallen.«

»Jossel hat sofort gemerkt, daß es dir ernst ist wie nie zuvor. Ich wünsch euch mehr Glück, als ich für mich erträumt habe; nun, gerade noch vor dem Winter unseres Lebens, hab ich's gefunden. Daß unsere schöne Freigelassene Tarben, für die wir Daraka gekauft haben, davongerannt ist, und der Kapitän, mit dem sie segelt, einiges Gold zu Jehoumilq brachte, weißt du?«

Karidon nickte und sagte leise: »Wir trafen sie in Gubla unter wenig fröhlichen Umständen. Sie hat nicht viel erzählt.«

Karidon und Ptah schleppten ihr Gepäck ins Nebenhaus, die Mannschaft ließ sich von Doreare bewirten und packte Geschenke aus. Mlaisso und sein Sohn begleiteten Jehoumilq in die Gewölbe, in denen Zinn- und Bronzebarren gestapelt waren. Der alte Kapitän hatte einen Teil des ihm anvertrauten Goldes für günstigen Umtausch verwendet. Als sich Gaitha neben Karidon setzte, sah dieser sie von der Seite an und sagte leise:

»Wie geht es Jossel wirklich, meine junge Mutter?«

»Er ist wieder gesund.« Sie seufzte und zuckte mit den Schultern. Ihre Hände lagen ineinander, als hielte sie etwas Kostbares verborgen. »Er ist schmal geworden; ich muß lauter sprechen, damit er mich versteht. Die Sonne tut ihm gut, und er segelt das Boot, als wäre er jung wie du. Aber der Weg zum Hafen wird ihm beschwerlicher.«

»Bald wird er siebzig sein, Gaitha.«

»Das Essen schmeckt ihm ebenso wie der Wein. Unsere Nächte sind zärtlich und leidenschaftlich, aber kürzer. Manchmal vermißt er das Rômetbier. Und euch vermißt er – zum Reden und Lachen. Besonders dich.«

»Wir vermissen ihn auch. Niemand, der *Cabul*! brüllt.«

»Und – für deine Zinnfahrt und über den rachsüchtigen Fürsten wird er dir einiges sagen können. Er hat sich überall umgehört.«

»Das müssen wir besprechen, Gaitha. Wo sind der Schmied und Kalian?«

»Irgendwo an einem Strand; sie segeln, schwimmen, trinken Wein und kommen vielleicht zurück, bevor ihr ablegt.«

Ptah entlohnte die Träger aus dem Hafen, fiel im Schatten in den lederbespannten Sessel und streckte ächzend die Beine.

»Unsereiner ist doch eher ein Meermann als ein Landmann. Ein beschwerlicher Pfad hier herauf!« Er beugte sich zu Gaitha hinüber. »Was hab ich gehört? Tarben ist davongerannt? Habt ihr Streit gehabt?«

»Keinen Streit. Sie ist auf ein Schiff«, sagte Gaitha ernst und stieß Karidon an. »Sie hat gesagt, sie will zum Hapi, nach Itch-Taui, und dort will sie nach Ptah-Netjerimaat suchen.«

Ptah hob die Arme und stöhnte auf. Karidon lachte laut. Ein Tonbecher zerschellte klirrend auf den Bodenplatten. Hinter Daraka kam Ibentina aus dem Haus, um nachzusehen, was es gab.

Karidon blieb drei Tage bei Jehoumilq, rechnete gewissenhaft mit Larreto ab und schrieb alles auf, was Jehoumilq über Zinnbarren und deren Herkunft hatte erfahren können; es ging über sein eigenes Wissen nicht weit hinaus. Die Mannschaft entschloß sich endgültig, die Fahrt zu den Zinnhäfen von Mnis aus zu beginnen: Der Hafen unterhalb von Jehoumilqs Haus war der am weitesten westlich liegende Ausgangspunkt, an dem die *Auge der Morgenröte* bewacht, ausgerüstet und instand gesetzt werden konnte. Jehoumilq kramte aus dem Gewölbe eine flache Spanschachtel hervor und öffnete sie auf dem Tisch der Terrasse; im Sonnenlicht breitete sich Gestank nach totem Fisch aus. Jehoumilq hob einen weißen Kiefer voller Zähne heraus, wie ein spitzer Schiffsbug geformt und unterarmlang.

»Für deinen zähnesammelnden Freund am Hapi.« Die Seefahrer starrten auf die dolchscharfen, mehrfachen Zahnreihen. »Von einem Fischer aus Mnis. Er sagt, daß es ein Menschenfresserfisch war.«

»Hat er ihn etwa selbst gefangen?« Ptah hob den Kiefer auf und wog ihn in den Händen. Karidon versuchte, die Größe des Fisches zu schätzen; wenn der Kopf zwei Ellen lang war, mochte das Untier fünfzehn oder zwanzig Ellen lang gewesen sein. »Mit den Zähnen hätte er das Boot durchgebissen.«

»Nein. Er hat den halbverfaulten Kadaver am Strand gefunden.« Jehoumilq legte den Kasten auf die verschnürten Traglasten. »Du machst vier Fahrten, Kari, ehe ihr bei mir wartet?«

»Vielleicht fünfmal auf Zinn- und Bronzekurs, Jossel«, sagte Karidon. »Wir laden, wenn es Chakaura nicht anders befiehlt, im ersten Flußhafen aus. Aber vielleicht bekommen wir unsere Waren nur in Menefru. Die letzte Fahrt geht zum Parenneferhaus; dort verläßt uns Pi-Ika.«

Die Eseltreiber kamen rechtzeitig und luden den Tieren Zinn und Bronze auf. Die Mannschaft nahm Abschied von Gaitha und Jehoumilq und folgte den schwerbepackten Tieren. Eine zweite Karawane kam aus dem Palast und brachte die Metalle, die Karidon für Stoffe, Truhen und Balsam eingetauscht hatte. Die *Morgenröte* legte ab, kam mit weichem Landwind bis zum westlichen Kap und brauchte, schwer von Metall, langweilige sechs Tage bis zur Hapimündung.

Am Ende der fünften Fahrt – Larreto hatte sie in Gubla, wie abgesprochen, nach einem langen, wüsten Fest in der Schenke verlassen – in der Mitte des Choyak, als nach der Überschwemmung der Hapi gut schiffbar war, legte die *Auge der Morgenröte*, in Itch-Taui fast völlig entladen, abseits des Tores der Ostmauer an. Fünfzehn Soldaten halfen, Ti-Senbi rannte aus dem Haus; Pi-Ika sprang mit einem wilden Satz über Bord in den Sand und schrie:

»Mutter! Was ist passiert? Du siehst ganz anders ... ich erkenn dich nicht wieder!«

Mlaisso packte Karidon und Netji hart an den Oberarmen und grunzte: »Ins Haus, Freunde! Gut so. Alles ist, wie es besprochen wurde. Es hat seine Vorteile, Bronzehändler des Chakaura zu sein.« Er folgte mit einem Sprung seinem Sohn.

»Ich verstehe nichts.« Karidon zuckte mit den Schultern. Ibentina blieb mit verschränkten Armen an der Bordwand stehen, blickte auf das Durcheinander und wartete, bis er neben ihr stand. Sklaven und Mannschaft wuchteten zahllose Mitbringsel an Deck und über die Planken. Sie flüsterte:

»Siehst du's nicht, Kapitän? Tenbi ist verändert ... bei Selkis, Göttin aller Skorpione! Sie sieht aus wie eine junge Frau!«

Ti-Senbi, die schöne Tänzerin aus dem Großen Haus, war in den Jahren und durch Schwangerschaften und

Geburt fülliger geworden, gesetzter; nun war sie schlank und schien um Jahrzehnte jünger. Sie bemerkte Ibentinas und Karidons Blicke, löste sich aus Mlaissos Umarmung und rief:

»Drei Monde Tanz im Palast. Ich bin leicht geworden wie ein übermütiger Gedanke. Kommt endlich herunter!«

»Nun wissen wir's.« Karidon verschränkte die Hände über dem Kopf und grüßte Neferrompe, der lachend das Wurfspeerbündel hob. »Jetzt werden wir Mlaisso niederschlagen und fesseln müssen, damit er mit uns fährt.«

Seine Fersen traten zusammengebackenen Sand los; zwei Streifen Sandkörner raschelten über den Hang der Düne. Klein wie von Kindern gebaut erstreckte sich das ummauerte Viereck des Gutshofes zwischen dem Hapi-Nebenarm mit dem winzigen Hafen und dem Fuß der nächsten, viel kleineren Düne. Ti-Djehutis Blicke glitten unendlich langsam über jede Handbreit der Felder, Gärten und Baumreihen, über die gewässerten Furchen zwischen einigen Dutzend unterschiedlicher Pflanzen; er zählte Schafe, Ziegen, Tauben im Taubenhaus, Hunde ... er ertappte sich, daß er dort, wo Cheteri-Schlangenjäger sich im Schilf verbargen, besonders lange suchte: Die Sauberkeit, die jede Stelle der Gärten und der Umgebung der Häuser ausstrahlte, sagte ihm, daß alle Schlangen und Nattern und alle ihre möglichen Verstecke gefunden worden waren. Die Krieger, die außen und innen entlang der Mauern tagsüber ebenso wie nachts mit Fackeln alle Bewohner bewachten, hatten sicherlich alle Schlangen erschlagen.

»Ich weiß, wie ich mit der Rache des Fürsten umgehen werde.«

Ti-Djehuti wußte auch, daß er für das Gold des Fürsten weiterhin töten würde; Schlangen und jene Nattern, deren Zähne voll tödlichem Gift waren und deren Abbild die Stirnen der Gottherrscher und Götter zierte, konnte er überall finden und dutzendweise in einem Ledersack herumtragen.

»Schnell, lautlos und unsichtbar«, flüsterte Ti-Djehuti und rutschte auf der Sonnenuntergangsseite der Düne hinunter. »Und der eine oder andere Freund des Bronzehändlers ist schon so gut wie tot.«

Langsam und beruhigt, in weitem Bogen, ging er zu seinem Versteck im Uferschilf zurück; der Wind würde schon morgen alle seine Fußspuren verweht haben.

Sieben Tage später, nachdem alle Briefe gelesen und beantwortet waren, kam endlich der Bote aus den königlichen Werkstätten, lieferte das Päckchen, in weißes Leder eingeschlagen, bei Karidon ab, trank viel Bier und ließ sich nach Itch-Taui zurückpaddeln. Karidon schlug die Enden des Leders, das dünn war wie keftischer Wollstoff, langsam auseinander, rückte das raschelnde Schmuckstück in den Bereich des hereingespiegelten Sonnenlichts und berührte mit der Spitze seines kleinsten eisernen Dolches jedes Glied, jede Scheibe, jeden Stein. Er war zufrieden. Er ging hinaus; unter dem Palmwedeldach legte Ibentina Tücher, Schurze und Schamtücher zusammen und machte, die Zunge zwischen den Lippen, dünne Striche auf einer Liste.

»Ich muß mit dir reden, Shenet Ibis-Herit; ganz allein«, sagte er, beide Hände auf dem Rücken. »Sieh hinüber zum Schiff. Bitte. Gleich erklär ich's dir.«

Sie hob die Schultern und drehte sich halb herum. Karidon legte den kreisförmigen Wesech um ihren Hals und schlang einen leicht zu lösenden Knoten über dem Knöchelchen ihres Nackens.

»Für dich, Liebste«, sagte er leise. »Nicht nur, weil du, Trost meiner Nächte und Tage, dadurch noch schöner wirst, sondern zudem ein wenig wertvoller.« Sie senkte den Kopf, legte die Finger auf den Halskragen und drehte sich langsam um. Ihre Blicke flackerten. »Eine solche Arbeit dauert lange. Du hast es in Auftrag gegeben, bevor wir hier ablegten?« Er nickte. Sie öffnete den Knoten und betrachtete den Schmuck, erkannte die Einzelheiten und legte den Wesech auf ein weißes Tuch, begutachtete die schwere Gold schmiedearbeit wie erstarrt. Karidon löste seinen Blick aus ihren glimmenden Augen und sagte heiser:

»Heilige weiße Ibisse, gewöhnliche schwarze Ibisse, viele Cheperkäfer und Udjataugen, ein Horus, Chakauras und mein Zeichen, ein Schiffsname und goldene Scheiben. Gehalten von vergoldeten Bronzegliedern. Weniger ein Schmuck, schweres Gold und Silber. Von jeder Scheibe kannst du ein halbes Jahr lang gut leben. Verlier den Wesech nicht, laß ihn dir nicht stehlen; wenn etwas geschieht, das ich nicht überlebe, geh mit dem Halsschmuck zu Jossel oder Fürst Pachos. Und vergiß jetzt gleich, was ich gesagt hab.«

Ibentina versenkte die Blicke in das verhalten funkelnde Gliederhalsband, hob den Kopf, sah Karidon an und erschauerte; ihre Augen füllten sich mit Tränen, ihre Haut wurde rauh wie ihre Stimme, als sie flüsterte:

»Liebster. Karidon. Grünauge – du hast alles gewußt, bevor wir wegfuhren. Kapitän meines Lebens; was hab ich getan, für soviel ... zuviel Liebe und Fürsorge? Es lähmt, ich muß weinen.« Sie blickte zu Boden. Karidon streichelte hilflos ihre zuckenden Schultern; die Närbchen schimmerten. Er kauerte sich neben sie auf die Bank. Ibentina stand auf und deutete mit beiden Händen zum Eingang.

»Geh zu deinen Shafadurollen, Kari. Laß mich allein
– ein paar Atemzüge lang. Ich muß versuchen, so zu
denken wie du. Ich weiß nicht, wie ich danken soll.«

»Du kennst die Namen und ihre Bedeutung: Der dritte Name ist Ibentina-Asherit. Es wird keinen vierten geben.«

Karidon zog sie zwischen Mauer und Sykomoren-
schößling hoch, wischte mit den Zeigefingern die Tränen aus ihren Augenwinkeln und ging ins Haus.

KAPITÄN KARIDON VON KEFTI AN MERIRE-HATCHETEF,
SOKAR-NACHTMIN UND NEFER-HERENPTAH: Bevor wir
fortsegeln, um die Zinnhäfen zu finden, sollen meine
Freunde wissen: Sorge bitte dafür, schreibender Priester,
daß der Sepatfürst Kiefer und Zähne des Mörderfisches
bekommt. Seid millionenfach gegrüßt, sendet Neuigkeiten über Fürst Anatnetish und meinen Feind im Per-Ao
und habt Geduld mit mir: Die Wahrheit wird sich zeigen. Im Palast ist einer, der den Nomaden Bronze gibt
und mich als Verräter schlechtmacht – versucht ihn zu
finden. Wünscht uns Glück und Gedeihlichkeit, guten
Wind und erträgliche Wellen. Vierundzwanzig Monde,
glauben wir, wird die Fahrt dauern. Die Briefe sendet zu
Kapitän Jehoumilq auf Kefti. Grüße an Chakaura; er
lebe ewig und ewiglich. Wir sind unterwegs, um Anna-
Metall zu finden, soviel wie Kupfer aus seinen Gruben.
Bewacht Ti-Senbi im Königslehen und lehrt Pi-Ika, was
er braucht. Er ist ein mutiger, fleißiger junger Mann,
der unsere Liebe verdient. Tausendfache Preisungen,
Lob und Grüße von Karidon, Kapitän der *Morgenröte*.
Mit zwei Fingern geschrieben am Tag elf des Choyak.

Der kalte Wind, der die *Morgenröte* nach Kefti jagte, wurde zum Regensturm, dem ersten Sturm des nahenden

Winters. Zwischen mächtigen Brechern, frierend, übernächtigt und durchnäßt, steuerten Holx-Amr und Karidon in die Bucht von Mnis, umrundeten endlich den Kopf des gischtumstäubten Wellenbrechers und zerrten das Schiff mit den Trossen an die Poller. Holx taumelte an Land, übergab sich ein letztesmal; er schrie, heiser wie eine Möwe: »Nie wieder geh ich auf die Planken, Karidon. Begrabt mich hinter der Schenke!« Er schien die Eichenbohlen küssen zu wollen und stapfte, vorgebeugt im prasselnden Regen, auf eines der wenigen Lichter zu. Die Prallsäcke verformten sich knarzend zwischen Bordwand und Baumstämmen. Karidon betrachtete im Licht der Fackel, die Ibentina hochhielt, seine aufgerissenen Handflächen. Im Hafen waren Sturm und Wellen weniger laut als drei Pfeilschüsse weiter draußen. Jeder verstand Karidons Stimme:

»Bleiben wir unter Deck? Kriechen wir zu Jehoumilq hinauf? Oder versuchen wir, beim Wirt zu schlafen?«

»Im vollgepißten Schiff? Beim Wirt! Ist dein Verstand über Bord? Nehmt trockene Sachen, dann hinter dem Kotzer her. Und zwar schnell.«

Mlaisso hockte im strömenden Regen neben dem Mast, an dem das Wasser herunterlief und Salz von den Planken wusch. Der Steuermann stierte aus roten Augen Karidon und Ibentina an und krächzte: »Laßt die Rah herunter. Geht zum Wirt. Einer soll mich in drei Stunden ablösen. Ich paß auf. Zuviel Wellengang hier in der Hafenecke. Los!«

Sie zogen drei zusätzliche Trossen, schleppten den Ankerstein ans Ende des Wellenbrechers und wanden ein Tau um die triefende Leinwand. Schnatternd vor Kälte und Erschöpfung, die Watsäcke auf dem Rücken, kämpften sie sich zur Schenke. Mlaisso ließ über sich den Lukendeckel herunterkrachen.

Der Himmel war strahlend blau, wolkenlos und kochend heiß an diesem Tag im Tybi; aus wütendem Dardan war triefende Ummuz geworden. Als Karidon am Morgen die Luke öffnete, um Netji zu wecken, der Mlaisso nachts abgelöst hatte, schlug ihm atemraubender Gestank entgegen.

»An Land, nasser Rômet!« rief er. »Heiße Bäder, saubere Laken warten. Hier, trink heißen Aufguß mit Honig, Netji.«

Ptah schob sich in die Höhe. Er sah unbeschreiblich aus, leerte schlürfend den Krug und gähnte. Karidon zog ihn auf die Planken.

»Noch drei oder vier solche Wellen – das wär's gewesen, gestern, Kapitän.« Ptah stierte nach unten. »Der Dreck muß aus dem Schiff.«

»Und vieles andere. Später.« Karidon wartete, bis Netji sein Wasser in den Hafen abgeschlagen hatte und kletterte auf die Bohlen des Kais. »Komm. Es gibt trockene Tücher und alles. Wir warten auf dich.«

Der Wirt hatte ein reiches Essen vorbereitet. Badesklaven kümmerten sich um Mlaisso und Ptah-Netjerimaat. Um Mittag entluden die Seefahrer die *Morgenröte* und stapelten alles neben der Hafenstraße; fast die ganze Bevölkerung von Mnis zog das Schiff den Sandhang hinauf neben Jehoumilqs umgedrehtes Boot, über knarrende Rollen, und stützten es oberhalb der Hochflutmarke mit Balken ab. Die Eselmänner zerrten die Tiere heran, beluden sie und trieben sie hinter Karidon und der Mannschaft über den Pfad und die Treppe hinauf zu Jehoumilqs Haus, am vorletzten Tag des fünften Rômet-Mondes.

Tage danach schleppten Keiron, Ptah und Karidon zwei Säcke Holzkohle, Bronzebänder und den Amboß zum

Schiff. Der Bronzeschmied ersetzte die wichtigsten Kupferbeschläge durch schmale und breite Bänder, Karidon zog Tauwerk durch bronzeverkleidete Öffnungen; viele Holzverbindungen wurden durch Bronzekrampen verstärkt. Statt etlicher Tauschlingen wurden bronzene Ösen und Ringe geschmiedet. Ptah-Netjerimaat hängte Seilbündel im Trocknen unter Deck auf, nachdem er jede Handbreit der Taue aus Flachs und geflochtenem Leder geprüft hatte, warf Ballaststeine in den Sand und öffnete Dutzende Knoten, die das Segel an den Rahen hielten; mit Keiron schleppte Karidon das Segel in den Schuppen und sprach mit dem Bootsbauer.

»Ihr seid keine Schmiede, und wenn etwas bricht, könnt ihr's nicht ersetzen. Nicht durch Bronze, und Kupfer ist zu weich«, sagte Keiron. »Ihr müßt Tauwerk nehmen.«

»Eher brechen Planken und Kiel als deine Bronzebänder.«

»Ihr könnt nicht sicher sein.« Keiron suchte seine Werkzeuge zusammen. »In zwei Jahren kann viel passieren. Verlaß dich drauf, Kapitän.«

»Damit rechne ich«, brummte Karidon. »Wir werden auf alles vorbereitet sein. Hoffentlich.«

Sie gingen, nachdem sie die Luken sorgfältig geschlossen hatten, durch raschelndes Laub hangaufwärts; der Wind aus Ost war schneidend kalt.

»Unzählige Dinge des täglichen Bordlebens können wir selbst ersetzen oder herstellen«, sagte Mlaisso. »Wir brauchen nur Holz, Sägen, Messer und Tauwerk oder Leder dazu. Wir können fischen und jagen. Aber das meiste Werkzeug müssen wir an Bord haben.«

»Aus diesem guten Grund«, sagte Jehoumilq, »hat Karidon alles aufgeschrieben. Es sind lange Listen geworden. Ich hab sie Wort für Wort durchgesehen.«

Im Norden, Osten und Süden von Kefti lagen in unterschiedlicher Entfernung Inseln und Länder. Sie waren binnen weniger Tage zu erreichen. Das Meer und alle Küsten jenseits des westlichen Kaps kannte außer den Kapitänen der Zinnschiffe niemand. Karidons Pläne sahen vor, daß für Ibentina und jeden der sieben Männer genügend lederne Sandalen, Schurze, Tücher, Gürtel, Kittel, Decken, Mäntel und Waffen – Bogen, volle Pfeilköcher, Wurfspeere, Äxte und Schilde –, Messer, Becher, Schalen und Krüge an Bord waren, dazu alles, was zur Reinigung und Pflege der Körper notwendig war: Binden und Balsam, Myrrhenwundöl und geraspelte Seifenwurzel. Ptah, Selkara und Ibentina zählten, stapelten und verpackten alles in Beutel aus geöltem Leder und in acht Watsäcke. Nur was er selbst begutachtet hatte, strich Karidon auf seinen Shafadurollen. Die Ausrüstung wurde in den Gewölben des Hauses zusammengestellt; umfangreiche Bewaffnung und Proviant, der nicht rasch verdarb – gesalzenes Butteröl, Käse, Nüsse, getrocknete Weinbeeren, Salzfisch, grüne und schwarze Oliven ohne Kerne, luftgetrocknete Schinken, Salz und Wein in versiegelten Krügen und anderes –, füllte die dunklen, kalten Räume im Fels des Hanges. In Truhen schichteten Kadran und Mlaisso kostbares Werkzeug aus Bronze oder Eisen. Seile und Taue wurden geflochten, Gaitha, Doreare, Ibentina und Kalian verstärkten jede Naht beider Segel, und für jedes wichtige Stück Holz gab es mindestens einen Ersatz, selbst für die Riemen. Eine Rômet-Reibmühle für Korn oder Schrot zählte ebenso zur Ausrüstung wie Bratspieße und kupferne Gitter, die man über die Glut stellen konnte.

»Eigentlich könnten wir ablegen«, sagte Hesqemari, der einen seiner kupfernen Kessel mit Salz, verdorbenem Wein und Sand putzte, bis er wie dünnes Gold schimmerte. »Wie lange, sagst du, können wir segeln, ohne ans Ufer gehen zu müssen?«

»Soviel Wasser, Bier oder, die Götter sollen schützen, Wein braucht einer von uns am Tag.« Karidon deutete auf einen großen Krug. »Wissen wir seit Jahren. Zusammen mit dem Vorrat in der Holzsäule ... knapp zwei Zehntage. Also einen Zehntag, denn die gleiche Menge brauchen wir für den Rückweg. Wenn wir die Ziegenschläuche füllen, verlängern wir die Zeit.«

»Und wenn wir keine Bucht, keinen Bach oder Fluß, keine Quelle finden?« Ptah hob die Schultern.

Jehoumilq knurrte: »Was die Regel ist – dann müßt ihr zur letzten Quelle zurück. An der ganzen Nordküste von Kefti kenne ich, als Beispiel, nur sechs Stellen.«

Planken, Balken, Leinwand und Erdpech, Kupferblech und Bronzenägel, Fackeln, kupferne Lampen, Bronzemesser und Schmuck zum Tauschen, minderes Öl für Lampen, gutes Öl zum Kochen ... die Striche auf den Listen nahmen zu, Tage und Nächte vergingen, während Regengüsse und wütende Gewitter über die Insel tobten. Auf den Bergen des Ida blieben dicke Schneeschichten liegen, trotz sengenden Sonnenscheins an einigen Tagen, an denen Kadran feine runde Kiesel für seine Schleuder sammelte. In den Nächten redeten Karidon und Ibentina darüber, ob sie in Jehoumilqs Haus bleiben oder mitsegeln sollte – sie entschied ebenso kühn wie hartnäckig mitzusegeln.

Jehoumilq rieb sein Gesicht in den Handflächen, versuchte, das Netzwerk der Falten um die Augen wegzumassieren, dann stützte er sich schwer auf die Tischplatte. Einige Atemzüge lang sah er Hesqemari zu, der ein großes Netz mit handgroßen Maschen flocht; ohne Knoten, wo sich die Seile kreuzten.

»In fünf, sechs Zehntagen ist es soweit«, brummte er. Er starrte in Karidons Augen. »Ich weiß nicht, warum – aber ich bin sicher, du findest die Häfen des Zinns, Krabbe. Ich vermag mir nicht vorzustellen, daß es ein zweites Schiff gibt, das so hervorragend ausgerüstet ist.«

»Du wirst auch keine Mannschaft finden, die besser vorbereitet ist.« Karidon strich die Shafadurolle glatt und stellte zwei Becher auf die linken Ecken. »Aber andere Kapitäne kennen die Zinnhäfen. Vielleicht ist ein Mann Anatnetishs unter ihnen. Hier. Seht es euch an. Das ist, was wir wissen.«

Ein Kreis berührte die Ränder der Karte, kleinere Kreise, Vierecke und Linien, über denen Namen standen, unterbrachen die rechte Hälfte der Fläche: Kefti, Alashia, die Häfen der Zedernberge, die Krümmung der Küste und unten die Mündungen des Hapi. Über Kefti und Alashia und nördlich Gublas waren Inseln und Küsten angedeutet. Karidon zeigte auf Uschu: »Hier enden die Karawanen der Eselmänner, die Zinn aus dem Osten bringen. Alashias und Keftis Häfen bekommen ein wenig Zinn von Händlern und den Bewohnern des Festlandes und den tausend Inseln, die ihre neue Heimat bei uns suchen und auf Alashia. Also brauchen wir nicht zu ihnen zu segeln. Sie würden mit vollen Zinnschiffen kommen, wenn sie's hätten.« Gaitha, Kalian, Doreare und die Mannschaft sahen zu, wie die Dolchspitze haarfeine Linien bis zum linken Innenrand des Kreises ritzte. »Kapitän Galbulk und die *Zwei Meere* kamen von dorther. Oder von hier oder hier.«

Er zeigte auf verschiedene Punkte südlich und nördlich der Waagrechten. »Irgendwo hier, eher mehr als zwei Zehntage weit entfernt, hat Galbulk sein Zinn geholt. Geschmolzene Barren, nicht Zinngestein oder zerschlagenes Erz.« Karidon hob den Kopf und sah in jedem einzelnen Gesicht Staunen, Unglauben und den Anflug der Angst. »Was jenseits von Kefti im Westen ist, kennen wir nicht. Viel Wasser, sicherlich ein paar Inseln, unzählige unbekannte Küsten, Flußmündungen, Riffe und Untiefen. Dorthin segeln wir.«

Ibentina-Asherits Finger glitt zweimal über die Linie des Kreises, rutschte über das Schreibblatt nach Westen hinaus; sie fragte flüsternd:

»Und was ist jenseits des Kreises, Kari?«

»Der Rand der Welt, heißt es, wo kein Schiff mehr segeln kann.« Karidon versuchte ein aufmunterndes Lächeln. Angst, Aberglauben, Furcht vor dem Unbekannten – weder Jehoumilq noch er waren frei davon. »Die Meeresfälle, über die Schiffe und Menschen ins Nachtreich stürzen.«

Das Boot paßte umgedreht und kieloben zwischen Ankerstein, Bug und Mast. Sie befestigten es auf ledernen Polstern mit gespannten Tauen, ebenso wie die zwanzig unterschiedlich langen Riemen mit Bronzebändern in der Mitte der Schäfte. Jeder, der zum Hafen von Mnis hinunterstieg, nahm einen Teil der Ausrüstung mit und stapelte ihn am zugewiesenen Platz. Im dritten Mond des Keftijahres wurde die *Morgenröte* vom Strand gezogen und machte wieder am Steg fest; das einzige Schiff um diese Zeit. Selkara und Hesqemari knoteten das Netz über die Ladung im vorderen Teil. So konnten, breitete man Decken und Mäntel über das Tauwerk, vier Leute darauf liegen. Ptah, Mlaisso und Karidon richteten den Mast auf, ohne die Haltetaue hart zu spannen.

Gelbe Farbfluten der Felslilien und der Bittermilchbüsche, gesprenkelt von rotem Mohn, bedeckten den Boden bis zum Meer hinunter, dort, wo er nur wenig Erde zwischen den Steinen und Felsen trug; später kam das glühende Rot des Mohns hinzu. Das Summen von Bienen und Hummeln erfüllte, zusammen mit durchdringendem Grillengezirp, die Tage. Hibiskus-Blüten dufteten betäubend in den Nächten. Ibentina, die auf dem Fellhocker saß, ließ die Bürste sinken und legte den Kopf schief. Ihr Haar bedeckte den halben Rücken.

»Hörst du? Die kleinen Eulen schreien. Im Garten hab ich schon fünf grüne Eidechsen gesehen.«

Karidon verschränkte die Hände im Nacken und brummte:

»Eulen und Eidechsen finden wir auch dort, wohin wir segeln, Liebste.« Er gähnte. »Mag sein, daß wir seltsame Menschen treffen mit schrecklichen Sitten und Tiere, die wir nicht einmal aus den Träumen kennen.«

Die Ölflämmchen ließen den Kupferspiegel flackern und zeichneten rote und gelbe Muster an die Wand. Ibentina träufelte zwei Tropfen Balsam auf die Stacheln der Bürste und zog sie durchs Haar. »Seltsam. Ich hab keine Furcht. Liegt es daran, daß ich nicht weiß, was vor uns liegt?«

»Daran liegt es wohl. Vierundzwanzig Monde lang, hoffentlich nicht länger.« Karidon blinzelte schläfrig. »Wir werden uns irgendwo vor den Winterstürmen verstecken müssen.«

»In einem fremden Land, Kari, bei Uferbewohnern, mit denen wir nicht sprechen können?«

»Ptah und ich haben lange darüber geredet«, sagte Karidon leise. »Wir werden vorsichtig sein und Geschenke bringen; mit Gesten und Zeichen im Sand läßt sich viel sagen; noch mehr mit Lächeln. Wenn sie uns angreifen, flüchten wir. Wir glauben, daß wir an den fremden Küsten ebenso Häfen, Dörfer oder Städte finden werden wie an jenen, die wir gut kennen. Wir wollen nach Westen, die Winde werden uns aber in alle Richtungen treiben.«

Ibentina band ihre Haarflut zusammen und schlang einen Knoten ins Lederschnürchen. Sie drückte einen Docht ins Öl und setzte sich zu Karidon.

»In alle Richtungen, Käpten. Auch wieder zurück nach Kefti oder zum Hapiland?«

»Sogar Jehoumilq ist davon überzeugt, Ibis-Herit.« Karidon zog sie an sich, sie streckte sich aus und zog das Laken hoch. Ein Windstoß blähte die Vorhänge. Ibentina legte den Kopf auf Karidons Brust, ihre Finger suchten seine Hand und hielten sie fest.

»Ach, Kapitän meines Herzens«, flüsterte sie und streichelte die Narbe auf seinem Oberschenkel. »Ich weiß, wo es mir besser gefällt: auf der *Morgenröte.*« Sie legte die Hand, leicht wie Vogelfedern, auf sein Geschlecht. »Aber bei dir, ganz nah, gefällt's mir am besten, weil ... bei dir berühren sich Wirklichkeit und Träume.«

Im grauen Licht des Morgens, als Vogelgeschrei von den Wänden und Terrassen der Häuser widerhallte, liebten sie sich leise und zärtlich; Ibentinas gehauchte Schreie mischten sich ins auffordernde Gurren der Tauben.

Am Morgen nach dem Frühlingsgewitter, einen Zehntag vor dem geplanten Ablegen, weckte Vogelgezwitscher Karidon; er knotete ein Tuch um die Hüften und tappte blinzelnd und gähnend auf die taubedeckten Platten. Eine Gestalt bewegte sich im Garten. Karidon ging zur Brüstung und sah, wie Ptah-Netjerimaat mit dem Rücken zu ihm auf den Steintisch drei halb handgroße Figuren stellte: Ptah, Nun und Shu, Götter der Gewässer und der Luft. Netji sah sich im Garten um und pflückte bedächtig einige Blüten. Einen purpurn blühenden Zweig der stacheligen Kletterpflanze, Hisbiskusblüten und Mohn. Karidon zog sich in den Schatten der tropfenden Olivenblätter zurück, als Netji sich in die Richtung der ersten Sonnenstrahlen verneigte, auf die Knie sank und murmelte.

Karidon verstand nicht alles, aber er kannte einige Zeilen der Anrufungen, die Ptah sprach: »... laß das Schiff nicht stranden, Steuermann der Götterbarke; gib, daß wir nicht umkommen, o Erhalter des Lebens. O Vernichter alles Bösen, mach, daß wir nicht zugrunde gehen oder am Rand der Welt zerschellen! Laß nicht zu, Schatten, daß wir verdorren – du bist wie Wasser, das den Durst löscht. Anbetung dir, Rê, beim Aufgehen!«

Ptah hob die Hände, schien in die Sonne zu blicken und kreuzte die Oberarme über der Brust. »Meine Stimme erklingt tagtäglich vor den Göttern; wenn ihr auf meine Worte hört, lebt ihr und geleitet uns zu sicherem Ufer. Wir tragen die Maat auf unserer Brust ...«

Karidon schloß lautlos die Tür und setzte sich neben Ibentina, die schlaftrunken nach ihm tastete. Er seufzte; Keftis Große Muttergöttin oder die Götter des Tamerilandes – zwei Jahre lang sollten sie gnädig und hilfreich auf das Schiff und die kleine Mannschaft blicken. Er zuckte mit den Schultern, beugte sich über Ibentina und küßte ihre warme Halsgrube. Ibentina atmete tief und legte murmelnd die Arme um ihn.

8. Die Pfade des Meeres

Karidon stützte die Ellbogen auf die Heckbordwand und suchte Straße, Zypressenhain und Hausfronten mit kühlen Blicken ab; selbst Jehoumilq war sicher, daß niemand in Mnis das wirkliche Ziel der *Morgenröte* kannte. Vier Tage lang hatte die Skirrh gewütet und riesige Brecher aufgetürmt; seit der letzten Nacht kam endlich mittelstarker Ajach von Sonnenaufgang. Ibentina und Karidon hatten während des Sturms das Schiff bewacht und ihren winzigen Unterschlupf im Heck eingerichtet und ausgepolstert. Karidon sah auf dem Pfad, der vom Palast und Jehoumilqs Haus herabführte, einige vertraute Gestalten; er legte die Hand auf Ibentinas Finger und sagte:

»Jossels und Gaithas Gastfreundschaft war großartig. Überströmend ist das bessere Wort. Traurig, Ibis?«

»Nein. Aufgeregt.« Ibentina trug über dem Hemd aus Rômetleinen den hellen, gegürteten Kittel aus Keftiwolle, der über die Knie und mit weiten Armteilen über die Ellbogen reichte. Der Zopf war durch zwei Goldringe gezwängt. »In ein paar Tagen und Nächten sehen wir Küsten, die sonst niemand kennt.«

Karidon lachte. »Die fremden Küstenbewohner kennen sie.«

»Aber uns kennen sie nicht.«

Zwei Dutzend pralle Wasserschläuche hingen neben den Durchlässen der Riemenschäfte an der Bordwand. Knarrend rutschte das Ende der Planke über die Bretter des Stegs. Die Sonne war unter einem rötlichen Himmel voll rauchfarbiger Streifenwolken ganz aus dem Meer gestiegen und strahlte in das halb durchscheinende Segel.

»Noch nicht.« Karidon zeigte auf die Ahornbäume und Kiefern am Dorfrand. »Sie kommen. Es wird ein tränenreicher Abschied sein für uns alle.«

Mlaisso und Jehoumilq winkten. Selkara und Hesqemari wuchteten die letzten Vorräte und ihre Ledersäcke aufs Deck. Ptah, Holx-Amr und Mlaisso zogen am Ende des Stegs den Ankerstein hoch und schleppten ihn bis zum Bug. Von der Schenke rannte Kadran zum Hafen; eine Frau im roten Umhang sah ihm nach und hob den Arm. Jehoumilq zog Gaitha über die Planke und stieg ins Heck. Er stützte sich grinsend auf die Pinnen und bewegte die Ruder.

»Die wagemutige Acht statt des tugendsamen Dutzends«, brummte er. »Ihr werdet euch noch besser vertragen; jeder hat viel mehr Platz.«

Keiron blieb am Mast stehen. Kalian reichte ihm ein Bronzeband, das ein vergoldetes Ankh-Zeichen trug. Der Schmied legte die Bandenden übereinander und schlug einen kurzen Bronzenagel ein. Er streckte Karidon und Ibentina die Hände entgegen.

»Ein letztes Geschenk. Soll euch schützen – kommt lebendig und gesund zurück, Kapitän!«

»Und voll mit *Cabul*-Zinn!« Jehoumilq spuckte übers Heck. »Segelt gut, ihr Acht! Findet die Zinnhäfen – nicht alle, denn etwas bleibt immer unbeendet.« Er umarmte Ibentina und Karidon. »Eure Söhne müssen auch noch etwas zu tun haben.«

Jehoumilq küßte Ibentina auf die Stirn. Doreare drängte sich hinter dem Mast an Ptah; Karidon lächelte dankbar und zufrieden in Jehoumilqs dunkle Augen. Die Lider waren rot, die Haut der Tränensäcke von braunen und gelben Äderchen durchzogen.

»Wenn ihr fest an uns denkt, Jossel Ju, kommen wir wohlbehalten und reich zurück«, sagte Karidon. Jehoumilq umklammerte Karidons Handgelenk. »Wenn wir ein Schiff treffen, geb ich ihm Nachricht für euch mit.«

Der Ankerstein dröhnte auf die Bugplanken und wurde festgezurrt. Jehoumilq winkte; auch ein Teil der Mannschaft versammelte sich auf dem Steg. Doreares Augen schwammen, sie starrte unverwandt in Ptahs Gesicht. Als Selkara endlich an Bord war, half er Karidon, die Planke einzuholen und zu befestigen. Keiron und Jehoumilq zogen die Trossen von den pechstinkenden Pollern und hielten die Tauschleifen unschlüssig einige Atemzüge lang in den Händen, ehe sie sie an Deck zogen.

»Lebt wohl«, rief Jehoumilq. »Bleibt gesund! Haltet euch von Felsen und Riffen fern!«

»Sammle alle Briefe, die aus dem Hapiland kommen, Jossel!« Karidon bewegte die Pinnen, vier Riemen tauchten ein, die Bronzereife der Schäfte knirschten in den ledernen Halteschlingen; Ptah und Holx zogen die Rah in die Höhe. Sonnenlicht verwandelte die Tropfen, die von den Riemenschaufeln hinunterfielen, in silbern auseinanderstrebende Ringe. Die *Auge der Morgenröte* schob sich aus dem Hafenbecken, umrundete den Wellenbrecher; ablandiger Wind füllte das Segel. Nachdem die winkenden Gestalten fast nicht mehr zu sehen waren, ließ sich Karidon von Holx ablösen und hockte sich auf die Treppe zum Heck.

»Geliebte Ibis-Herit«, sagte er laut, »liebe Freunde,

Herrscher des Sturms und der Schreckenswogen: Wir segeln ins westliche Meer. Wenn nach knapp zwei Tagen das Westkap nicht mehr zu sehen ist, sind wir allein. Was die *Zwei Meere* und Kapitän Galbulk können – wir können es besser.« Er machte eine Pause, lachte in die Gesichter, die sich ihm zugewandt hatten, und deutete zur offenen Luke. »Wir sind reich, werden Zinn finden, noch reicher werden, berühmt in jedem Hafen – weil wir keine unbedachten Meeresknaben sind, sondern erfahrene Seemänner, riechen wir Gefahren, bevor wir sie sehen. Weil Chakauras Gegner mit Bronzewaffen kämpfen, glaubt man im Palast an Verrat. Fürst Anatnetish, dem ich den Mord an Hekenua zutraue, sucht uns, um uns zu töten. Im Palast haben wir einen unbekannten Feind; nein, nicht Chakaura. Was bleibt uns zu tun? – Wir machen uns für unsere Gegner unsichtbar. Uns wünsch ich Glück, Geschicklichkeit und ein frohes Herz; hol den Schlauch, Hesqe, den mit den schwarzen Nähten, und acht Becher.«

»Ich fliege, Käpten.« Hesqemari kletterte in den Laderaum. Holx-Amr ließ die Steuerbordpinne los, berührte die Brust und rief: »Ich wünsche guten Wind, aber keinen Sturm. Seht, die Vögel! Ein gutes Omen, Karidon.«

Über den Buchten und dem Uferwald drehten fünf Lämmergeier ihre weiten Kreise. Karidon nickte, hob den Becher und ließ die Hälfte des Weins ins Heckwasser tropfen. »Für alle Götter des Wassers und der Wellen.«

Zwei Stunden später drehte milde Fafana aus Sonnenaufgang den Bug des Schiffes nach West. Immer wieder blickten die Seeleute nach Backbord, wo die Küste vorbeizog; keiner schien an Schiffbruch, Anatnetish, Meeresdämonen oder Rückkehr zu denken.

Kurz vor Sonnenaufgang, fünf Nächte später, rollte aus der Richtung des Angelsterns schwere, weit schwingende Dünung heran, trotz des guten Windes. An Steuerbord, weit voraus, tauchte eine dunkle Landmasse aus der Nacht auf, auch an Backbord verdeckte eine Insel die schwindenden Sterne am Voraushorizont. Durch die Geräusche der Bugwelle und des Schiffes, das weit nach den Seiten überlegte, ertönte in Abständen, gefahrversprechend scharf, das Zischen der Brandung. Sie war zuerst an Steuerbord zu sehen, und die Strömung schien die *Morgenröte* auf die Insel zuzusaugen oder östlich an ihr vorbei. Holx-Amr hustete, spuckte über Bord und sagte gepreßt:

»Gleich wird mir übel. An Steuerbord, Kari – ich glaub, es ist ein Küstengebirge. Oder eine sehr große Insel.«

Die Masse des Landes verschmolz im Norden mit der Finsternis über dem Meer. Ein Stern nach dem anderen verschwand, nur die schmale Mondsichel hing im Nordosten.

»Wir versuchen, zwischen Land und Insel hindurchzusteuern, Holx.« Kari sprang vom Heck und zog an den Steuerbordtauen der Rahen, lockerte die Backbordtaue; sie stemmten sich gegen die Pinnen, die in ihren Händen zitterten, und versuchten das Schiff weiter nach Steuerbord zu führen, dem Sog und dem Fallwind entgegen. Die hilflosen Bewegungen des Schiffes nahmen zu, aber der Bug wanderte langsam auf die Mitte der Durchfahrt zu.

»Erinnere dich an meine Zeichnung; vielleicht kommen wir gerade am Land im Norden vorbei.«

»In einer Stunde sehen wir, wo wir sind.«

»In einer Stunde.« Karidon lachte. »Wir sind in jedem Fall an einer Stelle, die wir nicht kennen.«

Die Brandung blieb gleichmäßig laut und zeichnete sich als schwacher weißer Streifen ab. Im Schutz des Landes hörte die Dünung auf, Insel und Land lenkten den Wind wie in einen Trichter; die *Morgenröte* wurde schneller und hob den Bug auf die Wellen. Jetzt, als sie auf unbekannten Pfaden des Großen Grünen segelten, schienen sich ihre Sinne ebenso geschärft zu haben wie ihre Empfindungen; Holx kleidete die Erkenntnis dieser Nacht in Worte.

»Jedes Morgenrot, jeder Sonnenaufgang ist anders, Käpten«, murmelte er. »Sich nach hinten.«

»Ich seh nach vorn«, sagte Karidon. »Und was seh ich? Eine Bucht an Steuerbord.«

Die Insel und das Land traten langsam aus der Dunkelheit hervor. Das Vorgebirge war von Gebüsch und Bäumen bewuchert, die Insel von einem Wald riesiger Kronen und dicker Stämme. Karidon lief in den Bug und hielt nach Riffen oder Untiefen Ausschau. Das Wasser war schwarz und färbte sich dunkelgrau, dann dunkelgrün; als die Sonnenstrahlen über die Wellen zuckten, sahen sie neben dem fingerartigen Ausläufer des Landes ein Inselchen, kamen am Nordkap der großen Insel vorbei und fuhren auf das Ende der Bucht zu; nach und nach traf das grelle Frühjahrslicht die Wellenspitzen, zeigte mehr Einzelheiten, der Himmel wurde graublau.

»Nachts haben wir keine Feuer gesehen«, sagte Karidon. »Und jetzt keinen Rauch. Und seit drei Tagen kein Schiff. Einsames Meer, Steuermann.«

»So haben wir es uns vorgestellt, Kapitän.«

Hesqemari half Ibentina an Deck; sie sahen sich schweigend um und fröstelten in der Morgenkühle. Was das Licht erkennen ließ, unterschied sich nicht von Küsten und Inseln, die sie kannten. Der Koch sagte brum-

mig: »Kräuteraufguß, Fladenbrot in Öl? Oliven? Enten-
bratenstücke in Fett, Käpten?«

»Genau das, Meister des Gaumens.«

Eine Bucht wie viele andere. Eine augenscheinlich
menschenleere Insel, ein flaches Felseiland, ruhiges
Meer und drehende Winde, allesamt von Sonnenaufgang, drei große Schwärme Fische, die aus den Wellen
sprangen und sich in silberne Blitzmuster auflösten –
nach dem Doppelkap am späten Morgen öffnete sich an
Steuerbord eine zweite Bucht, aber jenseits der Westseite
der Insel erstreckte sich leeres Meer. Karidon wartete,
bis Ptah sich flüchtig gewaschen und gegessen hatte,
dann holte er den Kupferzylinder und sagte:

»Der Kapitän schreibt, dann schläft er. Immer nach
Sonnenuntergang, unrasierter Rômet!«

Mlaisso schien bereits die ersten Tage des Abenteuers
zu genießen. An seinem Nasenflügel glänzte ein bizarr
geschliffener Karneol aus Kush in Bronzefassung. Er
reckte gähnend die Arme, leerte den Becher und sagte:
»Vergiß nicht, die Tage zu zählen, Kari. Ich lös dich
gleich ab, Horus der Nachtfahrt.«

»Schon gut«, brummte Holx und kratzte sich ausdauernd am Ende der Wirbelsäule. Ibentina lehnte sich
leicht über Karidons Schulter und sah schweigend zu,
was er schrieb.

Sechzehnmal wechselten Tage und Nächte: Wind aus
Sonnenaufgang, ein halber Tag Borr aus Nord, einen
Tag Windstille und ein Meer, das sich, so weit das Auge
sah, weder hob noch senkte, dessen Oberfläche wie
körniger Granit aus Suênet aussah. Plötzlich war das
Schiff von Hunderten Tümmlern oder Schweinsfischen
umgeben, die in kleinen Gruppen schwammen und
tauchten, auftauchten und durcheinanderwirbelten, sich

in der Luft überschlugen und klatschend eintauchten, neugierig die *Morgenröte* anschwammen und mit den Schnäbeln sacht gegen die Planken stießen; Mlaisso, der über die Strickleiter hinuntergeklettert war und, ein Seil unter den Schultern, sich erleichterte, wusch, treiben ließ und sich plötzlich inmitten der großen Fische befand, kletterte unsicher lachend an Bord und sah den spielenden Tieren verwundert zu; sie alle schienen vergnügt zu lächeln. Am frühen Abend bildeten sie einen mächtigen Keil, der nach Nordwesten davonschwamm, spritzend, schäumend und mit seltsamen, klickenden und schnatternden Lauten. Nachts kam eine zögerliche Ummuz auf, trieb das Schiff in nördliche Richtung und in ein grausiges Seegewitter hinein.

Ptah schnalzte mit den Fingern und schrie:

»Chibben! Herrliche Blitze, Kari. Was hat Merire geschrieben – wir sollen an Pesers Pfeile denken? Da sind sie.«

»Wenn es seine Pfeile sind, weiß er hoffentlich, daß er uns zu verschonen hat!«

Die *Morgenröte* stampfte auf einem schlängelnden Kurs nach Nord. Vom Bug krachten gischtende Wellen aufs Deck, schäumendes Wasser lief über die Planken; das Meer schien das Schiff zu prüfen; es war kein wirklich gefährlicher Sturm. Die Blitze, oftmals blendende Geflechte über und neben dem Schiff, schlugen ins Wasser. Der Donner machte die Seeleute taub und erschütterte ihre Körper ebenso wie den Rumpf der *Morgenröte*, der wie eine riesige Trommel widerhallte. Die Schwärze lichtete sich, das Gewitter raste nach Osten, ein doppelter Götterbogen in linden Farben spannte sich über das Meer. Wieder Windstille. Als die Sonne versank, rief Ibentina, die auf der oberen Doppelrah stand und sich am Mast festklammerte:

»Ich seh es im Licht des Sonnenuntergangs, Kari! Geradeaus ist Land!«

Karidon, Ptah und Mlaisso halfen ihr herunter und balancierten am Boot vorbei zum Bug. Ein Drittel des Himmels hatte die Farben junger Rosen angenommen. Über dem dunstigen Horizont zeichneten sich, langsam in Schwärze versinkend, die Umrisse einer großen Insel oder einer Landmasse ab. Mitunter furchte eine Bö aus Südost – keine Skirrh! – die glatte Wasserfläche.

»Was tun wir, Kapitän?« Mlaisso trank Wein und grinste. »Wasser ist noch genug da. Rudern?«

»Tanzt der Dämon des Weines in deinem Herzen, Nehesi?« Netji schüttelte den Kopf. »Freiwillig rudern? Nie und nimmer. Nur, wenn plötzlich Fafana ihren mütterlichen Atem ausstößt. Nur, wenn wir zurückgetrieben werden!«

»Ebenso denke ich«, sagte Karidon. »Warten wir ab, was nachts geschieht.«

Das Schiff lag ruhig wie im Hafen. Ibentina half Hesqe, eine fette Suppe zu kochen und, mit einigen Bechern Bier aus Itch-Taui, ein reichhaltiges Essen zu bereiten. Die Windstille hielt an; die Sterne erschienen, und der fette Mond begann seine Wanderung. Der Bug wies hierhin und dorthin, das Schiff drehte sich; das Segel hing schlaff herunter.

Das Land schien näherzukommen. Eine Strömung sog die *Morgenröte* nach Nord, plötzlich, etwa fünf Stunden vor Tagesanbruch, riß das Driften ab, von irgendwoher kam Wind, der nach Brand und erkaltetem Rauch schmeckte. Das Segel knallte und dröhnte, der Bug schwenkte nach Sonnenuntergang. Holx und Mlaisso sprangen ans Doppelruder. Karidon schrie aus der Lukenöffnung:

»Vielleicht irren wir uns. Aber bei Sonnenaufgang sind wir in Landnähe.«

»Im Leben sind auch die Irrtümer richtig«, rief Mlaisso. »Geh in den Bug, Käpten, und warne uns, wenn es nötig wird.«

Karidon starrte geradeaus, bis seine Augen schmerzten und tränten; Stunde um Stunde. Der Bug hob und senkte sich krachend. Die Bugwelle überschüttete Karidon mit gischtendem Wasser. Das Land wuchs an, zeigte sich größer und schwärzer. Als die Sonne aufging, lag vor ihnen eine Bucht, von einem Inselchen zweigeteilt. Karidon sah Kies, Sand und die hellgrüne Färbung des Wassers. Das Segel fiel. Sechs Männer ruderten zum Strand. Ibentina war sicher, zwei Bachmündungen gesehen zu haben. Die *Morgenröte* wurde gedreht; fünfzig Ellen vor dem Strand kippten sie den Ankerstein ins Wasser, und Selkara watete mit Taubündeln über der Schulter, die Landleine durchs Seichte zerrend, auf den wirr getürmten Wall des Treibgutes zu.

Ibentina hatte die Stelle »Bucht des süßen Wassers und der Grotten« genannt. Die Ziegenschläuche und fast alle Wasserkrüge waren leer, nur im hölzernen Vorratsbehälter gluckerte brackiges Wasser, das Selkara in Krüge und Schalen füllte und über die Decksplanken schüttete.

Karidon schwamm zum Inselchen und begann zu fluchen. Ohne es zu merken, hatten sie die Insel an der richtigen Seite passiert: eine sandige, aus Kies und Felsspitzen bestehende Untiefe verband sie auf der einen Seite mit dem Land. Das Schiff wäre vielleicht nicht gestrandet, aber die Felsen hätten die Kupferplatten des Kiels zerfetzt. Möwen stießen auf ihn herab, als er das Inselchen betrat. Über das Wasser hallten die Axtschläge Hesqemaris, und der Rauch des Feuers brodelte träge schräg in die Höhe. Karidon holte alle Kessel und zwei leere Krüge, die er, mit der Öffnung nach unten, als Schwimmhilfe benutzte.

»Ich suche eine Quelle.« Ptah warf Bogen und Köcher über die Schulter und schob das Kampfbeil in den Gürtel. »Finde ich keine, suchen wir mit dem Boot dort, wo Ibis die Bäche gesehen haben will.«

»Gesehen hat! Dort drüben.« Ibentina stemmte die Hände in die Hüften. »Ich bin nicht blind.«

»Man wird sehen, beim Horus«, rief Ptah und stapfte davon.

Nach der langen Fahrt schien es für wenige Atemzüge, als würde der feste Boden zittern und schwanken. Kessel, in denen Wasser summte, hingen über einem mächtigen Feuer. Proviant, Wein, Bier und Ledersäcke waren an Land gebracht worden; im Sand lagen Decken und Mäntel ausgebreitet. Bronzespiegel blitzten, Möwen schrien, Falken rüttelten im warmen Wind über der Bucht. Das Schiff lag ruhig im seichten Wasser. Karidon bohrte den Boden des letzten Wasserkruges in den Sand und ließ sich auf die Decke fallen.

»Hier halten wir es so lange aus, bis wir günstigen Wind haben«, sagte Holx-Amr. Karidon wünschte sich, mit den Augen der Möwen oder Fischadler Land und Küsten betrachten zu können. Hier, sagte er sich, gab es keine Zinnhäfen, denn Galbulk war auf anderem Kurs, viel weiter südlich, viel länger nach Westen gesegelt.

»Was ist günstiger Wind?« fragte er laut und sah sich um. »Wenn wir genau nach Süd segeln würden, träfen wir westlich von den Hapimündungen auf Land. Oder auch nicht«, sagte er etwas leiser. Mlaisso schabte schweigend seinen weißstacheligen Bart und zog die Schultern hoch. »Im Westen haben wir die Insel oder das Land, vom Norden wissen wir nichts. Welcher Wind also, Steuermann, ist günstiger Wind – für uns?«

»Finden wir's heraus«, sagte Holx, leerte den Becher, wischte Bierschaum aus den Mundwinkeln und ließ sich hintüber fallen. Selkara schnitzte an einem daumendicken Schilfröhrchen und bohrte mit der Messerspitze Löcher hinein.

Auch dieses Stück fremder Küste schien unbewohnt; selbst nach Stunden, in denen sie die Hügel erkletterten, einige Bogenschüsse weit ins Land eindrangen und sich umsahen, gab es keine Spuren von Menschen. Ptah fand eine Quelle, holte schweigend sämtliche leeren Ziegenschläuche und schleppte ein halbes Dutzend gefüllt zum Lagerplatz. Die Männer schabten ihre Bärte und wuschen sich in der Wanne aus Rohrgeflecht und Leder, wuschen Schurze, Kittel und Tücher und breiteten sie auf dem Kies zum Trocknen aus. Kadran massierte Holx-Amr mit Öl und schlug nach Stechmücken. Ibentina rasierte die Haare ihrer Schienbeine.

»Hesqe!« sagte Karidon nachdrücklich. »Wir verhungern. Wasch das Öl ab und sieh zu, daß es mehr gibt als Sud und Suppe.«

»Du bist ein schlimmerer Sklavenschinder als der alte Jossel, Kari«, knurrte Hesqe. »Rennt endlich ins Land hinein und schießt ein paar Gazellen.«

»Schwimm hinaus und erdrossle ein paar Fische, Koch!« rief Kadran. »Wie lange bleiben wir, Kapitän?«

»Bis es uns langweilig wird, Unbezopfter.«

Die Nachmittagssonne schlug, ohne daß sich ein Lüftchen regte, auf den Strand herunter wie mit Bronzehämmern. Träge Schläfrigkeit packte Ibentina und die Männer. Ptah raffte sich auf und holte beide Sonnensegel und acht Riemen vom Schiff; er warf sie ins Wasser und schob sie vor sich her zum Strand. Sie löffelten Hes-

qes fette, stark gewürzte Suppe, tranken süßes Schwarz-
bier aus dem Krug, in dessen Wachssiegel das Zeichen
des Brauers Cha-Ines aus Menefru geprägt war, sprachen langsam und spannten die Segel auf. In der zehnten Stunde schliefen sie alle, als habe man sie betäubt.

Ptah-Netjerimaat schob fünf Kloben salzverkrustetes
Treibholz, das Karidon zurechtgehackt hatte, in die
weißrote Glut und sagte nachdenklich, vielleicht ein wenig trunken:
    »In Ta-Seti hat mir der alte Priester gesagt, daß er, was
die Götter betrifft, nur wenige sichere Erkenntnisse habe. Eine davon ist, sagte er, daß unsere Götter Dumm-
heit und Leichtsinn als Strafe betrachten. Bis heute erfreuen wir uns der Gunst der Götter – keiner verbüßt die
Strafe. Bisher waren wir, von Wind und Wellen begün-
stigt, weder leichtsinnig noch dumm.«
    »Wenn wir dies auch künftig vermeiden, wird sich
Doreare freuen«, sagte Ibentina-Asherit leise. Karidon
und Ptah grinsten. »Leichtsinn kann vermieden werden.
Aber wenn uns ein dummer Sturm auf Klippen treibt –
was dann?«
    »Dann muß ich mir einen anderen dummen Spruch
ausdenken.« Ptah fuhr über sein kurzgeschorenes Haar,
sein Gesicht glänzte vom Zedernöl. »Mir fällt schon einer ein. Gese-Berit kannte viele Sinnsprüche.«
    Große Fischstücke, geölt und gewürzt, brutzelten auf
den Rosten, Mückenschwärme verbrannten in den
Flammen. Die Nacht atmete Ruhe und die Wärme des
fünften Mondes aus. Die Mannschaft war satt und
schon wieder müde. Gefüllte Schläuche und Wasserkrüge waren bereits an Bord, Kadran goß heißes Olivenöl
auf die Brotfladen und streute Salz darüber. Karidon
versuchte seine Gedanken zu sammeln und kauerte im

Sand auf der Decke; Ibentina lehnte an seinen Knien. Über ihnen strahlte und funkelte ein Sternenhimmel in selten gesehener Pracht; als die erste weiße Lichtspur am Mond vorbei über den Himmel jagte, dachte Karidon an das Sternenerz und war dankbar: Sie wären ohne das Baâ-Enepe-Metall nicht hier.

»Keine Ungeduld, Freunde«, murmelte er. »Zwei Monde von vierundzwanzig sind halbwegs vorbei. Wir haben eine mächtige Verbündete.«

»Unsere Träume, Kari?« flüsterte Ibentina.

»Auch unsere Träume. Ich meine: die Zeit. Gäbe es hier einen Zinnhafen, würden wir Schiffe sehen. Morgen – oder wenn wir faul bleiben, übermorgen – sehen wir uns weiter landeinwärts um.«

»Ich glaube, ich bleibe sehr faul«, sagte Mlaisso. »Gibt es noch Bier oder Wein, oder muß ich mir den nächsten Schluck schwimmend erkämpfen?«

Karidon, einst von Jehoumilq zur Gewissenhaftigkeit und Genauigkeit geprügelt, schrieb auf, was er beobachtete, was geschah, was gesehen und erkannt wurde. Ein Eichenbrettchen voller Ritzzeichen trug zwölf Reihen von je dreißig kleinen Löchern; an jedem Tag wanderte der Pflock ein Loch weiter, bis er nach dem zwölften Mond die fünf »Überstehenden« erreichen würde. Wie sollte sonst, sagte sich Karidon, ein Schiff nach ihnen die Zinnhäfen anfahren können, wenn nicht der Kapitän wußte, wie lange und in welche Richtung er segeln mußte? Er legte die Hand um Ibentinas Nacken und sagte: »Trink, aber besauf dich nicht, Mlaisso. Wer wacht heute nacht?«

»Ich.« Selkara hob den Arm. »Weil ich weiß, daß wir für jede gute Stunde mit fünf bösen bezahlen müssen.«

»Kluger Ruderer!« Ptah hob die Trinkschale. »Und zwar immer dann, wenn wir es nicht erwarten.«

Im Heck der *Morgenröte* brannte der Docht im schlanken Hals der Kupferlampe. Das Licht zog eine gelbliche Spur über die niedrigen Wellen bis zum Strand. Mit diesem Bild im Auge schlief Karidon ein, und spürte, bevor die Träume kamen, Ibentinas warmen Körper neben sich.

Einen Steinwurf vom Strand entfernt begann der Wald. Ein riesiger Berg, von weißem Gewölk wie von einem Kranz umhüllt, erhob sich im Norden. Zwei Bäche mündeten zwischen Kies und wuchtigen Steinen südlich der Bucht ins Meer. An einigen Stellen stürzten Felswände jäh ins Meer ab; in den schrundigen Flächen gähnten Eingänge von Grotten und Höhlen, einige waren von Meerwasser geflutet. Ptah, Mlaisso und Karidon drangen mit Fackeln ein und sahen, daß in zwei Höhlen die *Morgenröte* hätte ankern können. Angeschwemmte Baumstämme und Äste, verwesender Fisch und Geröll, das von den schwarzen, tropfenden Decken heruntergebrochen war, bedeckten an vielen Stellen den Boden. Von der Höhe der Felswand blickte Karidon nach Süden, wo sich die geschwungene Küste im Dunst verlor, nicht anders als in nördlicher Richtung. Im Nordosten, jenseits des Meeres, erhoben sich grau die Berge einer anderen Landmasse. Das Meer schien zwischen beiden Küsten einen Trichter zu bilden, eine spitze, tiefe Bucht – oder eine Durchfahrt.

»Du hast den schärferen Blick, Netji.« Karidon zeigte mit dem Dorn der Doppelaxt auf den Punkt zwischen den beiden Schatten am Horizont. »Bucht oder Durchfahrt?«

Weit unter ihnen, drei Pfeilschüsse jenseits des Schiffes, schwamm und sprang ein kleiner Schwarm Schweinsfische nach Norden. Ptah legte die Hand über die Augen und blickte lange auf die Stelle des Horizonts, wo sich beide schräg abfallenden Gebirge im nachmittäglichen Dunst trafen.

»Ich glaube, Kari, es ist eine Durchfahrt. Aber ich bin nicht sicher. Segeln wir hin und sehen nach, Käpten!«

Sie kletterten höher hinauf, hinüber zu Mlaisso, versuchten erfolglos, mehr zu erkennen und verfolgten den Weg der übermütigen Fische mit den Blicken, bis sie in den Wellen verschwanden; dann stiegen sie zu ihrem Lager ab und wateten zum Schiff. Karidon und Ptah tauchten und befühlten die Planken, aber sie konnten noch keine Wurmlöcher finden.

Als die *Morgenröte* die Stelle erreichte, an der Ptah vom Bug aus zwischen den Ufern die freie Durchfahrt erkennen konnte, packte die Strömung das Schiff und sog es nordwärts. Beunruhigende Linien und Felder kleiner Wellen, die aussahen, als wären sie gebrochen, erschienen an der Oberfläche, vergingen wieder und erschienen an anderer Stelle. Es gab kaum Wind; ein Hauch wehte aus Süd und brachte lastende Feuchtigkeit, trotz der frühen Stunde. Karidon und Holx standen an den Rudern. Ohne zu wissen warum, waren sie sicher, daß der bessere Kurs an Steuerbord war. An Backbord spielten Schweinsfische; plötzlich sprangen große Fische aus den Wellen, deren Kopf in einen armlangen Speer auslief, und trieben die Schweinsfische in die Flucht. Als die Mannschaft ihre Überraschung überwunden hatte, deutete Holx nach unten und sagte:

»Wir segeln noch über tiefes Wasser. Weiter voraus wird's seichter: Siehst du die Wellen und den Wirbel?«

»Glatt wie Öl. Gefährlich wie ein Riff«, sagte Karidon. Ibentina stand hinter den Steuermännern und starrte schweigend die Küsten an, die sich herandrängten und die Durchfahrt verengten. Das Wasser veränderte seine Färbung, wurde zu einer verwaschenen, öligen Fläche. Das Kielwasser war wie abgeschnitten; Schaum und Wellen trieben jäh nach Backbord. Ptah schrie: »Mehr nach Steuerbord!«

Klippen tauchten vor dem Land rechts und links auf. Kadran, Hesqemari und Selkara standen an der Bordwand und schwiegen. Zunehmende Furcht zeigte sich auf allen Gesichtern, als ein Ausläufer eines großen Wirbels am Schiff riß und rüttelte, das sich nun schneller bewegte, obwohl der feuchtheiße Wind nicht stärker geworden war. Das Land schien jeden Laut zurückzuwerfen, aber es gab nur das rauhe Rauschen der Wellen. Das Schiff schwankte; Karidon und Holx wechselten schweigend einen langen Blick und stemmten sich gegen die Pinnen.

»Nach Backbord!«

Eine strudelnde Spirale zeichnete sich im Gewimmel der Wellen ab, glatt und durchscheinend, ohne Schaum, wie grünes Öl. In der Mitte des Kreisels war das Wasser tiefer als an den Rändern. Eine unheimliche Kraft zerrte an der *Morgenröte*, ließ das Schiff schwanken und drehte den Bug zu den Felsen. Aus der Tiefe kam dumpfes Gurgeln, der Strudel blähte sich und gab das Schiff wieder frei; von den Hängen an Steuerbord fauchte kalter Wind herunter, schäumte die Wellen und schlug ins Segel. Das Schiff schien gegen ein Hindernis zu stoßen, schüttelte sich und glitt weiter, der riesige Wirbel schleuderte es vorwärts auf eine lange Sandbank zu. Entsetzt sahen Karidon und Holx auf dem trockenen Schlick seltsame Lebewesen oder Teile von Wassertieren. Kadran stöhnte, bückte sich und löste die Verschnürung der Riemen; als die Schäfte aufs Deck klapperten, zuckten alle zusammen. Noch immer befand sich die *Morgen-*

röte in der ziehenden und schiebenden Strömung, obwohl seitlicher Wind ins Segel schlug. Hinter dem Heck, vom Kielwasser geteilt, bildeten sich furchterregend viele kleine Wirbel und wölbten sich auf. Es war, als bewege sich unter ihnen ein Riesenwesen, das in unregelmäßigen Atemzügen Luft und Wasser ausstieß und einsog. Das Land war nur noch einige Pfeilschüsse weit entfernt; schreckensstarr blickten Ibentina und die Männer auf messerscharfe Klippen, an denen sich die Wellen brachen und Gischt schäumte.

Lautlos glitt das leere Land vorbei. Ptah schrie seine Beobachtungen, und die Steuermänner versuchten, das Schiff, das von den Wellen geschoben wurde und aus den Rudern lief, auf geradem Kurs zu halten. Sie konnten nichts anderes tun: Die Fahrt war ein übelkeitserregender Tanz über dem zwölf, sechzehn oder zwanzig Ellen tiefen Grund. Mlaisso und Ibentina starrten in das klare Wasser und sahen Fischschwärme, zwischen denen die Schlangenarme von Tintenfischen umherschnellten, stachelige Seesterne und langbeinige Tiere, die wie monströse Krebse umherstelzten. Karidon und Holx zwangen an der engsten Stelle der Durchfahrt die *Morgenröte* von den Klippen und Sandbänken fort, weiter nach Backbord, während drei Winde gegeneinander kämpften und mit dem Schiff spielten. Der feuchtschwüle Dardan hatte zugenommen, nach rechts wehte jetzt starker auflandiger Wind, von Backbord, wo sich die Küste in engem Bogen nach Osten krümmte, kamen ablandige Böen. Noch befand sich das Schiff in der Strömung und taumelte hin und her, bis die Enden der unteren Rah vom Wasser erreicht wurden.

Vielarmige Tintenfische zuckten sterbend auf den Sandbänken. Möwen saßen auf den Felsen und flogen auf, Fleischbrocken in den Schnäbeln. Die Wellen türmten sich höher, ihr Klatschen wurde lauter, das Schiff befand sich in der Mitte beider Ufer und richtete den schwankenden Bug nach Nordost. Zwischen den Ufern fuhr ein Rumpeln hin und her, als brächen Felsen zusammen.

»Schnell! Sofort! Nach Backbord!«

Karidon zog die Pinne nach hinten und sah nach der Sonne. Seit sechs Stunden kämpften sie sich durch die Schauerlichkeiten der Meerenge. Quallen trieben pulsierend durchs Wasser, fliegende Fische surrten hin und her und krachten gegen die Planken. Als sich die Ufer wieder langsam voneinander entfernten, deutete Ptah auf einen einzelnen Felsen, der in einer Linie mit dem abfallenden Felsgrat des Kaps an Backbord einsam aus dem Meer ragte: ein vielleicht hundertfünfzig Ellen hoher Steinturm voller Löcher und kleiner Höhlen, in dessen Spalten Büsche und kleine Bäume wuchsen. Wind gurgelte und heulte, lauter als die Wellen, durch die Öffnungen und erzeugte atembeklemmendes, alptraumhaftes Winseln und Klagen. Das Wasser färbte sich wieder dunkler, die Kraft der Strömung schien gebrochen zu sein, als das Schiff auf gleicher Höhe mit dem Fels war. Karidon steuerte schweißüberströmt und lächelte Ibentina zu. Seine Muskeln schmerzten. Knallend füllte sich das Segel mit achterlichem Wind, und ebenso schlagartig nahm die schwüle Hitze zu. Die *Morgenröte* wurde nach Nordost getrieben und kämpfte sich im hohen Wellengang in weitem Bogen um die letzten Klippen jenseits des heulenden Felsturms wieder nach Nord. Vor ihnen breitete sich das offene Meer aus, auch an Steuerbord glitt die Küste nach Osten zurück.

»Das ist der nasse Dardan«, schrie Ptah. »Wir kennen ihn. Bläst drei Tage lang! Suchen wir eine Bucht, Kari?«

»Ja. Irgendwo an Steuerbord, in drei, vier Stunden!«

Ibentina löste sich aus der Schreckensstarre. Zwischen den Wellen waren keine Wirbel mehr zu sehen, das Lärmen und Heulen wurde leiser und verklang endlich. Ibentina kletterte in die Luke und stellte einen Weinkrug auf die Planken, knüpfte einen Wassersack los, mischte Wein und teilte Becher aus. Feuchtigkeit fing sich im Segel und färbte das Holz.

»Ich hab mich zu Tode gefürchtet, Kari.« Ibentinas Finger zitterten. Karidon trank gierig drei Becher voll Wasser mit Weingeschmack, keuchte und sagte: »Wir sind fast vor Angst gestorben. Wirbel und Strömung ... Das hat noch keiner erlebt.«

»Und die vielen Klippen. *Cabul*!« sagte Holx. Er rief: »He, Mlaisso. Lös mich ab!«

Karidon wartete, bis Ptah die Pinne ergriff und setzte sich auf die Heckplanken. »Was war das, Freunde?«

Trotz des Windes kam die *Morgenröte* nur langsam voran. Karidon dachte lange nach und sagte sich, daß die Gezeiten auch hier galten; nun schob sich das Wasser wieder von Nord nach Süd durch die Meerenge. Er schüttelte sich. Wenn sich die Strömung vor zwei Stunden, mitten in der Durchfahrt, gegen sie gekehrt hätte, wären sie trotz heftigsten Ruderns verloren gewesen.

»Das war zuviel auf einmal, Kapitän«, sagte Mlaisso heiser. Ibentina schmiegte sich in Karidons Arm. Er fühlte ihren zitternden Körper. Ptah setzte den Becher ab und brummte: »Der Dardan hat uns gerettet. Die Strömung nahm uns mit. Es war wie unter den Hapischnellen: Wasser aus der Tiefe kam an die Oberfläche und strudelte. Sandbänke und Klippen sind uns ja nicht unbekannt.« Er starrte Karidon an. »Mlaisso hat nur noch leise geflucht, ununterbrochen.«

»Richtig. Hab ich.«

In genügend großem Abstand steuerten sie an der Küste entlang, die flacher wurde und in eine bewaldete Ebene überging. Der riesige Berg achtern schien nicht kleiner zu werden. Holx-Amr trank ungemischten Wein und zerrte den schweißnassen Kittel von den Schultern.

»Die Strudel kommen und verschwinden. Einer hat sich fast eine halbe Stunde lang gedreht. Wir waren immer an den Rändern der Strudel. Drehendes Wasser!«

Hinter ihnen zog Dunst auf. Der südliche Wind, mehr Ummuz als Dardan, ließ unter dem Gipfel des Riesenberges lange graue Wolken entstehen, die sich zum Meer absenkten und die Sicht verschlechterten.

»Wir sind wirklich in einem fremden Meer«, sagte Karidon. Hesqemari und Selkara setzten sich zu ihm. »Jeder hat gezittert, sich geängstigt. Holx und ich haben dazu wenig Zeit gehabt, weil wir die Ruder gedreht haben, als würden wir Brei rühren. Eine schreckliche Meeresenge.«

»Mir knurrt der Magen«, sagte Kadran. Der Horizont verschwamm im Nebel, nur die Steuerbordküste blieb deutlich zu sehen, sie öffnete sich und ließ eine Flußmündung erkennen. Karidon deutete auf die Sonne, deren rotes Licht sich mühsam durch den Nebel kämpfte.

»Wir steuern weiter, immer in gleicher Entfernung vom Ufer. Noch zwei Stunden. Dann sind wir weit weg von diesem Alptraum. Vielleicht gibt es da ein paar Bäche oder Flüsse.«

»Recht so, Kapitän«, sagte Ptah. »Und wenn Hesqes Finger nicht mehr zittern, macht er uns was zu essen?«

»Laß mich den Becher austrinken«, brummte der Koch. »Warme Suppe gibt's erst heut abend.«

Auch an diesem Tag sahen sie keine Spuren von Menschen, keine Feuer, keinen Rauch. Am Ende der Ebene ließ Karidon das Segel fallen; sie ruderten in eine dreieckige, dunkle Flußmündung hinein und warfen im

Kehrwasser, hinter dem Ende einer Kiesinsel, den Ankerstein. Während Hesqe Kräutersud kochte und das
Essen bereitete, blies Selkara auf den vier Röhrchen seiner Flöte; Karidon lauschte der besinnlichen Musik und
versuchte sich zu erklären, was ihnen in der Meerenge
wirklich widerfahren war. Der heiße, nebeltriefende
Wind rüttelte an den Baumwipfeln und peitschte Schilf
und Büsche; aus den Falten des Segels tropfte bräunli-
ches Brackwasser.

Zwei Dutzend von Userhets besten Bogenschützen –
Männer von mehr als fünfundzwanzig Sommern, die im
Süden, im Westen und am Fürstenwall gekämpft und gesiegt hatten – begleiteten Sokar-Nachtmin seit einem
Zehntag durch die glühende Einöde der östlichen Grenze. Hinter ihnen, ebenso versteckt wie sie selbst, trugen
die Grautiere der Eselmänner und das dritte Dutzend
Krieger den Vorrat an Wasser, Essen, Waffen und Holz
für die Lagerfeuer. Sokar-Nachtmin zog das Nemestuch
tiefer in die Stirn und streckte den Arm aus.
    »Dort. Seht genau zu!« flüsterte er. »Darauf haben wir
gewartet.«
    Sie lagen auf einer simsartigen Klippe und blickten in
ein flaches Tal hinunter. Tagesmärsche von jedem Pfad
entfernt, der nicht in den Tod durch Verdursten führte,
kamen zwei Gruppen aufeinander zu. Links – im Westen, also vom Rômetland – schleppten neun Männer jeweils zwei schwere Ledersäcke. Von rechts näherte sich
ein zweirädriger Wagen, den schwitzende Rennochsen
zogen, und sieben Männer; unverkennbar schwer bewaffnete Chaosu-Nomaden. Kurz bevor sich die Gruppen begegneten, zwang der Lenker die Tiere, den Wagen
herumzudrehen; die Rômet setzten die Lasten ab. Die
Männer sprachen miteinander, Metallbarren funkelten

und blitzten, und mehr als ein Dutzend schwere, fast kinderkopfgroße Lederbeutel wechselten die Besitzer. Sokar-Nachtmin sagte in einer Ruhe, die seine Krieger verblüffte: »Es ist nicht wichtig, daß die Chaosu sterben. Laßt sie, wenn nötig, flüchten. Wir fangen unsere Leute, und wir brauchen Goldbeutel und Nechoschet. Ihr Tüchtigen – los!«

Fast lautlos rannten die Bogenschützen rechts und links der Klippe ins Tal. Zehn Atemzüge lang blieben sie unbemerkt; erst als die Pfeile durch die heiße Luft heulten und in Körper, hölzerne Wagenwände und Sand einschlugen, ertönten Rufe, Flüche und Geschrei. Ein Geschoß, das den Wagenlenker in den Hals traf, fegte ihn vom Sitzbrett; Nachtmin schwang den Kampfkolben und hieb einen stämmigen Chaosu nieder, der ihn mit Dolchen in beiden Händen ansprang. Drei Chaosu rannten um ihr Leben.

Ein Rômet starb durch einen Pfeilschuß. Einem zweiten zertrümmerte ein Bogenschütze den Schädel. Zwei Chaosu überschlugen sich heulend, von Pfeilen getroffen, im Sand. Die Lederbeutel und die schweren Metalllasten fielen in den Sand. Nachtmin brüllte: »Tötet sie nicht! Sie müssen unsere Fragen beantworten!«

Die ausgesuchten Krieger brauchten nur wenig Zeit, um drei Chaosu und sieben Rômet niederzuschlagen, zu entwaffnen und zu fesseln; Gold und Nechoschet fielen klirrend in den Wagenkorb, zwei Verwundete wurden rücksichtslos auf die Bündel geworfen, die Ochsen trabten an, und die Krieger liefen im kräfteschonenden Trab hinter dem Wagen her. Nachtmin sicherte am Ende der seltsamen Karawane, bis sie die Eselmänner und den kleinen Troß erreichten.

»Zwischen den Türmen des Fürstenwalls sind wir sicher; dort schläft es sich behaglich.« Nachtmin streckte die Arme aus und zog zwei Unterführer an sich. »Wieder haben wir einen flachen Stein im Feuchten aufgehoben – seht, welche Skorpione, Nattern und Asseln wir ins grelle Licht entlassen haben.«

»Der Goldhorus wird uns mit Lob überschütten!«

»Zweifellos!« Nachtmin stieß mitten im Rennen ein schauerliches Gelächter aus. »Wartet nicht darauf. Chakaura läßt sich viel Zeit mit Strafen, Belohnungen und letzten Worten. Aber – später ist er um so gründlicher.« Er verlangsamte seinen Lauf, keuchte und hustete, dann kicherte er. »Und wie werden sich erst die Bronzehändler über die Erkenntnisse dieses Nachmittags freuen!«

Stunden später, weitaus langsamer, erreichten sie die Hütten um einen der runden Türme; mit malmender, unaufhaltsamer Gründlichkeit würden die Dinge ihren Lauf, die Erkenntnisse ihren gräßlichen Fortgang nehmen. An diesem Abend trank Sokar-Nachtmin viel ungemischten Wein mit seinen Kriegern.

Neun Tage und Nächte lang wehte der kochende Südwind; die Bäume troffen ebenso wie jeder Teil der *Morgenröte*. Regungslos lagen die Seefahrer an Deck; jede Bewegung rief Ströme von Schweiß hervor. Baden und Untertauchen im süßen Wasser halfen kaum. Der Glutwind laugte die Körper aus, zehrte an den Kräften, machte müde und reizbar, und jede Narbe, jede Verwundung juckte unerträglich und schmerzte. Die Sonne kämpfte sich nur um Mittag durch die tief treibenden Wolken, ihre Strahlen vermochten weder die Planken noch das Haar zu trocknen. Leder und Stoff begannen zu schimmeln. Karidon kannte diesen Wind, der von der westlichen Küste jenseits der Hapimündungen kam; um diese Zeit des Jahres hatte ihn keiner so lange erlebt, voll erstickenden Nebels und heißer Schwaden.

Am neunten Abend blieb Ptah-Netjerimaat ungewöhnlich lange im Wasser. Als er über die Strickleiter
heraufkam, stützte er sich schwer auf die triefende Bordwand und sagte: »Nichts ist so schlimm, als daß es nicht
etwas Gutes hätte.«

»Hast du unter dem Kiel Zinn gefunden?« Karidon
richtete sich auf, rieb die Augen und gähnte. Ptah schüttelte den Kopf. »Das Flußwasser hat die Meerespocken
und allen Bewuchs an den Planken umgebracht. Das
Erdpech ist glatt wie geölter Stoff.« Er tappte über die
Planken und griff nach einem Tuch. Karidon brummte:
»Wenigstens eine gute Nachricht. Die Fische haben
nicht mit dir gesprochen? Wann der Wind dreht?«

»Nein. Er dreht, wenn's die Götter wollen.«

Um Mitternacht wachte Karidon frierend auf, naßge-
schwitzt auf nassen Decken. Er starrte in einen prachtvollen Sternenhimmel. Zwei Fingerbreit über dem Meer
leuchtete der volle Mond und zog eine Silberspur über
die Wellen bis in die Flußmündung. Es war totenstill.

Am Morgen, im strahlenden Sonnenschein unter west-
wärts treibenden Wölkchen, warfen sie den Ankerstein
wieder am südlichen Ende der Bucht. Das Schiff drehte
sich in die schwache Strömung, und sämtliche Mäntel,
Decken und Tücher, die während des Sonnenunterganges
im Fluß gewaschen worden waren, flatterten an Tau-
en und über den Bordwänden. Aus dem Segel flogen
glitzernde Tropfen; das Tauwerk stank, die Planken änderten ihre Farbe. Im Heck brannte das Feuer in der
Kupferschale. Das Deck war übersät von nassen Ballen
und Truhen. Karidon und Ptah zogen die Bronzeklingen
über die Haut. Die Stimmung war so schnell umgeschlagen wie der Wind. Ajach wehte von den küstenfernen
Bergen, und das Meer war ruhig.

9. Nach Westen und Norden

Einige Stunden nach Sonnenuntergang tauchte aus der Finsternis weit vor dem Bug eine seltsame Erscheinung aus dem Meer. Niedrige Wellen und hohe Dünung brachen sich leise donnernd und zischend an einem gewaltigen Kegel. Aus der Spitze loderte weißes und rotes Feuer, eine breite Zunge roter Glut wälzte sich über ein Drittel des Berghanges den weißen Schaumstreifen entgegen. Karidon übergab Mlaisso die Pinne und tastete sich zum Bug. Schweigend blickten Ibentina und der Rest der Mannschaft auf das nächtliche Wunder. Mlaisso hielt das Schiff auf einem Kurs, der südlich des einsamen Inselberges vorbeiführte.

»Ein Berg, der Flammen und Feuer spuckt«, sagte Ptah erschüttert. »Vielleicht gibt es im zweiten Meer keine Dämonen. Aber es ist voll gefährlicher Wunder, Kapitän.«

»*Cabul*!« brummte Karidon und schüttelte sich. »Was soll ich sagen? Mir fehlen die Worte. Ich weiß nicht, was das ist.«

Am Fuß des Feuerberges, der allen Winden und der Dünung ausgesetzt war, hämmerten riesige Brandungswellen weiße Gischtfontänen auf. Die *Morgenröte* näherte sich langsam, das Getöse wurde unerträglich laut. Aus den Flammen lösten sich riesige Funken, beschrieben

239

glühende Bogen zwischen Rauch und Dampf und fielen in den Feuerschlund zurück. Hundert Atemzüge lang riß der Funkenregen ab, dann hallte wieder Zischen und Fauchen übers Meer. Es begann durchdringend nach Schwefel und Fäulnis zu stinken.

Ibentina hielt sich schweigend an Karidons Schulter fest; in ihren Augen spiegelte sich das flackernde Glutrot. Bei jedem Donnerschlag zuckte sie zusammen, obwohl das Schiff in scheinbar sicherer Entfernung segelte. Die Glutbahn auf der westlichen Seite des Berges verschwand, als das Schiff in weitem Bogen südlich des Feuerberges vorbeisteuerte.

»Ein riesenhafter Leuchtturm, Karidon«, sagte Kadran. »Wer kann ein solches Feuer schüren?«

Die Öffnung, aus der Flammen und ätzender Rauch schlugen, erinnerte Karidon an den Schmelzofen Keirons. Als sie an der Südseite vorbeigesegelt waren, konnten sie erkennen, daß große Geröllbrocken und solche, die wie glühende Holzkohle aussahen, über den Hang rollten und im Meer versanken. Wo sie ins Wasser schlugen, wallte weißer Dampf auf; das Zischen ging in dem lärmenden Rumpeln und Krachen unter.

»Mehr als zweitausend Ellen hoch!« Hesqes Stimme, flach vor Entsetzen, war kaum zu verstehen. »Oder brennt dort der Wald?«

»Ich kann hier keine Bäume erkennen«, sagte Ptah. »Das Feuer kommt aus dem Bauch des Berges.«

Die *Morgenröte* segelte an der Südwestflanke des Flammenberges vorbei. Das Durcheinander erschreckender Geräusche wurde wieder lauter, die dreieckige Fläche aus Wald und Buschwerk war längst hinter der Rundung des stumpfen Kegels verschwunden. Nur die stechenden Gerüche, vom Wind mitgeschleppt, blieben. Selkara ging zur Steuerbordseite und lehnte sich an die

Bordwand: Wieder erschien der langsame Erdrutsch aus glühenden Brocken, wieder nahm das Getöse zu.

»Wir erschrecken.« Karidon streichelte Ibentinas Rücken. »Wir fürchten uns. Aber der Feuerberg tut uns nichts.«

»Aber er stinkt grausig!« brummte Holx. »Die Götter sind mit uns. Sie zeigen uns nur ihre gefahrvollen Wunder. Bis jetzt, jedenfalls.«

Der Feuerberg schob sich an Steuerbord vorbei, lag schließlich hinter dem Heck; in unregelmäßigen Abständen loderten wilde Feuerzungen zum Himmel. Am Morgen erkannten sie wieder die Spitze jenes riesenhaften Berges, den sie zuerst vor dem Kurs durch die Meerenge und danach an klaren Tagen gesehen hatten; in weiten Abständen entdeckten sie vier Inseln, die in einer Reihe nach Westen lagen, und als sich an Backbord Land zeigte, packte kräftiger Südwind, trockene Ummuz, das Schiff und trieb die *Morgenröte* einige einsame, sonnige Tage lang nach Norden, über leeres Meer, und in den Nächten, im fahlen Licht des zunehmenden Mondes, dem Jechamusek-Angelstern entgegen.

Karidon zog die Griffe der Riemen an die Brust, wartete ab, bis der Schwung des kleinen Bootes nachgelassen hatte und drehte sich halb herum. Netji kniete im Bug, vor dem Haufen leerer Ziegenschläuche und Krüge, spähte ins Innere der Bucht und hielt den Pfeil auf der Bogensehne fest.

»Menschenleer«, rief er unterdrückt. »Wenn nicht die Felsen wären, müßte ich sagen: wie im Schilfsumpf der Hapimündung.«

»Einundsiebzig Tage, mindestens, vom Hapi entfernt, Netji.« Karidon ruderte weiter. Beide Ufer des winzigen Flüßchens, das zwischen steilen, waldbedeckten Klippen ins Meer mündete, waren morastig, voll stinkendem Schilf und lärmender Frösche, Libellen, Bienen und kleiner Vögel. Nur langsam verlor das Wasser seine schwarze Farbe. Hob Karidon den Kopf, sah er die *Morgenröte*; sie lag am Ankerstein, genau an der Stelle, wo das dunkle Wasser im Meer verwirbelte. »Und im sechsten Mond. Sieben Männer um die vierzig Jahre, und eine achtzehnjährige Frau. Und noch immer am Leben.«

»Wir waren vorsichtig.« Stechmücken sirrten um ihre Körper. »Daß es uns gut geht, ist kein Wunder.«

»Und nur die Götter wissen, wo wir sind.«

»Im Norden einer riesigen Insel, so groß wie Keftiu. Zumindest ebenso lang.«

Karidon ruderte langsam gegen die schwache Strömung. Mückenschwärme tanzten in schrägen Sonnenstrahlen. Zwei Steinwürfe weiter wichen die Felsen zurück. Ein zerklüftetes Tal öffnete sich, voller riesiger Steine, die unfertigen Traumgestalten ähnelten betäubend siechendem Buschwerk und Bäumen, zwischen denen das Flüßchen verschwand. Ein Ziegenrudel sprang davon, als das Boot zwischen große Kiesel knirschte und Ptah ins knietiefe Wasser sprang. Er schöpfte Wasser mit der hohlen Hand und trank. »Gutes Wasser, Kari.«

»Dort oben füllen wir die Schläuche.« Karidon hob die Schläuche an Land. »Hier waschen wir uns.«

Ptah legte Bogen und Köcher ab, Karidon nahm die Doppelaxt von der Schulter. Sie wuschen die Schläuche gründlich mit grobem, weißem Sand, füllten und verschlossen sie; ebenso gewissenhaft verfuhren sie mit den Krügen. Das Wasser war kalt und schien zu perlen. Als das Boot beladen war, folgten Karidon und Ptah einem Wildpfad, der unter Eichen und wuchtigen Zypressen und Pinien aufwärts führte, sahen die Spuren gazellenähnlicher Tiere und blieben am Rand einer kreisrunden Sandfläche stehen; sie blickten auf ihr Boot und bis zu den Felsen des Mündungseinschnittes. Vier hausgroße Felsen, gerundet wie Köpfe, auf andere Granitbrocken getürmt, waren innen ausgehöhlt und bildeten halbe Gewölbe und weite Dächer. Ptah deutete auf den am weitesten rechts aufragenden Felsen. Dort waren im Boden halb mannsgroße Steine zu sehen, die eine halbrunde Mauer bildeten und an den Rändern in die natürliche Höhlung übergingen.

»Ein guter Platz für eine Burg«, sagte Karidon. Im Sand waren weitere Spuren: Steinsplitter, Holzstücke, einige kalte Aschekreise und trichterartige Vertiefungen, aber keine Fußabdrücke. Vor einem schmalen, hüfthohen Durchgang zwischen den unregelmäßigen Quadern blieb Ptah stehen und blickte ins Innere. Es war leer, nur Steinsplitter, Knochen und jene Teilchen lagen darin, die vom Inneren des Steins abgesplittert waren und wie dünne Krugscherben aussahen.

»Eine Burg, an der seit langer Zeit niemand weiterbaut.« Ptah kletterte eine natürliche Steintreppe aufwärts, die zwischen den Felsen und stacheligem Gestrüpp begann. Nach einer Weile pfiff er; Karidon folgte ohne Eile und blieb schwitzend und schwer atmend neben Ptah auf einer Steinplatte stehen, ungefähr hundert Ellen hoch über den vier Felsen. Sie sahen die winzige *Morgenröte* und die auslaufende Dünung. An Deck bewegten sich Mlaisso und Ibentina. »Niemand ist zu sehen, Karidon. Ich glaube nicht, daß wir Erfolg haben, wenn wir jemanden suchen, mit dem wir Handel treiben können.«

»Unsere Vorräte reichen noch lange. Zurück?«

Ptah nickte. Auf halbem Weg blieb er stehen, zog langsam einen Pfeil aus dem Köcher und spannte den

Bogen. Karidon versuchte das Ziel zu erkennen, aber er sah erst, als der Pfeil traf, das kleine Rotwildrudel unter den Eichen. Ein Tier fiel nach zwei Sprüngen, ein anderes rutschte bei der Flucht von einem Felsen, überschlug sich und blieb mit klapperndem Gehörn zwanzig Ellen neben dem Boot liegen. Ptah grinste und sagte:

»Manchmal geht's auch ohne Handel. Hesqe wird fluchen – er hat die meiste Arbeit.«

Sie erlösten das zuckende Tier mit den gebrochenen Läufen von seinen Schmerzen, schleppten die Beute zum Ufer und weideten die Tiere aus. Karidon trennte die untersten Stücke der Läufe mit einigen Axthieben ab und wuchtete die Tierkörper ins Boot. Sie zerrten und schoben es in tieferes Wasser und ruderten, von Tausenden buntschillernder Fliegen verfolgt, zum Schiff.

Fünf Stunden danach fanden sie einen geschützten Strand, gingen an Land und zerhackten Treibholz. Ibentina entdeckte eine Quelle, deren milchiges Wasser salzig und würzig zugleich schmeckte; tatsächlich stiegen in den Bechern winzige Luftbläschen auf und zerplatzten. Das Fleisch der Beutetiere, gesalzen, gewürzt und mit Speckstreifen durchzogen, schmorte auf Rosten über der Glut. Karidon lag im Sand und ließ sich von Ibentina massieren; sie alle waren tiefgebräunt, jedes Deben Fett, das sie im Winter bei Jehoumilq angesetzt hatten, war verschwunden. Mlaisso kauerte vor dem Watsack, auf dem ein Spiegel lag, und schabte mit der Bronzeklinge den Haarflaum aus dem Nacken.

»Wir haben viel gesehen und erlebt, Kari«, sagte Ibentina und ließ sich auf die Hacken zurücksinken. Sie wischte die öligen Hände an ihren Schenkeln ab. »Aber noch keinen Zinnhafen gesehen oder angelaufen.«

»Nicht einmal von fern.« Karidon setzte sich auf.

»Wir sind noch nicht weit genug im Westen. Aber weit im Norden.«

»Höchstens vier Monde haben wir Zeit«, rief Ptah.

»Wir warten noch immer auf guten Ostwind.«

»Auch der Ajach wird wieder blasen«, sagte Holx-Amr und drehte mit einer Bronzegabel die Fleischbrocken herum. »So sicher, wie wir wieder Stürme erleben werden.«

Jeder Abschnitt der Küsten, an denen sie so nahe wie möglich entlanggesegelt waren, war von acht Augenpaaren beobachtet worden. Würde irgendwo Zinnerz geschmolzen, hätten sie Feuer in der Nacht und Rauch an den Tagen sehen müssen; mehr als ein paar Fischersiedlungen hatten Karidon und Ptah nicht entdecken können. Das letzte Segel hatten sie, viel zu weit entfernt, weit jenseits des Feuerberges gesehen.

Die *Morgenröte* segelte weiter nach Norden, an kleinen, felsenstarrenden Buchten vorbei, zwischen bewaldeten Inseln hindurch, bis an den Rand einer Meeresenge, ungefähr fünfunddreißig Chen-Nub breit. Beide Küsten, die der langgezogenen Insel und die des neuen Landes, waren klar und deutlich zu sehen. Nirgendwo entdeckte die Mannschaft Zeichen oder Spuren, die ihnen den Weg zu den Häfen des Zinns gewiesen oder erleichtert hätten.

In der Mitte der Durchfahrt wuchs die Höhe der Dünung beängstigend an, die Strömung kam dem Schiff entgegen, und hoch am Himmel zeichneten sich lange, federartige Wolkenschleier ab. Noch kam eine kräftige Skirr – oder wie immer hier der Wind aus Südost heißen mochte – und trieb die *Morgenröte* vorwärts, dem nördlich gelegenen Land zu. Der Bug hob sich, kippte nach vorn, das Schiff jagte den langen Hang der Dünungswoge hinunter, und während Karidon sich ins Ruder stemmte, wechselte Holx-Amrs Gesicht die Farbe. Weit voraus, jenseits schrundiger, senkrechter Felsen, änderte sich das Aussehen der Wellen. Eine hoch aufragende Wand aus weißem Gestein, in waagrechte und schräge Rillen und Simse aufgeteilt, schien unendlich langsam näherzukommen. Wellen und Dünung kreuzten sich und trafen das Schiff mit harten Schlägen; vom Bug schossen weiße Gischtsäulen in die Höhe.

»Kadran! Selkara! Schließt die vordere Luke!« brüllte Karidon. Er versuchte in der Felswand, an deren langem Fuß die Brandung höher und wuchtiger anprallte, eine geschützte Bucht zu erkennen, aber er sah nur schwarze Höhlungen. Das Schiff verschwand in der dunkelgrünen Tiefe der Dünung, wurde weit in die Höhe gehoben und segelte ungewöhnlich schnell, trotz der schlingernden und bockenden Bewegungen. Die Sicht im grellen weißen Sonnenlicht war ebenso ungewöhnlich gut; aus der Ferne tauchten an Backbord die Zackenlinien unbekannter Berge aus dem aufgewühlten Meer. Im Segel und dem Tauwerk heulte und wimmerte der Wind, der das Schiff entlang der weißen Klippenwand jagte. Karidon biß die Zähne aufeinander, lachte plötzlich zu Holx hinüber und sah den Ruderern zu, wie sie die Luke verschlossen. Ibentina klammerte sich ans Tau zwischen Mast und Heck und kroch zwischen Holx und Karidon zur Bordwand.

»Wenn wir eine geschützte Bucht finden, Ibis«, schrie Karidon, »steuern wir hinein.«

Ibentina nickte und hielt sich fest. Der Bug und das Heck schlugen abwechselnd schwer ins Wasser, das Segel stand prall; man hätte das Tauwerk ächzen und knarren hören müssen. Unaufhörlich prasselten Tropfen und Gischt aufs Deck, ins Segel und gegen die Haut.

246

Mlaisso tastete sich Schritt um Schritt entlang der Bordwand zum Heck und rief:

»Das geht nicht lange gut, Kari. Hinter dem Kap ist Gegenwind.« Karidon nickte. Er blickte, ebenso wie Ibentina und Ptah, nach rechts. Am Ende der großen weißen Wand öffnete sich eine Höhle, groß genug für die *Morgenröte*, aber von Brechern und Schaumkämmen erfüllt; das Schiff wäre binnen einer halben Stunde zerschmettert worden. Karidon und Holx, der undeutliche Laute hervorwürgte, zwangen das Schiff von den Klippen weg, auf die Kante des Kaps zu, das bis zur Hochwasserlinie von Büschen bedeckt war, deren Kronen vom Wind zu schiefen Dächern geschliffen worden waren. Karidon drehte sich halb herum und sah jenseits mächtiger Kreuzwellen und der Gischt, jenseits von Strudeln und hochgedrückten Grundseen eine Einfahrt zwischen Felsen, mehr als hundert Ellen breit. Das Wasser dahinter, obwohl der Wind stöhnende Echos erzeugte, war fast ruhig.

»Ptah! Mlaisso! Kadran!« Karidon schrie und winkte mit der Linken, deutete auf den Felseinschnitt und spürte im Ruder, daß das Schiff auf die Felsen zugetrieben wurde. »Die Riemen heraus. Mlaisso an beide Ruder. Wir drehen nach Backbord, dann das Segel herunter! Dort rudern wir hinein! An die Riemen, Freunde. Halt dich fest, Ibis!«

Sechs Riemen wurden ausgebracht. Ptah und Mlaisso standen an den Rahtauen. Karidon und Holx verständigten sich mit Blicken und Zeichen. Mitten im Dünungstal brüllte Karidon »Jetzt!« und zog die Pinne nach hinten, übergab sie Mlaisso, packte Holx' Hand und sah, wie die Knoten sich öffneten, wie die Rah herunterkrachte und sich das Segel wirr faltete. Die Riemenschaufeln tauchten ein, Ptah schrie den Takt; noch bevor das Schiff gewendet hatte, begannen die Männer zu rudern.

»Des Sperbers Leben«, brüllte Karidon im Takt, »hängt am Faden, entdeckt er unterm Bürzel Maden.«

Holx starrte ihn an und versuchte Karidons Grinsen zu deuten. Ein Ausläufer des Hassarr rammte eine unsichtbare Faust ins Heck, der Bug tauchte unter eine Welle; Wasser schäumte und zischte über die salzgesprenkelten Planken und die Rudernden. Der Bug hob sich wieder, der Ankerstein polterte, und über die Kreuzseen tanzte die *Morgenröte* wild schaukelnd auf die Einfahrt zu. Rechts voraus war die Höhle, links sahen die Männer kurz eine Schlucht und dahinter hellgrünes Wasser, nicht viel weniger schaumig aufgewühlt als das eigene Fahrwasser. In der Mitte der Einfahrt glitt das Schiff schräg aufwärts, wurde durcheinandergeschüttelt, kippte nach rechts, tauchte die Rahenden und die Leinwand ein, hob sich steil, krachte zurück; eine Welle stürzte sich über Ibentina und Mlaisso, der wilde Flüche im Takt der Ruderer schrie; in einer langen Abwärtsbewegung glitt die *Morgenröte* in die kleinen, spitzen Wellen hinein und in den kreischenden Hassarr, der sich in einer langen, gekrümmten Felsschlucht fing.

»Das Segel aufziehen – wenn wir's schaffen!«

Je drei Mann sicherten die Riemen und zogen, Handbreit um Handbreit, das Segel auf. Das Schiff steuerte durch harte Wellen in der Mitte eines tiefen Fahrwassers, an zwei Buchten links vorbei, bis zum Ende der Schlucht, die in ein dreieckiges, dicht bewaldetes Tal überging. Mit dem Bug rasselte und knarrte das Schiff auf den Sandstrand, kippte ein wenig zur Seite und lag still. Ein paar Steinwürfe entfernt sahen Karidon und Ptah Fischernetze und fünf umgedrehte Boote auf dem Strand liegen.

»Im letzten Augenblick«, murmelte Mlaisso. Ibentina rollte die Strickleiter über die Bordwand. Ptah grinste unbehaglich und schlug Karidon auf die Schulter. »Du hast genau das Richtige gemacht, dort draußen.«

»Jossel hätte nichts anderes gemacht«, sagte Karidon und spürte kalte Schwäche in den Knien und den Händen. Er lehnte sich neben Ibentina ins Heck. »Eine sturmreiche Inselwelt ist das hier. Endlich – fremde Fischer.«

Mlaisso lachte schnarrend. »Hier, Kapitän, sind wir die Fremden. Schleppen wir den Ankerstein ins Seichte. Wenn der Hassarr sich beruhigt, hören wir's sofort.«

Der Wind fing sich zwischen den hochragenden Felsen der Einfahrt, winselte durch die tiefe, zweifach gekrümmte Schlucht und schlug auch hier noch die Taue gegen Mast und Bordwände. Hesqemari brachte Bier; dann erst sicherten sie das Schiff und betraten den Boden der Insel.

Sechs Tage und Nächte hatte sie der Wind gefangengehalten. Als die Ebbe ablief und die *Morgenröte* eine Handbreit tiefer im Sand versank, schabten Holx, Selkara und Kadran die Planken unterhalb der Wasserlinie wieder glatt, erhitzten Pech und erneuerten den Anstrich. Die Fischer, stämmige, dunkelhäutige und schwarzhaarige Männer, wagten sich zu ihren Booten, und nach einigen Bechern ungemischten Weins winkten und gestikulierten die Händler, zeichneten Figuren in den Sand, tauschten Bronzemesser gegen Fische und behaarten Schinken, schleppten die meiste Ladung aus dem Schiff und ließen den Laderaum austrocknen; später boten die Fischer ihre Frauen und Töchter den Seefahrern an. Ibentina verteilte Rômetschmuck und dünne Stoffe. Das Verhandeln mit den Fischern – sie sagten, daß man sich auf einer Insel befände – war mühsam, denn sie waren einfache, stolze Männer, die in Höhlen der Kalkfelsen ringsum hausten und nichts anderes kannten als die fingerartige Bucht, die Wälder ringsum und den großartigen Blick von der weißen Felswand hinüber zur anderen Insel und das Gewirr der Eilande.

Für die Fischer waren alle Bronzewerkzeuge wertvoller als Gold – aber von Zinnerz wußten sie nichts.

Endlich hörte das Jaulen des Hassarr auf. Zugleich mit der Hitze der höher stehenden Sonne wehte Ostwind. Holx, Selkara und Kadran nahmen Abschied von den kurzbeinigen jungen Frauen der Fischer und halfen, die *Morgenröte* aufs freie Meer hinauszurudern. Drei Nächte und vier Tage lang segelten sie nach Westen, wurden nach Nord abgetrieben, gewannen wieder den Kurs nach West und kamen an das riesenhafte, flache Mündungsgebiet eines Flusses; Sandstrände, glitzernde Salzflächen, Dünen und Treibholz, Schlickinseln und karger Bewuchs aus Strandhafer, seltsamen, stark duftenden Pflanzen und Nadelbäumen mit breiten, flachen Kronen zogen am Schiff vorbei. Rauchfahnen trieben nach Nordwest. Als ein unglaublich großer Schwarm rosafarbener Vögel aufflog und trompetend über ihnen kreiste, wußte Karidon, daß sich die *Auge der Morgenröte* endlich dem Ufer eines fremden Landes näherte; es waren die gleichen stelzenbeinigen Desher-Vögel wie im Hapiland und den Salzsümpfen von Kit auf Alashia.

Gegen Abend sah Ptah Masten und Schiffe in einem Seitenarm mit träg fließendem Wasser. Eine Sonnenbrise sprenkelte die Fläche mit Glitzerwellen. Die Flut, nicht höher als im Hapiland, bedeckte riesige Flächen. Karidon ließ den Ankerstein werfen. Seltsame Ruhe füllte ihn aus. Er nahm Ibentinas Hände und lächelte:

»Ich weiß nicht, wo wir angelandet sind, Ibis-Herit, aber wir sind an einem guten Strand; hier erfahren wir zum erstenmal, wo wir sind und ob wir zu einem Zinnhafen gefunden haben.«

»Wenn du recht hast, Liebster, freue ich mich mit dir. Mit euch allen. Morgen werden wir's erfahren, ja?«

Ptah stellte brennende Lampen in den Bug und befestigte sie am Mast und im Heck. Die Mondsichel war fadendünn, die Sterne strahlten, und obwohl jeder der überlebenden Acht wußte, daß sie sich unglaubwürdig weit im Schutz der Götter von Kefti entfernt hatten, waren sie ruhig und zufrieden. Selkaras fünfrohrige Flöte jammerte durch die Dunkelheit. Karidon und Ibentina wanderten eng umschlungen am Strand entlang, hörten Krebse rascheln und klicken und waren glücklich.

10. Monde des Überflusses

Zwischen den Felsabstürzen des Westens und der östlichen Wüste breitete sich das Schlammwasser des Achet aus, überflutete Tempel und Gutshöfe, füllte Kanäle, Seen und Tümpel, ertränkte das Schilf und sog unzählige Markierungsstangen aus dem Boden. Chakaura hatte die Unterarme vor der Brust verschränkt, und seine Blicke wechselten zwischen den wirklichen Dingen und deren unzähligen Spiegelbildern in der Flut. In seinem Herzen rangen zwei Gedanken: Dies war die höchste Überschwemmung des Heiligen Hapi, die er je erlebt hatte – die Götter waren ihm und dem Land gnädig im Übermaß. Obwohl stromauf, stromab auf seinen Befehl in zwei Jahrzehnten unzählige Mauern, Hügel, Schleusen und wassersammelnde Teiche gebaut worden waren, hatte der Hapi vielleicht so viele Schäden angerichtet, daß sich der Segen ins Gegenteil verkehrte.

»O Sechet, Göttin des überfluteten Schilfs«, flüsterte Chakaura. »Sag mir: Was ist richtig, was ist falsch?«

Er machte einige Schritte rückwärts in den Schatten des schweren Leinens. An einigen Stellen reichte die Flut bis in die Gärten des Palastes zu Menefru-Mirê. Die Säulenhallen des Tempels standen im bräunlichgrauen dünnen Schlick, als wären die Bauwerke aus dem Schlamm des Urozeans aufgetaucht. Nur wenige Boote wurden zwischen den Dammstraßen gepaddelt. Schon in einigen Stunden würden die ersten Boten berichten, wie groß die Schäden waren. Die Göttin gab kein Zeichen, das er als Antwort deuten konnte. Er zuckte zusammen und sog die Luft scharf in die Lungen: Es gab doch ein Zeichen. Die Tochter Senetsenebtisi war geboren worden, sie trank und schrie; ein Kind, das vor Stärke und Gesundheit strotzte.

»Das Jahr achtundzwanzig ist vorbei«, murmelte er. »Das achtundzwanzigste bronzene Jahr. Amenemhet, Mereret und jetzt die Kleine; ihr gebt also doch Zeichen, ihr Götter – nur sind sie schwer zu deuten.«

Es würde besser und angenehmer sein, die Monde Thot, Paophi, Athyr und einige Tage des Choyak im alten Palast zu Menefru abzuwarten; hier gab es mehr Ruhe. Die Königliche Gemahlin mit den Kindern und deren Ammen, Sklaven und Dienern, die vielen Nebenfrauen, deren Sklaven und Dienerinnen, die Zwerge, Tänzer, Hunde und Affen, Töchter und Söhne der Gaufürsten und deren Diener waren in Itch-Taui geblieben. Chakaura straffte den Oberkörper und lächelte in sich hinein. Er erinnerte sich, daß er an den Tagen nach dem Tod des Vaters an dieser Stelle der Dachterrasse gestanden hatte, die Blicke auf dasselbe Land gerichtet. Er hatte das Land verändert; jeder Baum, der nach seinem Befehl gepflanzt worden war, war fast drei Jahrzehnte lang gewachsen, und Tausende überschwemmungssicherer Lagerhäuser und Kornspeicher erhoben sich heute aus der Flut.

Chakauras Hand glitt zum rechten Oberschenkel, zum Knie, dann zur Wade. Die Haut schien kalt zu sein und ohne Gefühl, stechender Schmerz zog durch das Innere des Schenkels. Als er zur Treppe ging, zog er das Bein nach; er hinkte hinunter und klammerte sich an die Brüstung. Nur die knotigen Gelenke der Zehen spürte er: In ihnen kribbelte und stach es. Im Schattenhof saß Schwester Sat-Hathor-Iunit mit drei Dienerinnen. Sie hob den Kopf und blickte ihm entgegen.

»Wieder die Krankheit, Goldhorus?« Sie musterte ihn voll Anteilnahme. Er nickte zur Palastwand.

»Die Boten rennen und paddeln. Ich lasse die Ärzte kommen.« Seine Finger krampften sich massierend um die Wade. »Ich bin noch nicht so alt, als daß es mich umbringen würde.«

Zwei Diener stützten ihn auf dem Weg durch säulengestützte Korridore bis in den Saal der Millionen Shafadurollen. Er ließ sich in die Felle des Sessels gleiten und befahl, einen Krug Würzwein zu bringen. Er wartete, bis er allein war, streckte ächzend das Bein aus und schob raschelnde Schreibrollen auf dem Tisch hin und her, stützte sich auf die Ellenbogen und starrte in den halb überfluteten Garten. Heiße Luft verzerrte die Umrisse der Weinranken, Palmenstämme und Sykomorenkronen. Chakaura spielte gedankenverloren mit dem Horus des Brustschmucks; die Krallen und Schwingen klirrten in goldenen Ringen. Der Horus war ewig. Er, Chakaura, fühlte tief in seinem Inneren Unrast und keimende Verzweiflung, denn er brauchte, um den Willen der Götter zu erfüllen, noch ein Dutzend Überschwemmungen; ein vernünftiger Wunsch jenseits des Glaubens. Der Sklave füllte die Tonschale. Als Chakauras Lippen den Rand berührten, erwärmten sich die Fingerspitzen, und die Hitze kroch langsam zu den Handgelenken.

»Laß mich allein«, sagte Chakaura. »Wenn Tatji Ikhernofret den Palast betritt – ich erwarte ihn und seine Schreiber hier.«

Der Sklave warf sich zu Boden und verließ rückwärtsgehend den Saal.

»Ich habe über alle Gaue und die Sepat-Fürsten vier Wa-ret-Häuser gestellt, und für jedes einen Heri-Udjet bestimmt. Diese Verwalter berichten Cha-Osen-Ra und dir; er ist in Itch-Taui, du bist hier. Sag mir, welche Schäden diese überaus herrliche und wohltätige Überschwemmung angerichtet hat.«

Chakaura zwang sich, leise zu sprechen. In den Zehen wüteten Schmerzen; wenn er die Haut zwickte, spürte er nur taubes Fleisch. Tatji Ikhernofret verbeugte sich tief und rollte ein Schreibblatt halb auf.

»Noch sind nicht alle Nachrichten zusammengefaßt, Größter der Großen. Die vier Waretverwalter schrieben: Als wir sahen, wie segensreich mächtig die Fluten des Hapi werden, öffneten wir alle Schleusen und ließen jene Dämme einreißen, hinter die das Wasser strömen kann. Alle ausgetrockneten Teiche, selbst bei Gaufürst Nebkaura-Nacht in Suênet, sind voll. Wir verboten den Fischern, ihre Netze auszuwerfen; kein Fischer kam zu Schaden oder starb. Viele Hütten, die noch nicht auf Hügeln gebaut waren, lösten sich auf und brachen zusammen, ihre breiigen Mauern wurden davongeschwemmt. Andere Häuser auf niedrigen Hügeln nahmen Schaden, aber die Decken haben die Bewohner nicht erschlagen, weil sie in die Wüste hinausrannten.«

»Ich befehle«, sagte Chakaura, »daß die Sepatfürsten ihre Verwalter ausschicken und an jeder Stelle, wo ein wichtiges Haus verschwunden ist, nach der Überschwemmung einen Hügel aufschütten lassen. Die Seiten sollen bepflanzt werden; mit Gras, Schilf, Bäumen. Hast du Nachricht, wo dein Sohn sich befindet?«

»Nein. Sokar-Nachtmin und Userhet lassen ihn suchen.« Das Gesicht des greisen Vertrauten zeigte Furcht, Entsetzen und Abscheu. »Es wird geschehen, was sein muß, Goldhorus.«

In vielen Siedlungen an unzähligen Stellen hatten die Baumeister aus schweren Steinblöcken Fundamente geschaffen, denen das Wasser nichts anhaben konnte. An anderen Stellen wuchsen Dämme aus Bruchsteinen, Sand, Lehmziegeln und einer dünnen Schicht Erdpech. Aber jene Hügel, die auf den Resten weggeschwemmter, niedergebrochener Mauern errichtet waren, trugen die meisten Gebäude des Hapilandes. Chakaura fühlte den heißen Wein in der Kehle und hob den Kopf.

»Haben sich im geschwollenen Fluß die elenden Nehesi hapiabwärts gewagt? Was hören wir aus dem Bogengau und von den Festungen in Kush und Wawat?«

»Es ist alles ruhig, Sohn der Sonne.«

»Hast du Meldungen von der Fürstenmauer? Aus dem nördlichen Westen? Was schrieb Heerführer Sokar-Nachtmin?«

»Noch habe ich keinen Boten empfangen, Goldhorus. Aber wo Sokar-Nachtmin ist, schleicht kein Fremdling ungesehen zwischen den Wachtürmen hindurch.«

»Wahr gesprochen. Er hat's bewiesen.« Chakaura fuhr mit dem Binsengriffel eine Schriftzeile entlang und seufzte. »Was sprechen die Baumeister?«

»Wie jedes Jahr um diese Zeit versammeln sich die Arbeitergruppen, um am Grabmal deines Sohnes Stein auf Stein zu türmen. Sie sind schon in den Steinbrüchen eingetroffen und schlagen ihre Hütten auf. Die Priester und Medech suchen die Plätze für die Totenmale deiner Töchter, Goldhorus.«

»Zehn Jahre zählt das Leben des Thronfolgers«, sagte Chakaura und leerte die Schale. »Und ich werde ihm zeigen, wie Tameni regiert werden muß, wenn mir die Götter noch ein Dutzend Jahre schenken.«

»Herr«, sagte Ikhernofret erschrocken. »Dein Leben zählt Millionen Jahre; es währt ewig und ewiglich.«

»Eine viel zu große Zahl.« Chakauras Lachen klang bitter. »Die Ärzte, auf die ich warte, nennen wohl eine andere Zahl.«

»Fühlt sich der Goldhorus nicht wohl?« Ikhernofret kam zögernd näher. Die Schreiber warfen sich erschrockene Blicke zu. Chakaura legte den Finger an die Lippen.

»Es ist nichts, Tatji; das gleiche wie bei meinem Vater, wie bei jedem Mann, der die Last des Alters spürt. Sammle weiterhin alle Botschaften und handle, wie es der Goldhorus befohlen hat.«

»Herr. Alles wird geschehen, wie du es gesagt hast.«

Chakaura wartete, bis er allein war, wartete auf die Sklaven mit dem Tragsessel und wartete, während er heißen Wein trank, auf die Ärzte; langsam stieg von den Zehen gefühllose Kälte zu den Knien, trotz der Leinentücher, Decken und Felle. Chakaura ließ sich auf den Rücken sinken, schloß die Augen und hörte im Halbschlaf, wie sich Diener und Ärzte an seinem Lager versammelten. Jemand öffnete einen Salbenkrug. Ein Gestank, der zum Speien reizte, kroch durch den Raum.

»Eine schwarze Salbe, wohlmögender Goldhorus, aus vierundzwanzig verschiedenen Beigaben; Eidechsenblut, zerstoßene Schweinszähne, Wöchnerinnenmilch, Hundekot und anderes. Sie wird, Goldhorus, schnell helfen.«

»Sie muß nicht schnell helfen, sondern gründlich, Arzt«, sagte Chakaura schläfrig. »Fangt an.«

Diener hoben und rollten die Decken von den Beinen und schlugen den Schurz in die Höhe. Kaltes und warmes Wasser, mit rauhen Tüchern auf den Gliedern verteilt, spülte das mit Kräutern versetzte Öl von der Haut. Mit einem Pinsel aus Vogelfedern strichen die Ärzte die stinkende Salbe langsam von den Zehen bis zur Scham-

257

gegend. Chakaura spürte keine Erleichterung, nur das Kitzeln der Federn. Der Gestank der schwärzlichen Paste biß schlimmer in der Nase als die Natronbeize, mit der man Flöhe vertrieb. Chakaura drehte sich auf den Bauch. Mit öltriefenden Binden umwickelten die Ärzte seine Beine, wie bei einer balsamierten Leiche.

Während die Ärzte geheimnisvolle Beschwörungen murmelten, wartete Chakaura auf Erleichterung. Er schlief nach der zweiten Schale heißen Würzweines ein. Einige Stunden nach Mitternacht erwachte er und sah sich um; nur einige Ölflämmchen verbreiteten vage Helligkeit. Seine Hände glitten über die triefenden Binden, tasteten nach den Knien, rissen an den Enden der Binden. Er richtete sich auf und rief:

»Bringt heißes Wasser. Ein Bad. Holt Prinzessin Sharba. Und ihre Dienerin.«

»Wir gehorchen, Goldhorus«, murmelten die Diener, die zwischen den Säulen im Halbschlaf hockten. Nach einiger Zeit, während der Chakaura schweigend und wütend die Binden abwickeln ließ, brachten die Diener die Frauen. Sharba winkte der Dienerin, den Sklaven beim Bad zu helfen und kauerte sich neben Chakauras Lager.

»Horus der Leidenschaft«, flüsterte sie und legte die Hand auf seine Stirn. »Du bist krank. Sag mir, wo der Schmerz hockt.«

»Seltsamer Schmerz, meine Schöne«, murmelte Chakaura und deutete mit beiden Händen auf seine von Salbe schwärzliche Haut. »Ich spüre scharfen Schmerz in den großen Zehen, und ich spüre mein rechtes Bein nicht mehr. Und vielleicht kannst du Nomadentochter mir helfen.«

»Warte, Goldhorus«, flüsterte die schwarzhaarige Prinzessin. »Ich weiß, wie ich dir helfen kann. In der

Wüste kennen wir wenig gebräuchliche Medizin. Zuerst siebenmal heiß, und siebenmal kalt baden. Laß dir von den Sklaven helfen, Goldhorus.«

Die Dienerin zündete ein Dutzend Lampen an. Die Sklaven wuschen Chakauras Beine; Hitze und Kälte brachten eine Art Gefühl zurück. Sharba flüsterte mit der Dienerin, die Chakaura stützte, bis er sich auf der anderen Liege ausstrecken konnte. Sharbas Hände streichelten beruhigend über seine Brust, dann nahm sie Lederriemen und wickelte sie eng und straff um Zehen, Knöcheln, Fesseln und Waden; das linke Bein zuerst, dann das andere, bis hinauf zu den Lenden. Chakaura stöhnte; sie murmelte beschwichtigend und wies die Diener an, noch mehr heißes Wasser aus der Palastküche zu holen. Sie sagte leise:

»Herr! Sohn der Sonne. Wenn ich dir helfen kann, dann nur für wenige Zehntage. Nicht für den Rest deiner Tage.«

»Ich ahne es. Ich will wieder gehen können, Sharba.«

»Du wirst in den nächsten Tagen gehen können, Sohn der Sonne, und du wirst laufen müssen. Warte. Vertrau mir.«

Zwischen den Lederschnüren wölbte sich prall die Haut. Sharba badete die Beine im heißen und kalten Wasser, löste die Knoten und schwang eine kleine Peitsche; die Hiebe der dünnen, nassen Schnüre schnitten in die Haut der Zehen, trafen Schienbeine, Knie und Oberschenkel, und während Chakaura stöhnte und sich auf die Lippen biß, drehten die Diener ihn herum, und die Prinzessin peitschte ihn weiter. Das Blut schoß durch die Haut, die zu jucken begann, warm und heiß wurde, und langsam kam das Gefühl wieder zurück. Chakaura stöhnte und ächzte unter den pfeifenden Schlägen und zog die Beine an; Sharba hörte nicht auf und schlug weiter zu. Dann wickelte sie die Lederschnüre auf und bettete Chakauras Beine ins heiße Wasser.

»Hast du das auch bei den Nomaden gelernt?« Chakaura genoß den Schmerz, der ihn die Muskeln wieder spüren half. »In der Wüste?«

»In den Oasen, Goldhorus. Manche alte Männer lassen sich peitschen.« Sharba kicherte. »Wenn sie danach springen wie die Ziegen, nehmen sie fröhlich ihre jungen Frauen.«

Schmerz und das Gefühl, wieder jeden Muskel zu spüren, zogen langsam von den Zehen zur Lende und wieder zurück; Chakauras Fingernägel furchten seine Haut. Er stöhnte: »Es ist gut. Morgen springe ich wie eine Gazelle.«

»Morgen wirst du mit Schmerzen gehen können.«

»Die Ärzte taugen nicht«, sagte Chakaura leise. »Du hast mich geheilt.«

Seine Beine schienen zu brennen und zu lodern. Er stemmte sich in die Höhe und bewegte die Zehen. Sharbas Dienerin berührte die knotigen Zehen mit einem Lappen, den sie in heißes Öl tauchte; wieder stritten Schmerz und Wohlgefühl miteinander. Er fühlte sich ebenso hilflos und ausgeliefert wie während der seltsamen Handlungen der Ärzte, aber als Sharbas Finger seine Muskeln kneteten und zwickten, glaubte er voller Erleichterung, daß die halbe Lähmung vorbei war. Er schwang die Beine herum und stellte die Sohlen auf die Flechtmatte.

»Ich hab dich nicht geheilt, Vater meiner Tochter.« Sharba strich ihr schweißnasses Haar in den Nacken. »Ich habe dir für kurze Zeit Linderung verschafft. Nicht mehr.«

»Dafür danke ich. Bleib bei mir und wach über meinen kurzen Schlaf.«

»Das will ich tun.«

Sharba trocknete Chakauras Beine mit einem rauhen Tuch ab. Obwohl er die Beine aus dem übermäßig heißen Wasser herausgezogen hatte, fühlte er schnelle Wellen aus Hitze, die aufwärts und abwärts stiegen. Er stand auf und versuchte einige Schritte; es war, als wäre er zwei Dutzend Jahre jünger. Schweigend wartete er, bis die Beine straff mit nassen Leinenbändern umwickelt waren, hob den Arm und deutete auf die Helfer.

»Der Goldhorus dankt. Ich will allein sein. Seht morgen mittag nach mir; ihr seid Zeugen eines göttlichen Wunders gewesen.«

Sklaven und Dienerinnen verließen den Raum. Der Binsenrollenvorhang raschelte zu Boden. Chakaura nahm ein Tuch und knotete es unter den Achseln vor der Brust. Sharba kauerte in einem Sessel und füllte zwei Becher mit Bitterbier. Chakaura gähnte und blinzelte in die Flammen, nahm einen Becher aus Sharbas Fingern und spannte die Beinmuskeln.

»Zwölf Jahre brauche ich noch, Blauhaarige. Ich war sicher, daß ich schon am Ende des diesseitigen Lebens stand.«

»Du warst an einem Ort, wo dein Blut vor den Schleusen stockte, wie Wasser in deinen Kanälen.«

»Und was kann ich tun, um die Schleusen zu öffnen?«

»Renne um den Palast und um den Tempel, wie dein Heerführer. Vielleicht kann ich dir noch einmal helfen. Oder zweimal. Aber ich kann den Verfall der Schleusen und Kanäle deiner Blutadern nicht aufhalten.« Sie lächelte und legte den Kopf schräg. »Trotz deiner bisweilen lodernden Leidenschaft, Sohn aller Sonnen, bist du viel älter als dein Sohn.«

»Ich weiß es.«

»Ich werde auch heute bei dir liegen, Herr Chakaura«, sagte sie und schlüpfte aus den Sandalen. »Du sollst schlafen. Tief und lange. Niemand wird uns stören; wir sind in Menefru, weit weg vom Gewimmel deines Palastes.«

Sie streckte sich neben ihm aus. Mitten in der Bewegung, in der seine Hände nach ihren Brüsten tasteten, gähnte er, versank in schwarzen, abgrundtiefen Schlaf, tauchte in die Finsternis und war allein, als er weit nach Mittag aufwachte. Er versuchte vorsichtige Schritte, schwankte, trat fester auf, und als er die Binden abwickelte, strömte das Blut heiß durch die Haut; es war wie ein tiefes Atemholen an einem kühlen Morgen.

Wie Tropfen, die aus einer Wasseruhr fielen, trafen Boten und Nachrichten aus den vier Waret-Verwaltungen im Palast ein. Im Mündungsgebiet waren einige Herden vom Wasser eingeschlossen worden, weil deren Hirten ertrunken waren. In Suênet hatte der neue Kanal die Überschwemmung abgeleitet, aber drei Dutzend Bauernhäuser waren in den Fluten versunken, die Bewohner von den Mauern erschlagen und ertrunken. Die Flut hatte zwei Haine junger Palmen mitgerissen. Flußpferde hatten Weiden verwüstet und die Gatter von Gazellenrudeln niedergerissen. Die gemästeten Tiere waren in die Wüste entwichen. Ein großer Zug Händler aus Kush saß so lange in Ta-Seti fest, bis die Schiffe den Hapi wieder gefahrlos befahren konnten.

Die Schleusen aller Kanäle zwischen dem Hapi und dem Nebenarm, der nach Itch-Taui und zum Mu-Wer-See führte, waren geöffnet worden; der See hatte sich wieder ausgedehnt und sämtliche Dämme waren unzerstört geblieben. Die Lastschiffe wurden zu Wasser gebracht und von Binsenbooten zu den Steinbrüchen geschleppt.

Chakaura hörte endlos lange Stunden zu, was die Schreiber vorlasen. Er ordnete Nachrichten und deren Bedeutung, gab Befehle, sprach mit Vater Ikhernofret und verringerte die Menge der Arbeiter, die an Tempeln und Totenmalen schufteten: Sie sollten in den Siedlungen bleiben und überall dort, wo Dämme und Hügelplattformen zerstört waren, den Bauern und Handwerkern helfen und Lehmziegel streichen. Fortgespülte Straßen mußten instandgesetzt werden. Aus den Pflanzgärten mußten Schößlinge herbeigeschafft und eingesetzt werden. Er sprach tadelnd und lobend von Gaufürsten und Verwaltern; unausgesetzt raschelten die Binsengriffel der Schreiber.

Als die Dämmerung zwischen den Säulen hereinsickerte, stand Chakaura auf. Sein Gesicht war grau, Schweiß tränkte das Kopftuch, die Augen verschwanden unter geschwollenen Lidern. Er ging zu Ikhernofret und legte ihm die Hand auf die Schulter.

»Hapi, der Gott unseres Stromes, hat drei Ellen zuviel Segen über die beiden Länder gebracht. Die Ernte wird reich werden – aber viel ist zerstört, viele Rômet sind elend gestorben.«

»Bis wieder Sepedet erscheint, Goldhorus, wird jeder Schaden zwischen Iken und dem Wadj-Wer unsichtbar geworden sein, wie der Nebel im fruchtbaren Dreieck.«

Tatji Ikhernofret blinzelte und bedeutete den Schreibern, aufzustehen und den Saal zu verlassen. Er betrachtete Chakaura prüfend und runzelte die Stirn.

»Ich werde die Boten morgen nicht zu dir vorlassen, Sohn der Sonne. Du bist müde, Goldhorus. Du mußt schlafen. Bald werden tausend Priesterboten aus allen Tempeln des Reiches kommen.«

Chakauras Schultern sackten herunter. Er nickte langsam und massierte die Augen mit den Fingerspitzen. Er

263

wies auf die Sklavin, die eine Platte voll brennender Lampen vorbeitrug.

»Die Götter haben uns auferlegt, alle Tage zu arbeiten.«

Er lächelte kühl und zögerte weiterzusprechen. »Vielleicht schenken sie mir einen tiefen, langen Schlaf. Wenn nicht Jahr um Jahr die gleichen Arbeiten überall ausgeführt werden, leidet nicht nur die Ordnung der Maat.«

»Sie leidet auch, Herr, wenn Krankheit deine Kraft und Macht lähmt.«

»Noch lebe ich, und es gibt viele, die kranker sind als ich.« Chakaura ging neben Tatji Ikhernofret zum Ausgang und lehnte sich gegen die Säule. »In zwei Tagen sprechen wir über Schäden, Arbeiten und die Aussaat; und über Tempel, Gold und Bronze. Noch etwas: Karidon sucht nach den Zinnhäfen. Er kann niemanden verraten und betrügen – den Urheber der Gerüchte glauben wir zu kennen, nicht wahr? Wenn mir die Götter Zeit lassen, segeln wir nach Punt, Kari und ich – auf dieser Fahrt werde ich das Schicksal herausfordern. Dann weiß ich mit der ganzen Sicherheit, die ein Sterblicher haben kann, ob er mein Freund war.«

»Dein Plan mag gut sein; ich versteh' ihn nicht.« Ikhernofret verneigte sich. »Du zweifelst heute – wenn du die Antwort in einem Dutzend Jahren bekommst, was hättest du davon?«

»Ein einziges Mal die tiefe, ausschließliche Gewißheit.«

Chakaura schlüpfte in die Sandalen und verließ, die Augen halb zugekniffen, den Schatten der Leinenfläche. Er streckte sich auf der Liege aus; in der Gluthitze des Paophi, einige Tage bevor Chakaura mit den meisten Palastangehörigen nach Itch-Taui zurückfahren wollte, fühlte er die Strahlen von Rê-Harachtes Gestirn wie Nadeln, die sich ohne Schmerz in seinen Körper bohrten. Die Sonne, als wöge jeder Strahl ein Char, lastete auf dem Körper, füllte ihn auf, wärmte die Knochen, machte Chakaura schläfrig und gleichzeitig seine Gedanken schärfer und schneller. Die Lähmung war nicht wiedergekommen, er hinkte nicht mehr; obwohl er an jedem Tag hundert und mehr Anordnungen getroffen und Befehle ausgesprochen hatte, kam es ihm vor, als wäre er vor dem Jahr zehn seiner Herrschaft.

Einige Soldaten trugen Ballen und Truhen auf den Schultern zum Hafen. Ihre Oberkörper glitten als Schatten über die Mauer, die überlangen Schatten der Beine bewegten sich über das frischwuchernde Gras. Hinter einer Gruppe junger Dienerinnen ging Prinzessin Sharba durch den Garten, wandte sich halb um und blieb stehen. Chakaura winkte und hob den Kopf, als sie neben der Liege stand.

»Deine Peitsche und all das andere, kleine Königin, haben mich wieder stark und gesund gemacht.«

Schwangerschaft und Geburt hatten kaum Spuren an Sharbas Körper zurückgelassen. Der Bauch war flach, die Brüste schwer und voll. Sharba beugte sich lächelnd vor.

»Stark genug, Goldhorus, um mir wieder deine Leidenschaft zu zeigen? Meinen Schlaf hast du viel zu lange nicht gestört, starker Stier.«

»Heute nacht werden wir wenig Schlaf finden.« Chakaura hob den Oberkörper und schob die Hand zwischen ihre Knie. »Komm nach Sonnenuntergang.«

»Ich komme und bleibe, Herr.« Sie öffnete die Schenkel und machte einen Schritt vorwärts. »Deine neue Kraft wird mich atemlos glücklich machen.«

»Die Atemlosigkeit wird mir zufallen«, brummte Chakaura. »Bis abends werd ich ruhig atmen und Kraft aus der Sonne saugen.«

Er löste den Griff der Finger von Sharbas Schenkel und ließ sich zurücksinken. Sharba verbeugte sich lächelnd und lief zum Frauenhaus zurück. Chakaura schloß die Augen, dachte an die zwei Töchter, die überlebt hatten und an seinen Sohn; würde er in der verbleibenden Zeit noch einen Sohn zeugen, oder mehrere Söhne, läge die Last des Erbes nicht allein auf Amenemhets Schultern.

Der Schweiß auf Sharbas Rücken glänzte im Schein der Lämpchen. Chakauras Hände rutschten, als sie sich streckte, von ihren Hüften ab. Er löste sich keuchend aus Sharba, legte sich auf die Seite und wischte über seine Stirn. Sharba zog das feuchte Tuch aus der Schale und kühlte Chakauras Haut, reinigte sich und füllte kaltes Bier in die Schalen.

»Ich hatte keinen jungen Geliebten, Herr der Lust, der leidenschaftlicher war als du. Du bist ausdauernd wie ein Gott. Du machst mich durstig nach mehr. Nach viel mehr, Herr.« Sie hielt ihm die Schale hin. »Es sind noch viele Stunden bis zum Sonnenaufgang.«

»Stunden der Fruchtbarkeit, Prinzessin?«

Sie nickte ernst und seufzte, beide Hände unter den Brüsten. Chakaura trank wie ein Verdurstender und sagte:

»Ich will einen gesunden, starken Sohn von dir, Sharba. Dies wird dich auszeichnen vor allen Frauen des Palastes. «

»Wenn es die Götter so wollen, Herr.«

Er ließ die Schale neben die Liege fallen und griff in Sharbas Haar, drehte die ebenholzfarbene Flut in ihrem Nacken zusammen und zog ihren Kopf zu sich herunter.

Er küßte sie, fühlte ihre Zunge tief zwischen seinen Lippen und ihre Finger am Gemächt; er dachte an die Lähmung, an sein Hinken und merkte, daß sich sein Glied aufrichtete. Sie wand sich auf ihm wie eine Schlange, die harten Spitzen der Brüste schienen seine Haut zu ritzen, ihre nassen Lippen glitten über seinen Hals, die Brust und die Falten des Bauches abwärts, berührten sein Geschlecht und benetzten und umschlossen es, glitten warm und feucht darüber. Sie kniete neben seinen Schenkeln und senkte sich auf ihn; als ihre Scham das Glied berührte, erschlaffte es. Chakaura stöhnte und fluchte, er zog die Knie an und warf den Kopf hin und her. Sharba lehnte sich an seine Knie, legte die weit gespreizten Finger auf seine Brust und sagte leise:

»Warte auf mich, starker Stier. Die schwache Stunde geht vorüber.«

Sie stieg von ihm und vom Lager herunter, küßte seine Brust, schlang das Kleid um die Schultern und huschte auf bloßen Sohlen aus dem Raum. Der Luftzug, der den Geruch von Schminke, Balsam, Duftöl, Schweiß und erkaltendem Samen trug, verwirbelte zwischen den Zedernholzsäulen. Chakaura hockte sich auf den Rand des Lagers, starrte die Zehen an und griff nach dem Bierkrug.

»Mein ungezeugter Sohn«, murmelte er und stürzte das süße Bier hinunter. »Meine vielen ungezeugten, ungeborenen Söhne. Du bist zu alt, Goldhorus, für Nächte mit jungen Frauen.«

Er ging zum Tor der Terrasse, lehnte sich gegen die kühle Mauer, nippte am Bier und blickte in den Garten seiner Kindheit, der im Gesprenkel des molkigen Mondlichts lag. Zwischen den Palmwedeln funkelten einzelne Sterne; Chakaura dachte an Kämpfe in Wawat, an Karidon, der unter unbekannten Sternbildern segelte, und ans ferne Goldland Punt. Leise Schritte unterbrachen seine Gedanken. Er drehte sich um. Die Nomadenprinzessin kam nackt auf Zehenspitzen näher, die Arme über den Brüsten gekreuzt; eine Hand hielt eine Peitsche mit langen schwarzen Schnüren.

»Es wird schmerzen, Nachthorus. Aber wir werden die Lähmung besiegen. Ich hab sie aus meinem Haar geflochten – streck dich auf dem Lager aus, Herrscher.«

Er starrte zuerst sie an, dann die Peitsche. Die Schnüre waren aus mehreren langen Haaren geflochten und geknotet und von einer Kupfertülle zusammengefaßt. Sharbas Augen wirkten uralt wie Sachmets Edelsteinblicke. Chakaura senkte den Kopf und legte sich auf das zerfaltete Laken, wartete auf den ersten Hieb, der in seine Kniekehlen schnitt. Die Peitschenschnüre pfiffen leise durch die Luft; er atmete unruhig, als die Schmerzen zugleich mit den Säften von den Waden und Schenkeln in den Körper stiegen, sich in seinem Magen sammelten und sein Glied schwellen ließen; er lächelte trotz der breiten, weißglühenden Spuren auf den Lenden und dem Rücken. Er stemmte sich hoch, schob Sharbas Arme auseinander und wartete ungeduldig, bis sie kniete und die Beine spreizte. Er drang tief in sie ein, umfaßte sie, preßte sie an sich und stieß in den wankenden, prallen Körper, hörte ihr Wimmern und Keuchen, hörte sich schreien und löste sich; sie zuckte und vergrub den Kopf zwischen den Unterarmen.

Spät nach Mitternacht flackerte das erste Lämpchen grell auf und verlosch. Chakaura lag in den Fellen des Sessels und streckte die Beine aus; in den Knoten der Zehen nistete wieder dumpfe Gefühllosigkeit. Sharba lag wie bewußtlos auf dem Lager, nur ihre Hände zuckten. Chakaura mischte Wasser in den Wein, füllte den Becher und drehte ihn unschlüssig in den Fingern. Die Schmerzen der Peitsche wurden ebenso zur Erinnerung wie seine pochenden Gedanken. In seinem Leben, in den Nächten der Leidenschaft, war etwas geschehen, das ihn zutiefst nachdenklich machte. Noch immer gierte jede Insassin des Frauenhauses danach, von ihm besessen und geschwängert zu werden, aber die Pfade der Lust waren steiler und beschwerlicher geworden, zufälliger und schmerzhafter, und vielleicht war die goldene Nechech-Peitsche, die er oftmals während der Zeremonien trug, ein seltsames Symbol: eines mit zwei Gesichtern, zwei Bedeutungen, so wie die Barke des Tages, die zur Nachtbarke wurde. Er stöhnte laut. Sharba wachte auf, tappte über die Matten, kauerte sich vor seine Knie und legte schweigend den Kopf in seinen Schoß.

Die *Herrin beider Länder* bog in Itch-Tauis Hafen ein. Der schweigende Rundblick zeigte Chakaura das geringe Ausmaß der Schäden. Sand und Plattenwege des Hafens strahlten, die Gärten standen in hellgrün wuchernder Blüte, und an unzähligen Stellen besserten Arbeiter und Handwerker die Lehmziegelmauern aus, dort, wo das Wasser tiefe Rillen, Löcher und Ausbuchtungen ausgespült und eingefräst hatte. Soldaten, Trommler, Fanfarenbläser und der Schwall der Palastangehörigen, die während der Überschwemmung die Stadt nicht verlassen hatten, quollen aus dem Palast und den Wohnhäusern, als die Schiffe von Menefru-Mirê anlegten; Sandalenträger, Wedelschwinger, titelstrotzende Würdenträger, Kinder und die Bewohnerinnen des Frauenhauses: Chakaura, dessen Blicke scheinbar gleichgültig über die Menschenmenge glitten, schauderte. Er fühlte sich an eine Erzählung Karidons erinnert: Strömung, die ein Schiff packte, drehte sich oft wie ein offener, endloser

Kreis, wie eine Spirale, und sie sog jeden, der nicht am Außenrand rechtzeitig entkam, in den Mittelpunkt, in den Kern des Verderbens. Es war zuviel. Es waren zu viele. Es war unmöglich, jeden Insassen des Palastes zu kennen – im Jahr eins hatte er mit einer Handvoll Vertrauter beide Lande beherrschen können, und jetzt, mit Tausenden, entglitten klare Überlegungen und Befehle seiner Hand, zerfaserten, waren nicht mehr greifbar; in jähem Entschluß wandte er sich an Tatji Ikhernofret.

»Wie heißt der Oberste der Königlichen Flotte?«

»Khesef-Thot, Goldhorus.«

»Hat er einen klugen Gehilfen, einen Schreiber, der Schiffe und Wasser nicht haßt?«

»Ich denke, sein Schwestersohn, Nachthorheb, ist ein solcher Mann. Noch sehr jung, Herrscher.«

»Er soll in der ersten Stunde, übermorgen, in den Saal der Millionen Schriftrollen kommen. Dort erwarte ich ihn. Desgleichen will ich, so bald wie möglich, Sokar-Nachtmin und Priester Merire-Hatchetef vor meinem königlichen Auge sehen.«

Ikhernofret verneigte sich tief. »Es soll geschehen, Sohn des Rê-Harachte.«

Chakaura hob die Augen zum Himmel, schluckte, lächelte plötzlich und hob die Arme; inmitten von Weihrauchwolken und der lärmenden Menschenmenge, die Lotosblüten auf den Weg streute, ging er zum Palast.

Es war lächerlich und entwürdigend; Chakaura keuchte, schwitzte und torkelte, als er wieder den Eingang der Badestube erreichte. Die sechs Speerträger, die ihn begleiteten, schwitzten nicht, und ihr Atem ging gleichmäßig. Aber von den Rändern der Zehennägel bis zum Gemächt strömten Blut und Lebenssäfte heiß pochend durch seine Adern; seine Beine gehorchten ihm wie ehemals. Während des beschwerlichen Laufes hatte er an Sokar-Nachtmin gedacht, an Karidon, an Lebende, Tote und Verschollene, an seinen Vater und seinen Sohn. Das Laufen war indes nicht die schlechteste Art, den Tag zu beginnen; es weckte nicht nur den alten, schlaffen Körper. Er lebte von geborgter Zeit; keiner von denen, die er kannte, würde mit ihm wetteifern wollen. Fünf Jahrzehnte! Älter als die meisten, die er kannte! Chakaura blieb in einer Badestube stehen, winkte den Sklaven und dachte, während sie ihn wuschen, ölten, massierten, abermals wuschen und mit rauhem Tuch rieben und trockneten, an die nächsten Stunden. Das Land wartete auch am Ende der Jahreszeit Achet auf seine Befehle und Anordnungen.

Schweigend, von Neugierde und Erwartung bedrückt, standen Khesef-Thot und ein ungefähr vierzehnjähriger Jüngling am Fuß des Podiums. Chakaura beobachtete schweigend den Jungen. Nachthorheb erinnerte ihn an den Heerführer Sokar-Nachtmin seiner Jugend. Er deutete mit der rechten Hand, die vier Ringe schmückten, auf den Jungen.

»Wie alt bist du, Horheb?«

Nachthorheb verging vor Verlegenheit, setzte zweimal zum Sprechen an und sagte: »Fünfzehn Jahre und drei Monde, Goldhorus.«

Chakaura blickte in sein rundes Gesicht und sagte:

»In einem Jahrzehnt wirst du fünfundzwanzig sein. Wenn die Götter mir noch zehn oder zwölf Jahre schenken, wird folgendes geschehen: Jener Händler, der uns unzählige Char Bronze und Zinn gebracht hat und nach den Häfen des Zinns sucht – und wenn sie jemand finden kann, dann nur er –, wird sein Schiff wieder hier landen. Einst, in der Zeit meines mächtigen Vaters Amenemhet, eröffnete er uns den Weg zum Land Punt, der fernen Küste von Gold, Weihrauch und seltenen Gütern. Er und ich, wir gaben einander ein Versprechen.«

Er unterbrach sich und bemerkte, ohne einen Muskel zu rühren, die Anzeichen völliger Ratlosigkeit im Gesicht des Obersten aller Königlichen Schiffe.

»In zehn, zwölf Jahren wird Amenemhet, der dritte Träger dieses Namens, mein geliebter Sohn, halbwegs an meiner Stelle regieren können. Dann werden der Bronzehändler Karidon von Kefti, ein Parusatu also, und ich mit vielen Schiffen nach Punt fahren. Du, Khesef-Thot, sollst Nachthorheb ausbilden und ihn alles lehren, was er braucht, denn er wird ein Dutzend guter Schiffe, Kapitäne, Steuermänner und Lotsen bereitstellen, ausrüsten und befehligen. Tatji Ikhernofret wird seinen Namen bekannt machen, auf daß ihm jeder gehorcht und hilft. Die Priester haben die Aufzeichnungen; frage Merire-Hatchetef im Tempel des Ptah und der Sachmet, und er wird, wie Gott Upuaut, dir alle Wege öffnen. Hast du verstanden, mein Sohn, was ich gesagt habe?«

Horheb sank auf die Knie und stammelte: »Ich habe verstanden, Herr des Sonnenhimmels.«

»Du wirst in all den Jahren viel mehr verstehen müssen, weil du vieles lernen wirst. Wenn es soweit ist, hat der Goldhorus sein Leben in deine Hand gelegt. Jede Planke, jeder Riemen sind wichtig. Der Weg ist schwer und noch lange nicht das Ziel der Fahrt; das wirkliche Ziel ist fern, und nur mein guter Freund Karidon kennt es. Ich will und werde meine Zeit mit der Fahrt nach Punt krönen – wenn es die Großmut der Götter gestattet.«

»Ich werde tun, was du wünschst, Goldhorus«, sagte der Junge, rot und zitternd vor Stolz und Eifer.

»Ich zweifle nicht daran. Lerne Schiffe und die Tücken des Wassers kennen. Befahre den Kanal und das Meer der Roten Küsten. Sprich mit Schiffsbauern und Ruderern. Wähle Geschenke und Tauschwaren für die schwarzen Menschen von Punt aus. Sprich mit Karidon, wenn sein Schiff hier anlegt.«

»Herr?«

Chakaura blickte Khesef-Thot an und hob die Brauen. »Ja?«

»Seit fast einem Jahr hat niemand etwas von deinem grünäugigen Freund gehört. Was ist, wenn sie nicht zurückkommen? Wenn das Große Grüne sie verschlungen hat?«

Chakaura holte Luft, richtete sich gerade auf und sagte leise, scharf und in seltsamer Betonung:

»Sie werden zurückkommen. Der Bauch ihres Schiffes wird schwanger sein von reinem Anna-Metall. Ich erwarte sie bald.« Er drehte den Reif an seinem Oberarm und sprach, viel leiser, weiter. »Denn Karidons Träume sind meine Träume. Keiner von uns kann leben ohne Träume. Auch du, Nachthorheb, hast jetzt einen Traum – eines Tages wird er zur Wirklichkeit gerinnen.«

Er legte die Unterarme auf die Tischplatte, blickte zuerst Khesef-Thot, dann den Jungen an, lächelte und hob die Hand.

»In deinem Alter, Horheb, ist die lautlose Zeit der mächtigste Verbündete. Meine Jahre indes rinnen dahin, schneller, als mir lieb ist. Wenn wir in einem Jahrzehnt vollenden, worüber heute der Goldhorus sprach, werden die Götter gnädig auf uns herabsehen und lächeln. Sie werden sagen: Die Maat des Goldhorus' beider Lande, des grünäugigen Mannes aus Kefti und des jungen Nachthorheb ist mächtiglich gewahrt.« Er lächelte breiter und zeigte zum Ausgang. »Ihr dürft gehen.«

Er sah ihnen nach. Khesef-Thot bewegte sich würdevoll, und Horheb wirkte, als würde er plötzlich beginnen wollen zu springen. Beide sahen nicht, daß Chakaura lautlos lachte und zu unhörbaren Melodien mit einem Riedgriffel den Takt schlug.

Vierzig Wajermänner peitschten die *Sachmets Zorn* durch
den Kanal zum Mu-Wer-See. Riesenhafte Muster aus
Kanälen und grünen, braunen und goldenen Vierecken
aus Weiden, Äckern, Feldern und Hainen glitten vorbei
und schienen erst an den Horizonten zu enden. Das
Land barst vor Fruchtbarkeit. Die Bauern winkten, als
die Barke an ihren Feldern vorbeischoß. Am anderen
Ende des Deckshäuschens saß Sokar-Nachtmin, zu seinen Füßen kauerte eine Nehesisklavin mit tiefschwarzer
Haut und spitzen Brüsten, im weißen Kleid und
schmuckbehängt.

»Sprich, Shemer Nachtmin«, sagte Chakaura. »Wie
steht es zwischen den Ufern des Meeres und dem Kanal?
Ist der Fürstenwall noch immer ein Bollwerk, dem wir
vertrauen können?«

»Dank deines Befehles, daß jeder junge Mann in beiden Ländern sich zum Dienst im Heer melden muß, habe ich genügend Truppen. Ich nehme die Guten und
schicke die Faulen, Mageren, Schwachen und Zögerli-
chen zurück.« Nachtmin streichelte über das fingerkur-
ze Haar seiner Gefährtin. »Dank deines Goldes kommen
mehr Männer aus Kush und Wawat zu mir; Bogenschützen, Läufer und Speermänner. Sie haben die Türme be-
setzt, harken und rechen den Sand, verfolgen Spuren
und finden jeden Mann, jede Frau, die aus dem Osten
kommt; mitunter fängt sich ein Späher in unserem Netz.
Hirten, Bauern und Handwerker, Ziegen und Rinder –
meine Schreiber schreiben alles auf und lassen sie ins

Land. Keiner, der eine Waffe trägt, wird hereingelassen. Der Wall ist wie eine Mauer aus schimmernder Bronze, zwanzig Ellen hoch und so glatt, daß keine Laus daran Halt fände.«

»Ich höre es mit Zufriedenheit.« Chakaura nickte und sah, daß der Haarflaum auf Nachtmins Schädel weiß wie Leinen geworden war, so wie der eigene Haarkranz über den Ohren und um den Nacken. »Was berichten die Boten aus Kush und Wawat? Und aus den winzigen Oasen der Einöde? Ich kenne die Berichte der Festungs-Verwalter. Es scheint Ruhe zu herrschen hoch im Süden. Sag mir in kleinlicher Genauigkeit, was du im Asmach gesehen hast, was die gefangenen Männer gesagt haben, und wo der Sohn meines alten Tatji Ikhernofret ist.«

»Zur südlichen Grenze: Das war, seit ich wieder in Itch-Taui bin, meine erste Frage, Herrscher der Horizonte.« Sokar-Nachtmin wartete, bis die Begleiterin des Goldhorus' die Fliegen weggewedelt und die Becher mit Bier gefüllt hatte. »Es scheint ruhig zu sein. Wenn du befiehlst, werde ich mit ausgesuchten Männern in ein paar Schiffen zum alten Chertihotep hapiauf in den Bogengau fahren und über die Hapischnelle vorstoßen nach Iken – um nach dem Rechten zu sehen. Ich erwarte keinen Widerstand gegen unsere Verwalter.«

»Und wie steht es nach deinem vernichtenden Kriegszug im Sandsturm mit der Grenze, die wir ,Fürstin der Einöden' nennen?«

»Bis zum heutigen Tag, Goldhorus – keine Unruhe, kein Überfall, kein Krieg. Nichts. Nicht einmal schüchterne Versuche, mit Rinderhäuten zu handeln.«

»Ich höre das alles voll Zufriedenheit.«

Chakaura saß im fellbespannten Klappsessel, die Beine übereinandergeschlagen. Sie waren bis hinunter zu den Knöcheln mit dünnen Binden straff umwickelt. Das

Leinen, dunkel gefärbt wie Chakauras Haut, roch stechend nach saurer Erde. Die Königsbarke glitt gleichmäßig schnell durch den Entwässerungskanal, der in den Norden der Oase führte, vorbei an schmalen Seitenkanälen, an deren Enden die Menschen Wasser schöpften und neue Felder versorgten. Viereckige Flächen sprießender Gerste, von Emmer und Flachs breiteten sich zwischen den Baumreihen aus. Jeder Rômet, der nahe genug am Kanal stand und den Goldhorus erkannte, winkte und rief fröhlich zum Boot herüber. Die Wüstenberge nördlich der Sümpfe, denen jedes Jahr etwas mehr fruchtbares Land abgerungen wurde, zeichneten sich undeutlich unter den Wolken ab. Chakaura biß auf die Unterlippe und lächelte karg.

»Endlich Friede und Ruhe in Kush und Wawat? Ich kann es nicht glauben – hoffentlich ist es so.«

»In einem halben Jahr weiß ich es ganz genau, Herr.« Chakaura hatte vom höchsten Punkt des Bootes, aus dem Schatten des Deckshauses, die Weiden und Felder betrachtet; er schien von ihrer Größe und dem Zustand ebenso zufriedengestellt wie von den Lehmziegelhäusern und den Kornspeichern und Lagerhäusern. An vielen Orten in der Oase waren zwei Ernten möglich. Über dem Hellgrün flatterten Taubenschwärme. Ab und zu flogen lange Ketten wilder Enten und Gänse auf. Hunde begleiteten bellend den Weg der Barke. Der Kanal wurde am Ostrand des Sees, zwischen Schilf und unbefestigten Böschungen, zu einer Fahrrinne nach Norden.

»Die Befragung der Verräter auf dem Weg nach Itch-Taui war hart und von Erfolg, o Goldhorus.« Sokar-Nachtmin blickte ernst; es schien ihm unangenehm zu sein, darüber zu sprechen. »Zwei Männer starben. Die anderen redeten. Das uralte Übel, Herr: Der junge Ikhernofret wollte zur Spitze der Herrschaft fliegen, statt

Stufe um Stufe zu klettern wie unsereiner. Er war sicher, daß deine königliche Schwester ihm helfen würde. Seine Vertrauten stahlen das Nechoschet, wo sie's fanden, und tauschten es gegen viel Gold. Auch Fürst Anatnetish, den wir mit des Kahlen Cha-Sobeks Hilfe besiegten und vertrieben, tauschte Gold gegen Bronze auf einem verschwiegenen Weg am Fürstenwall vorbei. Sieben Gefangene und Ikhernofret sind in den tiefsten Gewölben des Tempels angekettet; nur Priester Merire-Hatchetef, mein alter Freund, weiß davon. Es ist überflüssig zu sagen, daß Freund Karidon so unschuldig ist wie ein kleiner Kibitz.«

»Bis zu einer Stunde, Feldherr, die ich bestimme, werden wir darüber schweigen – bei den Göttern.«

»Ich habe bis vor einer Stunde geschwiegen.«

Chakaura deutete zum Bug; Sokar-Nachtmin drehte sich um und sah jenseis der Biegung dicken schwarzen Rauch.

»Sie brennen Schilf ab«, sagte er. »Viel zu spät. Die Halme sind naß. Vielleicht wollen sie Krokodile vertreiben.«

Chakaura zuckte mit den Schultern. Eine halbe Stunde lang peitschten die Riemenschaufeln das trübe Wasser, leise klopfte die Takttrommel. Wasservögel äugten von den Ästen abgestorbener Bäume zum Boot. Als die breite Schneise im Schilfsumpf sich nach links weitete, kamen der Barke viele Binsenboote entgegen, deren Insassen wie besessen paddelten und stakten. Nachtmin zählte siebzehn Boote, in denen sich die Insassen drängten.

»Haltet an!« rief Chakaura. Die Menschen riefen wild durcheinander, die Boote versammelten sich um die Königsbarke. Von den hochgedrückten Riemenblättern tropfte Schlammwasser auf Köpfe und Schultern. Sokar-

Nachtmin kletterte zur Bordwand und beugte sich vor, auf zwei Riemenschäfte gestützt.

»Wir haben den Rauch gesehen.« Seine Stimme hallte über das Wasser. »Warum flüchtet ihr aus dem Schilf?«

»Nomaden! Sie haben uns angegriffen, Tiere weggetrieben. Mit Brandpfeilen.«

»Langsam! Schreit nicht wild durcheinander«, rief Nachtmin. »Hier, an der westlichen Ecke des Himmels, haben euch wieder Jematet-Nomaden überfallen? Wo ist euer Dorf?«

»Zwanzig Chen-Nub im Norden. Am Sumpfrand. Wir bauen Dämme und Häuser, wie's der Verwalter befohlen hat.«

»Wie viele Nomaden waren es?«

»Drei, vier Dutzend. Sie sind im Morgengrauen gekommen!«

»Sie waren gut bewaffnet?«

»Ja! Herr! Sie haben viele von uns getötet. Sie haben junge Frauen und Mädchen mitgenommen.«

Chakaura kam mit schweren Schritten aus dem Deckshaus und blieb im Heck stehen; der Steuermann hatte schweigend Platz gemacht. Chakaura hob die Hand. Alle blickten ihn an, die Flußblinden hoben die Köpfe und lauschten, der Lärm erstarb. Er sagte in erzwungener Ruhe:

»Rudert weiter nach Süden, verteilt euch auf die kleinen Dörfer. Ich werde den Vorstehern sagen, was zu tun ist. Ihr seht den Obersten Heerführer – er wird in einem Zehntag viele Soldaten schicken und die Nomaden verfolgen«. Er nickte Nachtmin zu; er verneigte sich. »Den Rest des Jahres werden euch meine Truppen schützen und euch helfen, wenn ihr ihnen Brot und Bier gebt.«

»Deine Gerechtigkeit ist groß, starker Stier!« rief ein Mann. »Jag sie zurück in die Wüste, Herr!«

»Ich werde sie erschlagen und unter den Sandalen zertreten.« Chakaura wies nach Süden, in seinem Gesicht arbeitete es. »Ruht euch bei den fleißigen Bauern aus und wartet auf die Truppen; sie kommen mit vielen Schiffen. Führt sie zu den verbrannten Hütten, jenseits der ‚Fürstin der Einöde‘. Ich werde den Ort des Frevels mit eigenen Augen ansehen.« Er senkte den Kopf und sprach leiser. »Macht jetzt den Weg frei.«

Die Boote glitten auseinander, die Rômet beruhigten sich, winkten und warteten, bis die Riemen die Barke im Takt nach Norden schoben. Chakauras Blicke kehrten von den verwehenden Rauchsäulen zurück; sie bohrten sich in Nachtmins Augen.

»Nun wissen wir, wohin du wieder deine Soldaten führen mußt, Feldherr.« Die Worte erstickten fast im Zorn. »Nicht nach Kush. Hierher, zum Rand der Wüste.«

Am Ende des schmaler gewordenen Kanals, jenseits einer Sandzunge, standen die geschwärzten Hausmauern. Die Flechtwerkdächer schwelten noch. Nachtmin schickte ein Dutzend bewaffneter Ruderer an Land, um die Toten flüchtig zu begraben und nach Spuren zu suchen. Werkzeuge, Paddel und einige Habseligkeiten lagen zwischen der halbzerstörten Siedlung und dem Rand des Wassers. Die Königsbarke drehte den Bug langsam nach Süden. Zwischen den Ausläufern des versumpften Seeufers, hinter Büscheln mageren Grases und einigen Palmschößlingen begann die Wüste, die sich bis zum Tjehenu erstreckte, dem fruchtbaren Saum des Ufers zum Großen Grünen, und, unterbrochen von winzigen Oasen, bis zum westlichen Rand der Welt.

Sokar-Nachtmin sprach leise mit den zurückkehrenden Soldaten, schickte sie auf die Ruderbänke und näherte sich dem Goldhorus.

»Ich habe nichts anderes erwartet«, sagte er. »Vierzehn Tote liegen unter dem Sand. Die Spuren sind deutlich – wie in Kush: Wüstennomaden, schnell zu Fuß, haben die Arbeiter überfallen und sind mit der Beute in die Wüste zurückgerannt. Wenn wir sie jetzt verfolgen würden ... es wäre sinnlos.«

»Der Goldhorus gibt keine sinnlosen Befehle.« Chakauras Augen schienen aufzuglühen. »Zurück nach Itch-Taui. Schnell. Userhet soll die besten Nehesi-Bogenschützen sammeln und hierher führen. Du weißt, was getan werden muß.«

»So soll es geschehen, Goldhorus.«

Die Riemen tauchten ins Wasser, die Barke wurde schneller, und nach einer Weile verging der Geruch verbrannten Fleisches und verkohlten Schilfs. Die Sonne sank in den Abend, und aus dem Schilfsumpf stiegen riesige Mückenschwärme auf.

Dies schreibt Nefer-Herenptah, Fürst des Zepter-Gaues. Vier Abschriften: Königsboten zu Tatji Ikhernofret in den Palast von Itch-Taui. Möge mein Freund, Tatji der vier Waret-Häuser, die Worte zum Ohr des Goldhorus bringen; er lebe ewig und ewiglich! Abschrift an Merire-Hatchetef im Ptahtempel und an Sokar-Nachtmin, eine an Kaufmann Jehoumilq in Kefti – über Verwalter Ti-Aperaper zu Uschu und Maiherperi zu Gubla.

Seit das Hochwasser, Hapis schlammiger Segen, auch meinen schönen Gau überschwemmt und vieles zerstört hat, haben Tausende und Abertausende mit unermüdlicher Arbeit die meisten Schäden beseitigt. In den Steinbrüchen wurden unzählige Blöcke herausgesprengt und gemeißelt, aber nicht zu den Tempeln und Totenmalen gebracht, sondern um allerorten sichere Fundamente zu errichten. Die Länge aller neuen Kanäle ist nicht mehr zu messen; viel überschüssiges Wasser wurde in neue Teiche und Tümpel abgeleitet. Für zehn Felder, Äcker oder Weiden ist überall ein elftes Stück Land der Wüste und dem Sumpf abgerungen worden. Alle Dämme und Wohnhügel sind ausgebessert, die Toten, die man fand, ließ ich würdevoll im Westen des Stromlandes, im Amentat, begraben. Lagerhäuser und Kornspeicher werden auf sicheren Hügeln gebaut. An den Dammstraßen ließ ich unzählbar viele Bäume einsetzen. Alle Botschaften, die aus Kush und Wawat kommen, auch vom Nachfolger des Djehuti-Hotep aus dem Gazellen- und Hasen-Sepat, sprechen von Frieden und reichen Abgaben von Gold, Kupfer und anderen schönen Dingen, und das Heer, das in meiner Stadt lagerte, hat so emsig gearbeitet wie Millionen Bauern, Handwerker und Sklaven. Im Mond Tybi, wenn die Säulen der Tempel aus dem Schlamm tauchen als Zeichen des Aufstieges, werden wir beginnen, auf Bitten der Priester und auf Befehl des Goldhorus im Großen Haus, jene Schäden auszubessern, an denen die Häuser der Götter leiden; alles wird schöner und besser werden als je zuvor. Nun bringen die Lastschiffe den schönen Stein aus Suenet wieder hinunter in den Norden. Der Herr im Großen Haus zu Itch-Taui möge beruhigt sein: Im Gau wird die Ernte gewaltig sein, die Herden vermehren sich, die Tiere werden fett, und alles Volk dankt Gott Hapi.

DAS SCHREIBT NEFER-HERENPTAH AN DIE VERTRAUTEN DES GOLDHORUS UND AN SEINE FREUNDE. Lobpreisung, gutes langes Leben und die Würde der Maat wünscht euch millionenfach der Vorsteher des Waret-Hauses vom Zepter-Gau Nefer-Herenptah.

Sokar-Nachtmin schreibt als Zusatz für Kapitän Jehoumilq, der Sorge tragen möge, daß Karidon von Kefti es liest: Ich habe Ti-Senbi besucht, die unser Herr Chakaura zur obersten Leiterin aller Ibaut-Tanzsklavinnen ins Große Haus gerufen hat. Dort lebt sie gesund, in Ehren und von allen geliebt – sie sendet tausendfache Grüße an Mlaisso und sagt: Unser Sohn Pi-Ika ist groß und stark und der beste Verwalter, der nicht zugelassen hat, daß in der großen Flut auch nur ein Mäuerchen des Gutshofes aufweiche und umfiel – alles steht in Blüte. Auch Pi-Ika grüßt millionenfach seinen Vater und wartet auf seine Rückkehr. Ich, Sokar-Nachtmin, füge hinzu: Die Götter mögen die zinnreichen Acht glücklich zurückkehren lassen. Ich glaube, daß sie zuerst nach Kefti segeln. Dort wird Karidon diese Nachricht vorfinden: Dein Feind im Per-Ao ist entdeckt worden. Der Goldhorus weiß alles. Ich habe Verräter, Betrüger und Gerüchteflüsterer ertappt. Bis zum Tag der Strafe sind sie in tiefer Finsternis angekettet. Chakaura lacht, wenn er von dir und euren Träumen spricht.

Und somit lache ich auch. Dies schreibt Merire-Hatchetef selbst mit den Fingern. Mir geht es gut in der ruhigen Kühle der Tempel-Mauern. Viele Schreibblätter bleiben leer, weil ich nicht weiß, um welche Inseln, an welchen Küsten oder über welch hohe Wogen ihr zu den Zinnhäfen segelt, ob ihr den Ort, wo man Zinn im Überfluß schmilzt, schon gefunden habt. Kommt alle gesund und mit vollem Schiff zurück, Fürsten des großen Grünen; eure Freunde warten auf euch.

11. Die Roten Deshera-Vögel

 Barfuß im heißen, salzigen Sand, zwischen huschenden Krabben und zerbrochenen Muschelschalen, Doppelaxt und Bogen auf dem Rücken, näherten sich Mlaisso, Karidon und Ptah den unbekannten Schiffen. Die Landschaft dehnte sich bis zum Horizont; eine Ebene, mitunter leicht wellig, aus niedrigen Dünen, großen Salzflächen, mit einzelnen Haufen Treibholz, voller gewundener Kanäle, durch die Meerwasser und Mündungswasser des flachen Stroms gurgelten. Die Flut hatte ein ungewöhnlich großes Stück Küste zwei Handbreit hoch unter Wasser gesetzt. Hinter einer niedrigen Böschung des Seitenarms, auf der stachelige Büsche und Strandhafer im Sonnenwind raschelten, tauchten fünf Schiffe auf. Kleiner als die *Morgenröte*, offen, mit dreieckigen Decks nur im Bug und Heck; einige Männer mit hellbrauner Haut und schwarzen Bärten blickten Karidon entgegen. Er hob grüßend die Hand.

»Sie scheinen sich nicht zu freuen, daß wir kommen«, sagte Mlaisso. »Aber woher kommen sie?«

»Wir finden's heraus«, murmelte Karidon. Sie blieben zwischen Treibholz, das der Sturm zusammengeschwemmt hatte, auf dem Kamm der weißen Halbdüne stehen. Die Landschaft war völlig fremdartig, nichts Auffälliges war zu sehen; dennoch rechnete Karidon mit

Gefahren. Der Nebenarm führte tiefes Wasser und bildete einen tümpelartigen Halbkreis vor einer sichelförmigen Sandfläche, auf der Karidon einige Flöße, Feuerkreise und Hütten aus Stoff und Holzstangen erkannte. Er hob beide Arme in Schulterhöhe, kehrte den Fremden die Handflächen zu und sagte in der Rômetsprache:

»Wir sind von der *Auge der Morgenröte* aus Keftiu oder Kaptara. Ich bin Kapitän Karidon.« Er wiederholte die Worte in Kefti und in Gublas Dialekt. Mlaisso brummte: »Vier Dutzend Leute oder mehr.«

Aus dem Heck eines Schiffes rief ein Bärtiger:

»Ich hab von dir gehört. Der Bronzehändler, nicht wahr?«

»Die Bronzehändler der Rômet.« Karidon antwortete in Kefti, der Sprache des untersetzten, schwarzhaarigen Kapitäns. »Wir sind ebenso erstaunt wie ihr, Händler aus dem Östlichen Großen Grünen hier im Norden zu treffen.«

Ptah sprach weiter und begann zu verhandeln. Karidon und Mlaisso beobachteten lächelnd die Angehörigen zweier unterschiedlicher Gruppen. Zwei Männer redeten in einem Dialekt oder einer Sprache, die Karidon von Einwanderern vom nördlichen Festland jenseits von Kefti kannte und von einem Arbeiter Pachos'. Vielleicht zwei Dutzend Männer kamen mit dickbäuchigen Schiffen aus Kefti, Alashia, dem Festland nördlich der Inseln oder aus dem Land am Zederngebirge. Die andere Hälfte, mit hellerer Haut und hellerem Haar, war mit Flößen und ledernen Booten flußab gekommen. Mlaisso folgte Ptah und Karidon hinunter zum Gewirr aus Ankersteinen, Seilen und Trossen und stellte den schweren Watsack ab.

»Ihr findet hier, am Ende langer Fahrten, Zinn; Anna-Metall«, sagte Karidon leise. »Die strahlenden Häfen des Zinns habe ich mir ganz anders vorgestellt. Was tauscht ihr gegen Zinn ein? Gibt's viel Zinn?«

Die unbarmherzige Hitze und das stechendhelle Licht wurden durch den Wind kaum gemildert. Er kam vom Fluß und wirbelte warme Gerüche von Pflanzen und Salz und nasser Erde herbei. Karidon blinzelte; er bedauerte, den Sonnenschleier auf dem Schiff gelassen zu haben.

»Es sind nicht die Zinnhäfen, Kapitän. Sie haben auch nicht viel Zinn; für jeden von uns sechs bleibt wenig. Sie nehmen alles: Bronze, Schmuck, Öl, Honig, Kupfer, sogar Leder.«

»Wie sprecht ihr mit ihnen?« Ptah gestikulierte und lächelte fröhlich; langsam bildete sich ein Kreis um die drei Seefahrer. Ptah deutete in den Sand. »Nur mit Gesten und Zeichnungen?«

»Ein paar Brocken verstehen sie inzwischen.«

Ein Händler brachte Bier, der andere trug einen Weinkrug. Neben dem Feuer lagen Fischreste, am Gestrüpp fraßen fünf Esel harte Blätter und Disteln. Der Krug ging von einem zum anderen. Karidon sagte grinsend:

»Bier und Wein sind auch in unserem Schiff. Es ist also ein Zufall, daß wir alle hier zusammengetroffen sind?«

»Wir fünf sind auch auf der Suche nach den Zinnhäfen. Ich bin Barit von Gubla.« Der Kapitän mit dem verfilzten Bart drehte den Krug herum und zuckte mit den Schultern. »Der Wind hat uns hierher getrieben.«

»Uns erging es nicht anders«, sagte Mlaisso. »Sprechen wir vom Zinn. Vom Anna-Metall.«

Es dauerte bis Mittag, bis Karidon und seine Freunde, halbwegs enttäuscht, verstanden, womit sie es zu tun hatten: Vor zwei Jahren oder früher hatte es ein Händlerschiff hierher verschlagen; die Männer hatten sich tagelang den breiten Fluß hinaufgekämpft, der hier in einem riesigen Dreieck weniger reißend mündete. Sie trafen auf Küstenbewohner und sprachen mit ihnen über Eisen, Kupfer, Bronze und Zinnerz. Die Küstenbewohner wußten nur, daß weit flußaufwärts, am linken Ufer, in einem Gebirge Zinn gefunden wurde. Sie versprachen, ein Jahr danach, im Frühsommer, mit »tausend Flößen voller geschmolzenem Zinn und preiswerten Sklavinnen« hier zu warten, auf Hacken, Messer, Dolche und Werkzeuge aus Bronze und anderes Tauschgut. Nun waren sie da, mit insgesamt vielleicht fünfzehn keftischen Talenten. Karidon hob, als fröre er, die Schultern.

»Laßt ihr ein paar Talente für mich übrig?«

»Wir sind noch mitten im Handeln.«

Sie wurden unterbrochen. Ein helles Knattern kam von Osten, ein riesiger Schwarm der roten Desher- oder Deshera-Vögel mit langen Hälsen und Beinen, die in den Scha-Resi-Sümpfen und dem Salzsumpf von Kit stelzten, erhob sich in die Luft. Es wurden immer mehr; als die ersten mit mächtigen Flügelschlägen über den Schiffen waren, schwangen sich noch immer Hunderte vom Boden auf. Sie bildeten eine ovale rotweiße Wolke, die sich vor die Sonne schob und flackernde Schatten warf. Die Bäuche und das Gefieder schienen ebenso rot wie die Schnäbel zu sein; im grellen Licht färbten sich das Wasser und die Körper. Flügelschlag und knarrendes, kranichartiges Trompeten erfüllten die Luft; es war sinnlos weiterzusprechen. Die Wolke flatterte, sich in sich drehend, nach Westen. Kottröpfchen fielen wie lautloser Regen.

Karidon wandte sich an den Anführer der Flußbewohner, der ihn aus hellbraunen Augen anstarrte, die Zungenspitze zwischen den Lippen.

»Kannst du nächstes Jahr die zehnfache, fünfzehnfache Menge Zinn bringen? Sag uns, was ihr braucht – wir tauschen hier, ehrlich und tagelang, wenn's sein muß.«

Die Handelskapitäne lachten roh; Karidons Schwierigkeiten schienen sie schon zur Hälfte hinter sich zu haben. Mlaisso griff in den Ledersack und legte kleine und große Messer, Dolche mit geschliffenen Schneiden und prächtigen Griffen, Krüge mit Zedern- und Olivenöl, kupferne Lampen und solche aus Ton in den Sand, breitete ein rotes Tuch aus und wählte schweigend verschiedene Schmuckstücke aus, während Ptah und Karidon versuchten, die Fragen zu erklären und die zögernden Antworten zu verstehen. Ptah murmelte in Mlaissos Sprache in Karidons Ohr: »Am Fluß. Weiber!«

Etwa zwanzig Mädchen und Frauen trieben Esel, mit Wassersäcken und Heuballen beladen, über den salzglitzernden Schlamm, der in krakeligen Mustern wie von Tonscherben trocknete, zum Lager. Der Anführer, der Akan genannt wurde, sagte stockend:

»In Berghügel, Seite, hacken nicht tief: dort viel Zinnstein. Du sag: Zinnerz. Wir einfach schmelz, leicht schmelz.«

»So kennen wir's, Akan«, sagte Karidon. »Davon brauchen wir so viel.« Er zeigte auf die Düne. »Oder mehr. Nächstes Jahr.«

Ptah-Netjerimaat wandte sich an Barit.

»Mit der Flut können wir unser Schiff hierher bringen. Einverstanden, ihr alle? Wir haben guten Keftiwein, und wegen ein paar Char Anna-Metall schlagen wir uns tunlichst nicht die Schädel ein.«

»Nur zu. Meinetwegen.«

Die Frauen kamen scheu näher, hängten die Wasserschläuche auf Gestelle aus Treibholz, brachen Äste und zerhackten Holz mit Steinäxten. Karidon stand auf und spaltete ein paar Kloben mit der bronzenen Doppelaxt. Mlaisso hob Ketten und Halsschmuck und schwenkte die gleißenden Kostbarkeiten im Sonnenlicht. Barit sagte:

»Sklavinnen. Sie verkaufen sie. Ein paar schöne Weiber sind dabei; der Rest ist besser für Küche, Stall und Feldarbeit zu gebrauchen.«

»Unsere Ruderer werden ihre ungewaschene Schönheit möglicherweise zu würdigen wissen. Morgen, mit der ersten Flut sind wir hier.«

»Ihr seid willkommen.«

Ptah und Mlaisso gestikulierten, sprachen, zeichneten Figuren in den Sand, hoben Dolche und Schmuckstücke hoch, packten sie wieder in den Watsack und lächelten die Frauen an. Einige unregelmäßige, unterschiedlich schwere Fladen Zinn glänzten im Sand. Karidon hob sie hoch und ritzte sie mit seinem Dolch; die Eisenschneide hinterließ tiefe Rillen. Gutes Zinn also. Er stand auf und zeigte nach Süden.

»Sag's ihnen, Kapitän Barit: Wir sind ein paar Stunden nach Sonnenaufgang hier. Dann geben wir ihnen schöne Dinge für das Zinn, das ihr übriggelassen habt. Morgen sprechen wir über goldenen Reichtum, der für den Rest deines Lebens reichen wird, ja?«

»Du überraschst mich, Käpten Karidon.«

»Morgen noch ein wenig mehr.« Mlaisso wuchtete den Sack auf die Schulter, hob grüßend den Arm und stapfte den Hang hinauf. Ptah kicherte, schwenkte eine dünne Goldkette und blinzelte einer jungen Frau zu. Karidon winkte und warf den Bogen auf die Schulter.

»Morgen bringen wir guten Keftiwein«, sagte er. »Die Mannschaft wird ungeduldig und sorgt sich. Guten Handel wünsche ich.«

Nebeneinander gingen sie zur *Morgenröte*, vorbei am weißen Gerippe eines Ochsen oder Esels, duckten sich unter dem Angriff kreischender Möwen, und kurz bevor sie das Schiff erreichten, kam der gewaltige Schwarm der roten Vögel zurück und fiel, außerhalb ihrer Sicht, ins Land oder ins flache Wasser ein.

Karidon goß Wasser in den Weinbecher, schwenkte ihn und gähnte in die Flammen. Das Wasser in Hesqes Kessel summte. Licht und Schatten, goldener Sand und kleine schwarze Dreiecke hinter Schwemmsteinen bildeten schwankende Muster auf den Flanken der *Morgenröte* und am silbrigsalzigen Strand. Die blutrote Sonne schob sich hinter den schwarzen Gewitterwolkenturm.

»Zwei oder drei Talente Zinn, Freunde, nicht ein Deben mehr, das erbeuten wir morgen preiswert.« Karidons Blicke verfolgten Ibentina, die über die Strickleiter kletterte und einige Decken trug. »Aber ich habe einen feinen Plan.«

»Laß hören, Bronzehändler«, sagte Holx-Amr. »Willst du alle fünf Kapitäne betrügen?«

»Betrug liegt mir so fern wie ... die Zinnhäfen«, sagte Karidon. »Hört zu. So machen wir's.«

Auch andere Händler hatten schweigsame Kapitäne wie Galbulk und seine *Zwei Meere* getroffen und sich Gedanken gemacht; jeder, der rechnen konnte, suchte nicht nur Kupfer oder Bronze, deren Quellen und Handelswege jedem tüchtigen Händler bekannt waren, sondern Zinn. Je länger Karidon sprach, desto häufiger nickten Selkara und Kadran; Ibentina breitete die Decken im heißen Sand aus und lauschte schweigend. Am Horizont zuckte ein Flächenblitz. Mlaisso sagte:

»Hätte Jossel nicht besser machen können, Kari.« Er reichte Ibentina eine Schale und füllte sie. »Du bist sicher, daß die Kapitäne mitmachen?«

»Wenn sie mich verstehen - ja. Alle!« sagte Karidon.

»Ich glaube es auch. Und wenn der Goldhorus so handelt, wie wir denken, erst recht, ohne jedes Zögern.«

Ptah kicherte. »Die Verständigung ist alles andere als einfach, Neb Kapitän.«

»Glaub's mir.« Karidon sprang auf die Füße. »Wenn's um Gold, Ehre und guten Gewinn geht, versteht dich auch ein tauber Blinder ohne Finger.«

Das Gewitter näherte sich langsam, die Luft war heiß und voller Gerüche. Die Mannschaft aß und trank, Kadran, Selkara und Hesqemari räumten auf und kletterten an Bord; Selkara setzte sich auf die Bordwand und blies auf der Rohrflöte. Mondlicht überflutete den endlosen, flachen Strand. Hin und wieder hörten sie fernes Gelächter von den anderen Schiffen und schrille Schreie. Karidon und Ibentina tappten bis über die Knöchel im Wasser und fühlten Sand zwischen den Zehen, als sie, den umherraschelnden Krebsen ausweichend, nach Westen spazierten, dem Mündungsarm entgegen. Ein Blitz schlug ins Meer, noch war der Donner nicht zu hören. Ibentina legte den Kopf auf Karidons Schulter, ihr geöltes Haar kitzelte seinen Rücken; er sagte leise:

»Jener alte Verwalter, Cha-Efes, stand mit mir neben dem Großen Kanal. Er hat mit zitternden Fingern in die Wüste gezeigt und gesagt: Wer dort hineingeht, wird anders sein, wenn er wieder zurückkommt. Verwandelt. Von den Erlebnissen geprägt ... von der Einsamkeit. Wenn wir zurückkommen, aus der Wasserwüste, Liebste, werden wir uns auch verändert haben.«

»Ich nicht«, sagte sie und lachte. »Ich werde dich nachher höchstens noch mehr lieben als jetzt.«

Er streichelte ihre Hüfte und stolperte über einen weißen Knochen. »Meiner Liebe kannst du sicher sein,

Ibis-Herit. Trotzdem wirst du viele Dinge anders betrachten, mit deinen Gepardenaugen.«

»Wann sind wir zurück?«

»Es wird wohl, alles in allem, noch fünfzehn, achtzehn Monde dauern. In hundertzwanzig Tagen müssen wir einen Unterschlupf vor den Winterstürmen gefunden haben. Wir wollen nicht an einem öden Strand frieren.«

Entfernter, milder Donner grummelte aus West und Nord. Wieder verzweigten sich Blitze über dem Wasser, die Krebsscheren knisterten. Von Karidons Nasenspitze tropfte Schweiß. Er wich nach links aus, um nicht in die hellen Gerippe rindenloser Baumteile zu rennen; er drehte sich um und sah zum Schiff. Das Feuer brannte an der Steuerbordseite, an Deck leuchteten zwei Lämpchen.

»Weißt du nun besser, wo die Zinnhäfen liegen, Kari?«

Das Wasser reichte bis zu den Knien. Er blieb stehen, schüttelte den Kopf und legte die Arme um Ibentina, zuckte mit den Schultern.

»Noch weiter im Westen. Nicht hier. Das hier ist – ein Zufall. Nächstes Jahr: ein guter, reicher Handel. Wir segeln weiter, immer entlang der Küste, bis wir dort sind, wo Galbulk das Zinn holt.«

»Soll ich deinen Mut bewundern? Euren Mut?« Ibentinas Finger lösten den Gurt seines Schurzes. Sie lachte tief in der Kehle. »Ich hab euch gut kennengelernt, ihr reifen Männer. Ich weiß, worum's geht, Kari. Ihr wollt es euch und allen noch einmal zeigen, die euch kennen – und, bei Hathor und Sachmet, ihr werdet es schaffen. Ich hab nie davon geträumt, gemeinsam mit dreihundert Jahre alten Männern, zusammengerechnet, zu einem Ziel zu segeln, das keiner kennt.«

Karidon nahm ihr Gesicht in beide Hände und atmete tief. Seine Lippen berührten ihren Mund; er sagte leise:

»Trifft es dich hart? Ich hab immer davon geträumt, mit der schönsten und klügsten Geliebten zum Ziel meines Traumes zu segeln. Wenn wir wirklich alt sind, werden wir uns an viele Erlebnisse erinnern können, Ibis.«

Sie streifte das Kleid ab, warf es auf seinen Schurz und schob ihn, das Knie zwischen seinen Beinen, tiefer in die plätschernde Brandung. »Auch daran, daß wir uns im Wasser küssen und im Sand lieben werden, Käpten?«

»Auch daran, nicht nur einmal. Im Gewitter, Liebste?«

»Weißer Mond und viele Peser-Blitze, Grünauge; das schönste Licht für die Leidenschaft. Oder bist du wasserscheu?«

Sie hielten sich an den Händen und liefen, bis sie schwimmen konnten, tauchten unter und tauchten prustend auf, lachten und kicherten, liefen über den feuchten Sand und liebten sich, zuerst zärtlich und weich, ein zweitesmal leidenschaftlich, bis zur Erschöpfung, die Füße im salzigen Schaum der Brandung, während das Gewitter langsam näherkam und Pesers weißglühende Pfeile kreuz und quer unter den Sternen zuckten; als die ersten Tropfen ihre Haut wie zärtliche Geschosse trafen, packten sie die triefende Kleidung und rannten zum Schiff. Sie stellten sich zuerst in den Regen und genossen die leise herunterrauschende Flut. Später tobte das Gewitter sich über der Strommündung aus, drehte sich, kam zurück, hämmerte knatternde Blitze ins Wasser und in den Sand und erschütterte die Luft mit betäubenden Donnerschlägen. Sie flüchteten über die Strickleiter in das winzige Gelaß unterm Heck und hörten zu, wie der trommelnde Regen salzverkrustetes Tauwerk, Segel und Planken wusch. Bei Sonnenaufgang zerrten und schoben sie die *Morgenröte* in tieferes Wasser und ruderten zur Bucht des seltsamen Handels.

Über Nacht schienen Barit, Akan und die anderen ein Mittel gefunden zu haben, sich leichter und mit weniger Irrtümern zu verständigen. Ptah und Karidon glaubten zu erkennen, daß jeder mit dem anderen besser reden konnte. Karidon saß im langen Schatten des Bugs der *Morgenröte* und rechnete, sah Netji zu, der mit einer jungen Frau sprach, die seine Kette trug und mit Erfolg während der Nacht und des Morgens versucht hatte, viel sauberer und gepflegter zu erscheinen. Als Ptah mit ihr hinter dem Kamm der Düne verschwunden war, legte Karidon die Hand auf Barits Unterarm und sagte:

»Hör gut zu, Händlerkapitän. Jeder, dessen Schiff voll Zinn in Menefru-Mirê anlegt, ist der Freund des mächtigen Herrschers über Millionen Rômet. Chakaura zahlt in Gold, mit ausgesucht teurem und schönem Schmuck, mit Wohlwollen und wertvollen Steinen und dem Recht, zwischen allen Häfen und Menefru ohne viel Abgaben handeln zu dürfen. Ich weiß, wovon ich rede: Ich bin seit einem Vierteljahrhundert dabei. Wenn du und die anderen im nächsten Jahr mit zinngefüllten Schiffen hier ablegt und lebend den Hapi erreicht, wird er euch – ich schwör's! – in Goldstaub ertränken. Tu, was du willst, frag mich tausendmal: So ist es. Frag Mlaisso, Ptah, die anderen. Wir müssen nur herausfinden, was wir den Flußleuten liefern.«

Barit starrte ihn an, mit offenem Mund.

»Du sprichst die Wahrheit, Kapitän Karidon?«

»Selbst wenn ich übertreiben würde –« Karidon sah zu Holx-Amr und Ibentina hin, die bei den Frauen stand. »Ist dir der Name Jehoumilq ‚Jossel' von Gubla bekannt?«

»Viele sprechen mit Bewunderung und Ehrfurcht von ihm, in vielen Häfen.« Barit nickte. »Kennst du ihn?«

»Er kaufte mich, als ich Bergwerkssklave war. Er ist mein Ziehvater. Ein Teil der *Morgenröte* gehört ihm, ein Teil seines Hauses auf Kefti gehört mir. Was ich kann, lehrte er mich. Ich spreche mit seiner Stimme; weder er noch ich haben je betrogen. Wenn diese Männer nächstes Jahr einen Berg Zinn bringen, sollten wir ein Fünftel davon auf Kefti, Alashia und Gubla tauschen, vier Fünftel aber zum Hapistrom bringen.« Er machte eine Pause, schüttete Bier in den Becher und sagte: »Nur wir sechs, nicht sechzig Schiffe. Aus Reichtum wird Armut, wenn zu viele die Hände aufhalten. Ich geh jetzt zu meinen Leuten – sprich mit deinen Mit-Kapitänen.«

»Bei der Großen Mutter! Ich spreche mit ihnen.«

»Wir haben Zeit. Noch ist Sommer.«

Karidon trank einen Schluck Bier, schulterte die Doppelaxt und winkte Ibentina und Holx-Amr, dann lief er durch Wolken sirrender Mücken am Rand des Nebenarms in nördliche Richtung, sah gebannt einem ebenso riesenhaften Schwarm der roten Deshera-Stelzvögel zu, wie er auch gestern über das Land geflogen war, versuchte die Landschaft zu begreifen und sich die einander widersprechenden Gerüche zu merken, fand Fuchskadaver, Ochsengerippe, Fischgräten und pfeifende Ratten, sah die vielen Spuren von Überschwemmungen; Zeichen dafür, daß auch dieser Strom alles, was in ihm ertrank und von den Wassern mitgerissen wurde, hier ausspie und ablagerte. Brackige Seen, in deren Schilf Enten schnatterten, salzige Lagunen und Schwemmlandufer, auf denen kümmerliche Zypressen wuchsen, unterbrachen die Eintönigkeit. Karidon erkannte schließlich in großer Ferne Waldränder und große Sumpfzonen und verfolgte die Ausfaserungen der Rauchsäulen, die vom Treffpunkt der Schiffe nach Osten trieben. Am Nachmittag sah er im hellen Blau des Firmaments die feinen Muster der gefiederten Wolken; nun wußte er auch, über welchem Strom der Hassarr aus Nordwest kam. Als er wieder die Schiffe erreichte, war der Himmel fast wolkenlos, tiefblau, die Sicht ging ungehindert bis an die Enden des Himmels, und der ablandige Wind steigerte sich bis zum Abend zu einem kalten Sturm, der Wasser, Sand und Schlammtropfen mit sich riß und alle Mücken vertrieb; mitten im kochendheißen Sommer.

Karidons Hand glitt über das Zeichen am Mast; das bronzene Ankh glänzte wie Gold, weil fast jeder, der am Mast vorbeiging, über das Lebenssymbol wischte. Kapitän Barit stand vor dem Bug der *Morgenröte*, stemmte die Fäuste in die Hüften und betrachtete die salzüberkrusteten Augen auf den Planken.

»Dein Schiff schielt, Zinnhändler«, sagte er durch das Heulen des Windes im Tauwerk. »Hat das eine bestimmte Bedeutung? Ein Götterzeichen?«

»Ich weiß, daß es schielende Götter gibt.« Karidon steckte die Hände in die weiten Ärmel des Kittels und lachte. »Die Augen haben bisher fast jedes Übel von uns verscheucht. Vielleicht erschreckt sie das Schielen – andererseits hat mein alter Kapitän immer gesagt, daß auch hundert Götter und tausend Augen am Leben des Menschen wenig ändern. Wer weiß es wirklich?«

»Wir haben geredet und abgestimmt«, rief Barit.

»Geht ihr auf diesen Handel ein?«

»Wir werden es beschwören, feierlich. Zusammen mit Akans Leuten. Wir wissen auch, was wir mitbringen müssen. Gutes Geschäft, sage ich – wenn wir überleben.«

»Warum sollten wir nicht überleben?« sagte Karidon. »Wir sind hierher gesegelt, wir segeln auch wieder zurück. Einverstanden. Holst du alle zusammen?«

»In einer Stunde, am Windschutz, beim Feuer.«

Karidon holte aus dem Heck den Kupferzylinder, schnitt ein Schreibblatt in zwei Hälften und rührte Tusche an. Mittlerweile wußten die Seefahrer mehr über die Floßleute: Sie waren hier am Ende einer langen Flußwanderung angelangt, keine armen Jäger, aber keineswegs reiche Menschen, die von der Jagd und dem Sammeln von Früchten und Nüssen lebten und Äcker bebauten. Wie ihre Vorfahren zufällig in den Bergen den bräunlichen Zinnstein gefunden und daraus Zinn erschmolzen hatten, wußten sie selbst nicht mehr. Sie brauchten jede Art Waffe und Werkzeug, dessen Schneide schärfer war als eine Steinklinge. Vom Schmuck waren sie begeistert; sowohl keftische Wollstoffe als auch Rômetleinen wollten sie gegen Zinn tauschen. Sie kannten Oliven und deren Öl nicht, hatten aber eigenen Wein, und für ihr Leben brauchten sie nur wenig Gold, Erdpech oder Elfenbein. Karidon rechnete und winkte Mlaisso, Kadran und Ptah zu sich herauf. Sie redeten leise und stimmten ab, wie sie handeln wollten.

»Bronzewaffen, Werkzeuge aus Bronze, Stoffe und Leder, Schmuck und einige andere Kleinigkeiten«, sagte Ptah-Netjerimaat und blickte zu den Flößen hinüber. Kapitän Dagis hatte eine junge Frau und zwei Mädchen an Bord seines Schiffes. »Keine besonders wertvollen Waren. Wenn wir die Floßleute dazu bringen, ein sicheres Maß für den Tausch von uns anzunehmen, sind alle Teile zufrieden, auch Chakaura.«

»Das werden wir, die sechs Kapitäne, ihnen vorschlagen.« Als sie hinter der Bordwand aufstanden, wirbelte ihnen der Sturm feinen Sand in die Augen. »Kein gutes Segelwetter für uns.«

»Hassarr.« Holx spuckte aus. »Drei Tage wütet er. Oder sechs. Oder neun. Gehen wir zu den Zinnschürfern.«

Es dauerte bis zum Einbruch der Nacht, bis die Mengen ausgehandelt waren. Beide Gruppen tauschten ihre Vorräte, die Kapitäne ließen die Zinnfladen neben dem Innenkiel zwischen Stroh und Riedgeflecht stapeln. Mit Akan und den Floßleuten machten sie aus, in einem Jahr um die gleiche Zeit am selben Ort die sechzigfache Menge zu tauschen. Karidon formte aus Sand und Lehm einen Ziegel und erklärte Akan, daß er das Zinn in solche Barren gießen sollte; alle Barren gleich schwer.

»Euch sage ich, Handelskapitäne, daß ihr verschwiegen sein müßt.« Mit der Linken zog Karidon den Dolch und hielt das rechte Handgelenk in die Höhe. »Wir beschwören es mit Blut und Wein!«

Ptah füllte eine Trinkschale. Karidon ritzte die Haut unterhalb der Handfläche, das Blut tropfte in den Wein; zögernd taten es ihm Barit, Dagis, Maris und die anderen gleich, jeder trank; Dagis leerte die Schale. Drei rote Tropfen fielen auf das weiße Schreibleder. Karidon zuckte zusammen, löste sich aus der Erinnerung und hob langsam den Kopf. Behutsam leckte er über den Schnitt und sagte:

»Ihr segelt zurück nach Kefti, Gubla und Alashia?«

»Wenn es der Sturm erlaubt.« Dagis wischte sich Sand aus den Augenwinkeln. »Und ihr, Akan? Ihr wandert wieder mondelang euern Fluß hinauf? Mit den Flößen?«

»Floß bis zuviel Strömung. Dann verbrenn. Auch geben anderen, für Essen.«

»Wollt ihr nicht eine Sklavin kaufen?« sagte Barit.

»Ich nehm eine oder ein paar mit. Für uns, unterwegs, und in Gubla verkauf ich sie wieder.«

»Nein.« Karidon schüttelte den Kopf. »Das Schiff ist für uns acht gerade groß genug.«

Der Sturm dauerte die ganze Nacht. Drei Feuer loderten hinter ihrem Windschutz aus Holz und Häuten. Hesqe und einige Frauen hantierten an den Rosten und brieten Fisch. Die Lichter auf den Schiffen zuckten und flackerten; inmitten der riesigen Ebene der Einsamkeit aus Sand und Wasser, unter dem Sternenhimmel, bildeten die Schiffe in der Flußkrümmung eine winzige Insel der Helligkeit. Die Töne der Rohrflöte waren im Jaulen des Sturms kaum zu hören. Frauen, Floßmänner und fremde Seefahrer saßen um die Feuer, Decken über den Schultern, aßen Fisch und tranken Kräuteraufguß. Karidon lehnte an Ibentinas Schulter, blickte in bärtige Gesichter und sagte leise zu ihr:

»Es ist kein Hafen des Zinns, Freunde, aber für mich bedeutet es ein Zeichen. Ein Wegezeichen. Eine Landmarke auf dem Weg zu den Zinnhäfen.«

»Wir segeln, wenn der Hassarr aufhört?« fragte Holx.

»Einen Tag danach, wenn das Meer wieder ruhig ist.«

In den Booten aus Stangen und Leder paddelten einige Männer. Die Esel und die Frauen zogen die Flöße flußaufwärts durch das ruhige Wasser. Ab und zu drehte sich ein braunhaariger Floßmann um und winkte. Die Sklavinnen im Schiff begannen zu schluchzen, bis der Kapitän einen Befehl brüllte. Der Sturm hatte die rotgefiederten Vögel an den Boden gefesselt; jetzt flogen sie zu Tausenden auf und zogen geräuschvoll nach Westen, winzige rötliche Kreuze im dunkelblauen Himmel. In schmalen Rinnsalen lief in der Ebbe gurgelndes Meerwasser ab. Mit den Riemenenden stießen die Ruderer die *Morgenröte* in die Strömung und ruderten, bis das Schiff dem Doppelsteuer gehorchte. Der Nebenarm mündete in den Strom, der sein Wasser unmerklich mit dem des Meeres mischte. Karidon und Ptah standen an den Pinnen, winkten zu den Schiffen, die schräg vor ihnen in einer Linie segelten, und Karidon sagte:

»Nach Steuerbord, Netji. Nach Westen.«

»Nach Sonnenuntergang, Neb Karidon.«

Noch herrschte ablandiger Wind, ein Hauch, verglichen mit dem Sechstagehassarr, aber er genügte, das Segel zu füllen und die *Morgenröte* im weiten Bogen nach Südwest zu schieben. Die fünf Segel zogen sich weit auseinander, wurden zu kleinen Punkten und verschwanden schließlich.

Einundfünfzigmal versetzte Karidon die Pflöcke in den Tageslöchern der Monde von Kefti und Tameri. Die *Auge der Morgenröte* segelte entlang der Küste, die stets an Steuerbord blieb. Karidon vermied geradezu ängstlich jedes Wagnis und segelte oder ruderte in zahllosen kleinen Halbkreisen von einem Punkt der Küste zum nächsten, von Stränden und Buchten zu schroffen Felswänden oder morastigen Mündungen voll mückenverseuchter, fiebriger Sümpfe, entlang salzverkrusteter oder schier endlos langer, ungefährlicher Sandstrände. Tage und Nächte glitten ineinander, wurden zu einer Folge ähnlicher oder gleicher Wiederholungen: Wasser aus Flüssen, Bächen und Quellen; Sonnenschleier an Stirnbändern vor den Augen; Fischschwärme, Schweinsfische, Speerkopffische, kleine fliegende Fische; Sonnenaufgänge und farbenzerfließende, augenbetäubende Sonnenuntergänge; Windstille, Sturm, Wind aus allen Ecken des Himmels, kleine Jagden an Land und breiig erstarrendes Salz, das sie an windstill glastenden Tagen aus verdunstendem Wasser gewannen. Zuerst nach Süden, dann nach Westen, später nach Südwest, wieder nach Süd und weiter von Bucht zu Bucht nach West. Die *Morgenröte* schwamm in einer Strömung, die Holx immer wieder neu entdeckte, denn sie wiegte das Schiff selbst bei Windstille in westliche Richtung, ebenso kräftig wie die Ostströmung jenseits der Hapimündungen. Wenn Wind aufkam, manchmal in sternbeladenen schwarzen Nächten, der ihnen schaden und sie auf falschen Kurs treiben konnte, flüchteten sie so schnell wie möglich zum Ufer, an dem sie und das Schiff sicher waren.

Am ersten Tag des Athyr, als die Hitze kaum zu ertragen war, in einer windarmen Stunde, kam Ibentina vom Bug, durchquerte den Schatten des Segels und blieb auf den Stufen zum Heck stehen. Sie war halbnackt, das Haar schulterlang, dunkelgebräunt, die Haut glänzte vor Zedernöl und Schweiß; sie sagte lächelnd:

»Genau vor dem Bug, einen Tag weit entfernt, hab ich die dritte große Durchfahrt gesehen, Kari.«

Das hügelige, bewaldete Land jenseits der Küste hob sich und endete in einem Berg, dessen Kante einem steilen Schiffsbug ähnelte. Karidon blieb vor dem Segel und betrachtete schweigend Meer und Land am Horizont; in Ufernähe wehte schwacher Wind aus der Richtung des Sonnenaufganges, und aus dem Dunst schob sich auch an Backbord das Land dem Schiff entgegen. Die Breite des freien Meeres schätzte Karidon nach einiger Zeit auf dreißig Chen-Nub. In der heißen Luft flogen unzählige weiße Störche über die Meeresenge nach Süden, ein breites Band, das sich wie eine zittrige Wolke von Land zu Land spannte. Karidon sah den Vögeln eine Weile lang zu und ging zurück ins Heck.

»Unser Glück«, sagte er leise, »oder besser: Daß uns

und dem Schiff nichts Schlimmes geschehen ist, verdanken wir dem Fehlen von Unglück. Aber die Zinnhäfen haben wir nicht gesehen.«

Kadran rief vom Bug: »Ein Segel! Backbord voraus!«

Ptah und Karidon wechselten einen langen Blick und grinsten breit. Das Schiff schlich auf die Mitte der Durchfahrt zu. Karidon nickte Ibentina zu und kletterte auf den Mast, stellte sich auf die Rah und klammerte sich an. Der helle, eckige Punkt bewegte sich vor dem dunkelgrauen Bergland links des Schiffes vorbei; ein Schiff auf östlichem Kurs. Karidon winkte, aber war sich bewußt, daß dies eine vergebliche Geste war. Er kletterte hinunter und sagte:

»Wenn uns das Glück treu bleibt, ist es ein Zinnschiff, das vor den Winterstürmen den letzten guten Wind ausnutzt. Wenn uns die Götter verlassen, Netji, liegt hinter der Durchfahrt der Rand der Welt.«

»Vor dem Rand der Welt muß es ein Meer ohne Gefahren geben.« Ibentina lächelte Holx, Ptah und Karidon fragend an. »Von diesem Meer kommt das Schiff, das wir sehen.«

»Das zweite Meer«, knurrte Holx-Amr. »Ob uns die Strömung hinauszieht? Wie zwischen der Hapimündung und Gubla?«

Mlaisso und Ptah zuckten mit den Schultern. »Das andere Meer? Wie können wir es unterscheiden?«

»Wir werden es erkennen, wenn wir dort sind.« Karidon zeigte zum Bug. »So wie auf der Fahrt nach Punt.«

Neun Stunden lang zog die Küste an ihnen vorbei. Vor Sonnenuntergang steuerten sie zum Sandufer und sahen, als schwarze Schattenrisse, die Berge an beiden Seiten der Durchfahrt, und als die Sonne den Horizont berührte, erschien auf den Wellen eine breite, feuerrot leuchtende Bahn.

Das andere Meer, in das die *Morgenröte* vorgedrungen war, hatte keine andere Farbe, aber andere Wellen. Sie steuerten um das wuchtige Kap herum – weißes Gestein, voller Höhlen und an vielen Stellen bewachsen – und ließen die Brandung nie aus den Augen. Die Schatten wanderten über die Planken. Zuerst wandten sie sich nach Südwest, später, als das Land wieder zu niedrigen Bergen, Hügeln, Dünen und Stränden wurde, nach Nordwest. Die Dünungswellen wurden größer, die Brandung mächtiger, die Wellen sanfter, härter; ganz anders. Unentwegt sank das Schiff tief ins Wellental und stieg weit über das Meer empor. Sie nutzten den ablandigen Wind vor Sonnenaufgang aus, ruderten häufig und tasteten sich entlang menschenleerer Strände tagelang bis an einen Sumpf heran.

»Es riecht wie an den Hapimündungen«, sagte Selkara. Kadran meinte: »Oder an der Mündung des Floßleute-Flusses.«

»Also Brackwasser. Ein Fluß!« Hesqemari blickte auf die Wolken, die sich im Westen ballten. »Wir brauchen einen sicheren Platz – siehst du, wie dort ein Sturm gezeugt wird?«

»Meine größte Sorge, Freunde«, sagte Karidon. »Heut nacht sind wir sicher, zwischen Schilf und Sand. Morgen segeln wir in den Fluß, den wir heute riechen.«

In der Nacht erreichten die Wolken den Vollmond. Die Sterne verschwanden, lange Wellen schäumten zum Ufer. In vollkommener Dunkelheit kletterte Karidon an Deck, um sein Wasser abzuschlagen. Er sah ein winziges Licht auf den Wellen, das einige Atemzüge später verschwunden war, wieder erschien, abermals an einer anderen Stelle verschwand. Er wartete, bis die Wolken das Nachtgestirn einen Augenblick freigaben, dann sah er das Segel. Ein Schiff kämpfte sich durch hohe, gischtende Wellen auf dem Weg, den sie gekommen waren, zurück ins bekannte Meer. Für ihn gab es keinen Zweifel: Es kam von einem Zinnhafen.

Abermals blieb ihnen, selbst im Weststurm, das Glück treu; gegen Mittag erreichten sie das Brackwasser der Flußmündung. Seeadler kreisten über Schilf und Sumpf, als die *Morgenröte*, deren Segel prall gefüllt war, flußauf rauschte. Sie segelten vor dem Sturm, brauchten nicht zu rudern; Ptah und Holx hielten Ausschau im Bug. Der ausgedehnte Mündungssumpf hatte wenig Ähnlichkeit mit dem nassen Land der Hapimündungen; die Seefahrer sahen nichts anderes als die Ränder des Schilfs, einzelne Wäldchen, abgestorbene Bäume und lange Inseln aus Schlick. Später säumten riesige, aufrechtstehende Felssteine das Ufer; sie standen so regelmäßig, daß jeder an Bord überzeugt war, daß sie von Menschen herangeschleppt und aufgerichtet worden waren. Fünfmal versenkten sie den Ankerstein im Kehrwasser der Sandzungen; der Mündungssumpf war zurückgeblieben, der namenlose Fluß, der sich zu einem langgezogenen See geweitet hatte, wurde schmaler, sein Wasser klarer, ehe Ptahs scharfe Augen die Rauchsäulen entdeckten.

»Dort, in den Hügeln, leben Menschen«, sagte er. »Die Bewohner der Zinnhäfen?«

»Wir sollten sie am Ende des Sommers nun wirklich erreicht haben, diese Häfen«, brummte Mlaisso. Das Segeln und Rudern gegen die Strömung wurde mühsamer, aber am Ende einer langen Flußschleife schoben sich Häuser zwischen schmalen Feldern und aus Waldresten hervor. Unter tiefhängenden Wolken, an beiden dunklen Hängen, stiegen Rauchsäulen auf. Sie kamen aus Löchern und halbkugeligen Steinhaufen oder aus den Dächern der Häuser. Ein Steg ragte an der Steuerbordseite in den Fluß, ein zweiter flußaufwärts auf der gegenüberliegenden Seite.

»Das scheinen Öfen zu sein, Kari, wie wir sie von Pachos und Keiron kennen!« rief Selkara unterdrückt. Fischerboote schaukelten in den Wellen und lagen auf dem steinigen Ufer. Über den Eingängen vieler Häuser baumelten Knochenschädel mit ausladendem Gehörn, von deren Enden bunte Fäden baumelten, oder weiß gestrichene Dinge aus knorrigem Holz, die wie Dämonenfallen aussahen. An Dachbalken hingen ausgestopfte Tiere mit abgespreizten Beinen; Hunde, Katzen, kleine Nagetiere oder Fuchsschädel. Karidon sagte laut:

»Wir legen uns an den Backbordsteg, im Kehrwasser, Holx.«

Auf dem Fluß lag kein großes Schiff. Nur wenige Neugierige kamen im Regen ans Ufer oder auf die Stege. Die Rah fiel, das Schiff schwang im engen Viertelkreis herum und berührte mit dem Heck die knarrenden Bohlen. Ptah und Kadran sprangen mit Tauschlingen über die Bordwand, Ibentina hängte Prallsäcke zwischen Planken und Steg.

»Wir sind angekommen«, sagte Mlaisso. »Zehn Dutzend Hütten und Häuser hab ich gezählt. Aber – wo sind wir, Kari?«

Karidon und Ptah winkten den Bewohnern der Siedlung zu, Selkara und Hesqemari zurrten die Riemen fest. Zwei Männer in Wollkitteln und Fellumhängen kamen ohne Eile zum Steg, und Karidon überlegte, welche Sprache er benutzen sollte.

»Sind wir am Fluß der Zinnschmelzen?« rief Ptah in der Sprache Keftis. Holx kletterte auf die knirschenden Bretter des Stegs und hob grüßend die Arme.

»Ihr letztes Schiff. Stürme draußen. Ihr nicht mehr nach Keftinsel.«

»Nun wird vieles leichter«, rief Karidon und ging auf die Männer zu. Auf ihn wirkte die Flußbiegung wie eine vollendete Falle. Er sprach bewußt langsam und deutlich und benutzte einige Ausdrücke aus Gubla. »Wir haben von einigen Kapitänen gehört, daß ihr aus Zinnstein feine Barren schmelzt. Wir wollen mit euch handeln.«

»Ihr seid am richtigen Ort. Wir handeln. Bevor ihr uns zeigt, was ihr habt – Kefti erreicht ihr in diesem Jahr nicht mehr.«

»Wir wollen nicht nur handeln«, sagte Ptah und machte eine kreisförmige Geste, »sondern auch bis nach dem Winter hier trocken und warm warten.«

»Ein Wort der Vernunft. Wenn ihr unsere Sitten nicht verletzt ... ihr seid willkommen.«

»Ihr bestimmt, was wir tun, und was wir lassen.« Karidon packte die Handgelenke der Männer und nannte die Namen von Ibentina und der Mannschaft. Karasa und Olmiro waren die Ältesten der Siedlung und schienen über die Bitte der *Morgenröte*-Mannschaft entscheiden zu können. »Zuerst können wir auf dem Schiff bleiben. Später werden wir euch Gold für ein Haus geben. Und dafür, daß ihr uns helft, das Schiff seefest zu machen. Ist der Winter übel bei euch?«

»Erträglich. Viel Sturm und Regen. Fast nie zuviel, also graben wir auch im Winter und können Feuer betreiben.«

»Erst im Sommer werden wir den strahlenden Glanz der Zinnhäfen erkennen können, Karidon.« Ibentina hängte sich lachend an seine Schulter. »Es ist kein zweites Itch-Taui, das wir endlich gefunden haben.«

»Wir urteilen nach dem Metall, nicht nach dem Glanz«, brummte Mlaisso und schüttelte die Arme der Ältesten. »Du könntest Hesqe bei einem prachtvollen

Essen helfen. Ihr seid eingeladen; wir haben noch guten Wein.«

»Daran fehlt's bei uns nicht.« Olmiro und Karasa lachten. »Wir haben vier Monde Zeit, uns kennenzulernen.«

Hesqemari und Ibentina fachten das Holzkohlenfeuer an und kochten, nachdem das Segel als Wetterschutz über die Länge des Decks ausgespannt war. Mlaisso, Karidon und Ptah stiegen über Sand, Kies und Geröll zum Weg hinauf, der etwa vier Dutzend Häuser miteinander verband und sahen, daß sich der Pfad und unzählige Schmelzöfen hinter den Uferhügeln fortsetzten, in die Richtung der Berge.

»Wenn sie reich sind – und sie müssen reich sein – , dann sind sie geschickt im Verbergen ihrer Schätze«, meinte Mlaisso. »Immerhin: Die Häuser sind groß und gut gebaut.«

»Und von großen Gärten umgeben«, sagte Karidon. »Sie sind nicht arm. Auch Pachos baut keine Paläste, obwohl er sich's leisten könnte.«

Ein Regenguß rauschte durchs Flußtal und trieb sie zum Schiff. Der Wind verteilte den Rauch aus hundert Brennöfen und Herdfeuern; Ptah trocknete sich unter dem Segel ab und sagte: »Wir haben vergessen, sie zu fragen, ob sie in all ihrem Reichtum wenigstens eine gemütliche Hafenschenke zustande gebracht haben.«

»Auch das erfahren wir bald.« Karidon sah in Ibentinas und Ptahs Augen, fing plötzlich zu lachen an, hob Ibentina in die Höhe, drehte sich ein paarmal und setzte sie atemlos ab. Er schlug Mlaisso und Holx auf die Schultern und keuchte: »Unsere Träume, Steuermann! Nur ein Zinnhafen, aber er wird uns genügen! Wir haben es geschafft – in einem halben Jahr!«

Hesqe kippte drei Becher Wein in den heißen Sud und

rührte um. Von den Enden des Segels rann Regenwasser. Kadran schöpfte die dampfende Flüssigkeit in Becher und teilte sie aus. Leise sagte er mit dumpfer Stimme: »Ich hab nicht geglaubt, daß es die Zinnhäfen gibt, Kapitän. Wenn Jehoumilq wüßte, wo heute unser Ankerstein liegt! Jossel würde sprachlos sein, vor Stolz und Freude.«

»Jossel? Sprachlos?« Karidon grinste und umarmte Ibentina. »Er würde tanzen und die Zinnschmelzer mit seinem bärtigen Gesang zu Tode erschrecken.«

Nachts brannten an Deck ein Dutzend Lampen. Die Seefahrer feierten; zu Selkaras Schilfflöte schlug Kadran auf einer Truhe den Takt, und Mlaisso klatschte in die Hände. Der Regen hörte am späten Vormittag auf.

 Karidon brauchte fast einen Mond lang, um seine Zweifel endgültig zu besiegen. Sie hatten bis auf wenige Reste den gesamten Besitz gegen kantige Zinnbarren eingetauscht und stapelten sie neben dem Ende des Steges. Jeder besaß noch genügend Silberplättchen, Goldsand, wertvollen Schmuck und einige Steine. Mit dieser wertvollen Ladung schieren Zinns wäre Karidon am liebsten augenblicklich in See gegangen, zur Hapimündung. Die Freunde, aber noch mehr die Gewitter, Stürme und Regengüsse des frühen Winters hielten ihn davon ab, und wenn er von der Fahrt sprach, warfen ihm die Ältesten der Familien Karasa, Madis oder Sircha mitleidige Blicke zu. Mit eigenem Tauschmetall bezahlte er den Proviant.

Sie waren im Land Djahri, die Siedlung wurde Tamzine genannt. Weniger als tausend Menschen wohnten hier, jagten Vögel, Wildschweine und Rotwild, bauten Gemüse und Obst in Gärten an, hielten Schafe, Ziegen und einige Rinder, hatten kleine Äcker. Gerstensaat und Emmerkorn würde Karidon nächstes Jahr bringen. Für das Tauschmetall erhielten sie zu wenig Gegenwert. Karidon und Ptah beschlossen, das Verhältnis ein wenig zu ändern. Kapitäne wie Galbulk von der *Zwei Meere* wurden durch diesen Handel unmäßig reich – andererseits wagten sie gefahrvoll weite Fahrten. Zinnstein hatten sie in den Ablagerungen des Flusses gefunden, zusammen mit Resten von Schiefer und Kupfererz. Das dunkelbraune, oft schwärzliche Zinnerz, das sich wie bröckeliger Stein anfühlte, wurde zerschlagen, mit Holzkohle oder zerhacktem Holz in den Brennöfen gemischt und ausgeschmolzen. Mlaisso und Selkara zeigten den Familienältesten, daß Blasebälge die Arbeit erleichterten. Das schmelzende Zinn rann in Formen aus dickem Ton, die nach dem Erkalten gestürzt wurden: Die Barren wogen recht genau fünfzig Deben. Wenn es regnete, dampften an zahlreichen Stellen heiße Tonformen und abkühlendes Metall.

Karidon und Ibentina richteten sich im Schiff ein, das nach vier Zehntagen an Land gezogen, auf Steine gestellt und abgestützt wurde. Die Schenke hatte keine Gastzimmer, aber es fanden sich sechs Familien, bei denen Mlaisso, Ptah, Holx-Amr, Kadran, Hesqe und Selkara wohnen konnten. Weiter flußaufwärts begann ein unregelmäßig benutzter Handelsweg, der, wie Ptah schließlich herausfand, in der Nähe jener Berge vorbeiführte, aus denen die Floßleute das Zinn schürften.

»Auf der langen Fahrt ins Unsichere, Liebster, warst du ruhiger und zufriedener. Welcher Ungeist treibt dich um? Hier, auf festem Land, im Schiff, an dem man Planken durch Löcher und Löcher durch neue Planken ersetzt?« Ibentina stützte den Ellbogen neben Karidons Schulter und blinzelte in seine Augen. »Unzufrieden? Sehnsucht nach Jehou oder unserem Häuschen?«

»Nichts davon und von allem ein bißchen, Ibis«, sagte er leise. »Nicht nur wegen der langen Fahrt – die Zeit, das nächste Jahr, sie rennen uns davon!«

Er ließ die Lippen über die Schmucknarben gleiten.

Langsam verloren die Körper die tiefe Sonnenbräunung; feine Hautfetzchen schilferten ab. Seine Finger fuhren durch das lange Haar.

»Im vierten Keftimond den Fluß hinunter, nach Itch-Taui oder nach Keftiu, neue Handelsware, zu den Floßleuten, zurück, hierher, dann zu Jossel oder Chakaura: Auf so viele glückliche Winde dürfen wir nicht hoffen. Jeder Tag zählt, jede Nacht.«

»Jetzt versteh ich es, Grünauge. Und wenn wir auch nächstes Jahr hier überwintern würden?

»Dann wären wir beide das einsamste Paar der Welt.«

Sie runzelte die Stirn und drehte Spitzen aus seinem weißgrauen Brusthaar. »Wir beide? Wie das?«

»Du hast mir einen Sohn versprochen.«

Sie nickte. »Du sollst bei Ti-Senbi bleiben und das Kind nicht im Sturm auf den Planken bekommen.«

»Das bedeutet, Liebster, daß ich nicht mitfahre.«

»Das bedeutet es, Ibis.«

»Jetzt versteh ich dich besser. Willst du deinen Sohn – verstößt du mich, wenn es eine Tochter wird? – im Land Djahri zeugen? Etwa heute, in dieser Nacht?«

»Du hast rechnen gelernt, Ibis.« Karidon lachte. »Solche Eile haben wir nicht. Warte noch ein wenig.«

»Mit dem Sohn: ja. Bis die Plankenschnitzer zu hämmern anfangen, weiß ich Besseres, als neun Monde an den Fingern zu zählen.« Sie streichelte seine Narben über dem Knie und an der Leiste. Regen trommelte aufs Deck und tropfte von der Vorderkante des Hecks. Das Öl im Lämpchen summte wie eine Hornisse. »Denk nicht an Zinn, Stürme und Tage, Kari. Wir sind allein; niemand wird mein Lustzwitschern hören.«

»Bin ich niemand?« Er küßte sie und hörte sie murmeln: »Dein Schnarchen ist so laut, bester Zinnkapitän der *Morgenröte*, daß der Ankerstein wackelt.«

Karidons Blick schien nach innen gerichtet zu sein; er hockte auf dem umgedrehten Boot, in den Wollmantel gehüllt, und ahnte, daß er Entscheidendes vergessen hatte. Es wollte weder ihm noch den Freunden einfallen; draußen in den Wellen war es zu spät. Vier Monde nach dem Jahresanfang – Karidon rechnete, als ob sie auf Kefti wären – waren Mannschaft und Schiff bereit zum Ablegen.

»Ich schwör's dir, Kapitän«, sagte er laut zu sich selbst. »Nichts ist vergessen worden!«

Vierundzwanzig keftische Talente reinen Zinns. Mit Kupfer gemischt und verschmolzen ergab die Menge mindestens zweihundertvierzig Talente Bronze. Wasser, Wein, Proviant, Schiffsausrüstung ... nach seinen Listen eingetauscht, gezählt und so gründlich verstaut wie stets. Mit einem Fluch befreite sich Karidon vom schweren Stoff und sprang auf die Füße.

Einige warme Sonnentage hatten genügt, das ausgebesserte Schiff zu Wasser zu bringen und zu putzen. Jede Handbreit glänzte wie neu. Karidon blickte über das langgestreckte Dorf im satten Frühsommergrün hinweg zum Himmel: Die Wolken verhießen nichts Gutes.

»Wir ernten den Unmut der Götter, wenn wir jetzt segeln«, brummte er. Ibentina kam mit weiten Schritten über den Steg und lachte. Sie trug über dem Wollkittel einen knielangen, ärmellosen Mantel aus weichem Fell mit weißen Nähten. Karidon half ihr über die Planke an Bord. Sie forschte in seinem Gesicht.

»Unruhiger als Wind, Wellen und Vögel, die Nester bauen«, sagte sie leise und legte die Hände auf seine Schultern. »Was ist los, Kari?«

»Ich weiß es selbst nicht. Unruhig – ja. Lassen wir es bei dieser Erklärung. Ich werde erst auf dem Meer wieder ganz ruhig sein. Haben wir etwas vergessen?«

»Das fragst du zum fünfzigstenmal. Vielleicht wissen
es die anderen. Hast du den Abend in der Schenke vergessen?«

»Beinahe. Willst du mich abholen?«

»Ja. Die Schenke ist voll. Die Ältesten der Familien
wollen unseren Abschied feiern. Komm mit.«

Karidon nahm ihre Hand und stieg die Uferböschung
hinauf. Hinter den bewaldeten Hügeln, zwischen dünnen Rauchwolken, hob sich der halbe Kreis des zunehmenden Mondes hoch. Aus dem weit offenen Eingang
schlugen Gelächter und Lärm; Mlaisso drückte Karidons Finger um einen geschnitzten Holzbecher mit un-
gemischtem Wein.

»Vielleicht erlebst du keine üppigen Ausbrüche keftischer Fröhlichkeit, Kapitän, aber sie meinen es gut. «

Karidon nickte. Die weitgereisten Acht hatten sich in
Djahri viele Freunde gemacht, weil sie wenig hartnäckig
schacherten, den Metallschmelzern und Weinbauern
solche Ratschläge gaben, die sich gut durchführen
ließen, und weil Karidons und Ptahs Listen der Tauschwaren für das nächste Jahr mit den Ältesten Deben um
Deben abgesprochen waren. Karidon half Ibentina aus
dem Mantel und setzte sich zu Holx-Amr und Karasa in
die Nähe des Herdes. Obwohl er reichlich aß, merkte er,
daß ihn der schwere Sauerwein der Djahris schnell betrunken machte.

»Im sechsten Mond oder später kommen die ersten
Zinnkapitäne, Karidon«, sagte der Steuermann. »Noch
nie hat jemand vor dem Ende des fünften Mondes von
hier abgelegt. Trink weiter – wir haben keine Eile.«

»Wir sind ... so weit weg von allem. Jehou, Chakaura,
Mlaissos Familie; mir ist nicht wohl bei dem Gedanken,
daß sie von uns und wir von ihnen nichts wissen. Denkt
ihr an Anatnetishs Rachsucht?«

»Auch daran. Sechs, acht Zehntage, Liebster, und wir sind dort, woher wir gekommen sind.« Ibentina legte den Arm um Karidons Schulter. Ptah und Holx starrten ihn schweigend von der Seite an. Ibentina lachte ungläubig. »Du hast Heimweh, Kari! Ausgerechnet du.«

Er leerte den Becher, wischte Wein aus den Mundwinkeln und zuckte mit den Schultern. Er massierte die Narbe unter dem Haar über der linken Schläfe.

»So wird's wohl sein; zuviele Tage und Nächte in Djahri. Meine Gedanken kribbeln, und die Finger auch.« Karasa nahm ihm den Becher ab und füllte ihn wieder; der Schwarzbärtige legte den Kopf schräg, und seine Zunge spielte in der Backe. Karidon trank und sagte: »Die Zeit rast, die Monde fahren dahin, und ich sitze hier, voller Zinn, ohne Gold und ..., ein gestrandeter Seemann.«

Gleichzeitig legten Ibentina und Karasa ihre Hände auf seine unruhigen Unterarme. Karidon rülpste leise und blickte in Karasas verwittertes Gesicht.

»Ich hab euren Erzählungen zugehört, Kapitän Karidon«, sagte er in tiefem Ernst. »Genauso wie denen der anderen Wagemutigen, die zu uns gekommen sind. Ein einziges Schiff ist in zweiundzwanzig Jahren verlorengegangen. Eine fröhlichere Mannschaft als euch gab es nie. Sieben Männer, älter und gesünder als wir, und deine schöne Frau – forderst du das Schicksal heraus?« Er zog den Weinkrug in die Tischmitte. »Trink, erzähl uns etwas, und belästige uns nicht mit Untergangsgedanken. Fast fünfzig Jahre alt und – Heimweh! Karidon! Kapitän vieler Meere! In deinem Alter sind die meisten todkrank oder unter der Erde. Du solltest auf den Tischen tanzen!«

»Davor bewahrt euch meine greisenhafte Trunkenheit.« Karidon zwinkerte und lächelte schließlich.

»Natürlich habt ihr recht; trotzdem denk ich an Kefti und ans Hapiland. Könnt ihr's verstehn? Nein. Also?«

»Also: Richte deinen grünen Blick auf Kadran und die anderen, die traurig und froh sind.« Netjis Finger kreuzten sich zu einer anzüglichen Geste. Er zwinkerte Ibentina zu. »Traurig, weil sie die Gefährtinnen des Winters verlassen, und froh, weil sie mit dem mißlaunigen Kapitän in wohligem Westwind heimwärts segeln, zum goldstrotzenden Reichtum des Hapilandes. Du sollst den Wein nicht betrachten, sondern trinken.«

»Ich trag dich dann auf den Schultern zum Schiff«, sagte Ibentina und streichelte seine Wange. Karidon merkte, daß seine Rede unregelmäßig wurde.

»Kein Wagnis, kein Vergnügen; ich weiß. Schurken! Ihr werdet euch noch vor meiner Nachdenklichkeit verneigen. Heimweh ist eine bessere Landmarke als Goldgeilheit.«

»Er ist der Klügste«, sagte Ptah erklärend. »Mit einigem Abstand hinter Kapitän Jehoumilq Jossel Ju.«

Karasa sagte förmlich: »Es wäre uns allen eine Ehre gewesen, jenen legendenhaften Bronzehändler kennenzulernen.«

Karidon stürzte den Inhalt des Bechers hinunter und kicherte. Er wurde plötzlich ernst. »Bah! Hier, heute und noch ein paar Tage lang habt ihr es mit mir zu tun. Wir müssen zu Jossel. Ich habe ein schlechtes Gefühl.«

»Mag sein.« Karidon entging nicht, daß Ptah und Ibentina schweigend Blicke wechselten. Ptah brummte: »Chakaura ist auch nicht mehr der Jüngste; wie wir. Auch ihn, ganz abgesehen von schwarzen Zähnen, zwicken Krankheiten. Deinen Schädel, Freund, möcht ich morgen auch nicht auf meinen Schultern haben.«

Karidon hielt ihm den leeren Becher entgegen und knurrte:

»Ist's dein Kopf? Sind's eure Schultern?«

Er lehnte sich zurück, schwenkte den Becher vor den Gesichtern der Freunde, die sich auf merkwürdige Weise verdoppelten, hob die andere Hand und sagte: »Hab ich euch schon erzählt, wie ich versucht hab, die Bastarde, die mich im Bergwerk geschunden haben, zu bestrafen? Nein? Also ...«

Rings um den bleichen Vollmond, dessen Leuchten die Sterne auslöschte, gab es einen fahlen nebligen Ring; mit westlichem Wind und in starker Strömung segelte die *Auge der Morgenröte* östlich der Meeresenge auf die Sterne des Ostens zu. Die Nacht war kühl. Holx-Amr und Karidon spürten die Wärme ihrer weichen Fellmäntel auf den Schultern. Die Nacht war voller vertrauter Geräusche und Gerüche. Karidon sah das Licht der Öl-flamme durch den streifigen Stoff des Segels und hob den Fuß von der Pinne.

»Dir ist nicht übel, Holx?«

»Noch nicht. Und du hast dich wieder erholt, Käp-ten?«

»Erinnere mich nicht daran, Steuermann.«

»Nur störrische Riesenwellen sind schlimmer als ein Rausch auf See. Deiner war ein kräftiger Landrausch.«

»Sprich von fliegenden Fischen, nicht von kotzenden Kapitänen.«

Holx lachte satt. Das Schiff pflügte schwer beladen durch die Wellen, hob und senkte sich und gehorchte trotz der schiebenden Wellen den Rudern. Eine Stunde später war der Mond weiter zum Heck gewandert; Holx hob den Kopf, schnappte nach Luft und keuchte auf.

»Kari! Sieh! Der Mond!«

Karidon zuckte zusammen und sprang auf. Er blickte den Mond an; der dünne, rötliche Ring war verschwunden. Am Rand der Scheibe fehlte ein Stück. Es war, als habe ein Dämon etwas abgebissen und einen bräunlichen Rand hinterlassen. Karidon fühlte die kalte Hand der Todesfurcht auf seinem Rückgrat; er blinzelte, rieb sich die Augen und murmelte:

»Etwas frißt den Mond an. Das hab ich noch nie gesehen, nie davon gehört ...«

Sie stierten in entsetztem Schweigen, auf den Ausbruch der Bedrohung wartend, zur Mondscheibe. Am rechten Rand schob sich, lautlos und grauenvoll langsam, ein schwarzer Schatten mit bräunlichgelbem Rand über die Scheibe, verdeckte das Weiß und Grau der Oberfläche und wanderte weiter, dem Mittelpunkt entgegen. Holx-Amr atmete schwer, Karidon klammerte sich an der Pinne fest. »Ein Zeichen der ... Götter?«

Mlaisso kletterte aus der Luke, blickte Karidon an, der zum Mond wies, drehte den Kopf und sah hinauf; er erstarrte, als er von der strahlendweißen Scheibe nur noch zwei Drittel sah und den scharfen Rand der Schwärze. Niemand schrie, keiner sprach, trotzdem wachten alle auf, kamen an Deck und richteten ihre Blicke auf das schwindende Gestirn.

»Wenn es ein Zeichen der Götter sein soll«, murmelte Ptah nach einer Weile, »dann weiß ich nicht, welches.«

Kleine Nachtwolken trieben vorbei; einige Atemzüge lang schien es, als würde die Mondscheibe durch die Wolken rasen, während der Schatten von ihr Besitz ergriff. Ibentina setzte sich zu Karidon und umklammerte seinen Arm. Sie flüsterte eine Frage, und er antwortete mit Schulterzucken. Niemand achtete auf die Zeit. Die Seefahrer stöhnten, als der Schatten sich über das gesamte Gestirn gelegt hatte und nur noch einen fadendünnen Rand freiließ. Der Mond schwebte an Steuerbord neben der Mastspitze, und nun erschien am rechten Rand wieder eine weiße Sichel. Das Blinken und Blitzen der winzigen Spiegelungen auf den Wellen nahm zu, die Sichel wurde größer, der weiße Glanz hob die Gesichter deutlicher aus der Finsternis heraus.

»Die Nacht frißt den Mond«, flüsterte Hesqemari. »Aber sie hat ihn nicht für immer fressen können.«

»Ein fürchterlicher Anblick!« Kadran suchte die Meeresoberfläche ab, als erwarte er auftauchende Dämonen oder Riesenfische, die nach dem Schiff schnappten. Der gebogene Schatten wanderte weiter und gab mehr vom runzligen Bild des Mondes frei. Die Sterne um das Gestirn verschwanden, wieder schien der Mond durch streifige Wolken zu jagen. Nichts änderte sich auf dem Meer: Die Fafana wehte unverändert, die Wellen und die Dünung wurden weder größer noch gewalttätig, keine unsichtbare Faust hielt das Schiff an oder riß es in einen Strudel; das Land an Steuerbord, trotz des Mondlichts nur ein Schemen, wankte nicht. Trotzdem war ihnen, als ob alle Gefühle gleichzeitig erstarrten. Karidon stieß Ptah an und murmelte:

»Wenn das Verschwinden des Mondes ein Zeichen der Götter sein sollte, Netji – was sagen sie?«

»Wenn ich's wüßte!« Ptah zuckte mit den Schultern. »Wir sollten es als günstiges Zeichen deuten.«

Die Mannschaft wagte erst wieder laut zu sprechen, als die Schatten sich vollkommen vom Mond zurückgezogen und Teil der Finsternis zwischen den Sternen geworden waren. Karidon sah ins milde Licht der Hecklampe und sagte:

»Bring uns ein paar Becher von dem Tamzine-Wein, Hesqe. Nach dem Schrecken schmeckt sogar dieses ... Gebräu.«

»Bald trinken wir wieder gutes Bier und guten Wein«, brummte der Koch und kletterte in den Schiffsbauch.

Karidon nippte an dem herben, schäumenden Wein, blickte zum Mond, wieder zum Land hinüber; in seinen Überlegungen füllte sich das Bild, das er von den Grenzen des Meeres hatte, mit undeutlichen Einzelheiten. Traf es zu, daß die Küste an Steuerbord an einem sehr viel späteren Tag der Rückfahrt dort endete, wo das Mündungsgebiet des Hapi begann? Schließlich hatten sie die *Zwei Meere* und Galbulk zwischen Kefti und Kêmet, dem Schwarzen Land, getroffen.

Auch die Strömung half der *Morgenröte.* Vor dem Winter hatte sie das Schiff nach Westen mitgenommen, jetzt sog sie nach Osten, entlang einer gelben, bergigen Küste. Karidon ließ näher zum Land steuern, aber obwohl sie hinüberstarrten, bis die Augen schmerzten, konnten sie keine Flußmündungen entdecken. Am einundzwanzigsten Tag, als das Wasser knapp wurde, sahen sie vor einem Kap, das nach Osten ragte, eine Lagune, hielten darauf zu und fanden nach ermüdender Suche weit landeinwärts einen Bach mit klarem Wasser. Viele Spuren bewiesen, daß Tiere zur Tränke kamen, und in trockenen Teilen der Seichte glitzerten grobe Salzkristalle.

Karidon drehte den schwarzen Pflock im Loch des fünfzehnten Tages Mesore fest. Das weiße Holzstäbchen steckte im ersten Loch des sechsten Kefti-Mondes. Ptahs Schatten fiel auf das Brettchen; der Rômet sagte leise:
»Selbst wenn in wenigen Tagen Kêmet auftaucht, erreichen wir Menefru nicht mehr. Die Überflutung, Kari.«
»Gleich weiter nach Gubla? Oder zu Jehoumilq?«
Ptah zog die Schultern hoch und breitete ratlos die Hände aus: »Fünfzehn Tage bis zum Aufgehen des Sepe-

det. Warten wir ab, wann wir die Mündungen voraus haben.«

Wind – Ausläufer eines Hassarr – und Strömung hatten die *Morgenröte* nach Verlassen der Lagunen schnell nach Südost getrieben. Vor wenigen Stunden war vor dem Bug wieder Land aufgetaucht; es mochte sein, daß sie bald den Geruch des Schwarzen Fruchtlandes der sieben Mündungen in den Nasen hatten. Karidon blickte Mlaisso und Holx an und sagte:

»Wenn wir zu spät kommen, segeln wir weiter nach Gubla und übergeben das Zinn dem Tameri-Verwalter. Einverstanden?«

»Das ist die zweitbeste Lösung«, brummte Mlaisso. Er spähte auf der Wasserfläche umher. Nicht ein Segel war zu sehen; bisher waren drei Schiffe unerreichbar weit, auf Gegenkurs, an ihnen vorbeigekommen.

Am zweiundzwanzigsten Tag im Mesore, ungefähr einen Zehntag, bevor wie in fast jedem Jahr das steigende Hapiwasser die Felsbarriere bei Suênet und Ta-Seti für alle Schiffe versperrte, rüttelte jemand Karidon wach. Er blinzelte und erkannte Ptah.

»Was ist los, Netji?« flüsterte er und zog behutsam den Arm unter Ibentinas Nacken hervor. Ptah legte den Finger an die Lippen und winkte. Karidon kroch an Deck und zog sich ins Heck zu Mlaisso, der beide Pinnen handhabte.

»Der Geruch, Kari, und der Nordwind. Wir haben's geschafft.« Ptah deutete in die Schwärze vor dem Bug, Karidon betrachtete das schwach schimmernde Heckwasser. Das Schiff steuerte, am Ende eines weiten Viertelkreises, fast genau nach Süden. Ptah murmelte: »Kefti im Norden. Schräg vor uns ist der westliche Mündungsarm, sage ich.«

Karidon sog die warme Nachtluft ein und hob die Schultern, befeuchtete den Zeigefinger zwischen den Lippen und hielt ihn hoch; vom Angelstern her wehte kühler Wind. In der Stunde, in der es nicht mehr Nacht und noch nicht Tag war, glitt das Schiff durch angenehme Wellen. Ptah und Mlaisso grinsten zufrieden.

»Mir scheint, ihr habt recht.« Karidon sah nach den verlöschenden Sternen. »Bald sehen wir's genau. Versucht, mehr nach Osten zu steuern.«

»Ich versuch's«, brummte Mlaisso. »Das bedeutet, daß wir es vielleicht nach Itch-Taui schaffen, wie?«

»Wenn es irgendwie geht, legen wir das Zinn dem Goldhorus vor die Füße«, sagte Karidon und schüttelte sich. »Alle werden überrascht sein!«

Er schob die Hände in die Achseln, die Kälte erzeugte am ganzen Körper Gänsehaut. Karidon tappte zum Bug, schlug sein Wasser ab und kroch wieder unter Deck, zwischen Felldecken und Laken. Als er sich an Ibentinas schlafwarmen Körper schmiegte, erwachte sie und murmelte etwas vom Hapihäuschen. Am späten Morgen sah Karidon, daß die *Morgenröte* sich zwischen den Schilfwäldern eines der mittleren Mündungsarme stromaufwärts kämpfte; die Luft roch unverkennbar nach Hapiland.

Mlaisso, Ptah, Ibentina-Asherit und Karidon waren an Bord zurückgeblieben, tranken kühles Bier, genossen Wärme und Schatten im Heck, und vor Karidon stand ein Tischchen voller Schreibblätter. Bis auf zwei Talente hatten Sklaven das gesamte Zinn weggeschafft; während der Rest der Mannschaft in den kühlen Schenken saß, Bier trank und mit den Musikerinnen und Tänzerinnen schäkerte, wartete Karidon auf einen Teil der Tauschwaren und die erste Lieferung Proviant.

»Die ewigen Götter«, sagte Ptah ernsthaft, »mögen uns ebensolches Leben schenken. Wenn wir bald sterben, sterben wir überaus reich.«

Karidon deutete mit dem angekauten Griffel auf die Schreibblätter. »Fracht für Gubla. Tauschwaren für die Floßleute und den Fürsten von Gnos.« Mlaisso zählte an den Fingern auf. »Die doppelte Menge Salz in versiegelten Krügen. Bier und anderes für Jossel. Ein Boot voll Kleinigkeiten für unsere Häuschen.«

Ptah blickte lächelnd einer gelben Katze nach, die am Rand des Hafens eine Maus verfolgte. Ruderer zogen ein kleines Flußschiff in die Nähe der *Morgenröte* und machten an den Steinsäulen fest. Daß Mlaisso während der nächsten Fahrten bei Ti-Senbi und Pi-Ika bleiben würde, war abgesprochen.

»Und von Jehoumilq segeln wir zu den Floßleuten, zu den roten Vögeln.« Karidon sah durch die Luken in den leeren Laderaum. »Danach nach Tamzine? Ich hab da meine Zweifel, ob die Zeit reicht. Und – das Ziel, das viel mehr Zinn bringt, müssen wir auch noch unseren Zinn-Kapitänen erklären.«

»Die wir vielleicht im Norden, im Schwemmland, treffen. Oder auch nicht. Das ist eure Sorge«, sagte Mlaisso.

Der Goldhorus und ein großer Teil seiner Würdenträger waren in No-Amûn, um in neuen Tempeln zu opfern. Ti-Senbi war bei Pi-Ika im Gutshof. Im Hafen Itch-Tauis lagen nur drei leere Schiffe; zwei Rümpfe, teilweise auseinandergenommen, wurden zwischen den Lagerhäusern ausgebessert. Sandalen klatschten auf den Platten des Kais. Eine junge Stimme rief:

»Man hat mir gesagt, das ist die *Auge der Morgenröte*. Ich habe Kapitän Karidon von Kefti und seinen Steuermännern etwas auszurichten. Von Tatji Cha-Osen-Ra und Khesef-Thot, Oberster aller Königlichen Schiffe. Ich bin Nachthorheb, Herr.«

Ibentina sah Karidon an und runzelte die Stirn. Karidon stand auf und sagte: »Komm ins Heck; ich bin der Kapitän.«

Ein Mann von siebzehn Sommern sprang von der Planke, verbeugte sich tief vor Karidon und Mlaisso und sagte:

»Dein Bote, Steuermann Mlaisso, hat alles ausgerichtet. Morgen kommen die Ruderer zur *Bastets Auge* und bringen dich zu dem Königslehen, wo deine Frau wartet.«

»Ich hör es gern«, sagte Mlaisso. »Hat es Cha-Osen-Ra befohlen?«

»Er befahl es meinem Herrn, und Neb Khesef-Tot gab den Befehl weiter. Du, Herr, mit den grünen Augen, bist du damals nach Punt gefahren, als ich noch nicht geboren war?«

»Und auch wieder zurückgekommen, ja.«

»Der Goldhorus hat mit meinem Herrn und, denkt euch, selbst mit mir gesprochen. Ich soll, wenn ich alles gelernt habe, die Fahrt des Goldhorus, er lebe ewiglich, nach Punt vorbereiten.«

Mlaisso grinste und tippte auf Karidons Schulter.

»Der Goldhorus plant lang voraus. Willst du den Jungen nicht fragen, ob er mich ersetzen will?«

Karidon legte die Hände auf die Knie, blickte Mlaisso lange an, dann Ptah, schließlich Ibentina; er konnte ihren Gesichtsausdruck nicht deuten. Dann brummte er: »Warum eigentlich nicht? Ich werde gebührend lange darüber nachdenken. Komm morgen wieder, ja?«

»Ich werde Neb Khesef-Thot fragen.«

»Tu das.« Karidon nickte und zeigte auf den kleinen Schnellruderer. »Wann soll es hapiaufwärts gehen?«

»Übermorgen bei Sonnenaufgang, Herr.«

Nachthorheb verbeugte sich noch ein wenig tiefer und stolperte von Bord. Er rannte in die Richtung des Palasts; seine Sandalen klatschten. Ein struppiger Hund sprang mit heiserem Kläffen über den Platz auf die Katze zu. Sie ließ die Maus fallen und kletterte fauchend einen Palmenstamm hinauf. Ibentina blieb hinter Karidon stehen, ihre Finger gruben sich wohltuend in seine verkrampften Schultermuskeln. Sie sprach leise, stockend. »Ich werde mit Mlaisso zu unserem Häuschen fahren, Kari.«

Karidon verrenkte sich fast, als er zu ihr hinaufschaute. »Du? Zum Parenneferhäuschen? Willst du nicht zu Jossel und den Floßleuten?«

»Du hast gesagt ... wir haben es besprochen, Liebster: Dein Kind soll nicht auf den Planken geboren werden. Seit fünf Zehntagen weiß ich es, Kari.«

Karidon sprang auf und riß die Arme in die Höhe. Der Tisch kippte, Tuscheschälchen, Griffel und Blätter fielen aufs Deck. Karidon legte die Arme um Ibentina, hob sie in die Höhe, lachte und rief:

»Ibis! An alles andere hab ich gedacht! Unser Sohn ... bist du sicher? Wirklich?«

Er preßte sie an sich und streichelte sie. Wortlos holte Mlaisso Wein und Trinkschalen. Ptah sammelte Blätter und Binsengriffel ein, richtete den Tisch auf und rückte ihn zur Seite. Ibentinas Augen wurden feucht, sie strich das Haar in den Nacken und sagte leise: »Ob es ein Sohn wird, da bin ich nicht sicher. Sonst schon; vorgestern hätte ich meine Mondblutung haben müssen.«

»Wenn unsere Tochter so schön wie die Mutter wird, ist es mir gleich, Ibis!« Karidons Hand legte sich auf ihren Bauch. Ptah sagte:

»So schön und klug wie die Mutter und so alt wie der

Vater sollen sie werden, die Tochter oder der Sohn. Darauf sollten wir einen teuren Wein trinken, Kapitän?«

Er hob den Krug. Karidon sagte strahlend: »Meinetwegen hundert Krüge!«

Sie hoben die großen Tonschalen und blickten einander lächelnd in die Augen. Ptah schien schweigend zu rechnen, setzte die Schale ab und sagte:

»Euer Kind wird im Pharmuti oder Pachons geboren. Ti-Senbi und der Nehesi sind bei dir; das sollte Vater und Mutter beruhigen. Wenn wir nach Tamzine segeln, liegen wir dort und überwintern.« Er kratzte sich im Nacken; sein Blick ging zwischen Ibentina und Karidon hin und her. »Die Götter wissen, ob das gut ist. Andererseits: Du mußt deiner Tochter nicht die Brust geben, Neb Karidon, und als Geburtshelfer kann ich mir auch besser eine dicke Amme vorstellen.«

Karidon griff nach dem Krug und grinste.

»Auch darüber werden wir gebührend nachdenken, Ibis-Herit, nicht wahr?«

»Ja. Mindestens eine Nacht und einen Tag lang.«

Ptah drehte sich plötzlich herum, musterte Karidon und hob die Brauen. »Bevor wir in Tamzine abgelegt haben, bevor du die Weinvorräte vernichtet hast und mit Holx in unedlen Wettstreit getreten bist – ist dir inzwischen eingefallen, was wir vergessen haben?«

Karidon versuchte sich zu erinnern, was Ptah meinte. Mlaissos Fingerkuppe polierte den Cheperkäfer am Nasenflügel, sein Gesicht war ausdruckslos. Dann schlug sich Karidon gegen die Stirn und sagte: »Ja. Ist mir eingefallen. Wir haben nichts vergessen!«

Ihr Gelächter hallte durch den leeren Hafen. Ein Tonbrocken zerplatzte auf dem Kai, der Hund hörte auf, die Katze anzukläffen, zog den Schwanz zwischen die Hinterbeine und trottete in den Schatten.

»Nun«, sagte Karidon eine Weile später. Er hielt noch immer Ibentinas Hände. »Das ändert einiges. Dich und Mlaisso, mit einem Teil des Goldes, rudert man zu Ti-Senbi. Wenn wir von Jehoumilq zurück sind, wissen wir, ob wir – auf einem kürzeren Kurs – nach Tamzine segeln und noch vor dem Winter zurückkommen können. Zur Flußmündung der roten Deshera-Vögel und zurück, das schaffen wir.«

»Aber nicht mehr durch diese schauerliche Meerenge!« sagte Ibentina scharf.

»Nein. Höchstens bis zu der Frischwasserbucht mit den Grotten«, sagte Karidon. »Der Junge wird kein Ersatz für dich sein, Mlaisso, aber – ich nähme ihn mit. Wenn Chakaura nach Punt will, kennt Nachthorheb wenigstens Wellen und Winde des Großen Grünen.«

»Und Jehoumilq, den Öffner der Meerespfade!«

»Der mit Ratschlägen nicht sparen wird.« Ptah, unrasiert und langhaarig wie alle Männer der *Morgenröte*, setzte sich auf den Rand der Luke. »Selbst wenn du und der Goldhorus nicht nach Punt fahren werdet, hat ein Rômet außer uns das Große Grüne kennengelernt.«

»An der Seite des würgenden Steuermannes.« Ptah kicherte. »Ich geh ins Badehaus, besuche Freunde, sehe mich zwischen den Schönheiten Itch-Tauis um und bring etwas Gold unter die Leute. Mit deiner Erlaubnis, Herr Bronzehändlerkapitän und Vater kräftiger Söhne?«

»Alle Planken jubeln«, sagte Karidon todernst. »Ruder, Segel und Mast lobpreisen dich. Das Bier in den Krügen hört auf zu schäumen! Verlier dich in der Stadt, o schmuckreicher Steuermann!«

Ptah kramte unter Deck und kam wieder ins Licht. Er warf den Ledersack über die Schulter und balancierte die Planke hinunter. Auf dem Weg zum Platz, neben Tempel und Speichern, hörten sie ihn leise pfeifen.

UNTERFÜHRER KHOLAY AN HEERFÜHRER USERHET mit beiden Fingern. Bin schlechter Schreiber, aber was im Brief ist alles wahr. Zweimal geschrieben. Zwei Boten. Lies den Brief Sokal-Nacminm, bitte Goldhorus muß wissen was wir in (...) tun. Ich denk, Wüste im Rê-Araqt untergehen ist mehr fruchtbar, als wie wir wissen: Kette von Boten, Wasserbringern, Eselmännern von mir bis zu Rand von shaa-Reesiland ist gut sicher schnell. Ich und 2 dutzend Bogen-Späher-Sucher wohnen in Oase. Wir gehen 3 Tagesmarsch nach Sonnuntergang ... kein Gras, nicht wasser: wir sehen herden: Ziege, Schaf, Rind. Noch weiter west die Wüste ist so fruchtbar wie Tjenu-Nomaden. Wir immer welche gesehen. Sie schneller wie Gazellen. Ich weiß: auch unsere Späher am Westrand von Mundungsland sehen Nomaden. Goldhorus muss wißen: 100 pfade gehen nach Ost, nach unserem Land. Sag's Naqtminm, Userhet – er muß rand von Mu-wer-Sepad schützen. Wir sehn Feuer und rauch, verstehen nichts. seit meine Brief mangelts an Viel; wir sind nicht angegriffen, aber ich schlecht träume hab. Nomaden sind viel, wir sind wenig – Fürstin der Einödlichkeit kann umgangen werden, ohne daß ich seh. Schickt Soldaten an Rand von Mu-wer-Land. Sonst wieder überfall von Tjehnu-Nomaden. Schickt gutes bier!

IHR MUSST ES LESEN UND WISSEN: Userhet, der Herr von Goldfliegen, Naqtminm, der Taadji vom Goldhorus, wir bleiben, überall Staubsand, viel Hitze – meine unsere Traume sind übel. Bald werden Nomaden an uns vorbei an der Grenze sein. Dann soll aber der Goldhorus nicht mir und den anderen Spähern bose Rüge erteilen. Das hat Kholoi mit 2 Vingern schrieben.

13. Küsten des Winters

Karidon blieb vier Schritte vor Ibentina stehen und starrte sie an, als sähe er sie zum erstenmal. Sie war perfekt geschminkt, mit Kohol und Mesdemet und langen, dünnen Augenstrichen, ihr Haar war gekürzt und wie eine Perücke geflochten; zwischen den Leinenbändern über den Brüsten trug sie Karidons schweren Ibisschmuck. Ihre Haut duftete nach Balsam, die Ringe und Reifen der Finger und Arme funkelten. Mlaisso lehnte an der Bordwand des Schnellruderers und schien Ibentinas langen Rücken zu betrachten. Der Lotse stand im Bug, die Ruderer warteten ungeduldig.

»Liebste«, sagte Karidon leise und trat näher. Er war sich bewußt, daß er zwar an die Gefahren dachte, aber nicht darüber sprach. »Mutter unseres Kindes. Jeder Tag und jede Nacht an Bord, jede Stunde mit dir zusammen, war schön und fröhlich. Aber es ist besser, du bist im Nest unserer Freunde. Lebe wohl, Ibis. Bleibe gesund; alle Götter, die wir kennen, werden euch schützen.«

»Es war eine schöne, wunderbare Fahrt, Kapitän.« Sie umarmte ihn, ihre Augen schimmerten. »Ich warte auf euch, im Nest. Die Götter sollen auch lächeln, wenn die *Morgenröte* segelt. Wann sehen wir uns wieder?«

»Nur kurz, wahrscheinlich im Athyr oder Choyak.«
Er nahm ihr Gesicht in beide Hände und küßte sie.

»Wir kennen alle Gefahren. Millionen Grüße an Tenbi und Pi-Ika. Die Ruderer warten, Ibis.«

Sie nickte, streichelte sein kurzes Haar und wandte sich lächelnd um. Mlaisso half ihr an Bord, die Riemen wurden ausgebracht. Karidon hob die Hand und rief: »Paß auf sie auf, Mlaisso, hörst du?«

»Mit meinem Leben, Käpten!« Mlaisso hob den Arm.

Die Barke stieß ab, die Riemen tauchten ins Wasser, leise klopfte die Takttrommel. Karidon winkte und blickte in die Strudel des Heckwassers, Mlaisso und Ibentina winkten aus dem Heck. Karidon ließ den Arm sinken, als Holx auf ihn zutrat. Mit unsicherem Grinsen sagte er zum Steuermann:

»Ob es besser ist, daß ich nicht mit allzu großer Vorstellungskraft geschlagen bin? Ich freue mich, ich hab's erwartet – aber daß mich Ibis zum Vater macht, kann ich noch immer nicht glauben.«

»Du brauchst nichts zu glauben«, meinte Holx-Amr. »Du kannst es ganz ruhig abwarten.«

»Richtig«, sagte Karidon und schob ihn in die Richtung der *Morgenröte.* »Aber wir können nur noch bis morgen früh warten. Es geht nach Gubla, Steuermann!«

Kadran, Hesqe, Selkara und Nachthorheb ruderten, die *Morgenröte* lag schwer beladen im Wasser. Die Strömung des Hapi, der wenige Stunden flußaufwärts angeschwollen war, zog das Schiff gegen den Tageswind. Der Lotse schwang den langen Peilstab und rief:

»Bei Sechmet von Menefru! Vier Ellen Wasser unterm Bug!«

Zwei Talente Zinnbarren, Salz und Proviant und die verschiedenen Ladungen stapelten sich im Laderaum. Karidon stand zwischen den Pinnen und verglich die vorübergleitende Landschaft mit seiner Erinnerung.

Chakauras Land, kurz vor den Monden, in denen es unter dem Schlammwasser verschwand, war reich geworden; allein was die Menge der Gebäude auf flutsicheren Hügeln betraf, der Pflanzungen und Kornspeicher, Schleusen, schmalen Holzbrücken über leeren Kanälen; zwischen Markierungsstangen waren die Früchte großen Fleißes und kluger Verwaltung abzulesen. Weitaus mehr Menschen lebten heute im Wohlstand als im Jahr eins des Goldhorus.

»Wie fühlst du dich, Kari?«

Ptah lehnte im Heck und hatte ebenso schweigend die Landschaft betrachtet. Das Schiff steuerte im östlichsten Mündungsarm zwischen großen, grünen Weiden hindurch, auf denen Rinderherden grasten. Karidon klatschte nach Mücken auf der Schulter und bewegte die Ruder.

»Seltsam«, sagte er. »Voll Gedanken, die zusammengehören: Ibentina, unsere großen Fahrten, die Mannschaft und das gute Schiff, Chakaura und unser Reichtum, der ja wohl nicht mehr aufzuhalten ist. Seit Ibis weggefahren ist, denk ich darüber nach, aufzuhören.«

»Aufhören mit Bronze und Zinn? Ausgerechnet du?«

Karidon nickte. Er machte eine seltsame Gebärde und packte wieder den abgewetzten Griff.

»Ich habe, was ich wollte, wovon wir geträumt haben, Netji. Wir haben alles. Mehr als das. Aber ich will noch einmal zu den Floßleuten und nach Tamzine. Dann sollen es andere machen; uns sollen sie am Gewinn beteiligen.«

»Das meinst du ernst?«

»Ziemlich, Netji. Erinnerst du dich an unsere trunkene Unterhaltung, vor ein paar Jahren?«

»Als ob wir gestern gesprochen hätten.« Ptah grinste. »Wir scheinen wirklich alt geworden zu sein, nicht wahr? Ich war mit einer schönen Harfenistin zusammen, und nachher dachte ich das eine oder andere, und was soll ich sagen? – es klingt fast genauso wie deine lausigen Jammerworte.«

»Jammerworte, Netji!« Karidon drehte sich um und steuerte nach Backbord. »Chibben-un! Wir machen's wie Jehoumilq.«

»Ich bin dabei. Zu den Floßleuten und nach Tamzine und zurück. Dann lange Ruhe im Königslehen. Und meinetwegen fahre ich mit dem Goldhorus und dir nach Punt.«

»Dein Ernst, Netji?«

»Du kennst mich. Ich versprech's dir.« Er kam entlang der Bordwand nach vorn und stellte sich vor Karidon. Sein Gesicht war unbewegt, seine Augen halb geschlossen. »Karidon. Wenn Chakaura sein Sedfest feiert, sind wir fünfzig, auch du, starker Stier. Wir sollten danach die großen Abenteuer jungen Männern überlassen.«

»Auch aus dir spricht die Weisheit des Alters.«

»Wenn du das wirklich glaubst, Grünauge, dann hör gut zu: Dein Sohn hat in dir schon jetzt den eigenen Großvater.«

»Und was hätte deine Tochter in dir?«

»Auch den eigenen Großvater. Aber ich seh, besonders jetzt noch, viel jünger aus als du.«

»Das ist wohl so, Netji.« Karidon grinste und übergab die Ruder an Holx-Amr. »Ich versuche, so weise zu sein wie du: Es ist die letzte große Fahrt.«

Eine Stunde, bevor der Mündungsarm sich weitete, im sinkenden Abend, kletterte der Lotse ins mitgeschleppte Binsenboot, winkte und paddelte stromaufwärts davon. Die *Morgenröte* glitt weiter in der Strömung, die Riemen wurden eingezogen, und mitten in der Nacht änderten Ptah und Holx den Kurs nach Osten.

Ablandiger Wind; hinaus aus Gublas Hafen, mit wechselnden Winden nach Kit, Alashia, von dort nach Arni und nach einem Tag Aufenthalt nach Mnis. Als Karidon die Bucht und in ihrem tiefsten Ende den Hafen und die Siedlung erkannte, hielt er Nachthorheb am Oberarm fest und sagte:

»Du kennst Mannschaft und Schiff, Horheb, fünfzehn Tage und Nächte lang hast du das Große Grüne, den Handel und die Schenke in Gubla erlebt. Holx-Amr, einem der besten Steuermänner, ist nicht ein einzigesmal übel geworden. Dir geht es gut?«

Nachthorheb erinnerte Karidon an den jungen Sokar-Nachtmin, allerdings hatte er nicht dessen krumme Beine. Er war geschickt und schnell, ohne falsche Unterwürfigkeit; jeden Tag stellte er fünf Dutzend Fragen. Auf den Planken bewegte er sich seit dem dritten Tag nicht so sicher wie Karidon oder Ptah, aber er hatte nur wenige blaue Flecke. Das erinnerte Karidon an seine ersten Tage auf Jehoumilqs Schiff. Er bemerkte das Leuchten in Horhebs Augen.

»Neb Kapitän! Es geht mir wirklich gut. Die Wellen? Wenn man ein Dutzend kennt, kennt man alle. Schon heute spring ich vor Freude, wenn ich an die Schiffe zum Weihrauchland denke.«

»Du wirst Wellen erleben, vor denen sich jeder fürchtet. Du kennst nur kleine Wellen! Du kannst schreiben?«

»Beide Schriften, Herr.«

»Gut. Du kannst auch rechnen?«

»Leidlich, Neb Kapitän.«

»Du traust dir zu, zwei oder drei Monde lang mit uns an Bord zu leben? In fürchterlich großen Wogen?«

»Nur mit euch allen, Herr!« Er fing an, die Namen aufzuzählen. Karidon hob lachend beide Hände. Nachthorheb blickte zu Boden und schien die Planken zu zählen. Karidon schlug leicht mit drei Fingern gegen sein Kinn. Nachthorheb stotterte: »Neb Khesef-Thot hat gesagt, ich soll dich alles fragen, und ich soll auch den alten Kapitän fragen, denn wenn es darum geht, dem Goldhorus den Weg nach Punt zu öffnen, sollen wir alles tun. Auch wenn es viele Chat Gold kostet.«

Karidon wiegte den Kopf und brummte:

»Du hast gut zugehört, schnell verstanden und gelernt, junger Mann. Aber: Punt ist fern, unser Goldhorus hat, alle hoffen's, noch viele gute Jahre vor sich. Lern weiter, Horheb, und merk dir den Wert der Dinge, die du verstehst.«

Karidon tätschelte die Wange des Jungen; im Alter Nachthorhebs hatte sich Chakaura zum erstenmal auf den Thronsessel gesetzt. Er sagte:

»Wir legen gleich an. Dann lernst du Jehoumilq kennen. Vergiß Macht und Goldglanz: Frag ungehindert weiter.«

»Das werde ich tun, Neb Kapitän.«

Karidons Hand deutete auf den Ankerstein.

»Du wirst auch gleich helfen, das Schiff festzumachen, Söhnchen. Bis zur Zinnbucht der Roten Vögel wirst du noch viele Antworten bekommen.«

Die Eselmänner beluden die Tiere mit dem letzten Zinn und den Tauschwaren für den Fürsten von Gnos und nahmen Kisten und Ballen voller Bronzewerkzeuge zurück zum Hafen, wo Holx-Amr sie Stück für Stück in der Hand wog und zählte. Schinken, Öl, Oliven und Nüsse, geschrotetes Korn und Mehl stapelten sich im Laderaum. Karidon, Ptah, Kadran und Selkara kletterten den Pfad zu Jehoumilqs Haus hinauf und fanden Teile der Umgebung stark verändert; Steinmauern und sämtliche Gräser, Büsche und Bäume schienen um zehn Jahre größer und grüner zu sein. Mit großen Augen sah sich Nachthorheb um. Am Fuß der Terrassentreppe blieb Karidon stehen, hob die Hände an den Mund und schrie:

»Jossel Ju! Hier sind wir!«

Jehoumilq und Gaitha stürzten aus dem Haus. Karidon stolperte die Stufen hinauf, breitete die Arme aus und zog Jehoumilq an seine Brust. Er murmelte in Jehous Ohr:

»Bester Ziehvater von allen! Es gibt ganze Nächte lang zu erzählen. Denk dir – wir haben die Zinnhäfen gefunden. Und alle sind gesund und glücklich, und ich werde Vater.«

Die anderen grinsten verlegen. Ptah blinzelte, als Doreare mit einem Krug Wein aus dem Haus kam. Gepäckstücke polterten auf die Fliesen der Terrasse. Ein wenig verloren stand Nachthorheb in der Ecke unter dem Ölbaum und blickte ratlos.

Das vergilbte Schreibblatt, an den Seiten ausgefranst, lag in der Mitte des Tisches, Karidon hatte die Enden mit Steinen beschwert und deutete auf das westliche Ende des Kreises. Mit schwarzer Tusche zeichnete er eine Küste, nachdem er die Kreislinie einen Fingerbreit ausgelöscht hatte. Ptah und Holx nickten schweigend, Nachthorheb betrachtete den teilweise ausgefüllten Kreis mit brennenden Blicken.

»Hier beginnt das zweite Meer, Jossel.« Karidons Griffel hinterließ eine gezackte Spur. »Der Fluß ohne Namen durch das Land Djahri, mit den großen Felssäulen. Hier ist Tamzine, der Zinnhafen.«

Jossel schwieg und stützte die Hände auf den Tisch. Die Finger waren dünn geworden, den Handrücken bedeckten braune Altersflecken. Karidon zeichnete drei Inseln, die Durchfahrten und im Norden das Mündungsgebiet der Floßleute und erklärte, was rote und schwarze Flecken und Linien bedeuteten. Zuletzt kennzeichnete eine Linie zwischen der westlichen Öffnung und dem Dreieck des Schwarzen Landes die Küste im Süden. Karidon schaute auf. »An diesen Küsten sind wir entlanggefahren, Jossel.« Kadran und Selkara zeigten auf das Lagunenkap. »Hier gab es Wasser und frisches Fleisch. Das, was du siehst, ist ungenau, voller Fehler; nicht mehr als ein Versuch, das Erlebte und Gesehene in eine Form zu bringen, an der sich die Gedanken festhalten können.«

»Es zeigt nicht die Länge der Fahrten, Karidon«, sagte Jehoumilq. »Ich hab euch gut zugehört. Die Tauschwaren habt ihr; ist auch genug Salz und Proviant an Bord? Nehmt viel Wein mit, den ihr mit Seewasser mischen könnt. Mehr Ziegenschläuche. Da nicht einmal ihr genau wißt, wo ihr segeln werdet, weiß es Anatnetish auch nicht. Ihr seid für lange Zeit sicher vor ihm.«

»So ist es. Wir haben drei Dutzend feine Wasserschläuche in Arni bekommen«, sagte Holx.

»Gut so. Ich war immer sicher, daß ihr zurückkommt. Und daß ihr die Zinnhäfen findet.« Jehoumilq lehnte sich zurück und streckte die Arme ins Sonnenlicht. »Und jetzt erzählt, wie viele Händler ihr an eurem Wissen beteiligt, und was ihr mit ihnen ausmachen wollt. Und ob du für Chakaura wirklich Schiffe nach Punt führen willst.«

Gaitha, deren Haar an den Schläfen grau geworden war, breitete lächelnd eine Decke über Jehoumilqs schmale Schultern. Karidon, mitunter von Ptah und

Holx unterbrochen, nannte die Namen der fünf Kapitäne und ihrer Schiffe, die wahrscheinlich auf der Fahrt zu den Floßleuten waren. Jehoumilqs Augen waren geschlossen; ab und zu nickte er. Doreare tauschte die Krüge aus und setzte sich neben Ptah, hörte schweigend zu, was Karidon berichtete. Jehoumilq streckte die Hand nach der Trinkschale aus; seine Finger zitterten nicht. Er öffnete die Augen und grinste.

»Hat er alles von mir, der Kapitän. Gut so, Kari; darauf werden sie eingehen können. Wegen zehn vom Hundert wird ihr Stolz nicht verletzt. Ihre Habgier wird's ertragen. Laß sie abermals schwören.« Er machte eine Pause, musterte nacheinander die wagemutigen Sieben und trank. »Ich bin jedes Chen-Nub mit euch mitgefahren, Krabbe. Ich hab hier« – er tippte an seine Stirn – »etliches von dem gesehen, was ihr erlebt habt. Ein wenig kenne ich das Meer. Deswegen hab ich unten in Mnis dafür sorgen lassen, daß ihr genug preiswerten Proviant bekommt. Geh zum Wirt Kalon. Er hat alles.«

»Du bist noch immer der Beste, Jossel«, sagte Karidon und rollte seine Zeichnung zusammen. »Und weil wir weder Winden noch Wellen befehlen können, wird die Zeit knapp. Übermorgen, mit Landwind, ihr Steuermänner zu den Floßleuten?«

»Übermorgen, Freunde!« sagte Ptah feierlich. Karidon zog ein Blatt aus dem Kupferzylinder und las laut vor: »Wir segeln zu den Kapitänen Barit von Gubla, mit der *Wellenfürstin*, Dagis aus Alashia, *Gischtvogel*, Maris aus Kefti, *Angelstern*, Boreb aus Uschu, der die *Goldmöwe* segelt und Warim, vom nördlichen Festland, mit der *Ganivra*. Mit der Großzügigkeit der Götter haben wir dann sechs zinngefüllte Schiffe.«

Die *Morgenröte* war fast überladen, als sie nachts aus Mnis gerudert wurde und Kurs nach Westen nahm.

Am neunzehnten Tag des siebenten Mondes – ein Zehntag nach Anbruch des Paophi – fuhren sie in die Mündung des Stromes ein; schon vor Stunden hatten sie die
unzählbar vielen roten Vögel über dem Land gesehen.
Drei Schiffe warteten auf Akan und die Zinnflöße; nach
vier Tagen kamen die *Ganivra* und die *Gischtvogel*. Akans
Männer hatten mehrere Flöße und fast vier Dutzend
schwerbeladener Esel zum Landeplatz geführt. Das
Tauschgeschäft dauerte einige Zeit, denn jeder Barren,
jedes Stück Werkzeug, jede Elle Stoff wurden gezählt
und gemessen. Die Zinnanteile aller Kapitäne wurden in
die *Ganivra* und die *Wellenfürstin* umgeladen. Warim und
Barit sollten nach Gubla und Kefti, die anderen vier
Schiffe zum Hapi segeln.

»Du willst, obwohl sie geschworen haben, noch
nichts von Tamzine sagen?« Ptah und Karidon beobachteten Akan, der zwischen seinen Leuten umherstolzierte.
Er trug hohe Fellstiefel, sein Haar und der Bart waren
gekürzt und gekämmt. Karidon schüttelte den Kopf und
sagte: »Erst, wenn wir in Menefru ausgeladen haben.«

»Wir segeln gemeinsam?«

»So dicht hintereinander wie möglich«, sagte Karidon. »Sieh dir diesen Akan an! Gewaschen, rasiert, in
sauberem Zeug, und auch seine Begleiterinnen haben einige Geheimnisse der Schönheit entdeckt.«

»Sie haben die Vorzüge des guten Handels gefunden!«

Karidon blickte unschlüssig zum Himmel; der Wind
kam aus der falschen Richtung. Die Schiffe waren sorgfältig beladen und bereit zur Abfahrt. Nachthorheb kletterte, vier pralle Wasserschläuche auf den Schultern, die
Strickleiter hoch. »Warten wir auf Hassarr?«

»Wenn du ihn kennen würdest, wärst du nicht so
fröhlich, Horheb«, rief Ptah. »Auf milden Nordwind
warten wir.«

Karidon sprach jede Einzelheit der Fahrt mit den Kapitänen ab. Nacheinander ruderten die Schiffe in die Strommündung hinaus und mußten einen halben Tag auf Wind warten.

Im Athyr, dem dritten Mond der Rômet, trug der achterliche Wind die vier Schiffe hapiaufwärts. Die Wasser waren gefallen, bis Menefru-Mirê war es leicht, Untiefen und Sandbänken auszuweichen. Fast achtzig keftische Talente Zinn in kantigen Barren wurden in Menefru ausgeladen, während Karidon von Userhets Soldaten in einer Ruderbarke stromauf zum Königslehen gebracht wurde. Er umarmte Ibentina-Asherit, richtete die Grüße der Mannschaft aus, sprach mit Neferrompes Bogenschützen und nahm, als er nach einem halben Tag wieder zurückgebracht wurde, den besten Eindruck mit.

Ptah und Holx-Amr hatten umladen lassen, die zweifach geführten Listen waren vom Verwalter gesiegelt; Proviant, Bier und Wasser wurden an Bord geschleppt. Karidon rief die Kapitäne in die Schenke zusammen und fragte, ob sie nach Tamzine mitsegeln wollten. Eine Stunde lang beantwortete er die Fragen Dagis', Borebs und Maris'. Boreb und Dagis lehnten zuerst ab, einige Atemzüge später entschlossen sich Boreb und Maris, mitzusegeln. Ptah und Holx sorgten für Tauschwaren; die Sklaven des Verwalters und eine Handvoll Soldaten schleppten die Lasten. In Eile verglichen die Kapitäne Karidons Niederschriften, ließen mehr Salzkrüge bringen, mehr Proviant und Wasserschläuche; Karidons Versprechen, mit drei Schiffen voll Zinn zurückzukommen – möglichst noch vor den Winterstürmen, sicherlich vor dem nächsten Hochwasser –, brachte die Schreiber des Verwalters zum Laufen und Hasten. Die *Morgenröte*, gefolgt von der *Goldmöwe* und der *Angelstern*, ruderte am Tag darauf chedi, stromabwärts. Karidon ließ Ptah steuern, lehnte sich über die Heckbordwand und versuchte, den Gesichtsausdruck Borebs und seiner drei Männer zu deuten; sie schienen ihren Entschluß schon jetzt zu bereuen.

Vier Zehntage brauchten die Schiffe entlang der südlichen Küste bis zu der Stelle, an der die Verfinsterung des Mondes zu sehen gewesen war, einen weiteren Tag bis zur Meeresenge. Sechs Tage danach legten sie an den Stegen Tamzines an; zwei Schiffe kamen ihnen flußabwärts entgegen. Nur dreimal waren sie an Land gegangen, um Wasser nachzufüllen. Die Tauschwaren, Stück um Stück beim ersten Besuch ausgesucht, waren bald ausgeladen und geprüft. Karasa und die Ältesten waren beeindruckt, aber Karidon konnte die Begeisterung nicht dafür ausnutzen, mit mehr Gewinn zu tauschen: Das Verhältnis war vor fast einem Jahr festgelegt worden.

»Neunzig Tage bis zum Jahresende, Karidon«, sagte Ptah, als sich die ersten Zinnbarren auf dem Steg neben der *Morgenröte* stapelten. »Wir schaffen es nicht mehr. Du bringst uns um, wenn wir ablegen.«

»Die kleinen, offenen Schiffe!« Holx-Amr hob zwei glänzende Barren auf und schlug sie dumpf klirrend gegeneinander. »Sie ersaufen alle. Wir sind fünfzehn Männer.«

Noch strahlte blauer Himmel mit mächtigen weißen Wolken. Kühler Wind wehte das Flußtal entlang aus Osten und ließ die ausgestopften Hunde und Katzen an den Dächern schaukeln. Karidon betrachtete die wachsenden Stapel Zinn und brummte:

»Wenn wir einladen, können wir das Schiff nicht mehr aus dem Wasser ziehen.«

338

»Wenn das Zinn morsche Planken durchbricht, ersaufen wir.«

»Und – wenn Boreb und Maris hier überwintern, und wir segeln los?«

»Wir haben geschworen, zusammenzubleiben.«

Karidon ging bis zum Ende des Stegs, starrte ins Wasser, schob die Hände hinter den Gürtel und zuckte mit den Schultern. Herbstmücken tanzten in dichten Schwärmen. Er sah zu, wie Fischer ein halbgefülltes Netz aus dem Fluß zogen, verfolgte den Flug zweier schwarzer Vögel und schien die schrägen Rauchsäulen der Schmelzen zu zählen; er drehte sich herum, kletterte zum Mast und legte die Hand auf Keirons Ankhzeichen. Er sagte leise: »Gut. Schwur bleibt Schwur. Wir bleiben hier. So wie letztes Jahr. Das Schiff kommt aus dem Wasser, und jeder mag bei den Familien wohnen, bis zum ersten Epiphi. Was nützen meinem Sohn ein toter Vater und ein ersoffener Oheim Netji?«

»Ich danke dir, Neb Kapitän, daß du den schwierigen Pfad der Vernünftigkeit wieder betreten hast.«

»Ich hab ihn in Wirklichkeit nie verlassen, feiger Rômet.«

Der hünenhafte, schwarzhaarige Bogenschütze hielt die Arme auf dem Rücken gekreuzt, Bogen und Pfeile in den Händen. Er stand am Rand des Dammweges, neben dem Tor einer Mauer, die zur äußeren Speicheranlage gehörte und einen viereckigen leeren Hof umschloß. Von fern waren Schmerzensschreie, Waffenklirren und Peitschenhiebe zu hören. Kalter Wind ließ die Palmwedel rascheln und trieb feinen Sand über den Damm ins Wasser. Kholay, der Späher-Bogenschütze, winkte, als sich das erste Schiff näherte und am schmalen Steg festmachte.

Von links kam eine Abteilung Speerträger zwischen den Lagerhäusern hervor und stellte sich entlang des Kanals auf. Kholay nickte ihnen zu und ging einige Schritte aus dem Schatten. Der Kanal endete stumpf in einer sandigen Böschung. Hinter Schilf und Gebüsch funkelten die Bronzespitzen langer Speere. Aus dem Tor kamen zwei Schreiber und setzten sich auf winzige Klappstühle. Kholay sagte mit kaltem Grinsen:

»Ihr wißt also, wohin die verfluchten Nomaden verteilt werden?«

»Ganz genau. Neb Userhet schickt viele Schiffe. Warst du auch in der Wüste beim großen Verfolgen und Siegen? Habt ihr viel Beute? Waffen und Äxte aus Bronze?«

»Ich hab zwei von ihnen erschlagen, und wir, nur fünf Männer, haben sieben Gefangene genommen. Ja, viel Beute. Sogar bronzene Pfeilspitzen.«

Die Spitze der Kolonne kam auf den Dammweg. Acht Soldaten trugen Feldherr Userhet in der Sänfte. Zwei Schiffe ruderten zum Ende des Kanals, ein bunter Schnellruderer mit viel Goldzierat rauschte von Itch-Taui heran und bog in den Nebenkanal ein. Kholay hob den rechten Arm, schüttelte Bogen und Pfeile und begrüßte den Feldherrn.

»Setzt mich beim Schiff ab. Bevor sie in den Bergwerken verschwinden, will ich die Elenden noch einmal sehen.« Userhets Stimme war heiser, hatte aber nichts von der gewohnten Schärfe verloren. Er winkte Kholay zu sich und blieb auf dem Sitz hocken.

»Ein paar Jahre lang wird wieder Ruhe sein, mein Tapferer«, sagte er leise und hustete. »Die dort werden unsere Dörfer nicht mehr überfallen.«

Soldaten zerrten vielleicht hundertfünfzig Mädchen und junge Frauen näher. Ihre Arme waren an den Ellbogen im Rücken zusammengeschnürt, was sie zu einer unnatürlich aufrechten Haltung zwang und die Brüste hob. Sie froren, barfuß und in schmutzigen Fellstücken. Um jeden Hals lag eine Schlinge, die sich selbst zuzog und an die Schlinge der nächsten Gefangenen geknüpft war. Userhet deutete mit der Streitaxt zum Tor.

»Dort hinein.« Zu Kholay sagte er, etwas leiser: »Wenn sie gebadet und geschoren sind, kann man sie ansehen, ohne daß die Augen tränen. Nachher werden die Anführer belohnt.«

Kholay nickte und beobachtete den Zug der Nomadenfrauen, der vor ihm abbog und die Rampe zum Tor hinunterstolperte. Müde und störrische Frauen wurden mit Stockschlägen und Peitschenhieben angetrieben. Keine Frau war älter als zwanzig Jahre; ausnahmslos waren sie mager und sehnig, manche fast dürr, schwarzhaarig und braunhäutig, von anderer Hautfarbe als die Rômet, manche trugen Schurze aus starrem Leder. Als die letzte Gefangene, fast noch ein Kind, an Userhet vorbeilief, senkte er die Axt.

»Der Goldhorus hat versprochen, uns zuzusehen, wie wir die Gefangenen aussondern. Er mag sich verspätet haben.«

Im Laufschritt wurde die nächste Gruppe, an den Seiten von Speerträgern begleitet, nähergetrieben. Die Gefangenen waren von Wunden, Peitschenstriemen und geronnenem Blut bedeckt; einigen fehlte ein Ohr, anderen hatte man beide Ohren abgeschnitten, alle waren nackt und zitterten vor Erschöpfung. Die Soldaten prügelten sie mit Speerschäften vorwärts. Ein Schreiber rief:

»Sechzig Mann. Abzählen und auf die *Lob des Königs*.«

Einige Soldaten liefen über die Planke ins Schiff, ein Unterführer zählte, die Gefangenen taumelten an Bord; drei fielen von der Planke und ertranken fast. Auch ihre

Arme waren an den Ellbogengelenken mit Lederschnüren zusammengebunden. Einige trugen blutverkrustete, schmutzig nässende Binden, anderen hatte man die Wunden ausgebrannt. Die Gesichter zeigten Durst, Schmerz und Gleichgültigkeit.

»Sechzig. Halt, die anderen – wohin geht das Schiff?«

»Zuerst in die Stadt, dort trinken sie; dann hinauf zu den Goldbergwerken. Legt ab!«

Mit einigen Schwierigkeiten drehte die *Lob* im Kanal. Noch während die Ruderer den Takt der Riemen suchten, wurden die kräftigsten Gefangenen losgebunden und zwischen die Soldaten auf die Ruderbänke geprügelt. Das Schiff entfernte sich schnell nach Süden, ein zweites kam zum Steg. Der Schreiber rief: »Fünfzig Kräftige zu den Kanälen im östlichen Kêmet!«

Wieder füllte sich ein Hapischiff; die Soldaten suchten aus zwei Gefangenengruppen die Leichtverletzten und die Kräftigsten, meist junge Männer, heraus. Im Gegensatz zu den Frauen, die quer durch den Hof getrieben wurden und in ein Lagerhaus hinein, hatten die Soldaten in den Lagern zwischen der Wüste und den Siedlungen am Mu-Wer-See die männlichen Nomaden kahlrasiert, auch die Bärte waren verschwunden. Die *Pfeiler des Tempels* drehte und wurde davongerudert.

»Für die Steinbrüche von Suênet; auch Kleinwüchsige, Schwache und Alte. Zweimal fünf Dutzend.«

Zwischen den Gruppen der Gefangenen trippelten hochbeladene Esel. Sie trugen Schilde und Waffen und die Beute, die den Nomaden weggenommen worden war. Gefangene schleppten auch Tragen, auf denen verwundete Soldaten lagen. Sie wurden ebenfalls durch den Hof zu Wohnquartieren nahe der Lagerhäuser gebracht.

»Die Letzten. Die Anführer. Auf die *Windgott Schu.* Nach Itch-Taui.«

Zwei Dutzend Männer, die sich jetzt nicht mehr von den anderen Kriegsgefangenen unterschieden, die Handgelenke im Nacken kreuzweise an eine Würgeschnur gefesselt, wurden in die Bilge des kleineren Schiffes geworfen. Userhet und Kholay blickten der *Schu* schweigend nach. Der Heerführer stieg, umgeben von ungefähr zweihundert Kriegern, auf den Sitz, hob die Axt und rief:

»Alle Unterführer bleiben bei mir. Ihr, die tapferen Speerkämpfer und Bogenschützen, geht in guter Ordnung ins nächste Dorf. Dort hat man für euch weiche Lager bereit, viel Brot und Bier und gutes Essen. In zwei Tagen holen euch Schiffe ab, nach Itch-Taui.«

Die Männer schlugen Kampfbeile und Kolben gegen die Schilde, sammelten sich und bildeten Dreierreihen. Langsam entfernten sie sich auf dem Dammweg nach Süden. Das Dörfchen lag zwölf Chen-Nub entfernt, umgeben von einem Hain junger Palmen und Beerenfeigenbäumen. Vierunddreißig Unterführer blickten Userhet an; einige machten die Geste des Trinkens. Er grinste.

»Ein Schritt nach dem anderen. Zuerst gebt ihr die Waffen ab, die Schreiber kümmern sich darum. In den Speicherhäusern warten Musikantinnen und Tänzerinnen, und ein paar Schluck Wein und Bier. Für Kleidung, Reinigung des Körpers und Entfernen überzähliger Haare ist auch gesorgt.« Er lachte übermütig laut und griff an sein Gemächt. »Oder wollt ihr der Beute, den Schönen der trockenen Wüste, bärtig, stinkend und dreckig gegenübertreten? Auch sie werden in ein paar Stunden rômetähnlich aussehen.«

»Tausend Lobe dem Heerführer«, rief Kholay. »Und wir? Bleiben wir hier? Oder braucht uns der Goldhorus in der Stadt?«

»Ein paarmal übernachten wir hier. Ich warte auf Befehle des Obersten Anführers der vier Heere. Sokar-Nachtmins Bote hat sich verspätet.«

Der kleine Schnellruderer machte neben dem Steg fest, die Ruderer folgten den Soldaten, die Schreiber liefen voraus. Aus dem großen Gutshof östlich der Speicher und Taubentürme waren Sklaven, Frauen und Diener gekommen. Sie hatten heißes Wasser und Essen bereitet, sammelten zerschlissene und schmutzige Tücher und Schurze ein, teilten frische Kleidung aus, schöpften Bier und Wein in Becher und lobten die Soldaten, denn auch diese Siedlung konnte eines Tages von Nomaden überfallen werden. Mittagssonne vertrieb die Kälte, einige Soldaten breiteten Decken aus, wickelten sich in Mäntel und schliefen.

Fast alle Nomadenfrauen hatten hüftlanges oder schulterlanges Haar. Ihre Köpfe wurden bis auf einen fingerbreiten Flaum geschoren, das Haar sammelten die Dienerinnen in Körben. Gewaschen, ausgekämmt, gestreckt und aufwendig geflochten ergab die Menge sicherlich mehr als hundert Perücken. In großen Bodenbecken mischten Dienerinnen heißes und kaltes Wasser. Die neuen Sklavinnen mußten einander waschen, einölen und mit Öl striegeln; diejenigen, die sich nicht sträubten, erhielten süßes Dünnbier, bei Störrischen steigerten Peitschenhiebe den Eifer.

Die Vorsteher und Schreiber hatten kaum Fehler gemacht; viele Menschen waren in kurzer Zeit zu versorgen. Ein Heri-Udjeb, begleitet von einigen Frauen aus dem Palast der Großen Königlichen Gemahlin, suchte aus der Menge der Gefangenen nach bestimmten Merkmalen Mädchen und junge Frauen heraus und ließ sie, nachdem sie die Kleidung angezogen hatten, wegbringen; niemand wußte, wohin.

Kholay lehnte neben Userhet und Uch-Hotep, dem Unterführer der Speerträger, im Schatten des vorspringenden Daches. Nit-Antef, Oberster der Späher und Lauscher, kam aus dem Lagerhaus und rückte den Reifen des Kopftuches fest. Er wies mit dem Kinn auf die Frauen, die einzeln und in kleinen Gruppen im grellweißen Hof standen. Unruhig bewegten sich ihre Schatten zwischen ihren Füßen.

»Es ist lästig, daß sie nicht unsere Sprache sprechen«, sagte Userhet. »Nomadinnen. Im Haus und auf dem Feld geschickt und fleißig.«

»Dazu brauch ich kein langes Gerede«, meinte Kholay. »Ich hab auch kein Feld.«

»Jede ist fünf Golddeben wert. Wenn du sie in deiner Ledernäherei nicht brauchen kannst, verkauf sie einem, den du nicht leiden kannst.«

Die Frauen warfen kurze, ängstliche Blicke zu den Soldaten. Eine Gruppe Bogenschützen kam lachend, mit Bechern in den Händen aus dem Gebäude und ging auf die Frauen zu. Sie gerieten – ungefähr hundert waren übriggeblieben – in Unruhe, redeten durcheinander, einige bewegten sich, als wollten sie die Soldaten reizen. Kholay, dem schon auf dem Dammweg einige Frauen aufgefallen waren, löste sich von der Mauer und betrachtete schweigend die Frauen, musterte eine nach der anderen, wollte unschlüssig die Schultern heben, hörte Gelächter und Murmeln in der fremden Sprache und blieb vor einer hochgewachsenen Frau stehen, die ihn trotzig anstarrte. Sein Blick glitt über ihre braunen Schultern, die großen, spitzen Brüste und die schmalen Schenkel, er packte die Frau am Oberarm und ging zurück in den Schatten. Sie folgte ihm, ohne sich zu sträuben. Er sagte schroff:

»Ich bin Kholay. Du?«

»Tashi.«

Er brachte sie in die Halle und zeigte auf die großen Bretter, die auf Schragen gelegt worden waren. Schalen, Körbe und Holzplatten voller Essen standen zwischen Krügen und Kesseln, aus denen Suppe dampfte. Es roch nach Lauch, Fisch und Honigdatteln. Tashi blickte sich um, als werde sie gejagt, sah Kholay an und packte ein Fladenbrot; sie aß hastig, beugte sich über den Tisch und goß Bier in einen Becher. Kholay hatte bereits gegessen und füllte für sich eine Weinschale. Als er den Rücken und die Lenden Tashis unter dem dünnen Stoff sah, spürte er, wie sich sein Geschlecht regte. Die Musiker kamen in die Halle, draußen schlug jemand eine große Trommel, und ein Betrunkener blies schauerliche Töne auf einer Trompete.

Kholay sah der Frau zu, wie sie aß. Sie war weder häßlich noch schön, ihr Körper war sehnig, und das kurze Haar über dem schmalen Schädel betonte die Fremdartigkeit. Harfenistinnen, Flötenbläser und Trommelschläger hatten sich eingespielt; aus dem Augenwinkel sah Kholay, daß der Oberste Herr Userhet zwischen den Musikern auf das Podium stieg und die Arme hob. Die Musiker hörten zu spielen auf. Userhet brüllte heiser:

»Wir, die tapferen Kämpfer des Goldhorus, haben zum zweitenmal über die Nomaden gesiegt. Ihr wißt, es waren schwere, durstige Siege. Der Goldhorus hat befohlen, den tapferen Anführern seiner Soldaten ein Fest zu geben. Es ist euer Fest, meine Tapferen. Die Kriegsbeute ist verteilt, die Bronze eingesammelt. Wenn ihr den Wein wieder ausgedünstet und ausgepißt habt, bringen uns Schiffe nach Itch-Taui. Wir haben in vielen Nächten gekämpft, wir feiern heute bis zum Sonnenaufgang – mindestens. Sauft nicht zuviel, sonst wissen die

Nomadinnen bald, daß sie eure Speere nicht fürchten müssen!«

Die Soldaten lachten, brüllten Hochrufe; schließlich stieß Kholay ein langgezogenes Trillern aus, das von allen kushitischen Bogenschützen aufgenommen wurde und von den Wänden widerhallte, als es siebenmal wiederholt wurde.

Drei Stunden nach Sonnenuntergang brannten zwischen den Mauern und entlang der vielen Wände nur noch Öllämpchen. Die Fackeln waren verloschen. Kholays linker Zeigefinger steckte im Henkel eines großen Weinkruges, der gegen sein Knie schlug. Den rechten Arm hatte er um Tashi gelegt, die Hand preßte ihre Brust. Sie gingen über den Hof, zum Dammweg und über die Planke ins Heck des leeren Schnellruderers. Kholay nahm den Mantel von den Schultern, breitete ihn über die Planken, auf denen Mondlicht lag und hielt den Krug Tashi hin. Sie trank schlürfend, Wein lief aus den Mundwinkeln; sie gab den Krug zurück und streckte sich auf dem Mantel aus.

Kholay setzte sich neben sie. Als er den Wein auf seiner Zunge spürte, schob er die Hand über ihren Schenkel. Tashi spreizte die Beine und zog die Knie an; was sie dachte, vermochte er im Mondlicht nicht zu erkennen. Er öffnete seinen Gürtel, schlug Tashis Schurz auseinander und kniete über ihr. Als er sie nahm, merkte er weder Widerstand, noch fühlte er sich als Sieger.

Über die Mauern hinweg, zwischen den Gewächsen der Gärten und durch die säulenstarrenden Eingänge hindurch hörte Chakaura das Dröhnen der Trommeln. Die Doppelschläge, die fast gleichzeitig die Kalbfelle trafen, erzeugten falsche Echos, die seinen Magen beben ließen. An seinem Knie lehnte Amenemhet und sah zu, wie die

Amme sein Schwesterchen Senetsenebtisi säugte. Menet und Mereret stolperten und krabbelten zwischen Spielzeug und Lotosblüten auf den Gepardenfellen. Sat-Hotep blickte auf und lächelte, als sie sah, daß Amenemhet mit Chakauras Brustschmuck spielte und den schwarzen Lidstrich verschmierte; sie schien Chakauras liebevolle Blicke richtig zu deuten.

»Ich muß gehen«, sagte Chakaura. »Das Volk wird zusehen, wie die Nomadenanführer ihr einziges Leben verlieren.«

»Darf ich mitgehen?« fragte der Zehnjährige. Chakaura schüttelte den Kopf und ließ den Sohn von den Knien gleiten.

»Nein, Ameni«, sagte er leise. »Später wirst du neben mir stehen und zusehen müssen, Ni-Maat-Rê, mein Söhnchen. Es ist wenig Erbauliches im gewaltsamen Sterben.«

»Warum läßt du sie gewaltig sterben?«

»Gewaltsam. Sie sterben ungern. Sie haben böse Dinge getan, haben getötet und verbrannt, und dafür müssen sie büßen.« Chakaura seufzte und stand auf, bewegte die Zehen und schlüpfte in die Sandalen. »Bleib im Palast«, sagte er etwas lauter, aber mit Bestimmtheit. Mereret begann durchdringend zu schreien und stampfte mit dem Fuß auf. »In einer Stunde ist es vorbei.«

Chakaura steckte die Finger in die Ohren und ging, von Dienern begleitet, in den Ankleidesaal; er ließ sich Ringe und Wesech umlegen, goldene Spangen über die Arme schieben, eine dünne Perücke und die weißrote Doppelkrone aufsetzen, er wechselte die Sandalen, ergriff Stab und Goldpeitsche; auf den zeremoniellen Kinnbart verzichtete er. Die Verwalter der königlichen Schminkschatullen versicherten ihm, daß sein leuchtendes Antlitz vor Schönheit glänzte; er winkte den Wedelträgern und betrat die Rampe zum großen Palasthof. Tatji Ikhernofret war nicht unter den Vertrauten, die Chakaura begleiteten. Alle Tore waren weit geöffnet, über dem leeren Viereck in der Mitte lagen kalte Morgenschatten. Die Volksmenge, einige tausend Stadtbewohner, warf sich zu Boden, als er das weit vorspringende Podium betrat.

Ein einfacher Sessel, dessen Lehnen und Füße golden glänzten, stand unter dem Schattenbaldachin. Chakaura sah schweigend über die Körper hin, hörte das ehrfürchtige Murmeln und wartete, bis Trommler und Trompetenbläser auf den Dachplattformen rechts und links der Stirnwand standen. Er senkte den Blick, hörte Schritte hinter sich und wandte den Kopf. Die Heerführer Sokar-Nachtmin und Userhet blieben einen Schritt hinter ihm stehen. Er nickte ihnen zu.

Als er sich setzte, wagte die Menschenmasse aufzustehen. Die Gefangenen rührten sich nicht. In drei Halbkreisen waren sie, die Köpfe auf einen Mittelpunkt gerichtet, auf die nachtkalten Platten hingeworfen, die Körper waren wie die Streben eines Fächers. Chakauras Blicke suchten den jungen Ikhernofret und dessen Helfer und Verbündete; er entdeckte sie zwischen den Nomadenfürsten. Neben den zuckenden Leibern sah Chakaura rote Spuren auf dem weißen Stein. Chakaura holte Luft, spürte das Stechen in beiden Waden und rief:

»Meine Soldaten sind weit in den Norden und vom Rand Kêmets nach Sonnenuntergang vorgestoßen und haben zum zweitenmal die Nomaden gejagt. Die elenden Barbaren der Westlichen Wüste haben unsere Dörfer überfallen, die Häuser verbrannt, die Frauen geschändet, die Männer verwundet und getötet, junge Frauen entführt. Das alles und noch mehr haben sie getan!«

349

Zwischen den runden Säulen an den Seiten des Podiums kamen Soldaten hervor, von Sokar-Nachtmin ausgesuchte Palastgardisten. Die Geräusche des Aufmarsches gingen im wütenden Geschrei der Menge unter. Die geschundenen Körper zuckten und zitterten, aber kein Nomadenanführer schrie, keiner zerrte an den Fesseln oder versuchte zu fliehen. Chakaura hob die Geißel. Der Lärm verebbte.

»Meine Soldaten sind in die Wüste gegangen und haben an heißen Tagen und in kalten Nächten die Nomaden, die feige geflohen sind, verfolgt.« Chakauras Stimme hallte von den Mauern wider. »Sie haben die räuberischen Nomaden besiegt. Die Alten sind erschlagen, ihre Herden hat man auf unsere Weiden getrieben, mehr als tausend Gefangene habe ich auf Schiffen in Goldbergwerke, Steinbrüche und Kupferminen geschickt, ihre Frauen werden unter den Soldaten und in den Siedlungen verteilt. Hier liegen die Anführer der Wüstenbarbaren.«

Die Rômet murmelten, fluchten und beschworen die Götter; aus dem dumpfen Brei aus Worten, Schreien und Geräuschen spritzten gellende Schreie; sie schienen Taubenschwärme und Hunde jenseits des Palastes aufzuscheuchen. Die Soldaten stellten sich eng nebeneinander im Halbkreis hinter den Gefangenen auf.

»Hier liegen auch die Verräter, von denen einige im Großen Haus gelebt haben, und ihre Mitverschwörer. Sie stahlen Nechoschet aus den Schatzhäusern und gaben es gegen viel Gold den Nomaden. Sie haben Gerüchte ausgestreut über die ehrlichen Bronzehändler, sie haben die Freunde des Herrschers und damit ihn selbst beleidigt: Nun haben sich alle Gerüchte, die vom Verrat der Bronzehändler sprachen, aufgelöst wie Rauch erloschener Feuer. Die Feinde Tameris haben

Folter und Tod verdient. Auch ihre Namen werden ausgelöscht für alle Ewigkeiten.«

Chakaura deutete auf Ikhernofret, hob beide Arme, der Stab und die Geißel funkelten, die Schatten hatten sich verkürzt.

»Die Anführer der Barbaren und die Rômet-Übeltäter liegen im Staub. Ich werde sie unter meinen Sandalen zermalmen. Ihre Leichen wird man an unbekannten Orten verscharren oder mit ihnen die Geschöpfe Sobeks füttern.«

Die Soldaten traten vor und rissen die entkräfteten Gefangenen auf die Knie. Die Geschundenen taumelten, ihre Wunden brachen auf, sie ächzten und wimmerten. Die Menge schwieg, schien zu versteinern. Chakauras starre Blicke glitten über Gesichter und Körper; er senkte die Lider und blinzelte. Die Zurschaustellung versengter und blutverkrusteter Gesichter und Körper, die schwärzlichen Löcher anstatt der Ohren, die Stümpfe fehlender Nasen, die breiten Striemen, Schnitte und leeren Augenhöhlen riefen Empfindungen in ihm hervor, die er wiedererkannte und unterdrückte. Er schloß die Augen, ihm schauderte, sein Rücken wurde kalt und die Knie gefühllos. Einige Gefangene hatten ihr Wasser unter sich gelassen und den Darm entleert; der Beigeruch auf dem Platz bedeutete Schmerz, Leid und Tod. Chakaura legte die Geißel auf die Knie und sagte laut:

»Tötet sie.«

Sokar-Nachtmin senkte den altertümlichen Kriegskolben und hieb mit dem Basaltkopf aufs Podium. Plötzlich begannen die Löwen jenseits der Mauern wie rasend zu brüllen; es war wie der Donner eines unsichtbaren Gewitters. Userhets Männer gehorchten augenblicklich. Sie traten hinter den vordersten Halbkreis der Gefangenen, hoben die Streitäxte und Keulen, blickten

Userhet oder Sokar-Nachtmin an und schlugen zu. Die halbkreisförmigen Bronzeschneiden spalteten die Schädel, die Keulenköpfe trafen mit gräßlichem Knacken die Hinterköpfe. Zuckend schlugen die Oberkörper auf den Stein. Nasse, blutende Haut klatschte, in Blutlachen verglitt graue Gehirnmasse. Chakauras Gesicht wurde starr vor Entsetzen. Er fühlte, wie der Schweiß auf seiner Stirn und den Wangen erkaltete, er atmete schwer; das Töten ging weiter. Die Barbaren starben leise, wie Schafe oder Ziegen, denen man die Hälse durchschnitt, und Chakaura zwang sich dazu, jedem einzelnen Sterben zuzusehen, und er dachte daran, daß plötzlich die kleine Statue der Maat soviel wog wie ein Granitquader aus Suênet.

Der letzte Hieb traf, der Kopf platzte auf, die Augen schienen herauszufallen, zitternd, wie im wahnsinnigen Fieber, starb der letzte Barbarenanführer. Chakaura packte die Sessellehnen und stemmte sich in die Höhe. Er sagte zu Sokar-Nachtmin: »Schafft den Unrat weg!«

Der Feldherr verneigte sich, winkte den Soldaten; Chakaura drehte sich um und starrte sieben Atemzüge lang auf den Fächer der Getöteten vor dem Podium. Ein Wedelträger traf die Spitze seiner Krone und sprang entsetzt zur Seite. Chakauras Geste ließ ihn erschauern. Chakaura ging mit seinen vergoldeten Sandalen starr und geradeaus über farbige Schilfmatten zurück in den Palast, in den Raum mit den Klappen in der Wand hinter den Säulen, und am späten Abend stieg er auf den hölzernen Sockel unter der Decke seines Schlafraumes. Er glaubte, während er durch das fingergroße Loch starrte, auf seiner Haut den Geruch von Blut, Kot und Tod zu riechen; in den Zehen, dem Spann und den Waden wütete scharfer Schmerz, der unter der Schädeldecke endete.

14. Die Länge der Schatten

Chakaura dachte an zitternde, lange Fäden von Spinnennetzen, an Bronzewaffen, an die Gefährtin der kommenden Nacht, an die Jahre, die Tag um Tag schneller abschmolzen als Salbkegel auf den Stirnen der Tanzmädchen, an Ameni, der noch ein Jahrzehnt brauchte, um tun zu können, was er, Chakaura, nach dem Willen der Götter, tat. Er deutete mit drei Fingern auf einen Diener, legte dann die gespreizten Finger auf den schillernden Falken im Halsschmuck. Seine Stimme war müde.

»Sag dem Feldherrn Sokar-Nachtmin, er soll in den Garten kommen. Zum Teich. Bringt Bier und Wein.«

Der Diener flüsterte eine Erwiderung und entfernte sich rückwärtsgehend aus dem Saal. Chakaura massierte die linke Wade und ging in den Garten, setzte sich auf den steinernen Rand des Teiches. Das Schilf, schon mehrmals geschnitten, wuchs mit hellgrünen Spitzen; flüchtig tauchte ein Bild auf, das er vergessen zu haben glaubte: der Kopf seiner toten Schwester in Karidons Schoß, der entrückte Blick des Freundes und sein eigenes Empfinden. Sokar-Nachtmin erlöste ihn aus den lastenden Erinnerungen.

»Herr.« Er blieb vor Chakaura stehen und blickte auf dessen Kopf hinunter. Zwischen dem weißen Haarflaum sah er die handtellergroße Blöße der dunklen Schädelhaut. »Es ist wieder ruhig in beiden Ländern. Die Leichen sind vergraben, man baut die Dörfchen auf, und die Barbaren peitscht man in den Bergwerken. Schließ die Augen, ruh dich aus, danke den Göttern. Selbst Bronze ist übergenug in den Werkstätten entlang des Hapi.«

Chakaura umfaßte das Knie mit beiden Händen, lehnte sich zurück und heftete seinen Blick auf eine Eidechse, die sich mit pochender Kehle sonnte.

»Dank Karidon und der anderen Bronze- und Zinnhändler. Ich will wegen Ameni mit dir sprechen, Freund.«

Sokar-Nachtmin setzte sich neben Chakaura und drehte den Becher. Das Tongefäß knirschte auf dem Sandstein.

»Ameni? Dein Sohn?«

Chakaura nickte. Er murmelte: »Drei Töchter und Ameni leben, sind gesund, was für jedermann zu hören ist, haben die ersten Jahre überlebt. Wie lange leben wir noch, Nachtmin, die jungen Löwen aus dem Jahr eins?«

»Ich hoffe, noch ein, zwei Jahrzehnte.« Nachtmin lachte heiser. »Wenn die Götter gnädig sind. Jeder Tag, in unserem Alter, Goldhorus, ist ein Gewinn und eine Freude.«

»So ist es. Ich will, daß du Ameni ausbildest. Er läuft und rudert, lernt schreiben, spricht altklug; aber dadurch wird weder ein Tatji noch ein Krieger aus ihm. Versprichst du's? Wenn er alt genug ist?« Er berührte den Rand der Weinschale und lachte.

»Ich versprech's, Goldhorus. Und was – reden wir über die Jahre unseres schwindenden Lebens – was wirst du tun? Besser: Was willst du tun, bis Ameni auf deinem Thron sitzt?«

354

Chakaura blickte über Gras, niedrige Mauern und steinerne Götterstatuen hinweg zum grünen Kanalufer. Er sprach leise, tastete jedes Wort ab.

»Alle Paläste und Tempel sind gebaut, selbst in der Ostmark, wo Fundamente im weichen Boden versinken, zum Ärger Cha-Sobeks. Alle Häuser, schreibt man, stehen auf Hügeln über der Hochflut. Die Grenzen sind sicher, das Land reich. Die Götter sehen, offensichtlich, gnädig meinem Tun zu, obwohl sie mir nie ein Zeichen gegeben haben. Bevor man mich für das nächste Leben im Grab versiegelt, sind aber noch etliche Dinge zu tun. Ich täte sie gern, entschlossen und in rechter Zeit. Es wäre gut, wenn mir – und meinen Freunden – noch soviel Zeit bliebe.«

»Ich höre, Goldhorus? Was willst du noch befehlen oder selbst tun?«

»Die Schöße einiger leidenschaftlicher Frauen füllen. Viele Krüge kaltes Bier und tiefroten Keftiwein trinken.« Chakaura kicherte und kippte das Bier in den Teich, griff nach dem Weinkrug. »Mit Karidon nach Punt fahren. Die Erfüllung aller Träume wäre, danach die Augen zu schließen und die Sonnenbarke zur Fahrt ins nächste Leben zu besteigen.«

»Und selbst zu steuern, wenn es der Große Kapitän erlaubt.«

»Mit der Maat auf der Brust. Nichts anderes.« Einige weiße Ibisse flogen über die Palmwipfel. »Willst du mitfahren, nach Punt, mit dem alten Grünauge?«

Sokar-Nachtmin schnippte einen Wasserkäfer von seinem Knie.

»Nichts täte ich lieber, Neb Chakaura. Ich rate, abzuwarten. Vielleicht ist Karidon ertrunken, und ich muß seine Witwe trösten. Vielleicht erleben wir's beide nicht. Lade mich abermals ein, wenn's soweit ist.«

Chakaura legte die Hand auf Sokar-Nachtmins Handgelenk, drückte zu und blickte in das vernarbte Gesicht des Heerführers. »Das ist versprochen, Nachtmin.«

Er trank, und nach einer Weile, während der er sich in tiefes Nachdenken zurückzog, sagte er:

»Ich brauche dir nichts mehr zu befehlen. Was wirst du tun, die nächsten Monde?«

Sokar-Nachtmin hob drei Finger.

»Am Fürstenwall im Osten mit Cha-Sobek nach dem Rechten sehen. Deine Soldaten im Westen des Wüstenrandes besuchen, in den Oasen der ‚Fürstin der Einöde‘. Hinauf nach Iken und Buhen und zu den Festungen in Wawat gehen, Singbe besuchen und erfahren, ob das Heer wieder gegen die elenden Nehesi ziehen muß.«

Chakaura beugte den Oberkörper und murmelte:

»So soll es geschehen, Feldherr. Und – läßt dein unstetes Leben an der Seite deines gichtgeplagten Freundes, auch zu, daß dich eine gute Frau erwartet? Oder vergnügst du dich nur mit Barbarensklavinnen?«

»Meist, Herr, und kaum je zu meinem Ärger. Aber noch hab ich ein paar Träume; inzwischen sind einige auch grau und schartig geworden.« Er betrachtete gelassen die Eidechse und brummte: »Wie so manch andere. Vielleicht gewähren mir die Götter wie Karidon eine junge Liebe für die Jahre des Alters.«

»Wenn's nach mir ginge ... sieh dich um! Der Palast wimmelt von Frauen. Sie warten darauf, daß das Auge eines Mächtigen gnädig auf sie fällt, und sie sind in allen Künsten und Widrigkeiten der Leidenschaft unterwiesen; selbst im Tanz.«

»Deine mächtigen Heere, Goldhorus, sind gewohnt, daß mein Auge ungnädig auf sie fällt. Und kaum ein Ort, an dem ich zwischen den Männern lebe und schlafe, würde einer Frau aus dem Palast sonderlich gefallen.«

Chakaura zuckte mit den Schultern. »Wann ruderst du zur Fürstenmauer, Nachtmin?«

Genußvoll, als wäre es der letzte Wein dieses Mondes, leerte Sokar-Nachtmin die Schale und stand zugleich mit Chakaura auf.

»In drei Tagen. Ich und Userhet warten auf den Rest des Heeres; ein Teil der Männer geht in ihre Häuser zurück, den anderen Teil senden wir in ihre Städte. Sklaven und Sklavinnen sind entlang des Hapi verteilt worden.«

»Recht so.« Schweigend ging Chakaura neben Nachtmin zum Portal. »Während du für die Sicherheit der Grenzen sorgst, beschützt Userhet den Palast, die Tempel und die Stadt.«

Nachtmin verneigte sich, schlug die Faust gegen die Brust und zwang sich, langsam in die Richtung des Hafens zu gehen.

Der Winter in Tamzine war erträglich gewesen; die fünfzehn Männer besserten die Schiffsrümpfe aus, erkundeten die Umgebung und stapelten Metall in die Laderäume. Am zweiten Tag des Mesore legten die zinngefüllten Schiffe ab. Zweiunddreißig Tage brauchten sie bis zur Hapimündung; nur zweimal, während schwerer Regenstürme, konnte Karidon die Segel der *Goldmöwe* und der *Angelstern* nicht mehr sehen. Die Kapitäne Maris und Boreb entluden in Karidons Gegenwart das Zinn, tauschten es in Gold und teure Waren aus Mencfru-Mirê und verabredeten sich mit ihm für den Anfang des nächsten Mesore in Mnis. Vor der Hapiüberschwemmung, die in spätestens fünfzehn Tagen Menefru erreicht haben würde, flüchteten die Händler und wollten Gubla ansteuern und dort oder in Alashia den Rest des Zinns tauschen. Der Verwalter des Handels in Menefru zahlte mit gutem Gold, und alle Waren kosteten weniger, als Karidon versprochen hatte. Er segelte die *Morgenröte* hapiaufwärts und traf nur wenige Stunden vor dem Beginn der Überschwemmung beim Königslehen ein.

Ibentina-Asherit kam bedächtig aus der Dunkelheit des Hauseinganges, den Säugling, in dicken Stoff eingewickelt, in den Armen. Karidon balancierte über die wackelnde Planke, sprang in den Sand, und Ibentina machte schnellere Schritte. Zwischen dem großen Haus und dem Ufer begrüßten Ti-Senbi und Mlaisso lautstark die Mannschaft. Ibentina ließ sich küssen und drehte sich halb, um Karidon das Kind zu zeigen; es hielt die Augen geschlossen, schien zu schlafen, ein rundes, sehr hellbraunes Gesicht mit pechschwarzem Haar.

»Unser Sohn«, sagte sie leise. »Schön und gesund. Wollen wir ihn Jehouptah nennen, Kari?«

Karidon hielt sie an den Armen fest, zuckte mit den Schultern und nahm vorsichtig das Kind in den Arm. Jehouptah war leichter, als er es sich vorgestellt hatte, bewegte die Lippen und schob ein tastendes Händchen aus dem Tuch. Karidon ging auf das Haus zu; er suchte nach Worten. Ibentina nahm ihm das Kind ab und gab es einer lächelnden Amme.

»Jehouptah also. Ich hätt keinen besseren Namen gefunden! Ich bin ... ich weiß nicht, was ich sagen soll. Jetzt werd ich wohl lernen müssen, was ein Vater zu tun hat.«

»Das geht von selbst, Kari. Ich hab's auch schnell begriffen, was ich als Mutter tun muß. Komm, ich will die anderen begrüßen.«

»Wir sind alle gesund und seit dem hohen Gewinn in Menefru in übermütiger Stimmung, Ibis.«

Karidon begrüßte Pi-Ika und Ti-Senbi, die wieder ein wenig rundlicher geworden war. Kadran und Ptah halfen den Dienern, die *Morgenröte* zu entladen. Hinter den Häusern erhoben sich große Kornspeicher, mit Bändern aus Farbe verziert. Die Behenbäume warfen lange Schatten; ihre Eicheln füllten große Körbe. Neunzig Tage lang würde der Gutshof von der Flut eingeschlossen sein, danach war das Große Grüne wegen des Winters nicht befahrbar. Säcke, Ballen und Truhen wurden ins Häuschen gebracht; später konnte er in Ruhe auspacken.

»Bevor du fragst –« Mlaisso umarmte Karidon, schlug ihm auf die Schultern, »es hat sich in all der langen Zeit kein Fremder sehen lassen. Neferrompe und seine Soldaten sind zuverlässige Wohngenossen geworden.«

»Höre ich gern. Und ihr? Gesund und zufrieden?«

»Ich würde lügen, wenn ich klagen müßte, Vater Kapitän. Ihr habt viel zu erzählen, nicht wahr?«

»Es reicht für fünf Monde.«

Wie jedesmal vollzogen sie, wie einen Ritus, die gleichen Handlungen. Selkara, Hesqe, Kadran und Holx-Amr packten aus, ließen sich von den Dienerinnen helfen, wanderten ins Badehaus und kamen Stunden danach wie wirkliche Rômet ins Sonnenlicht. Diesmal war es Nachthorheb, der mit großen Augen auf dem Gut umherspazierte, Bäume, Tiere und Felder bestaunte und am starken Bier nippte. Karidon und Ptah überwachten, wie das Schiff in den Seitenkanal gezogen und der Sanddamm aufgeschüttet wurde. Ti-Senbi berichtete:

Der Verwalter des Goldhorus hatte dem Gutshof Kriegssklaven zugeteilt. Jedes Jahr gewannen sie ein neues Stück Land dazu, und es gab kaum Mißernten oder zuviel gefräßige Schädlinge.

»Wir arbeiten und rechnen fleißig, aber ohne schweißtreibende Hast«, sagte Ti-Senbi lächelnd. »Trotz der Abgaben leben wir zufrieden; jeder wird satt, und das Essen ist nie eintönig.«

Karidon und Ptah erfuhren, daß Merire-Hatchetef einen Brief geschrieben hatte. Er lag in Karidons Häuschen. Nefer-Herenptah, der Vorsteher des Waret-Hauses, hatte seine schwere Krankheit überwunden, und von Sokar-Nachtmin hörte man nur Heldenhaftes und Siegreiches. Daß Macht und Wohlstand beider Lande groß und die Grenzen sicher waren, hatten die Männer der *Morgenröte* seit dem Einfahren in den Mündungsarm sehen können.

Karidon hielt Ibentina im Arm und wartete, bis Mlaisso getrunken hatte. »Wir haben, wie jedesmal, von Kefti, Alashia, aber auch von den Floßleuten und aus Tamzine viel mitgebracht, was wir brauchen und verbrauchen werden.«

»Ich hab's ins Vorratshaus bringen lassen«, sagte Pi-Ika. »Habt ihr schon die zwei neuen Kornspeicher gesehen?«

»Hast du sie selbst gebaut?«

»Nein. Mitgebaut hab ich. Sie sind fast voll.«

»Freunde«, sagte Karidon und lachte, »wir haben Zeit. Nicht alles auf einmal. Jehoumilq und Gaitha senden tausend Grüße. Ibis-Herit hat mich kaum wiedererkannt; nach einem langen Bad werden wir erst einmal die Tür hinter uns zumachen.«

»Niemand wird euch stören.« Ptah grinste. »Vielleicht hält sich auch euer Söhnchen daran.«

Nach dem Bad öffnete Karidon das Shafaduröllchen. Die erste Hälfte des Briefes bestand aus Wünschen und Grüßen, dann ...

... GOLDHORUS HAT DEN JUNGEN IKHERNOFRET und

seine Helfer foltern und hinrichten lassen. Sie stahlen Nechoschet und gaben es für viel Gold den Chaosu-Nomaden. Ikhernofret hat die Gerüchte über deinen Verrat in die Welt gesetzt. Der Goldhorus hat seinem Volk die Wahrheit gesagt: Niemand wird je wieder über Verrat sprechen, jeder weiß, daß die Bronzehändler die ehrlichen Freunde des Goldhorus und Tameris sind ...

Karidon hob den Kopf, starrte in die Wolken und holte tief Luft. Dann ging er, trotz der Schwäche in seinen Knien, zum Haus, um der Mannschaft und den Freunden den Brief vorzulesen.

Eines Morgens, im Zwielicht, als Karidons Traum und die Wirklichkeit noch nicht völlig voneinander geschieden waren, dachte er an Punt. Falls Nachthorheb jemals wirklich die Flotte für die Fahrt zum Weihrauchland zusammenstellen würde, stünden Greise im Heck und am Ruder: Chakaura zählte heute siebenundvierzig Jahre; die Schatten der Jahre waren länger geworden. Karidon gähnte, lächelte und bewegte sich behutsam. Ibis-Herits Arm lag quer über seiner Brust, sie murmelte im Schlaf und wachte nicht auf, als er zur Seite glitt und auf Zehenspitzen den Raum verließ. Er wusch sich flüchtig, wickelte den Schurz um die Hüften und stieg aufs Wohndach hinauf.

Hocker, Tischchen und Matten von gestern nacht standen unter dem taufeuchten Sonnensegel, die Asche des Feuerchens aus Dattelkernen und Palmnußschalen lag feucht im Kupferbecken. Karidons Blick ging nach Osten, über die bewegungslose Wasserfläche zwischen den Ufern, noch sieben von neun Ellen tief. Das Gitterwerk der überfüllten Kanäle durchzog einen Großteil der Gärten zwischen den Schutzmauern, alle Felder und Weiden des Königslehens waren von der Flut bedeckt.

Karidons Gedanken waren ruhevoll: War es das, Karidon, was du erträumt hast? Bald fünf Jahrzehnte alt, mit Frau und Kind am Hapi ausruhen wie Jossel auf Kefti, den Fluß im Blick und die Morgenröte, gekippt und trocken im Werftgraben?

Ptah-Netjerimaat bog um die Ecke des größeren Hauses, sah Karidon und kam die Stufen hinauf.

»Ausgeschlafen? Jehouptah hat nicht zehnmal geschrien?«

»Ihn, die Amme und meinen Schlaf trennen drei dicke Mauern.«

»Wenn sich Jossel über den Namen ebenso freut wie Oheim Ptah, freut's mich. Weißt du schon, ob er grüne Augen hat?«

»Jehouptah hat Ibentinas und Tamahats Gepardenaugen. Die Vergangenheit bricht doch immer wieder aus der Höhle hervor.«

»Wahr gesprochen, Krabbe!«

Die gezackte Linie der Wüste halbierte die Sonnenscheibe; das flache Tal lag im dunstigen Halbdunkel. »Mit dem Schiff nach Gubla, Alashia und Kefti; das bedeutet, daß wir während der nächsten Überschwemmung nicht hier sein können.«

»Keine Fahrten mehr zu den roten Vögeln und nach Tamzine?«

Karidon blinzelte ins Sonnenlicht, wandte langsam den Kopf und blickte zum schrägen Mast der *Morgenröte.*

»Auch wegen Jehouptah und Ibis – keine solchen Fahrten mehr. Nein. Ich bin sicher, daß es mir trotzdem so geht wie Jossel Ju. Vielleicht will er auch zurück auf die Planken.«

»Glaubst du, er segelt wirklich noch einmal mit uns?«

Karidon schüttelte langsam den Kopf. »Nein, Netji.«

Ptah-Netjerimaat schien zu verstehen. Hartes Morgenlicht fuhr über das dunkle Wasser, Bäume und Bauwerke hin. Das Gurren der Tauben wurde lauter. Ptah rieb seine Augen und stand zögernd von der Brüstung auf.

»Wir werden uns alles genau überlegen. Das gute Schielschiff bleibt uns.«

Sie stiegen in den schattendunklen Garten hinunter. Ptah hob gähnend die Hand und schloß die Tür des Nebengebäudes hinter sich, Karidon ging in den Schlafraum und streckte sich neben Ibentina aus.

In der Mittagshitze trocknete die Tusche viel zu schnell, und der gemischte Wein war längst warm und schal geworden. Karidon versuchte, in der feuchten Hitze des Paophi richtig zu rechnen und zu schreiben. Es fiel ihm schwer; Schweiß tropfte auf die Binsenblätter, er trug nur ein Hüfttuch, und je mehr Zahlen er zusammenrechnete, desto mehr schwitzte er. Er kippte den Weinrest über die Brüstung ins Gras. Hinter dem Haus, im Schatten, krähte Jehouptah. Holx-Amr kam aus dem Haus und schleppte eine Truhe voll Werkzeug zum Schiff. Der Inhalt klirrte, als er sie in den Sand fallen ließ. Karidon winkte. Holx setzte sich Karidon gegenüber auf die gemauerte Bank und hob die Brauen. Karidon klapperte mit dem Schreibried gegen die Schälchen.

»Also, Holx«, sagte er, »daß wir reich sind, wissen wir: Unser Gold und Silber liegt bei Jehoumilq. Mit allem Hin und Her von Tauschwaren und dem vielen Zinn haben wir noch mehr verdient. Alle Listen sind, als Verantwortlichem, vom alten Tatji Ikhernofret unterschrieben. Ich hab Jossel seinen Anteil am Schiff zurückgegeben; es gehört dir, Ptah, Mlaisso und mir zu unterschiedlichen Teilen.«

»Was willst du mir erklären?«

»Es ist ganz einfach: Ptah und ich fragen uns, ob wir unser Leben und das Schiff weiterhin aufs Spiel setzen wollen, auf den Fahrten zu den Zinntreffpunkten. Mit ihrem Zehntel – ich weiß, daß die Herren Kapitäne Boreb und Maris großzügig mit Zahlen und unserem Gold umgehen! –, können unsere Enkel Häuser auf Kefti bauen.«

»Chakaura bekommt Zinn in Zukunft von uns und teurer von den Kapitänen, denen wir den Weg nach Djahri gezeigt haben?«

»Daran wird sich nichts ändern, solange Menefru-Mirê mit Gold und besonders teuren Waren zahlt.«

»Dann fahren wir wieder den alten Weg«, sagte Holx. »Da bin ich sicher, und ich kotz auch nicht soviel wie auf dem anderen Meer. Versprochen, Kari?«

»Beschworen, Holx!«

»Ibis wird sich freuen. Und – was tut Mlaisso?«

»Der schwärzeste aller Steuermänner würde, so wie Nachthorheb, bisweilen mit uns fahren.«

»Gut. Wann legen wir ab?«

»Im Pachons nach Menefru, im Payni nach Uschu und Gubla.«

Ibentina und Karidon wußten es, und die Amme, auch Ti-Senbi bestätigten ihre Befürchtungen: Unzählige Säuglinge und oft auch die Mütter starben innerhalb der ersten sechs Monde. Neuneinhalb Monde war Jehouptah alt, und er wurde größer und kräftiger und krabbelte auf der Decke, im Gras und im Sand, ein lautes, neugieriges Kind, dessen Bewegungen und die Art, wie es seine Umgebung, Menschen und Dinge, zu begreifen versuchte, Karidon täglich erstaunten. Ibentinas Körper hatte Schwangerschaft und Geburt ohne Spuren überstanden; nur die Brüste hatten die pralle Gespanntheit der Jugend verloren. Karidon kauerte auf der Liege, hatte die Arme um die Knie geschlungen und sah ihr zu. Sie saß nackt vor den versilberten Bronzespiegeln und bürstete ihr Haar mit Öl aus Kefti, das Saft und Wirkstoffe von Lorbeerknospen und Beeren aufgesogen hatte. Das Haar war lang und glatt geworden, und tiefschwarz.

»Du bist schön, Nachthaarige«, sagte er leise. »Ich werde eine Statue von dir meißeln lassen.«

»Närrischer Kapitän!« Sie wickelte Strähnen um den Zeigefinger und legte die Bürste zwischen Tiegel und Döschen ihres Schminktisches. »Kauft lieber ein neues Segel. Wenn Jehouptah größer ist, fahren wir alle zu Jossel?«

»Dir sage ich es zuerst. Die *Morgenröte* wird keine Fahrten nach Tamzine und zu den Floßleuten mehr machen. Nur nach Uschu, Gubla, Alashia und Kefti. Auch wir werden vorsichtiger statt mutiger.«

Ibentina drehte das Haar zusammen, knotete es mit einem Lederbändchen fest und kniete sich auf den Rand des Lagers. Karidon hob den Kopf und betrachtete schweigend jeden Fingerbreit ihres Körpers. Als sein Blick ihre Augen traf, sagte er leise:

»Mitunter bin ich auch mit Worten mutig, Ibis. Daß du meine Geliebte bist, zählt viel. Daß du unseren Sohn geboren hast, dafür besitzt du mein Herz. Du bist mehr, als alter Mann weiß ich, was ich sage. Ich habe eine Handvoll guter Freunde, aber nur eine Freundin. Dich, Ibis.«

Sie hatte schweigend zugehört. Ihre Augen weiteten sich, füllten sich mit Tränen; ihre Lippen zuckten. Sie beugte sich vor, kniete vor Karidon, legte die Unterarme auf seine Knie und lehnte den Kopf an seine Stirn.

»Das wollt ich immer sein, Grünauge. Jetzt bin ich's.«

Sie küßte ihn mit weichen Lippen. »Was die unerforschlichen Götter beschließen mögen – ich bleibe deine Freundin.«

»Die Zeit wird kommen, Ibis, und wir werden uns an diese Nacht erinnern.« Karidon legte die Arme um sie und zog sie an sich. »Hoffen wir, daß auch die Morgenschatten unserer Träume angenehm sind; ohne Schmerzen.«

Ibentina nickte und streckte sich neben ihm aus. Karidon zog ihre Finger an seine Lippen, schob den Arm unter ihre Schultern und sah einige Herzschläge lang dem zuckenden Flämmchen der Lampe zu. Dann spürte er ihre Finger in seinem Haar und auf seiner Haut; ihr Körper wand sich auf ihm und schien zu glühen.

Über dem Mastende des Schiffes knarrten die Wedel der Dattelpalmen. Karidon langte mit der linken Hand zur Schulter und schob die Schneide des Doppelbeils zur Seite; die geflochtene Lederschnur schnitt in seine Haut. Die Mannschaft der *Morgenröte* umstand Sokar-Nachtmin und hörte ihm zu; er berichtete, wie er und seine Bogenschützen Ikhernofrets Helfer und die Chaosu-Nomaden umstellt, gefangengenommen und verhört hatten, und wie schnell sie Jung-Ikhernofret verraten hatten. Am ersten Tag des Epiphi lag das Schiff, mit Wasser, Proviant und Waren schwer beladen, am Kai von Menefru-Mirê. Auch Nachthorheb trug den gleichen knielangen keftischen Kittel mit den bestickten Säumen und den weiten Ärmeln. Karidon musterte Nachtmin und sah, daß der Oberste Feldherr ebenso jenseits der Grenze seiner Jugend war wie die Hälfte der begüterten Acht.

Karidons Schultern zuckten. »Wir rudern und segeln in die Winde und die Strömung des Großen Grünen, von der du weniger weißt als vom Ende des Himmels, die von Ost nach West im Kreise geht, nach Uschu, Gubla, Alashia und Kefti und hierher, zur Waage der beiden Länder. Dreimal schaffen wir diese Rundfahrt. Du hast es schwer, deine Freunde zu besuchen, wenn sie faul in der Sonne schwitzen, wie?«

»Ich weiß meist, wo ihr seid.«

»Wir wissen nie, wo dich der Befehl des Goldhorus hintreibt«, sagte Karidon. »Nimm ein Blatt, schreib darauf, schick's zum Häuschen und schreib, wann der zweitmächtigste Mann der beiden Länder bei uns Bier trinken will. Du kannst sicher sein: Wir haben genug davon.«

Nachtmin machte lachend eine obszöne Geste.

»Ich hab nicht erwartet, daß einer von euch noch lebt. Das Leben auf dem Meer scheint euch jung zu halten ...«

»Im Gegensatz zu dir«, murmelte Ptah.

»Freunde!« Nachtmin hob beide Arme. »Wenn ihr zurück seid, komm ich zu euch, und wir feiern ein Fest. Beschworen. Glaubst wenigstens du mir, Grünauge?«

»Hinlänglich. Im Ernst: Das Priesterlein, der einstmalige Gaufürst, Ptah und ich – haben wir uns denn nichts mehr zu sagen, zu erzählen?«

»Können wir nachholen, wenn wir mit dem Goldhorus nach Punt rudern! Niemand mehr verbreitet in Itch-Taui üble Gerüchte über euch; der Goldhorus träumt von der Puntfahrt.«

Karidons Arm beschrieb eine schwungvolle Bewegung.

»An Bord, Freunde. Er redet wie ein Kind. Punt! Mit dir! Wann? Nach Chakauras großem Fest? Ha! Nach Punt wirst du dich träumen, aber nicht rudern!«

Nachtmin breitete die Arme aus und umarmte der

Reihe nach Mlaisso, Ptah, Holx, Kadran und Karidon. Er lachte schallend, rüttelte Karidon an den Schultern und sagte: »Fahr los, Käpten! Bringt Bronze und Zinn! Wir feiern, wenn der Winter auf dem Großen Grünen stürmt. Ich bring das Priesterlein mit und den Zähnesammler, wenn er noch lebt. Macht euch keine Sorgen, ich mag grau und narbig aussehen, aber mein Herz ist jung.«

»Er ist kein Krieger«, murmelte Ptah und zog Holx zum Schiff. »Er ist ein Wunder der Götter. Lebe wohl, Schlächter von Nomaden!«

Die *Morgenröte* fuhr nach Uschu. Die Mannschaft ging nur in Gruppen und bewaffnet von Bord; auch in den Schenken tranken sie wenig und blieben wachsam. Mindestens drei bewaffnete Männer bewachten das Schiff im Hafen. Dasselbe in Gubla. Schreibblätter und Salben, Duftöle und Edelsteine wandelten sich in viel Bronze und Zinn, Chalzedon und Kobalt aus unbekannten Ländern des Ostens. Weiter nach Alashia, wo sie Kapitän Maris mit der *Angelstern* trafen, nach Arni zu Fürst Pachos, nach Mnis und Gnos, zu Jehoumilq. Er schien gesünder und kräftiger geworden zu sein. Gaitha und er segelten noch immer im kleinen Boot, und Keiron schmolz, goß und schmiedete gelegentlich für den Fürsten von Gnos. Doreare war nach Mnis, ins Haus eines Kapitäns gezogen und besorgte dessen Geschäfte, solange er segelte. Kapitän Boreb mit der *Goldmöwe* hatte bei Jehoumilq sein Zehntel des Gewinns in Silberplättchen und Goldstaub abgeliefert. Wieder zurück, ums Falkenkap herum, nach Menefru. Nachthorheb lernte viel und durfte bei ruhigem Meer Holx an der Pinne ablösen.

Im Jahr neunundzwanzig der Regierungszeit Chakauras, im Choyak, fegte der dritte, schwerste Frühwintersturm zwischen Kefti und den Mündungsarmen über das Meer, zerfetzte das Segel und zerriß Tauwerk, erzeugte einen vier Ellen langen Riß im Mast und schleuderte die *Morgenröte* ins Niedrigwasser des Mündungsarms.

Holx hörte auf, zur windabgewandten Seite zu speien, trank viel Keftiwein und schlief den Rausch lange in Karidons Heckkämmerchen aus. Es dauerte zwei Tage, bis das zweite Segel aufgezogen und der Mast notdürftig gesichert war. Mit gewohntem Borr segelten sie hapiaufwärts nach Menefru. Ein Bote des Obersten der königlichen Flotte, Khesef-Thot, rief Nachthorheb von Bord. Der Junge wurde für andere Arbeiten gebraucht. Karidon versprach, daß Nachthorheb weiter mit ihnen segeln dürfe und, nachdem sie ausgeladen und abgerechnet hatten, segelten sie weiter in Richtung des Königslehens.

Noch vor dem Westkanal mußten sie im Kehrwasser einer langgezogenen Insel den Ankerstein werfen. Der Hapi führte sehr wenig Wasser, und drei riesige Lastschiffe samt der schleppenden Boote waren in der verzweigten Fahrrinne aufgesessen. Schilf, Schiffe, Boote, Inseln und Untiefen waren wie ein Damm quer über dem Bett des Stromes. Männer standen bis zu den Knien im Wasser und schwangen die Hacken, um das größere Schiff freizubekommen.

Mitten in der Nacht, der Bug des Schiffes war tief ins Schilf geschoben, befiel Karidon seltsame Unruhe. Er spürte sie körperlich; in seinem Magen bildete sich ein harter Klumpen, seine Finger fuhren ziellos umher, er hielt es nicht lange an einer Stelle aus und starrte den kaltäugigen Vollmond an, als sähe er ihn zum letztenmal. Mlaisso richtete sich halb auf.

»Was hast du, Kari? Übelkeit? Ein Alptraum?«

»Ich weiß es nicht.« Karidon zog sich an der Bordwand hoch und blickte zu den schwankenden Fackeln hinüber, deren Licht die schuftenden Arbeiter zeigte. »Ich hab nicht geschlafen, kein Traum. Irgend etwas geht vor!«

»Wo?« Mlaisso stand auf und streckte die Hand nach dem Dolchgurt aus.

»Ich weiß es nicht.«

Auf Zehenspitzen, um die anderen nicht zu wecken, tappten sie zum Heck und sahen sich um. Zwei Pfeilschüsse vor ihnen arbeiteten die Ruderer zwischen blakenden Fackeln auf der Sandbank, im Schilf raschelten Tiere, über dem Ufer jagten kleine Eulen. Im schwachen Mondlicht war nichts Auffallendes zu sehen; Karidon hängte die Doppelaxt an die Bordwand.

»Wir sind im ordentlichen Hapiland, Kari.« Mlaisso legte ihm die Hand auf die Schulter. »Niemand wird uns überfallen.«

»Hast recht. Mir ist übel vor Aufregung. Vielleicht war das verdammte Bier verdorben.«

»Ich hab auch davon getrunken, und mein Magen wehrt sich nicht«, sagte Mlaisso leise. »Beruhige dich. Ich bleibe wach und passe auf.«

Karidon nickte und streckte sich auf den Decken aus. Der Rest der Nacht verging, der Hapi schwemmte den losgehackten Sand weg; das Schiff voller wuchtiger Quadern kam frei und schob sich, von vielen Paddlern in kleinen Booten gezogen und gehalten, an der *Morgenröte* vorbei. Karidon ließ in die Strömung rudern und das notdürftig geflickte Segel hochziehen. Seine Unruhe war nicht geringer geworden.

15. Stillstand der Sonnenuhren

Auch am vierten Abend, nachdem die zwei Bogenschützen ihren Platz auf der niedrigen Düne verlassen hatten, grub sich Ti-Djehuti zwischen dürren Gräsern und niedrigen Büschen zum Schlafen ein. Während er mit beiden Händen Sand über die Decke häufte, verwehte der Wind seine Fußspuren und die der Wachen, füllte sie mit rieselnden Sandkörnern auf. Der Sand war noch warm, obwohl die Sonne schon unterging. Die Schatten verlängerten sich und bedeckten die Hälfte der Felder und Äcker, bis hin zur Westmauer des Königslehens.

Der Soldat, der vor der hellbraunen Mauer vorbeiging, blickte in Djehutis Richtung, ohne ihn zu sehen. Die Mauer und die Wände der Gebäude – die ineinander geschachtelten Teile des größeren und beide Teile des kleinen Hauses – färbten sich blutigrot. Djehuti trank aus dem prallen Ziegenschlauch und kaute hartes Fladenbrot. Er schloß die Augen und lächelte zufrieden; nun, nach seinem zweiten Aufenthalt, wußte er alles, was für seinen Erfolg wichtig war. Die Anzahl der Soldaten, die innerhalb und außerhalb der Mauer wachten, die Menge der Sklaven, Bauern und Diener, Schreiber und Vorsteher; wie die Stunden des Verwalters und der wichtigen Hausbewohner verliefen, hatte er sich eingeprägt; diesmal trug er keine Schlangen bei sich.

Die beste Zeit für den Angriff war der frühe Morgen, wenn noch die Erstarrung des Erwachens auf den Menschen lag.

Ti-Djehuti dachte an Herihor, der mit dem Boot im Schilf wartete, an die Belohnung Anatnetishs, die sie schon erhalten und den größeren Teil, der sie erwartete, schlief einige Stunden und entfernte den Sand von der Decke. Er knüpfte den Leinensack auf, glättete die Sandfläche und legte die Waffen aus; den Gurt mit dem Bronzedolch in der Scheide, das kleine, nadelförmige Messer, dessen Spitze von einer Wachsschicht umhüllt war, das Kampfbeil und den zweiten Dolch. Er trank, schlug sein Wasser ab und sah zu, wie die Sterne verblaßten, kaute eine Zwiebel und bewegte Arme und Beine, um seine Muskeln zu erwärmen. Die Riemen der Sandalen verknotete er ebenso sorgfältig wie die Lederriemen, die den zweiten Dolch und die Scheide am rechten Oberschenkel hielten.

Den Wasserschlauch legte er auf die zusammengefaltete Decke, zögerte, trank noch einmal und vergrub Mantel und Schlauch zwischen den Wurzeln eines Strauches. Sein kurzer Schurz war vom Hapischlamm gefärbt; Ti-Djehuti legte ihn um und schloß den Gürtel, schob das Messer, die Spitze nach hinten, in die Schlaufen, und packte das Beil. Wie ein Schatten huschte er davon, in die Vertiefung zweier Dünen hinein, nach rechts und zum wassergefüllten Kanal. Das erste Grau erschien im Osten. Djehuti watete ins Wasser und duckte sich tief hinter Gerstenhalme und eine Reihe junger Sykomoren, erreichte die Mauer und schlüpfte durch die Gatter des Kanals. Aus der halb abgedeckten Gerbergrube stanken Häute, Urin und Akazienschoten.

Noch bevor das Wasser von der Haut getropft war, verschwand er hinter einem Haufen abgeschnittener

Äste. An den westlichen Ecken der Mauern blitzten im ersten Licht die Speerspitzen der Wachen. Djehuti hielt den Atem an und kroch zwischen Erdwällen und hochgebundenen Gewächsen auf das Halbdunkel hinter dem kleinen Haus zu; der Geruch von Gurken, Knoblauch und Kürbissen erinnerte ihn an seinen knurrenden Magen. Im Haus schrie das Kind, der Laut drang gedämpft durch Türen und Vorhänge. Unter einem Schattendach, das von einer Holzsäule gestützt wurde, standen zwei gemauerte Bänke und eine Tischplatte auf einem Ziegelsockel. Djehuti schob sich zwischen Bank und Tischfuß, legte das Beil geräuschlos vor sich ins Gras und lockerte das Messer im Gürtel. Er wartete mit angespannten Muskeln, sprungbereit, seine Blicke glitten durch den menschenleeren Garten zwischen den Häusern.

Das Kind hörte zu schreien auf, er hörte die dunkle Stimme der dicken Amme. Eine Weile später öffnete sich die Tür: Noch verbarg sie denjenigen, der sie öffnete. Ein leises Lachen ertönte, die Amme, das Kind auf dem Arm, kam heraus und machte einige Schritte, bis sie im Licht der ersten Sonnenstrahlen blinzelte. Das nackte Kind, vielleicht zweieinhalb Sommer alt, spielte mit der Kette aus bunten Tonkugeln um den Hals der Amme. Djehuti schob sich hinter der Bank hervor, richtete sich auf und hob mit der Linken das Beil. In der anderen Hand hielt er den Dolch.

Der Dolchgriff schabte an der steinernen Tischplatte. Die schwarzhäutige Frau mit den schweren Brüsten drehte sich herum, ihre Augen wurden groß, und plötzlich schrie sie gellend und schützte mit den Schultern den Kopf des Kindes. Während die Axt ihren Schädel spaltete, stach Ti-Djehuti dreimal in den Körper des Kindes; als er die blutige Waffe zurückzog und fallenließ, sah er, daß die Wachsschicht über dem flüssigen Gift aufgerissen war.

Noch bevor die zwei zuckenden Körper auf dem Gras zur Ruhe gekommen waren, rannte Djehuti auf die Ufermauer und den Eingang zu. Das Kreischen hallte in seinen Ohren nach. Aus allen Türen stürzten Menschen, von den Mauern her rannten Bogenschützen und Speerträger. Djehuti lief in Schlangenlinien auf die Maueröffnung zu, durch die der Kanal vom Ufer in den Garten führte und im eckigen Zierteich endete. Hinter ihm war wilder Lärm, die Soldaten brüllten Befehle, Schritte knirschten im Sand. Als er die Arme vorstreckte, um seinen Sprung ins Wasser abzufangen, schlug das Handgelenk an einen Pfosten. Er verlor die Axt, tauchte halb im Wasser ein und duckte sich. Ein Pfeil schlug neben seinem Kopf in die Mauer.

Er tauchte ganz unter, ruderte mit den Armen, seine Füße erreichten den Grund und schoben ihn vorwärts. Hinter dem schmalen Schilfstreifen kam das Boot hervor. Herihor paddelte im Heck und sah Djehuti nicht an; sein Blick glitt über die Mauerkante hinweg.

Als Djehuti sich jenseits der Mauer im Kanal aufrichtete, wurde das Tor aufgerissen. Ein dunkelhäutiger junger Mann, eine Feldhacke in der Hand, rannte auf Djehuti zu. Hinter ihm sprangen zwei Bogenschützen auf die Uferböschung.

Djehuti rannte weiter, sah, daß Herihor den Bogen hochriß und spannte. Gleichzeitig heulten einige Pfeile durch die kalte Luft. Der erste Verfolger sprang zur Seite und schrie. Herihors Pfeil steckte in seiner Hüfte. Auf der Mauerkrone standen plötzlich Bogenschützen. Herihor ließ den Bogen fallen; ein Pfeil fuhr in seine Kehle, ein zweiter steckte im Bug des Bootes, der dritte unter seinen Rippen. Djehuti hatte das Wasser erreicht, als das Boot sich zu drehen begann. Der Mann mit dem Pfeil in der Hüfte war dicht hinter ihm und hob die Hacke, als Djehuti in den Hapi sprang und aufs Boot zuschwimmen wollte.

Der Hieb der Hacke streifte gerade noch seinen Schenkel und erzeugte einen brennenden Schmerz. Der Verfolger stolperte und fiel, mit einem Dutzend Schwimmstößen erreichte Djehuti das Heck des Bootes und zog sich in die Höhe. Ein Speer schlug in die Binsenbündel, ein Schauer Pfeile heulte heran. Ein Geschoß pfählte Djehutis Unterarm ans Boot, ein zweites schlug in die Schulter, die dritte Pfeilspitze drang in Djehutis Hinterkopf ein und löschte mit einem glühenden, hallenden Schlag die Welt aus.

Neferrompe ließ den Bogen fallen, rannte ins aufspritzende Wasser, watete und schwamm zum Binsenboot und zerrte es zum Ufer. Pi-Ika zog aufbrüllend den halb abgebrochenen Pfeil aus der Hüfte und knickte mit dem rechten Bein um. Die Soldaten drängten sich aus dem Tor und sprangen über die Mauer. Aus der Richtung des kleinen Hauses kam ein langer, wimmernder Schrei, der in Stöhnen überging und jäh abriß. Zwei Wachen halfen Neferrompe, das Boot und die beiden schweren Körper einige Ellen hoch auf den Strand zu ziehen. Die Männer waren tot und bluteten stark. Neferrompe fühlte Kälte zwischen den Schulterblättern, seine Knie begannen zu zittern; er senkte den Kopf und starrte seine Hände an.

»O ihr Götter!« Er flüsterte und riß sich aus der Erstarrung. Seine Männer zerrten die Toten aus dem Boot und ließen sie aufs Ufer fallen. »Das Kind. Ich ...«

Er ging langsam durch den Garten und schob Diener und Sklaven zur Seite, die schweigend und ratlos die tote Amme umstanden. Ibentina-Asherit kauerte im Gras und hielt den kleinen Körper in den Armen, ebenso blutbespritzt wie die Amme und das tote Kind. Die Herrin starrte blicklos geradeaus, Tränen liefen über die Wangen und tropften in Jehouptas graues Gesicht. Neferrompe beugte sich zu ihr herunter und zog sie in die Höhe.

»Herrin«, flüsterte er, »laß dich ins Haus bringen. Laß dir helfen.«

Er legte den Arm um Ibentinas Schultern und führte sie ins Haus. Die Diener wichen auseinander. Neferrompe nahm das tote Kind aus Ibentinas Armen und legte es auf die bunten Decken einer Bank. Ibentina stand neben ihm, starr wie eine Statue, blickte aus verschleierten Augen auf die Wand. Als Neferrompe das Haus verließ, stand Ti-Senbi vor der toten Amme, sah ins verwüstete Antlitz und sank langsam in die Knie.

»Holt eine Trage«, hörte Neferrompe. Ti-Senbis Stimme brach; sie tastete nach Neferrompes Hand und zog sich an seinem Arm in die Höhe, hielt sich an seiner Schulter fest. »Und dann müssen wir zwei Gräber schaufeln, drüben, neben den anderen ... geht an die Arbeit.«

Sie roch nach Schlaf und einem bitteren Öl. Neferrompe murmelte: »Geh zur jungen Herrin, Tenbi, und tröste sie. Oder versuch's wenigstens. Ich kümmere mich um das andere.«

Sie nickte, ihr Gesicht war aschgrau; voll Entsetzen. Neferrompe wartete, bis sich die bunte Tür geschlossen hatte. Sklaven trugen die Leiche der Amme weg, nachdem sie Blut und Gehirnmasse mit Wasser weggespült hatten.

Als Neferrompe das Ufertor erreichte, humpelte Pi-Ika in den Garten. Seine Hüfte und der Oberschenkel waren verbunden. Er stützte sich auf einen Wächter und starrte Neferrompe an.

»Rompe«, sagte er rauh. »Hüter des Hauses. Es ist ein nachtschwarzer Tag für uns.«

»Die Götter strafen uns. Wofür?« Neferrompe deutete auf die Leinenstreifen. »Eine schlimme Wunde?«

»Nur ins Fleisch, und viel Blut. Man wird das Loch zusammennähen müssen. Du weißt, daß wir die *Morgenröte* erwarten? Es wird Karidon das Herz zerreißen, Mann.«

»Das weiß ich.« Neferrompe drehte sein Gesicht aus der Sonne. »Wir haben die zwei Mörder nicht gesehen. Uns trifft alle Schuld, Neb Pi-Ika.«

»Schuld oder nicht. Der Kleine ist tot.« Pi-Ika hinkte ins Haus. Neferrompe ging bis zur Westmauer und dicht neben ihr die gesamte Strecke bis zur südlichen Ecke. Er sah Schlamm- und Wasserspuren, einige Fußabdrücke und erkannte, wie der Mörder in den Garten gelangt war; Neferrompe suchte eine Leiter und kletterte über die Mauer. Die länglichen Spuren der Sandalen, scharf eingedrückt, waren im Morgenlicht nicht zu übersehen.

»Sie müssen uns lange beobachtet haben«, murmelte er und folgte den Spuren bis zu einem Busch. Neben einem nassen Fleck im Sand grub er einen Wassersack und darunter eine Decke aus. Schrilles Summen einiger Fliegenschwärme machte ihn aufmerksam; er stand auf, betrachtete schweigend das gesamte Land des Königslehens und entdeckte nacheinander sechs halb eingegrabene Kothaufen am Fuß der welligen Sandstreifen.

»Vier Tage also. Oder fünf. Sie waren gut vorbereitet.«

Auf dem höchsten Punkt der Düne pfiff Neferrompe und winkte seinen Männern. Seit er am Parenneferhaus angekommen war, kletterten die Wächter mindestens ein dutzendmal am Tag und einmal nachts entweder hier herauf oder gingen zwischen den Rändern der Weiden und der Mauer entlang. Neferrompe schlitterte den drei Bogenschützen entgegen und hielt Decke und Ziegenbalg hoch.

»Der Mann im Schilfboot und der Mörder haben jeden einzelnen unserer Schritte beobachtet, seit vier oder fünf Tagen und Nächten.«

»Sie wußten, wen sie töten sollten.«

»Ja. Ganz genau. Den kleinen Jehouptah. Dieser verfluchte Barbar-Halberling. Kupferfürst Anatnetish. Ich hab euch die Geschichte erzählt. Damals am Fürstenwall, als ich sie in der Nacht belauscht hab. Der verfluchte Mörder ist tot – vielleicht hätte er auch gestanden, daß er damals die Schlangen über die Mauer geworfen hat.«

»Bist du sicher, Unterführer?«

»Fast. Wer sollte sonst Hekenua und ausgerechnet Ibentinas Kind umbringen wollen? Und warum? Hier, mitten im Hapiland?«

Die Soldaten schleppten beide Leichen in die Wüste hinaus, wickelten sie in deren eigene Decken und verscharrten sie flüchtig. Ihre Waffen wurden in Neferrompes Häuschen an der Mauer aufbewahrt; der fremdartige Dolch voller Blut, mit Wachsschuppen und den Spuren einer gelblichen Paste an der doppelt geschliffenen Bronzespitze ließ die Männer schaudern. Neferrompe roch daran: Es war kalt ausgepreßtes, hochgiftiges Öl der Rizinuspflanze. Sie schwiegen entsetzt und schuldbewußt; seit Jahren waren nur harmlose Fischer, Jäger und Hirten außerhalb der Mauern gesehen worden. Neferrompe stützte das Gesicht in die Hände und spürte, wie sein Schweiß erkaltete. Ti-Senbi setzte sich neben ihn und berührte ihn an der Schulter.

»Du hast keine Schuld, Rompe. Deine Männer auch nicht.«

Er zuckte mit den Schultern und stöhnte. »Das Kind ist tot. Ich werde Karidon und Ibentina nicht mehr in die Augen sehen können. Sokar-Nachtmin läßt mich pfählen.« Er lachte bitter, mit aschfahlem Gesicht. »Ich könnt's verstehen.«

»Komm mit. Sieh dir den Kleinen an. Sag uns, was du davon hältst, was du siehst.«

Er folgte ihr zu Karidons Haus. Vor der Tür drehte sich Ti-Senbi um und sagte leise:

»Ich hab ihr Wein mit Mohnsaft gegeben. Sie schläft tief.«

Neferrompe nickte. Der tote Jehouptah war gewaschen und in weiße Tücher, die bitter nach Myrrhe rochen, eingeschlagen worden. Neferrompe faltete den Stoff auseinander und betrachtete den Körper, dessen Glieder unnatürlich gekrümmt, halb ineinander verschlungen waren. Die Finger hatten sich zusammengekrallt, das Gesicht war ebenso verkrampft wie die Beine und Arme, die Wundränder hatten sich grünlich verfärbt.

»Der Mörder, den Fürst Anetnetish schickte, hat nicht nur auf die Schneide des Messers vertraut. Die Waffe war vergiftet. Mit Degem-Öl wahrscheinlich. Sie liegt in meinem Häuschen.«

Ti-Senbi versuchte, die Arme des Kleinen über der Brust zu kreuzen. Der Körper war starr; Ti-Senbi wickelte ihn wieder ein und sagte:

»Wir werden den Kleinen und die Amme begraben. Neben Hekenua und Parennefer.« Sie drückte kurz seine Hand und suchte seinen Blick. »Ibis ist verwirrt vor Trauer. Karidon ... ich weiß nicht, was er tun wird.«

Die *Morgenröte* schleppte das Boot hinter sich her. Karidon starrte vom Bug aus auf den Schilfstreifen, das Ufer und die Mauer des Gutshofes. Das Tor stand offen, auf den Feldern arbeiteten die Bauern, Soldaten saßen auf der Mauer und standen im Westen auf den Dünen, Tauben flatterten über den Häusern; alles wirkte ruhig, selbst der Rauch der Schmiede und der Küche. Ptah kratzte sich über sein stoppelbärtiges Kinn und brummte:

»Vergiß deine Unruhe, Kari. Es ist alles friedlich, wie immer.«

»Wenn du's sagst.«

Das Schiff drehte in der Strömung, die Rah und das Segel fielen, die *Morgenröte* trieb mit der Strömung an den kleinen Kai. Mlaisso hob die Hände an den Mund, rief nach Ti-Senbi und zog die Ruderblätter hoch. Noch während das Schiff an die Baumstämme herangezogen wurde und zwei Soldaten die Planke heranschleppten, kamen Pi-Ika, Ti-Senbi und Neferrompe aus dem Haus, Dienerinnen und Sklaven folgten. Karidon hielt sich am Backbordtau fest und betrat die Planke; in den Gesichtern Ti-Senbis und des Bogenschützen las er Verzweiflung und Trauer. Sein Herz begann hart zu schlagen, er sah zu seinem Haus hinüber, rutschte aus und sprang ungeschickt zu Boden. Als Ti-Senbi vor ihm stehenblieb und die Arme ausbreitete, erkannte er, daß sich die Ereignisse wiederholt hatten; er wußte, daß Ibentina tot war.

»Sie wartet im Haus.« Senbi schien seine Gedanken vom Gesicht abzulesen. »Jehouptah ist umgebracht worden.«

Er nahm sehr langsam ihre Arme von seinen Schultern, wandte den Kopf und legte die Stirn an die rissige Bordwand.

Es dauerte einige Atemzüge, bis sich Karidons Augen ans Halbdunkel gewöhnt hatten. Ibentina-Asherit saß auf dem Lager, hatte die Knie an die Brust gezogen und blickte ihn an, ohne ihn zu sehen. Der schwere Geruch heißen Weines, überlagert von süßlicher Würze, füllte den Raum. Karidon war, als sei die Zeit stehengeblieben. Er setzte sich neben sie, schob die Kopfstütze weg und zog Ibentina an seine Schulter. Behutsam flocht er ihre ineinander verschränkten Finger auseinander.

»Ibis. Liebste«, flüsterte er. »Ich weiß alles. Ich liebe dich, ich laß dich nicht mehr von meiner Seite.«

Sie schwieg, ihre heißen, trockenen Hände fuhren über seinen Hals, seine Schultern; als habe die Berührung ihre Lähmung gelöst. Sie klammerte sich an ihn, ihr Körper zitterte und zuckte, sie begann zu weinen, zuerst lautlos, dann immer heftiger, lauter, sie schluchzte und drehte sich, wühlte sich in ihn hinein; er hielt sie fest und streichelte sie hilflos. Sie sackte erschöpft in seinem Schoß zusammen, richtete den Blick zur Decke und sagte tonlos:

»Die dicke Werel ist auch tot. Er hat ihren Kopf in zwei Teile gespalten. Soviel Gewalt! Warum? Ich hab schuld, ich hätte den Kleinen bei mir haben sollen.«

»Aus Rache, Liebste. Ich hab dir von den Fürsten des Kupfers erzählt. Anatnetish hat mich nicht töten können, und deshalb hat er das schwächste Glied der Kette gesucht – unser Söhnchen.«

Tenbis Wein hatte Ibentinas Bewegungen ebenso verlangsamt wie ihre Rede. Karidon zog sie in die Höhe, küßte ihre Augen und sagte: »Krankheit und Tod sind alltäglich, Liebste. Daß es uns getroffen hat, macht die Trauer unerträglich. Wir werden zusammenbleiben, bei Jehoumilq wohnen. Die Zeit bleibt nicht stehen.«

Ibentina hielt sich an der Wand, am Tisch und an den

Truhen fest, setzte schwankend Fuß vor Fuß und ging in den Baderaum. Karidon stieß den Fensterladen auf und öffnete beide Türen; er hörte, wie sie sich schluchzend erbrach.

Die Kalksteinplatte mit den leiterförmigen Kerben war in einen winzigen Hügel eingepaßt, die Schattenfläche wies auf die siebente Stunde. Reglos starrte Karidon darauf. Neferrompe hatte seinen Bericht beendet und blickte Karidon, Mlaisso und Pi-Ika an. Er war von Sorge halb zerfressen. Karidon legte seine Hand aufs Knie des Bogenschützen.

»Niemand wird dir und deinen Männern etwas vorwerfen. Sei unbesorgt. Wir haben einen Fehler gemacht. Wir auf dem Schiff sind ständig auf einen Überfall vorbereitet. Hier war tiefster Friede: Der Mörder war geschickter als jeder von euch.«

»Neb Karidon«, sagte Neferrompe und verbeugte sich. »Die Götter waren nicht mit uns. Frag meine Männer, frag Pi-Ika. Wir haben Tag und Nacht gewacht, als wäre es das Große Haus.«

»Ich sage es dir noch einmal – ihr habt mehr als eure Pflicht getan. Bleibt hier und tut weiter, vergeßt, wenn ihr vergessen könnt.«

Ptah nickte Neferrompe zu, Pi-Ika kratzte sich oberhalb des Knies, berührte den Rand der Binden. Karidon hörte, wie die Tür seines Hauses zufiel. Mlaissos Sohn sagte: »Die Wunde, hat der Arzt versichert, heilt bald. Sie hat aufgehört zu bluten. Du hast nachgedacht? Du wirst uns etwas sagen, was wir nicht gern hören.«

Karidon wartete, bis Ibis-Herit neben ihm saß. Sie war geschminkt, trug frische Kleidung, ihr Haar lag feucht auf den Schultern. Sie wirkte abwesend, zeigte ein verkrampftes Lächeln. Karidon streichelte ihre Hand:

»Wir gewöhnen uns an den Gedanken, daß unser Kind nicht mehr lebt.« Er sah zur Sonnenuhr; die Kante des Schattens war tatsächlich einen Fingerbreit gewandert. »Ibis wird wieder mit uns segeln. Vielleicht werden wir in Jehoumilqs Haus wohnen.«

Ibentina hob den Kopf und ließ den Blick über die Gesichter der Freunde wandern. Sie zuckte mit den Schultern, neigte sich zu Karidon und flüsterte: »Vielleicht.«

»Es ist wohl sinnlos, Kari, darauf zu hoffen, daß wir Anatnetish töten können?« Ptah stand langsam auf und lehnte sich gegen die Holzsäule. »Wir ruhen uns aus, treffen die Freunde und fahren zu Jossel. Dann wird man weitersehen.«

»Nach den Winterstürmen steuern wir von Hafen zu Hafen, von Insel zu Insel.« Karidon strich über die Schulternarben Ibentinas. »Keiner hat es nötig, seinen Reichtum zu vergrößern. Wir segeln, weil es das beste ist, das wir tun können.«

»Kluge, richtige Worte, Kapitän!« Ptah-Netjerimaat kreuzte die Arme vor der Brust. »Das Beste für uns und deine Frau, die Trost braucht.«

Zahllose vergoldete Lämpchen brannten auf Sockeln und Tischen rund um die Säulenfüße. Schatten füllten den Raum hinter den Säulen, die Götter, Menschen und Tiere der Wandmalereien schienen sich zu bewegen wie die Vorhänge in der milden Luft des Frühjahres. Aus einer Ecke des Saales zitterten die Klänge von Harfensaiten und Zweifachflöten, Becher und Trinkschalen klirrten, das Flechtwerk der Sessel und Liegen ächzte; Chakauras schwere Blicke schlichen über die Gesichter der alten, mächtigen Männer, über die ölglänzenden Körper der Sklavinnen, über Tischchen, Krüge und Shafadurollen. Schweiß bedeckte die Haut, die Hitze der Flämmchen und die Rußfäden zogen in einem Wirbel der Decke entgegen und entwichen durch das Loch. Chakaura stemmte sich an der Tischkante hoch; niemand wagte zu sprechen, Chakaura holte Luft und sagte:

»Am Ende unserer Jahre werden die Stunden kostbar. Im neunundzwanzigsten Jahr meiner Herrschaft sind fast alle Freunde des Goldhorus versammelt.« Er lächelte knapp. »Alle, die noch nicht die Sonnenbarke durch das zweite Leben steuern.«

Merire-Hatchetef nickte und lachte heiser. »Es ist vieles über die kostbaren Stunden geschrieben worden. Muß auch die heutige Nacht beschrieben werden?«

Die Luft lastete schwer; es war wie vor dem Ausbruch eines Sandsturms. Chakaura schüttelte den Kopf und ließ eine Schreibrolle in einen Korb fallen. »Es soll eine Nacht sein, in der wir über das Reich sprechen, die Träume und Ziele, über alles, was uns bewegt. Es ist nicht die Nacht des Schreibrieds.«

Er spreizte die Finger, sein rechter Arm beschrieb einen Halbkreis in der Waagrechten. Lächelnde, halbnackte Dienerinnen näherten sich hüftschwenkend den mächtigen Männern, die ausnahmslos festliche Kleidung und Schmuck trugen; jeder war seit langem mit dem Titel »Einziger Gefährte des Herrschers« geehrt.

»Es soll sein wie um das Jahr eins«, sagte Chakaura. Es klang wie ein Befehl. »Voller guter Gespräche, Scherze und mit viel Wein und Bier, eine gute Nacht, mit unseren ausgesucht schönen Gespielinnen, denn vielleicht ist es das letztemal, daß wir miteinander sprechen können, ohne daß jemand zuhört, den es nichts angeht. Deswegen habe ich euch zusammengerufen.«

»Schon in ein paar Monden wirst du dein großes Hebsed-Fest feiern, Goldhorus.« Khesef-Thot, der Oberste der Königlichen Flotte, hob den Becher. Gaufürst Nefer-Herenptah nickte schwer. »Dreißig lange Jahre auf dem Königsthron! Denkst du wirklich daran, nach Punt zu fahren?«

»Nach Punt und zurück, mit dem Bronzehändler Karidon.« Chakaura hob die Hände. »Was ist wirklich vorgefallen, Feldherr Sokar-Nachtmin, in dem Lehen, das einst Parennefer verwaltet hat?«

»Ich und Userhet und noch mehr der tüchtige Bogenschütze Neferrompe sind voll Trauer, Zorn und Scham. Zwei Mörder, von Fürst Anatnetish geschickt – nach allem, was wir wissen –, haben Karidons Sohn getötet und die Amme auch. Sie haben lange für die Vorbereitungen gebraucht; damals kam Neferrompe zu mir und berichtete von der Verschwörung.«

Chakaura stützte sich auf die verschränkten Unterarme. Die nackten Sklavinnen huschten zwischen den Gästen umher und schenkten Wein und Bier ein; ihr Schmuck klirrte leise, und die Salbkegel über den lotosgeschmückten Stirnen schmolzen. Unzählige Kinder und Ammen starben Jahr um Jahr, sagte sich Chakaura; daß es Karidon und seine schöne junge Frau getroffen hatte, schmerzte ihn tief. Und es mißfiel ihm, weil es den Mördern gelungen war, ihr Vorhaben so lange Zeit inmitten der Gemeinschaft der Rômet geheimgehalten zu haben. Er knurrte: »In den Siedlungen kennt jeder seinen Nachbarn. Fremde fallen auf, wenn sie sich zeigen. Nicht einmal ein kleines Heer käme ungesehen durch die Wüstengrenzen. Es waren Rômet, diese Mörder?«

»Die Soldaten gruben die Leichen wieder aus und brachten sie zum Verwalter in Menefru. Dort erkannte man sie«, sagte Userhet. »Es waren Rômet; Wanderhandwerker aus der Stadt Menefru.«

»Ein solch furchtbares Geschehen soll sich nicht wiederholen. Sprich von unserer Macht, von Erfolgen, von den vierzehn Festungen zwischen Ta-Seti und Heh, Nachtmin.«

Der Oberste Feldherr berichtete; einige Sätze über jedes der wuchtigen Bauwerke links und rechts des Hapi bis hin zur dritten Stromschnelle, über den Fürstenwall und die Posten im Land ‚Fürstin der Einöde'. Chertihotep, Nefer-Herenptah und Tatji Ikhernofret hörten ihm zu, in die Sessel zurückgelehnt. An Nachtmins Knien lehnte lächelnd eine kushitische Dienerin und bewegte den Fächer aus bunten Gänsefedern. Chakaura und die Würdenträger schwiegen. Auch Cha-Sobek, der Kahle, trank wortlos seinen Wein.

»Ich habe nichts zu berichten, das so aufregend ist wie die Berichte des Feldherrn«, sagte Nefer-Herenptah. »An den Wänden meines Grabes sind die Malereien fertig. Alle Berichte aus meinem Gau hat der Goldhorus längst gelesen.«

»Tragen deine Uschebtis die Sammlung fremder Kiefer in dein zweites Leben?« In den Zähnen des kleinen Priesters zeigten sich schwarze Lücken, als er lachte. »Oder hinterläßt du sie deinen Söhnen und Töchtern, für Halsketten zum Beispiel?«

»Ich gehe seit Tagen deswegen mit mir zu Rate.«

Chakaura wischte lachend die schweißnassen Finger am Schurz ab und tastete nach dem Horuskopf des Brustschmucks. »Für den Fortbestand des Reiches sind diese Zähne von mäßiger Wichtigkeit. Oder sagen die Götter etwas anderes, Merire?«

»Sie haben sich mir in dieser Angelegenheit nicht offenbart.« Der Priester kicherte und senkte verlegen den Kopf. »Sie haben Größeres zu bedenken.«

»Die Grenze im Westen, nördlich des Mu-Wer-Sees, steht seit unseren Feldzügen unter ihrem Schutz.«

Userhet lockerte den Riemen der Sandale und kreuzte die Beine. Sokar-Nachtmin nickte ihm zu und hielt einer Sklavin den Becher entgegen. Sie füllte ihn; nicht ein Flöckchen Schaum tropfte auf die Matten.

»Es ist alles wohl in beiden Landen.« Chakaura sprach langsam und mit schwerer Betonung. »Ich bin zufrieden, wenn die Götter diesen Zustand bis nach dem Hebsed-Fest erhalten.«

»Kein Kampf an meinen Gaugrenzen«, meinte Chertihotep vom Bogengau. Die Anzahl seiner Titel und seiner Verantwortung hatte mit den Jahren zugenommen: Einziger Gefährte, Aufseher über Kush und Wawat, Befehlshaber der Festungssoldaten und Verwalter der Goldbergwerke. »Und trotz unterschiedlich guter Überschwemmungen lebt das Reich im Wohlstand.«

»Weil unzählige an Kanälen, Teichen, Schleusen und Feldern gearbeitet haben, seit dem Jahr eins«, rief Chakaura. Seine leere Weinschale kreiselte mißtönend auf dem Steintisch. »Und auch daran wird sich nichts ändern, wenn Amenemhet herrscht.«

»Er ist nicht einmal elf Sommer alt«, sagte Merire. Cha-Sobek, der mit Nachtmins und Chakauras Soldaten vor siebenundzwanzig Jahren die Retenu und die Kupferfürsten besiegt hatte, strich über seinen glänzenden Schädel.

»Er ist stark und wird jeden Mond älter.« Nachtmins Finger glitten über die Schulter der Frau. »Den Bogen kann er schon gut gebrauchen. Wirst du ihn, wie einst dein Vater dich, an deiner Seite herrschen lassen?«

»Das will und werde ich«, sagte Chakaura; er grinste, als er die Blicke des mageren Priesters verfolgte. Merire sah zu, wie Chertihotep die Hand zwischen die Schenkel einer Sklavin schob. Ikhernofret winkte und deutete auf die Krüge. Chakaura sagte: »Er hat die besten Lehrmeister des Reiches. Willst auch du ihn ein Jahr lang ausbilden, Gaufürst?«

»Für meinen Gau und mich ist es eine Ehre, Goldhorus.«

»Amenemhet wird dort anfangen, wo ich aufhöre«, sagte Chakaura. Cha-Osen-Ra nickte schwer. »Er muß und wird alles lernen!«

Merire-Hatchetefs Kopf sank auf seine Brust. Er atmete laut und schien einzuschlafen, die rechte Hand auf der Schulter einer jungen Dienerin. Er wirkte jung, versonnen, als erinnere er sich an längst vergessene Dinge und Umstände; im Halbschlaf lächelte er kindlich. Chakaura fühlte seit Tagen weder in den Zehen noch in den Beinen Schmerzen oder Lähmung; ein Zeichen, daß auch Gebrechlichkeit kam und mitunter wieder ging. Er betrachtete die Männer, von denen keiner jünger war als er. Eine Sklavin goß vorsichtig Öl in die Lämpchen, und aus der Dunkelheit zirpten Akkorde einer zweiten Harfe.

Khesef-Thot begann mit einer Erzählung von Schiffen, die Stück für Stück aus dem Wasser genommen, deren Einzelteile ausgebessert, bearbeitet und ausgesucht wurden; die wertvollsten Teile sammelte er für die Puntflotte. Zwischen den Säulen wehte der Rauch von Antyharz und schwelenden Kräutern hervor, die Mücken vertreiben und die Luft reinigen sollten. Als viele Arbeiter Khesef-Thots, vom jungen Nachthorheb beaufsichtigt, das erste Schiff zusammenbauten, sahen sie, daß sie zwei vordere Hälften miteinander verbunden hatten. Chertihoteps Lachen dröhnte auf. Cha-Osen-Ra hörte nicht auf zu kichern. Nefer-Herenptah ließ, während er am Keftiwein nippte, seine Füße und Waden kneten.

»Wie steht es mit Zinn, Ikhernofret«, sagte Chakaura, nachdem das Gelächter aufgehört hatte. »Müssen wir das Metall jedes Jahr noch gegen so viel Gold tauschen?«

Der Tatji zog eine Tänzerin auf seine Knie. »Wir schmelzen viel Bronze aus eigenem Kupfer, das ist wahr. Aber denk dran, Goldhorus, daß sich auch Bronze abnutzt und verlorengeht, so wie Kupfer auch. Nur Gold ist ewig. Auch dein göttliches Söhnchen wird Zinn und Bronze brauchen. Ich habe alle Listen geprüft: Es kommen unzählige Char Anna-Metall ins Hapiland.«

Chakaura winkte. »Ewig und ewiglich. Also sollen die Zinnhändler auch weiterhin in Menefru anlegen. Sag's den Verwaltern, Tatji.«

»Es soll geschehen, Goldhorus.«

»Ich werde es Karidon schreiben!« rief Merire-Hatchetef. Seine Hand bewegte sich; er war nicht eingeschlafen. »Die meisten Briefe an Jehoumilq sind unversehrt angekommen. Sehe ich mich unter den Einzigen Gefährten um, kommen mir Gedanken, die ich besser nicht laut aussprechen sollte.«

»Keine Scheu! Wir sind unter uns. Sprich, Priesterlein!« Sokar-Nachtmin beugte sich zur Tänzerin und flüsterte in ihr Ohr; sie neigte kichernd den Kopf und nickte. Merire-Hatchetef sprach, als habe er die Worte längst genau bedacht.

»Wir sind nicht mehr die jungen Männer des Jahres eins, Freunde. Auch mit mehr Wein und noch jüngeren Gespielinnen werden wir weder die Schatten der Sonnenuhren anhalten noch das Wasser, das aus den Wasseruhren tropft. Wir alle schreiben unser Jahr achtundzwanzig.« Er lachte stoßweise, seine Schultern zuckten. »Aber es soll uns nicht daran hindern, jede Stunde in Fröhlichkeit zu genießen.«

»Du sprichst die Wahrheit, als läsest du sie aus einem Totenlied.« Nefer-Herenptah lächelte schmerzlich. »So

ist es. Die Wahrheit ist oft böse; heute ist sie unge-
schminkt.«

»Diese Einsicht soll uns heute nacht nicht stören«,
sagte der Priester. »Mit den Jahren kam die Weisheit, das
Altern zu ertragen.«

»Trinkt mehr ungemischten Wein«, rief Chakaura.
»Vergessen wir unser Alter! Erfreut euch an der Jugend
der schönen Frauen.«

»Gemach. Nachdem wir die Retenu besiegt haben
und du mich zum Gaufürsten der Ostmark gemacht
hast, Goldhorus, ist nicht nur bei Itch-Taui viel Land ge-
wonnen worden.« Cha-Sobek stand auf und legte die
Arme um die Schultern zweier Kushitinnen. »Trotzdem:
Die Städte südlich von Menefru sind größer, prächtiger.
Wann wirst du bei uns bauen lassen, so wie in No-Amûn
oder Itch-Taui, Oberster Baumeister beider Lande?«

»Erst dann, wenn mir alle Medech und Baumeister
beweisen, daß Fundamente aus Steinquadern nicht in
deinem weichen Boden versinken, Kahler Cha-Sobek.«

»Man hat mich gebeten, dich zu fragen. Niemand
wird froh sein über diese Antwort.«

»Die Götter haben Kêmet die Fruchtbarkeit gegeben
und Menefru den festen Grund. Und Felsen für Ta-Seti
und Suênet. Wir haben uns zu bescheiden, Sobek.«

Cha-Sobek verbeugte sich und zog die Frauen zu den
Säulen neben dem Ausgang zur Terrasse. Sokar-Nachtmin sagte:

»Seit er die Ostmark verwaltet, loben ihn alle Soldaten des Fürstenwalls. Er macht sie satt, ohne daß sie faul
dabei werden.«

Ikhernofret und Khesef-Thot sprachen über Holz und
Handwerker für Schiffe und Boote. Merire-Hatchetef
schlief eine Stunde später ein; vier Sklaven trugen ihn
im Sessel ins Gästegemach. Die junge Sklavin folgte mit

Bechern und gefülltem Bierkrug. Auf einem Hocker neben Chakaura saß Abina, Prinzessin Sharbas Schwester, den Kopf auf des Goldhorus Knien. Als er sah, daß sich kleine Gruppen gebildet und die Gefährten seine Gegenwart scheinbar vergessen hatten, berührte er die Spitzen von Abinas Brüsten und murmelte: »Komm. Ich kenne besseres, als ihnen beim Einschlafen zuzusehen.«

Er legte den Arm um ihre Hüfte und zog sie zwischen den Säulen hindurch in den königlichen Saal der Nacht, zum Rand des Lagers. Abina flüsterte:

»Soll ich wieder deine Leidenschaft anfachen, so wie vor zwei Nächten, starker Stier?«

Er nickte und beugte sich über das Lager. Abina peitschte seine Lenden und Oberschenkel, bis der Schmerz biß und pochte. Chakaura packte sie an den Hüften, faßte nach ihren Brüsten und drückte ihre Schultern in die Felle. Er achtete darauf, ihren Rücken und die Backen nicht mit der Ziegenhaarpeitsche zu verletzen. Sein Glied versteifte sich und wurde hart, als sie keuchte und zu wimmern begann. Chakaura ließ die Peitsche fallen und drang in Abinas Schoß ein. Sie hob sich auf die Ellbogen und drängte sich ihm entgegen, aus ihrer Kehle kamen erstickte Laute; ihre Brüste schaukelten, bis sich seine Finger hart um sie legten.

Als sie erschöpft einschlief, ging Chakaura quer durch den Raum bis zum Podium und zog den Holzpflock aus dem Loch der Mauer. Er schob den Kopf in die Nische und preßte ein Auge vor die Öffnung. Das Bild erstaunte ihn nur wenig: Die Ölflämmchen im Raum hinter der Mauer brannten von der Decke nach unten, zwischen ihnen hafteten die Löwenfüße der Liege auf Fellen und Matten, die an der Decke klebten. Merire-Hatchetef schien ebenso aus der Höhe mit Knien und Antlitz voraus herabzustürzen wie die Sklavin zwischen seinen Schenkeln. Sie kniete und schien zur Decke, gleichzeitig auf den faltigen Bauch des kleinen Priesters zu starren, ihr Oberkörper und der schmale Rücken, dessen Haut von Schweiß und Duftöl schimmerte, hoben und senkten sich, als wolle sie fliegen. Merire lächelte voll Staunen; seine Finger streichelten fahrig Ankhetenuts Nacken. Chakauras hartes Glied drückte gegen seinen Schenkel; er verschloß das Loch in der Mauernische, legte sich neben Abina, griff in ihren Schoß und preßte die trockenen Lippen auf ihre Brust.

Am Anfang des Mondes Epiphi, etwa sieben Zehntage vor der jährlichen Hapiflut, legte die *Auge der Morgenröte* vom kleinen Kai des Gutshofes ab. Ibentina stand neben Karidon im Heck und winkte; an diesem Tag fehlte das fröhliche Lärmen, das bisher jede Abfahrt begleitet hatte. Mlaisso, Pi-Ika und Ti-Senbi ließen schweigend die Arme sinken, als das Schiff aus dem Kanal fuhr und sich in der Strömung nordwärts drehte.

»Es ist wie ein Abschiednehmen für immer, Kari«, flüsterte Ibentina. Karidon schüttelte den Kopf und drückte ihre Hand.

»Schon deshalb nicht, weil Netji hier leben will, und weil Mlaisso sich wieder einmal ans Ruder stellen mag.«

Ibentinas Trauer war schwärzer als seine eigene. Sie hatte sich, ohne Absicht, gegenüber allen anderen Menschen im Gutshof verschlossen und suchte nur seine, Karidons, Nähe. In den letzten Tagen, als sie ihre Ausrüstung zusammenpackten, war Ibis-Herits Erstarrung ein wenig gewichen; als sich Karidon ans Steuerbordruder stellte, lächelte sie, nach innen gekehrt.

In Menefru-Mirê hielt Verwalter Cha-Efes die Waren bereit und übergab Karidon die Aufzählung dessen, was einzutauschen war. Die Liste enthielt nichts Ungewöhnliches, und noch immer standen Zinnbarren an erster Stelle. Die *Morgenröte* lief Uschu-Djarh an, blieb vier Tage lang in Gubla und segelte nach Kit auf Alashia; vorbei am Falkenkap und Kap Krys nach Mnis. Jehoumilqs Boot schaukelte im Hafen, unter Schutzdächern wurden außerhalb des Hafendörfchens vier Handelsschiffe gebaut. Gaitha und Jehoumilq freuten sich überschwenglich und genossen jede Stunde des Besuches, es gab nächtelang zu erzählen, ehe Karidon, das Schiff gefüllt mit einer Ladung von großem Wert, nach Menefru-Mirê aufbrach.

Die *Morgenröte* segelte den gesamten Sommer zwischen den Inseln und Häfen und Menefru hin und her. Die Seefahrer trafen die Zinnkapitäne Dagis und Warim, luden Barren am Hapi aus, unzählige Krüge voll Öl und Duftstoffen, und vor den Winterstürmen, als Ibis-Herit schwanger war, segelten sie nach Mnis und wohnten bei Jehoumilq; bis sie in den ersten Sommermonden, ohne Ibentina, ablegten und, wie versprochen, die *Wellenfürstin* und die *Angelstern* in Gubla trafen.

MERIRE-HATCHETEF AN FREUND KARIDON: Keine Abschrift. Das gesiegelte Schreiben geht nach Gubla, zum Verwalter Maiherperi, der zurückgerufen wird zum Hapi; ein junger Tempel-Palastschreiber wird ihn ablösen, denn Maiherperi ist alt, und seine Lebensbarke nähert sich in gemessener Fahrt dem Saum des Westens. Lies, Freund Karidon, was ich dir schreibe: Wir, die alten Freunde, machen uns Sorgen um unseren Goldhorus. Noch immer ist er hochmögend zu uns, den Freunden aus dem Jahr eins – du würdest sagen: Er blickt ins Kielwasser seines Lebens. Was er tut, ist bestimmend für viele Würdenträger; einzigartig, begehrenswert und wenig austauschbar ist, was er zeigt und sehen läßt – alle ahmen nach, was er tut, nur wissen sie nicht, daß er nur ans Wohl Tameris denkt. Sie ahmen seinen Glanz, aber nicht sein Pflichtbewußtsein nach, das er für Tameri verströmt. Was er schreiben läßt, wird gedankenlos nachgeahmt. Klärt er auf und will mit seinen Worten lehren, senkt er den Samen des Ärgers ins Ka und Ba von Männern wie jenen Sepatfürsten, deren Mißnutz wir längst hinter uns glaubten. Noch ist er wie von einem Bronzewall von seinen greisen Freunden umgeben, zu denen du ebenso zählst wie wir, aber auch auf uns hat der Pförtner des jenseitigen Per-Ao seinen hungrigen Geierblick gerichtet. Was will ich dir mit diesen sorgenvollen Zeilen sagen, mein Freund? Nichts anderes als: Komm rasch zurück. Die Punt-Schiffe sind bereit. Nimm Chakaura, dessen Vernunft jenseits des Glaubens drei Jahrzehnte Segen, Heil, Leben und Wohlstand über Millionen Rômet streute, an die Hand und begleite ihn durch seinen letzten Traum, in fröhlicher Würde – fahrt bald nach Punt, Freund. Darum bittet dein zahnloses Schreib-Priesterlein, der zwischen den Fingern die letzten Stunden davonrinnen fühlt wie Sand. Lies den Brief und verbrenne ihn, das wünscht Merire-Hatchetef aus dem Ptah-Tempel zu Itch-Taui.

Ich vergaß zu schreiben, daß beim letzten Zusammentreffen der Alten im Per-Ao die liebliche Ankhetenut meine Nacht verschönert hat. Zu meinem Erstaunen nähert sie sich meinem schmalen Lager in manchen Nächten gern auf leisen Sohlen; und so darf ich im Alter genußvoll erleben, was mir einst in meiner Jugend oftmals als befremdliches, schweißtreibendes und von unmäßigem Aufwand begleitetes Tun erschien. Tausend Lobpreisungen der Göttin Hathor. Brachte ich dich zum Lächeln? Auch heute ist eine jener anmutigen Nächte.

16. Chakauras Hebsed-Fest

 Tatji Ikhernofret wartete geduldig und nach-
denklich, bis der Schreiber die Zeile gefüllt
und den Satz beendet hatte. Er hob den Finger; Ikhernofret sprach leise weiter.

»Das brauchst du nicht zu schreiben, Sesh: In Men-
Nefer ist vor langer Zeit ein Tempelchen für den Ersten
Chakaura errichtet worden. Das Sed-Fest aber hat er
dort nicht feiern können, also wurde eine herrliche
Steinstatue hergestellt und dorthin gebracht. An diesem
Bild wurden die feierlichen Handlungen vollzogen.
Hast du das Tempelchen je gesehen?«

Der Schreiber schüttelte den Kopf. »Nein. Nie, Tatji.«

»Dann schreib: Die Verwalter der ausgewählten Städte sollen schätzen, wieviel Bier, Wein, Fleisch, Fett, Fisch
und Öl für die Feierlichkeiten gebraucht werden, und
wieviele Brote aus hellem und dunklem Mehl. Ich brauche die genaue Aufzählung in zwei Zehntagen. Laß den
Brief dreimal abschreiben und durch schnelle Boten
überbringen.«

»So soll es geschehen, Tatji.«

Große Kolonnen von Sklaven, Handwerkern und
Malern waren an den Tempeln von Menefru-Mirê, Itch-
Taui und Wêse-No-Amûn zusammengekommen, an fer-
tigen bunten Mauern und angefangenen Teilen weißer
Bauwerke. Noch waren die Boten nicht ausgeschickt,

die das Ereignis ankündigen sollten, aber in allen Steinbrüchen der beiden Lande klirrten Hämmer und Mei-
ßel: Runde und eckige Säulen wurden aus dem Stein geschlagen, und aus Steinblöcken, mit quellendem Holz
herausgesprengt, hämmerten die Steinmetze die rohen
Umrisse und Formen künftiger Statuen von Chakaura
heraus. Im Gegensatz zum Ersten Chakaura würde der
Goldhorus sein Fest selbst feiern können; drei Jahrzehnte seiner Herrschaftszeit drückten sich in den Lobpreisungen und Wünschen aus, deren Wortlaut auf vielen
Tempelwänden prangte: Möge Chakaura Millionen seiner Hebsed-Feste feiern können.

»Die Natur erneuert sich, dem Wunsch und Willen
des Königs unterworfen, der sich im Hebsed-Fest selbst
erneuert«, sagte Ikhernofret. »So werden wir, wenn Götter und Goldhorus einig sind, wieder eine stattliche
Überschwemmung erleben.«

»Und das ganze Volk darf in die Vorhöfe der Tempel
und tanzt drei Tage lang um die Götterbilder«, sagte der
Schreiber und tunkte den Griffel in die Tusche. »Wann
wird unser Goldhorus sein Fest feiern?«

»Ich weiß es nicht genau. Die Priester haben den Tag
und den Mond noch nicht ausgerechnet.«

»Vielleicht am gleichen Tag, an dem er damals, vor
dreißig Jahren, den Thron bestiegen hat, Herr?«

»Auch dieser Tag wird sicherlich in Betracht gezogen.«

Ikhernofret hob die Schultern und rollte ein Schreibblatt auseinander, las einige Zeilen und blickte in den
Palastgarten hinaus. Dreißig Jahre bedeuteten, daß im
ganzen Land seit dem Jahr eins eine neue Generation
herangewachsen war; die Zeitspanne galt als gutes Maß
eines langen Lebens und bedeutete zugleich die voll-
kommene Rundung der herrscherlichen Zeit. Um dem

Schicksal sterblicher Menschen zu entrinnen, mußte der Goldhorus in der Zeremonie seine Wiedergeburt erleben – so wie der Hapi jedes Jahr das Leben zum neuen Blühen und Wachsen brachte. Ikhernofrets Gedanken irrten ab: Er dachte an seinen Sohn, der weder die Maat noch die Gesetze beachtet und seine gerechte Strafe erhalten hatte. Der Goldhorus hatte erkannt, daß der Vater nicht für den Sohn büßen sollte – noch immer zählte er, der Tatji, zu den mächtigen Männern am Thron.

»Der Goldhorus wird, wenn die Verwalter die Tiere ausgesucht haben, alle Herden selbst besuchen; es werden Hunderttausende Mahlzeiten ausgeteilt werden müssen in den Städten«, sagte Ikhernofret. »Du wirst jetzt den Brief abschreiben. Die Boten sollen noch heute aufbrechen.«

Der Schreiber verbeugte sich und blies auf das Schreibblatt. »Es wird geschehen, Tatji.«

MERIRE-HATCHETEF SCHREIBT DIESEN BRIEF AN KARIDON von Kefti. Mit Handelsschiffen zu Jehoumilq in Mnis auf Kefti, nach Uschu-Djarh zu Heri-Udjeb Ti-Aperaper, zum neuen Heri-Udjeb Inet-Ahmose in Gubla. Gesundheit, Wohlleben und tausendfache Grüße.

Dir, Karidon, muß ich mit großem Bedauern schreiben, daß unser Freund Nefer-Herenptah, Einziger Gefährte des Herrschers und verdienstvoller Träger vieler Titel von großer Bedeutung, Bewahrer von Millionen Zähnen und Kiefern, die Tage seines Lebens beendet hat. Ich selbst bin mit dem Schiff zu seinem Begräbnis gebracht worden und hatte Teil an den Feierlichkeiten, die ihm den Weg ins zweite Leben öffneten. Sein Leben, die Schönheiten seines Gaues und die Taten derer, für die er Verantwortung trug, schmücken in überaus herrlichen Bildern Wände und Decke seiner Grabkammer.

Die wohlgeordnete Sammlung mannigfaltiger Zähne hat er seinem Nachfolger hinterlassen, dessen Name noch nicht bekannt ist: Bis Chakaura einen neuen Gaufürsten und Verwalter des Waret-Hauses ernennt, wird Freund Chertihotep von Ta-Seti die Verantwortung mittragen.

Der Einzige Gefährte und Oberster der Heerführer, Freund Sokar-Nachtmin, der durch gesundes Leben und ausdauerndes Laufen in Sonnenglut und Schatten versucht, die Spuren des Alterns zu vertuschen, ist nicht allzu häufig in unserer schönen Stadt – die sich für das Fest prächtig geschmückt hat – zu finden: Die Westliche Grenze, der Fürstenwall und die Festungen von Wawat – und dort, sagt man, eine junge Altersliebe – erfreuen sich seiner regelmäßigen Besuche. Große Unruhe, die ihren Grund in der Besorgtheit um die Sicherheit in den beiden Landen findet, kennzeichnet Nachtmins Eifer auch in seinem neunundvierzigsten Jahr. Obwohl er Tausende Späher und Lauscher hat, die ihm alle Vorgänge an den Grenzen melden, zieht er es vor, sich selbst umzusehen: Er sagt, daß er Gefahren wittert, auch wenn sie niemand sieht.

Ich selbst bin im Tempel kaum mehr tätig; meine Zwiesprache mit den Göttern vollzieht sich in Murmeln, Schweigen und Reglosigkeit, aber stets gibt es vieles aufzuschreiben und in die richtige Reihenfolge zu bringen – auch die kürzere Fassung von Chakauras strahlenden Taten –, denn die Dinge der verrinnenden Zeit begreift niemand als dahinfließenden Strom wie Hapis Gewässer. Unsere Lande sind wie der Horizont eines Sees: Oft gibt es Wellen, wirft man schwere Dinge hinein, dennoch wird der See bald wieder glatt wie ein Spiegel, und die maatgleiche Ordnung stellt sich rasch ein. So soll es bleiben; das große Fest Chakauras wird zeigen, daß unser Leben eine Folge von Tod und Wiedergeburt ist.

Tatji Ikhernofret und der Oberste der Königlichen Flotte, Khesef-Thot mit seinem eifrigen Zögling Nachthorheb, denken unablässig an den Traum Chakauras. Userhet, der mich mitunter in der steinernen Hütte der vielen Shafadurollen besucht, läßt dir, Kapitän der Goldschiffe, von seinen Spähern und Lauschern sagen, daß im Königslehen Gesundheit und Wohlstand herrschen; der Gutshof ist der reichste und sicherste in Deshret, dem Land am Wüstenrand. Ich grüße Kapitän Jehoumilq und wünsche ihm das gleiche Maß an Altersgelehrsamkeit und der Kunst, die Jahre des Lebensrestes sinnvoll zu verwalten, wie mir selbst, im Dunkeln und an manch hellen Tagen begleitet von der zärtlichen Ankhetenut. Bevor sich die Stadt mit singenden Rômet, Fliegen, Knoblauchgestank und lästigen Hunden füllt, lasse ich Abschriften anfertigen und zu Cha-Efes bringen, der sie den Handelskapitänen aushändigen wird – falls er sie in seiner undurchschaubaren Unordnung zu finden vermag. Euch Millionen Grüße und Lobpreisungen!

DIESEN BRIEF SCHRIEB MERIRE-HATCHETEF AUS DEM TEMPEL DES PTAH UND DER SACHMET UND SIEGELTE IHN SELBST AM VIERZEHNTEN TAG DES EPIPHI.

Rund um Itch-Taui hatten die Besucher Windschirme aus Leinen und Palmwedeln aufgerichtet. Viele Rômet, die zu den drei Tagen des Festes gekommen waren, schliefen auf Decken oder im Sand. In allen Gassen brodelte und schmorte Essen über den Feuern; Geruch nach frischem Brot und Knoblauch zog durch die Stadt. Nach dem Tempelopfer ließ sich Chakaura etwas Brei und Brot bringen, trank kühles Wasser und rief die Diener, die ihn ankleideten; das erste von vier verschiedenen Zeremoniengewändern, die er heute würde tragen müssen. Der weite Schurz und die weißrote Doppelkrone gehörten zum Gewand der ersten Stunden wie die zeremonielle Fackel und die tausend Lampen in den Tempelchen. Er verließ mit vorsichtigen Schritten den Umkleideraum, nahm auf dem Tragsessel Platz und hielt sich fest, als die achtzehn kushitischen Träger die Tragstangen packten und das Gerüst auf ihre Schultern hoben.

Dröhnend donnerten die Trommeln, die Trompeter bliesen schneidende Signale in alle Richtungen, und der Festzug zum ersten Sed-Fest-Tempelchen kam in Bewegung, gliederte und vergrößerte sich und kroch auf die Torflügel im ersten Palasthof zu. Klappern und metallisch rasselnde Zesheshut-Sistren erfüllten die Luft mit ohrenüberflutendem Lärm; ihre klirrenden und knatternden Echos versetzten die Menge in Erregung.

Vor dem Tor stand ein Trompeter, dessen Instrument schrille Tonfolgen schmetterte. Viele Musiker schlugen hölzerne Platten in schnellem Takt gegeneinander. Ungefähr zwei Dutzend Höflinge und Würdenträger standen zwischen ihnen und der Spitze des Zuges und hielten weihrauchdampfende Tongefäße in den Händen. Langsam schwangen beide Torflügel auf; die Menge draußen begann zu singen und zu schreien. Chakaura erkannte Cha-Osen-Ra, Ikhernofret und Nachthorheb, ehe bitterer und süßlicher Rauch vor dem Bild verwirbelten. Der Trompetenbläser zog voran, die anderen drehten sich um und folgten ihm; der Tragethron schwankte kaum spürbar.

Von rechts und links näherten sich kahlgeschorene Priester in Leopardenfellen, schwenkten dampfende Weihrauchgefäße und machten einem dritten Priester Platz, der mit lauter Stimme Teile der Zeremonientexte von einem Schreibblatt ablas; trotz der malmenden Klänge blieb jedes seiner Worte verständlich und hallte von den Mauern wider. Etwa zwei Dutzend wichtige Männer aus dem Palast folgten in Viererreihen, schoben sich durch das Tor und gingen langsam über den zweiten Innenhof auf das nächste, weit offene Tor zu. Entlang der Mauern standen Menschen, die Tücher, Palmwedel und Gänseschwingen schwenkten, begeisterte Rufe ausstießen und versuchten, Chakauras verschiedene Namen im Takt zu rufen. Sie rochen nach Erde, Wein und nach kaltem Schweiß. Fliegenschwärme summten durch die stauberfüllte Luft. Unablässig krachten Trommelschläge und schnitten Trompetenklänge von den Dächern des Palastes und der Tortürme, brachen sich an den Mauern, hallten durch die Gassen und erzeugten in Chakauras Ohren ein schwer zu deutendes Geräusch, das bis hinter die Stirn schmerzte.

Sein Sitz schwankte weiter vorwärts, die breiten Wedel aus Straußenfedern durchmischten die staubige Luft; ab und zu berührte ihn eine weiche Feder. Er blickte starr geradeaus und sah tausende gebeugter Köpfe und Schultern. Die Spitze des Zuges, der unermüdlich blasende Trompeter, der noch nicht ein einzigesmal gestrauchelt war, obwohl er rückwärts ging, erreichte das nächste Tor. Chakaura betrachtete die Ringe, die über den Leinenhandschuhen steckten und Sonnenstrahlen einfingen, und fast ohne Nachdenken drängten sich ihm Worte, Sätze und Begriffe seltsamer Bedeutung auf die Lippen.

»Wer bin ich, ihr Götter? Ich spreche in eurem Namen. Mein Wort ist Gesetz. Selbst wenn ich wirr reden würde, gehorcht mir Tameri. Wenn ich mit dem Finger schnippe, gehorchen Tausende.«

Er ertappte sich, wie er Daumen und dritten Finger schnippend gegeneinander schnellte; das Geräusch war matt und fast unhörbar. Chakauras Lächeln erstarb. Er drehte den Kopf nach rechts und links, hob grüßend die Arme und stieß gegen die vergoldeten Stützen des Baldachins. Die Volksmenge sang, schrie und brüllte; unzählige Arme schwenkten durch die Luft. Userhets Soldaten hatten vor dem Zug eine breite Gasse freigehalten. Sand und Bodenplatten waren übersät von Lotosblüten, Palmwedelrispen und Wasserrosen.

Hinter Chakaura hatten sich lange Reihen von Priestern gebildet. Merire-Hatchetef wurde in einer offenen Sänfte von vier Männern getragen. Chakaura hob die Hand und lächelte dem Alten zu; der Priester verneigte sich tief. Vor ihm gingen drei Priesterschüler, von denen jeder einen vergoldeten, ölgetränkten Binsenschaft trug: die unangezündeten heiligen Fackeln für die Tempellampen. Während Chakaura rechts und links des Prozessionsweges in unzählbare Augenpaare blickte, die Arme vor der Brust kreuzte, den Krummstab und die Geißel hielt, spürte er, daß sich seine Lippen bewegten.

»Tausende und Zehntausende schneiden Schilf und bauen Kanäle, ihr Götter! Sie sehen in mir euren Sohn, euer Kind. Ich habe tausendmal zu euch gebetet, tausend Fragen gestellt, und nie habt ihr zu mir gesprochen: Tu dieses, Herrscher Chakaura, lasse jenes, gib diesen oder jenen Befehl. Ich ehre euch mehr als Vater und Mutter; bevor ich hunderte Lampen im Tempel anzünde – sagt es mir: Wie lange wird meine Herrschaft die beiden Lande noch mit der Ordnung und der Maat verwalten und glätten wie Sandkörner der Dünen?«

Langsam bewegte sich der Zug über den Platz, am Rand des Hafens entlang und in südwestliche Richtung, auf die Grasflächen zwischen den Kanälen zu. Die Sonne brannte, die Schatten schienen Sand aufzuwirbeln. Der Trompeter wurde abgelöst; er taumelte zur Seite und holte mit bleichem Gesicht Luft. Vor dem Bauwerk aus Sockel, Säulen und Dach, über und über mit Blumengirlanden geschmückt, standen auf einem Podest, weithin sichtbar, die beiden Throne von Kêmet und Deshret; der Lärm der Trommeln und Trompeten vom Palast war geringer geworden und schmerzte nicht mehr in Chakauras Ohren.

Wenige Schritte vor dem Doppelthron setzten die Träger den baldachinüberspannten Sessel ab. Chakaura ging auf die Priester zu, hob die rote und weiße Doppelkrone vom Kopf und übergab sie einem Priesterschüler, dessen Gesicht glühte, dessen Finger zitterten; er ließ das Heiligtum beinahe in den sorgfältig geharkten Sand fallen. Chakaura streckte den rechten Arm aus und griff nach einer der drei brennenden Zeremonienfackeln, hob den Stab über den Kopf und schritt zur Treppe, die zum Heiligtum führte. Die Mittagssonne schoß ihre Strahlen wie glühende Speere auf die Köpfe der Versammelten. Es waren weit über Zehntausend, schätzte er und setzte einen Fuß nach dem anderen auf die Stufen. Der langgekrümmte Zeremonienbart, der an seinem Kinn scheuerte, schlug gegen den Horusfalken des schweren Brustschmucks.

Chakaura senkte die Fackel auf die steilen Dochte der Lämpchen, die auf nahezu jeder waagrechten Fläche standen. Eine Flamme nach der anderen begann zu brennen; man hatte Metallstaub und gewisse Steinabriebe ins Öl gemischt, und so loderten die Flammen rötlich und bläulich anstatt gelb, und die Rußfäden, die in der

Mittagshitze senkrecht aufstiegen, schienen tiefblau zu sein. Als sämtliche Lämpchen brannten, streckte Chakaura den Arm aus und übergab die Fackel einem ehrwürdigen Priester, der an ihr die beiden anderen Fackeln entzündete. Die jungen Priester schritten schnell aus; mit dem geheiligten Feuer entzündeten sie, als Teil einer ebenso feierlichen, aber von weitaus weniger Menschen begleiteten Prozession, die Weihrauchfeuer im Tempel der Götter Itch-Tauis.

»Dreißig lange Jahre habe ich getan, was ihr befohlen habt – was ich glaubte eurer schweigenden Anwesenheit entnehmen zu können, was ewiges Gesetz war, was Maat befahl und bedeutete. Schenkt mir, Götter ...«, murmelte Chakaura und fühlte wieder die hoffnungslose Haltung, die ihn als Fragenden, Suchenden und Forschenden gegenüber den Göttern betraf. »Schenkt mir noch ein Jahrzehnt, damit ich alle eure unhörbaren Gesetze und Befehle ausführen kann. Ich bin alt geworden, die Last ist zu schwer; nur mühsam vermag ich das Land zu führen. Jede Stunde Arbeit bezahle ich mit fünf Stunden Mattigkeit. Auch nach dem Fest bin ich nicht jünger und stärker geworden.«

Er erhob sich mühsam von den Knien und ging hundert Schritte weit zu dem hölzernen Sockel, der beide Throne trug. Er setzte sich auf den Thron des Schwarzen Landes, stand auf, nahm auf jenem des Roten Landes Platz und blieb schließlich zwischen beiden stehen: Der Oberste Ptahpriester setzte ihm, nachdem Chakaura auf die Knie gesunken war, die Doppelkrone wieder auf.

Das Volk ringsum schrie, jubelte und sang; Harfen, Flöten, Metallrasseln und Trompeten vollführten Laute und Geräusche, die jeden vernünftigen Gedanken zerrieben und zermalmten. Chakaura stand auf und holte tief

Luft; als die Priester die Fackeln im Sand löschten, war die Gleichbedeutung des herrscherlichen Thrones mit den Tempelschreinen der Götter hergestellt.

Chakaura ging zum Tragesessel, setzte sich und nickte; nun brachten ihn die Träger auf einem breiten Weg, den die Soldaten lachend und winkend freihielten, fünf Chen-Nub weit zum Eingang des Großen Tempels. Jeder Schritt, jede Geste entsprach einem uralten Symbol, dachte Chakaura. Unzählige solcher Symbole begleiteten sein Leben seit der Geburt; auch wenn niemand alles erklären konnte, was ihnen innewohnte, lebte er zwischen ihnen. Nur so konnte er ihre Bedeutung aufsaugen und zulassen, daß sie in ihn einsickerte wie Wasser in Sand, und daß er die Zeichen richtig handhabe und, wenn möglich, deutete. Es war so mühselig, sich die richtige Reihenfolge zu merken. Nachdem die Flammen in den Göttertempelchen loderten, würde er in symbolhafter Finsternis verschwinden.

Die Masse der winkenden Bevölkerung blieb hinter der Prozession zurück. Schweigende Priester schlossen die Tore. Die Träger setzten Chakaura ab; er und die Wedelträger folgten den Priestern zu einem Raum, der tief im Innersten des Tempels lag. Wieder legte Chakaura die Zeichen seiner Herrschaft ab: Doppelkrone, Peitsche und Stab. Er ließ sich in eine Kammer mit schwarzen Wänden und dunkler Decke führen, streckte sich auf einer niedrigen Liege aus und wurde mit einem Leichentuch zugedeckt. Es gab kein Licht in dem Gelaß; die Tür schloß sich leise, Dunkelheit hüllte ihn ein; übergangslos versank er in tiefen Schlaf. Er blieb eine halbe Stunde allein und war für sein Volk eines symbolischen Todes gestorben. Ein dämonischer Traum weckte ihn. Er richtete sich schweißüberströmt auf.

»Der Goldhorus«, riefen die Priester der Menge zu,

»ruht sich im Inneren des Grabes aus! Er wartet auf die Wiedergeburt auf dem Löwenthron.«

In der Abgeschlossenheit der Zelle, in schwärzester Finsternis, in der Chakaura halb aufgewacht sein Herzklopfen und das Rauschen in den Ohren hörte, versuchte er sich mit dem Gedanken an seinen Tod zu beschäftigen. Er gedachte der Vergangenheit; an Tama-Hathor-Merit und Karidon und seinen Befehl, jeden in die Kupferbergwerke zu schicken, der heute noch vom Bronzehändler als »Betrüger« zu flüstern wagt; an lustvolle Nächte mit einigen Frauen; an die Zeitspanne, die er, von Uschebtis, Nahrung und Hausrat umgeben, auf die Barke ins zweite Leben warten mußte. Vages Licht fiel in die Kammer, als sich die Tür öffnete; in langer Reihe trugen die Tempeldiener die Zeichen seiner Herrschaft zum Thron, der in der Mitte des großen Tempelhofes aufgebaut war. Chakaura folgte, ins Leichentuch gehüllt. In einem Häuschen aus Stangen und Leinwand ließ er sich den Sed-Fest-Mantel umlegen, ein weißes, goldbesticktes Kleidungsstück, das bis zu den Knien reichte. Chakaura wurde von den beiden Obersten Priestern viermal die Stufen hinauf- und hinuntergeführt, zuerst im Osten und dann dem Sonnenlauf folgend. Viermal setzte er sich auf den vergoldeten, mit Löwenfellen belegten Thron, dessen Füße und Lehnen wie Löwentatzen geformt waren, viermal erhielt er Krummstab und Geißel zurück. Er hob die Arme und rief den versammelten Priestern zu:

»Der Horus hat die unendliche Kraft des Löwen in sich aufgenommen und ist gestärkt für seine Herrschaft über die Welt. Viermal hat der Horus Himmel und Erde vereinigt!«

Würdevoll näherten sich die Träger des Baldachinsessels, und Chakaura ließ sich aus dem Tempelhof, von singenden Priestern und Tempelschülern begleitet, zum Sed-Fest-Tempelchen zurückbringen. Dort setzten ihm die Priester die Doppelkrone auf und machten ihn dadurch wieder zum Oberpriester des Gottes.

Auf einem anderen Weg, wieder durch jubelnde Volksmassen, Mückenschwärme, Staubwolken und brodelnde Weihrauchschwaden, von einem unermüdlichen Trompeter angeführt, trugen die ausgewählten Diener Chakaura zu den fünf Tempelchen der Götter. Er opferte der Reihe nach dem Ptah, der Sachmet, dem Nefertem, Gott Sobek vom Mu-Wer-Schilf und Rê-Harachte. Duftendes Wasser lief aus goldenen Gefäßen, mit dem die Priester seine Hände und Füße reinigten; dadurch gestatteten ihm die Götter für die folgenden Jahre, die kultischen Handlungen auszuführen.

Wieder trugen ihn die Diener zurück zu seinem Tempelchen, dessen offene Seiten mit Tüchern verhängt worden waren. In der lichtdurchströmten Abgeschiedenheit ruhte er eine Stunde, aß und trank und ließ sich umkleiden. Er wechselte den Festmantel gegen einen kurzen Schurz, die goldstarrenden Sandalen gegen einfache aus Leder, den Krummstab gegen den kleinen Mekeszepter, und an den Gürtel hängten die Priester einen Stierschwanz, der zwischen den Kniekehlen baumelte; das Zeichen Chakauras neuerweckter Kräfte. Der feierliche Lauf um das Sed-Feld stand bevor.

Über einer symbolischen Grenzlinie, einer tiefen Furche, der Grenze zwischen den beiden Landen, war ein Feld abgesteckt, etwa hundert zu hundert Königsellen groß. Blumen, Blüten, Zweige und unterschiedlich gefärbter Sand waren zu leuchtenden Bildern geformt worden. Das Feld versinnbildlichte die Weiße Mauer zu Menefru-Mirê; den Lauf um die Felder hatten vor Urzeiten die ersten Herrscher des Hapilandes begonnen, um zu zeigen, daß alles Land Tameris das Erbe des Schöpfungsgottes war. Das Zepter in der Linken, schritt Chakaura entlang der Feldränder, überwand die Grenze, vollendete einen Umgang, den zweiten und den dritten; viermal weihte er das Land durch das Umschreiten des Vierecks und zog sich ins Tempelchen zurück.

Die Teilnehmer des Zuges versammelten sich wieder in den ersten Nachmittagsstunden zum letzten Teil des Festes. Die Staubwolken hatten sich gelegt, und der Nordwind drückte hundert Gerüche aus den Gassen und Plätzen der Stadt: Braten, Fisch, Bier, Lauch und den Ruch unzähliger Menschen. Chakaura bestieg den funkelnden Sitz und ließ sich bis zum künstlichen Hügel tragen, der im freien Gelände zwischen dem Palast und den neuen Kanälen aufgeschüttet worden war.

Er bestieg im Festgewand die Erhebung. Ein Priester folgte ihm und reichte ihm einen Bogen und einen Pfeil. Chakaura hielt den Bogen hoch über seinen Kopf und zeigte ihn der begeisterten Menge; jetzt schickte er sich an, neuerlich und endgültig die Herrschaft über die ganze Welt zu übernehmen. Er spannte die Sehne und schoß den ersten Pfeil in hohem Bogen nach Osten, den zweiten nach Süden, den dritten in die Richtung der sinkenden Sonne und den vierten nach Norden ins Wasser des Kanals. Als der letzte Pfeil versank, jubelten und tobten die ungezählten Bewohner der Stadt und die Besucher so laut, daß Trommeln und Trompeten nicht mehr zu hören waren.

Chakaura stieg hinunter, setzte sich in den Tragesessel, und langsam wälzte sich der Zug zurück in die abendliche Ruhe des Palastes. Am nächsten Morgen brachen die Schiffe nach No-Amûn auf, wo Chakaura sein zweites Fest feierte; das dritte fand in Menefru statt,

zwei Zehntage, bevor die Länder die Hapiüberschwem-
mungen erwarteten.

Erst der dritte Pfeil traf in die Mitte der Scheibe; Amenemhet lachte und ließ den Bogen sinken. Userhet
glaubte in den Augen des hoch aufgeschossenen Jungen
das Glitzern unruhiger Einsichten zu erkennen. Amenemhet zog den nächsten Pfeil aus dem Sand und blickte in Userhets Augen.

»Ich kann's ganz gut, nicht wahr, Feldherr?«

»Auch dir wird es nicht schaden, junger Horus, wenn
du noch tausend Pfeile abschießt - und womöglich sie-
benhundertfünfzigmal triffst.«

»Du sprichst wie Sokar-Nachtmin, Userhet.«

»Selbstverständlich sprech ich wie er. Was ich kann,
hab ich von ihm gelernt. Du weißt es.«

Userhet und Amenemhet fröstelten im Schatten der
Palmen am Kanal, der nach Südwesten führte. Die
Scheibe war fünfzig Schritte weit entfernt; eine Tafel aus
Flechtwerk, in deren Mitte ein Kreis aus dicht geflochte-
nem Stroh befestigt war. Zwei Pfeile steckten außerhalb
des mehrfarbigen Kreises. Userhet grinste.

»Auch das Laufen hab ich von ihm gelernt«, sagte
Amenemhet und legte den Pfeil auf die Sehne. »Und wie
man mit Speer, Schild und Kampfbeil umgeht.«

»Mit kleinem Schild und leichtem Kampfbeil. Übe
weiter, kleiner Goldhorus«, sagte Userhet. »Das Jahr bei
Chertihotep hast du gut überstanden.«

»Es war ein schönes, gutes Jahr, Feldherr.«

Amenemhet spannte die Waffe, einen schwachen Rô-
metbogen, und zielte. Userhet griff nach Amenemhets
linkem Unterarm und zog den Arm weiter nach hinten.
Die Sehne spannte sich vor Amenemhets Kinn, die Finger der rechten Hand begannen zu zittern. Er löste die

Sehne, der Pfeil mit der dreikantigen Bronzespitze jaulte davon und schlug hart zwei Handbreit neben dem roten Mittelpunkt des Kreises ein. Userhet ging einige Schritte zurück, musterte Amenemhet und sagte:

»Es ist dein Schicksal, Amenemhet, daß man dich an deinem Vater messen wird. Und Chakaura hat vom jungen Sokar-Nachtmin gelernt, wie er mit Waffen umgehen muß – er hat's bei den Retenu und ein paarmal in Kush und Wawat bewiesen. Du hast noch ein paar Jahre Zeit zum Üben.«

Amenemhet nickte. Vor ihm steckten noch zwei Dutzend Pfeile im Boden. Der Dammweg war leer, auf dem Kanal stakten einige Fischer ihre Boote. Amenemhets Seitenlocke fiel vor sein Gesicht, als er sich nach dem Pfeil bückte. Userhet stemmte die Hände in die Hüften und wartete geduldig, bis Amenemhet eineinhalb Dutzend Pfeile verschossen hatte; an seiner Körperhaltung war kaum etwas auszusetzen. Sokar-Nachtmins Kampfgenosse versuchte sich zu erinnern, wie Chakaura als Junge ausgesehen, wie er sich bewegt und gesprochen hatte; in seiner Erinnerung ähnelte der Sohn in vielen Gesten und Worten dem Vater. Seine Haut war ein wenig heller als die Chakauras, das Gesicht schmaler und die Augen ebenso dunkel. Die Muskeln der Schenkel und der Oberarme begannen schon zu wachsen und hart zu werden.

»Was kommt nachher?« sagte er. »Schreiben lernen?«

»Schreiben lernen.« Amenemhet spannte seine Armmuskeln und bohrte mit dem Ende des Bogens ein Loch in den Sand, als er die Waffe herumwirbelte. »Und mit den Schreibern von Cha-Osen-Ra die Briefe lesen, die aus allen Teilen der Länder kommen. Verwaltung, du weißt es.«

»Ja. Muß sein. Du übst hier weiter?«

»Bis zum letzten Pfeil.«

»Recht so. Wenn du mich brauchst – ich bin im Palast.«

»Danke, Neb Mermenfitu Userhet.«

Userhet nickte Amenemhet zu, drehte sich um und ging langsam, die Hände auf dem Rücken, zum Palast zurück. Ein schneller Rundblick zeigte ihm die Soldaten, die an den Mauern, entlang des Dammweges und auf den Kornspeichern standen und Amenemhet nicht aus den Augen ließen.

Userhet traf Tatji Ikhernofret in der östlichen Säulenhalle des Palastes. Sie blieben voreinander stehen, verbeugten sich. Der greise Vertraute sagte leise:

»Ich glaube, o Pfleger des Prinzen, du hast allen Grund dazu, erfreut zu sein. Der Junge lernt willig. Er scheint zu wissen, was er braucht, um selbstbewußt auf dem Thron sitzen zu können.«

»Das schreibt Gaufürst Chertihotep auch. Er war geehrt und zufrieden. Und Amenemhet hat sich bei ihm, im ganzen Gau, wohlgefühlt. Er sagt die Wahrheit, Tatji.«

»Wir alle werden auf ihn achtgeben; so wie unsere Vorgänger auf den dritten Chakaura,« sagte Ikhernofret, verbeugte sich und ging durch die Schatten und das Sonnenlicht davon, das zwischen den Säulen einfiel.

Die Gruppe der Männer, die mit ihm kämpften und Beute machten, war zusammengeschmolzen; verwundet, getötet die einen, gefangengenommen andere, zwei waren weggelaufen. Anatnetish fühlte sich wie ein alternder Gepard. Seit die Krieger und Bogenschützen des Goldhorus über die Ostgrenze vorstießen und ihn jagten, seit er ihnen immer wieder entkommen war, gab es für ihn weder Ruhe noch sicheren Unterschlupf – er war für den letzten Kampf bereit. Sein Ziel: Tod für Karidon.

Die Zelte standen am Rand der östlichen Felder, weit vor den Mauern von Gubla. Anatnetish hatte stundenlang seine Dolche geschliffen; jetzt richtete er sich auf, streckte die schmerzenden Muskeln und deutete mit dem Dolch auf die Hafenstadt.

»Niemand kennt uns in Gubla«, sagte er. »Wir gehen nacheinander, jeden Abend ein anderer, durch das Stadttor.«

»Du sagst es, Fürst – und der erste wartet am Hafen.«

»Das wirst du sein, Sennar.«

»Du kommst als letzter?«

»Ja. Viele Krieger des Verwalters wissen, wie ich aussehe.«

Vieles, aber nicht alles war abgesprochen. Nachdem Bronzehändler Karidon und möglichst jeder der Mannschaft getötet worden war, würde sich Anatnetishs Gruppe auflösen. Sein letztes Gold hatte er gerecht verteilt. Die Männer würden an anderen Orten ihr Auskommen haben.

Sennar band seine Sandalen und breitete seinen Mantel aus. Gewissenhaft packte er seinen Besitz in die Mitte des Stoffes. Im doppelten Gürtel steckten die Silberblättchen und kleine Beutel mit Goldstaub. Messer und Dolche steckten geschliffen in den Scheiden; Sennar legte die Wurfaxt in die Mitte der Habseligkeiten und wickelte das Bündel zusammen. Sein Gesicht trug den gleichen Ausdruck der Entschlossenheit wie Anatnetish. Sie wußten, worum es ging.

»Heut abend bin ich in der Stadt«, sagte er leise. »Für euch finde ich Schlafplätze. Ihr trefft mich am Hafen.«

»So hab ich es befohlen«, murmelte Anatnetish.

Sennar nickte den Männern zu, hängte das Bündel um und rückte das Kopftuch zurecht. Er hob die Hand und ging zwischen den Baumschößlingen hinaus auf den kaum sichtbaren Pfad. Nach drei Dutzend Schritten war er verschwunden. Anatnetish stand auf.

»Was wirst du tun, Fürst?« sagte Hannas und goß Wasser in den Kupferkessel. Ein Windstoß wehte vom Zederngebirge herunter. »Wohin wirst du gehen?«

»Nach Norden. Vielleicht nach Iqarat. Dort kennt mich niemand.«

Er zog prüfend die Dolche aus den Scheiden, grinste kalt und starrte in die Richtung der Stadt. Es war, als sähe er die Masten der Schiffe, und daß die *Auge der Morgenröte* langsam in den Hafen ruderte. Als die Sonne sank und sich inmitten gewaltiger Wolkenberge rötete, stand sein Entschluß unverrückbar fest.

Er würde in einer der kommenden Nächte Karidon finden und töten, so wie er die anderen hatte umbringen lassen.

Die Brecher des Wintersturms erzeugten unten an den Felsen Keftius tiefe, dröhnende Schläge, spalteten sich, zerrissen und zerstäubten an der schrundigen Felswand; Gischt und Tropfen spritzten bis zu Hesqemari und Holx-Amr herauf. Die dürren Gräser und die vom Wind verformten Krüppelbäume waren tropfnaß. Holx-Amr mußte schreien.

»Mir wird schon vom Zusehen übel. Los, gehn wir hinunter ins Warme, wo es trocken ist und heißen Wein gibt.«

Hesqemari nickte und hielt den flatternden Mantel fest. Im grauen Nachmittagslicht unter dahinjagenden Wolken stolperten sie auf dem Schlängelpfad langsam abwärts, von der Felskante weg, auf das Hafendörfchen zu. Sie rutschten und schlitterten auf regennassen Steinen und im aufgeweichten Erdreich, dem Häuschen zu, das Karidon für sie gemietet hatte. Auch der Wellenbrecher von Mnis verschwand unter der Gischt und den Wogen der gewaltigen Sturmdünung. Die *Morgenröte*, hoch auf dem Strand, mit Bohlen abgestützt, hob sich schwarz vor Nässe gegen Hauswände und Mäuerchen ab.

»Ein fauler Winter war es bisher, Hesqe«, sagte Holx. Hesqe drehte den Kopf und hustete; der Sturm trieb den Rauch der Herdfeuer hangaufwärts in ihre Gesichter. »Für uns, an Land, meine ich.«

»Mit Sonne, Sturm und Regen, ganz anders als wir's vom Hapi gewohnt ...«

Er rutschte aus, wollte nach Holx-Amrs Arm fassen, packte einen Pinienast und brach ihn ab. Er verlor den Halt, rutschte über triefendes Gras und überschlug sich schreiend am Rand eines Haufens grob behauener Feldsteine, wurde hochgeschleudert und fiel zwischen die Felsbrocken. Er blieb verkrümmt und bewegungslos liegen. Fluchend tastete sich Holx hinunter, rutschte ebenfalls fünf Schritte tief und fing sich am Rand des Steinhaufens. Er kletterte auf Hesqe zu; der Koch bewegte sich und stöhnte. Vorsichtig stemmte ihn Holx hoch und drehte den Körper. Hesqe wimmerte, sein Gesicht war schmerzverzerrt. Er murmelte stoßweise:

»Verdammte vierzig Jahre ist nichts ... ausgerechnet hier auf festem Land.«

Er versuchte, von Holx gestützt, aufzustehen und stöhnte lauter. Holx faßte ihn am linken Handgelenk und half ihm auf ebenen Boden zurück. Vorsichtig bewegte Hesqe die linke Hand; er zog die Luft zischend ein, in seine Augen traten Tränen. Der rechte Unterarm schlenkerte kraftlos; als Holx ihn anfaßte, brüllte Hesqe.

»Gebrochen, wie? Komm, ich helf dir.« Holx legte Hesqes linken Arm um seinen Hals. »Kannst du gehen?«

Hesqemari versuchte ächzend einige Schritte und nickte. Sie tappten durch nasses Laub und Ranken auf den Sandweg zu; Holx schleppte den Koch weiter, Schritt um Schritt. Als er eine Frau sah, die aus der Schenke kam, rief er sie an.

»Amai! Hesqe ist gestürzt. Wahrscheinlich hat er sich Hand und Arm gebrochen. Hol jemanden, der uns hilft. Ich bring ihn ins Haus.«

»Ich hole Iona und Tija, Holx!«

»Schnell! Es geht ihm nicht gut!« Holx und Hesqe stolperten weiter, Holx zog ihn die Stufen hinauf und öffnete die Tür mit einem Fußtritt, brüllte nach Kadran und trug mit dem Ruderer zusammen den Koch auf dessen Zimmer. Der triefende Mantel fiel zu Boden, sie streckten Hesqe auf dem Lager aus und zogen vorsichtig seinen Kittel aus. Die linke Hand und das Gelenk waren dick geschwollen; jede Berührung des rechten Unterarms rief Schmerzen hervor, so groß, daß Hesque jedesmal schrie. Sein Gesicht war schneeweiß.

»Bring Wein und Mohnsaft, Kadran«, sagte Holx-Amr. »Gleich kommt Amai mit ein paar Frauen.«

Hesqe trank den gemischten Würzwein mit tiefen Schlucken. Kadran brachte heißes und kaltes Wasser aus der Küche; Amai und Iona strichen Leinenbinden mit streng riechenden Salben ein, betteten Hesqemaris Arm auf die Tischplatte, und Tija richtete den Unterarm behutsam aus. Hesqe wimmerte und verlor das Bewußtsein. Tija lächelte und wickelte die Binde straff um flache Holzlatten, die den Bruch zusammenhalten sollten.

Die linke Hand lief rot an, war dick geschwollen, aber Amai, die jeden Finger abtastete, schüttelte den Kopf, während sie Binden um Finger und Gelenk wand.

»Geprellt, verstaucht, die Muskeln verletzt«, sagte sie leise. »Ihr werdet euren Freund füttern müssen.«

415

»Darum werden wir eine von euch bitten.« Holx-Amr setzte sich und schenkte sich Würzwein ein. »Wie lange wird es dauern, bis er wieder stramm rudern kann? Drei Monde?«

Amai lachte laut. »Das wäre ein Wunder, Steuermann! Wenn er Glück hat, segelt er in einem halben Jahr wieder mit!«

»Das wird Ptah und Karidon wenig Freude machen«, sagte Kadran bekümmert. »Morgen geh ich hinauf zum alten Jossel.«

»Komm vorher zu mir, Holx«, sagte Amai. »Ich hab frisches Fleisch und Käse für Ibentina und Gaitha.«

Holx-Amr nickte und betrachtete stirnrunzelnd Hesqemari, der besinnungslos war, aber tief atmete. Die kranke Färbung seines Gesichts war verschwunden. Iona zog die Decke bis zum Kinn des Kochs.

»Ich bring das Essen hinauf. Hoffentlich kann ich soviel schleppen.« Holx legte die Hand auf Hesqes Stirn.

»Für euch ist noch genug übrig.«

Holx seufzte und hob die Schultern. »Wenn wir euch nicht hätten, sähe es schlimm aus, Amai.«

Amai und Iona kamen vom Festland; auch durch die Schiffswerft, die sich alle zwei Monde vergrößerte, waren mehr Menschen, hauptsächlich Handwerker und Sklaven, nach Mnis gekommen, und das Hafendörfchen war gewachsen. Mindestens zwei Schiffe entstanden unter der Aufsicht und mit dem Gold Jossels, Karidons, Holx' und Kadrans. Die Fundamente einer Schenke und Herberge am Hafen waren gesetzt worden; vielleicht war Hesqemari der erste, der endgültig von Bord ging und die Schenke betrieb. Seit ihr Kind Jossels Nachtschlaf störte, schwankten Karidon und Ibentina, wo sie dauernd wohnen sollten: hier oder wieder im Königslehen am Hapi.

Am Vormitag, im kalten Ajachsturm, trugen Holx-Amr und Selkara die schweren Ledersäcke in Jehoumilqs Haus hinauf, kamen an der breiten Weggabelung vorbei, deren linker Pfad, von Steinen und Zypressen gesäumt, zum Palast von Gnos führte. Sie sahen Dach, Terrasse und die steinerne Wasserleitung von Jehoumilqs Haus; warum sich der Palast hinter Hügeln und dichtem Wald verbarg, warum die fürstliche Familie von Gnos den herrlichen Ausblick aufs Meer scheute, wußte niemand in diesem Teil des nördlichen Kefti. Am Tor der Gartenmauer begrüßten Gaitha und zwei Mägde den Steuermann und den Ruderer. Sie legte den Finger an die Lippen.

»Seid ruhig. Jossel hat eine schlimme Nacht gehabt. Auch der Kleine schläft. Macht keinen Lärm.«

Sie trugen das Essen in die Küche. Ptah und Karidon saßen in der Wohnhalle am Tisch, umgeben von Schreibblättern, und unterhielten sich flüsternd. Karidon deutete auf die Bank und den niedrigen Tisch, auf dem Becher, Schalen und Krüge standen. Im Kamin, auf einem Haufen Glut, brannte ein mächtiger Kloben Treibholz.

»Bis Mittag dürfen wir nicht laut lachen«, sagte Ptah. »Unser Jossel hat geschwitzt, gefroren, gehustet und den Vollmond verflucht. Jetzt schläft er endlich.«

»Du kannst gleich weiterfluchen – flüsternd.« Holx schenkte sich heißen Würzwein ein, nachdem er in vier Krüge hineingerochen hatte. »Hesqe hat sich den rechten Arm gebrochen, und die linke Hand ist rot angelaufen und dick. Und sonst ist er voller Schnitte und blauer Flecke.«

»Hat er sich in der Schenke geprügelt?«

»Weit gefehlt. Er kam vom rechten Pfad ab, um zwanzig Ellen etwa.«

Holx-Amr begleitete seinen Bericht mit übertriebenen Gesten. Karidon und Ptah schienen ernsthaft erschrocken zu sein. Kadran beruhigte sie und brummte: »Er wird's überleben. Aber als Mitglied der silberreichen Sieben fällt er für die nächste Fahrt aus.«

Karidon stützte den Kopf in die Handflächen und murmelte:

»Es geht langsam zu Ende mit uns, Freunde. Die alte Mannschaft bricht auseinander. Holx weiß nicht, was er tun soll, Kadran und Selkara drängen nicht gerade danach, weiterzusegeln, Hesqe wird wohl Schenkenwirt. Mlaisso und Pi-Ika können unser Gewerbe auch nicht weiterführen. Ich glaube, ich werde die *Morgenröte* verbrennen.«

»Solange ich noch am Ruder stehen kann«, sagte Holx, und Karidon hob den Finger an die Lippen, »verbrennst du gefälligst nur Treibholz! Wir segeln weiter. Nicht so oft; reicher müssen wir nicht mehr werden. Und wer soll nach Punt segeln?«

Ptah hob den Kopf. »Unsere letzte Fahrt, wie? Mit Chakaura? Ich kann's nicht glauben. Aber – was sollten wir sonst tun? In der Sonne liegen, Bier trinken und dick werden?«

Karidon starrte in Ptahs dunkelbraune Augen, musterte Holx und Kadran, hob die Schultern und flüsterte:

»Bleiben wir dabei: Legen wir die Füße hoch, trinken Wein, und wenn es uns juckt, ziehn wir die Rah auf und machen das Große Grüne unsicher.«

»Wir haben hundertmal darüber geredet«, wisperte Ptah. »Kari hat recht. Genauso sollten wir weitermachen. Im fünften Mond ablegen und tun, was uns gefällt.«

»Und uns um Jehouptah kümmern«, meinte Selkara.

»Und um Ibis-Herit und den kreischenden Erben der alten *Morgenröte*.«

»Einverstanden« sagte Kadran. »Hesqe kocht, und ich nehm den Seeleuten das Gold ab, unten am Hafen.«

Karidon lehnte sich zurück und verschränkte die Arme im Nacken. »Und was macht Selkara?«

»Er macht sechsrohrige Musik in der Schenke und hört erst auf, wenn sein Atem erschlafft.«

Karidon, Ptah und Holx lachten. Ein schwerer Vorhang rauschte zur Seite. Jehoumilq kam in die Halle, stellte sich mit dem Rücken zum Feuer und sagte:

»Laut genug wart ihr. Mich habt ihr wohl vergessen?«

»Wie könnten wir, mein Vater«, sagte Karidon. »Du hast einen unruhigen Schlaf.«

»Hab ich schon immer gehabt, wenn ihr junges Volk in der Luft herumredet und nicht auf den Rat der alten Männer hören wollt. Was habt ihr beschlossen?«

»Manches«, murmelte Karidon. Jehoumilq nickte. Gaitha legte den dicken Mantel über seine Schultern und schob ihn zum Tisch, beide Hände auf seinen Schultern. Jehoumilq leerte Karidons Becher, leckte über die Lippen und sagte mit schmalem Lächeln:

»Krabbe! Und ihr anderen: Denkt an euer Leben, das bisher ohne Schmerzen verging; so wie meines.« Mit einer Handbewegung bedeutete er Karidon, nicht zu sprechen. »Dein Sohn, Kari, wird's leichter haben. Tut nicht, was ihr sollt – tut, was ihr tun wollt.«

»Willst du etwa nach Punt mitfahren, Jossel?« fragte Karidon entgeistert. Gaitha füllte einen Becher halb mit heißem Würzwein, mischte ihn mit Wasser und legte ihre Arme um Jehoumilqs Brust. Er schüttelte den Kopf, hustete lange und qualvoll und brummte: »Nein.«

Karidon sagte: »In fünf Monden wissen wir's ganz genau!«

17. Letzter Frühling

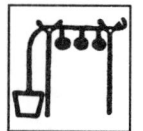Die Frauen pflückten Blüten, Knospen und Samenkapseln des Ginsters und der Iris, kämmten die Halme der Nardepflanzen und sammelten sie in Körben und Leinensäcken; Ausgangsmaterial für Duftöle und Salböle. Die Hänge zwischen dem Strand und dem Waldrand glühten und leuchteten in sieben Farben. Ibentina-Asherit und Karidon kamen ohne Eile auf dem Pfad, der nur eine halbe Elle breit war, von den Hügeln auf die südliche Mauer des Anwesens zu. Die *Morgenröte* war eben zu Wasser gebracht worden. Karidon lehnte sich an den bizarr geborstenen Stamm eines Ölbaums, zog Ibentina an sich und sagte leise:

»Du hast vier Monde lang zugehört, Liebste, was wir besprochen haben. Du weißt, was ich tun werde.«

Ihre Zeigefinger glätteten seine Brauen; sie lächelte und sagte: »Du weißt, daß ich glücklich bin. Unser Kind ist schön und gesund, wächst und schreit. Was soll ich antworten?«

»Willst du mit Jehouptah hier bleiben? Oder soll der Kleine an einem anderen Ort aufwachsen? Im Häuschen am Hapi?«

Sie schüttelte den Kopf und sagte, sehr klar und bewußt:

»Nein. Die schönsten Jahre meines Lebens hab ich

420

dort verbracht, und die schlimmsten Monde. Ich will gern Ti-Senbi und Mlaisso besuchen, aber nur, wenn wir nicht in Gefahr geraten.«

»Keiner von uns wird sich freiwillig in Gefahr begeben, Ibis. Auch unsere letzten Fahrten sollen einen Sinn haben. Wir müssen nicht wegen Gold oder Zinn segeln. Aber es ist ...« – er suchte nach Worten –, »als ob alle unsere Wurzeln abgeschnitten würden.«

»Alle? Auch die Fäden, die dich mit Chakaura verbinden?«

Er hob die Schultern, als ob er fröre.

»Auch das weiß ich nicht. Ich weiß nicht einmal, ob er noch lebt.«

»Ich bleib hier, bei unserem Sohn und Jossel. Ihr fahrt von Hafen zu Hafen und nach Itch-Taui. Wenn ihr keine Lust habt, zieht ihr die *Morgenröte* auf den Strand. Besuche Chakaura, bereite die Puntfahrt vor, handle Zinn und Bronze ein, bring ihm kostbare Duftöle; geht den großen Wellen aus dem Weg. Ich warte auf euch.«

Er nahm ihre Hand und stieß sich vom Stamm ab.

»Ich will nicht, daß du zu lange wartest, Ibis.«

»Es sind immer nur ein paar Monde, Grünauge.« Sie schüttelte den Kopf. Ihr langes schwarzes Haar rutschte unter dem Rand der Kapuze hervor. »Wenn Chakaura zum erstenmal in seinem Leben die Grenzen Tameris überwindet, dann sollt ihr unter euch sein. Eure Träume sollen wahr werden. Chakaura will die Fahrt zu einer letzten Prüfung eurer Freundschaft machen; das weiß ich, ohne ihn zu kennen. Dabei haben Frauen nichts zu suchen. Ich werde zittern, bis du wieder hier bist.«

»Die Fahrt nach Punt ist weniger gefahrvoll als unsere Suche nach den Zinnhäfen.«

»Um so besser. Dann sieht Jehouptah der Zweite seinen Vater lachend und gesund wieder.«

»So soll es sein, Ibis-Herit.«

Er führte sie durch den Schatten einer raschelnden Steineiche hinaus auf den Pfad und zum Haus. Für Karidon, trotz des Stachels des schwarzen Schmerzes, der seit dem Tod des Sohnes in seinem Herzen saß, war Sterben ein gewohnter Wegbegleiter; seine Trauer erschien ihm weniger abgrundtief als Ibentinas. Er vermied, darüber nachzudenken und zu sprechen. Er hatte viele Verwundungen und Tode gesehen, und was andere zerschmetterte, ließ sein Herz nicht schmelzen; es verbarg sich in der Höhle der Erinnerungen. Er stützte Ibentina, als sie entlang der Quellwasserführung auf die Südterrasse zugingen. Tiefes Schweigen umgab das Haus; nicht einmal Vögel waren zu hören. Karidon fühlte, wie sich die Härchen im Nacken und auf den Armen aufstellten. Ibentinas Fingernägel bohrten sich in seine Handballen.

»Es ist so ruhig ... viel zu still«, wisperte sie. Er legte den Kopf schräg und lauschte, zuckte mit den Schultern, er wechselte mit Ibentina einen langen Blick, dann rannte er die Stufen zur Terrasse hinauf und in die Halle hinein.

Im Kamin sog der Wind kalte Asche in die Höhe, die Halle war leer. Aus dem angrenzenden Gang oder einem Raum dahinter kam leises Schluchzen; Karidon riß die Vorhänge zur Seite und lief zu Jehoumilqs Schlafraum. Die Tür stand weit offen. Jehoumilq lag unter bunten Decken auf dem Lager, Gaitha saß neben ihm, die Sklavin Amias, Jehouptah auf den Armen, stand am Fußende. Gaitha drehte den Kopf und winkte Karidon näher, sie ließ Jehoumilqs Hand nicht los. Karidon beugte sich über Jehou, der starr dalag, flach atmete, die Hände ausgestreckt und die Augen geschlossen hatte.

»Er hat geschlafen«, flüsterte Gaitha und streichelte

Jossels Finger. Ibentina kam herein, Ptah folgte ihr schweigend und verstört. »Er kann mich nicht mehr verstehen, er spricht nicht.«

Karidon ging ums Lager herum, setzte sich an Jehoumilqs andere Seite, schob die Hand in seinen Nacken und hob den Kopf an, sprach in Jehoumilqs Ohr, klopfte auf seine Schulter. Jehoumilq öffnete die Augen, seine Blicke irrten umher, blieben auf Karidon haften, dann bewegte er, offenbar mit großer Mühe, den Kopf und blickte Gaitha an. Seine Lippen bewegten sich, sein Atem war heiß und roch seltsam.

»Jossel«, sagte Karidon drängend. »Sprich! Was hast du? Sag doch etwas! Hast du Schmerzen?«

Kaum wahrnehmbar schüttelte Jehoumilq den Kopf, Karidon spürte die Bewegung in seiner Hand. Jehoumilqs Finger schlossen sich fester um sein Handgelenk. Mühevoll versuchte Jehoumilq zu sprechen, er zitterte und keuchte vor Anstrengung. Endlich konnte er Worte formen, fast unverständlich, quälend langsam.

»Ich kann mich nicht mehr bewegen.« Zwischen den Worten waren lange Pausen. Gaitha massierte seinen Arm; er versuchte sich aufzurichten und sackte schlaff zusammen. »Ich kann euch ... kaum sehen ... nicht verstehen ...«

Sein Gesicht war ausgezehrt, die Arme mager; es schien, als habe ihn die letzten Monde ein kaltes Fieber von innen ausgebrannt. Karidon sah ratlos von Gaitha zu Ptah, dann in Jehoumilqs Augen. Sie waren gelb, voller geborstener Äderchen; er schien nach innen zu blicken und holte keuchend Luft. Gaitha führte einen Becher an seine Lippen. Er versuchte zu trinken, zu schlucken, aber der dünne Wein floß aus den Mundwinkeln. Er begann zu husten: ein trockenes, rasselndes Geräusch, das seinen Körper erschütterte. Er versuchte

Gaitha anzusehen, aber die Augen gehorchten ihm nicht mehr. Mitten im Hustenanfall verkrampften sich seine Hände, er fiel in die Kissen zurück und verdrehte die Augen, aus seiner Kehle kam ein seltsamer Laut. Karidon löste Gaithas Hand aus Jehoumilqs Griff und legte sie auf seine Stirn; er sagte leise: »Er ist tot, Gaitha.«

Sie senkte den Kopf und zog die Augenlider Jehoumilqs hinunter. Ptah und Ibentina standen starr da, Jehouptah wachte auf und fing zu weinen an. Gaitha legte den Kopf auf Jehoumilqs Brust, umfaßte ihn und weinte leise. Karidon breitete die Arme aus, schob Ptah, Ibentina und die Sklavin hinaus und schloß die Tür.

»Der alte Kapitän steuert die Sonnenbarke«, sagte er leise und wischte die Tränen aus den Augenwinkeln. »Er hat gewußt, wie es um ihn stand. Sonst hätte er wirklich ja gesagt zur Puntfahrt.«

Jehoumilqs Grab am Waldrand war seit drei Jahren fertig; der Steinmetz hatte ein unterarmlanges Schiff in die glatte Fläche des Grabsteins gemeißelt; von Keirons bronzenen Ornamenten umgeben. Karidon lehnte an der Wand und wußte, mehr als einen Ziehvater und den besten Freund verloren zu haben; es war, als versinke er Fingerbreit um Fingerbreit in schmerzlicher Finsternis.

Fast das halbe Dorf, Männer und Frauen aus Mnis, war zum Begräbnis gekommen, einer einfachen, würdevollen Feier. Der Fürst von Gnos kam mit zweien seiner Söhne und opferte Wein und Öl auf dem Grabstein. Ptah stützte Gaitha, und Karidon blieb an ihrer Seite.

Gaitha wollte mit Ibentina-Asherit im Haus bleiben; Hesqemari zog vom Hafen in eines der vielen leeren Zimmer um und brachte Milon mit, einen jungen Mann, der im Garten und Haus helfen und zum Schutz beitragen sollte. Schmied Keiron und Kalian, die mit einem der ersten Händlerschiffe zufällig von Arni nach Mnis gefahren waren, hatten die trauernde Versammlung inzwischen verlassen; auch Keiron trauerte schweigend um seinen Freund. Nachdem die Gäste sich mit Fackeln auf den Weg ins Dorf gemacht hatten, nahm Ptah das Kopftuch ab, faltete es sorgsam und sagte:

»Unser Jossel Ju, Kapitän und Bronzehändler, wird im Heck eines schönen Schiffes sicher aus der Nachtwelt in Rê-Harachtes Strahlen steuern. So weiß man es am Hapi; warum soll's nicht auch für einen gubalgeborenen Keftiu gelten? Auch für uns, Kari, geht es weiter.«

»Wenn mein Arm wieder stark ist, kann ich mit dir in Jossels Boot segeln, Gaitha«, sagte Hesqemari. »Und ich koche gute Suppen.«

»Ich weiß, mein Lieber.« Gaitha lächelte und streichelte seine linke Hand unter den Binden. »Ich danke dir. Ich danke euch allen. Ihr könnt Jossel nicht zurückbringen, aber was hätte ich ohne eure Hilfe getan?«

»Du bist eine tüchtige Frau.« Ptah hob die Trinkschale. »Auch ohne uns wärst du zurechtgekommen. Aber so war es besser. Und richtig.«

»Nochmals: Dank euch allen. Wann laßt ihr uns allein?«

»In fünf, sechs Tagen, wie der Wind will«, sagte Karidon. »Zum erstenmal haben wir kein Zinn geladen. Nur Bronzewerkzeug und unzählige Krüge keftischer Wohlgerüche.«

»Geht es ruhig an, Freunde.« Gaitha legte Holx und Karidon die Arme um die Schultern. In ihrem Haar leuchteten über den Schläfen zwei breite silbergraue, fast weiße Strähnen. »Seht den Möwen, Schweinsfischen und Wellen zu. In guter Ruh. Denkt, ihr müßtet Jossel nach Menefru bringen.«

Spätfrühling, Frühsommer in Mnis: Zypressenöl und Mastix, Ginster, Iris, Narde, Myrthe, Lorbeer, Salbei, Mohnöl, Wacholder und Rosenöl lagerten in großen, wachsversiegelten Krügen im Schiff. Eine überaus wertvolle Ladung, die selbst durch die glasierten Krüge hindurch den Geruch von Salzfisch, Schinken und Wein überlagerte. In Arni luden sie noch mehr Wein und Fürst Pachos' Olivenöl, Stoffe und pralle Ledersäcke voller Nüsse und viele Werkzeuge und Waffen aus geschliffener Bronze. Die Fafana war für Targel, den fünften Mond des Jahres fast zu mild; trotzdem lag nach etlichen – überraschend warmen – Tagen das Falkenkap Alashias vor dem Bug. Als sie mit Seewind den Hafen von Kit anfuhren, sahen sie, daß ungewöhnlich viele Schiffe am Kai lagen und in der Hafenmitte ankerten. Karidon schwang sich ins Heck, nickte Ptah zu und zog die Doppelaxt aus den Tauschlingen. Er hielt sie in die Höhe und rief:

»Zuhören, Freunde! Die einsamen Fünf gehen nur bewaffnet und in Gruppen von Bord! Das gilt für Kit ebenso wie für Gubla und Uschu!«

»Zu fünft: auf Männerfang.« Holx stelzte heran und spuckte durch die Zahnlücke einen Strahl schales Wasser über Bord. »Einen Koch fangen. Das Essen auf diesem Schiff mag teuer sein, aber in einer Köhlerhütte ißt man besser und gesitteter – und mit mehr Aufwand.«

»Weniger schwarz, aber ebenso herzlich«, murmelte Ptah und grinste.

»Maul nicht«, sagte Karidon. »Nur weil mir zweimal die Brotfladen ein wenig dunkel geraten sind.«

»Schwarz waren sie – wie Mlaissos Knie!«

Kadran döste auf den Planken, im Segelschatten. Er hatte an die große Zehe einen Doppelfaden geknotet, in dessen Mitte sich eine Kupferscheibe mit zwei Löchern drehte. Mit dem Finger zog Kadran am anderen Ende des Fadens; die Scheibe summte und schnurrte in die entgegengesetzte Richtung. Selkara schnitzte an zwei neuen langen Rohren seiner Flöte und blies ab und zu prüfend; jedesmal erschrak Karidon und zuckte zusammen. Vor dem Wind umrundete die *Morgenröte* behäbig schaukelnd das letzte Kap und näherte sich Kit. Sie fanden einen Platz für das Heck der *Morgenröte* am Kopfende des Wellenbrechers und warfen den Ankerstein.

»Alles verändert sich.« Selkaras Geste umfaßte den Hafen. Der Platz war vergrößert, zum Teil gepflastert und mit Sand aufgeschüttet worden. Zwei Dutzend Händlerstände waren aufgeschlagen, von zwei Gattern aus Stangen und dunklem, undurchsichtigen Stoff führte ein Brettersteg auf die Häuser zu. Ein Ruderer, der ihnen entgegenkam, nahm den Span aus den Zähnen und sagte: »Wollt ihr kaufen oder verkaufen?«

»Vielleicht beides.« Karidon zählte die Schiffe: sechzehn. »Nach welcher Ware wird gefragt?«

»Wißt ihr's nicht? Großer Sklavenmarkt. Drei Händler mit vollen Schiffen. Für jeden Preis gute Ware, sagen sie.«

»Jetzt wissen wir's«, brummte Ptah und ging zwischen den Pollern und Taubündeln weiter, die Hand am Dolch; er und Karidon betrachteten die Schiffe und versuchten, unter den Mannschaften Bekannte zu finden. Am Hafenende lagen die *Ganivra* Kapitän Warims und die *Wellenfürstin* von Barit aus Gubla nebeneinander; es gab eine stürmische Begrüßung. Auf dem langgezogenen Hafenplatz wimmelte es von Menschen, meist bärtigen Männern. Karidon verabredete sich mit beiden Kapitänen für den späten Abend in der Schenke und hörte sich um; von seinen Waren würde er hier wenig oder nichts losschlagen können.

Karidon ging von Kapitän zu Kapitän und sprach mit den Ruderern, fragte nach Anatnetish, nach Kriegern, die ihn oder seine Gruppe verfolgten, ihn gesehen oder gegen ihn gekämpft hatten – er erfuhr, was er so oder ähnlich gewußt hatte: Der einstmalige Fürst des Kupfers verbarg sich in dem Landstrich zwischen der Küste und dem Zederngebirge, und kein Handelsweg war vor ihm sicher. Seine Überfälle zeichneten sich durch gnadenlose Rücksichtslosigkeit aus, und seine Beute war beträchtlich.

Kein Schiffer war von ihm oder einem seiner Männer je gefragt – oder bedroht – worden. Anatnetish war ein Landräuber. Er schien das Meer und die Schiffe zu fürchten. Es mochte einen Kapitän geben – keinen, der ein Rômetschiff befehligte! –, der in seinem Sold stand, aber niemand wußte davon. Auch nicht Ardashar, dessen heruntergekommenes Schiff seinem Verhalten entsprach.

Kapitän Warim hatte vom nördlichen Festland drei Paare mitgebracht; Handwerker, die auf Alashia eine neue Heimat und genügend Land gefunden hatten. Seine Bimssteinladung war schnell umgetauscht. Der Zinnhandel mit Akans Floßleuten und Tamzine, sagte Barit, ging ohne Schwierigkeiten weiter. Bisher war seines Wissens noch kein Schiff verlorengegangen. Holx, Karidon und Ptah sorgten dafür, daß die Wasservorräte für die *Morgenröte* aufgefüllt wurden und erfuhren Neuigkeiten und Gerüchte des Winters. Jehoumilqs Tod sprach sich unter den Kapitänen in beachtlicher Schnelligkeit herum, und einige Händler schienen darauf zu warten, daß Karidon und Ptah ihr Schiff endgültig aufs Trockene zogen oder verkauften.

»Wir werden es euch nicht mehr ganz so schwer machen wie bisher.« Karidon bestellte den dritten Krug Wein für seinen Tisch. »Ist das ein Zufall, daß drei Sklavenhändler gleichzeitig in Kit festgemacht haben?«

»Sie bedauern's schon jetzt. Die Menge verdirbt den Gewinn«, sagte Kapitän Barit. »Morgen früh fangen sie an.«

»Wir wollen übermorgen ablegen.« Ptah sah sich in der überfüllten Schenke um. »Wir brauchen keine Sklaven.«

Alle Häuser in Kit waren überfüllt. Die Mannschaft schlief an Bord; Holx und Selkara kochten am Morgen Sud und buken Fladen auf dem flachen Stein, während das Lärmen am Hafen zunahm. Die Hausfronten warfen spitze Echos zurück, die Käufer versammelten sich in der Nähe der Sklavenpferche. Nach einer Weile schob Karidon die Doppelaxt auf die Schulter, nahm das Bündel unter den Arm und kletterte über die Planke. Ptah folgte ihm zum Badehaus, bei der Quelle am Dorfrand.

Vor der breiten Bohlentür wartete eine Gruppe Seefahrer, Stricke und Lederschnüre in den Händen. Karidon schob sich an ihnen vorbei, als die Tür aufgestoßen wurde und einige Frauen heraustaumelten. Die Seeleute packten und fesselten die Sklavinnen, die sich nicht wehrten. Karidon und Ptah wichen einige Schritte zurück und sahen schweigend zu; eine hochgewachsene junge Frau mit heller Haut und blauen Augen starrte Ptah unverwandt an und drehte den Kopf, als sie zum Pferch getrieben wurde. Ptah-Netjerimaats Gesichtsausdruck war schwer zu entschlüsseln; vor zwei Jahrzehnten hätte er schnell gehandelt. Karidon deutete auf den Eingang.

»Der Händler wird für eine Weißhäutige viel Gold verlangen.« Karidon stieß Ptah an. »Eine schöne junge Frau. Scheint etwas Besonderes zu sein. Soll ich für dich bieten? Sie kommt zweifellos aus einem Land, das wir nicht kennen. Blaue Augen!«

»Laß es, Kari. Oder? Nein! Es ist und bleibt ein unwürdiges Geschäft. Auch wenn wir's in Tameri ein wenig anders machen.« Ptah-Netjerimaat verschwand halb im Dampf, der aus Wannen, Bottichen und Becken aufstieg. »Trotzdem: Je älter unsereiner wird, desto schöner und jünger sind die Frauen.«

Sie badeten, ließen Gesicht und Körper schaben, das Haar kürzen, wurden mit Pinienöl massiert und gestriegelt; man trocknete sie in der warmen Vormittagssonne auf weichen Ruhelagern ab, sie legten frische Kleidung und Schmuck an, und Karidon hakte den Daumen in die Lederschnur des Beils, nachdem er mit Silberplättchen gezahlt hatte. Langsam, wohlige Schwäche in den Gliedern, gingen sie zur *Morgenröte.*

»Zwei Stunden Schlaf«, murmelte Karidon, »dann fühlen wir uns wieder jung und stark für das Meer.«

»Früher hab ich nie verstehen können, wenn Jossel von den Segnungen des Tagesschlafes gesprochen hat, Kari.«

»Ja. Früher ...!«

Hungrige und dürre Knaben wurden auf den Steg getrieben, und nacheinander, ungewöhnlich rasch, fanden sie neue Besitzer. Der Händler pries jeden Sklaven mit einer anderen, unglaubwürdigen Geschichte an. Karidon und Ptah blieben im Heck stehen und sahen eine Weile lang zu. Zwei Schiffe stießen ab und wurden ohne Hast durch das stille Wasser zur Einfahrt gerudert, die Gespräche und das Gelächter gingen im Rauschen und Knallen der Segel unter. Kadran wartete am Mast und kürzte seinen Zopf; er blickte auf und murmelte:

»Die Schönheit ist an Bord gekommen. Sollte ich wohl auch versuchen.«

»Niemand hindert dich daran.« Karidon hängte die nassen Tücher über die Bordwand. »Sag, wer du bist, wenn du zurückkommst – damit wir dich wiedererkennen.«

Ptah holte Decken und Mantel, faltete sie und breitete ein Laken darüber, im Halbschatten von Rah und Segel. Er brachte zwei Becher kalten Sud und stellte sich neben Karidon, der, die Hand an Keirons Ankhzeichen am Mast, zusah, wie ein drittes Küstenboot ablegte. Im Bug saßen weinende Sklavinnen, an den Händen gefesselt. Selkara kam, beladen mit einem Dutzend Wassersäcke, und hängte sie im Laderaum auf.

»Wir wissen, den Göttern sei Dank, wo unsere Heimat ist, Netji«, sagte Karidon. »Anderen ergeht es übel; zu meinem Glück hat mich ein Mann wie Jehoumilq gekauft.«

Bevor Ptah antworten konnte, wurden sie von Lärm und Geschrei abgelenkt. Vor dem Sklavensteg entstanden Unruhe und heftige Bewegungen, aus dem Durcheinander löste sich eine einzelne Gestalt. Flüche und Gelächter hallten über das Wasser. Ptah setzte den Becher ab und stieß Karidon an. Eine Frau mit wehendem Haar rannte auf den Kai zu, zwei Männer hasteten hinter ihr her und packten ihren Kittel. Der Stoff riß auseinander, die Frau wand sich aus dem Arm des Seemannes und rannte weiter, bis zum Rand des Kais. Sie zögerte einen Herzschlag lang, streckte die Arme vor und sprang gestreckt ins Hafenwasser. Ptah zuckte zusammen und brummte:

»Das ist die Blauäugige mit der hellen Haut! Schwimmt wie ein Fisch. Wohin will sie? Sie wird nicht weit kommen ...«

Er sah in Karidons Augen und hob die Schultern. Karidon deutete auf Ptah, dann auf die Schwimmerin, grinste und nickte; Ptah pfiff, als Kopf und Schultern der Sklavin auftauchten, auf zwei Fingern und winkte mit beiden Armen. Die Hellhäutige schwamm weiter, änderte die Richtung und bewegte sich schnell auf die Bordwand der *Morgenröte* zu. Ptah sagte leise, fast verlegen:

»Nun denn, es soll wohl so sein. Zufall? Willen der Götter? Man wird sehen. Du hast die Goldtruhe, Kari. Gib dem Sklavenschinder, was er will. Bitte.«

Karidon nickte; er glaubte Ptah-Netjerimaat verstehen zu können. Mitleid und Dankbarkeit – waren sie die richtigen Zutaten des Lebens? Selkara kippte die aufgerollte Strickleiter über Bord. Sie rollte ratternd die Planken entlang. Karidon holte einen Beutel aus der kleinen Truhe, knotete ihn am Gürtel fest und balancierte über die Planke. Die Männer, die keuchend hinter der Sklavin hergerannt waren, kamen über den Wellenbrecher aufs Heck des Schiffes zu. Karidon hob beide Arme und machte beschwichtigende Gesten. Er drehte sich herum: Selkara und Netji halfen der nackten, triefenden Frau über die Kante der Bordwand. Karidon wandte sich an die Gehilfen des Sklavenhändlers.

»Bringt mich zu eurem Herrn. Ich, Kapitän Karidon, bevorzuge mitunter ungewöhnliche Wege des Einkaufs.«

Eine halbe Stunde brauchte er, um den aufgebrachten Händler zu beruhigen und dessen unverschämte Forderung zu mindern; sie trennten sich als zufriedene Teilnehmer eines scheinbar ehrlichen Handels. Ptah half Karidon ins Heck.

»Danke«, sagte er leise. Er schien zwischen Begeisterung und Unsicherheit zu schwanken. »Sie heißt Sireanar und spricht die Sprache Gublas. Und – sie kann kochen.«

Karidon lachte. Sireanar trug einen sauberen Wollkittel und wrang das Wasser aus dem Haar. Sie fiel vor Karidon auf die Knie und sagte, den Kopf im Nacken:

»Danke, Kapitän Karidon! Ich hab schon beim Badehaus gesehen, daß du ein mitleidiger Mann bist. Du und dein gutherziger Steuermann. Bitte, behaltet mich ...«

Karidon und Ptah zogen sie in die Höhe, Karidon deutete auf Ptah und sagte:

»Mitleid, nun ja, mag sein. Du hast uns in Verlegenheit gebracht, und der Kaufpreis entsprach dem einer jungfräulichen Fürstin mit ihrem umfangreichen Troß. Du schwimmst gut; kannst du wirklich ebensogut kochen? Wird dir übel zwischen den Wellen?« Ihr Haar war glatt und ungewöhnlich lang, das Blau der Augen verdunkelte sich, als sie zwischen Ptah und Karidon hin- und herblickte. Karidon betrachtete ihr schmales, gebräuntes Gesicht und die gerade Nase. Er erwiderte ihr zögerndes Lächeln nicht, ebensowenig wie Ptah. »Je besser du kochst, desto eher hast du den Kaufpreis abgedient.«

Ihre Schultern sackten nach vorn, sie begann zu zittern und griff nach dem Ruderschaft. Nach einiger Zeit sagte sie schluckend: »Ich kann alles, was du brauchst, Kapitän. Ich war viermal lange auf Sklavenschiffen.« Sie preßte die Hand auf die Brust. »Mir ist nicht übel geworden. Man hat mich vor fünf Jahren, oder waren es sechs, nach Gubla verschleppt.«

»Gubla ist unser nächster Hafen«, sagte Ptah.

»Ich versteck mich unter Deck, Kapitän!«

»Er ist der Kapitän«, murmelte Ptah und legte die Hand auf Karidons Schulter. »Du wirst dich nicht verstecken müssen, o Schwester des Hafenwassers. Bis Gubla haben wir aus dir die schöne Begleiterin eines guten Schiffes gemacht. Wir fangen gleich damit an – hast du Durst? Hunger?«

433

Sie nickte schweigend. Selkara verfolgte die Unterhaltung mit einem seltsamen Grinsen zwischen Ungläubigkeit und Fassungslosigkeit. Karidon sagte:

»Hol ihr etwas zu essen an Deck, Selkara, und dann schenk ich dir zwei Stunden Badehaus. Wo ist eigentlich Holx?«

»Drüben, bei den Sklavenhändlern.« Kadran hob den Arm.

»Wir legen vor Sonnenaufgang ab«, sagte Karidon. »Bis dahin sollten wir hier versammelt sein, und zwar alle und einigermaßen nüchtern.«

»Jawohl, Neb Kapitän.«

Karidon beobachtete schläfrig Ptah-Netjerimaat, dessen Blicke nur selten von Sireanar wichen. Ein zweiter, längerer Besuch im Badehaus, frische Kleidung, eine veränderte Haartracht und einige Stücke herkömmlichen Schmucks, von dem stets eine Truhe voll als glitzernde Tauschware an Bord war, hatten die Sklavin verändert; sie war satt, fühlte sich sicher und begann zögernd auf Ptahs Fragen zu antworten. Karidon sonnte sich und hörte zu; der Lärm des Hafens war in den Mittagsstunden leiser und unbestimmter.

Sie war als Fremde zwischen den Kanälen von Mari am Buranun, im Land der Zwei Ströme aufgewachsen. Als der Kaufmann, in dessen Haushalt sie lernte, kochte und putzte, flußaufwärts reiste, um Holz vom Zederngebirge zu kaufen, wurde die Händlerkarawane in einem namenlosen Tal überfallen und ausgeraubt, einige Tagesreisen von Uschu-Djarh entfernt. Die Familie wurde abgeschlachtet, nachdem man vor den Augen des halbtoten Kaufmannes seine Frau, die Tochter und Sireanar einigemal vergewaltigt hatte; ein schlanker Anführer mit langen schlohweißen Haaren und einer senkrechten

Narbe über einem Auge tat sich besonders hervor. Sireanar würde ihn an jedem Ort der Welt wiedererkennen. Karidon hörte schweigend zu; die Kälte in seinem Herzen spürte er bis in die Fingerspitzen. Anatnetish! Die Nomaden brachten sie zusammen mit anderen Sklaven nach Uschu; dort kaufte sie ein Küstenhändler, der sie an den Verwalter des Karawanenhofes außerhalb von Gublas Stadtmauer verkaufte, und als sie, vom Verwalter geschwängert, nach wenigen Monden eine Fehlgeburt hatte, ließ er sie füttern und herausputzen und verkaufte sie mit erheblichem Gewinn an den Sklavenhändler, für dessen Mannschaft sie während des Winters gekocht, Kittel und Tücher gewaschen und das Schiff geputzt hatte. Warum die Seeleute sie in Ruhe gelassen hatten, wußte sie nicht, ebensowenig ihr genaues Alter – etwa neunzehn oder einundzwanzig; auf dem Markt in Arni hatte sie niemand mehr kaufen wollen, und hier in Kit hatten sich ein Bauer und der Betreiber des Badehauses um sie gestritten, was den ungewohnt hohen Preis erklärte. Sie setzte sich auf die Truhe im Heck, zog die Knie zum Kinn und blickte in die Wolken. Ein riesiger, langgezogener Schwarm rauchfarbener Schwalben flatterte nach Norden. Sireanar sah in Ptahs Gesicht, auf seine Hände, ihr Blick verweilte auf seinem Brustschmuck, dann sagte sie leise:

»Du siehst, Steuermann Ptah, daß ich alles gelernt hab, was eine willige Sklavin braucht.«

»Keine Bitterkeit.« Ptah füllte die Becher mit kaltem Sud und vermied, sie anzusehen. »Wir am Hapi brauchen nicht zu lernen, wie man mit Menschen umgeht.«

»Von den Rômet hab ich in Uschu und Gubla gehört. Es sollen eingebildete, reiche Menschen sein, sagt man. Ich weiß nichts über euer Land.«

»Reich und eingebildet! In ein paar Tagen und Nächten sind wir in Gubla, vielleicht gibt es dort schon Anna-Metall. Dann segeln wir nach Menefru-Mirê, meine Heimat.« Ptah lächelte und drehte den Reif am Oberarm. »Dann kannst du dir selbst ein Urteil bilden. Wir sind fünf nicht mehr ganz junge Männer, und keiner wird über dich herfallen.«

Sie zuckte mit den Schultern, als sei es unbedeutend, plötzlich lachte sie, sprang auf und rief:

»Ich werde eure herrlichen Städte sehen, Steuermann, von denen die Händler erzählt haben. Die riesigen Tempel! Die Paläste. Alles strahlt, alles ist Farbe und Gold! Alles riecht so gut wie euer Schiff.«

»Manches glänzt, dort am Hapi, Sireanar«, sagte Ptah leise. »Aber längst nicht alles ist golden; mitunter stinkt's auch.«

»In meinen Träumen, von heute an, ist alles aus Gold, Steuermann.«

Karidon stand an der Pinne, als das Schiff vier Stunden nach Mittnacht auslief. Selkara, Kadran, Holx und Netji arbeiteten an den Riemen und zerrten dann, einige Steinwürfe vom Wellenbrecher entfernt, die Rah in die Höhe. Mit dumpfem Knall faltete Landwind das Segel, und wenige Atemzüge danach stieg Sireanar aus der Luke, in einer Wolke betörender Düfte. Sie sah sich um, zupfte den Kittel über die Knie herunter und flüsterte:

»Ich koch einen feinen Kräutersud für euch, ja? Wollt ihr ihn mit Honig oder bitter?«

»Mit Honig«, sagte Karidon. »Wir sind schon wach, Sirean. Du kannst schreien und kreischen, wenn du willst; uns hören nur die Möwen.«

»Warte, Sireanar.« Ptah stieg in den Laderaum, um das Feuer zu versorgen. »Ich helf dir.«

Selkara zurrte die Riemen fest, grinste zum Mond und

brummte: »Mich freut's, daß ich nicht kochen muß, euch auch, weil sie's vielleicht besser kann, und unserem Steuermann fallen die Augen aus dem Kopf. Auf nach Gubla!«

In Gubla lagen die *Gischtvogel* und die *Goldmöwe* nebeneinander am Kai. Karidon machte an Steuerbord des Schiffes aus Uschu fest und fand die Kapitäne Dagis und Boreb beim Verwalter der Königlichen Abgaben; sie begrüßten sich erfreut und versprachen, mittags in der Schenke abzurechnen. Beide Schiffe standen vor der Abfahrt nach Tamzine, hatten aber noch genügend tauschbares Zinn in den Laderäumen.

Karidon wedelte das Schreibblatt über dem Tisch trokken, packte nacheinander die Handgelenke Borebs und Dagis' und schüttelte sie. Sie hoben die Schalen und warfen lange Blicke auf Karidons kleine Waage.

»Bisher haben sich die Fahrten genauso wie unsere Vereinbarung gelohnt, Karidon.« Boreb schob den Krug zur Seite. »Die Rômet tauschen ehrlich, schnell und zahlen gut. Noch immer.«

»Obwohl außer uns noch drei andere Kapitäne Zinn nach Menefru bringen.«

»Ich hab's versprochen und beschworen«, sagte Karidon. »Wir segeln nach Menefru. Wollt ihr uns etwas mitgeben?«

Maris hob die Schultern. »Ich hab meine Ladung für Tamzine vollständig.«

»Ich auch.« Boreb rollte seine Abrechnung zusammen. Er blickte zum Himmel; kräftiger Ajach trieb weiße Wölkchen nach Westen. »Jene Kapitäne, die für euch segeln werden, wenn die Schiffe in Mnis und Arni fertig sind – willst du sie auch zu Akans Floßleuten und nach Tamzine schicken?«

Karidon atmete pfeifend ein und aus und zog die Schultern hoch. Auf seiner Stirn erschienen tiefe Falten, er strich sich über den Nasenrücken und sagte leise: »Ich weiß es nicht. Noch nicht. Andererseits: Wenn mit Zinn viel verdient wird, warum nicht? Die *Morgenröte* wird nicht mehr dorthin segeln. Das habe ich versprochen.«

»Hast recht, Karidon. Überlaß Wagemut und Sturmfahrten den jungen Kapitänen.« Boreb und Maris leerten die Becher und standen lachend auf. »Also Männern in unserem Alter.«

Karidon hob grüßend die Hände. Am Kai, vor den schaukelnden Schiffen, kamen Ptah-Netjerimaat und Sireanar auf die Schenke zu. Ptahs rechte Hand war über dem Dolchgriff im Gürtel eingehakt; Sireanar hatte den Arm in Ptahs Armbeuge. Ptah wich einem Lastenträger aus und sah sich um. Er schien nach versteckten Gefahren zu suchen, lächelte dann und setzte sich zu Karidon, der zur Seite rückte. Die Schneide des Beils kratzte mit einem häßlichen Laut in der Mauer eine weiße Spur.

Im Wind neigten sich die Rauchsäulen am Horizont weit nach Sonnenuntergang. Die Bewohner des fruchtbaren Dreiecks schienen weit vor dem östlichen Mündungsarm trockene Schilffelder oder Sumpfflächen abzubrennen. Schweigend betrachtete Ptah die grauen Fäden und Wolken weit vor dem Bug, federte den Stoß der nächsten Welle ab und sagte:

»Seltsam, Kari. Seit wir keine Eile mehr haben, seit wir nicht mehr müssen, ist die Segelei überaus vergnüglich.«

»Ich finde, wenn ich in mir krame, keine Unruhe.« Karidon starrte in die Bugwelle und lachte scharf. »Ist das besser, oder sind wir wirklich alt?«

»Nicht zu alt.« Ptah kratzte sich am stoppeligen Kinn.
»Alt genug. Wenn ich an die blauäugige Sklavin denke ...«
»Denkst du?«

»Häufig, und höchst lustvoll, und sie tut's auch. Auf unserer heiteren Fahrt hat sie Schwierigkeiten. Sie fühlt sich frei und trotzdem noch immer versklavt. Das wird sich ändern.«

»Aber nicht durch ein halbes Jahr Faulenzen bei Mlaisso. Ein paar Tage, mehr nicht. Dann kommt die Überflutung.«

»Sollen wir aus der Sklavin eine Freie machen?«

»Warte, bis wir im Königslehen sind. Vieles erledigt sich von selbst, wenn man keine Eile zeigt.« Er blickte Sireanar an; sie lag ausgestreckt halb im Schatten des Segels und schlief, die Schultern vom Haar bedeckt. »Müssen wir hasten, Netji?«

Ptah schüttelte lächelnd den Kopf.

In diesem Jahr führte der Hapi in den Mündungen und bis hinauf nach Menefru und zum Gutshof genügend Wasser. Die *Morgenröte* brauchte weder einen Lotsen, noch mußte Ptah im Bug viele Richtungsänderungen ausrufen. Das Schiff leerte sich in Menefru-Mirê bis auf den Besitz der Sechs; die Verwalter schienen jeden Krug, jeden Sack begierig erwartet zu haben, ebenso wie das zweite Zinnschiff dieses Jahres. In der Mitte des Mesore warfen Ptah und Holx die Ruder herum, das Segel fiel, und das Schiff trieb auf die winkenden Soldaten am kleinen Kai zu.

Mlaisso, Sokar-Nachtmin, Ti-Senbi und Pi-Ika, gefolgt vom jungen Nachthorheb liefen von den Feldern, aus dem Garten und vom Haus aufs Schiff zu. Sireanar stand neben Ptah, mit weit aufgerissenen Augen. Sie lächelte noch mehr als während der Fahrt entlang der Ufer und Städte, betrachtete ungläubig den Gutshof; sie zuckte zusammen, als die Planke gegen die Bordwand krachte. Ptah sagte leise: »Meine Heimat. Meine Freunde. Unsere Freunde.«

Die Begrüßung war weniger laut als sonst, aber überaus herzlich; Ti-Senbi umarmte Ptah, flüsterte mit ihm und zog Sireanar mit gutmütiger Nachdrücklichkeit ins Gefüge der Gastfreundschaft; Sireanar gebrauchte die Sprache des Hapilandes noch stockend und gestikulierte lachend, als Senbi sie ins Haus führte. Karidon klopfte auf Nachtmins Schultern und starrte ihn lange, prüfend an. An einer der dicken Halsketten schlugen mindestens ein Dutzend unterschiedlich großer goldener Fliegen gegeneinander; Neujahres-Auszeichnungen Chakauras.

»O Anführer von Millionen Soldaten!« Er schnalzte leise. »Wie kommt es, daß wir uns hier treffen? Jagst du keine Nehesi mehr?«

Nachtmin legte den Arm um Karidons Schultern und zog ihn in den Schatten. »Ich lasse jagen. Zufall, Grünauge. Ich hab den dicken Mlaisso besucht.«

»Es gibt unglaublich viel zu erzählen, Nachtmin. Gehn wir zu den anderen.«

Jeder Winkel, jede Handbreit Boden strahlten Reichtum, Sauberkeit und die Schönheit friedlichen Wachstums aus. Die bewaffneten Wächter halfen den Sklaven, das Schiff zu entladen, wie immer. Braunhäutige und schwarzhäutige Frauen und Kinder liefen umher, selbst die Palmwedel waren saftig geblieben. Junge Mädchen brachten kühles Bier und Leckerbissen: Datteln, mit Taubenfleisch gefüllt, Bällchen aus Fischfleisch, Kürbiswürfel mit Weintrauben und Feigen, Gurkenscheiben mit Dattelmus, braunkrustige Stücke Gänse- und Entenbraten. Alle redeten und lachten durcheinander; Ptah hatte, als ob er sie schützen müsse, den Arm um Sireanars Schultern gelegt. Als Holx-Amr endlich zu Wort kam und von Jehoumilqs Tod berichtete, breitete sich Stille aus.

»Nefer-Herenptah«, murmelte Nachtmin. »Jehoumilq. Cha-Sobek, der Kahle von Kêmet, viele andere – von uns sind nur noch ein paar übrig. Und Chakaura hat diese und jene Krankheit, und jede hat er bisher besiegt. O ihr Götter.«

»Denk dir, Neb Karidon, er will wirklich nach Punt!« rief Nachthorheb. »Ich und Tatji Khesef-Thot haben schon die Teile von sieben guten Schiffen in den Lagerhäusern.«

Karidon und Ptah nickten sich zu. Karidon sagte: »Auch darüber sprechen wir später.«

Er setzte sich, sah den platzenden Bläschen im Bierschaum zu und blickte im Raum umher, in fröhliche, gespannte Gesichter, auf die Malereien an den Wänden und Säulen, nahm die vertrauten Gerüche und Laute in sich auf und fragte sich wieder, ob er und Ibentina die richtige Wahl getroffen hatten. Als Neferrompe den Raum betrat, den Bogen und den Köcher gegen die Wand lehnte und auf ihn zukam, wußte er, daß Ibis-Herit und Jehouptah auf Kefti besser aufgehoben waren.

»Herr!« Sie begrüßten sich. »Es ist gut, dich wieder zu treffen. Ich habe gehört, daß deine Frau und dein Sohn gesund und wohlauf sind – auf der fernen Insel.«

»So ist es, Neferrompe.« Karidon spürte Besorgnis und Erleichterung des Bogenschützen. »Und Herrin Ibis-Herit sendet dir ihre Grüße.«

»Daß ihr nur wenige Tage bleibt, macht uns traurig.«

»Wir kommen wieder. Auch Ibis-Herit und der Kleine werden euch besuchen. Es ist ausgemacht.«

Mlaisso unterbrach sie und fragte, ob Karidon im kleinen Haus wohnen würde, was er eigentlich vorausgesetzt hatte. Karidon nickte, ließ den Becher auffüllen und versuchte zu verstehen, was Ptah zu Sireanar sagte.

Einige Stunden später, am frühen Nachmittag, nach Bädern, Kneten und Walken, geschminkt, satt und ein wenig müde, blieb Karidon hinter dem Sessel des Arbeitstisches stehen. Seine Besitztümer waren ausgepackt, ein offengelassenes Salbenkrüglein verströmte stechenden Zederngeruch. In der Mauer vor seinen Erinnerungen klaffte ein Riß; er glaubte, im Dunkel der Höhle einzelne Gestalten zu erkennen, halbdeutlich im Lämpchenglimmen wie Götterstatuen: Tefnacht, Tama-Hathor-Merit, Nefer-Ihat, Hekenua, der tote Jehouptah, überwuchert vom Schatten Anatnetishs. Karidon goß Wein in den Becher, sah sich im leeren, stillen Häuschen um und ging hinaus. Er begann eine ziellose Wanderung durch den Garten, entlang der weit nach Westen versetzten Mauer.

Aus dem großen Haus hörte er die Rohrflöte Selkaras, dünne Harfenklänge und Gelächter. Tauben flatterten zu den Öffnungen des kotbedeckten Lehmziegelturms und umtänzelten sich gurrend. Sperlinge pickten im Sand. Von der Mastspitze des Schiffes strich ein Reiher ab. Sokar-Nachtmin stapfte aus dem Eingang, sah Karidon und winkte.

»So wie eure Gärten und Felder blüht das ganze Land, Grünauge«, rief er. »Chakauras bronzene Waffen und seine goldene Herrschaft haben dafür gesorgt. Komm ins Haus: essen und erzählen.«

Karidon lächelte müde und setzte sich zwischen die Freunde. Mlaisso versicherte Holx-Amr, daß er nichts vergessen habe und ab jetzt wieder eine oder zwei Fahrten die *Morgenröte* steuern würde; fünf Männer wären ohnehin zu wenig und brächten das Schiff durch ungenügende Kraft in Gefahr, mindestens sechs müßten es sein, und überdies glaube ihm Nachthorheb nicht, daß er ein Schiff nach Punt und zurück steuern könne. Ptah übersetzte Sireanar ein Drittel dessen, was geredet wurde. Nach dem langen Aufenthalt in den Bädern, in Rômetkleidung, geschminkt, das Haar zur Perücke aus Dutzenden Zöpfchen geflochten, wirkte die Sklavin wie eine Schönheit aus dem Palast, vom Fürsten eines unbekannten Landes im Asmach-Osten nach Itch-Taui geschickt. Karidons Blicke gingen zwischen den Dienerinnen hindurch, quer durch den Raum, an Säulen vorbei; als er sah, daß Sireanar, unbemerkt von Ti-Senbi und Sokar-Nachtmin, eine Hand auf Ptahs Schulter legte und seine Wange streichelte, stand Karidon auf und ging zwischen den Säulen und der Wand zu ihnen hinüber.

Er blieb vor Sireanar stehen und sagte in Gublas Sprache:

»Ich, der Kapitän, habe dich gekauft, Sireanar. Ich sehe in diesem Haus keine Sklaven. Ich bin sicher, auch für Ptah und die Freunde zu sprechen.«

Sie nahm die Hand von Ptahs Schulter und blickte verwirrt auf. »Du hast mich gekauft, Kapitän, ja?«

»Du bist frei, Sireanar. Sprich und entscheide über dich als Freie mit uns freien Rômet.«

Sie sprang auf, umklammerte seine Hände, lachte, ihr Gesicht färbte sich rot; mit Tränen in den Augen legte sie die Arme um Ptah. Ti-Senbi schob ihren großen, runden Körper zwischen Kadran und Karidon hindurch und stellte sich vor Sireanar. Sie stemmte die Fäuste in die Falten über den Hüften und fragte:

»Was tut ihr alten Männer mit dem jungen Ding? Seht ihr nicht? Sie ist ganz verwirrt.«

»Wenn sie's nicht wäre, Senbi, wäre es höchst verwunderlich.« Karidon lachte; Sireanar tanzte auf einem Bein. »Frag sie selbst.«

18. Jahre des Goldes

 Im langen, heißen Sommer war Sireanars Haar ausgebleicht, jetzt trug sie es kürzer und pflegte es mit dünnem Wacholderöl. Ptah schob die Strähne aus ihrem Gesicht und stützte sich auf die Ellbogen. Sireanar bewegte sich summend unter ihm hervor und streckte sich aus.

»Eine feine Art, Winternachmittage zu vertrödeln.« Sie streichelte seinen Nacken und wischte Schweiß von seiner Stirn. »Genauso schön wie voriges Jahr am Hapi. Wir werden fett, träge und lüstern.«

»Trägheit und Fett, das verliert sich auf den Planken und im Heck«, sagte Ptah und küßte die Spitzen ihrer Brüste. Er verschränkte die Arme im Nacken und blickte zum Gitterwerk wuchtiger Balken und weißgestrichener Bretter dazwischen. Von der Wand, durch die der Kaminschacht führte, wallte Hitze durch den Raum. Jenseits des schrägen Dachs heulte der Winterwind Keftius und schmetterte Regen gegen die Mauern; hin und wieder wehte eine Schneefahne von den Bergen herunter. »Und wenn Kari endlich mit seinem Zahlenwerk fertig ist, sehen wir, daß auch unsere Goldvorräte fett geworden sind.«

»Aber nicht lüstern.« Sireanar kicherte.

»Auch nicht träge, letzte Geliebte meiner Jahre.« Ptah zog Laken und Felle über die Knie. »Jossel, damals, und Kari bringen selbst Gold dazu zu arbeiten und zu schuften.«

»Habt ihr noch immer nicht genug davon?«

Sie legte die Hand auf seine glatte Brust; er hob sie auf und küßte die Fingerspitzen.

»Hätte ich je genug von dir, Sirean? Dank großer Besonnenheit, um nicht zu sagen Weisheit, dank unseres Wagemutes und, ohne daß ich übertreibe, unseres Fleißes, haben Gold und Silber schmale Pfade gefunden, auf denen sie unaufhaltsam, miteinander zeugend und heckend, zu uns kommen, Körnchen um Körnchen.«

»Manchmal sprichst du so wortgewaltig, wie euer lieber Priesterleinfreund schreibt, Netji.« Sie wartete, bis das Prasseln des Regens gegen den Holzladen aufhörte. Der Vorhang schwang langsam hin und her. »Und das soll so weitergehen, Jahr um Jahr?«

»Das Segeln hält uns gesund und bei Kräften. Karidon und Ibentina haben sich fest entschlossen; wir beide schwanken noch. Hapiland oder Keftiu, Kinder oder heitere, unbelastete Reisen – überlassen wir's den Göttern. Oder dem Zufall.«

Sireanar setzte sich auf, stützte sich auf Ptahs Schultern ab und hörte zu lächeln auf. Ihre Nasenspitzen berührten sich; das Blau ihrer Augen wurde stumpf wie der Rauch im Kamin. »Mir geht es wie Ibis-Herit, Netji. Ich weiß mit jedem Herzschlag, daß ihr alles tut, um die gewöhnlichen Gefahren des Lebens von uns und euch, vom Schiff, fernzuhalten. Meine Liebe gehört dir, auch deswegen, weil ich mich sicher fühle, zum erstenmal in meinem Leben.«

»So soll es auch bleiben«, murmelte er. »Das sind die Eigenschaften oder Vorteile des wohlgepolsterten Nestes, von dem ich dir erzählt hab.«

»Zwei Nester, eingebildeter Rômet.« Sie küßte ihn, ihre heiße Zunge wanderte über seinen Hals und die Brust. »Eines hier, das andere am Hapi. Und zwischen ihnen fliegen wir hin und her wie die Vögel.«

»Nicht so hoch und ohne weiche Federn an den Rahen.« Ihr Haar kitzelte auf seinen Rippen. Sie murmelte: »Wie meinst du das, Netji?«

»Tu nicht so, als verstündest du's nicht.« Er lachte und umfaßte ihre Schultern. »Ist gut. Ich spür's. Du verstehst, was ich meine.«

»Drei Kapitäne aus Kefti und einer von Alashia segeln auf unseren Schiffen; was Bau und Ausrüstung gekostet haben, kommt in den fünf nächsten Jahren vielfach zurück zu uns, in Gold und Silber. Es sind gute Männer, ich denke, daß sie sich und die Schiffe nicht gefährden. Bisher haben sie pünktlich abgeliefert.« Karidon legte den Binsengriffel zwischen die Shafadurollen. »Und ziemlich ehrlich gezahlt. Dazu kommen zehn oder fünfzehn vom Hundert aus den Verträgen mit den Kapitänen Barit, Dagis, Warim, Maris und Boreb. Und da wir zwischen den Inseln und dem Hapiland nur noch kostbare Ladung hin- und herschleppen, und auch Chakaura pünktlich und großzügig zahlt, haben wir unser Auskommen. Ich müßte lügen, wenn ich euch weismachen wollte, wir wären bettelarm.«

Er lachte, ging um den Tisch herum und stellte sich vor den Kamin. Schwere Klötze, Abschnitte dicker Balken, brannten und glühten; der Raum war trotz des Wintersturms fast überhitzt. Gaitha legte die Hände flach auf den Tisch und sagte:

»Ich brauche nicht mehr als ein Dach über dem Kopf und etwas zum Leben, und das hab ich alles, im Überfluß.«

446

»Das bleibt uns auch. Allen. Dank Jossels Klugheit, ein großes Haus zu bauen und unser Gold sinnvoll anzulegen«, brummte Mlaisso. »Eines Tages hat Jehouptah die Wahl zwischen einer Handvoll guter Schiffe.«

»Reich an Gold, unser Sohn.« Ibentina blickte in die Flammen. Der Sturm heulte im Kamin, wirbelte Asche auf, riß die letzten nassen Blätter von den Bäumen. »Sohn goldreicher Eltern, Besitzer goldener Schiffe.«

»Es ist nicht so viel, daß sich ein Überfall lohnen würde.« Mlaisso rührte im heißen Würzwein; wieder erfüllte der Geruch den großen Raum. »Aber mehr als genug für jeden von uns. Pi-Ika wird nicht als armer Lehensnehmer enden.«

In der Mitte des letzten Mondes hatten Karidon und Ptah nach langem Rechnen endgültig festgestellt, was ihnen und den Söhnen gehörte; auch die Hälfte der Schenke und Herberge unten in Mnis, die Hesqemari führte. Holx-Amr, Kadran und Selkara waren bei ihm und paßten auf die *Morgenröte* auf. Mlaisso legte die Hand auf Ibentinas Arm und brummte:

»Vielleicht enden wir im Sturm und Schiffbruch, aber keiner endet in Armut.«

Der Schmied und Kalian waren wieder zu Pachos nach Arni gezogen. Gelegentlich zeigte Kadran den Schmelzern und Schmieden, die vom Festland gekommen waren, seine Kunstfertigkeit; er arbeitete nur noch, erklärte er lachend, wenn er nichts Besseres vorhatte.

»Das zu wissen, Freunde, erleichtert die Zukunft ungemein.« Mlaisso begann, die Blätter aufeinanderzulegen und zusammenzurollen. »Wir können alles eintauschen, was wir haben wollen.«

»Nur die Gesundheit nicht«, sagte Ibentina. »Und das Älterwerden kann nicht einmal Chakaura mit noch so viel Gold aufhalten.«

»Nein. Das nicht. Er versucht's mit einer Fahrt nach Punt.« Mlaisso klapperte mit dem Schreibried auf Karidons Kupferzylinder. »Und wir fahren mit.«

»Ich nicht.« Ibentina breitete die Arme aus. »Ich zeig euch jetzt den Weg in die Halle, zum großen Tisch; das Essen wird fertig sein.«

Am Treppenabsatz zur Halle hing von der Balkendecke ein Bronzegong. Ibentina klopfte dreimal mit dem Knöchel dagegen. Jehouptah riß sich, als er Karidon sah, von der Hand der Sklavin los und rannte auf ihn zu. Er stolperte auf dem bunten Teppich im Korridor, fiel hin und schrie. Als ihn Karidon hochzog und kitzelte, lachte er kreischend und griff nach der weißen Tonscheibe an Mlaissos Nasenflügel. Beim Essen saß er auf Karidons Knie und knetete unkenntliche Figuren aus dem warmen Brot. Nach einer Weile kamen Ptah und Sireanar zum Tisch; sie bewohnten die geräumige Dachkammer und die Zimmer darunter. Die Sklavinnen bedienten, bis Jehouptah müde war und ins Bett gebracht wurde, legten Balkenabschnitte ins Feuer – das Holz war von der Werft mit zahlreichen Eselslasten heraufgebracht worden – und füllten Lampenöl nach. Bis Mitternacht saßen die Bewohner des Hauses am Tisch, tranken gemischten Wein und redeten. Als Karidon einmal Gaithas Becher füllte und zu ihr hinüberschob, sah er in ihr Gesicht und wußte, daß Jehoumilq ihr in dieser Runde ebenso fehlte wie ihm.

Sämtliche Hänge, bis hinunter zum Ufer, waren kleine Seen heller Farben, und wenn eine warme Bö von den Weißen Bergen heranglitt, roch Karidon das feine Öl der insektenumsummten Blüten: die gleichen Gerüche, die in fünf Zehntagen, eingesiegelt in Krügen, das Schiff begleiten würden. Die Kopftücher der Frauen, die im

Ginster standen und Asphodelen, Tulpen, Narzissen, Jasmin und roten Mohn in riesige Körbe ernteten, flatterten; Jehouptah sprang auf dem Pfad wie ein Bergziegenbock.

»Was machen die Frauen?«

»Sie pflücken Blütenblätter und kämmen bestimmte Teile von den Pflanzen.«

»Was tun sie mit den Blättern?«

»Sie helfen deinem Vater, reich zu werden.«

»Was tun sie wirklich?«

»Also. Hör zu.« Karidon machte drei schnelle Schritte und packte Jehouptah, bevor er in den Graben voller Dornenranken fiel. »Sie tragen die gefüllten Körbe nach Hause.«

»Hinunter nach Mnis, zum Schiff?«

»Und in andere Orte. Sie machen Öl, Bienenwachs oder das Fett von Rindern warm und rühren die Blätter hinein.«

»Und dann?«

»Und dann bleibt der Geruch, das unsichtbare Öl, im Wachs oder Fett. Daraus machen sie Balsam, Salben, Pasten, vielen solchen Brei.«

»Und dann? Was machen sie mit dem Brei?«

»Sie wiegen ihn, füllen ihn in Krüge und versiegeln sie, und ins Wachs schreiben sie, was im Krug drin ist. Dein Vater, Oheim Mlaisso und Onkel Ptah bringen die Krüge ins Hapiland; auch dort sind sie sehr wertvoll.«

Die Dächer von Mnis tauchten hinter grellgrünen Hecken auf. Im Landwind schaukelten Palmen und Zypressen. Schwalben jagten zwischen Häusern und offenen Stalltüren. In diesem Winter hatten keine Küstensegler Schutz in der Flußmündung gesucht. Jehouptah rannte zum Strand und kreischte: »Die *Auge*, die *Auge*, Onkel Kadran!«

Karidon folgte langsamer, begrüßte Holx und Kadran, die an Deck standen und Jehouptah über die Leiter heraufhalfen, grüßte die Arbeiter und ging zweimal ums Schiff herum. Kupfer und Bronze glänzten, der Erdpechanstrich fehlte nur an den Stellen, wo Planken erneuert waren, Rahen, Riemen und Seilbündel lagen im Sand. Die Augen schielten, glänzten und leuchteten aber bis hinüber zum Hafen.

»Das Tauwerk bessern wir im Schuppen aus, die Rahen und das andere Holz sind heut abend in der Werft«, rief Kadran. »Zufrieden, Kapitän?«

»War ich seit zehn Jahren je einmal unzufrieden?«

»Da würden mir jetzt verschiedene Tage und Monde einfallen, ohne daß ich groß nachdenken müßte«, brummte Holx-Amr, während Karidon die Leiter hinaufkletterte. »Noch ein paar Zehntage mit Sonne, und die Morgenröte ist innen trocken, daß sie knackt.«

»Habt ihr ...? Ich seh schon, der Wasserbehälter ist auch schon in der Werft. Laßt euch Zeit, Freunde.«

Er deutete auf den leeren Hafen. Jehoumilqs Boot lag umgedreht einen Steinwurf entfernt. Kinder sammelten einen Teil des Treibgutes auf und zerrten, was nicht zu groß oder zu schwer war, zum Dorf.

»In zehn Tagen, Kapitän, sind wir im Wasser. Fertig mit allem.« Hesqemari stemmte sich aus dem Laderaum. »Kommt ihr zum Essen zu mir, ja?«

»Gern. Ibis hat befohlen, ich soll dem Spielzeugkapitän hier Hafen und Dorf zeigen und alles erklären, damit er nicht unentwegt sie fragt.«

»Für ihn hab ich ein halbes Talent Fleischbällchen mit dicker roter Soße, Kari. Alles ist fertig in der Herberge, alles geputzt, die Schiffe können kommen.«

»Wird wohl noch eine Weile dauern, Hesqe. Wir sehen uns in einer Stunde.«

Karidon fing Jehouptah auf, den Kadran über die Bordwand hob, ging die Sandstraße entlang, zeigte auf Häuser und grüßte Bekannte, erklärte und beantwortete mehr Fragen, als er Jehoumilq jemals gestellt hatte, zog einen zusammengefalteten Shafadufetzen aus dem Gürtel und erledigte die Aufträge: Er bestellte Balsam und Duftöle, Abfallholz aus der Werft, Eselslasten zum Haus, hinterlegte Botschaften für die Kapitäne der Schiffe, an denen er beteiligt war, bestellte Taue und Lederschnüre, etliches Tongeschirr und bezahlte einige Arbeiter. Er lehnte ab, als der Werftherr fragte, ob das Haus Jehoumilq wieder den Auftrag für einen Küstensegler erteilen wollte; es gab genug Schiffe für Gaitha, Mlaisso, Holx, Ptah und ihn. Die *Auge der Morgenröte*, an der mittlerweile fast die Hälfte aller Teile in Sibons Werft ersetzt worden war, segelte wohl noch zwei Jahrzehnte, ehe sie auseinanderbrach.

Gegen Mittag war Jehouptah müde; er floß von neuen Bildern über und stellte keine Fragen mehr. Karidon nahm ihn auf den Arm und stieg die Steintreppe vom Strand zum Hafenplatz hinauf, öffnete die Tür der Schenke und setzte Jehouptah ans Kopfende des Tisches.

Später, nachdem Jehouptah die Tischplatte und die größere Hälfte von sich selbst mit roter Tunke verziert hatte, kamen Holx-Amr, Kadran und Selkara. Eine Magd reinigte den Tisch, Hesqe breitete ein Tuch aus und brachte Wein, zusammen mit den Sklavinnen und dem Knecht saßen sie am langen Tisch zusammen, neben den leeren Bratspießen am Kamin, dessen Glut langsam erkaltete; sie beredeten das kommende Jahr. Die Magd trug den gähnenden Jehouptah zur gemauerten Bank, wo er zwischen Decken und Fellen einschlief.

Hesqemari hatte sich fest entschieden. Er würde nur

noch mitsegeln, wenn eine Notlage auftrat. Holx-Amr sagte, daß er – nur mit Karidon, Ptah und Mlaisso zusammen! – in dieses seltsame Punt mitführe, falls der Goldhorus es wirklich vorhabe. Kadran war unentschlossen; Punt schien seine Abenteuerlust nicht herauszufordern. Er würde, versprach er immerhin, bei Ti-Senbi auf das Schiff aufpassen und war verwundert, als Karidon erzählte, daß Sireanar an Ptahs Seite die Puntfahrt wagen wollte. Kadran schob seinen kurzen weißgrauen Zopf in den Nacken.

»Sie werden wohl zusammenbleiben, wie? Der Steuermann und die schöne Blauäugige?«

»Ihre Leidenschaft ist in langjährige, enge Umklammerung umgeschlagen«, sagte Karidon grinsend. »Auch Netji ist in der Windstille des reifen Alters angelangt.«

Die Tür knarrte auf, Zugluft wehte silberne Asche aus der Feueröffnung. Zwei Männer kamen herein, näherten sich dem Tisch und nahmen die Umhänge ab. Karidon glaubte, den weißhaarigen, bartlosen Mann wiederzuerkennen.

»Wir haben ein schlechtes Segeln hinter uns.« Der Jüngere sprach; beide dünsteten trocknendes Seewasser aus feuchter Kleidung und dumpfen Bilgegeruch aus. »Erst etwas essen, ein paar Becher Wein und dann ins Badehaus. Und da ist noch etwas – draußen haben wir das Schielschiff gesehen. Lebt der junge Bronzehändler noch?«

»Er sitzt hier und nennt sich Karidon.« Karidon stand auf. »Du bist Dalic, nein, Yach, von der *Zwölf Inseln*, nicht wahr? Wir haben vor einer Handvoll Jahren gesprochen, im nassen Winter, drüben, in der alten Schenke.«

»Ich hab dich damals schon einmal gewarnt, Kapitän.«

Die leise Unterhaltung brach plötzlich ab; jeder starrte die Seefahrer an. Karidon schüttelte die Handgelenke des Kapitäns und des Steuermannes. Hesqemari zog zwei Stühle an den Tisch, die Magd brachte Würzwein und hängte die feuchten Mäntel neben den Kamin.

»Die Warnung war berechtigt, Käpten Yach, denn der Fürst des Kupfers, Anatnetish, hat im Hapiland meine Geliebte und meinen Sohn töten lassen.« Karidon deutete auf den schlafenden Jehouptah. »Das zweite Kind.«

»Es schmerzt mich, das vom Hapiland zu hören«, sagte Yach. »Ich hab eine Botschaft für dich, Karidon.«

Die Seeleute setzten sich und streckten wohlig ächzend die Beine aus. Der Kapitän fuhr durch sein nasses Haar, setzte die Schale ab, öffnete den Beutel am Gürtel und zog ein zusammengefaltetes Shafaduröllchen heraus. Er schob es über den Tisch, während sein Steuermann bei Hesqemari Essen bestellte. Karidon ging zum Fenster und hielt das feuchte Binsenblatt ins Licht, das durch die Vierecke aus Schweinsblasen fiel. Die Buchstaben in Schnellschrift waren leicht verschmiert, einige Zeichen unkenntlich. Er las schweigend, seine Miene verdüsterte sich.

DIES SCHREIBT USERHET mit zwei Fingern an Kapitän Karidon auf Kefti. Durch Boten nach Uschu, wo der Statthalter es einem zuverlässigen Kapitän übergeben soll, der es Karidon oder Ptah-Netjerimaat von der *Auge der Morgenröte* bringt: Grüße und Wohlergehen wünscht Userhet, Befehlshaber der Heere des Nordens und Ostens. Von meinen Spähern und Lauschern in Uschu weiß ich, daß gedungene Mörder im Auftrag von Fürst Anatnetish das Land um diesen unseren Hafen unsicher machen. Seit zwölf Jahren versuchen wir, ihrer habhaft zu werden. Wir fingen zwei Räuber und fügten ihnen

Schmerzen zu; sie sprachen und sagten: Noch immer sucht Anatnetish seine Rache an euch zu vollenden. Er läßt Ausschau halten nach dem Schiff schielender Augen. Zweifellos verbergen sich seine Leute in Uschu oder Djarh. Bewegt euch an Land mit übergroßer Vorsicht und seht euch um, Zinnkapitän.

Karidon begann laut vorzulesen; die Versammelten, selbst die Sklavinnen, starrten ihn ungläubig an. Je länger er las, desto bedrückter wurde das Schweigen in der Wirtsstube.

DER VERWALTER IST ANGEWIESEN, euch Schutz zu gewähren. Hütet euch vor dem Weißhaarigen mit der Narbe durch das linke Auge. Wenn ihr in Menefru seid, schickt einen Boten. Geschrieben und gesiegelt von Herrn Userhet selbst am siebzehnten Tag Pachons im Jahr fünfunddreißig des Goldhorus Chakaura.

»Geschrieben vor ... laßt mich rechnen, mehr als drei Zehntagen.« Karidon ließ das Blättchen sinken und schwieg einige Atemzüge lang. Sein Gesicht wurde starr; er stützte sich schwer auf die Tischplatte und sagte:

»Hekenua, Jehouptah und die Amme, dann Sireanars Familie.« Seine Stimme klang wie eine Messerklinge auf einer Tonschale. »Uschu-Djarh – wenn Anatnetish dort ist, finde ich ihn; dann zahlt er mit seinem Blut.«

Er setzte sich, warf den Fetzen zwischen Becher und Essensreste und sah den Kapitän an.

»Ich danke dir, Kapitän Yach.« Er wies auf Hesqemari, der schweigend nickte. »Du wirst erlauben, daß ich dich und die Mannschaft zu einem reichen Essen und ins Badehaus einlade?«

»Ich hab den Brief vor zwölf Tagen bekommen. Mit

der Einladung erntest du unsere laute Begeisterung, Karidon.«

»Ein wohlfeiler Dank«, knurrte Karidon und wandte sich an Holx, Kadran und Selkara. »Ruht euch aus, Freunde, stärkt eure Muskeln, schärft die Waffen und die Sinne. Zwischen Gubla und dem Hapi geht es wahrscheinlich hart und roh zur Sache.«

»Beschworen!« Holx-Amr und Kadran hoben die Hände. Karidon blickte über den Rand des Bechers in die Augen Yachs.

»Und dir, Kapitän, verschaff ich eine kostbare Ladung; viel teure Duftöle aus Kefti, für den Goldhorus, der seinem Namen gerecht wird. Dafür zahlt er gutes Gold.«

»Wir bekommen für ein paar Nächte gute Schlafplätze, Wirt Hesqemari?« Der Steuermann zeigte zur Decke.

»Auch für ein paar Zehntage. Das Haus ist so leer wie der Hafen; ihr seid das erste Schiff in diesem Jahr.«

Jehouptah zog an Ibentinas Hand und schien der *Morgenröte* hinterherspringen zu wollen. Gaitha, Hesqe, Daraka und Knecht Milon winkten, als das Schiff vom Liegeplatz ins offene Wasser gerudert wurde. Bis zum zehnten Tag des fünften Kefti-Mondes hatte Karidon warten müssen; erst seit Mittnacht wehte kräftiger Wind, weder Fafana noch Hassarr, aus Sonnenuntergang. Mäntel und Kapuzen flatterten, das Segel entfaltete sich träge und blähte sich erst, als das Schiff außerhalb der Bucht war. Sireanar löste die Hände von der Heckbordwand und stellte sich zwischen Karidon und Ptah.

»Nach Arni, zu Pachos und Keiron, nach Alashia zum Sklavenmarkt, und dann nach Gubla, Kari? Wie in jedem Jahr.«

»Wie immer.« Karidon und Ptah tauschten ein eisiges Lächeln. »Mit weit offenen Augen besonders in den Häfen, und nach Menefru-Mirê und zu Ti-Senbi.«

Sireanar nahm das Ende des Zopfes zwischen die Zähne, knüpfte eine Schleife ins Lederband und stieg, nachdem sie das Ankhzeichen am Mast berührt hatte, in den Schiffsbauch, um Pflanzenaufguß zu erhitzen und Pinienöl gegen sonnenverbrannte Haut zu holen.

Möwen und Tümmler, Wolken, frühe Sommergewitter und volle Häfen, ein Wiedersehen mit Pachos und Malis, Keiron und Kalian, Sturm vor dem Falkenkap, die verzweifelten Augen hungriger Sklavenjungen in Kit, die ein Minenbesitzer kaufte, Seenebel, Sonne und der Geruch der Zedern von Gubla, unaufgeregtes Handeln mit Zinn, Bronze und teuren Pflanzenauszügen, und die langsame Fahrt zu den Hapimündungen; die erste Reise den Hapi aufwärts verlief ruhig, als hätten die Götter Wind und Wellen befohlen und beschwichtigt. Menefru-Mirê, die Waage beider Lande, breitete sich mit weißen, gelben, ockerfarbenen, roten und blauen Mauern entlang der Ufer aus; rechts die Taltempel, Aufwege und Totenbauwerke, links die Stadt. Sireanars Augen begannen zu leuchten.

Auf den Kalksteinplatten der Stufen, die zum Haus des Verwalters aller königlichen Handelswaren führten, hielt Karidon einen Jungen an. Der Zehnjährige starrte an Karidons Gesicht vorbei auf die blitzende Doppelsichel der Waffe.

»Geh zu einem Palastwächter. Sag ihm, Kapitän Karidon ist beim Verwalter Cha-Efes. Er soll es dem Feldherrn Userhet oder einem seiner Schreiber sagen.«

Er drückte dem Jungen einige Kupferplättchen in die schmutzige Hand. »Wiederhol die Namen, ja?«

»Kapitän Karidon ist bei Neb Cha-Efes, soll ich Feldherrn Userhet sagen.«

»Gut so. Lauf!«

Der Junge rannte los. Cha-Efes sprang hinter seinem Tischchen auf; er war von Flechtkörben voller bekritzelter Tonscherben und Kalksteinplättchen, Sandrosen und steinernen Meeresmuscheln umgeben. Die Krüge, in denen wie abgebrochene Speere Shafadurollen steckten, umstanden ihn wie ein dürrer Wald unwichtiger Berichte und Abrechnungen. Er hob die Hand und rief: »Kapitän Karidon! Ganz Menefru wartet auf jedes Chat deiner Ladung. Wein! Bronze! Zinn!«

»Arme Stadt. Wenn sie von meiner Ladung leben müßte, würden Hungersnöte ausbrechen.« Sie verbeugten sich voreinander. »Die keftischen Öle und das geringwertige Gelumpe aus Gubla reichen für ein paar Städte. Aber – wie lange, o Freund der rômetischen Ordnung?«

»Ich will's gar nicht nachrechnen müssen.« Der Verwalter wühlte grinsend in knirschenden Schreibscherben und winkte gleichzeitig einem Schreiber. »Hier. Gleich. Geh zum Lagerhaus, mein Bester, und sag ihnen, sie sollen die *Morgenröte* vorsichtig und schnell entladen. Du willst weiter, nicht wahr?«

»Wir haben Eile, Cha-Efes. Was hast du da?«

»Eine Nachricht. Der Oberste Flottenherr will dich sprechen. Khesef-Thot. Und auch Nachthorheb, der Medech aller Puntschiffe.«

»Vom Goldhorus hast du keine Botschaft?«

»Es ist nicht üblich, daß er mit dir über mich zu verkehren wünscht. Wenn er dich vor seinem Angesicht sehen will, schickt er Boten. Also – her mit dem Geschriebenen!«

Wie es Cha-Efes fertigbrachte, in seinen Räumen eine

bestimmte Schriftrolle zu finden, blieb für Karidon ein Geheimnis. Eine Stunde lang verglichen und rechneten sie, dann unterbrach sie ein Bote aus dem Palast und sagte:

»Eine Stunde vor Sonnenuntergang möge Käpten Karidon beim Schiff sein; er wird von Herrn Userhets Soldaten abgeholt.«

»Ich danke und erwarte die Boten«, sagte Karidon, ohne von den Rechnungen aufzusehen. Wie immer stapelten sich Waren für Uschu und Gubal, Alashia und Keftiu in den Lagerhäusern. Der Überschuß wurde in Goldstaub und Goldsand, von fingerkuppengroßen Körnern durchsetzt, auf das Kite genau ausgewogen und in Beutel gefüllt. Erst auf der Rückfahrt würde Karidon die neue Ladung im Schiff stapeln. Cha-Efes ging mit Karidon in die Vormittagshitze hinaus, zwei Schreiber folgten; sie zählten jeden Krug, jeden Ballen, jeden Sack und strichen durch, was die Träger aus dem Schiff schleppten. Ptah, Sireanar und Selkara waren ins Haus der Badewonnen gegangen. Mlaisso, Kadran und Holx-Amr halfen beim Ausladen. Als die letzte Eichenholzkiste voll Bronzewerkzeug – deren dicke Bretter zum Wert der Waren beitrugen – die Planke unter den Sohlen der Träger federn ließ, sagte Cha-Efes:

»Wann darf ich dich wieder mit dem zwiebligen Schweißgeruch der lauchkauenden, rülpsenden Träger belästigen, Kapitän?«

»In weniger als drei Zehntagen.« Karidon lachte. »Unser erster Hafen wird Uschu sein; hast du bis dahin neue Botschaften oder Lasten, haben wir das richtige Schiff.«

Nachdem die Bäder, öliges Kneten und Walken, Rasur, Haarschnitt, Reinigung und Schneiden von Finger- und Zehennägeln, Schminken und frische Kleidung aus

458

Karidon einen hellhäutigen, grünäugigen Rômet gemacht hatten, ließ er aus der nächsten Schenke kaltes schwarzes Henket von Cha-Inês zum Schiff bringen und stellte die Doppelaxt ins Heck. Er legte Kopftuch und Schmuck an und setzte sich in den Schatten der hecküberspannenden Leinwand, trank genußvoll das herbe Bier, das Durst löschte, ohne trunken zu machen und beredete mit Holx-Amr den Handel. Die *Morgenröte* war das einzige fremde Schiff am Kai; vier Hapischiffe, auf denen Handwerker und Soldaten arbeiteten, lagen im Hafen.

»Laßt euch verschönern, Steuermann!« rief Sireanar. »Wir bewachen den Wein für Ti-Senbi.«

Holx und Mlaisso halfen Ptah und Sireanar an Bord und verließen das Schiff. Ptah setzte sich vorsichtig, schien seine neuen Sandalen zu betrachten und sagte:

»Du wirst mit Userhet oder Sokar-Nachtmin über Uschu sprechen, glaube ich. Ob er hilfreich ist, was die Soldaten des dortigen Verwalters angeht?«

»Ich werde ihn an bestimmte Fahrten mit Jehoumilq und an Zinn erinnern, ohne das seine Waffen heute stumpfer wären.«

Ptah nickte, und als Sireanar nasse Schurze über die Bordwand hängte, brummte er:

»Sag ihm, er soll Boten schicken, wegen Anatnetish, und wann wir dort einlaufen. Wir sind nur sechs alte, unbewegliche Seefahrer.«

Karidon nickte schweigend und hoffte, daß Userhets Bote schneller in Uschu sein würde als die *Morgenröte*.

Zehn Tage lang blieben sie bei Ti-Senbi und Pi-Ika, ließen sich verwöhnen, empfingen und beantworteten Botschaften von Sokar-Nachtmin, Merire-Hatchetef, Khesef-Thot und Userhet, schliefen lange und versuchten sich aus den Nachrichten aus allen Teilen beider Lande ein Bild zu machen. Im Palast munkelte man, daß Goldhorus Chakaura das Hebsed-Fest, wenn die vierzig Jahre seiner Regierung voll waren, mit einem Triumph feiern wollte. Am errechneten Tag würde er die Flotte aus Punt, überladen mit Gold, Weihrauch, Elfenbein und fremden Tieren und Pflanzen in den Hafen Itch-Tauis steuern. Seine Kraft und Gesundheit schienen ungebrochen, denn viele Frauen aus dem Haus der Kleinen Königinnen waren von ihm geschwängert worden. Kindergeschrei und Milchgeruch der Ammen, hieß es, treibe ihn häufiger und schneller denn je aus dem Frauenhaus in die abgeschlossenen Räume des Palastes. Am zweiten Tag des Thot, vor der Flutwelle, nahm Karidon in Menefru die bereitliegende Ladung an Bord und segelte in der östlichen Uferströmung nach Uschu-Djarh.

Die *Morgenröte* hatte in Gubla einen Platz am neuen Teil des Kais gefunden, wo Karidon mit zwei Tauen, das Heck zum Hafenplatz, festmachen ließ. Die Mauern und Bauten auf der flachen Felseninsel waren größer und zahlreicher geworden; an einigen Stellen hatten Quadermauern die vergänglicheren Holz- und Ziegelwälle ersetzt. Ptah, Mlaisso und Karidon beobachteten den Hafen, den Platz und die schmalen Gassenausgänge zwischen den Hausfronten; schweigend, mit gerunzelten Stirnen. Mlaisso drehte die Silberperle im Nasenflügel und murmelte:

»Ein paar Krieger mehr als sonst.«

»Wir sind nicht in Menefru, wo ein Befehl genügt, tausend Männer auf die Beine zu bringen.« Karidon hängte die Waffe über die Schulter. Seine Stimme war rauh. »So belebt, wie es um diese Zeit zu erwarten war. Ich geh allein zum Verwalter.«

Sklaven zerrten eine Planke herbei und legten sie an, Lastenträger, hochbepackte Esel, Müßiggänger und Seeleute quirlten durcheinander; Karidon schob sich durch das Gewusel und bückte sich unter dem steinernen Türsturz, als er das Haus des Verwalters betrat. Im Sessel Ti-Aperapers saß ein junger Mann, zerkaute ein Schreibried und grüßte.

»Gekleidet wie ein keftischer Rômet, grüne Augen, Doppelaxt – du bist Karidon, Herr des schielenden Schiffes? Nimm Platz.«

»Danke. Die Botschaft des Feldherrn hat dich also erreicht?« Karidon sah sich um; im gekalkten Raum herrschte eine verblüffende Ordnung. Er roch frische Farbe, Wachspolitur und Zedernöl.

»Ich bin Inet-Ahmose. Ich erwarte die *Auge der Morgenröte* nicht nur wegen der Ladung. Ihr steht unter meinem Schutz, und bevor meine Träger schuften, zwei Fragen.«

»Ich höre?«

»Wie viele seid ihr? Wie lange willst du bleiben?«

»Sechs Männer und eine junge Frau. Ich bleibe, so lange es sein muß; vielleicht zwei, drei Tage. Was weißt du von Anatnetish?«

»Heut abend bewachen Schwerbewaffnete dein Schiff. Wollt ihr meine Gäste sein? In mein Haus sind heute – ein Zufall – zu einem kleinen Fest alle wichtigen Männer der Stadt eingeladen. Sie beantworten alle deine Fragen. Musiker und Sänger treten auf, und ein Wunderstimmler. Kommt ihr, kurz vor Sonnenuntergang?«

»Es ist eine Ehre, und wird ein Vergnügen sein.« Karidon legte den Kupferzylinder auf den Tisch. »Das Geschäft ist schnell geregelt, Adj-mer Inet-Ahmose.«

Der Verwalter klatschte in die Hände. Zwei Schreiber setzten sich, lehnten sich an die Wand und rührten Tu-

sche an. Kurz vor Mittag hatten die Träger große
Packen Binsenblätter, Henketkrüge, Flechtwerkkisten
voller glasumsponnener Salbenkrüge, Leinöl, Erdman-
delöl und Lattichöl, ausgesucht guten Rômetwein, Beutel mit geschliffenen Edelsteinen und zahlreiche Ballen
aus dünnem weißen Leinen in die Lagerhallen geschleppt; Erdpech, Zedernknospenöl, Zedernharz und
drei Barren Baâ-Enepe-Erz, Eisen, an denen Keiron
abermals seine Meisterschaft beweisen konnte, tauschten Mlaisso und Ptah von durchziehenden Händlern
und solchen, die ihre Geschäftsräume am Hafen hatten,
gegen keftische Teppiche und feinen Wollstoff aus Arni,
mit hellfarbigen Mustern.

Inet-Ahmoses Haus, von Ti-Aperaper übernommen,
hätte am Ufer des Hapi stehen können; ein Steindamm,
über den sich schäumend ein Wasserfall ergoß, staute einen künstlichen Teich auf, helle Mauervierecke umgaben einen windgeschützten Innenhof. Vom Ende der
Gasse, die sich heraufschlängelte, bis zum säulenge-
stützten Vordach steckten unangezündete Fackeln im
Boden. Das Blutrot des Sonnenuntergangs färbte die
lange Fassade, als die *Morgenröte*-Sieben eintrat; statt mit
Lotosblüten begrüßten Dienerinnen in Rômetkleidung
jeden Gast mit weißgelben Blumen. Der Boden des In-
nenhofes, mit Brunnen, Tischen und Hockern, war mit
Blüten anderer Farbe bestreut; Karidon kannte keine
der vielen Pflanzen. Als ihm Inet-Ahmose die Hand auf
die Schulter legte, durchzuckte Karidon kurzes Erschrecken. Er hatte die Doppelaxt im Schiff liegenge-
lassen.
»Wie eine Oase der Tameri-Schönheit im fernen
Gubla oder Djarh, Neb Verwalter«, sagte Karidon leise.
»Ist es auch warm genug bei Winterstürmen?«

»Vorhänge aus keftischer Wolle vor Fenstern und Türen.« Der Verwalter führte Sireanar zu einem Sessel. »Die Sommer sind kühler als am Hapi. Trinkt, eßt, seht euch um – man winkt mir.«

Auch Sibon, der einbeinige, greise Werftherr, war gekommen; mit ihm Mulkars Söhne. Alle Diener und Sklavinnen waren gekleidet und geschminkt und rochen wie Rômet. Sie schenkten Bier aus und Wein aus Alashia, trugen Schalen voller Feigen, Datteln und Granatäpfel. Auf dem Podium spielten zwei Harfenisten, zwei Frauen trillerten auf langen Flöten, eine dritte blies auf der achtstimmigen Rohrflöte. Einige Kapitäne und Steuermänner suchten Ptahs und Karidons Bekanntschaft, während in Nischen, auf Sockeln und hinter kleinen Götterstatuen die Öllämpchen angezündet wurden. Ein dreifacher Halbkreis spitzer Flämmchen strahlte vor dem Podium.

Ptah raunte in Karidons Ohr: »Ich glaube nicht, daß Anatnetish und seine Kreaturen eingeladen sind.«

»Wenn sie das schielende Schiff gesehen haben, warten sie im Schatten der Gassen.« Karidons Hand glitt über die beiden Dolchgriffe. »Ob sie ausgerechnet heute auf uns lauern?«

Haus und Hof füllten sich mit Menschen. Die Hausherrin warf Sireanar lange, eifersüchtige Blicke zu; viele Männer ohne Begleiterin umstanden Ptah, Mlaisso und die blauäugige Schönheit. Musik, Gelächter und Gespräche hallten zwischen den Mauern und Säulen wider. Selkara hörte hingerissen der meisterlichen Flötistin zu, die den Schilfrohren unglaubliche Töne entlockte. Kapitäne und Steuermänner tauschten, wie immer, Erfahrungen und Neuigkeiten, Gerüchte und Berichte aus: Wer hatte aufgehört, sein Schiff verkauft oder verloren, wer war verschollen, von wem wußte man, daß ihn das Meer umgebracht und das Schiff verschlungen hatte? Preise für Sklaven und Lusthäuser, Hafeneinrichtungen … Karidon und die Mannschaft erfuhren in wenigen Stunden, was Boten und Briefe in drei Monden nicht hätten erklären können. Unermüdlich spielten die Musiker; zwei Tänzerinnen am Rand des Podiums schlängelten ebenso unentwegt die schweißbedeckten Arme und Oberkörper, hoben die Beine und schwenkten die Hüften. Plötzlich hallten metallene Rasseln und Gongschläge durch den Garten; als die meisten Gäste zu reden und zu lachen aufhörten und die Tänzerinnen vom Podium sprangen, rief Inet-Ahmose:

»Nardum Xoich, der Fürst dämonischer Stimmkunst kommt aus der geheimnisvollen Stadt Babili am Buranun-Strom und vollbringt wunderbare Dinge.« Er deutete nach rechts. »Keiner von euch, Gäste und Kapitäne, hat je gesehen und gehört, was er euch zeigt; ihr werdet sprachlos staunen. Morgen verläßt er Gubla. Heute ist er mein Gast.«

Ein mittelgroßer, stämmiger Mann, der ein Kind mit Greisengesicht auf dem Arm trug, bestieg das Podium. Als er ins Licht trat, sah man, daß er eine Puppe trug; aus Holz, Leder, Stoff und Fell. Sie bewegte die Augen und die dicken, hellroten Lippen; während Nardum Xoich schweigend die Gäste musterte, sprach die Puppe.

Erstauntes Murmeln war zu hören, einige halberstickte kurze Schreie, ungläubiges Gelächter. Nardum redete jetzt, richtete eine Frage an die Puppe, die mit den ausgestopften Lederschläuchen schlenkerte, die ihre Beine darstellten; sie antwortete mit scharfer Stimme. Sie schob, wie eine angreifende Gans, Kopf und Hals vor, blinzelte einzelnen Gästen zu, machte anzügliche Bemerkungen und lachte schrill.

Xoich verbeugte sich, hob entschuldigend den linken Arm und sagte förmlich, eindringlich:

»Verzeiht, edle Gäste. Zerf, die Gefährtin meiner zwiespältigen Gespräche, ist von erlesener Bosheit, die sie nur selten zu unterdrücken vermag.«

»Sie sind alle besoffen. Schon jetzt! Du bist dumm und geizig.« Zerf deutete an ihre Stirn und kreischte einen Fluch. »Ich will Wein und einen Jungen mit weichem Sperberarsch.«

Er hielt ihr die Hand vor den Mund, sie biß in seine Finger; er beschimpfte sie und blickte ratlos um sich. Das seltsame Zwiegespräch ging weiter. Karidon glaubte zu sehen, wenn Zerf keifte und Xoich viel drastischer beschimpfte als den einen oder anderen Gast, daß trotz der geschlossenen Lippen Xoichs sich unter dem bunten Kittel der Bauch bewegte. Schließlich hallte Gelächter durch den Innenhof; jeder hatte begriffen, daß Nardum Xoich mit beiden Stimmen sprach.

Zerfs Stimme veränderte sich, einige Sätze dauerte es, bis der Meister der Stimmen wie ein Kind sprach, und wieder mit einer Stimme, die dunkler war als die Mlaissos. Zerf drehte sich um, hob den Arm und winkte den lachenden Musikern; die junge Frau blies einen Triller, die Harfen zirpten, und nach einigen Takten begann Xoich fistelnd mit einem Lied, und Zerf sang tief und deutlich die nächste Zeile. Karidon hörte grinsend, daß der Stimmendämon sich anschickte, neue Reime vom Sperber zu singen, dem geilen Raubvogel, der es mit großen Vögeln und kleinen Tieren trieb und sein Tun mit scheinbar klugen Worten erklärte – ein Lied mit tausend Versen, das in drei Sprachen und in jedem Hafen gegrölt wurde.

»... Sperber macht die Nacht zum Tag, weil er am Tag die Nacht nicht mag ...« Zerf wollte nicht aufhören zu singen, beschimpfte Xoich; schließlich zog Zerf eine Schale aus Xoichs Wams und hielt sie, den Geiz der Gäste herausfordernd, in der ausgestreckten Hand. Fast jeder warf Kupfer oder Silberplättchen hinein.

»Ein Lob dem großzügigen Gastgeber«, kreischte Zerf am Ende des Rundganges. »Und die geizigen Kapitäne soll der Sperber beißen!«

Die Steuermänner und Kapitäne johlten. Karidon trat zu Ptah und Sireanar und wischte Lachtränen aus den Augen.

»Noch eine Schale Wein – dann gehen wir, ja?«

»Gemeinsam.« Mlaisso winkte Holx-Amr und verabschiedete sich von einigen Händlern. »Dem Verwalter ist daran gelegen, die tiefe Freundschaft der Küstenhändler zu erwerben, wie?«

»Ein gutes Fest erleichtert den Handel«, brummte Kadran.

Karidon und Selkara folgten den Fackelflammen durch den Garten, in dem kleine Gruppen der letzten Gäste miteinander sprachen, gingen an der Umfassung des Teiches entlang und sahen über Dächer und Mauern hinweg zum Hafen, in dessen ruhigem Wasser sich viele Sterne und Lichter spiegelten.

»Denkst du an Anatnetish, Kari?«

»Den ganzen Abend.« Karidons Blicke suchten im Dunkel der Gassen. »Und ich spür's: Er denkt auch an uns.«

Adj-mer Inet-Ahmose begleitete Ptah, Karidon und Sireanar bis zum Ende der Doppelreihe blakender Fackeln. Holx und die Ruderer verbeugten sich vor dem Verwalter, Ptah legte den Arm um Sireanar und ging in die schwarze Schlucht der Gasse hinein. Einige Bewaffnete schlossen sich ihnen an, die Kampfkolben in den Gürteln.

Auf halbem Weg zum Hafen ertönten in einer Nebengasse Kampflärm und wirres Geschrei. Die fackelschwingenden Krieger rannten ins Dunkel hinein; vom Haus des Verwalters kam eine zweite Gruppe und winkte.

Karidon zog eine Fackel aus dem Boden, schwenkte sie und hielt sie in die Höhe; aus dem Haus verwehten Fetzen von Worten und Musik und mischten sich ins Plätschern des Baches unterhalb des Wasserfalls. Ein Nachtvogel schrie, das Geräusch der Schritte bildete leise knirschende Echos zwischen den Mauern. Karidon dachte an Menefru und den Überfall im Schwarzen Land, die Härchen an den Unterarmen stellten sich auf, und er wechselte die Fackel in die Linke. Sireanar lachte, Kadran und Selkara hinter ihm redeten leise.

Die gewundene Gasse öffnete sich, auf dem Hafenwasser glitzerte Mondlicht. Karidon hörte ein Rascheln, einen scharfen Atemzug, metallisches Klirren, hastige Schritte; er hatte, obwohl er zwischen den Hausmauern nichts Verdächtiges sehen konnte, nichts anderes erwartet.

Gestalten bewegten sich vor Ptah, hinter Selkara und sprangen von beiden Seiten auf Karidon los. Holx brüllte: »Achtung! Lauft! Angriff!«

Karidon stieß dem ersten Angreifer die Fackel ins Gesicht, duckte sich und hielt den Dolch in der Hand. Schrecken und Wut wischten blitzschnell jeden Gedanken weg, ein Übermaß des Hasses und die Kälte besinnungsloser Raserei steuerten seine Bewegungen. Die Klinge grub sich unter den Rippen in den Körper, der schwer gegen Karidon prallte und über seine Schulter zur Seite kippte. Holx und Kadran kämpften Rücken an Rücken gegen drei Männer, aus dem Augenwinkel nahm Karidon wahr, daß Ptah die Frau zur Seite riß

und den Dolch in einer blitzschnellen Bewegung, waagrecht wie eine Sichel, durch die Luft bewegte; der Räuber, dessen Brust zerschnitten wurde, begann zu schrei-
en. Dolchschneiden blitzten, die Fackel qualmte und
schleuderte Funken, und von einer Treppe sprang, in jeder Hand einen langen Dolch, ein Mann mit langem
weißem Haar, das durch einen Tuchstreifen gebändigt
war, auf Karidon zu.

»Das ist er ...!« Sireanar kreischte. »Der die Karawane
überfallen ...!«

Karidon sah die Klingen und die ausgebreiteten Arme
und warf sich vorwärts. Er blickte ins verwüstete, faltige
Gesicht und erkannte Anatnetish kaum wieder. Der Wegelagerer kam mit beiden Füßen auf, gleichzeitig wirbelten Karidon und er herum, die Fackel traf mit einem
schrägen Schlag seine Schläfe und riß das Tuch herunter. Karidon sah die Klingen auf sich zukommen, sprang
zurück; als die Dolchspitzen in die Mauer rammten,
schlug er mit den Schultern schwer gegen die Hauswand
und stieß sich ab. Er streckte den Arm, schrie seinen
Haß hinaus und stach mit der Fackel zu, wie mit einem
Speer, blendete den Angreifer und fühlte, wie die Klinge
in die Schulter eindrang und den Knochen traf. Weiße
Glutfetzen lösten sich vom Fackelende und setzten das
Haar in Brand. Beide Fäuste des Gegners fuhren in die
Höhe, als Karidon den schreienden Angreifer zum erstenmal richtig sehen konnte.

Die Narbe begann zwischen den Flämmchen an der
Stirn und endete neben dem Kinn. Zwischen den Bartstoppeln waren scharfe Falten, mehrere Zähne fehlten.
Karidon drehte die Klinge, riß sie heraus und wich den
wirbelnden Armen aus. Mit den Unterarmen versuchte
Anatnetish die Flammen zu ersticken, ohne die Waffen
loszulassen. Die Arme und die Klingen fuhren über dem

Kopf hin und her. Als Karidon mit der Spitze des Dolches zwischen die Rippen des Gegners zielte, rammte ihn ein harter Stoß von der Seite; die Klinge schnitt tief in den Bauch, rutschte in einem Blutstrom aufwärts und blieb stecken. Anatnetish sackte zusammen, und der fallende Körper riß den Dolch aus Karidons Fingern. Er sprang zurück und zog die zweite, kürzere Waffe. Er unterschied einige laute Stimmen. Kadran schrie: »Sie rennen weg.«

Gedanken und Empfindungen wirbelten durch das summende Rauschen in seinen Ohren. Karidon holte tief Luft und sah sich um, halb geduckt, die körnige Mauer im Rücken. Mlaisso, blutbesudelt, rannte an ihm vorbei und schwang den Dolch, vom Hafen und vom Tor der Gartenmauer kamen Männer mit Fackeln. Vier Körper, unter denen sich Blutlachen ausbreiteten, lagen in der Gasse; das Schwelen erlosch auf Anatnetishs Schädel, seine Augen starrten in den Mond. Karidon erkannte die Gestalten der Freunde und senkte den rechten Arm.

»Er ist tot!« sagte er laut, beugte sich vor und versuchte etwas im verwüsteten, blutbespritzten Gesicht zu erkennen. Die Fackel gloste, und er fuhr mit dem Bündel aus Rohr und Holz hin und her. Ptah zog Sireanar aus einem Winkel neben Steinstufen in die Höhe, Selkara rief:

»Ich bin nicht verwundet. Der Hundesohn ist tot ...«

Zwei Atemzüge später erfüllte das Licht zahlreicher Fackeln die Gasse. Türen wurden aufgerissen, Frauen schrien, und Männer stürzten fluchend heraus. Vom Haus des Verwalters rannten Krieger mit Schilden und Speeren auf Karidon zu. Von den vier regungslosen Körpern schlängelten sich Blutrinnsale durch die Fugen der Steine. Die Freunde drängten sich zusammen; auch

Sireanar war voller Blutspritzer. Karidon spürte zwei Schnitte in den Schultern und den wundgeriebenen Rücken. Er zeigte mit dem Dolch auf Anatnetish, der mit gespreizten Beinen und ausgestreckten Armen dalag, und sagte zu einem Soldaten:

»Sag dem Verwalter, daß der Fürst des Kupfers, der Wegelagerer und Schinder, von mir getötet wurde. Inet-Ahmose weiß alles.«

Er steckte den Dolch in die Scheide, bückte sich und zog die andere Waffe aus dem besudelten Körper. Verbrannte Haut und das verschmorte Haar stanken wie ein brennender Huf.

»Wie heißt du, Herr?« Der Soldat senkte den Schild.

»Kapitän Karidon von der *Morgenröte.*«

Die Gefahr war vorbei, drei oder vier der nächtlichen Angreifer waren durch Seitengassen geflüchtet. Die Seeleute scharten sich um Karidon und die Freunde und gingen mit ihnen zum Schiff. Mlaisso nahm den Fackelstumpf aus Karidons Faust und warf ihn zur Seite.

»Ihr Götter!« Ptah hielt die zitternde Sireanar in den Armen. »Wollte der Weißhaarige sterben? Zu wenige Männer, überall Bewaffnete, einen Steinwurf vor dem Hafen – sie müssen den Tod gesucht haben.«

»Oder waren sie betrunken?« Es klang, als frage sich Selkara selbst. Er drehte sich herum. »Dank euch, Kapitäne.«

»Zum Badehaus, wenn's nicht zu spät ist«, murmelte Kadran. »Das Hafenwasser ist mir zu kalt.«

Langsam hob Karidon den Kopf, blickte in viele Gesichter, deren Ausdruck sich zu entspannen begann und schob die zweite Waffe in die Scheide zurück.

»Wir haben es befürchtet«, sagte er leise und erkannte seine Stimme nicht mehr, »aber nicht glauben wollen, daß es heute geschieht. Morgen erfahren wir wahrscheinlich, wie es wirklich zu dem Hinterhalt gekommen ist. Aber – es ist endgültig vorbei, Netji.«

Er ging mit kleinen Schritten über die Planke zum Schiff, legte den Gurt neben die Doppelaxt und wartete, bis Selkara den Weinkrug brachte. Später holte Kadran trockene Tücher und frische Kleidung. Karidon konnte den Becher kaum halten; seine Finger zitterten wie im Fieber.

19. Sieben Schiffe zum Weihrauchland

 In den kleinen Doppelwirbeln hinter dem Heck drehten sich Schilfhalme und Sägespäne. Beide Schiffsrümpfe lagen tief im Wasser; die langen Riemen, zwanzig an jeder Seite, schienen sich zu biegen. Der Oberste der Königlichen Flotte drehte sich langsam herum, blickte in die angestrengten Gesichter der Ruderer und nickte; er schien zufrieden.

»Es war nicht schwer, die besten Schiffe zu bauen«, sagte er. Die *Stolz der Sachmet* und die *Goldhorus* glitten, noch ohne Segel, aus dem Kanal der Werkstätten hinaus und in die Strömung. »Dreimal hundert Männer sind die Schwierigkeit.«

»Neb Djadjad!« Nachthorheb zog die Spange des Kopftuchs tiefer in die Stirn. »Ich habe unter allen jungen Soldaten, die schwimmen können, fragen lassen: Wollt ihr, freiwillig, mit dem Goldhorus über unbekanntes Wasser nach Punt rudern?«

»Sie haben alle mit den Zehen im Sand gescharrt, nicht wahr?« Khesef-Thot lachte. Nachthorheb schüttelte den Kopf.

»Abgesehen von Kapitänen, Piloten und Steuermännern – ich hab bei tausend zu zählen aufgehört. Sie meldeten sich freiwillig, voller Begeisterung.« Er legte den Kopf schief. »Obwohl Kapitän Karidon sicher war, nur eine Handvoll Männer würde sich aus der Sicherheit der Grenzen hinauswagen.«

»Dann soll es mir recht sein. Tausend. Ihr Götter!«

Die Schiffe wandten sich nach links und schoben sich nach oben, nach Süden, hapiaufwärts. Die Handwerker Menefru-Mirês hatten Dutzende von Änderungen ausgeführt: schwere Kiele, mit Kupferblech beschlagen, statt runder Böden, dickere Spanten, Decksplanken, die vom Bug zum Heck reichten, von kleinen und großen verschließbaren Luken unterbrochen, aus Akazien- und Zedernholz, höhere Doppelmasten, längere Rahen und Ruder, von der *Morgenröte* abgeschaut und nach Kapitän Karidons Anordnungen gefertigt. Heute füllten nur Wasserkrüge und Steinbrocken die Schiffsbäuche, ungefähr im Gewicht der Ausrüstung, des Proviants und der vielen Tauschwaren, die man mitzunehmen beabsichtigte. Khesef sah schweigend zu, wie das ungewöhnlich große Segel aufgezogen wurde. Er murmelte:

»Der Goldhorus wird also auf dem Schiff seines göttlichen Namens mitreisen? Er soll hier wohnen, wo wir stehen?«

»Du siehst die Balken, Herr. Zwischen dem Heck, auf dem du stehst, vor den Steuermännern, wird ein Haus sein, mit festem Dach; ein wenig kleiner als sein Schlafraum im Per-Ao.«

»Kennt er diesen Plan für seine enge Behausung?«

»Ich wollte erst mit dir darüber sprechen, Herr.«

»Hast du Zeichnungen machen lassen?«

»Ja. Und ein Modell.«

Kapitän Neferirkare deutete, im Bug neben dem Lotsen-Piloten Amenacht schwankend, nach vorn, rief etwas Unverständliches und stapfte an Steuerbord zum Heck. Beide Schiffe fuhren unter Riemen und Segel in unregelmäßigen Schlangenlinien; die Steuermänner bewegten die Pinnen so ruckhaft und unberechenbar wie möglich. Neferirkare sprang zwischen ihnen hindurch und verbeugte sich vor Khesef-Thot.

»Obwohl wir Holz, Handwerker und Werkzeug an Bord mitführen werden, Herr, tun wir alles, um die Schiffe schon im Hapi zu zerbrechen. Aber ... du siehst, sie federn wie ein guter Nehesibogen.«

»Gleich werde ich speien wie ein schlechter Eselsreiter«, brummte Khesef-Thot und klammerte sich an die Bordwand. »Wie lange soll die Marter noch dauern?«

»Bis wir, nach drei Stunden vielleicht, wieder in Menefru sind.« Henka-Nefer und Tshai-Kysen, die Steuermänner, verschluckten ihr Grinsen. Neferirkare blieb würdevoll. »Geschieht etwas Arges im Gefüge des Schiffes, im Meer der Roten Ufer oder gar im Mächtigen Blauen, wird der Goldhorus in große Gefahr geraten.«

»Ich sehe es ein, Kapitän.« Khesef-Thot grinste und faßte sich an den Magen. »Mir wird trotzdem übel.«

Die *Sachmet* und die *Goldhorus* fegten zwischen vielen chedi-hapiab fahrenden Booten und Schiffen hindurch, die in engen Bögen auswichen, kehrten nach zwei Stunden um und ließen die Segel herunter. Nachthorheb kletterte in den Kielraum und suchte vergeblich nach eingedrungenem Wasser. Nicht einer der großen Wasserkrüge in den Strohpolstern des Riedgeflechts war gebrochen.

Merire-Hatchetef hatte sich in den Schatten der Palmen tragen lassen, auf der Kuppe des niedrigen Hügels, dessen Gras Schafe und Ziegen kurzgefressen hatten. Er lehnte sich im Faltsessel zurück und kreuzte die mageren Beine; nach einigen Atemzügen hob er den Kopf und sagte leise:

»Laßt mich allein, bitte. Eine Stunde.«

Nacheinander verneigten sich die acht Priesterschüler, trugen den hölzernen Sitz hinter die Palmschößlinge und entfernten sich schweigend. Die riesige Fläche um die drei größten Totenmale des Landes war leer und grün, bis auf weidende Schafe, jagende Vögel und den Wind, der zwischen den vielen Grabmälern säuselte und verhalten winselte, das Wasser des eckigen Hafenbeckens zu rauhen Mustern kräuselte und mit Palmwedeln raschelte. Ein Schwarm Sperlinge stob auf. Zehn Mannslängen über dem Boden fiel Sonnenlicht in die steinernen Augen von Schesep-Ankh, dem lebenden Abbild des Gottkönigs Chaef-Rê mit dem Löwenkörper und dem Menschenantlitz, und spiegelte zurück in Merire-Hatchetefs Gesicht. Merire blickte in den Glanz, der auf den östlichen Dreiecken der drei Sehedhugrabmäler lag; die gewaltige Menge schimmernden Steins, die aus feuchter Erde aufstieg zur Sonne und zu kreisenden Geiern, verstörte ihn, schnürte sein Herz ab, bedeutete, daß die Götter jene Baumeister zu willenlosen Werkzeugen gemacht hatten. Zehntausende Arbeiter und Millionen Steinblöcke drückten aus, daß die Götter über das Leben aller Menschen bestimmten, selbst über den Goldhorus Chakaura, und da der Herrscher denselben Göttern gehorchte, wußte er, daß die Rückkehr aus Punt ein Triumph für jeden Rômet in beiden Ländern sein würde. Merire-Hatchetef lächelte. Er war tief ergriffen; gläubige Ruhe begann ihn auszufüllen.

»Ich lausche dem ewigen Wind, o Ptah«, flüsterte er. »Ich sehe die Bauwerke im Hain von Sykomoren und Palmen, den Stein, der ewig ist wie der Blick des Herrschergottes, der mein Ka zittern läßt.«

Die grellen Dreiecke blendeten ihn, er schloß die Augen und murmelte, überzeugt oder nur hoffend, Gott Ptah würde ihn hören:

»Mache, o Ptah, daß sich Karidon aller Gefahren entsinnt und mit dem Goldhorus zurückkommt. Es wird ein Triumph für euch Götter sein, wenn Weihrauch aus Punt vor euren Angesichtern verbrannt wird.«

Müdigkeit überkam ihn, und er senkte den Kopf. Seine Blicke glitten zu den Sockeln der Bauwerke. Abseits der Schafe jagte eine Hyäne einen hakenschlagenden Hasen. Ein Zug Kraniche, die zum Hapi flogen, spiegelte sich auf der Wasserfläche, ehe der Wind wieder Wellenmuster zeichnete wie in einem Kornfeld.

Die Priesterschüler trugen ihn behutsam zum Schnellruderer, der im schmalen Hafenkanal festgemacht hatte. Am Fuß des Hügels schlief er ein, erwachte vor dem Boot, trank kühles Henket und gliederte in Gedanken die Dinge, das Geschehen und die Sätze, ehe er während der Fahrt dem jungen Schreiber den Entwurf der nächsten Niederschrift diktierte.

Ich, Merire-Hatchetef, in Leben, Heil und Gesundheit, also in der Gunst der Götter Ptah und Sachmet, den Herrschern Itch-Tauis, Günstling Imhoteps, Thots und der Seschat, Göttern des Schreibens, schreibe über das, was bis zum Jahr sechsunddreißig der herrlichen und gerechten Herrschaft des Goldhorus Chakaura geschehen ist, und das, was sein wird, bis Chakaura die Schiffe nach Punt führt. Mögen die Götter ihm Liebe, Gunst und Verstand geben in allem, was er tut.

Kapitän Karidon von Kefti, Freund aus der Schreiberschule, hat seit der Nacht, in der er seinen und Chakauras Feind Anatnetish tötete, viel Anna-Metall und Nechoschet nach Menefru-Mirê und Itch-Taui gebracht; wie in all den sechsunddreißig Jahren. Nunmehr werden die Nomaden kein Kite Bronze mehr erhalten, und ihre stumpfen Waffen können unsere Krieger nicht mehr besiegen. Karidon beriet den Obersten der Königlichen Flotte, Khesef-Thot, und dessen Adjmer Nachthorheb, wie die Handwerker die Schiffe umbauen sollen und wie Nachthorheb die besten Kapitäne, Steuermänner und Ruderer heraussuchen kann; denn sie müssen vierundzwanzig Monde lang große Gefahren bestehen. Er weiß alles über die Fahrt zum Weihrauchland, denn Kapitän Jehoumilq und Karidon haben vor Zeiten für Chakauras Vater diese Reise gewagt.

Nun wohnt Steuermann Mlaisso bei seiner Familie im Herrscherlehen, zusammen mit Kapitän Ptah-Netjerimaat und seiner Gattin Sireanar, der Himmelsäugigen, dem einzigen Menschen mit blauen Augen in Tameri. Ausgesuchte Soldaten bewachen Ibentina-Asherit, die allseits geliebte Frau Karidons, und den zweiten Sohn Jehouptah, der von drei Tempelschreibern unterrichtet wird; ich durfte sie mit Chakauras Erlaubnis selbst auswählen. Nach langem Zwiegespräch mit den Göttern und vielen Opfern gaben sie Chakaura ein Zeichen: Der Vogelzug der Neuntöter führte in der Jahreszeit der Überschwemmung, Achet, über Menefru-Mirê hinweg; niemals sah man solch große Schwärme kleiner Vögel nach Norden flattern. Karidon hat versprochen, so spät wie möglich abzulegen und so früh umzukehren, wie es die Großen Winde erlauben. In dieser Zeit soll der dritte Amenemhet, siebzehn Sommer alt, mit allen Ratgebern und den Wirklichen Einzigen Freunden des Herrschers das Land regieren, so wie er es an der Seite des Vaters gelernt hat. Der Wirkliche Oberste Herr aller Heere, Freund Sokar-Nachtmin, wird in dieser Zeit Truppen nach Wawat führen und selbst die Grenzen gegen die Nehesi sichern. Die Götter haben es so gewollt, die Maat ist gewahrt, und jeder in den beiden Landen hofft und opfert dafür vor den Göttern, daß Chakaura getreu dem errechneten Aha'u nach seinem Hebsed-Fest die Vollendung des vierten Jahrzehnts der Herrschaft feiern wird, so wie der erste Chakaura, der dreiundvierzig Jahre regierte zwischen Wawat und den Mündungen. Man bittet um Glück und Leben für die wagemutigen Männer, die Chakauras Flotte gen Punt rudern. Mir aber taten die Götter kund, daß ich alle Shafadurollen mit Worten der Wahrheit beschreiben darf, bis der Goldhorus – wie Rê-Harachte auf der Sonnenbarke – vom Horizont des Goldlandes zurückkehrt zum vierzigsten Neujahresfest seiner Herrschaft.

GESCHRIEBEN VON MERIRE-HATCHETEF, IN DER GUNST DER GÖTTER, DER PFLICHT ZUR WAHRHEIT DER MAAT GEHORCHEND. JAHR SECHSUNDDREISSIG, FÜNFZEHNTER TAG IM MECHIR, JAHRESZEIT PERET.

Nachthorheb starrte auf den Strom hinaus, als könne er noch Kapitän Holx-Amr im Heck der *Herrin beider Länder* erkennen. Er krümmte die Schultern, ließ das Schreibbrett sinken und setzte sich auf den Ledersack. Die Holzkohle knirschte und raschelte.

»Die *Starker Stier* und die *Lob No-Amûns*«, zählte er leise auf, »werden in drei Tagen die Einfahrt zum Kanal erreicht haben, sagst du? Fahren Kapitän Mlaisso und wir schneller?«

»Nein. Ich und die Kapitäne Ptah und Mlaisso warten auf den Goldhorus. Ein Zehntag mehr oder weniger – es bedeutet nichts, Horheb.«

Am Kai des Palastes von Menefru-Mirê lagen nur noch die *Goldhorus*, die *Stolz der Sachmet* und die *Weihrauchland*. Auf der Fläche hinter dem Kai stapelten sich unzählige Teile der Ladung und Ausrüstung. Das eigene Schiff, die *Morgenröte*, stand im Schatten eines Lagerhauses. Karidon und Nachthorheb hatten auch jeden Krug in den Bäuchen der vier vorausfahrenden Schiffe mehrmals zählen lassen; die schwersten Teile der Ausrüstung waren bereits in die drei Schiffe geladen. Das Gästehaus des Palastes hatte sich schnell geleert. Nur Karidon, Ibis-Herit und Jehouptah, Ptah, Sireanar und Mlaisso wohnten noch im schwelgerischen Prunk Menefrus und warteten auf den Schnellruderer, der Chakaura bringen sollte.

»Ich zerspringe vor Unruhe und Aufregung, Neb Kapitän!«

»Damals ging es mir nicht anders; ich war noch viel jünger als du.« Karidon spielte mit Jehoumilqs dicker Kette und winkte einem Schreiber. »Du hast bis jetzt alles richtig gemacht, Horheb. Nicht ein Fehler, kein Versäumnis, nichts vergessen. Die Götter sind zufrieden. Ich auch.«

»An der Zufriedenheit des Goldhorus ist mir in den nächsten Zehntagen mindestens ebensoviel gelegen.«

»Er versteht wenig von dem, was wir dich auf unseren Fahrten gelehrt haben.« Der Schreiber breitete ratlos die Arme aus. Karidon gab ihm die Schreibrolle. »Aber er wird's merken, wenn etwas fehlt.«

»Die Ausrüstung haben Neb Nachthorheb und ich gezählt. Hier ist die Menge der vollen Wasserkrüge aufgeschrieben, Kornsäcke, Mehlkrüge und das gesamte Fleisch. Nachthorheb wird den Trägern sagen, wie und wo sie zu verstauen sind. Morgen kommt der Rest in die Schiffe. Ich vertraue dir, Schreiber Amenthope.«

»Es wird jeder Krug dort sein, wo ihn dein Auge sehen will, Neb Kapitän.«

»Es hängt das Leben unseres Goldhorus davon ab,

daß alles richtig und ordentlich ist.« Die Ruderer halfen den Trägern; sie waren Krieger, von denen jeder ein solches Handwerk beherrschte, das auf der Puntfahrt wichtig war. »Laßt euch Zeit!«

Karidon nickte Nachthorheb zu und winkte zu den Schiffen hinüber. Er hatte bisher wenig Mühe gehabt, denn er plante jede Kleinigkeit ebenso wie vor der Suche nach den Zinnhäfen. Nahrungsmittel, die nicht schnell verdarben, würden mondelang reichen, für mehr als zweihundertneunzig Männer, ungefähr vierzig auf jedem Schiff und, wenn er Chakaura richtig verstanden hatte, einige Frauen außer Sireanar. Ohne Hast ging er durch die Palastgärten zum Gästehaus. Jehouptah, in der Obhut von fünf kushitischen Sklavinnen, spielte am Teich, Ibentina sprach mit einem Schreiber über Jehouptahs Fehler auf der gipsüberzogenen Schreibplatte und fragte lächelnd:

»Übt Chakaura schon fleißig am Ruder, Kari?«

»Er wird weder Ruder noch Riemen anrühren.« Karidon küßte sie und lachte. »Wir warten alle noch auf den Goldhorus.«

Seit Jehoumilqs Tod hatte Karidon den Goldhorus dreimal gesehen; stets aus der Entfernung während einer Feierlichkeit oder Zeremonie, und nur einmal hatte Chakaura mit ihm gesprochen, halb unkenntlich hinter Schminke und Schmuck, umgeben von Ratgebern und Höflingen. Ob er gesund oder krank war, hörte Karidon nur von anderen, und niemand wußte es genau. Er zuckte grinsend die Schultern.

»Aber vielleicht wird er wieder jung und fängt zu rudern an wie einer seiner Soldaten.« Karidon setzte sich neben Ibentina, sie lehnte sich an seine Schulter. »Wie du weißt, ist das Leben auf dem Meer meist sehr gesund.«

»Besonders in Gewitterstürmen zwischen Riffen und Strudeln«, sagte Ibentina und deutete auf Jehouptah. »Wie lange läßt du uns wieder warten?«

»Wenn Strömungen und Winde helfen, und wenn wir klug rechnen, dauern beide Fahrten nicht viel länger als achtzehn Monde, Liebste.«

Mlaisso, Ptah-Netjerimaat und Karidon kannten jede Planke der Schiffe; seit dem Morgen sprachen sie mit den Lotsen und Ruderern, beaufsichtigten die Ladearbeiten, zählten Ziegenbälge und Kürbisse, ließen sich Werkzeuge und Teile zeigen, die im Fall von Beschädigungen wertvoller als Gold waren, verglichen die Listen der Tauschwaren und tranken mit den Steuermännern Henket. Sireanar richtete das Gelaß unter dem Heck der *Sachmet* ein. Henka-Nefer, der erste Goldhorus-Steuermann, rief um Mittag vom Heck des Schiffes:

»Der Goldhorus! Der Schnellruderer von Itch-Taui kommt!«

»Ich hoffe«, knurrte Mlaisso und befingerte die grüne Tonperle am Nasenflügel, »er zügelt Ungeduld und Mißgelauntsein.«

»Vergiß nicht, daß er uns, aber weder den Wellen noch dem Wind befehlen kann.« Karidon grinste. »Er braucht uns; seine Stimmung wird sein wie Honig und Öl.«

»Bei Schu und Nut: Ich hoff's.«

Das Boot schoß, von den Riemen vorwärtsgepeitscht, aus dem Kanal zwischen Menefru-Mirê und dem Hapinebenarm, überquerte den Strom und verschwand hinter Weiden, Sykomoren und Häusern, kam langsamer auf den Palasthafen zu. Nachthorheb winkte mit beiden Armen und rannte, Ruderer und Soldaten hinter sich, zur Anlegestelle. Ptah kam heran und betrachtete das halbgeordnete Durcheinander vor dem Schiff.

»Wann, o Kapitän des Weihrauchlandes, wirst du Chakaura den Befehl zum Ablegen geben?«

»Ich rechne mit seiner Ungeduld, sich entlang der Ufer feiern zu lassen, o Erzeuger sinnloser Strudel: Wenn ich etwas zu sagen habe – übermorgen früh.«

Chakaura verließ das Boot; die Männer ließen sich auf die Knie nieder. Karidon, Ptah und Mlaisso verbeugten sich tief, als der Herrscher sich schnell durch eine schmale Gasse dem Schiff näherte, das als einziges goldene Verzierungen und ein Deckshaus trug. Er hob grüßend den Arm, seine Blicke huschten über das Schiff, blieben auf Ptah, dann auf Karidon haften.

»Karidon. Puntkapitän! Wir werden lange miteinander reden können, vielleicht viel zu lange.« Er lachte rauh. »Über alles reden wir.« Er legte ihm die schwere Hand auf die Schulter. »Meine letzten Befehle gebe ich im Palast – vielleicht können wir erst übermorgen stromab rudern.«

»Damit habe ich gerechnet, Oberster Kapitän der beiden Lande.« Karidon blickte in Chakauras Augen; sie schienen zu funkeln. »Übermorgen, Freund. Eine Stunde nach Sonnenaufgang an Bord, in deinem feinen Häuschen. Wir trinken Kräutersud und sind fröhlich.«

»Kümmere dich morgen um die Frauen, die mich begleiten. Ich schick sie zu den Schiffen.«

»Ich kümmere mich um alles, bis zum Span im Finger des Lotsen.« Karidon nickte, es wurde eine Verbeugung. Chakaura betrachtete die Steuermänner, lächelte Mlaisso zu, holte tief Luft und sagte sehr leise:

»Es soll die Fahrt unserer ... meiner Träume werden, Kari. Ich freue mich auf jeden Riemenschlag.«

Langsam drehte er sich herum und ging, während Menschen aus dem Palast rannten, auf die weit offenen Tore zu.

Lange nach Mittnacht löste sich Ibentina aus Karidons Arm, stützte sich auf den Ellbogen und legte die Hand auf seine Brust. Leise sagte sie, fast verlegen:

»Ich hab lange gezögert, Kari, es auszusprechen. Seit ihr damals von Uschu gekommen seid, scheint ihr verändert zu sein. Nein, nicht älter. Gelassener, ruhiger seid ihr, und viel heiterer.«

Er lächelte und fuhr mit den Fingern durch ihre schweren schwarzen Strähnen.

»Es sieht für jeden aus, als trügen wir Steinquadern auf dem Rücken. Früher war es so. Jetzt sind es Würfel aus Stangen und weißem Leder, hohl und ganz leicht. Alle Dinge sind leicht geworden, weil wir nichts mehr wagen müssen. Unsere Enkel können noch von unserem Besitz leben.«

»Die Puntfahrt – kein Wagnis? Keine Gefahren, Liebster?«

»Weniger als die Suche nach dem Zinnfluß.« Karidon zog das Knie an und massierte den Muskel unter der Narbe. »Wäre die Reise gefährlich, würde Chakaura nicht mitfahren. Er ist über die Jahre hinaus alt geworden.«

»Ich weiß. Ich hab ihn gesehen. Seine Beine ...«

Karidon murmelte: »Nicht nur seine Beine. Ich werde erfahren, was ihn krank gemacht hat, aber die Fahrt wird ihn nicht kränker werden lassen.«

»Wenn ihr zurückkommt, Liebster, bin ich entweder in unserem Häuschen oder in Itch-Taui, wegen Jehouptah; er soll alles lernen, was er kann, wie sein Vater. Bei den Palasthandwerkern, bei Merire und überall.«

»Er ist unser Kind, Ibis, also kann er nicht dumm sein. Daß er neugierig und wild ist, sieht und hört jeder.«

»Und später, Kari? Nach der Puntfahrt?«

Er richtete sich auf und griff nach dem Becher. Plötzlich sprach er voller Ernst, mit der Sicherheit eines lang bedachten Entschlusses: »Später, wenn Ptah, Holx und Mlaisso nur noch selten die *Morgenröte* steuern, kaufe ich den Sklavenhändlern die ärmsten und dürrsten Kinder ab, füttere sie in Jossels Haus und mache Ruderer, Händler und Steuermänner aus ihnen. Damit Jehouptah eine gute, junge Mannschaft bekommt. Ich schwör's, Ibis!«

Ibentina seufzte lächelnd und verwundert; ihre Finger streichelten sein Gesicht.

»Du meinst es ernst. Ich kenn den Tonfall. So wie Jehoumilq, damals; ich kenn dich auch zu gut, um sagen zu können, daß dich Edelmut dazu bringt. Du und Ptah, ihr habt wirklich aus eurem Leben gelernt.« Ihre Stimme wurde dunkler. »Nachdem du zurückgekommen bist, fang ich auch an zu lernen.«

Er zog sie an sich und legte die Arme um ihre Schultern. Sie schliefen tief und lange. Karidon überwachte die letzten Arbeiten, und kurz vor dem nächsten Sonnenaufgang, als der Kai geräumt war und Mlaisso mit der *Weihrauchland* ablegte, hob Karidon den Sohn hoch, blickte lange in die grünen Augen und küßte Jehouptah auf die Stirn.

»Dein Vater kommt bald wieder, schwarzgebrannt wie Onkel Mlaisso; die Zeit vergeht schnell, kleiner Kapitän.« Er lachte kurz. »Du wirst beide Schriften schreiben und rechnen wie einer von Keftiu. Sei lieb zu deiner Mutter – von mir lernst du dann, wie man ein Schiff steuert.«

Jehouptah gähnte und nickte, legte das Kinn auf Karidons Schulter und sagte leise:

»Ich lern das blöde Schreiben bloß, damit ich so stark werde wie Oheim Nachtmin. Dann verprügle ich sie alle in der Schule.«

»Auch Sokar-Nachtmin ist ein gutes Vorbild, Söhn-

chen!« Karidon setzte ihn ab und umarmte Ibentina. Er
flüsterte in ihr Ohr: »Bleib schön für mich, Ibis, bleib so
wie in den vielen Nächten. Ich denk immer an dich,
wenn ich die Sterne suche.«

»So wünsche ich uns und euch klare Nächte und wenig Wolken auf dem Mächtigen Blauen.«

Karidon ging lächelnd die Planke hinauf ins Heck. Er
hob die Hand. Das Schiff stieß ab, die Riemenschaufeln
tauchten ein, der Lotse im Bug zog den Peilstab aus dem
Wasser.

»Bei Ptah und Sachmet! Sieben Ellen Wasser unter
dem Kiel.« Er winkte ins Heck. Karidon schlug Steuermann Henka-Nefer auf die Schulter und rief:

»Riemen – zieht an! Das Segel bleibt unten. Die Göt-
ter sind mit uns. Rudert kräftig, Männer. Der Goldhorus
Chakaura führt uns ins Land der Wunder, des Goldes,
Elfenbeins und Weihrauchs!«

Die Strömung sog die Schiffe nordwärts. Langsam, leise
pochte der Takt für die Ruderer. Zwei Stunden nach
Sonnenaufgang rollte Meretites die drei Binsenmatten
des Deckshäuschens auf. Chakaura saß im fellausge-
schlagenen Sessel, trank Kräutersud und blinzelte; Henut-Atet massierte sein linkes, Sat-Chnumit sein rechtes
Bein. Chakaura hob gelegentlich seinen goldbereiften
Arm und winkte mit der Hand, an der Ringe funkelten.
An den Ufern jubelten begeisterte Menschen. Nachthorheb wandte sich an Karidon und flüsterte:

»Neb Kapitän. Gleich wird dich dein Lachen, das du
verschluckst, platzen lassen. Was macht dich so heiter?«

»In Punt, spätestens, wirst du selbst wissen, warum
ich grinse.« Karidon dachte an die Tage auf dem Strom,
im Kanal, entlang der Steuerbordufer des Langen Meeres und setzte sich auf der Treppe, die zum Dach des

Deckshauses führte, eine Stufe höher. »Paß auf, merk dir alles, Neb Zweiter Kapitän. Vielleicht wirst du bald eine Flotte nach Punt führen.«

»Herr!« Nachthorheb hob beide Hände. »Ich lern mit jedem Atemzug. Was ich in deinem Schatten sehe und höre, behalte ich für ewiglich; mein Gedächtnis ist wie ein in Granit gemeißelter Segenswunsch.«

»Seltsam«, brummte Karidon. Meretites brachte verdünnten Wein. »Bisher war ich es, der angeblich niemals etwas vergessen hat.«

Chakaura schlief in den Häusern der Stadtverwalter, in den Siedlungen wurden Ruderer und Steuermänner willkommen geheißen und bewirtet; sie aßen und tranken vom Besten. In den Wachhäusern entlang des Kanals waren die Lagerstätten härter und die Kost karger, nach der Meeresschleuse schliefen alle in den Schiffen, und zwei Köche bereiteten Essen aus den Vorräten. Nordwind blähte die großen Segel. Eines der drei Schiffe – *Goldhorus, Stolz der Sachmet, Weihrauchland* – führte abwechselnd die Flotte an, die Schiffe fuhren in unregelmäßiger Linie hintereinander. Tage und Nächte vergingen in den winzigen Wellen des Meeres der Roten Ufer, und in kurzen Schritten formten Meer, Sonne, Wind, Mond und der Sternenhimmel aus fast einem halben Hundert Männern, dem Goldhorus und drei jungen Frauen eine Schiffsmannschaft; so, wie es Karidon vorausgesagt hatte. Er beobachtete die unveränderlichen Sandufer ebenso genau wie den Goldhorus, der am zweiten Tag, nachdem er sich am Ende der Strickleiter im Wasser erleichtert hatte, die vielen Ringe und den Wesech nicht mehr anlegte.

Elf Tage und Nächte lang wehte der Nordwind fast immer in gleichmäßiger Stärke. Die Ruderer hatten nichts zu tun; sie schliefen, halfen den Köchen, pflegten ihre Körper, beobachteten Fischschwärme, Möwen, Tümmler und Staubstürme im Westen, deren Wirbel meist zusammenbrachen, bevor sie das Meer erreichten. Chakaura sonnte sich auf dem Dach seiner Behausung. Er schien den Schlaf nachzuholen, den er während der letzten zehn Jahre versäumt hatte. Als Karidon, einen Bierkrug und zwei Becher in den Händen, die Stufen heraufkam und sich setzte, faßte der Goldhorus nach Sat-Chnumits Handgelenk. Ihre Finger troffen vom Zedernöl.

»Laß mich und den Kapitän allein«, sagte Chakaura leise. »Erfreue die Ruderer mit dem Anblick deines Körpers.«

Sie senkte den Kopf und ging auf Zehenspitzen die Stufen hinunter aufs salzverkrustete Deck. Karidon glich seine Bewegungen denen des Schiffes an und füllte die Becher.

»Du wirst zurückkehren als junger Mann«, sagte er lachend. »Als achtundfünfzigjähriger Junge. Ameni wird dich nicht wiedererkennen. Aber – erkennst du deinen Traum? Ist es das?«

Chakauras Schädel, kahlgeschoren, glänzte vor Schweiß und Öl. Das Gesicht, vom Schlaf noch verquollen, zeigte unzählige Falten und tiefe Kerben, Tränensäcke und Lider hingen schwer über silbrigen Bartstoppeln. Aber der Blick war wach, prüfend, sehr lebendig.

»Träume, auch jene, die man wiederzuerkennen glaubt«, sagte Chakaura langsam, »entstehen nicht beim Einschlafen. Ich habe zum zweitenmal die heiligen Grenzen Tameris überschritten. Jede Stunde seh ich Neues und vergleiche es mit dem Traum, mit deinen Erzählungen, Grünauge. Sind wir noch Freunde? Seit ich fern vom Thron schlafe und im salzigen Wasser schwimme und tauche, strömt mein Blut schneller durch die Adern; der Schmerz im Kopf und in den Zähnen ist geschwunden.« Er leerte in drei Zügen den Becher. Vom Bug dröhnten Hammerschläge durchs Schiff. »In zwei Zehntagen, o Karidon, wenn ich alle Seltsamkeiten gebührend bedacht habe, weiß ich eine Antwort. Ich seh den gestirnten Himmel über mir und prüfe immer wieder das Gesetz der Maat in meiner Brust. Freunde? Ich glaube, ich habe verlernt, vergessen, was Freundschaft ist. Die tausend Kammern des Per-Ao. Warte noch. Zufrieden, Karidon?«

»Halbwegs. Du solltest zufrieden sein, Chak. Ich bin's. – Seit wir im Langen Meer sind, hab ich dich beobachtet«, sagte Karidon. »Die göttliche Starrheit ist rasch von dir abgefallen. Bisweilen erinnerst du mich an den Jungen im Schilf, der mein Freund war.«

Chakaura lachte heiser, hustete und sagte: »Solange ich dich nicht nur an den Jungen im Kanalschlamm erinnere ... !«

Karidon wies zum Bug, nach Süden. Henka-Nefer kam triefend auf die Planken und wusch den Kopf und die Achselhöhlen mit Süßwasser, mit dem Rest reinigte er sich zwischen den Beinen.

»Das Wasser wird knapp, seit wir am Ende der Straße durch das Tal Rohani versorgt worden sind. In zwei Tagen erreichen wir die Bucht des Flußbrunnens.«

»Salzwasser und Öl tun unserer Haut wohl.« Chakaura bewegte lächelnd die Zehen. »Wie steht es mit Bier und Wein?«

»Noch haben wir genug davon«, grinste Karidon.

Kapitän Neferirkare war auf die obere Rah geklettert, riß sein Kopftuch herunter und schwenkte es. Amenthotep, der Lotse, machte den Steuermännern Zeichen; nach Backbord oder Steuerbord, um den Klippen auszuweichen, die aus dem Gekräusel der Wellen hervorstachen wie gesplitterte Knochen. Über der Küste jagten Schieferfalken mit schroffem Geschrei, standen rüttelnd im Gegenwind. Karidon wartete, bis Neferirkare neben ihm stand und sagte:

»Du hast die Flußmündung zwischen den Bäumen genau gesehen?«

»Ganz deutlich. Bei allen Göttern, Neb Karidon.«

»Dann gib das Signal.«

Neferirkare holte aus der Kiste, die über die gesamte Breite des Hecks ging, eine Bronzetrompete, zählte lautlos die Schiffe hinter der *Goldhorus* und schmetterte einen langen Ton übers Wasser. Nacheinander antworteten sechs Kapitäne; das eigene Schiff setzte zu einer ausholenden Drehung nach Steuerbord an. Karidon rief:

»Macht die Riemen bereit! Lotse! Ruf die Tiefe aus! Die Segelmannschaft: bereithalten.«

Die Riemen tauchten ein, die Ruderer krümmten ihre schweißnassen Rücken. Als die Leinwand knatternde Falten warf, ließ die Mannschaft die obere Rah herunter und befestigte das Segel mit einfachen Windungen des Taues. Vier Meilen jenseits des Strandes ragten zwei Berggipfel sechzehnhundert Ellen hoch auf, das Schiff steuerte auf die Brandung zu; es war Flut, und die folgenden Schiffe hatten am Strand genügend Platz. Der Lotse rief:

»Drei Ellen frei unter dem Bug, bei Sachmet!«

Das Schiff drehte fast auf der Stelle. Der Ankerstein fiel am Bug, das Heck trieb auf den Sand zu und setzte sanft auf. Zwei Strickleitern ratterten über die Außenplanken. Karidon erhob seine Stimme über das Durcheinander.

»Denkt alle daran! Wir schlafen an Land, säubern uns und die Schiffe, nehmen Wasser auf und jagen Wild.«

Lautes Geschrei anwortete. Das Schiff wurde mit einer Trosse gesichert, die Ruderer säuberten den Strand, und Karidon hackte mit der Doppelaxt Treibholz in unterarmlange Stücke, während das Zelt des Goldhorus aus Matten, Leder und Stangen aufgerichtet wurde. Nacheinander vollführten die Schiffe die gleichen Halbkreise wie Karidons Schiff und schoben sich rechts und links der *Goldhorus* aufs Ufer. In Kupferkesseln über Feuern brodelte das letzte Wasser; Ruderer mit schlaffen Trinkschläuchen und leeren Krügen schwärmten aus, ebenso wie die Bogenschützen mit klappernden Köchern. Als Karidons Fußsohlen den heißen Sand berührten, schien der Boden zu schwanken.

»Die letzte Quelle vor dem Mächtigen Blauen«, sagte er zu Ptah und Mlaisso, die zwischen flüchtenden Krabben ans Ufer gewatet waren. Sireanar schwamm von der *Sachmet* her auf Karidon zu. »Ich habe tagelang gerechnet. Wir haben noch fünf Zehntage lang Wind aus Sonnenaufgang, Freunde.«

»Schon wieder Eile, Kari?« Ptahs Schurz war ebenso voller Schmutz, Öl und Salz wie jedes Stück Stoff auf den Schiffen. »Oder sorgst du dich um das Befinden des Sohnes der Sonne?«

»Ihm geht es so gut wie seit Jahren nicht mehr«, sagte Karidon ernsthaft. »Wir müssen jedes Gefäß gefüllt haben, wenn wir weitersegeln – paßt auf: Gleich kommt jemand gerannt und schreit, daß Jehoumilqs uralter Brunnen gutes Wasser gibt.«

»Wie lange liegen wir hier?« Mlaisso warf einen Stein nach einer Möwe und scharrte im Sand.

»Zehn bis fünfzehn Tage, Netji. Es gibt viel Arbeit.«

Bäcker bauten aus Lehm und großen Steinen ihre

Öfen, andere mahlten Korn. Karidon ließ Teile der Ladung in die Sonne bringen, Tücher und Schurze sammeln und die Schiffe zweimal mit Süßwasser und Schleifsteinen reinigen. Ärzte versorgten Schnitte, Schürfwunden, geschwollene Mückenbisse und schnitten Splitter aus eiternden Beulen. Strand und Buschwerk waren mit trocknendem Leinen bedeckt, über den Feuern drehten sich die Schenkel erlegter Antilopen: Fast ein halbes Jahrhundert war es her, erinnerte sich Karidon, daß Jehoumilq ihm, dem Ziehsohn, beigebracht hatte, was er heute wußte, ohne nachzudenken. In seiner Erinnerung sah er jeden Felsen, jedes Stück Strand, jede Schwierigkeit, die jagenden Schieferfalken, jede Wasserstelle bis hin zur Mündung des Stromes, an dem sich das Goldland Punt ausbreitete.

Der Mond schwebte wie eine zerfressene Kupferscheibe über dem Wasser, seit sie auch nachts nach Osten ruderten und im nächtlichen Landwind segelten. Die Schiffe lagen schwer im Wasser, denn jeder Krug, jeder Ziegenbalg war mit Süßwasser gefüllt. Die Schiffe blieben in Rufweite zueinander; im Heck hingen Lampen, deren Flammen durch Schirme aus Kupferdraht und Leinen geschützt wurden. Die Flotte segelte an schwarzen, menschenleeren Küsten vorbei, an schrundigen Felswänden und öden Stränden oder außerhalb der Bänke messerscharfer Riffe. Karidon lag neben dem Mast, an Steuerbord, und blickte in die Sterne. Er dachte im Knarren von Holz und Tauwerk an Ibentina und Jehouptah und forschte in seinem Gedächtnis nach Landmarken auf dem Weg nach Punt. Merire hatte in den Aufzeichnungen des Tempels forschen lassen, und was Karidon in seiner Jugend nicht recht verstanden hatte, erkannte er heute genauer und schärfer: Schon vor mehr als sechs

Jahrhunderten waren Schiffe des Herrschers Sahau-Rê, weniger gut ausgerüstet, auf der Suche nach Punt ins Mächtige Blaue am Ostkap dieses Landes eingedrungen und mit Wind von Sonnenaufgang nach Südwest gesegelt.

Als viele Tage später, einige Stunden vor Sonnenaufgang, das Meer andere Gerüche verströmte, als neue Strömung die Schiffe in eine gewaltige Dünung und durch große Wellen nach Süden zog, kam Chakaura die Stufen herunter und setzte sich neben Karidon auf die gefalteten Decken.

»Ich weiß alles aus deinen Erzählungen, Kari«, murmelte er. Sein Gesicht schien im Mondlicht zu glimmen. »Lange hab ich in der Tiefe meiner Erinnerungen herumgegraben. Die Wirklichkeit ist ganz anders. Ich bin mitten in meinem Traum. Warum mußte ich so alt werden, warum hab ich so lange gewartet?«

»Ich weiß vieles über Schiffe, Zinn und Punt, Chak.« Karidon sog den frischen Geruch des fremden Meeres in die Lunge und zog sich an der Bordwand hoch. »Aber diese Frage kann ich dir nicht beantworten.«

Im Schiff bewegten sich die Schläfer. Ruderer kamen gähnend an Deck und sahen sich um. An Steuerbord färbte sich das hügelige und bergige Land; ein grauer Rand, wie eine schartige Säge, zeichnete sich gegen den Nachthimmel ab. Karidon ging neben Chakaura zum Deckshaus und stellte sich aufs Dach. Der Schaum auf den lang rollenden Wellen zeigte ihm, daß er im ersten Tageslicht den Bug der *Goldhorus* nach Punt richten würde. Neferirkare stützte sich auf die Pinne und sagte leise:

»Wir sind im anderen Meer, Karidon? Seltsam – ich fürchte mich gar nicht. Niemand speit, keinem Ruderer ist übel. Siehst du die Boten grausiger Stürme?«

»Nein«, sagte Karidon. »Noch wird der Goldhorus

nicht aus seinem Häuschen ausziehen müssen. Mit ein wenig Hilfe der Götter segeln wir ohne Sturm nach Punt.«

Als die Wolken verschwanden, hinter denen die Sonne aufgegangen war, nahm der Wind zu. Er schien aus Rê-Harachtes Gestirn zu wehen; um die Schiffe breitete sich das neue Meer aus, das Mächtige Blaue.

20. Die Festungen von Wawat

»Jahr sechzehn, im Phamenat: Ich habe die südliche Grenze bei der letzten Festung errichtet, meine Grenze errichtet, weil ich weiter nach Süden zog als meine Väter. Ich habe mein Erbe vermehrt.« Sokar-Nachtmin berührte Singbes Hand, die auf seiner Schulter lag, strich zärtlich über ihre Finger, überging einige Worte und las leiser weiter. »Schweigt man, nachdem man angegriffen wurde, ermutigt man den Feind. Angriffsstark sein bedeutet Kampfestüchtigkeit; nur der Elende zieht sich zurück. Nur der wirklich Feige wird an seiner Grenze zurückgedrängt, denn der Nehesi wirft sich zu Boden, wenn man ihm befiehlt.«

Die kantige Säule war, weithin sichtbar, in einen gerundeten Basaltbuckel eingepaßt. Sokar-Nachtmin blickte zur Felsinsel hinüber; ein Zug Soldaten bewegte sich die Treppe abwärts, auf das Schiff zu. Singbe rührte sich nicht, er spürte ihren kühlen Atem auf der Schulter.

»Der Widerspruch zwingt den Nehesi zum Rückzug. Wird er angegriffen, flüchtet er; er wird angriffslüstern, wenn wir uns zurückziehen. Die Nehesi sind keine Rômet, denen man Achtung erweist; sie sind arm, mit zerbrochenem Ka. Ich, Chakaura, habe sie gesehen: So ist es.«

Nachtmin drehte sich um und lachte kurz.

»Ich hab's auch gesehen und teile nicht ganz die Meinung des Goldhorus. Arm sind sie, ja, aber nicht feige.«

»Kein Medjai-Späher, mit dem ich gesprochen habe, kennt diese angeblich feigen Nehesi. Sie kämpfen wie Löwinnen«, sagte Singbe. »Hoffentlich greifen sie nicht uns an.«

Nachtmin zuckte mit den Schultern und las weiter.

»Jeder meiner Söhne, der die Grenze hält, die ich festigte, wird von mir geehrt und ‚Sohn' genannt, nicht aber jener, der sie verfallen läßt und nicht kämpfen will. Ich, Chakaura, habe befohlen, Säulen aufzustellen an meiner Südgrenze, damit ihr hier ausharren und für die Reichsgrenze kämpfen sollt.«

»Nun weiß ich's genau, Nachtmin«, sagte Singbe. »Wie lange wirst du bei mir im heißen Süden bleiben?«

»Seit vier Monden sind wir zusammen.« Nachtmin strich zärtlich über Singbes Wange. »Freund Karidon schreibt: insgesamt achtzehn Monde. Der Goldhorus rechnet mit zwei Jahren. Ich laß uns nach Itch-Taui rudern, wenn mich die Boten zurückrufen.«

»Und nimmst mich mit in die Stadt des Goldhorus.« Es war eine Bestätigung, keine Frage; dennoch nickte Nachtmin und nahm ihre Hand.

»Ich hab's versprochen, ich freue mich über jede Stunde, die wir zusammen sind. Soll ich's beschwören? Bei den Sandgöttern?«

Er deutete auf die Wüste jenseits der Schilfstreifen und der grünen und braunen Felder und Weiden. Singbe strich einige Sandkörner aus Nachtmins Braue und lächelte.

»Ich glaub dir auch ohne Schwur, Fürst meines Herzens. Wollen wir hier versteinern wie die Säule oder wurzeln wie die Palmen?«

»Nein. Gehn wir zum Schiff.«

Er entsann sich des Nachmittags, an dem der Goldhorus das Trugbild gesehen und einen langen, er-
schrockenen Blick ins schwer begreifliche Innere seines
Wesens getan hatte. Er drückte das Kampfbeil im Gürtel
zurecht und half Singbe den schmalen Pfad zum Ufer
hinunter. Neben dem Schiff, dessen bewaffnete Ruderer
schweigend darauf warteten, daß er seinen Platz im
Heck einnahm, blieb er stehen, blickte in die Richtung
der dritten Stromschnelle und sagte leise, in auffallender
Schärfe:

»Wir Rômet sind ein wohlhabendes Volk; der Goldhorus und die Tempel sind reich. Wir werden nur an
drei Stellen von Gefahren bedroht, die wir zu beherrschen gelernt haben. Seit der Urschöpfung sind die
Ordnung, die Maat und unsere Lebensweise festgelegt,
wie du weißt.« Er zog sie auf die schmale Planke. »Jede
Veränderung muß langsam sein, denn jeder muß sie verstehen. Damit nicht Chaos in unserem Hapiland wütet –
deswegen bin ich hier.« Er zog Singbe ins Schiff und
flüsterte: »Daß ich dich dabei wiedergefunden habe,
meine Schönste, ist ein Geschenk der Götter.«

Er hob die Hand; die Ruderer stießen das Schiff ab
und drehten das Segel in den Wind. Langsam nahm die
Bogengau Fahrt auf und glitt in die Mitte des Stromes.
Nachtmin zog den Rand des Kopftuches tiefer in die
Stirn und lehnte sich zurück; er sah an Singbes Kopf
und Schultern vorbei zum Steuerbordufer, die Finger
am Dolchgriff. Singbe legte die Hand auf sein narbiges
Knie.

Er hatte Singbe im kleinen Palast auf Abu-Ta-Seti wie-
dergesehen. Ihre Mutter war gestorben; sie beaufsichtig-
te die Sklavinnen, die ihn bedienten, und als sie ihn mit
einer Schale Wein willkommen hieß, trafen sich ihre Au-

gen; ihre Blicke versanken ineinander. Als Nachtmin ihre Finger berührte, zuckte er zusammen, als fasse er an weißglühende Bronze. Singbe, zwei Fingerbreit kleiner als er, hellhäutige Tochter eines Schreibers, wich nicht von seiner Seite, als er mit dem Gaufürsten verhandelte und die Schiffe durch den Kanal ziehen ließ, hapiaufwärts zwischen der ersten und der zweiten Stromschnelle. Ihr Lächeln, jede Geste der dreiundzwanzigjährigen Frau, in deren Adern Nehesiblut floß, verwirrte ihn; als er sie nach dem Gastmahl auf der Terrasse umarmte, kehrte seine Sicherheit zurück. In der Nacht, als der Schweiß ihrer Körper trocknete, hielt er Singbes Hände fest und sagte:

»Du bist eine schöne Frau, Singbe, alt genug, um ehrlich zu antworten. Willst du meine Gefährtin bleiben? An der Seite des alten, narbigen Feldherrn? Hapiab, cheti, in Itch-Taui?«

Sie küßte ihn, legte das Bein über seine Oberschenkel und fuhr mit kühlen, tröstenden Fingern über die Narben seines Gesichts.

»Ich bin keine junge Frau mehr, Nachtmin; du kennt meinen Körper. Du kennst meine Mutter, Feldherr; deine Gefährtin? Hier und in Itch-Taui?«

»Hier und in Chakauras Stadt.« Er lächelte und stützte sich auf, um den Krug erreichen zu können. »Meine Gefährtin wird mich stützen und füttern müssen, Singbe. Ich bin alt und voller Narben.«

»Die Narben sind Zeichen dafür, daß du mutig bist, mein Feldherr.« Sie lachte tief in der Kehle. »Dein Körper ist fest und jung, Herr der goldenen Fliegen. Bis ich dich stützen muß, vergeht noch viel, viel Zeit.«

»Ihr Götter!« Er setzte den Krug an die Lippen, holte Luft und sagte: »Warum, bei Sachmet und Month, haben wir uns erst heute wieder getroffen?«

Der Wind trieb breite Sandschleier über das Ufer, rüttelte an den Bäumen und schleuderte Sand in den Strom. Das Segel knatterte, die Rahen knarrten am Mast. Die Riemen tauchten in langsamem Takt ein; das Schiff fuhr in der sicheren Mitte des Hapi gegen die Strömung. Nachtmin machte ein Zeichen. Der Steuermann drehte sich um und verbeugte sich. »Neb Nachtmin?«

»Wir versuchen, bis zum dritten Hapifall hinaufzurudern. So weit nach Süden wie möglich. Ich weiß, daß der Hapi dreimal seine Richtung ändert. Wie lange dauert es, unter widrigen Umständen?«

»Wir waren schon zweimal dort, Feldherr. Nicht länger als sieben Tage. Bei Vollmond können wir auch nachts rudern.«

Nachtmins Stimme erreichte den Lotsen im Bug.

»Es ist keine Eile, meine Tapferen. Wir sind vierzig bewaffnete Wajermänner und haben genug Proviant. Unsere Aufgabe ist, zu erkennen, ob die Nehesi unsere Grenze verletzen. Erst dann brauchen wir Bogen und Speere.«

»Seit du gekommen bist, Herr, haben wir nur magere Herden und dürre Hirten gesehen, die Eselmänner und Gazellenjäger.«

»Ich warte nicht auf einen Kampf«, sagte Nachtmin und lachte. »Und ich langweile mich nicht.«

Die *Bogengau* fuhr bis zum Abend. Der Ankerstein fiel an einem leeren Ufer, ein Ruderer zog das Heck mit dem schweren Tau zwischen dürren Binsen auf die Kiesel. Nachtmin seufzte und sagte leise:

»Du bist nicht gemeint, Trost meiner dunklen Stunden. Aber – die Ufer, die Wüste, die rote Sonne: Alles wiederholt sich unaufhörlich.«

»Ewig und ewiglich«, murmelte Singbe. »Schlafen wir im Schiff? So wie all die Tage? Oder an Land?«

»Im Schiff haben wir es ruhiger und weicher. Ohne Sandflöhe und Ameisen.«

Wachen liefen auseinander, kletterten auf die Akazien und blickten von den Uferhügeln, sicherten nach den Seiten; aus dürren Binsen und Akazienästen schichteten die Soldaten einen Stapel für das Feuer. Nachtmins Blicke glitten im Abendlicht über die Ufer. Weit im Osten glommen fadendünne Rauchfäden von Lagerfeuern. Singbe nahm dem Lotsen zwei Lämpchen ab und hängte sie ins Tauwerk, später stellte sie eine kupferne Öllampe auf die Truhe im Heck, während das Segel als Windschutz und die Mückenschleier über die hintere Hälfte des Schiffes gespannt wurden.

»Willst du, daß ich den Brief an Chakaura und Amenemhet weiterschreibe?«

»Nicht heute.« Nach der kurzen Dämmerung fiel jähe Finsternis über die Ufer; binnen weniger Atemzüge drang die Kälte aus der Wüste zum Wasser. Nachtmin holte Decken und Mäntel aus der Truhe. »Es gibt nichts zu berichten. Hoffentlich wird es, wie auch immer, ein kurzer Brief.«

»Ich schreib ihn auch, wenn er lang wird.«

Nachtmin zog Singbe an sich und streichelte ihre Schultern, strich das widerspenstige Haar über ihren Ohren glatt.

»Wir wissen Besseres für die Nacht als Shafadurollen und Schreibried. Hab ich dir schon erzählt, wie vor einer kleinen Ewigkeit mein Schreiberschulfreund hier einen Himmelsstein aus Erz gefunden hat? Niemand weiß es außer mir.«

Singbe schüttelte lächelnd den Kopf; sie schien sehr sicher zu wissen, daß er nur ihr solche Geschehnisse aus seiner Jugend berichtete, nicht den Tanzsklavinnen, die bisher sein Lager geteilt hatten.

»Später«, sagte sie weich. »Nachdem wir gegessen haben.«

Auch sieben oder acht Nächte später, als bis auf die Posten am Ufer jeder im Sand und im Schiff schlief, wachte Sokar-Nachtmin gegen Mitternacht auf. Auf Zehenspitzen ging er zur Backbordseite, kletterte die Leiter hinunter, wusch sich und schlug sein Wasser ab; auf dem Weg zum Heck hob er einen Bierkrug aus dem geflochtenen Haltegestell. Die Sichel des Mondes glich einer Barke, die im Schimmer des eigenen Lichts auf den Hapiwellen dahinglitt. Das Lämpchen war ausgebrannt; Singbe lag auf der Seite und schlief. Nachtmin lehnte sich gegen die Bordwand und trank. Er betrachtete die Streifen und Kuppen des molkigen Mondlichts auf dem Körper neben ihm, schob die Hand unter das dicke Schlaftuch und spürte die Wärme der Haut unter den Fingern.

Obwohl er ahnte, daß auch die *Bogengau* aus der Dunkelheit beobachtet wurde, war er sicher, daß die Nehesi nicht wagten – nicht nach dem verheerenden Sieg des Jahres neunzehn –, die Siedler und Soldaten der Rômet anzugreifen. Scheckige große Schilde hingen innen und außen an den Bordwänden, Bogen und Köcher lagen griffbereit, aus Flechtwerkröhren blitzten die geschliffenen Bronzespitzen der Wurfspeere. An jedem Tag hatten zwei oder drei Späher und Lauscher, oftmals waren es Medjai, also wüstengeborene Nehesi im Dienst der Festungsherren, am Ufer gewinkt. Keiner hatte gesehen, daß sich bewaffnete Nomaden zusammenrotteten; auch die Karawane, die am vierten Tag am Wasser gewartet hatte, war nicht behelligt worden. Nachtmins Gedanken glitten stromab, zu Amenemhet, zur kleinen Flotte, die Karidon führte, zu den Gärten vor seiner Palastwohnung in Itch-Taui. Wohlige Zuversicht füllte ihn aus: Zum ersten Mal glaubte er Männer wie Karidon, Ptah und Mlaisso und deren Verhältnis zu ihren Frauen verstehen zu können. Er nahm einen Schluck Henket, leckte über seine Lippen und stellte den Krug in einen Winkel. Seine Hand glitt über die weiche Wölbung von Singbes Schenkel. Sie seufzte im Traum, tastete nach ihm und zog seine Hand in die schweißfeuchte Furche zwischen den schweren Brüsten. Nachtmin lächelte und streckte sich neben Singbe aus, zog den Mantel höher und schloß die Augen.

»Schreib, daß wir auch heute nichts und niemanden gesehen haben«, sagte Nachtmin leise. »Schreib, daß wir stromab rudern, zur Festung Heh; ‚Chakaura ist mächtig‘. Keiner ist verletzt. Die Grenze ist unversehrt von den elenden Nehesi.«

»Auf einem anderen Blatt werde ich schreiben, daß du meinen Körper jede Nacht zum fröhlichen Singen bringst, Fürst der Träume«, flüsterte Singbe. Er schüttelte grinsend den Kopf.

»Sag's mir, aber schreibe es nicht auf.« Nachtmin kratzte in den weißen Bartstoppeln. »Das geht Chakaura nichts an, und den jungen Herrscher erst recht nicht.«

»Dir sage ich's noch oft. Der Schreiber wartet, Feldherr – wie geht es weiter?«

»Schreib, daß wir in jeder der vierzehn Festungen, auch in der kleinsten, ein paar Tage wohnen und die Berichte der Späher anhören. Überschreite nicht die Grenze der Ausführlichkeit.«

»So soll es geschehen, Herr der Heere.« Singbe tauchte das weichgekaute Griffelende in schwarze Tusche. »Schon schreib ich's.«

Nachtmin stützte die Hände schwer auf die Oberschenkel. Sonnenstrahlen tanzten auf den Ringsteinen.

Er beugte sich vor, starrte in Singbes ebenholzschwarze Augen und sagte leise: »Du bist eine Freude in den Nächten, Frau, und für mein Ka ein wärmendes Gestirn in allen Tagesstunden. Glaub es mir; ich weiß, was ich sage.«

»Wer würde wagen, daran zu zweifeln? Ich nicht.« Ihre Augen strahlten. »Ich glaube dir auch alle die Geschichten, die dir dein Freund erzählt hat, obwohl sie so wahr sind wie Märchen und Legenden.«

Er nickte und knurrte etwas Unverständliches, sah in den Gesichtern der Ruderer ebensoviel Spott wie Ehrfurcht und stieß mit dem ausgestreckten Finger in die Kniekehle des Steuermannes.

»Du hast gerufen, Fürst der Pfeile?«

»Ich sage dir: Sprich mit dieser Frau. Sage ihr, nein, schwör ihr, daß Feldherr Sokar-Nachtmin niemals unwahre Worte spricht oder gar Lügengeschichten erzählt. Wenn sie es dir nicht glaubt, werde ich sie im Hapi ertränken lassen.«

»Ich kann schwimmmen, Neb Sokar-Nachtmin.« Sie kicherte laut und verspritzte Tusche. »Schnell, tief und weit.«

Der Steuermann drehte sich herum, und während die Ruderer belustigt murmelten und lachten, sagte er laut:

»Ihr Götter! Ich beschwör's. Er hält mehr vom Zuschlagen als von langen Reden. Was er sagt, war wahr, ist wahr und wird stets die Wahrheit sein.«

»Dein Glück, Hu-Nefer«, rief Nachtmin. »Und du – schreib das ja nicht auf!«

»Kein Wort. Ewig und ewiglich.«

Nördlich von Buhen und den Kupferbergwerken, als sie noch das Rauschen der zweiten Hapischnelle zu hören glaubten, sieben volle Monde nach Sokar-Nachtmins

Ankunft in Ta-Seti, nach zwei Tagen langsamer Fahrt stromab, begannen die Wajermänner wie die Rasenden zu arbeiten. Das Segel war gefallen, das Schiff drehte den Bug nach Westen, schoß durch einen Schilfstreifen und mit einem langen, knirschenden Ruck auf den flachen Strand hinauf. Der Steuermann brüllte:

»Legt den Mast um! Taue zu den Palmen! Schnell, Petepre, koch ein paar Kessel Sud! Viel Zeit bleibt nicht mehr!«

»Sofort! Her mit den Tauen!«

Die Sonne des frühen Nachmittags hatte sich zuerst gelblich gefärbt, ihr Glanz hatte nachgelassen; Schatten fuhren über das Land, und jetzt schwamm die Sonne wie ein Fisch mit braunem Bauch hinter dem schwarzen Rand einer Wolke aus Staub und Sand. Der Sturm kam näher. Es war siedend heiß, kein Lüftchen regte sich. Der Koch blies in die Holzkohlenglut, während der Schiffsbug aufs Ufer gewuchtet und mit Landtauen gesichert wurde. Die Deckel knallten auf die vorderen Luken, die Ruderer zerrten enge Seilwindungen um Segel und Rahen. Sokar-Nachtmin sagte:

»Ob er zwei Tage und Nächte wütet oder länger – es ist im Schiff sicherer als unter den Palmen oder im Schilf.«

»Am sichersten wäre es in Buhen«, sagte Singbe.

»Aber wir erreichen die Festung nicht mehr vor dem Ausbruch.«

»Ich habe sechs schwere Stürme überlebt.« Nachtmin zurrte die Knoten über der Truhe fest und legte die Decken und Mäntel neben die Lukenöffnung. »Neben dir wird auch der siebente zu ertragen sein. Wir haben genug Wasser und frischen Proviant.«

»Ich fürchte mich nicht, Neb Sokar-Nachtmin.«

Drei Bogenschützen rannten zur nächsten Anhöhe

und spähten aus. Die Sonnenhelligkeit wich bräunlichem Zwielicht, während der Sturm langsam näherkroch. Es dauerte drei Stunden, ehe der erste Windstoß die Palmen traf, ihre Kronen rüttelte und welke Wedel fortriß. Es war der zweiundzwanzigste Tag im Mesore; in zwei Zehntagen kam die Überschwemmungswelle den Hapi herunter. Sokar-Nachtmin wollte Schiffe und Soldaten sicher in Ta-Seti und Suênet haben.

»Unter Deck, alle!« schrie Nachtmin. »Die Luken zu!« Der Sturm heulte und gurgelte. Sandkörner prasselten gegen die Planken, das Schiff zerrte an den Tauen, und die Palmen bogen sich knarrend. Siebenundvierzig Menschen drängten sich im dunklen Inneren des Schiffes zusammen; binnen kurzer Zeit wurde es unerträglich heiß und stickig. Die Soldaten banden sich nasse Tücher um die Köpfe und rangen an den Spalten der Luken nach Luft. Aus der dunkelbraunen Dunkelheit außerhalb des Schiffes regnete es Massen feinen Sandes, der über die Planken kroch und wie brauner Schleim in den Schiffsbauch sickerte.

Nachtmin und Singbe hockten unterhalb des Decks auf Kohlensäcken und einer Schicht Decken und hielten sich, schweißüberströmt, an den Händen. Ab und zu flüsterten sie miteinander; schließlich vermochte Sokar-Nachtmin einzuschlafen.

Der Sturm wütete bis zum nächsten Mittag. Im grellen Sonnenlicht wuchteten die Männer die Lukendeckel hoch und schoben mit Händen und Schilden die kleinen Dünen und Verwehungen vom Deck ins Wasser. Nachtmin zog Singbe aufs Heck, spuckte Sand aus und blickte schweigend um sich.

»Männer!« rief er heiser. »Säubert das ptahverdammte Schiff. In drei Tagen sind wir zwischen kühlen Mauern und sehen das Wasser steigen. Koch! Mach guten Sud .«

»Wir gehorchen, Feldherr.«

Am Abend, die *Bogengau* lag einen Steinwurf vom versandeten Ufer entfernt am Ankerstein, glänzte das Schiff ebenso wie die Soldaten vor Sauberkeit. Das Segel bildete ein Zeltdach über dem Heck; die Leinwand sog das Licht etlicher Lampen in das Gewebe und war wie ein gelber Himmel. Singbe kaute schläfrig auf einer Dörrfeige und trank gemischten Wein.

»Im Schwarzen Land scheinen die Stürme, was unglaubwürdig klingt, mit weniger Sand Städte und Fruchtland zu verwüsten«, sagte Nachtmin. »Oder sehe ich hier mehr Sand, weil es weniger Menschen zum Wegräumen gibt? Ich weiß es nicht.«

Er zog die Schultern in die Höhe und kreuzte die Beine. Selbst im Bier schien er Sand zu schmecken.

»Ich weiß noch weniger, Nacht.« Singbe beugte sich zu ihm hinüber. Ihre Stimme nahm einen beschwörenden Klang an. »Ich weiß aber nun, was einzigartig ist an unserer ... Freundschaft.«

»Schmeichle mir nicht, Frau«, brummte er. »Ich höre?«

»Mehr als acht Monde ist es her seit unserer ersten Nacht. Du bist der erste, der mich an seinen Erinnerungen teilhaben läßt, an seinen Gedanken, an Träumen.«

»Was ist daran bemerkenswert?«

»Für mich sind es Kostbarkeiten, Neb Feldherr.«

»Ich glaube, was du sagst.« Nachtmin zuckte mit den Schultern. »Es fällt mir leicht, mit dir über derlei zu sprechen. Jetzt, wo ich nachdenke, fällt es mir auf. Über all das hab ich mit anderen Frauen nicht gesprochen.«

Singbe streichelte seine Knie und flüsterte:

»Verstehst du, was ich damit meine?«

Sokar-Nachtmin nickte schwer und blinzelte ins Flämmchen. Einige Atemzüge später lächelte er; dieses Lächeln hatte Singbe noch nie um seine Augen gesehen.

Eine Tagesfahrt vor dem nördlichen Ende des Umgehungskanals hinunter nach Ta-Seti, gegen Mittag, deutete der Lotse nach Backbord und rief. Nachtmin richtete sich auf und sah unzählige blitzende Hörnerpaare in einer dichter werdenden Staubwolke; Nomaden trieben eine Rinderherde zur Tränke. Nach einiger Zeit wehte der Tiergeruch mit dem Nordwind stromauf. Einige Fischerboote wurden zwischen den Ufern gepaddelt. Im Schilf schleuderten schwarzhäutige Jäger ihre Rundnetze. Ruhig sagte Nachtmin zum Steuermann:

»Wir weichen aus. Mehr nach Steuerbord, Mann.«

»Ich gehorche, Herr.«

Die Rinder erreichten das Ufer und drängten sich brüllend auseinander. Es mochten fünfhundert Tiere sein, magere Geschöpfe mit geschwungenem Gehörn. Die Fischer und Jäger hatten das Schiff bemerkt und starrten auf den herangleitenden Bug. Nachtmin beobachtete die Bilder zwischen den Ufern und hob den Arm.

»Jeder zweite Ruderer bewaffnet sich«, rief er. »Unsere Sicherheit geht vor Vertrauen.«

Die Riemen wurden eingezogen und klapperten; Bogenschützen und Speersoldaten bewaffneten sich und stellten sich hinter den Bordwänden auf. Nachtmin bedeutete Singbe, auf den Planken sitzenzubleiben und den Kopf einzuziehen. Er schob den Unterarm durch die Schildschlaufen. Die Fischer in drei Binsenbooten paddelten eilends zum westlichen Ufer, aufgeregte Rinderhirten schrien, die *Bogengau* wich weiter nach Steuerbord aus. In gleichmäßiger Schnelligkeit trieb das Schiff stromabwärts, näherte sich den ersten Rindern, die bis zu den Kniegelenken im Wasser standen. Nachtmin kniff die Augen zusammen, seine Blicke tasteten jeden Fußbreit des Ufers ab; er spürte, wie sich die Härchen seiner Unterarme aufrichteten. Der Steuermann starrte

ihn an und schüttelte sich; Nachtmin machte eine Geste
der Unsicherheit. Die Boote waren zwischen dem Schilf
verschwunden, und als die *Bogengau* auf der Höhe eines
abgestorbenen Baumes war, ertönte von irgendwo inmitten der Herde ein lautes, angriffslustiges Trillern;
hinter dem Staub tauchten Männer auf, die lange Hir-
tenschleudern über den Köpfen wirbelten und große
Nehesibogen spannten. Nachtmin brüllte:

»Die Nehesi greifen an! Bogenschützen!«

Ein Stein schnurrte über das Schiff hinweg und
klatschte ins Wasser. Ein zweiter splitterte einen Teil des
Bugzierats ab, ein dritter krachte gegen einen Schild.
Nachtmin hörte das Geräusch mehrerer Bogensehnen
und das Jaulen der langen Pfeile. Aus dem Schilf schoben sich sieben oder mehr Boote, in denen Fischer paddelten und Bogenschützen und Steinschleuderer standen. Die Ruderer stemmten sich in die Riemen und zerrten an den Griffen; sie wußten, daß das Schiff möglichst
schnell an dem gefährlichen Uferstück vorbeigesteuert
werden mußte; der Hagel aus Steinen und Pfeilen, der
gegen Aufbauten und Planken prasselte, war lauter und
drängender als jeder Befehl. Nachtmin spähte über den
Rand des Schildes und griff nach dem Bogen. Steine
pfiffen über ihn hinweg; er duckte sich, ließ den Schild
los und griff nach einem Pfeil. Unter der Bordwand
spannte er den Bogen und schoß; ein Schleuderer schrie
auf und stürzte seitwärts aus dem Boot.

Der Bug des Schiffes rammte ein Binsenboot, kippte
es, fuhr in der Mitte darüber hinweg und tauchte es tief
ein; die Männer sprangen und fielen zu beiden Seiten
ins Wasser. Die erste Hälfte des Schilfgürtels lag hinter
dem Schiff. Überall gellten lautes Geschrei und Flüche.
Speere steckten in den Planken, Verwundete schrien am
Ufer und im Ried. Nachtmin drehte den linken Arm

und zielte auf einen Schleuderer, dessen Boot in der Höhe des Mastes auf das Schiff zuschoß. Der Schleuderer löste den Riemen, fast gleichzeitig traf ihn der Pfeil in den Hals.

Sokar-Nachtmin fühlte, wie sein Schädel zersprang; der Schlag warf ihn gegen die Bordwand. Vor seinen Augen drehten sich schwarze Wirbel, er fühlte keinen Schmerz, senkte den Bogen und sah, daß ein doppelter Blutstrom aus seiner Nase lief und seine Brust befleckte. Ein Pfeil steckte über dem Herzen, der wippende Schaft rief bei jeder Bewegung rasenden Schmerz hervor. Seine Knie knickten ein; er sank auf die Heckplanken, schlug mit dem Hinterkopf gegen Holz und zwang sich, das eine Auge offenzuhalten. Singbe warf sich über ihn und nahm den Bogen und den Pfeil aus seinen Fingern. Er schloß das Auge; der Stein hatte die rechte Schädelhälfte getroffen und das Auge ausgelöscht. Das Sonnenlicht war zu grell.

»Der Brief ...«, hörte er sich sagen; seine Lippen bewegten sich ohne sein Zutun. Er starrte, während Blut aus seinen Ohren rann, in Singbes entsetztes Gesicht. »Der Brief ... schreib ihn fertig. An Chakaura. Amenemhet. An Karidon, Merire, Ptah ... versprich's, meine Liebste.«

Er dachte nicht mehr bewußt. Seine Hand bewegte sich aufwärts, seine Finger ertasteten, in warmem Blut, aufgerissene Haut und scharfe, zermalmte Knochen. Er riß den Pfeil heraus und sah die blutige Bronzespitze. Blut gurgelte zwischen den Lippen, als er stammelte:

»Singbe – bring mich nach Itch-Taui ... sei nicht traurig ...« Mit schwindenden Sinnen hörte er Singbes ächzendes Flüstern. Sie tupfte mit etwas Kaltem, Nassem, Weißem über sein Gesicht. Kälte zog von den Zehen und Fingerspitzen in den Mittelpunkt des Körpers. Er wollte nicht sterben, versuchte sich hochzustemmen, sank kraftlos zurück und hörte Stimmen, die leiser und weniger deutlich wurden.

»Sag ihnen, wie es war.« Auf seiner Zunge spürte er sauren Bronzegeschmack; die Bewegung, mit der er Singbes Wange berühren wollte, vermochte er nicht mehr zu vollenden, obwohl er seine Finger verschwommen wahrnahm. Er zwang sich weiterzusprechen.

»Steuermann. Berichte dem Goldhorus ... Singbe ehren. Macht mir ein gutes Grab. Hör auf zu weinen. Ich habe ausgeteilt – muß einstecken können.«

Eine Phalanx Bogenschützen schob sich über die Dünen. Weiße Schiffe aus Stein kamen über das Wasser. Jemand wimmerte. Beile blitzten, Schilde leuchteten, die Freunde umstanden ihn lachend. In rasender Geschwindigkeit zogen Finsternisse und lodernde Triumphe vor seinem Auge vorbei; er fühlte die Berührung weicher Fingerspitzen, und sein Ka kreiste in einer enger werdenden Spirale ums Schiff, um Singbe und ihn, erschauerte jäh und zog ihn ins Reich der Dunkelheit.

Singbe kauerte auf gekreuzten Beinen. Ihr Körper schaukelte vorwärts und zurück. Sie sah helles Blut aus der tiefen Scharte der Stirn und der Brustwunde, die verwüstete Augenhöhle, Blut aus Nasenlöchern, Mund und Ohren; ihre Tränen fielen in die fingerbreiten Blutgerinnsel. Sie breitete das blutgetränkte Tuch über Nachtmins Schädel und legte die Fingerspitzen auf seine Lider. Als er stöhnte, zuckte und still lag, zog sie die Lider nach unten und verbarg ihr Gesicht in den Händen. Lautlosigkeit hatte sich ausgebreitet, lag über allem; es war, als hielte ein Gott die Schatten auf einer Sonnenuhr an. Sie spürte Hände an den Schultern und hörte dumpf, wie der Steuermann sagte:

»Herrin. Er ist bei den Göttern. Wir alle liebten ihn; am meisten liebtest du ihn. Laß ihn los, Herrin Singbe.«

»Nachtmin ... er ist tot?«

»Ja. Er hatte keine Schmerzen. Wir werden seinen sinnlosen Tod in aller Furchtbarkeit rächen.«

»Es ist mir gleichgültig«, murmelte sie. »Alles, was wir hatten, worauf wir uns gefreut haben ... ihr Götter.«

Fremde Hände zogen sie hoch. Sie lehnte über der Bordwand; ihre Gedanken beschrieben Wirbel, Spiralen und seltsame Wellen. Sie drehte sich um und blickte auf Sokar-Nachtmins ausgestreckten Körper. Umgeben von verkrustendem Blut, reglos, mit dem endgültigen Lächeln dessen, der vor dem Antlitz des Gottes stand, lag er da; sie zog den Mantel über den Kopf, verschränkte die Arme und begann leise zu wimmern. Ihr Körper zuckte; in ihrem Herzen wütete rasender kalter Schmerz.

Hu-Nefer-Nechet, der Verwalter Ta-Setis, befahl, neben seinem vorbereiteten Grabmal eine Grube auszuheben, Lehmziegel zu streichen, Sokar-Nachtmins Körper vorzubereiten, mit Binden zu umwickeln und von den Priestern begraben zu lassen; die Mannschaft der *Bogengau* und Singbe ließen die Feierlichkeiten starr und schweigsam über sich ergehen. Das Schiff fuhr hapiabwärts, fünfundvierzig Tage nach der Sepedet-Überschwemmung, erreichte die Schleusen und legte in Itch-Taui an. Singbe ließ sich den Weg zu Merire-Hatchetef zeigen, berichtete, was geschehen war, nippte am blutroten Wein und übergab den Brief; nachdem er ihn halb gelesen und für sich eine Abschrift hatte anfertigen lassen, sagte der fast zahnlose Priester:

»Chakauras Flotte müßte gerade von Punt zurücksegeln. Der dritte Ameni weiß noch nicht, daß es ein Geflecht gibt zwischen deinem toten Geliebten, der einer meiner besten Freunde war, und seinen Freunden. Willst du, Freundin meines Freundes, die Ankunft Chakauras bei Nachtmins Freunden abwarten; bei Ti-Senbi, Pi-Ika und den anderen, deren Namen du von Nachtmin kennen müßtest?«

»Es scheint, als sei es das Beste.« Sie legte eine kleine Sandrose aufs Schreibblatt. »Von Nachtmin, für die Freunde.«

Merire starrte sie schweigend an und senkte den Kopf. Seine Fingerkuppen tasteten über die steinernen Kanten der Sandrose, als wäre es eine Kostbarkeit.

»So scheint es nicht nur. Laß dich dorthin bringen und sag ihnen, was geschehen ist. Sie werden dich in der Wärme ihrer Freundschaft hegen; sie können es gut. Das Djatt des lieben Parennefer war immer eine stille, sichere Oase inmitten der Wirrnis des Lebens.«

»Wie lange soll ich dort warten, Priester?«

»Bis die Schiffe von Punt zurückkommen. Nicht mehr lange.«

»Und danach?«

»Nicht einmal die Götter wissen es, Singbe. Man wird gut für dich sorgen im Königslehen.«

»Es sind Sokar-Nachtmins Freunde?«

»Die besten, die einzigen: Ebensogute Freunde wie ich und der Goldhorus.« Merire-Hatchetef begleitete sie in den Garten. Dort warteten die Träger der Sänfte. Als sie mit Singbe davongetrabt waren, rollte Merire die Shafadublätter auf und begann schweigend und in tiefer Nachdenklichkeit zu lesen, was sie wohltuend deutlich geschrieben hatte.

Mlaisso rieb Sand und Salz aus den Augenbrauen, drehte den Ebenholzpflock im Nasenflügel und stapfte auf den Windschutz zu, hinter dem Karidon döste. Holx-Amr und Kadran standen in der steigenden Brandung und unterhielten sich lachend. Karidon stand auf und wusch sich den Schlaf aus den Augen. Er blickte nach Steuerbord; die Küste verlief im leichten Bogen nach Süd. Niedrig, sandig und schwer zugänglich wegen der Riffe aus versteinerten Pflanzen. Tief im Land ragten bewaldete Berge auf.

»Jeder Tag bringt uns näher zum Goldland.« Mlaisso hob den Arm. Er zeigte auf das Ankh-Zeichen, das in die weiße Felswand gemeißelt war. Brandung und Sturm hatten die schwarze Farbe in den Rinnen herausgewaschen. Das Zeichen war weithin zu sehen. »Und jedermann lobt den klugen Einfall unseres alten Jossel.«

»Das letzte Wasser vor der Strommündung.« Karidon dehnte seine Schultermuskeln und bückte sich nach dem Ölkrug. »Die letzte Möglichkeit, zu jagen und richtig auszuschlafen.«

»Wieviel Tage noch? Wie lange bleibt der Wind?«

»Fast einen Mond lang. Macht euch über den Wind keine Sorge.«

Über den Feuern drehten sich Bratspieße, Fleischstreifen trockneten an der Sonne, die Köche zerlegten große Fische. Von der Quelle schleppten lange Reihen Wajermänner frisches Wasser zu den Schiffen, die nebeneinander vor der gewaltigen Brandung lagen; Schiffe und Decken, Stoff und Schurze wurden gereinigt, die Männer pflegten ihre Körper und ruhten sich aus. Selkara begleitete die Arbeit im Schatten einer Plane mit verwirrenden Tönen aus den acht Rohren seiner Flöte. An zwei Tagen hatten die Ruderer stundenlang arbeiten müssen. Das Zelt Chakauras stand im Schatten des einzigen großen Baumes, der den Anfang der wasserführenden Schlucht markierte.

»Ein Mond lang ohne Wasserstelle? Halten wir das durch?«

»Wir haben es damals geschafft, Mlaisso.« Karidon verrieb Öl auf Hals und Schultern. »Es gilt dasselbe, wie vor der Grenze zwischen den Meeren.«

»Jedes Gefäß voll Wasser und so schnell wie möglich segeln.«

Die Unterbrechung war nicht nur wegen der Wasserstelle wichtig gewesen. Jeder sehnte das Ende der Fahrt herbei. Flammendrote Berge und Felsküsten, endlose Dünen und Steilküsten zogen an Steuerbord vorbei. Der Himmel war voller Wolken, zwischen denen mitunter Geier oder Seeadler kreisten; die hohen Wellen und die riesige Brandung erschreckten die Wajermänner und Steuermänner. Ungezählte Stunden lang beobachteten sie die bizarren Vorsprünge der Kaps, und die schärfsten Augen konnten nichts anderes erkennen als die Gegensätze zwischen Wasser, Land und Gischt. Der Mond war wieder zur fadendünnen Sichel geworden; irgendwo voraus, jenseits des Horizonts, lagen die Ufer des Weihrauchlandes. Die Männer der Flotte mußten wieder Boden unter den Füßen spüren und lange rasten; ebenso wie die Körper und die Planken überzogen sich auch die Empfindungen mit einer schmierigen Schicht aus Öl, Schweiß und Salz.

»Wir sind so unendlich viel weiter im Süden als Kush und Wawat«, murmelte Karidon und zog Mlaisso in den Schatten eines auf Riemen ausgespannten Segels. »Auf der Rückfahrt müssen wir natürlich auch hier an Land.«

»Willst du das Zeichen wieder schwärzen lassen? Damit man sie aus großer Ferne erkennt?«

»Der Goldhorus hat's schon befohlen. Ein paar Männer lassen sich an Tauen von der Felskante herunter, mit heißer Erdpechfarbe.«

»Recht so.« Mlaisso gähnte. »Ich hab den ganzen Tag am Schiff geschuftet. Weck mich, wenn das Essen fertig ist, ja?«

Fünf Tage und Nächte lagerten die Mannschaften der sieben Schiffe nahe der Wasserstelle. Die Gazellenjäger fingen Hasen und nahmen Vogelnester aus, und auf flachen Steinen buken die Schiffsköche große Mengen Fladenbrot. Bierkrüge kühlten im Wasser der auslaufenden Brandung. Die Ruderer schabten sich und schoren das Haar. Als sie das erste Schiff mit aller Kraft durch die Brandungswellen trieben, hob sich der Bug, schlug hart in die Wellen, das Heck wurde in die Höhe gerissen, dann sog die Brandung die *Goldhorus* aufs Meer; nach einer weiten Wendung glitten die Rahen in die Höhe.

Weit außerhalb der gischtenden Brandung trieb sie ständiger Wind aus Sonnenaufgang weiter voran. Einundzwanzig Tage und Nächte lang, während denen Sonne, Mond und Gestirne ihre Bahnen beschrieben. Sonst nur: Wellen, Wolken, dämonenhaftes Meeresleuchten, flammende Sonnenuntergänge und springende Fische, riesengroße Wesen, die sich vorsichtig den Schiffen näherten. Jeden Morgen zuckten fliegende Fische auf den Planken. Vor schwarzen Wolken, einem Gewitter und dem folgenden Zweitagesturm flüchteten die Schiffe in eine Lagune, wo die Brandung sie hoch auf den Strand schob; der Regen strömte mit entfesselter Macht aus dem Himmel, wusch Menschen und Schiffe und füllte die Krüge; Wasser zum Reinigen der Körper und der Planken.

Am nächsten Tag kletterte Karidon in den Mast, stand breitbeinig auf der Rah und sah auf der Linie des Horizonts, wo sich Meer und Land trafen, einen dunklen Saum; er war sicher, daß es der Uferwald der

Strommündung war. Gegen Mittag tauchten Schilfstreifen auf, Brackwasserbäume, die auf Stelzwurzeln standen und, weit im Landesinneren, dünne Rauchsäulen.

Karidon verließ das Heck und näherte sich der Öffnung des Deckshäuschens an Steuerbord. Er blickte in Chakauras Gesicht. Der Goldhorus lag auf dem Bauch, Henut-Atet und Sat-Chnumit kneteten das Fleisch seiner Oberschenkel.

»Heute abend oder in der Nacht, Sohn der Sonne, fahren wir in die Mündung des Stromes ein. Einen halben Tag lang müssen wir aufwärts rudern, wie im Hapi – dann haben wir das Land des Goldes und Weihrauchs erreicht und die Menschen, die wie Nehesi aussehen, aber keine Wawatleute sind.«

Langsam richtete sich Chakaura auf, legte den Kopf in den Nacken und lachte.

»Punt! Wirklich, Kari? Du hast uns hingeführt ... Upuaut! Öffner der Wege! Was soll ich tun? Kann ich sie begrüßen? Verstehen sie meine Sprache?«

»Vergiß die Rômetsprache, Goldhorus.« Karidon zuckte mit den Schultern. »In zwei Stunden oder später kannst du im Bug stehen und riesige Bäume bewundern und seltsame Vögel und Tiere. Man wird sich zuerst nur mit Zeichen verständigen können.«

»Bring uns Wein«, sagte Chakaura zu Meretites. »Ihr Götter! Wir trinken auf eine Fahrt ohne Gefahren und auf unser Glück!«

Der Steuermann der *Goldhorus* blies drei langgezogene Signale. Von den anderen Schiffen antworteten Trompetenstöße und wildes Geschrei. Die Blicke aller Männer richteten sich auf das Ufer; das Fahrwasser war wieder ohne Riffe oder Strudel, die Bäume wurden deutlicher sichtbar und zeigten ihre erstaunliche Größe. Karidon steuerte das Schiff vor der Strommündung, einem großen, geheimnisvollen Dreieck dunklen Wassers inmitten prachtvoller Gewächse, im weiten Bogen nach rechts und ließ, als die Bäume den Wind aufhielten, das Segel herunternehmen und gegen die schwache Strömung rudern.

Eine niedrige Brandungslinie teilte die Wasseroberfläche des spitzen Dreiecks. Es war, als schöben sich die Schiffe nacheinander in eine andere Welt hinein; lange Schatten, eine Veränderung des Lichts, viele Geräusche und das Bewußtsein, das Ende der Fahrt erreicht zu haben, überwältigte die Rômet.

Friedliche Kühle lag zwischen Mauern aus strotzendem Grün, die sich einander fast unmerklich näherten. Ein Schwarm Wasservögel flog auf. Ihre farbensprühenden Schwingen spiegelten sich im stillen Wasser.

Chakaura hatte seine feierliche Kleidung und sämtlichen Schmuck angelegt, er trug die helmartige Schepereschkrone und den schweren Horuswesech. Er ging langsam zum Heck der *Goldhorus* und streckte die Hand aus. Alle Ruderer hoben die Köpfe, Karidon und der Kapitän drehten sich zu Chakaura herum. Seine Stimme klang bewegt; tiefer Ernst zeigte sich in jeder Geste.

»Soldaten, Wajermänner, Steuermänner, meine Trefflichen! Ich denke daran, wie wir ins elende Kush marschiert sind. Es mag sein, daß hier in Punt einige Barbaren mit Speeren und Pfeilen auf uns warten. Ein Dutzend Männer von jedem Schiff soll sich mit Schild, Speer und Bogen bewaffnen – ich hoffe, wir werden sie nicht brauchen. Wir haben Punt erreicht, Männer, und meine Träume, eure Träume sind wahr geworden. Das Volk der Rômet wird uns verehren!«

In den schwarzgrünen, von riesengroßen hellen Blüten übersäten Pflanzenmauern öffneten sich kleine, verhangene Nebenarme. In Sonnenlichtbalken schwirrten

516

Insekten und Falter wie kostbare Schmuckstücke. Vögel und Affen schrien, und Binsendickichte schoben sich heran.

»Wir werden all die Kostbarkeiten laden; Geschenke derer von Punt! Eure Mühen waren nicht umsonst. Der Goldhorus dankt euch!«

Er grüßte lächelnd und ging in den Bug, um besser sehen zu können, wohin das Schiff gerudert wurde. Umgestürzte Riesenbäume, von Ranken und Moos überwuchert, ragten in den Fluß. Karidon hörte Neferirkare aufstöhnen.

»Wasser im Überfluß! Ein Waldland. Wirklich und wahrhaftig ein wunderbarer Gau am Ende der Welt.«

Der Lotse senkte zum erstenmal nach langer Zeit den Stab ins Wasser und rief aus: »Bei Tefnut der Tautränenden. Freies Wasser.«

Drei Stunden lang schlichen die Schiffe in der Strommitte dahin. Einige Fischerboote schaukelten an windschiefen Stegen. Die Menschen schienen sich versteckt zu halten. Je näher die Waldränder aufeinander zurückten, desto lauter wurde das Lärmen und Flattern unzählbarer Tiere: Affen, Vögel, Schmetterlinge, riesige Libellen, Mücken und Schwärme schimmernder Fliegen. Es wurde schwierig, einander an Bord zu verstehen. Kapitän Neferirkare stieß Karidon an.

»Wo sind die Frauen, die ihre Hüften schwingen und ‚Willkommen!‘ schreien?«

»Sie warten in den Palästen hinter den Biegungen des Stroms«, sagte Karidon leichthin. »Wir haben den Rauch der Feuer gesehen.«

»Neun Ellen unter dem Kiel! Bei der Pfeilgöttin Neith!«

Der Strom führte in einer weiten Krümmung nach links. Abgerissene Blüten, Gräser und aufgequollene Samen glitten in den Strudeln dahin. Am Ufer sonnten sich einige Krokodile, in deren Rachen, wie am Hapi, kleine Vögel nach Maden hackten. Fischerhütten, scheinbar menschenleer, standen auf hohen Pfählen. Als nach einer Windung nach rechts das Schiff zwischen Baumriesen, einer langen Kiesbank und einer kühn vorspringenden Felskanzel, zehn Mannsgrößen hoch und baumbestanden, hindurchglitt, weitete sich der Strom zu einer Bucht. Ihr Durchmesser betrug mindestens zwei Rômetmeilen. Henka-Nefer und Tshai-Kysen pfiffen vor Bewunderung.

Grüne Hänge, Wald, Felsen und freier Blick auf eine steppenartige Landschaft, ein großer, sandiger Strand und dahinter, teilweise auf Bohlenstelzen und an den Hängen, zwischen Baumkronen Hunderte von grasgedeckten Hütten: Die schwarzhäutigen Menschen von Punt rannten dazwischen hin und her. Ein Steg, überraschend breit und dauerhaft aussehend, sprang von der Siedlung zur Seemitte vor.

»Nun fehlen selbst mir die Worte«, sagte Karidon. »Seit damals scheint alles viel größer geworden, und prächtiger. Nach Steuerbord. Zum Steg und zum Sandufer.«

Sie schwelgten in Bildern von Reichtum, Schönheit, Schatten und Überfluß. Die Luft, durchtränkt von Helligkeit und einer Anzahl starker Gerüche, war warm und trotzdem frisch. Wolken, wie gebleichtes Leinen, glitten über den Spiegel des Wassers. Als die *Goldhorus* noch eineinhalb Chen-Nub vom Steg entfernt zum Ufer glitt, gefolgt von den anderen Schiffen und einer Anzahl gepaddelter Fischerboote, schossen zwei lange Holzboote von Steuerbord heran. Im Bug richtete sich ein breitschultriger Mann auf, größer als Karidon.

Die Bewaffneten der *Goldhorus* standen zu beiden Seiten hinter Chakaura und hatten die Hände an den Griffen der Bronzebeile. Chakauras gespreizte Finger schienen den goldenen Horusfalken des Schmucks zu streicheln. Karidon sah, daß die Paddler in den Booten lachten und die Schiffe neugierig anstarrten.

Der Mann trug ein Lendentuch aus bunten Pflanzenfasern und Leder, über der Schulter ein Leopardenfell. Er hob den Arm. An Handgelenken und Oberarmen glänzten breite Goldbänder. Die Kanus glitten längsseits. Karidon sprang vom Heck, sah dem Häuptling in die Augen, hob die Hände in Schulterhöhe und erinnerte sich der Handvoll Worte, die er vor rund einem halben Jahrhundert gelernt hatte.

»Wir kommen als Freunde aus dem Land der Rômet. Wir wollen handeln und tauschen. Dürfen wir vor deiner Stadt ankern?«

Der Häuptling antwortete ebenso langsam. Karidon verstand nur drei Wörter. Hinter Karidons Schiff bildete die Flotte eine unregelmäßige Reihe. Karidon und der Häuptling gestikulierten; beide zwangen sich, nur verständliche Gesten von großer Bedeutung auszuführen.

»Ich bin Häuptling G'Afada. Vor langer Zeit kamen Schiffe wie eure. Wir tauschten viele schöne Dinge. Wir gaben das Harz, das ihr Anty und Sontjer nennt. Eure großen Kanus sollen dort die Ankersteine werfen«, verstand Karidon. Er nickte und rief seine Befehle. Dann ging er zu Chakaura in den Bug und versuchte dem Häuptling G'Afada zu erklären, daß der prächtig geschmückte Mann neben ihm der Herr aller Schiffe und in seinem Land ein König war, mächtiger als jeder andere Fürst.

Drei Schiffe warfen den Ankerstein und legten mit dem Heck am Steg an, vier schoben sich rückwärts aufs Sandufer. Die Bevölkerung von Punt, viele hundert

Menschen, füllte den Platz zwischen den Hütten und dem Ufer aus. Im Dorf ertönten plötzlich die dumpfen Schläge einer Baumtrommel. Krieger mit ovalen Schilden, kupfernen Dolchen und mit Kupferspitzen auf den Speeren bildeten eine breite Gasse bis zu den ersten Hütten. Karidon sagte leise zu Chakaura:

»Herr beider Länder: Du bist in Punt. Sprich mit G'Afada. Hier ist er der Goldhorus.«

Chakaura faßte Karidon an den Oberarmen. Sein Gesicht schien zu leuchten, die Augen waren weit geöffnet. Er lachte und sagte:

»Ich hab's immer gewußt, Krabbe! Immer davon geträumt. Wenn ich Punt gesehen habe ... jetzt kann ich ruhig sterben!«

»Mach's dir nicht zu einfach, Chak«, flüsterte Karidon. »Du mußt die Flotte nach Itch-Taui steuern, zum größten aller Triumphe. So leicht stirbt man nicht.«

Chakaura drückte fester, schüttelte Karidon und kletterte, noch immer lachend, über das Heck zum Steg und ging mit gemessenen Schritten auf G'Afada zu.

21. AM RUDER DER SONNENBARKE

Karidon blickte in die Augen der dunkelhäutigen Bewohner von Punt, mit schmalen Gesichtern, geraden Nasen und schwarzgekräuseltem Haar; sie musterten die Rômet mit ebensogroßer Neugierde. Länger als drei Monde würden die Schiffe hier liegen. Es war viel Zeit, die Sprache zu lernen und die wichtigsten Wörter aufzuschreiben. Das Land des Goldes und Weihrauchs lag offen ausgebreitet vor den Besuchern. Das durchdringende Hämmern der Sprechtrommeln und die Antworten aus den Siedlungen stromauf rissen nicht ab. Aus dem Wald hallten die Schläge der Bronzebeile; Frauen kamen über lehmige Pfade und trugen Bananenbündel auf den Köpfen. Die meisten Ruderer schliefen an Land. Karidon genoß es, das Heck der *Goldhorus* und den Schatten des Segels für sich allein zu haben. Auf dem Steg standen Tauschwaren. Sireanar begrüßte Karidon und sagte:

»Wir haben die richtigen Waren mitgebracht.« Sie schälte eine Banane. »Magst du das weiche Zeug?«

»Ja. Gut für Männer mit schadhaften Zähnen«, sagte Karidon. »Hast du Kadran gesehen?«

»Er ist mit einer Frau, die aussieht, als wäre sie eine Häuptlingstochter, im Fischerboot davongepaddelt.«

»Ich geh zu unserem Koch und hol mir etwas kalten

Sud.« Karidon sah sich um. Seit Tagen quirlten Seefahrer und Eingeborene durcheinander; Kinder staunten die Fremden an, Mädchen umkreisten sie kichernd, viele Frauen lockten die Rômet mit unmißverständlichen Gesten. Nachthorheb und Ptah redeten gestenreich mit dem Häuptling und schienen ihn von den Vorzügen bronzener Werkzeuge und Waffen überzeugen zu wollen. Würdevoll schritten Chakaura und der Häuptling durchs Dorf; ihre Gesten waren weniger schwungvoll. Der Schiffskoch hatte seine Gerätschaften und das Feuer am Ende des Strandes. Auf der Glut stand der größte Kupferkessel des Schiffes.

»Hast du's gehört, Neb Karidon? Heut abend soll ein großes Fest sein. Mit Tanz und viel Bier.«

Karidon hob vorsichtig die volle Schale und schlürfte.

»Dagegen ist nichts zu sagen. Und der Handel mit den sogenannten Geschenken scheint auch gut zu gehen.«

»Herr Ptah und Herr Mlaisso sind ebenso zufrieden wie Nachthorheb. Er hat eben mit mir gesprochen.«

Eine Bronzepfeilspitze gegen eine Schale Weihrauch- oder Myrrhenharztropfen. Ein Beil mit Bronzeschneide gegen zwei Elefantenzähne, ein Dolch gegen ein Leopardenfell. Schmuck aus Edelsteinen, Glasflußornamenten, Bronzedraht und Gold gegen eine Schale Goldgries. Einige Gruppen Bewaffnete und eingeborene Jäger schossen Wild in der Savanne. Junge Männer bauten Hütten für die Seefahrer; Frauen und Mädchen flochten Matten und buschige Grasbärte für Wände und Dächer. An zahllosen Feuern kochten und brieten Brei, Fische und Fleisch, Gewürze in allen Farben rochen aus Flechtkörben, und aus den Gerbergruben am Rand der Siedlung stanken Akazienschoten, Urin und schmierige Felle. Möwen flatterten über den Fischerbooten in der Bucht des Stromes. Sat-Chnumit, die ältere von Chakauras Gespielinnen, näherte sich Karidon und sagte:

»Der Goldhorus bittet dich, zu ihm zu kommen. Ich soll Wein bringen. Er will, daß du mit dem Häuptling sprichst, Herr.«

»Hol den Wein, dann führe mich zur Häuptlingshütte.«

»Sofort, Herr. Ich eile.«

Vögel mit langen Schwanzfedern pickten nach Heuschrecken, Bienen und Fliegen summten auf, als Karidon der Frau folgte. Sie kamen zu einem großen Platz, einem vollkommenen Kreis aus feinem Sand, an dessen Rand etwa eineinhalb Dutzend Häuser aus verzierten Balken über schmalen Steinfundamenten, mit Mattenwänden und Grasdächern standen. Das Schnitzwerk der spitzen Giebel bestand aus furchterregenden, bemalten Dämonenfratzen. Vor dem größten Haus, auf einer Terrasse aus Ebenholzbohlen, saßen Chakaura und G'Afada. Vom Dach baumelten an langen Schnüren mehr als zwei Dutzend weiße Menschen- und Tierschädel.

»Setz dich zu uns, Kari«, sagte Chakaura. »Hilf uns; wir sprechen über den Austausch von Geschenken und darüber, wie lange G'Afada uns Gastfreundschaft gewährt.«

»Er wird nicht kleinlich sein, Chakaura.« Karidon begrüßte den Häuptling. Eine schlanke junge Frau im buntbestickten Lendenschurz aus hellem Leder legte ein Kissen auf einen geschnitzten Hocker.

»Ihr gut sprechen? Namen für alles gefunden? Häuptling er sich ärgert über Rômet-Wajermänner?« Karidon vollführte sparsame Gesten. Der Häuptling schüttelte den Kopf; die Verständigung wurde von Tag zu Tag einfacher.

»Goldfalke er sein klug. Kein Ärger. Ihr gute Männer. Wir fein sprechen. Du trinken Bier, Karridomm.«

»Du trinken Wein von uns, Häuptling. Hier kommt Wein.«

Chakaura trank Bier, Karidon und G'Afada nippten am kühlen, behutsam gemischten Wein. Der Häuptling schmatzte anerkennend.

»Ah! Gut. Macht Kopf wild. Ich sagen dir, was wir haben. Viel davon. Ihr bekommt für ... Blonzel ... Bronzek, mehr als zwei Gäspen ...«

»Bronze. Oder Nechoschet.« Karidon sah überrascht, daß Chakaura G'Afada einen eisernen Dolch mit kostbarer Lederscheide und goldverziertem Griff geschenkt hatte, den dieser nun an einer Bronzekette um den Hals trug. Eine Gäspe war zwei Handvoll ... wovon? Karidon und Chakaura erklärten, mit welchen Geschenken die Menschen am Hapi zu begeistern waren: Straußenfedern, seltene Felle, zahme Affen, Gold, kostbare Steine. Schon nach den ersten Versuchen mit bronzenen Äxten, Sägen, Messern und Dechseln galt jedes Bronzewerkzeug beim Volk der Sh'aom als große Kostbarkeit.

Zum Dröhnen der versteckten Baumtrommel, das die Körper erschütterte, gesellte sich das scharfe Klappern in einem viel schnelleren Takt. Kleine Kürbistrommeln oder trockene Hölzer erzeugten die hellen Töne. Aus den Feuern vor den Hütten stoben Funkenschauer auf wie Mückenschwärme. Rauch und Bratengeruch zogen zwischen den Hütten zum Tanzplatz. Karidon saß an der Brüstung der Terrasse und verfolgte die Muster aus Licht und Schatten im Sand, der in seltsamen Schlangenlinien geharkt war. Durch das Flackern der Flammen glitt eine Häuptlingstochter, kniete vor Chakaura und Karidon und bot ihnen Bier in halb kopfgroßen

Nußschalen an. Karidon nahm eine Schale und dankte; M'laamo sah lange in seine Augen und lächelte. Ihre Zähne glänzten unnatürlich weiß.

»Speermänner und meine Töchter tanzen.« G'Afadas Stimme übertönte Lärm und Musik. »Maskentanz. Tanz für Freundschaft, wenn Gäste kommen. Für euch, Gold-falke.«

»Wir danken«, rief Chakaura, als schrilltönende Flö-ten sich ins Dröhnen und Klappern mischten. »Ich kann nicht tanzen.«

»Zusehen. Händeklatschen. Trinken!«

Zwei Dutzend junge Männer schritten aus dem Dun-kel in den Feuerkreis. Ihre Körper waren mit breiten Mustern von weißer, hellroter und gelber Farbe bemalt. Auf den Schultern trugen sie große Vogelmasken; Kö-nigsfischer, Falken, Adler, Möwen oder Kraniche. Sie bildeten einen Ring, ordneten sich dem Takt unter und schwangen die glänzenden Körper hin und her, vor und zurück, zuerst langsam, schließlich schneller und mit sonderbaren Armbewegungen. Sie steckten die Speere zu einem Kreis zusammen und tanzten weiter; an einem bestimmten Punkt des Tanzes wurden sie tatsächlich zu Vögeln.

Karidon blickte Chakaura von der Seite an. Der Goldhorus hatte die Arme um die Schultern Meretites und Henut-Atets gelegt, bewegte sich im Takt und sah gebannt den Tänzern zu. Das Spiel der Muskeln und Gliedmaßen erregte ihn; die Augen und Schnäbel der Masken glänzten und glitzerten dämonisch.

Während die Männer in die Besessenheit des Tanzes versanken, sprangen einzelne Frauen mit weiten Sätzen in den Tanzkreis.

Die seidigen Körper krümmten sich wie verzauberte Schlangen. Sie waren nackt, die Haut wirkte durch die

Bemalung mit silbernen Halbkreisen wie geschuppt. Über den wippenden Brüsten trugen sie Halbmasken, die Fische darstellten. Geduckt schwammen sie in den inneren Kreis und schwangen Köpfe und Arme nach rechts und links, die Hände flatterten wie Flossen. Auch ihr Ka löste sich und ging in die Maske ein. Die schweißnassen Körper schienen zu fliegen und zu schwimmen, herabzustoßen, aus den Wellen zu springen, anzugreifen und zu fliehen. Die Vögel stürzten sich auf die Fische und verfehlten die Beute, die Musik wurde lauter, heftiger, dräuender. Der Wald schien zu erzittern und in das Lärmen einzustimmen. Ein Vogel stürzte sich bis vor den Häuptling; ein rüttelnder Falke, dessen Hände und Arme flatterten. Der Häuptling hob den Arm, die Vogelmaske hüpfte in den wirbelnden Tanz zurück.

Die Trommeln zerrissen die Nacht, die jungen Frauen stolzierten in den Mittelpunkt, in tödlichem Sturzflug fuhren die Vögel zwischen die Fische, ein rasendes Angreifen und Ausweichen mit Krallen und Schnäbeln begann, im Rauch der Feuer verfehlten die Stöße ihr Ziel. Die Paare umklammerten einander, wichen auseinander, prallten zurück; als sie keuchend mit verrenkten Gliedern tanzten, riß plötzlich die Musik ab. Die Stille dauerte drei Atemzüge.

Scharfe Trommelhiebe dröhnten, die Flöten kreischten und jaulten. Aus dem Kampf um die Beute wurde ein wiegender Reigen, ein herausfordernd-unschuldiges Werben: Zärtlichkeit und Leidenschaft packte Tänzer und Zuschauer. Leicht und tändelnd wurden die Bewegungen im Paarungstanz, ein Instrument nach dem anderen schwieg, schließlich winselte nur noch eine einsame Flöte. In den letzten Trillern schwangen sich die Mädchen in die Arme der Tänzer. Die Vogelmänner schritten feierlich in alle Richtungen auseinander. Vor Karidon zog ein Tänzer die Fischmaske vom Kopf einer Frau; sie lachte, packte Kadran und zog ihn, in Schlangenlinien laufend, zwischen den Bäumen hindurch zum Wasser.

»Punt ist nicht Tameri. Punt, das ist nicht nur diese Stadt«, sagte Chakaura. Sein Arm beschrieb eine Geste, die das ganze Land umfassen sollte. »Das Gold- und Weihrauchland besteht aus vielen kleinen Landschaften. Das habe ich herausgefunden. Aus pfadlosen Wäldern riesenhafter Bäume, aus Steppe und Savanne, leeren Flußbetten, wie am Hapioberlauf, aus Hügeln und Bergen.«

»Die Jäger G'Afadas sagen, daß hinter den Savannen auch nur Wüste ist, wie in Tameri.« Karidon und Chakaura sahen zu, wie gegerbte, sonnentrockene Leopardenfelle zusammengerollt und in lederne Säcke gepackt wurden. »Das viele Gold waschen die Puntleute aus den trockenen Flüssen. Weihrauch und Myrrhe sammeln schon die Kinder, einige Tagesmärsche weit entfernt. Ja, Chakaura, man kann nicht auf G'Afadas Dorf zeigen und sagen: Das ist Punt.«

»Aber – wir sind in Punt. Im Weihrauchland.«

»Nicht mehr lange.« Die Rômethandwerker besserten die Schiffe aus und verwendeten dazu soviel Ebenholz und Hebonybretter wie möglich. »Wir sind vom Wind abhängig, und in ungefähr fünf Zehntagen kommt er, hoffentlich, wie in jedem Jahr aus Sonnenuntergang.«

»Ich weiß. Wir haben oft genug darüber gesprochen.«

Karidon sah den Frauen zu, die Krüge reinigten und zum Trocknen in die Sonne stellten. »Es gab genug Zeit. Wir haben mehr miteinander geredet als in den dreißig Jahren davor.«

Chakaura betrachtete seine gichtigen Finger. Er hob die Schultern und murmelte:

»Worüber reden wir auf der Rückfahrt? Über Ameni? Je länger ich über ihn nachdenke, desto sicherer bin ich, daß Ni-Maat-Rê fortführt, was ich geschaffen habe. Alles hat er lernen müssen: bei Schreibern, Handwerkern, Fischern, Bauern, selbst im Steinbruch und im Kupferbergwerk hat er gearbeitet.«

»Vielleicht hättest du mit ihm im Schilf jagen sollen.«

»Dazu war keine Zeit, Karidon.« Chakaura machte eine Geste der Hilflosigkeit. Dann straffte er seine Schultern und lächelte flüchtig. »Ich will die Götter nicht herausfordern. Sie haben mir langes Leben geschenkt, einen klugen und tüchtigen Sohn und die Erfüllung des Traums von Punt. Ich träume davon, seit ich von Jehoumilq und dir weiß.«

Der Schatten der Segelkante wanderte auf den Heckplanken. Im Fliegengesumm des Nachmittags dünstete der Wald vielfältige Gerüche aus. Karidon deutete stromabwärts. »Der Triumph in Itch-Taui wird deinen Traum krönen.«

G'Afadas Großvater, sein Vater und er selbst hatten ein Lager großer Elefantenzähne angelegt; die Jagdbeute von mehr als einem halben Jahrhundert. Mit Bronzesägen zerteilten Eingeborene und Ruderer kleinere Stoßzähne. Die längsten und schönsten, mit größter Sorgfalt gesäubert und eingepackt, sollten im Triumphzug gezeigt werden. Mit einiger Sorge sah Karidon die Käfige, in denen Paviane – göttliche Tiere des Thot –, Geparde und kleinere Affen darauf warteten, auf die Schiffe gebracht zu werden. Plötzlich sagte Chakaura:

»Wenn ich an diesem Tag in Itch-Taui noch lebe, Kari.«

»Willst du mir sagen, daß du krank bist? Ich sehe einen leidlich gesunden Mann, sechzig Sommer alt, und drei willige Gefährtinnen für die Lust.«

»Erst achtundfünfzig Sommer! Manchmal, wenn ich aufwache, denk ich, ich liege in der Gruft; allein und in Binden eingewickelt.«

»Das überrascht mich.« Karidon rückte seinen Sessel in den Schatten. »Meist, wenn du aufwachst, höre ich viel brünstiges Stöhnen.«

Chakaura sah ihn lange an, kratzte sich am Oberschenkel und murmelte: »Das ist zweierlei. Morgenlust, Leidenschaft am Abend, in der Nacht – da schweben Ka und Ba über dem Mächtigen Blauen. Über uns, mein Freund. Wenn sie zu mir zurückkehren, bringen sie dunkle Endgedanken mit.«

Karidon füllte die großen Nußschalen mit Bier und legte die Hand schwer auf Chakauras Unterarm.

»Denk nicht zuviel, Goldhorus. Erfreu dich am Glanz deiner Traumwirklichkeit. Viele Tage und Nächte dauert's bis Menefru.«

Chakaura leerte die Schale und stand auf. »Es ist heiß; Ka und Ba beginnen zu fliegen. Paßt du auf mich auf? Ich geh zum Tagesschlaf in mein kühles Leinenhaus.«

Karidon sah ihm lange nach. Als er später am Zelt vorbeiging, glaubte er leises Stöhnen und Wimmern zu hören, und einen seltsamen, zischenden Laut, ein Klatschen auf einem schweißfeuchten Körper.

Ohrenbetäubender Lärm hallte über die Fläche des Sees, scheuchte Wasservögel aus dem Schilf und den Nestern in den Baumwipfeln. Die Krieger und Ruderer schrien, die Steuermänner bliesen unablässig in die Bronzetrompeten, in der Siedlung krachten die Trommeln aus hohlen Baumstämmen. Die gesamte Bevölke-

rung Sh'aoms stand am Ufer und auf dem Steg; Fischerboote und Einbäume, die zum Abschied von den Rômet
stromab gekommen waren, umgaben die sieben Schiffe.
Langsam steuerten Karidon und Henka-Nefer die *Goldhorus* an die Spitze der Flotte. Chakaura stand im Bug
und winkte mit beiden Armen. Das Kanu G'Afadas
schoß neben dem Schiff durchs Wasser. Der Häuptling
stand zwischen seinen Paddlern, hielt die Hände an den
Mund und schrie:

»Kommt bald wieder! Bringt viel feine Waffen und
Werkzeuge mit! Und viele Salben, die gut riechen!«

Gellend schrien die Affen und rasten in den Käfigen
hin und her. Die Geparde warfen sich fauchend und
maunzend gegen die Stäbe. Karidon winkte mit der Linken, übergab das Ruder Tshai-Kysen und steckte die
Finger in die Ohren.

»Daran kann ich mich erinnern«, rief er. »Sie haben
damals auch so gewaltig gelärmt.«

Die Schiffe ruderten in einer Linie hintereinander in
der kaum spürbaren Strömung aus der Bucht. Der Lärm
verklang. Ein Teil der Boote begleitete sie, bis zum
Schluß nur noch das Häuptlingskanu neben ihnen fuhr;
schließlich verschwand es, während G'Afada winkte,
hinter der Biegung.

Karidon saß auf der Hecktruhe, überdachte den Zustand der Schiffe und wartete unruhig auf den Augenblick, an dem die Schiffe weit jenseits der Strommündung den Wind spüren würden; erst dann wußte er, ob
er richtig gerechnet und die Tagespflöke zuverlässig um-
gesetzt hatte. Eine Bemerkung Mlaissos oder Ptahs kam
ihm in den Sinn. Beide hatten sich darüber gewundert,
daß Karidon während der Suche nach dem Zinnfluß in
den Wellen des zweiten Meeres nicht erschrocken war –
tatsächlich hatte er sich in jenen Monden, wenn auch

undeutlich, an Jehoumilqs Puntfahrt im Mächtigen Blauen erinnert.

Die Rahen glitten an den Masten hinauf, die Ruderer arbeiteten langsam, die wiegende Dünung nahm die Schiffe auf, als sich die Segel füllten und die langen Schiffe sich nach Sonnenaufgang drehten. Die Geschwindigkeit wuchs. Karidon prüfte Wind und Wellen, ließ Signale blasen und vergewisserte sich, daß alles an Bord der *Goldhorus* so war, wie er es befohlen hatte. Das Ziel war die Wasserstelle unter dem riesigen Ankh-Zeichen.

Das Nachtgestirn hatte sich zweimal gefüllt; Stunden hatten sich zu Tagen und Nächten geschlungen wie die Glieder einer Kette. Manchmal ruderte Chakaura eine kurze Zeit mit seinen Soldaten, hin und wieder stand er grinsend neben Karidon eine Stunde am Ruder und ließ seine wenigen Fehler von Karidon oder Neferirkare verbessern. Die gelbe Mondsichel versank hinter den Bergen der Roten Ufer, als Kapitän Neferirkare Karidon an der Schulter rüttelte. Karidon kam auf die Füße und spähte nach Süden, zu den anderen Schiffen. Es war, als befände sich die Flotte in einer anderen Welt. Die Veränderung war zwischen Mittnacht und Morgengrauen eingetreten. Das Meer war wie eine polierte Dioritplatte. Die Wellen gingen nur eine Handbreit hoch, in langen Doppelspuren sah Karidon die schaumumzirkelten Spuren der Riemenschaufeln, die zwischen Horizont und Himmel verschwanden. Die Sonne, ein riesiger Fleck aus schmerzhaft glühendem Rot, hing in grauem Nebel dicht über dem Wasser.

»Das sieht böse aus«, murmelte Karidon. Durch die wenigen Geräusche ertönte ein knisterndes Schaben. »Das ist Sand, Kapitän!«

Die Masten des eigenen und der nachfolgenden Schiffe verschwanden im Nebel. Ohne jeden Wind rieselte feiner Sand aus dem Himmel. Im Wasser zeichneten sich Wirbel und Schleifen ab. Neferirkare zeigte Karidon die Hände; sie klebten voll feinem rotem Sand. Berge und Dünenkämme über dem Ufer an Backbord waren nicht zu sehen, jenseits des Nebels erkannte Karidon eine massige Wand. Im Westen spaltete sich der Nebel trichterförmig. Sonnenstrahlen fielen auf Felswände und Nebelränder, die wie Schlünde großer Tiere aussahen – und auf eine Säule aus Sand, deren gewaltiges Ende im farblosen Himmel auffaserte. Karidon rief:

»Ein minderwertiges Wetter. Signal, Henka! Weiter auf See hinaus! Schnell!«

Der Riß im Nebel schloß sich beängstigend schnell. Signale und Schreie hallten zu den anderen Schiffen, die den Kurs nach Steuerbord änderten. Noch bevor der Nebelspalt zusammenglitt, sahen die Männer entsetzt, daß sich die Unterkante der drehenden Säule vom Boden löste. Neferirkare und Amenacht schrien auf.

»Atums Gnade! Keine Felsen und Riffe! Geradeaus!«

Scheinbar zugleich aus allen Richtungen näherte sich ein tiefes Brummen. Karidon sprang ins Schiff, riß einige dünne Tauschlingen von den Haken und hob die Matte von Chakauras Deckshaus. Der Goldhorus und Meretites richteten sich verschlafen auf.

»Chakaura! Nach unten«, rief Karidon. »Bindet euch alle fest. Ein Sandsturm!«

Jetzt brauchen wir den Schutz der Götter, dachte Karidon. Der Staubwirbel schwankte, wurde größer, kam näher, wirbelte wie eine Schlange. Ein kochendheißer Windstoß rauschte heran, das Summen kippte in schneidendes Heulen um. Karidon und die Steuermänner banden sich im Heck fest, Sand wehte in die Augen;

das Segel flatterte und schlug. Hinter dem Heck der *Goldhorus* schlug eine Sandfahne schwer wie ein Regenguß ins Meer. Im Nordosten wehte Sturm den Nebel weg; das Firmament färbte sich von fahlem Blau zu Purpur. Letzte Signale, überaus schwach, kamen von irgendwoher. Über dem rot glimmenden Nebel war die Hälfte der Säule sichtbar, deren Ausläufer das Wasser berührten. Ein gewaltiges Brüllen und Heulen marterte die Ohren, als der Sturm das Schiff packte. Die Steuermänner rissen die Pinnen herum. Sie erkannten, daß die Sandwirbel auf die *Goldhorus* zufegten. Schwärze löste das Halbdunkel ab, aus der Finsternis fielen gewaltige Mengen Sand und Staub, bedeckten das Schiff; im kreischenden Wirbel türmten sich steile Wellen mit weißen Schaumstreifen.

Böen zerrten an den Körpern, ließen das Tauwerk wimmern und rissen am Segel. Die erste Welle hob das Heck, teilte sich und lief unter dem Kiel hindurch; Schaum flog von den Wellenkämmen waagrecht durch die Luft und mischte sich mit dem Sand. Karidon hörte verschwommen die Entsetzensschreie der Männer und das Kreischen der Frauen. Er hielt Chakaura an der Schulter fest und sagte:

»Ein Zeichen der Götter, Chak. Bleibe ruhig – wir stehen den Sandsturm miteinander durch, mein Freund.«

Er blinzelte Sand aus den Augen und hob den Kopf, um Luft zu holen; er sah, daß sich das Schiff in Feuer hüllte.

Aus hervorstehenden Teilen und allen Spitzen und Kanten zuckten Flämmchen, nicht viel größer als die von Öllämpchen. Das Schiff stürmte durch die Wellen irgendwohin. Karidon hoffte, es sei Norden. Die Flammen erreichten die Länge von zwei Handbreiten, brannten ohne viel Helligkeit gelbrot, aber zündeten weder die Leinwand noch das ausgedörrte Holz. Obwohl sich Karidon ebenso fürchtete wie jeder andere, versuchte er, schwankend und nach Luft ringend, die Ruderer zu beruhigen. Sein Mund öffnete und schloß sich, aber kein Wort war zu hören. Der Sturm schob die Wellen höher, der Schiffsrumpf hob und senkte sich, die Steuermänner stemmten sich gegen die Pinnen, und das Segel war prall gefüllt, es sah aus, als sei es aus Holz. Ein Brei aus Schaum und Sand ließ die Flammen kippen, löschte sie aber nicht. Als die nächste Riesenwelle anrollte, senkte die *Goldhorus* den Bug, das Heck stieg steil in die Höhe, die Ruderblätter tauchten aus dem Wasser. Unter Deck rutschten und purzelten die Männer zwischen den Ballen umher. Riemenschäfte brachen, wirbelten durch die Luft und schlugen wie Speerstücke in die Wellen. Viel zu lange flog das Schiff auf der Welle dahin; langsam hob sich der Bug, die Enden der unteren Rahen berührten das Wasser, dann bohrte sich der Bug in die Welle. Eine Wasserwand rauschte über die Planken, schwemmte den Sand weg und ergoß sich zur Hälfte ins Schiff. Jäh erloschen die Flämmchen. Die Männer im Heck wurden gegeneinandergeworfen, Vorhänge und Einrichtung des Deckshäuschens riß das Wasser mit sich. Rostrotes Halbdunkel hüllte die dahinrasenden Schiffe ein. Sandmassen wogten hin und her, wehten waagrecht über das Schiff und prasselten gegen die Bordwände. Der heulende Sturm und die Abermillionen Sandkörner betäubten die Männer. Karidon brüllte den Takt für die Ruderer. Sie versuchten mit den übriggebliebenen Riemen wie Schlafwandler zu rudern und retteten dadurch wahrscheinlich das Schiff, das sich in einer Spirale über die Wellen und durch sie hindurch bewegte. Wo sind wir? dachte Karidon verzweifelt. Sechs Tage nach der Bachmündung mit Jehoumilqs Brunnen war er zuletzt

534

eingeschlafen; sie mußten schon nördlicher sein als No-Amûn; je länger der Sturm jaulte, desto mehr näherten sie sich der Meerschleuse des Kanals.

Wieder verschwand der Bug in Gischtwolken und rostrotem Schaum. Der Rumpf taumelte ein Wellental herunter, stellte sich schräg, wurde von den Riemen in eine gerade Bahn gezwungen und setzte mit krachenden Stößen und Schlägen ein. Der Mast schien sich zu krümmen, die Rahen bogen sich durch, und übergroße Kräfte zerrten an den Steuerrudern. Die Ruderer spien mit schreckverzerrten Gesichtern zwischen ihre Knie, ruderten weiter, kämpften ums nackte Leben und wußten, daß Klippen und Mörderfische auf sie warteten. Zwei Soldaten schöpften mit Kupferschalen aus der Bilge den Brei aus Sand, Wasser, Erbrochenem und dem Inhalt zerschmetterter Krüge. Es stürmte weiter, ohne Unterlaß, stundenlang; das Zeitgefühl ging verloren.

Die harten Schläge schienen in längeren Abständen das Schiff zu erschüttern, aber die Veränderung war fast nicht zu merken. Die Welt bestand nur aus Sturm und sandiger Gischt, die das Schiff vor sich hertrieben. Der Himmel berührte das Wasser, Hitze, Salzwasser und Staub machten das Atmen zu würgender Qual. Der Schweiß rann, die Körper begannen auszutrocknen. Zerissenes Tauwerk wirbelte durch die Luft und schlug Wunden wie eine Peitschenschnur. Dauerte es eine Stunde oder sechs? – Im Halbdunkel riß die schnelle Fahrt den Wellenberg abwärts die Männer von den Beinen. Aus salzwassergeröteten Augen erkannten sie, daß der braune Nebel aufgerissen war. Vor dem Schiff breiteten sich unzählige Wellen mit weißen Schaumkronen aus. Verirrte Sonnenstrahlen tanzten auf dem Wasser. Jedermann schnappte nach Luft, obwohl sie kochendheiß war. Die *Goldhorus* jagte durchs Wasser, rechts voraus fuhr mit weißer Bugwelle die *Weihrauchland*: Es war wie ein Rutschen auf Öl. Mit jedem Atemzug kehrte mehr Leben zurück. Karidon wischte und zwinkerte Sand und Salz aus den Augen und schüttelte sich. Die Sonne hatte den höchsten Stand erreicht. Wolken flogen unglaublich schnell nach Osten, ebenso schnell schienen die Ufer vorbeizuziehen. Die Küste war nah, die Luft wurde so klar und rein wie nie zuvor. Der Sandsturm zog als schräge Wand nach Osten ab, einzelne Finger lösten sich über dem Meer auf und ließen ein Segel nach dem anderen erkennen. Eine Bö sprang auf und traf das knallende Segel von achtern. Neferirkares Stimme klang wie die eines Greises.

»Wir leben noch. O ihr Götter. Das war furchtbarer als jeder Alptraum.«

Aus dem Schiffsbauch drang ein düsterer Chor aus Stimmen und polternden Geräuschen. Karidon fing den Ledereimer auf, zog Wasser an Deck und überschüttete zuerst sich und dann die Steuermänner und den Kapitän. In breiten Schlieren wurde der Sand von den Planken geschwemmt.

»Jetzt seid ihr alle glückliche Überlebende des Mächtigen Blauen und der Sandstürme«, schrie er. »Bis zur Meerschleuse gibt es kein Wasser mehr, aber endlose Sandstrände. Zieht die Riemen ein und macht sie fest.«

Chakaura und die Frauen kletterten an Deck: Murmeln, Flüche, würgende Laute, Klappern und Poltern. Bierkrüge wurden an Deck gereicht. Die Ruderer versorgten die Riemen; unablässig schöpften drei Männer Wasser und erfrischten die dampfenden Körper. Chakaura betrachtete schweigend die Reste des Deckshauses und zog die Schultern hoch. Plötzlich wirkte er uralt und gebrechlich. Er zog sich ins Heck und setzte sich zu Karidon auf die halb losgerissene Truhe.

»Mancher Traum endet im Alptraum, Goldhorus.«
Karidon versuchte, die Männer aufzurichten. »In ein
paar Stunden haben wir alles vergessen und sind fröhlich.«

Es gelang dem Koch, an Deck ein geschütztes Feuer
zu machen und Sud zu kochen. Mehrere Krüge Bier
wurden geleert. Trompetensignale geisterten über das
Meer, in langen Abständen ertönten sechs Antworten.
Karidon und der Kapitän lösten die Steuermänner ab,
und langsam erholten sich die Männer und begannen,
das Schiff und die Ladung in Ordnung zu bringen.

»Es sind, einer wie der andere, mutige und gute Männer, Goldhorus.« Karidon drehte sich zu Chakaura um.
»Sieh, wie rastlos sie arbeiten, um die *Goldhorus* wieder
zu einem stolzen, sauberen Schiff zu machen.«

»Ich sehe nur, in meinem Inneren, daß ich hundertmal gestorben bin.« Chakaura senkte den Kopf. »Wenn
das Schiff auseinandergebrochen oder untergegangen
wäre?«

»Dann hätten wir zum Ufer schwimmen müssen«,
sagte Karidon. »Manche Schiffe vertragen mehr als die
Mannschaft.«

Die Ruderer wechselten sich ab und schöpften stinkende Brühe aus der Bilge. Nasse Ausrüstung trocknete
in der Hitze und im Wind, nachdem die Planken sauber
waren. Es roch nach Sudkräutern; drei Mann ließen
sich gleichzeitig durchs Wasser ziehen und erholten
sich. Karidons Gedanken waren, nur kurze Zeit, bei
Holx-Amr, der sich das Ka aus dem Leib gespien hätte.
Kräftiger Südwind hielt die zweite Hälfte des Tages und
die ganze Nacht an; nacheinander holten die folgenden
Schiffe auf, und die Kapitäne schilderten, wie es ihnen
ergangen war. Während die Ruderer der *Goldhorus* sich
gegenseitig viele Risse, Schnitte, Abschürfungen und

Prellungen verbanden, erfuhren sie, daß ein Mann über Bord gerissen worden war; zwei anderen hatte der Sturm das Genick gebrochen. Einige Wajermänner legten sich in den Bug und schliefen vor Erschöpfung ein.

Zwei Nächte später näherte sich Sat-Chnumit auf Zehenspitzen, blieb neben Karidon stehen und berührte ihn an der Schulter. Er richtete sich auf, die Decken auf der Heckkiste verschoben sich. Leise, mit dünner Stimme, sagte die Frau:

»Neb Kapitän. Komm. Der Goldhorus, er atmet seltsam, und seine Beine zittern wie im Fieber.«

Karidon blickte ins Flämmchen der Hecklampe, nickte Tshai-Kysen zu und folgte ihr. Im Vollmondlicht tanzten ihre Schatten über die Planken. Auf dem Polster aus gefalteten Decken und Kissen lag Chakaura auf der Seite, mit angezogenen Knien, die Hände zwischen den Oberschenkeln. Sein Atem ging viel zu schnell, er keuchte, sein Gesicht war schweißbedeckt. Karidon zog den Mantel über seinen Körper und fragte leise:

»Bist du krank, Goldhorus? Sag mir, wo es dich schmerzt.«

»Ein Fieber, Kari. Ich schwitz und frier. Das ... Atmen tut weh.«

»Holt Wein und bittet den Koch, daß er ihn erhitzt«, sagte Karidon. Meretites und Henut-Atet saßen am Kopf und zu den Füßen Chakauras und schwiegen; sie wußten nicht, was sie tun sollten. »Versuch, dich hinzusetzen und anzulehnen. Komm, wir helfen.«

Sat-Chnumit huschte zum Mast. Mit Meretites Hilfe gelang es Karidon, Chakaura gegen die Rückwand des Deckshauses zu lehnen. Chakaura hustete, würgte, trank einen Schluck Wasser und schloß die Augen. Im vagen Licht war sein Gesicht aschgrau.

»Besser so?«

Chakaura nickte, schüttelte den Kopf und tastete nach Karidon. Karidon wärmte die eiskalten Finger in beiden Händen; Henut-Atet wischte mit triefenden warmen und kalten Tüchern über Chakauras Brust und sein Gesicht. Chakauras Finger krampften sich um Karidons Hand. Seine Zähne klapperten, die Beine zitterten. Karidon flößte ihm schluckweise warmen, gewürzten Wein ein. Danach atmete Chakaura leichter und flüsterte: »Noch mehr Wein. Dann kann ich schlafen. Schlaf ist gut gegen Fieber.«

»Sofort, Goldhorus«, flüsterte Henut-Atet.

Karidon nahm die Lampe des Schiffskochs und suchte in seinem Watsack. Der handgroße Krug war nicht zerbrochen, der Inhalt gluckerte. Karidon las die eingeritzten Worte und mischte den Seim aus Mohnsaft, Shaw-Öl aus Korianderfrüchten, der Krämpfe lösen half, Myrrhe und gewürztem Honig in den warmen Wein und zwang Chakaura, den Becher zu leeren. Die Haut Chakauras schien zu glühen; Karidon kühlte seinen Kopf mit nassen Tüchern und sagte:

»Massiert ihn vorsichtig, wenn er ruhig geworden ist. Wickelt Tücher mit kaltem Wasser um seine Glieder, wechselt sie, wenn sie heiß geworden sind.«

Nach einer Weile ging Chakauras Atem leichter. Er streckte sich aus und trank viel gemischten Wein. Karidon legte die Hand auf Chakauras Brust; der Herzschlag pochte rasend schnell. Chakaura griff nach Karidon. Er sprach leise, er schien halb zu schlafen; es war schwer, ihn zu verstehen.

»Danke, Kari. Ich bin müde. Morgen werden die Ärzte in Menefru mir helfen, Kari.«

»Du sollst schlafen, Chak«, sagte Karidon leise. Chakauras Rede schien verwirrt. Karidon wartete, bis der

Goldhorus während des Massierens und der Behandlung mit kalten Tüchern eingeschlafen war und trotz des Fiebers schnell, aber kräftig atmete. Er sagte leise:

»Ich bin kein Arzt, und ich hab nie erlebt, daß bei einem Fieber etwas anderes hilft.« Er verschloß den Krug und stand auf. »Legt ein Tuch über die Augen. In drei Stunden ist es hell; er soll möglichst lange schlafen.«

Gegen Mittag erkannten der Kapitän und der Lotse hinter den Felsvorsprüngen die Tuchstreifen, die an hohen Masten flatterten. Die Meerschleuse des Kanals verschwamm in der heißen Luft über dem Wasser.

Chakaura wachte auf, verlangte nach Wein und trank vier Becher. Das Fieber wütete in ihm. Er sprach wirr, erinnerte sich an seine frühe Jugend, sprach mit Karidon, verlor für beängstigend lange Zeit das Bewußtsein und erkannte weder die Frauen noch Karidon. Er begann ein Zwiegespräch mit Amenemhet und Prinzessin Sharba, dessen Worte sich in völliger Undeutlichkeit verloren. Karidon hielt seine Hände, als er, in Sichtweite der Schleuse, zu zittern begann, die Knie zum Kinn zog und röchelte; er verdrehte die Augen, blickte in die Sonne und riß den Mund weit auf. Er röchelte.

»Jetzt weiß ich's, Kari: Wir sind Freunde – ge... geblieben. Seit damals ... im Schlammwasser ...«

Ein seltsamer Laut löste sich aus der Kehle, ein völlig unverständliches Wort. Der Körper erschlaffte, nur die Finger krampften sich um Karidons Hände. Karidon legte Chakauras Hand auf dessen Brust, kreuzte den anderen Unterarm darüber und verhüllte den Körper mit dem Mantel, nachdem er die Lider heruntergedrückt hatte. Karidon richtete sich auf, sein Rücken schmerzte. Er blickte in die starren Gesichter der Ruderer, hob den Kopf und sagte zum versteinert blickenden Neferirkare und den Steuermännern:

»Der Goldhorus, der dritte Chakaura, ist tot. Sein Traum von Punt ist Wirklichkeit geworden; er wird das Ruder der Sonnenbarke trefflich führen, denn er hat es von uns allen gelernt. Tameri, die beiden Lande – sie haben einen großen Gottkönig verloren.« Flüsternd setzte er hinzu: »Und ich einen großen Freund.«

Er wandte sich um und starrte aufs Meer hinaus. Die Schleuse kam näher, ohne daß er es wahrnahm, sein Finger glitt langsam über den Nasenrücken. Als er über den schrundigen roten Hängen die Botenvögel der Schleusenwarte nach Süden flattern sah, lächelte er. Sie wirkten wie Sinnbilder von Ka und Ba des toten Herrschers.

Im Zeichen von Weihrauch, Gold und Ebenholz

Ungewöhnliche Ruhe lag über der Stadt. Es war stiller als sonst in den Mittagsstunden; selbst der Tageswind rührte sich nicht. Die Augen der Schreiber Imen-Nechet und Hor-Wennofer waren auf das faltige Gesicht Merire-Hatchetefs gerichtet. Auch unter dem Palmwedeldach der Terrasse glühte die Tageshitze. Sie schien den alten Priester nicht zu stören. Er hielt die Augen geschlossen; seine Lippen bewegten sich lautlos. Eine Gruppe Störche sprang flügelschlagend auseinander, als ein junger Mann den Garten betrat und durch das sattgrüne Gras auf die Terrasse zulief. Ein Bote. Merire-Hatchetef öffnete die Augen und setzte sich gerade auf.

»Mich schickt Weserchepesch, Aufseher aller Tempeltiere. Die Botenvögel vom Kanal sind in die Käfige zurückgekehrt.«

»Welche Nachrichten haben die rüstig flatternden Tauben mitgebracht?«

»Die Schiffe der Punt-Flotte, angeführt vom Goldhorus Chakaura, haben die Meeresschleuse des Kanals erreicht. Das ist die Nachricht, Herr der Schreibrollen.«

»Danke. Im Palast weiß man davon?«

»Ein anderer Bote lief zum jungen Herrn Amenemhet.«

»Liegen die beiden Barken noch im Palasthafen?«

»Ja, Herr. Die *Ibisgau* und die Rê-Harachte; beides sind Schnellruderer.«

»Du kannst gehen. Danke.«

Der Bote verneigte sich und verließ langsam den Garten. Merire-Hatchetef blinzelte, deutete auf die Schreiber und sagte leise: »Ihr werdet heute nicht mehr viel Arbeit haben. Viel, fast alles ist geschrieben worden. Nachdem Goldhorus Chakaura seinen großen Triumph gefeiert hat, wird es für uns wieder viel zu schreiben geben. Ihr habt die Tusche nicht umsonst angerührt; ein paar Sätze sind mir noch eingefallen. Also – schreibt:«

ICH HABE DIE SHAFADUROLLEN, die ich füllte, niemals genau gezählt: es mögen mehr als ein halbes Hundert sein, auf denen bis zum Epiphi des Jahres achtunddreißig unseres Herrschers kleine Schriftzeichen von großen Ereignissen erzählen. Die bronzenen Jahre des Goldhorus, in denen unsere Heere die Feinde Tameris unter den Sohlen der Sandalen zermalmten und ihre Köpfe zerschmetterten, sind vorbei: Friede, Wohlstand und Wachstum sind Kennzeichen aller Gaue beider Lande. In diesem Jahr werde ich nur noch von einem Triumph des Goldhorus berichten. Die Große Königliche Gemahlin Chemenet-Nefer-Chadjet wird jubeln: Er ist mit sieben Goldschiffen aus Punt zurückgekehrt. An der Seite Kapitän Karidons, der die Pfade der Meere wohl kennt, kam Chakaura aus dem Land des Weihrauchs, Goldes, schöner Steine, seltsamer Tiere, aus dem Land des Elfenbeins, der Straußenfedern und der Affen zum Hapi zurück.

Das segensreiche Gestirn des Rê-Harachte läßt nicht nur die Tusche schnell trocknen auf den Schreibblättern, sondern dringt durch den Knochen des Schädels

543

und entzündet meine erkaltenden Altersgedanken. Vor mir erschien der Bote und sagte: Vertrauter des Gold-horus, Oberster Priester Merire-Hatchetef, die Tauben sind zurückgekehrt, und auf dem Blättchen an ihren Füßen stand geschrieben, daß die Königliche Flotte in die Schleuse einfährt. Ich, Merire-Hatchetef weiß, daß der junge Herr Ameni seinem Vater entgegenfahren und ihn in großen Ehren abholen wird, denn man wird herrliche Feste in Menefru-Mirê und Itch-Taui rüsten. So ist es, so wird es geschehen, und in seiner gütigen Freundlichkeit beschloß der dritte Amenemhet, eine Handvoll derjenigen Vertrauten auszuzeichnen, die zu den Freunden des göttlichen Vaters zählen. Auch mich wird man zum Schiff tragen, in einen weichen Sessel setzen, man wird mir Wein reichen und sagen: Sieh nach rechts und links, altes Priesterlein und betrachte die schönen Ufer, denn du hast in deinem Leben, das neunundfünfzig Jahre zählt, Morgen um Morgen vor den Göttern geopfert, auf daß sie Hapis Schlamm brachten und dem auserwählten Volk der Rômet befah-len, das karge Land zu schwellender Fruchtbarkeit zu bearbeiten. Und am Ende der Fahrt hapiabwärts wird der Goldhorus seine Augen auf mich richten und sagen: Ich ehre und preise dich, Merire-Hatchetef, weil du de-nen, die nach mir kommen, herrlich und wahrheits-gemäß beschrieben hast, daß ich alles für beide Lande getan habe, was mir zu tun die Götter auftrugen.

Merire kicherte, trank einen Schluck warmes Bier und gähnte. Er nickte den Schreibern zu und sagte:
»Bringt die Rolle zum Tisch in mein Zimmerchen. Wir schreiben weiter, wenn ich zurückgekommen bin. Imen-Nechet! Geh ins Gästehaus und bitte die Herrin Ibentina und ihre Freundin Singbe, zu mir zu kommen;

würde ich sie besuchen, müßte ich getragen werden, und dies wäre zuviel Arbeit für heute. Amûns Friede mit dir.«

»Ich laufe, Herr.«

Merire-Hatchetef wartete lächelnd, bis er allein war, dann sank er in einen Schlaf, leicht wie eine Feder; Ibentina und Singbe weckten ihn auf, und im Stillen dankte er Ibentina, daß sie Jehouptah nicht mitgebracht hatten, der Unordnung in Tonplättchen und Shafadurollen brachte und johlend trockene Schreibgriffel zerbrach.

Am nächsten Morgen saß Merire-Hatchetef auf einem fellgepolsterten Sessel am Kai. Um ihn herum waren Ruderer, Bogenschützen, Speerträger, Leute aus dem Palast und einige, die er kannte, aus dem Gästehaus: Ti-Senbi mit ihrem Sohn, Singbe, natürlich Ibentina-Asherit und der allzu lebhafte Sohn, dann Selkara; später führte Ikhernofret die greise Schwester des Goldhorus, Sat-Hathor-Iunit, zur *Rê-Harachte*; ihr folgten vier Töchter Chakauras: Achanti-Chuty, Meretet, Sat-Hathor-Cher und Senet-Senebetes. Zuletzt kam Amenemhet, rannte die Planke hinauf und gab den Befehl zum Ablegen. Dreißig Ruderer tauchten die Riemenenden ein und bugsierten den Schnellruderer zum Hafenbecken hinaus, in den Kanal nach Menefru-Mirê hinein.

Im Deckshaus der *Ibisgau* stellten die Soldaten Merires Sessel so auf, daß er in Fahrtrichtung sehen konnte. Ti-Senbi brachte ihm eine Schale Brei und frisches Henket. Während das Boot ablegte und der *Rê-Harachte* folgte, ging er in Gedanken die Reihe derjenigen durch, deren Namen er so oft geschrieben, und deren Nähe er so oft vermißt hatte, weil sie seine Freunde waren: Karidon, Ptah-Netji und Mlaisso, die schöne Sireanar, Holx-Amr, der alternde Steuermann, und Kadran mit dem schlohweißen Zopf. Selkara würde leise Triller auf der Flöte aus sieben oder mehr Röhrchen blasen; Merire war sicher, nur die Hälfte der Töne hören zu können. Seine Gedanken schweiften zu Sokar-Nachtmin; er blickte Singbe aus Ta-Seti an und lächelte, dann versuchte er sich vorzustellen, wie das Land ringsum im Jahr eins ausgesehen hatte. Er trank süßes Henket und hob den Arm, als auf den Dammwegen einige Arbeiter winkten.

»Bald sehen wir sie alle«, sagte Ibentina-Asherit leise, als könne sie seine Gedanken erraten. Sie nahm seine Hand und strich über seine Wange. »Wieder einmal am Ende eines langen Wartens. Geht es dir gut, Priesterlein?«

»Ja.« Er zögerte. »Mir auch. Uns, denke ich, haben die Götter mit einem gütigen Schicksal beschenkt, um das uns viele beneiden. Vielleicht liest später euer Sohn, oder ein anderer, was ich über vieles, längst nicht über alles, geschrieben habe – wir sollten glücklich und zufrieden sein.«

»Ich werde deine Weisheit erst verstehen, wenn ich Karidon umarme«, sagte Ibentina. »Zufrieden war ich all die Jahre, aber erst dann bin ich wieder glücklich.«

Merire-Hatchetef hob den Kopf, nickte weich und sah in ihre Augen. Sein Blick glitt von ihrem Gesicht über Singbe hinweg zur Kanalböschung, auf der Schafe weideten. Hinter der Biegung der Wasserstraße, im Westen, hoben sich hinter grünen Hügeln die Steindreiecke von Chakauras Totenbauwerk in wuchtiger Endgültigkeit in den strahlenden Himmel.

ERKLÄRUNGEN

Fast alle ägyptischen Namen, Begriffe und Ortsbezeichnungen, die heute
von Wissenschaft, Ägyptenliebhabern und Touristen verwendet werden,
sind griechischen, lateinischen oder ägyptisch-arabischen Ursprungs und
daher im ägyptischen Altertum unbekannt. Von der Reichsgründung um
ca. 3000 v.Chr. bis etwa 600 v.Chr. sprachen und schrieben die Rômet (=
Menschen) am Hapistrom (= Nil, von gr. Neilos) ihre »altägyptische«
Sprache.

Hapi war der Flußgott und der Strom, der Nil, wurde auch Jotru (= das
Wasser) genannt. Die Begriffe Ägypten, Ägypter, ägyptisch stammen vom
griechischen »Aigyptioi« (vermutlich von »Hikuptah«, Tempel des Ptah in
Memphis). Wahrscheinlich wurde zur Zeit der Erfindung der »Götterwor-
te«, (»Medu Neter«), der Bildzeichenschrift (gr. Hieroglyphen; hiero = hei-
lig, uralt; glypho = aushöhlen), meist von rechts nach links, stets aber in
die Blickrichtung der Tier- und Menschenzeichen geschrieben, die sog.
hieratische »Schnell«schrift benutzt, eine einfacher und leichter schreibba-
re Variante mit schwarzen, mitunter roten Schriftzeichen fast ohne Inter-
punktion. (Der älteste »Papyrus«fund stammt aus ca. 2870 v.Chr.) Mit Pin-
selchen aus Binsenstengeln schrieb man auf sehr dünnes »Papier« aus auf-
einandergeklebten, geglätteten und gebleichten Binsenmarkstreifen; die 25
Konsonanten und zuletzt knapp 1000 Hieroglyphenzeichen verwendete
man ohne Vokale; die sog. Umschrift läßt daher den Ägyptologen unter-
schiedliche »Aussprache«-Möglichkeiten der sog. »Umschrift« zu.
Erst die Griechen nannten das Material, das *Shafadu, Shefetu* oder *Papor*
(»das der Verwaltung«) hieß: *Papyros.* Jene Binsenmarkbögen in »genorm-
ten« Größen, 47 cm hoch und 67 bis 94 cm breit, waren, da sowohl die Pa-
pyruspflanze als auch die Herstellung eine Art ägyptisches Monopol blieben,
ein sehr teurer Exportartikel. Schrieben hochgestellte Persönlichkeiten ihre Briefe eigenhändig, las man: »Selbst mit zwei Fingern geschrieben.«

Die Rômet nannten ihr Land *Tameri* und gliederten es in Kêmet und Deshret, das Schwarze und Rote Land (das fruchtbare Land und die Wüste), in

Ober- und Unterägypten, die »beiden Lande«, das der (Bit) Biene und der (Sut) Binse (südl. Stromufer und Mündungsdreieck). »Beide Lande« wurden schon von den ersten Herrschern vereinigt; dementsprechend trug der Herrscher die Weiße Krone Oberägyptens und die Rote Krone Unterägyptens oder die weißrote Doppelkrone. Unterägypten war das Land der Geiergöttin Nechbet, Oberägypten das der Kobra-Göttin Uto/Wadjet. Die Grenzlinie lag nördlich nahe Menefru-Mirês (Mennefer, Memphis), der »Waage beider Lande«. Die subtilere Einteilung in Gaue (Sepad) delegierte Verantwortung an einzelne Gaufürsten; seit Sesostris/Senwosret I. (ca. 1960 v.Chr.) war das Hapiland in 22 oberägyptische Gaue, zur Griechen- und Römerzeit schließlich zusätzlich in 20 unterägyptische (Delta-)Gaue eingeteilt. Von der Mittelmeerküste bis zum ersten Katarakt beträgt die Länge der nutzbaren Ufer ca. 1100 km (800 km Luftlinie).

Der Nil:

Der *Hapi* (Nil), mit 6671 km der längste Strom der Welt, dessen Quellzuflüsse und Quellseen am Äquator (Weißer Nil, Blauer Nil, Albert-, Eduard-, Kioga- und Victoriasee) liegen, wird u.a. auch von periodischen Regenfällen um den Tanasee in Äthiopien gespeist; im Frühsommer, nach dem Erscheinen des Sepedet (= Sirius, Sothis, »Hundsstern«) stieg der Pegel des Stroms, schwemmte nährstoffreiche vulkanische Erde mit sich und erreichte Suênet (= Assuan) ziemlich genau um den 15. bis 18. Juni (also am 1. Tag des Monats Thot, des ersten von vier »Monden« der Jahreszeit *Achet*). Auch Myriaden Heuschreckenschwärme, die seit vielen Jahrtausenden im äthiopischen Hochland niedergingen, verwesten und waren Nahrung anderer Organismen; deren organische Substanzen, vermischt mit bestimmten Bakterien, Algen, Pilzen und Flechten, wurden zu einer Biomasse, die zusammen mit gelösten Mineralien das Wasser zu einer Flüssigkeit großer Düngekraft machten. Im Vergleich zum Niedrigwasser führte der Hapi zur Zeit der Überschwemmung etwa die zwanzigfache Wassermenge. Sechs bis zwölf Tage später erreichte die Hapiüberschwemmung Mennefer/Menefru-Mirê (= Memphis); der Hapi stieg um etwa 5 bis 8 Meter, also 10 bis 16 Ellen (nach anderen Angaben um 30 Ellen (16,5 m?), und überschwemmte mit nahrhaftem Schlamm Felder und Weiden und große Teile des Mündungsdreiecks (= gr. Delta). Zu hohe oder zu niedrige Nilschwellen konnten verheerende Zerstörungen oder, bei Mißernten, Hungersnöte zur Folge haben. Heute verhindern Assuan-Damm und Assuan-Hochdamm zusammen mit vielen anderen Stauwerken die Nilschwelle; seit 1830 gibt es die jährliche Überschwemmung unterhalb Assuans nicht mehr; der steigende Grundwasserspiegel drängt heute Bodensalze an die Oberfläche, verdirbt Agrarflächen und zerstört die Fundamente der Tempel. Höchster Wasserstand war im September, also im Athyr/Choyak. Zur Zeit des Mittleren Reiches, von 2134 bis 1785 v.Chr.

dürften zwischen 2 und 2,5 Mio. Menschen auf rund 35 000 Quadratkilometern des bewirtschaftbaren Niltals, das nur zwischen einem, fünf und fünfzehn km breit ist, gelebt und geschuftet haben; zu dieser Zeit lag die Lebenserwartung zwischen 25 und 33 Jahren.

DER PHARAO:

Per-Ao, das Große Haus, also der Herrscherpalast, gab diesem meist vererbten Begriff/Titel den Namen. Die lange Reihe der göttlichen Herrscher zwischen ca. 3000 und 332 v.Chr. wird nach der äg. Geschichte des Priesters Manetho (285–246 v.Chr., geschrieben in Griechisch in der Regierungszeit des griechischen Ägyptenherrschers Ptolemaios II.) und der modernen Wissenschaft systematisch in drei Reiche, drei Zwischenzeiten und 31 Dynastien eingeteilt. Pharaonen hatten bis zu 5 verschiedene Namen; *Chakauras* Horusname war: Neteri Cheperu, der Beide-Herrinnen-Name lautete: Neteri Mesut, sein Goldhorusname war: Cheperi, der Thronname: Nesut Biti Chakaura (Der erschienen ist wie die Ka-Kräfte des Rê), und der Geburtsname hieß: Sa Rê, Sohn des Rê, Senwosret (Mann der Göttin Wosret). Zwischen der damaligen und heutigen Nomenklatur herrscht für Nichteingeweihte sprachliches Durcheinander.

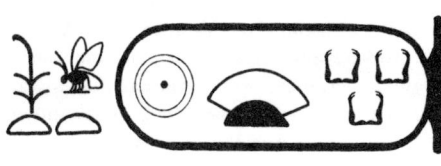

Dem *Thronnamen* wurde das Zeichen Ober- und Unterägyptens vorangestellt. Binse und Biene versinnbildlichen Sut und Bit; die Kartusche (»äg.: Schen«, pl.: »Schenu«) ist ein stilisiertes Seil mit Knoten.

Sohn des Rê, Gans und Sonnenscheibe kennzeichnete die Kartusche des *Eigennamens*, die waagrecht oder senkrecht ausgeführt wurde (äg.: »scheni« = einkreisen, umzingeln).

DER STAAT:

Der Aufbau des Staates im klassischen Ägypten glich dem *Sehedhu*-Totenmal, also der Pyramide; der Sohn der Sonne, der göttergleiche Herrscher, stand an der Spitze. Der Umstand, daß nur effizient eingesetzte Massenar-

549

beitskraft dem Staat und seinen Bürgern in der hermetischen Zivilisation Ägyptens, zwischen lebensfeindlicher Wüste längs des Stroms, dem wasserarmen Süden (Kush, Wawat, Irtjet, Jam) und dem Wadj-Wer, dem Meer, dem »Großen Grünen«, einen bestimmten Wohlstand sichern konnte, führte schon vor 3000 v.Chr. zu einem zentralistisch organisierten Staatsaufbau. Der Herrscher mit wenigen Tatji (= Wesiren), Djadjad (= Verwaltern), Adj-Mer (= Unterverwaltern, »Gräber von Kanälen«), Per-Mu (»Wasserverwaltern«), Medech (= Baumeistern, Architekten), Schreibern und Steuereintreibern mußte die Arbeiten organisieren, deren Art und Ablauf von der Nilüberflutung und der Bearbeitung des von Kanälen, Wasserhaltungen und Dämmen durchzogenen Landes hinter den Uferüberschwemmungsdämmen diktiert wurden; Macht wurde an »beamtete« Gaufürsten delegiert und von ihnen oftmals mißbraucht. Der Pharao strafte und lobte: Verdienstvolle Beamte erhielten an Neujahrestagen goldene Ketten, Goldfliegen – Zeichen für Tapferkeit – und andere Geschenke, sowie eine Flut wohlklingender und wohlfeiler Titel, deren staatserhaltende Ordensfunktion oft im Widerspruch zur Wichtigkeit stand. Die großen Bauernhöfe (»Djatt«; Palast- und Tempel»domänen«, Königslehen etc.) wurden in der Art intelligent geführter Kolchosen betrieben – die Tempel, der Palast und die Gutshöfe verfügten über eigene Handwerker, Hirten, Fischer, Arbeiter, Bauern und Sklaven; Kriegssklaven aus Kush, aber auch Freiwillige von dort, aus Libyen und Palästina wurden vom Heer verteilt, aber auch von Familie zu Familie verkauft. Tempel, Dämme, Schleusen und Kanäle konnten nur mit großem organisatorischen Aufwand und in wohlüberlegter Logistik ausgeführt werden, was wiederum die Staatsgewalt stärkte; die ägyptische Kultur, vollständig von der Religion durchdrungen, war ausgerichtet auf die Zeichen und Worte der Götter aus den Tempeln und aus dem Mund des Pharao. In ernteloser Zeit mußten Hunderttausende Arbeiter und darüber hinaus die Bewohner des Nillandes ernährt und gekleidet werden; auch dies ging nicht ohne die Organisation mit dem Zentralpunkt im Per-Ao, dem Großen Haus. Die für jene Zeit einzigartige Monumentalarchitektur ist also nicht das Werk gepeitschter Sklaven, sondern klug geplante, hervorragend organisierte und meist während der Überschwemmungsperioden über Jahre und Jahrzehnte hinweg errichtete Schöpfung von Architekten, Künstlern und Handwerkern zur Ehre der Götter und der göttergleichen »Pharaonen«. Über dreitausend Jahre hinweg, von der Vorgeschichte bis in die römische Zeit, wurden Änderungen nur in kleinen Schritten eingeführt, der Polytheismus, die Vorstellungswelt und die Ideale von Schönheit und Kunst veränderten sich kaum.

HANDELSSCHIFFE:

Ein großes Hapischiff des Herrschers Chufu, vor seiner Pyramide vergraben, hatte bei 40 m Länge eine Tragfähigkeit von 40 Tonnen; mit etwa sechzig Mann an Bord war die Belastungsgrenze jenes kiellosen Ruder- und Segelschiffes erreicht. Die Konstruktion mit zusammengebundener (!) Beplankung wäre weitestgehend seeuntüchtig gewesen; die sogenannten Gubla- oder Byblosfahrer waren besser konstruiert, wahrscheinlich auf Kiel und Spanten aufgebaut. Aus wenigen sehr gut erhaltenen Wrackfunden lassen sich Rückschlüsse auf damalige Mittelmeer-Handelsschiffe ziehen: Das »Wrack von Alonisos«, 50 m lang und ca. 500 v.Chr. untergegangen, enthielt 3000 Weinamphoren in drei Lagen übereinander gestapelt; das Schiff trug mehr als 100 Tonnen.

Das »Wrack von Ulu Burun«, ein Rahsegler, gesunken im 14. Jhdt. v.Chr., 15 m lang, Fundort Türkei, enthielt u.a. 5,2 Tonnen Kupferbarren (200 Barren zu je 26 kg), entsprach in Konstruktion, Beplankung und Ausrüstung den damaligen Schiffen; ein 25–30 m langes Schiff trug rund 100 Tonnen. Ständiger – mitunter sehr kräftiger – Wind aus Nord ermöglichte das Segeln hapiauf und im Roten Meer nach Süd. Zwischen den Hapimündungen, der Byblosküste, Zypern und den griechischen Inseln verläuft die Strömung entgegen dem Uhrzeigersinn, ebenso im Seeraum zwischen Sardinien, Korsika, der Rhônemündung und Gibraltar.

Chronologie:

Urzeit:	bis 3000 v.Chr.
Frühzeit:	3000 – 2665 v.Chr. (bis Ende 2. Dynastie)
Altes Reich (AR):	2665 – 2135 v.Chr. (3. – 8. Dynastie)
Erste Zwischenzeit:	2135 – 2040 v.Chr. (9. – 11. Dynastie)
Mittleres Reich (MR):	2040 – 1785 v.Chr. (11. – 12. Dynastie)
Zweite Zwischenzeit:	1785 – 1551 v.Chr. (13. – 17. Dynastie)
Neues Reich (NR):	1551 – 1080 v.Chr. (18. – 20. Dynastie)
Dritte Zwischenzeit:	1080 – 712 v.Chr. (21. – 24. Dynastie)
Spätzeit:	712 – 332 v.Chr. (25. – 31. Dynastie; Alexander d. G.) Beginn der Ptolemäer-Zeit; mit griechischer Terminologie.

Chakaura:

Die 12. Dynastie (2040–1785 v.Chr.) des Mittleren Reiches zählt von Amenemhet »Ameni« aus Ta-Seti (dem Ersten), von 1991 v.Chr., über Sesostris/Chakaura I., Amenemhet II., Sesostris II., Sesostris III., Amenemhet III., Amenemhet IV. bis zur Herrscherin Sobek-Nofru/Neferu und endet 1785 v.Chr.. Chakaura wurde als Koregent am 15. Tag Pharmuti, Jahreszeit Peret, im Jahr 19, dem letzten Regierungsjahr seines Vaters eingesetzt, seine Regierungszeit ging von 1878 bis 1843 bzw. 1841 v.Chr.. Chakaura hatte einen Bruder, Senwosret-Seneb, und drei Schwestern: Sat-Hathor-Iunit, It-Kayt und Neferet; seine Frauen waren Neferet Chenut und Chemenet-Nefer-Chadjet, namensgleich mit der Gemahlin seines Vaters, also

Chakauras Mutter. (Nach anderen Quellen heiratete er Sat-Hathor, von einer Inschrift in Wawat kennen wir eine Meretseger; eigentlich eine Göttin. Chakauras Töchter hießen: Achanty-Chuty, Sat-Chut-Cher, Meretet, Senet-Senebetes und Menet.)

Seinen Sohn Ni-Maat-Rê/Amûnamhat (Amenemhet III.) machte er am 1. Tag Thot, Jahreszeit Achet, in einem seiner letzten Regierungsjahre zum Mitherrscher.

Die Hauptstadt wurde von Menefru/Mennefer nach Ammenemês-Itch-Taui, »Ameni ist der Ergreifer beider Lande«, (heute: El Lisht) an den Südostrand der Oase Scha-Reset (= Faijum) verlegt. Dort entstanden Kanäle, Häfen und seit Ameni eine neue, ummauerte Stadt; ein Teil der Handwerker lebte im (trefflich ausgegrabenen und dokumentierten) Arbeiterdorf El-Lahun. Nennenswerte Funde sowie die genaue Lage der Hauptstadt Itch-Taui sind nicht bekannt, da alle profanen Bauten, auch der Palast, aus Lehmziegeln errichtet worden waren. Trockenlegung und Erschließung der Oase vergrößerte die landwirtschaftliche Nutzfläche um rund 450 Quadratkilometer; seit Ameni (Amenemhet I.) damit begonnen hatte, vergötterte ihn das Volk; der Mu-Wer-See (= Moerissee, Birket Qarun) war vor knapp 4 Jahrtausenden weitaus ausgedehnter. Außer Tama-Hathor-Merit sind alle Mitglieder von Chakauras Familie sowie Tatji Ikhernofret, Sepatfürst Chertihotep und Cha-Sobek, der Kahle, historische Gestalten.

Masse und Gewichte:
Es gab keine Münzen, aber für die Naturalien- und Tauschwirtschaft existierten verbindliche »Preislisten«: Die kleinste Verrechnungseinheit war das *Kite*, 9,1 g. 10 Kite (»Sekel«) ergaben ein *Deben*, also 91 Gramm. Ein *Chat* waren 7 g Gold. Ein *Char* wog 25 Kilo, also 275 Deben. Die Verrechnungsverhältnisse änderten sich bisweilen, sind also nicht völlig verbindlich; 1 Deben = 10 Kite oder 12 Chat.
Wir kennen folgende Wertverhältnisse: 5 Deben Eisen = 1 Deben Gold, 40 Deben Eisen = 1 Deben Silber (Silber, weitaus seltener, war im MR 5 bis 8 mal teurer als Gold). 20 Einheiten Zinn wurden gegen 1 Einheit Silber getauscht, 20 Deben Kupfer waren Tauschgegenwert für 2 Kite Silber. Zwischen 45 und 200 Deben Kupfer tauschte man in der fraglichen Zeit gegen 1 Deben Silber. Kupfer-Deben waren oft doppelt so schwer wie Gold-Deben. Um 1300 v.Chr. kostete ein schönes, ausgebildetes Sklavenmädchen 41 Deben Silber.

Längenmaße: 4 Finger (2 cm), Dscheba = 1 Handbreit (8 cm) = 1 Schesep; 7 Handbreiten oder 1,5 Fuß = 1 Königs-Elle (= Mech) = 0,523 Meter; die »kleine« Elle = 6 Handbreiten = 1 Remen. 100 Ellen = 52,3 Meter oder ein Klafter = Khet; 1 Chen-Nub = 445,2 Meter; 1 Meile = 2700 Meter; 1 Treidelmannschaftsstrecke von 20 000 Ellen (10,5 km bzw. 10,86 km, exakt 20 679 Ellen) hieß Itru oder Jeteru;

Hohlmaße: (Getreide, Myrrhe, Gold): 32 Ro (ca. 0,015 Liter) = 1 Hin (ca. 0,5 Liter), 10 Hennu (also 10 Hin) = 1 Hekat (ca. 4,90 Liter), 16 oder 20 Hekat = 1 Khar (»Sack«) = 78,2 oder 97,8 Liter. Das Horusauge (Hieroglyphe am ersten Kapitelanfang), eingeteilt in 6 Symbole, diente als Angabe von 1/64 bis 1/2 des offiziellen Kornmaßes. Ein Krug Bier = 1 Inchat Henket = 53 Hin = 25,5 Liter, kleinere Krüge hießen Acha, Esch und Uscham.

Flächenmaße: 1 Ta = 10 x 10 Ellen = 27,57 m², 1 Setschat = 10 x 100 Ellen = 275,65 m² = 1 Cha; 100 Quadratellen sind ein Khet oder 1 Stück »bebaubares Land«; die Rômet kannten keine Bezeichnung für das Quadrat. Unterteilungen: 1/8, 1/4 und 1/2. 1/2 Khet² = 1 Remen.

BIER UND WEIN

Henket, Bier, wurde in vielerlei Arten und Qualitäten hergestellt; »Bier und Brot« ist ein ständig benutzter Begriff für »Nahrung«. Eine besondere Art Brot wurde in Wasser eingeweicht und vergoren, durch Stoffsiebe gepreßt; als Zutaten kennt man Malz, Getreide oder Datteln, verschiedene Öle, die gerösteten Maulbeerbaumfeigen, Johannisbrot und Gerste ebenso wie Honig und magenfreundliche Öle. Der verdünnte Brei wurde durch Tücher in Krüge geseiht; mit höherer Dattelzuckerkonzentration wurde das Bier für den Versand haltbar gemacht. Zweifellos gab es auch »alkoholfreies« Bier, ähnlich dem russischen Kwaß, das die Kinder tranken.
Wein wurde seit dynastischer Zeit im Hapiland angebaut, auch in den Oasen der libyschen Wüste und im Mündungsdreieck. Die Trauben wurden sowohl als Rosinen getrocknet als auch als Wein gekeltert, sicherlich auch als Essig verwendet; Weißwein ist erst aus römischer Zeit bekannt. Man kennt Wein aus Datteln und Palmmark (Palmwein) und Granatäpfeln (ab NR); viel Wein wurde aus Kefti und Alashia importiert.

ALASHIA:

Cypern, Zypern; wichtiger Handelspartner Ägyptens, lieferte feine Keramik, Kupfer bzw. Bronzeerzeugnisse, bedruckte Stoffe, Oliven, Olivenöl, Wein, bezog wie Gubal/Gubla (= Byblos) aus Äg. Gold, viele Salben und Schminken, Binsenschreibblätter (Papyros), diversen Schmuck, Siegel, Elfenbeinarbeiten und feine Leinenstoffe (das spätere »Byssos«) und verschiedene Edelsteine. Zyperns Bergwerke und Metallschmelzen lieferten Kupfer und Bronze in erheblicher Menge. *Kap Krys* = Cape Arnauti, *Falkenkap* = Cape Zevgari, *Kit* = Kition bei Limassol. Antike, dokumentierte Kupferbergwerke: *Klevs* = Kalavasos, u.a. Alambra nahe Nikosia, Aplik, Skuriotissa, Kition.

553

(Keft, Kefti, Keftiu), die Kreter wurden äg. »Parusati« genannt; die Handlung spielt in der sog. proto-palatialen Zeit (1900 – 1700 v.Chr.), in der die Paläste von Kunusa (Gnos, Knossos), Festos, Mallia und die ersten jener Schiffe gebaut wurden, die später zur Meeresherrschaft »Thalassokratie« führten. Die Schrift, möglicherweise von Ägypten stark beeinflußt, war die sog. Linear-B-Schrift. Kreta führte Kupfer und Zinn ein und exportierte Bronzewaren. Wertvolle, dünne Tonwaren (sog. Kamáres-Eierschalenware) zählten ebenso zu den teuren Exportartikeln wie Wein, Olivenöl (zwei bis sechs Liter/Baum/Jahr), Blütenauszüge, Ausgangsstoffe für Salben, Balsame und Kosmetika (und auch Fertigwaren), Schiffsbauholz, Nüsse u.v.a. Jährlich etwa zur Zeit des Siriusaufganges wehten die sog. *Etesien*, dauerhafte Winde aus N und NO, vom Gebiet der griechischen Inseln her und halfen den Schiffen von Kreta zu den Hapimündungen.

Festungen in Kush und Wawat:
(von Nord nach Süd)
1. *Akasha:* (Serra West): Tchechet, bzw. Chesef-Medau: »Die Madjai werden zurückgeschlagen.«
2. *Serra Ost:* Festung des Mittleren Reiches
3. *Buhen*: Stadt des Alten Reiches, Festung des Mittleren Reiches
4. *Buhen Ost*
5. *Kor*: Festung des Mittleren – und Neuen – Reiches
6. *Iken* (Mirgissa): (»Der-Wetiu?«)»Horusauge über dem Strom«, Festung, Stadt und Friedhof des MR
7. *Iken* Ost
8. Insel Dabnarti: »Unterwerfung der Länder«
9. Insel Askut
1o. *Schalfak: Waf-Khastiu:* Festung des MR
11. *Insel Uronarti:* Festung des MR, *Chesef Iunu:* »Die Erdhöhlenbewohner werden erschlagen«.
12. *Heh;* (Semna): »Chakaura ist mächtig«.
13. Semna Süd: (»*Shemet?*«)
14. Kumma: Semna Ost: (»*Itnu-Pedut?*«) Festung des MR: »Abwehr der Bogenschützen.«

Metalle:
Bronze, »Nechoschet«, eine Kupfer- und Zinnmischung im Verhältnis 90% Kupfer : 10% Zinn, schmilzt bei 910°C., oft mit Zusätzen von Blei und Antimon, war Ausfuhrartikel Keftis und Alashias; *Kupfer,* »Chemti«, (Schmelztemp. 1083°C.) wurde in vielen zypriotischen Gruben gefunden, ferner an mindestens 2 Stellen im Sinai, an vielen Orten Ägyptens, in Somalia, Griechenland, im Massif Central in Frankreich, im Tal Iblis in Ara-

554

bien. Das wertvolle *Zinn* (231°C.) kam über Afghanistan aus Persien und vom kaspischen Meer zum Zweiströmeland Sumer und von dort nach Westen. Ob die später dokumentierten großen Lager- und Abbaustellen von Cornwall zu dieser Zeit bis in den Mittelmeerraum lieferten, ist für 1900 v.Chr. fraglich, aber denkbar, für die späte Bronzezeit gewiß. In Frankreich wurde es im Massif Central abgebaut; ein Transport rhôneabwärts ist durchaus nicht unwahrscheinlich. Nachgewiesen sind Schürf- und Verhüttungsstellen am Guadalquivir, das (von den Puniern zerstörte, verschwundene) Tartessos (= Tamzine); kürzlich entdeckten Wissenschaftler der Univ. Chikago 100 km nördlich der Hafenstadt Tarsos, 50 km nördl. der »Kilikischen Pforte«, eine Zinnmine, eine Bergarbeitersiedlung, Schmelzpfannen und Zinnschlacken – Beweise für den Abbau von Zinn während der Bronzezeit.

Gold, »Nub«, kam in großen Quantitäten aus Nubien und Kush etc., wurde u.a. im Wadi Hammamat und im Wadi Allaqi geschürft, ebenso wie wertvolle Steine. *Silber,* »Hedsch«, meist zusammen mit Gold vorkommend, in Äg. selten, wurde auch für »Dsham«, Weißes Gold (später gr. = Elektrum) verarbeitet.

Eisen, um 1900 v.Chr. ausgesprochene Seltenheit (Schmelztemperatur 1530°C.; Stahl: 1460°C.), in Äg. meist meteorisches Eisen, *Baâ-Enepe-Metall* genannt, höchstwahrscheinlich über Uschu und Gubla von Händlern aus Sumer. Die Goldschmiede des klassischen Äg. waren hervorragende Künstler; ihr Schmuck war begehrter Exportartikel.

DAS JAHR IM HAPILAND:

Das Jahr umfaßte 12 *Monde* zu 30 Tagen und 5 Tage, »die auf dem Jahr befindlichen«; alle 4 Jahre »hinkte« der Kalender um 1 Tag nach; erst nach 1460 Jahren, einer Sothis- oder Sepedetperiode, zuverlässig ermittelt z.B. für das Jahr 7 Chakauras, also nach 365 x 4 Jahren, begann das Jahr wieder »pünktlich« am 15. Juni. Das Vorhandensein einer einwandfreien datierbaren – fortlaufenden – Geschichtsschreibung ist nirgendwo auch nur ansatzweise dokumentiert; die verschollenen Königslisten Manethos, von denen unvollständige Kopien existieren, sind wenig erhellend. Man zählte im klassischen Ägypten die (Regierungs-)Jahre des jeweiligen Herrschers; das Jahr 1 ... usw. Chakaura (III.) regierte 35 oder 38 Jahre lang.

Er und sein Sohn Amemenhet (Thronbesteigung 1. Tag Thot im Achet) waren sog. Koregenten ihrer Väter.

Die Jahreszeit *Achet*, mit der das Jahr am 15. Juni begann, die der Überflutung, bestand aus den Monden (= Monaten) *Thot, Paophi, Athyr* und *Choyak.* Jahreszeit *Peret*, die Periode der Aussaat und des Keimens, begann am 15. Oktober mit dem Mond *Tybi,* von *Mechyr, Phamenat* und *Pharmuti* gefolgt. Am 15. März begann die Zeit *Shemu*, die der Ernte und des Speicherns mit dem *Pachons; Payni, Epiphi* und *Mesore* folgten: Der Kalender wurde um 5 »auf dem Jahr befindliche« Tage – Göttergeburtstage – ergänzt; den fehlenden Vierteltag ignorierte man im täglichen Leben. Die Stunde – man teilte den Tag in vierundzwanzig Stunden ein – war (ebenso wie später im klassischen Rom) je nach Dauer des Sonnentages kürzer oder länger als 60 Minuten. Es existierten Sonnen- und Wasseruhren. Die Schiffahrt auf dem Strom war während dreier Monde im Achet überaus schwierig; zwischen Mechir und Mesore, im Niedrigwasser, manchmal unmöglich. Heute bestimmen die gestauten Gewässer zweier Dämme die gleichmäßige Wasserhöhe des Stroms ab Assuan und von dort im Nasser-Stausee – bis weit nach Kush und Wawat hinauf.

GLOSSAR:
(erfundene Namen und Begriffe sind durch einen * Asterisk gekennzeichnet.)

Aha'u: errechenbare, hypothetische Lebensdauer des Menschen
Alashia: Zypern, eine der Inseln, mit denen Ägypten Handelsbeziehungen unterhielt; Kupfergruben, Bronzeschmelzen, zahlreiche andere Exportartikel.
Alexander d .G.: eroberte nach dem Ende der 31. Dynastie Ägypten von Artaxerxes III. 343 v.Chr. zurück.
Amun, Amun-Rê: »Der Versteckte«, Große Gottheit No-Amûns
(= Thebens), Gott der Sonne.
Anch, Ankh: Bildzeichen für »Leben«.
Angelstern: (Nord-)Polarstern; vor 4000 Jahren war Kochab, Beta Ursa minoris, der »Polarstern«.
Anty: Myrrhenharz der Pflanze Commiphora abessynica, wächst bis 2000 m Höhe beiderseitig des Roten Meeres, in ostafrikanischen Bergen (Punt) und auf der arabischen Halbinsel. Begehrtes Handelsgut; entzündungshemmender Bestandteil vieler Kosmetika.
Apiru, Apiru-Stämme: meist nomadisierende Bewohner Palästinas; »links« im Asmach (= Osten) lebend. Um ihr Eindringen und das der *Retenu*, Bewohner Kanaans und der *Cha(o)su*, Nomaden, aus dem gleichen, nicht genau lokalisierbaren Gebiet zu verhindern, wurde die sog. *Fürstenmauer* am Ostrand des Mündungsdreiecks, südlich von *Sharhan* (= Sharuhen) errichtet.
Atef: Krone des Gottes Osiris mit Widderhörnern, Straußenfedern und Sonnenscheibe.

Blaue Krone: Cheperesch-Krone; helmartige Kopfbedeckung der Herrscher.
Buhen: s. Festungen v. Wawat.

Chat: Königskopftuch mit dickem Nackenteil, von dem das Haar im Nacken umschlossen wird.

Chaosu: s. Apiru

Cheops: »Chnum-Chufu«, 2551 – 2528 v.Chr., Erbauer der sog. Cheopspyramide bei Gisa.

Chephren: »Chaef-Rê«, 2520 – 2494 v.Chr., erbaute die 2. Große Pyramide bei Gisa.

Cheperesch: s. Blaue Krone

Cheper, Chepri, pl.: Cheperu: heiliger Skarabäus-Mistkäfer, der Kotball ist Symbol für Tod und Wiedergeburt.

Cherep: Herrscherliches Zepter, symbolisiert »Macht«.

Chnum: Schöpfergott, »Töpfer der lebendigen Wesen«, Stadtgott Jebs oder Ta-Setis (= Elephantine).

Chons: einer der drei großen Götter Wêses/No-Amûns (= Theben); Sohn des Gottes Amun-Rê.

Degem: Rizinuspflanze, bis zu 5 Meter hoch; ihr minderwertiges Öl diente als Lampenöl für Arme. Kaltgepreßt war es höchst toxisch.

Dshebat, pl.: Dshebut: Sarkophag

Djatt: Hofgut

Doppelkrone: Symbol der Vereinigung beider Lande (Unter- und Oberägypten).

El-Kahun: s. Chakaura

El-Lisht: s. Chakaura

Halberling: Mischling, Bastard.

Hathor: Mutter- und Frauengöttin der Liebe und Fruchtbarkeit mit Kuhgehörn und Sonnenscheibe, manchmal auch kuhköpfig; in vielen Städten verehrt.

Heb-Sed-Fest, Sed-Fest: Jubiläumsfest des Herrschers, eigentlich jährliche Feier; meist nach 30 Regierungsjahren.

Heqa-Stab: gekrümmter Stab, Zeichen der Würde.

Horus: Falkengott, Himmels- und Lichtgott, Sohn von Isis und Osiris.

*Jhari, Tamzine: Gegend um Tartessos (Tarschisch) am Guadalquivir

Kohol: entzündungsverhindernde Augenschminke aus pulverisiertem Bleiglanz.

KRETA:

Kretas Export nach Ägypten umfaßte wertvolles Holz, Bronzeerzeugnisse, eine erstaunliche Vielzahl Blütenöle und Pflanzenauszüge zur Salben- und

Kosmetika-Erzeugung, Wein, Olivenöl, Wollstoffe, feine Keramik. Das keftische Talent wog 25 kg. *Arni:* heutiges Gournia, *Gnos* = Knossos, *Mnis* = Amnissos, *Kap Thirr* = Ostkap bei Itanos, *Karg, Mynder, Shorph:* Dionisiades-Inseln im NO, *Kap Plati:* Kap bei Aghios Joannis, *Mulal* = Mallia, *Qart* = Fluß Karteros. In K. verwendete man wahrscheinlich den Präattischen Kalender, nach dem das Jahr mit *Elefeb* (= Elaphebolion) anfing; in etwa drei Tagen waren von K. aus die Hapimündungen für einen damaligen Rahsegler zu erreichen.

Maat: Göttliche Weltordnung; Schriftsymbolzeichen der Göttin Maat selbst.

Medech: Zimmermann, Baumeister, Architekt.

Mermenfitu, Mer-Mesha: General

Mescha: die Armee

Mesdemet: Augenschminke

Neb: Herr; *Nebit:* Herrin

Nechacha: zeremonielle Geißel des herrscherlichen Schmucks, als »Dreschflegel« mißdeutet.

Nechoschet: s. Metalle

Nemes: gefälteltes (Königs-) Kopftuch

Nub: Gold, s. Metalle

Scha-Resi (Reset): die heutige Oase Faijum mit dem Birket Karûn oder Moerissee.

Sachmet: löwenköpfige Göttin in Memphis, Gefährtin des Gottes Ptah.

Schat: Tauscheinheit: ca. 1/12 Deben in Gold

Sesh: Schreiber

Shen, Shenet: Bruder, Schwester (auch als Anrede)

Shemer: Freund

Schu: »der Leere«; Wind- und Lebensgott.

Sehedhu-Bauwerke: Pyramiden

Shendit: kurzer, gefältelter Schurz

Shesep-Ankh: »Lebendes Bildnis« = der Große Sphinx

Sepedet: gr. Sothis, »Hundsstern« Sirius

Skarabäus, gr.: Cheper-Käfer

Tal Rohani: heutiges Wadi Hammamat; Straße zwischen Geb-Teju (Koptos, Koptiw) und Rotem Meer, Weg zu Steinbrüchen und Goldbergwerken.

Tash: Grenze

Thinis: Tjeni, Stadt in Mittelägypten, Geburtsort der Herrscher der sog. thinitischen Dynastie.

Thot: Gott der Wissenschaft, des Rechnens, der Schreiber und des Schreibens; oft pavian- oder ibisköpfig dargestellt.

Udjat-Auge: schützendes Augen-Zeichen an Türen etc.; Mond- und Sonnensymbol; das Auge ging Gott Horus im Kampf mit Gott Seth verloren.
Uräusschlange: giftige Kobra, Jaretnatter (Haja haja).
Uschebti: Totenfigürchen als Grabbeigabe, die im Jenseits als Arbeiter dienen.

Wadj-Wer: das Große Grüne: Mittelmeer
Wajer-Männer: Ruderer
Wawat: s. Kush
Wesech: breiter Schmuck-Halskragen; gebräuchlicher Schmuck in Äg.

Zenchem: Heuschrecke
Zesheshet, pl.: Zesheshut: Sistrum, metallene Rasseln f. kultische Ereignisse

DAS HERZ:

Es galt bei den Ä. als der Sitz des Lebens und aller Teile des Lebens und des Verstandes. Zu den unterschiedlichen Aspekten der menschlichen Persönlichkeits-Gesamtheit gehörten *Ba* – Seele, *Chet* – Körper, *Schut* – Schatten, *Ib* – Herz, *Ren* – Namen, *Ach* – Geist und das *Ka*, die doppelgängerische Lebenskraft; das Gehirn wurde in Äg. nicht als Sitz des Verstandes definiert. Die Zuordnung der vielen Grundelemente, für das Weiterleben nach dem Tod wichtig, ist überaus schwierig.

WAWAT UND KUSH:

Das »*elende Kush*« und Wawat, von den »Nehesi« bewohnt: Kush ist das heutige Nubien (dessen Name von äg. Nub = Gold stammt, also Goldland); weiter hapiaufwärts folgen Wawat (oder Uauat); dann Irtjet, Satju und, jenseits von Buhen und der zweiten Nilschnelle, Jam (um Kerma u. Dongola). Wawat, Irtjet und Satju, ehemals nubische Staaten, schlossen sich gegen Ende des Alten Reiches zu Wawat zusammen. Die Bewohner entstammten zwei unterschiedlichen Gruppen: eine negroide im fernen Süden und eine dunkelhäutige, nicht negroide altkushitische Bevölkerung zwischen dem ersten und zweiten Katarakt. Über Handelsstraßen und aus dem Inneren des afrikanischen Kontinents kamen hapiabwärts viele wertvolle Handelswaren und Tribute. Die wichtigsten: Gold (»Nub«), Kupfer, Muscheln, Karneol, Amethyste, Ockerfarben, exotische Felle, *Anty*-Myrrhe, *Santjer*-Weihrauchharz, Straußeneier und -federn, Elfenbein afrikanischer Elefanten.

GUBLA:

Auch in Altägypt.: kepny; Gublu, Gubla = Byblos, zusammen mit Uschu und Djarh (Tyros) in *Karu* (= Syrien) Haupthäfen der Handelsbeziehungen zwischen Äg. und dem Libanon, Endpunkte einiger Handelsstraßen aus

Sumer; Zedern- und Schwarztannenholz für Schiffs-, Haus-, Palast- und Möbelbau. Seit Thut'mesu I. und III. bis etwa 600 v.Chr., abhängig von der Stärke ägyptischer Außenpolitik unterschiedlich bedeutsam – mitunter besaßen die Rômet jahrzehntelang keinen Einfluß –, standen diese Orte unter pharaonischer Verwaltung.

PUNT:

Das Land des Goldes, Weihrauchs und Ebenholzes, dessen genaue Lage noch nicht feststeht; fast ein mythenhafter Begriff für die Rômet. Die Wissenschaft lokalisiert heute Punt an der somalischen Küste. Ägyptische Schiffe mußten das Rote Meer verlassen, Kap Guardafui umrunden und mit Südwest- und Nordost-Monsun entlang der SO-Küste Afrikas mit achterlichen Winden in den Rahsegeln nach Punt fahren. Folgende Punt-Fahrten sind zweifelsfrei dokumentiert: 5. Dynastie, Herrscher Sahure, ca. 2480 v.Chr.; Djedkare-Isesi, 2463–2423 v.Chr.; Mentuhotep/Seanchtaujef, 2001 v.Chr., Jahr 28 des Ersten Amenemhet, 12. Dynastie, ca. 1963 v.Chr. und 1418 v.Chr. Herrscherin Hatschepsut.

* WINDROSE:

N = Borr, NO = Messes, O = Ajach, SO = die Skyrrh, S = Ummuz (Scirocco), SW = Dardan, W = Fafana, NW = Hassarr (Mistral). Die ersten Angaben über (vier) Himmelsrichtungen oder Namen der Winde sind erst ca. um 1000 vC, zur Zeit Homers, nachweisbar – es ist undenkbar, daß Kapitäne und Steuermänner, deren Leben, Schiff und Ladung von der Seefahrt abhingen, um 2000 v.Chr. nicht das Wetter und sämtliche Winde im Mittelmeer kannten und professionell einzuschätzen wußten, ebenso sichere Buchten, Strömungen und Süßwasservorkommen jeder Art.